NACHT
UNTER TAG

VAL
McDERMID

NACHT UNTER TAG

Roman

Aus dem Englischen
von Doris Styron

Weltbild

Die englische Originalausgabe erschien 2008 unter dem Titel
A Darker Domain bei HarperCollins, London.

Besuchen Sie uns im Internet:
www.weltbild.de

Genehmigte Lizenzausgabe für Verlagsgruppe Weltbild GmbH,
Steinerne Furt, 86167 Augsburg

Übersetzung: Doris Styron
Umschlaggestaltung: bürosüd* GmbH, München
Umschlagmotiv: Mauritius Images, Mittenwald (© Robert Harding)
Gesamtherstellung: CPI Moravia Books s.r.o., Pohorelice
Printed in the EU
ISBN 978-3-8289-9552-9

2013 2012 2011 2010
Die letzte Jahreszahl gibt die aktuelle Lizenzausgabe an.

Dieses Buch ist dem Andenken an Meg und Tom McCall gewidmet, meinen Großeltern mütterlicherseits. Sie schenkten mir Liebe, lehrten mich vieles über das Leben in einer Gemeinschaft und vergaßen nie, wie es war, vor einer Suppenküche anstehen zu müssen, um ihre Kinder ernähren zu können. Ihnen habe ich es zu verdanken, dass ich mit der Liebe zum Meer, zum Wald und dem Werk von Agatha Christie aufwuchs. Keine kleine Dankesschuld.

Mittwoch, 23. Januar 1985,
Newton of Wemyss

Die Stimme ist dumpf wie die Dunkelheit, die sie umfängt. »Bist du bereit?«
»So bereit, wie ich nur sein kann.«
»Du hast ihr gesagt, was sie tun soll?« Die Worte überschlagen sich, kommen hastend in einer einzigen Kette von Lauten.
»Mach dir keine Gedanken. Sie weiß genau Bescheid. Sie macht sich keine Illusionen darüber, wer die Konsequenzen tragen wird, wenn es schiefgeht.« Harte Worte in strengem Tonfall. »Ihretwegen mach ich mir keine Sorgen.«
»Was soll das heißen?«
»Nichts. Es bedeutet nichts, klar? Wir haben keine Wahl. Hier nicht. Jetzt nicht. Wir tun nur, was getan werden muss.« Die Worte klingen hohl und draufgängerisch. Man kann nur vermuten, was sich dahinter verbirgt. »Komm, bringen wir's hinter uns.«
Und so fängt es an.

Mittwoch, 27. Juni 2007,
Glenrothes

Die junge Frau schritt durch den Empfangsbereich, und das rhythmische Klacken ihrer niedrigen Absätze auf dem Kunststoffboden wurde vom Geräusch der vielen anderen vorbeieilenden Füße übertönt. Sie sah aus wie jemand, der eine wichtige Mission hat, dachte der Beamte in Zivil, als sie auf seinen Schreibtisch zukam. Aber eigentlich war das ja bei den meisten so. Die ganzen Poster an den Wänden, auf denen Hinweise zur Verbrechensverhütung und allerlei weitere Informationen standen, erreichten diese Leute nie, wenn sie in wilder Entschlossenheit auf ihn zuschritten.

Sie steuerte ihn mit fest aufeinandergepressten Lippen an. Sieht nicht schlecht aus, dachte er. Aber wie bei vielen der Frauen, die sich hier einfanden, war ihr Äußeres auch nicht gerade spitzenmäßig. Ein bisschen mehr Make-up wäre angebracht gewesen, um ihre leuchtend blauen Augen stärker zu betonen; und auch etwas Kleidsameres als Jeans und ein Kapuzenpullover. Dave Cruickshank setzte sein gewohntes professionelles Lächeln auf. »Kann ich Ihnen helfen?«, fragte er.

Die Frau schob den Kopf leicht zurück, als wolle sie sich verteidigen. »Ich möchte jemanden als vermisst melden.«

Dave versuchte, sich seine Müdigkeit und Gereiztheit nicht anmerken zu lassen. Wenn nicht bitterböse Nachbarn, dann waren es sogenannte Vermisste. Die Frau war für ein verschwundenes Kleinkind zu gelassen und für einen weggelaufenen Teenager zu jung. Bestimmt ging es um einen Streit mit ihrem Freund. Oder um einen senilen Opa, der ausge-

brochen war. Also eine verflixte Zeitverschwendung – wie üblich. Er zog einen Block mit Formularen über den Schaltertisch zu sich heran, bis er akkurat und gerade vor ihm lag, und griff nach einem Füller. Aber er nahm dessen Kappe noch nicht ab. Es gab eine Schlüsselfrage, die beantwortet werden musste, bevor er Einzelheiten notieren würde.
»Und wie lange ist diese Person schon verschwunden?«
»Zweiundzwanzig Jahre und sechs Monate. Genau genommen seit Freitag, dem vierzehnten Dezember 1984.« Sie streckte das Kinn vor, und Entrüstung verdüsterte ihre Gesichtszüge. »Ist das lang genug, um es ernst nehmen zu können?«

Detective Sergeant Phil Parhatka sah sich den Videobeitrag auf seinem Computermonitor zu Ende an, dann schloss er das Fenster. »Ich sag dir«, begann er, »wenn es überhaupt jemals eine günstige Zeit gegeben hat, um an ungelösten Fällen zu arbeiten, dann jetzt.«
Detective Inspector Karen Pirie hob den Blick kaum von der Akte, die sie gerade auf den neuesten Stand brachte. »Wieso?«
»Ist doch klar. Wir sind mitten im Krieg gegen den Terrorismus. Und ich habe mir gerade angesehen, wie mein Abgeordneter aus unserem Wahlkreis mit seiner Frau in die Downing Street 10 eingezogen ist.« Er sprang auf und ging zu dem kleinen Kühlschrank hinüber, der auf einem Aktenschrank stand. »Womit würdest du dich lieber beschäftigen? Alte ungelöste Fälle aufklären und dafür eine gute Presse bekommen oder Islamisten daran hindern, mitten in deinem Revier eine Bombe zu legen?«
»Du meinst, weil Gordon Brown jetzt Premierminister ist, wird Fife zur Zielscheibe werden?« Karen legte den Zeige-

finger auf die Stelle in der Akte, wo sie stehengeblieben war, und hörte Phil nun aufmerksam zu. Es dämmerte ihr, dass sie sich zu lange mit der Vergangenheit beschäftigt hatte, um die gegenwärtigen Eventualitäten beurteilen zu können.

»Als Tony Blair an der Macht war, haben sie sich doch auch nie um seinen Wahlkreis gekümmert.«

»Das stimmt allerdings.« Phil schaute in den Kühlschrank und schwankte zwischen einem Irn Bru und einem Vimto. Vierunddreißig Jahre war er alt und konnte sich immer noch nicht die Getränke abgewöhnen, die in seiner Kindheit das Größte gewesen waren. »Aber diese Typen nennen sich islamische Kämpfer, und Gordon ist ein Pfarrerssohn. Ich möchte ungern in den Schuhen des Polizeipräsidenten stecken, wenn sie sich vornehmen, ein Exempel zu statuieren, und die alte Kirche seines Vaters in die Luft sprengen.« Er entschied sich für das Vimto. Karen schüttelte sich.

»Ich verstehe nicht, wie du das Zeug trinken kannst«, sagte sie. »Hast du noch nie bemerkt, dass es praktisch ein Brechmittel ist?«

Phil nahm auf dem Weg zu seinem Schreibtisch einen großen Schluck. »Lässt Haare auf der Brust wachsen«, erwiderte er.

»Dann nimm doch gleich zwei Dosen.« Karen klang gereizt und etwas neidisch. Phil schien sich von zuckersüßen Getränken und gesättigten Fettsäuren zu ernähren, war aber trotzdem noch genauso schlank und drahtig wie damals, in ihrer gemeinsamen Zeit als Anfänger. Sie dagegen brauchte eine normale Cola nur anzusehen, um zu spüren, wie sie ein paar Zentimeter zulegte. Es war wirklich ungerecht.

Phil kniff seine dunklen Augen zusammen und verzog die Lippen zu einem spöttischen, aber gutmütigen Lächeln. »Wie auch immer. Der Silberstreif am Horizont ist, dass es dem Chef gelingen könnte, mehr Geld von der Regierung loszueisen, wenn er sie überzeugen kann, dass die Bedrohung sich verstärkt hat.«

Karen schüttelte den Kopf, jetzt hatte sie festen Boden unter den Füßen. »Meinst du etwa, dass Gordons berühmter moralischer Leitstern ihm erlauben würde, auf etwas zuzusteuern, das so sehr nach Eigennutz aussieht?«

Noch im Sprechen griff sie nach dem Telefon, das gerade zu läuten begann. Es gab in dem großen Büro des Teams für ungelöste Fälle durchaus Kollegen, die rangniedriger waren, aber Karen hielt auch nach ihrer Beförderung an ihren alten Gewohnheiten fest und ging weiterhin ran, sobald ein Telefon in ihrer Nähe klingelte. »Detective Inspector Pirie am Apparat«, meldete sie sich zerstreut, denn sie war in Gedanken noch bei dem, was Phil gesagt hatte, und fragte sich, ob er sich wohl insgeheim danach sehnte, mehr in die aufregendere praktische Polizeiarbeit eingebunden zu sein.

»Dave Cruickshank am Empfang, Inspector. Hier ist eine Frau, die, glaub ich, mit Ihnen sprechen müsste.« Cruickshank klang unsicher, was so ungewöhnlich war, dass Karen aufmerksam wurde.

»Worum geht es?«

»Eine vermisste Person«, sagte er.

»Einer von unseren Fällen?«

»Nein, sie möchte jemanden als vermisst melden.«

Karen unterdrückte einen gereizten Seufzer. Cruickshank sollte doch inzwischen wirklich Bescheid wissen. Er saß schon lange genug am Empfang. »Da muss sie mit der Kripo reden, Dave.«

»Ja, schon. Normalerweise wäre das meine erste Anlaufstelle. Aber wissen Sie, die Sache ist etwas ungewöhnlich.

Und deshalb dachte ich, es wäre besser, zuerst mit Ihnen darüber zu sprechen.«

Komm zur Sache. »Wir haben es mit ungelösten Fällen zu tun. Wir leiern keine neuen Nachforschungen an.« Karen sah mit rollenden Augen zu Phil hinüber, der über ihren offensichtlichen Ärger grinste.

»Dies ist nicht gerade eine neue Sache, Inspector. Der Mann ist vor zweiundzwanzig Jahren verschwunden.«

Karen richtete sich auf ihrem Stuhl auf. »Vor zweiundzwanzig Jahren? Und man kommt jetzt endlich dazu, es zu melden?«

»Stimmt. Ist das nun ein alter ungelöster Fall oder was anderes?«

Karen wusste, dass Cruickshank die Frau genau genommen an die Kripo verweisen müsste. Aber sie hatte schon immer eine Schwäche für alles gehabt, was bei anderen nur ein belustigtes, ungläubiges Kopfschütteln hervorrief. Kühne Hypothesen brachten sie erst so richtig in Schwung. Diesem Impuls folgend, war sie in drei Jahren zweimal befördert worden, war an Kollegen im gleichen Dienstalter vorbeigezogen und hatte andere nervös gemacht. »Schicken Sie sie rauf, Dave. Ich spreche mal mit ihr.«

Sie legte auf und schob sich vom Schreibtisch zurück. »Warum man wohl mit einer Vermisstenmeldung zweiundzwanzig Jahre wartet?«, fragte sie mehr sich selbst als Phil, während sie auf ihrem Schreibtisch nach einem neuen Notizbuch und einem Stift suchte.

Phil schob die Lippen vor wie einer jener teuren Karpfen. »Vielleicht war sie im Ausland. Vielleicht ist sie gerade zurückgekommen und hat herausgefunden, dass diese Person nicht da ist, wo sie sie erwartet hatte.«

»Und vielleicht braucht sie uns, damit der Betroffene für

tot erklärt werden kann. Geld, Phil. Darauf läuft es doch gewöhnlich hinaus.« Karen lächelte ironisch. Ihr Lächeln schien nachzuwirken, wie bei der Grinsekatze aus *Alice im Wunderland*. Geschäftig verließ sie das Büro und ging zu den Aufzügen hinüber.

Ihr geübtes Auge studierte und stufte die Frau ein, die ohne das geringste Anzeichen von Schüchternheit aus dem Aufzug stieg. Jeans und ein Kapuzenpullover von Gap, der sportlich wirken sollte. Schnitt und Farben ihres Outfits waren hochmodern. Die Lederschuhe waren sauber, ohne Kratzer und passten im Farbton zu ihrer Handtasche, die von der Schulter auf die Hüfte herabhing. Ihr mittelbraunes Haar war gut geschnitten, der lange Bob begann nur an den Rändern ein wenig herauszuwachsen. Also wohl keine Arbeitslose. Wahrscheinlich auch keine Frau aus einer Sozialsiedlung. Sondern eine nette Frau der Mittelklasse, die etwas auf dem Herzen hatte. Mitte bis Ende zwanzig, blaue Augen mit einem hellen, topasfarbenen Glanz. Kaum eine Spur Make-up. Entweder versuchte sie es gar nicht, oder sie war schon verheiratet. Die Haut um ihre Augen wirkte leicht angespannt, als sie Karens musternden Blick bemerkte.

»Ich bin Detective Inspector Pirie«, stellte diese sich vor und ließ es damit erst gar nicht zu einer Pattsituation zwischen zwei Frauen kommen, die einander abschätzten. »Karen Pirie.« Sie fragte sich, was die andere Frau wohl von ihr hielt – von einer kleinen, dicken Frau, die in einem zu engen Marks-und-Spencer-Kostüm steckte, mit mittelbraunem Haar, dem ein Besuch beim Friseur nicht geschadet hätte. Sie wäre vielleicht hübsch, wenn die Konturen ihrer Knochen unter der Fülle sichtbar wären. Wenn Karen sich gegenüber ihren Freundinnen so beschrieb, lachten die und sagten, sie sehe doch toll aus und leide nur unter mangelndem Selbstwertgefühl. Aber das glaubte sie nicht. Sie hatte eine recht gute Meinung von sich. Wenn sie jedoch in den Spiegel schaute, ließ sich das, was sie sah, nicht abstreiten. Aber schöne Augen hatte sie. Blau mit kleinen braunen Pünktchen. Ungewöhnlich.

Die Frau schien beruhigt – entweder durch das, was sie sah, oder das, was sie hörte. »Gott sei Dank«, meinte sie. Der Akzent von Fife war deutlich, obwohl er sich entweder durch Bildung oder längere Abwesenheit etwas abgeschliffen hatte.

»Wie bitte?«

Die Frau lächelte und zeigte ihre kleinen, regelmäßigen Zähne, wie das Milchgebiss eines Kindes. »Das heißt, dass Sie mich ernst nehmen. Mich nicht mit irgendeiner jungen Kollegin abspeisen, die sonst den Tee kocht.«

»Ich lasse meine jungen Kollegen ihre Zeit nicht damit verschwenden, Tee zu kochen«, erwiderte Karen trocken. »Ich war nur zufällig diejenige, die den Anruf angenommen hat.« Sie wandte sich halb zum Gehen, schaute dann zurück und sagte: »Kommen Sie bitte mit?«

Karen führte die Frau einen Seitenkorridor entlang zu einem kleinen Zimmer. Ein hohes Fenster ging auf den Parkplatz und auf den Golfplatz hinaus mit seinem gleichmäßig künstlichen Grün in der Ferne. Vier mit dem grauen Tweed der Ämter bezogene Polsterstühle standen um einen runden Tisch, dessen helles Kirschbaumholz zwar poliert war, aber nur stumpf glänzte. Der einzige Hinweis auf den Zweck dieses Raums ergab sich aus der Reihe gerahmter Fotos an der Wand, alles Bilder von Polizisten im Einsatz. Jedes Mal, wenn sie das Zimmer nutzte, fragte sich Karen, warum die oberen Etagen nur Bilder ausgewählt hatten, die in den Medien meistens dann veröffentlicht wurden, wenn etwas sehr Schlimmes passiert war.

Die Frau sah sich unsicher um, während Karen einen Stuhl herauszog und ihr ein Zeichen machte, Platz zu nehmen.

»Im Fernsehen ist das anders«, sagte sie.

»Nicht vieles im Polizeibezirk von Fife ist wie im Fernsehen«, entgegnete Karen und setzte sich in einem Winkel von neunzig Grad, nicht der Frau direkt gegenüber. Eine weniger herausfordernde Position brachte bei einer Zeugenbefragung gewöhnlich mehr.

»Wo sind die Tonbandgeräte?« Die Frau ließ sich nieder, zog aber ihren Stuhl nicht näher an den Tisch heran und hielt ihre Tasche auf dem Schoß fest.

Karen lächelte. »Sie verwechseln eine Zeugenbefragung mit dem Verhör eines Verdächtigen. Sie sind ja hier, um eine Meldung zu machen, nicht um wegen eines Verbrechens befragt zu werden. Sie dürfen also auf einem bequemen Stuhl sitzen und aus dem Fenster schauen.« Sie schlug ihren Block auf. »Ich glaube, Sie wollten jemanden als vermisst melden?«

»Das stimmt. Sein Name ist ...«

»Einen Moment. Ich muss ein bisschen weiter vorn anfangen. Zunächst mal, wie heißen Sie?«

»Michelle Gibson. So heiße ich, seit ich verheiratet bin. Mein Mädchenname ist Prentice. Aber alle nennen mich Misha.«

»Gut, Misha. Ich brauche auch Ihre Adresse und Telefonnummer.«

Misha ratterte alle Angaben herunter. »Das ist die Adresse meiner Mutter. Ich mache das sozusagen in ihrem Auftrag, wissen Sie?«

Karen kannte den Namen des Dorfes, aber nicht den der

Straße. Es hatte sich aus einem der kleinen Weiler entwickelt, die der dortige Grundbesitzer für seine Bergleute zu einer Zeit gebaut hatte, als ihm die Arbeiter noch genauso gehörten wie die Gruben selbst. Und es wurde schließlich zu einer Schlafstadt für Fremde, die weder eine Verbindung zu dem Ort noch zu seiner Vergangenheit hatten. »Trotzdem brauche ich auch die Angaben zu Ihrer Person«, erklärte sie.

Misha runzelte leicht die Stirn, dann gab sie eine Adresse in Edinburgh an. Karen sagte die Anschrift nichts; obwohl sie nur dreißig Meilen von der Hauptstadt entfernt wohnte, waren ihre Kenntnisse der sozialen Gegebenheiten dort von provinzieller Unzulänglichkeit. »Und Sie möchten jemanden als vermisst melden«, fuhr sie fort.

Misha zog scharf die Luft ein und nickte. »Meinen Vater. Mick Prentice. Also eigentlich Michael, genau genommen.«

»Und wann ist Ihr Vater verschwunden?« Jetzt könnte es interessant werden, dachte Karen. Sollte es überhaupt jemals interessant werden.

»Wie ich dem Mann unten schon sagte, vor zweiundzwanzig Jahren und sechs Monaten. Am Freitag, dem vierzehnten Dezember 1984, haben wir ihn zum letzten Mal gesehen.« Misha Gibson zog die Augenbrauen zusammen und blickte störrisch und finster drein.

»Das ist eine ziemlich lange Zeit, um jemanden dann erst vermisst zu melden«, bemerkte Karen.

Misha seufzte und wandte den Kopf, um aus dem Fenster zu sehen. »Wir glaubten nicht, dass er verschwunden war. Nicht direkt.«

»Ich kann Ihnen nicht folgen. Was meinen Sie mit ›nicht direkt‹?«

Misha drehte sich um und hielt Karens beharrlichem Blick stand. »Hört sich so an, als seien Sie aus der Gegend hier.« Karen fragte sich, worauf das hinauslaufen würde, und erwiderte: »Ich bin in Methil aufgewachsen.«

»Also, nichts für ungut, aber Sie sind alt genug, um sich zu erinnern, was 1984 los war.«

»Der Streik der Bergleute?«

Misha nickte. Ihr Kinn war weiterhin vorgeschoben, und sie starrte sie trotzig an. »Ich bin in Newton of Wemyss aufgewachsen. Mein Vater war Bergmann. Vor dem Streik arbeitete er unten in der Lady Charlotte. Sie werden sich erinnern, was die Leute in dieser Gegend damals sagten: Niemand sei streitbarer als die Kumpel von Lady Charlotte. Trotzdem verschwand in einer Nacht im Dezember nach neun Monaten Streik ein halbes Dutzend von ihnen. Na ja, ich sage, sie verschwanden, aber alle kannten die Wahrheit. Nämlich dass sie nach Nottingham zu den Streikbrechern gingen.« Ihr Gesicht verzog sich krampfhaft, als kämpfe sie gegen einen körperlichen Schmerz an. »Bei fünf von ihnen war niemand allzu überrascht, dass sie den Streik unterliefen. Aber meine Mum erzählt, alle seien fassungslos gewesen, dass mein Dad sich ihnen anschloss. Sie selbst auch.« Sie sah Karen flehentlich an. »Ich war zu klein, um mich erinnern zu können. Aber alle sagen, er war durch und durch Gewerkschaftsmann. Der Letzte, von dem man erwartet hätte, dass er zum Streikbrecher werden könnte.« Sie schüttelte den Kopf. »Trotzdem, was sollte sie sonst denken?«

Karen verstand nur zu gut, was ein solcher Treuebruch für Misha und ihre Mutter bedeutet haben musste. In dem radikalen Kohlegebiet Fife gab es nur Sympathie für diejenigen, die durchhielten. Mick Prentice' Verhalten hatte seine

Familie bestimmt sofort zu Parias gemacht. »Es war für Ihre Mutter bestimmt nicht leicht«, sagte sie.
»In einer Hinsicht war es total einfach«, entgegnete Misha bitter. »Was meine Mutter betraf, war's das. Für sie war er tot. Sie wollte nichts mehr mit ihm zu tun haben. Er schickte Geld, aber sie spendete es dem Unterstützungsfonds für Notfälle. Später, als der Streik vorbei war, gab sie es dem Wohlfahrtsverband für Bergarbeiter. Ich bin in einem Haus aufgewachsen, in dem der Name meines Vaters nie erwähnt wurde.«
Karen spürte einen Kloß im Hals, ein Gefühl zwischen Anteilnahme und Mitleid. »Er hat sich nie gemeldet?«
»Nur sein Geld kam. Immer in gebrauchten Scheinen. Immer mit einem Nottinghamer Poststempel.«
»Misha, ich hoffe, es klingt nicht herzlos, aber für mich hört es sich nicht so an, als sei Ihr Vater verschollen.« Karen bemühte sich, ihre Stimme so sanft wie möglich klingen zu lassen.
»Das dachte ich auch nicht. Bis ich ihn suchen ging. Glauben Sie mir, Inspector. Er ist nicht dort, wo er sein sollte. Er war nie dort. Und es ist absolut nötig, ihn ausfindig zu machen.«
Die schiere Verzweiflung in Mishas Stimme überraschte Karen. Sie erschien ihr interessanter als Mick Prentice' Aufenthaltsort. »Wieso?«, fragte sie.

Dienstag, 19. Juni 2007,
Edinburgh

Misha Gibson war nie auf die Idee gekommen, zu zählen, wie oft sie schon voller Empörung aus dem Kinderkrankenhaus getreten war, weil die Welt trotz des Geschehens in der Klinik einfach so weitermachte wie immer. Sie hatte nie daran gedacht, nachzuzählen, weil sie sich nie zu glauben erlaubte, es könnte das letzte Mal sein. Seit die Ärzte ihr den Grund für Lukes deformierte Daumen und die milchkaffeebraunen Flecken auf seinem schmalen Rücken erklärt hatten, verbiss sie sich in die Überzeugung, sie werde ihrem Sohn irgendwie helfen, dem Angriff auszuweichen, mit dem seine Gene sein Leben bedrohten. Jetzt aber sah es so aus, als werde diese Überzeugung einer vernichtenden Überprüfung unterzogen.

Misha stand einen Moment unentschlossen und ärgerlich über das sonnige Wetter da, denn sie wünschte sich einen Himmel, der so trüb war wie ihre Stimmung. Sie wollte noch nicht nach Haus. Am liebsten hätte sie geschrien und mit irgendetwas um sich geworfen, und eine leere Wohnung hätte sie nur in Versuchung gebracht, die Beherrschung völlig zu verlieren und genau das zu tun. John würde nicht da sein, um sie in den Arm zu nehmen oder zurückzuhalten. Er hatte gewusst, dass sie mit dem Arzt sprechen würde, und deshalb war natürlich bei der Arbeit eine unüberwindliche Schwierigkeit aufgetreten, die nur er lösen konnte.

Statt durch Marchmont zu ihrer Mietwohnung in dem Sandsteinbau zurückzukehren, überquerte Misha die belebte Straße zu den Meadows, der grünen Lunge der südlichen Stadtmitte, wo sie immer so gern mit Luke spazieren gegangen war. Als sie einmal mit Google Earth auf ihre Straße hinuntergeschaut hatte, hatte sie sich auch den Park angesehen. Aus dem Weltraum sah er wie ein mit Bäumen umsäumter Rugbyball aus, der von den Wegen wie mit Riemen zusammengehalten wurde. Sie hatte bei dem Gedanken, dass sie und Luke auf der Oberfläche wie krabbelnde Ameisen aussahen, gelächelt. Heute gab es kein Lächeln mehr, das Misha hätte trösten können. Heute musste sie sich der Tatsache stellen, dass sie vielleicht nie wieder mit Luke hier spazieren gehen würde.

Sie schüttelte den Kopf und versuchte, die wehleidigen Gedanken zu vertreiben. Sie brauchte einen Kaffee, um sich zu sammeln und die Dinge im richtigen Rahmen zu sehen. Sie würde einen raschen Spaziergang durch den Park und zur Georg-IV.-Brücke hinunter machen, wo heutzutage hinter jedem Fenster eine Bar, ein Café oder ein Restaurant war.

Zehn Minuten später saß Misha in einer Ecknische mit einem tröstlichen Caffè Latte vor sich. Es war noch nicht das Ende, konnte nicht das Ende sein. Sie würde nicht zulassen, dass es das Ende war. Auf irgendeine Weise musste es für Luke noch eine Chance geben.

Als sie ihn zum ersten Mal in den Armen gehalten hatte, wusste sie sofort, dass etwas nicht stimmte. Obwohl sie von Medikamenten benommen und von den Wehen noch geschwächt war, hatte sie es gewusst. John hatte es geleugnet und dem niedrigen Geburtsgewicht ihres Sohnes sowie den kleinen stumpfartigen Daumen keine Beachtung geschenkt. Aber die Angst hatte Mishas Herz mit kalter Gewissheit umklammert. Luke war anders. Die einzige Frage war für sie, wie anders er war.

Als einigermaßen glücklichen Umstand konnten sie allein die Tatsache betrachten, dass sie in Edinburgh nur zehn Minuten zu Fuß vom Royal Hospital for Sick Children entfernt wohnten, einer Einrichtung, die in der Boulevardpresse regelmäßig unter den so beliebten Geschichten über »Wunder« erschien. Es dauerte nicht lange, bis die Fachärzte des Kinderkrankenhauses das Problem erkannt, aber auch erklärt hatten, dass es für sie keine Wunder geben würde.

Fanconi-Anämie. Wenn man es schnell aussprach, klang es wie ein italienischer Tenor oder eine Stadt auf den Hügeln der Toskana. Aber hinter der reizvollen Musikalität der Worte verbarg sich eine tödliche Botschaft. In der DNA von Lukes beiden Elternteilen gab es versteckte rezessive Gene, die sich verbunden, eine seltene Erkrankung ausgelöst und ihren Sohn zu einem kurzen Leben voller Schmerzen verdammt hatten. Irgendwann im Alter zwischen drei und zwölf Jahren würde er mit größter Wahrscheinlichkeit eine aplastische Anämie entwickeln, eine Rückbildung des Knochenmarks, die sein Todesurteil bedeutete, wenn kein geeigneter Spender gefunden werden konnte. Das schonungslose Urteil lautete, dass Luke ohne eine erfolgreiche Knochenmarkstransplantation nur im glücklichsten Fall älter als zwanzig Jahre werden würde.

Diese Auskunft erfüllte sie mit einer Mission. Bald erfuhr sie, dass für Luke als Einzelkind die beste Chance einer erfolgreichen Therapie in einer Knochenmarkspende von einem anderen Familienmitglied bestand. Die Ärzte nannten das eine Mismatch-Transplantation von verwandtem Material. Zuerst hatte dies Misha verwirrt. Sie hatte von Datenbanken für Knochenmarkspender gelesen und angenommen, dass die größte Hoffnung darin liege, dort einen perfekt passenden Spender zu finden. Aber der Arzt erklärte ihnen, das Knochenmark von einem Familienmitglied, auch wenn es nicht perfekt passe, sondern nur einige mit Luke

übereinstimmende Gene hätte, stelle ein niedrigeres Komplikationsrisiko dar als eine perfekt passende Spende von jemandem außerhalb der erweiterten Familie des Patienten.
Seitdem war Misha die Genzusammensetzungen auf beiden Seiten der Familie durchgegangen, hatte Überredungskunst, emotionale Erpressung und sogar das Versprechen von Belohnungen für entfernte Cousins und ältere Tanten eingesetzt. Es hatte einige Zeit in Anspruch genommen, da es eine Einzelmission war. Denn John hatte sich hinter der Mauer seines unrealistischen Optimismus verschanzt. Es würde bald einen Durchbruch in der Stammzellenforschung geben. Ein Arzt würde irgendwo eine Therapie entdecken, die nicht von der Voraussetzung übereinstimmender Gene abhing. Ein perfekt passender Spender würde irgendwo in einer Datenbank auftauchen. John sammelte gute Geschichten mit glücklichem Ausgang. Er durchforstete das Internet nach Fällen, die bewiesen, dass die Ärzte unrecht hatten. Jede Woche förderte er neue medizinische Wunder und anscheinend unerklärliche Heilmethoden zutage. Und daraus schöpfte er seine Hoffnung. Er sah keinen Sinn in Mishas ständigen Bemühungen und war sicher, dass alles schon irgendwie gut werden würde. Seine Fähigkeit, die Augen vor der Realität zu verschließen, war kolossal.
Dafür hätte sie ihn am liebsten umgebracht.
Aber stattdessen ging sie die Zweige ihrer jeweiligen Stammbäume auf der Suche nach dem perfekten Kandidaten weiter durch. Erst vor ungefähr einer Woche, wenige Tage vor dem schrecklichen Urteil, war sie in diese endgültige Sackgasse geraten. Es gab nur eine einzige Möglichkeit. Aber sie hatte gebetet, gerade diese nicht in Betracht ziehen zu müssen.
Bevor sie diesen Gedanken weiterverfolgen konnte, fiel ein Schatten auf sie. Sie blickte auf und machte sich darauf ge-

fasst, jedem energisch entgegenzutreten, der sie stören wollte. »John«, begrüßte sie ihn müde.
»Ich dachte doch, dass ich dich hier irgendwo finden würde. Dies ist das dritte Lokal, in dem ich es probiert habe«, sagte er, schob sich auf die Bank in der Nische und rutschte unbeholfen weiter, bis er im rechten Winkel und nah genug neben ihr saß, dass sie sich berühren konnten, wenn einer von ihnen das wollte.
»Ich hätte jetzt nicht in eine leere Wohnung gehen können.«
»Das kann ich verstehen. Was haben sie gesagt?« Sein markantes Gesicht verzog sich vor Angst. Nicht wegen des ärztlichen Urteils, dachte sie, denn er hielt seinen kostbaren Sohn immer noch für unbesiegbar. Sondern es war ihre Reaktion, die John Sorge machte.
In dem Wunsch nach Kontakt als auch nach Trost ergriff sie seine Hand. »Es wird Zeit. Ohne Transplantation höchstens sechs Monate.« Sie fand sogar selbst, dass ihre Stimme kalt klang. Aber Wärme konnte sie sich nicht leisten. Wärme würde ihren starren Gemütszustand lösen, und hier war nicht der rechte Ort für den Ausbruch von Kummer oder Liebe.
John umklammerte ihre Finger fest mit seiner Hand. »Vielleicht ist es noch nicht zu spät«, widersprach er. »Vielleicht werden sie ...«
»Bitte, John. Nicht jetzt.«
Seine Schultern im Jackett strafften sich, sein Körper spannte sich an, während er mit seiner abweichenden Meinung an sich hielt. »Also«, sagte er mit einem tiefen Atemzug, der mehr einem Seufzer glich. »Ich nehme an, du wirst nach dem Dreckskerl suchen?«

Mittwoch, 27. Juni 2007,
Glenrothes

Karen kratzte sich mit ihrem Kuli am Kopf. *Warum bekomme ich all die guten Fälle?* »Warum haben Sie so lange nichts getan, um Ihren Vater zu finden?«

Sie bemerkte einen flüchtigen Ausdruck von Irritation um Mishas Mund und Augen. »Weil ich mit dem Gedanken aufgewachsen bin, dass mein Vater ein egoistischer, dreckiger Streikbrecher ist. Was er getan hat, hat meine Mutter aus ihrer eigenen Dorfgemeinschaft vertrieben. Deshalb wurde ich auf dem Spielplatz und später in der Schule angegriffen. Ich dachte, ein Mann, der seine Familie so im Stich ließ, würde sich kaum die Mühe machen, sich um seinen Enkel zu kümmern.«

»Er hat Geld geschickt«, stellte Karen fest.

»Hier und da ein paar Pfund. Blutgeld«, erwiderte Misha. »Wie gesagt, meine Mum hat es nicht angerührt. Sie hat es verschenkt. Ich hatte nie einen Nutzen davon.«

»Vielleicht hat er versucht, sich mit Ihrer Mum zu versöhnen. Eltern sprechen nicht immer mit uns über unbequeme Wahrheiten.«

Misha schüttelte den Kopf. »Sie kennen meine Mum nicht. Selbst jetzt, da Lukes Leben in Gefahr ist, ist es ihr nicht recht, dass ich versuche, meinen Dad zu finden.«

Karen dachte zwar, das sei ein ziemlich schwacher Grund dafür, einen Mann zu meiden, der vielleicht die Zukunft eines Jungen retten konnte. Aber sie wusste, welche tiefen Gefühle es in den alten Bergwerksgemeinden gab. So ließ sie es dabei bewenden. »Sie sagen, er war nicht dort, wo er sein sollte. Was ist passiert, als Sie nach ihm gesucht haben?«

Donnerstag, 21. Juni 2007,
Newton of Wemyss

Jenny Prentice holte einen Beutel Kartoffeln aus dem Gemüsefach und begann sie zu schälen, den Oberkörper über die Spüle gebeugt, den Rücken ihrer Tochter zugewandt. Mishas Frage hing unbeantwortet zwischen ihnen und erinnerte sie beide an die Barriere, die die Abwesenheit des Vaters von Anfang an zwischen ihnen errichtet hatte. Misha versuchte es noch einmal. »Ich sagte …«

»Ich hab dich schon gehört. Meine Ohren sind in Ordnung«, unterbrach sie Jenny. »Und die Antwort ist, ich hab nicht die geringste Ahnung. Wie soll ich wissen, wo man nach dem egoistischen Drecksack von Streikbrecher suchen könnte? Wir sind die letzten zweiundzwanzig Jahre ohne ihn klargekommen. Es gab nie einen Grund, nach ihm zu suchen.«

»Aber jetzt gibt es einen.« Mischa starrte auf die runden Schultern ihrer Mutter. Das schwache Licht, das durch das kleine Küchenfenster hereinfiel, betonte die Silberfäden in ihrem ungefärbten Haar. Sie war kaum über fünfzig, schien aber das mittlere Alter übersprungen zu haben und direkt auf die gebeugte Haltung einer verletzlichen alten Frau zuzusteuern. Es war, als hätte sie vorausgesehen, dass dieser Angriff eines Tages kommen würde, und hätte beschlossen, ihr bedauernswertes Aussehen zu ihrer Verteidigung einzusetzen.

»Er wird uns nicht helfen«, erklärte Jenny verächtlich. »Er hat doch gezeigt, was er von uns hielt, als er wegging und uns die Suppe auslöffeln ließ. Er hat immer nur für sich selbst gesorgt.«

»Vielleicht. Aber wegen Luke müssen wir es trotzdem versuchen«, beharrte Misha. »War auf den Kuverts mit dem Geld nie ein Absender vermerkt?«

Jenny schnitt eine geschälte Kartoffel in der Mitte durch und warf sie in einen Topf mit Salzwasser. »Nein. Er machte sich nicht mal die Mühe, einen kurzen Brief in den Umschlag zu stecken. Nur ein Bündel dreckige Geldscheine, das war alles.«

»Und die Männer, mit denen er wegging?«

Jenny warf Misha kurz einen vernichtenden Blick zu. »Was mit denen war? Sie haben sich hier in der Gegend nie mehr sehen lassen.«

»Aber manche von ihnen haben doch hier oder in East Wemyss noch Familie. Brüder, Cousins. Vielleicht wissen die etwas über meinen Vater.«

Jenny schüttelte entschieden den Kopf. »Seit er gegangen ist, habe ich nie jemand von ihm sprechen hören. Kein Wort, weder gut noch böse. Die andern Männer, mit denen er ging, waren nicht seine Freunde. Der einzige Grund, mit ihnen zu fahren, war, dass er kein Geld hatte, auf eigene Faust in den Süden zu kommen. Er hat sie wahrscheinlich ausgenutzt, genau wie uns, und ist dann, kaum angekommen, einfach seinen eigenen Weg gegangen.« Sie warf noch eine Kartoffel in den Topf und erkundigte sich ohne große Begeisterung: »Willst du zum Abendessen bleiben?«

»Nein, ich hab noch zu tun«, antwortete Misha ungeduldig, weil ihre Mutter ihre Suche nicht ernst nahm. »Es muss doch jemanden geben, mit dem er Kontakt gehalten hat. Mit wem hätte er wohl gesprochen? Wem hätte er von seinen Plänen erzählt?«

Jenny richtete sich auf und stellte den Topf auf den altmodischen Gasherd. Jedes Mal wenn Misha und John zur Zeremonie des Sonntagsessens Platz nahmen, boten sie an, den angeschlagenen und abgenutzten Herd zu ersetzen. Aber wie jedes andere freundliche Angebot lehnte Jenny auch dies mit der gleichen irritierenden Opfermiene ab. »Da hast du ebenfalls kein Glück«. Sie ließ sich auf einem der zwei Stühle nieder, die in der engen Küche zu beiden Seiten des winzigen Tisches standen. »Er hatte nur einen richtigen Freund. Andy Kerr. Er war ein strammer Kommunist, der Andy. Ich sag dir, 1984 gab es nicht mehr viele, die noch die rote Fahne hochgehalten haben, aber Andy gehörte dazu. Er war schon lange vor dem Streik Gewerkschaftsfunktionär. Er und dein Vater waren schon seit der Schule beste Freunde.« Ihr Gesichtsausdruck wurde für einen Moment etwas weicher und ließ Misha fast die junge Frau erkennen, die sie einmal gewesen sein musste. »Die hatten immer was vor, die beiden.«

»Und wo kann ich diesen Andy Kerr finden?« Misha saß ihrer Mutter gegenüber und hatte ihr Vorhaben zu gehen vorübergehend aufgegeben.

Das Gesicht ihrer Mutter verzog sich zu einer bitteren Grimasse. »Der arme Kerl. Wenn du Andy findest, bist du wirklich ein guter Detektiv.« Sie beugte sich vor und tätschelte Mishas Hand. »Er gehört auch zu den Opfern deines Vaters.«

»Wie meinst du das?«

»Andy hat deinen Vater bewundert. Er hielt große Stücke auf ihn. Der arme Andy. Der Streik hat ihn furchtbar in die Klemme gebracht. Er glaubte an den Streik und an den Kampf. Aber es brach ihm das Herz, mit ansehen zu müssen, welche Not seine Männer zu ertragen hatten. Er war am Rande eines Nervenzusammenbruchs, und der leitende Funktionär hier am Ort zwang ihn, kurz bevor dein Vater sich aus dem Staub machte, sich krankzumelden. Danach hat ihn nie wieder jemand gesehen. Er hat irgendwo draußen in der Pampa gelebt, deshalb hat niemand bemerkt, dass er fort war.« Sie stieß einen langen müden Seufzer aus. »Er hat deinem Vater eine Postkarte von irgendwo oben im Norden geschickt. Aber der war natürlich schon als Streikbrecher unterwegs und hat sie nie bekommen. Als Andy später zurückkehrte, hinterließ er einen Brief für seine Schwester, in dem er schrieb, er könne es nicht mehr aushalten. Hat sich umgebracht, der arme Kerl.«

»Was hat das mit meinem Vater zu tun?«, fragte Misha.

»Ich hab immer gedacht, als dein Dad damals zum Streikbrecher wurde, das hat das Fass zum Überlaufen gebracht.« Jennys andächtiger Gesichtsausdruck grenzte an Selbstzufriedenheit. »Das hat Andy den Rest gegeben.«

»Das weißt du doch gar nicht genau.« Misha wich empört zurück.

»Ich bin nicht die Einzige hier, die das glaubt. Wenn dein Vater sich jemandem anvertraut hätte, dann wäre es Andy gewesen. Und das wäre eine zu schwere Last für seine arme zarte Seele gewesen. Er hat sich das Leben genommen und wusste, dass sein einziger wirklicher Freund alles verraten hatte, wofür er stand.« Mit dieser melodramatischen Feststellung stand Jenny auf und nahm einen Beutel Karotten aus dem Gemüsefach. Es war klar, dass sie zu dem Thema Mick Prentice alles gesagt hatte.

Mittwoch, 27. Juni 2007,
Glenrothes

Karen sah verstohlen auf ihre Uhr. Welche guten Eigenschaften Misha Gibson auch haben mochte, sich kurz zu fassen gehörte nicht dazu. »Andy Kerr erwies sich also wortwörtlich als totes Ende?«

»Meine Mutter glaubt das. Aber anscheinend ist seine Leiche nie gefunden worden. Vielleicht hat er sich doch nicht umgebracht«, sagte Misha.

»Sie tauchen nicht immer wieder auf«, meinte Karen. »Manchmal holt sie das Meer. Oder die Wildnis. Es gibt noch viele unbewohnte Flächen in diesem Land.« Resignation verbreitete sich auf Mishas Gesicht. Karen hielt sie für eine Frau, die wohl fast alles glaubte, was man ihr erzählte. Wenn irgendjemand das wusste, dann war es ihre Mutter. Vielleicht waren die Dinge nicht ganz so klar, wie Jenny Prentice ihre Tochter glauben machen wollte.

»Das stimmt«, gab Misha zu. »Und meine Mutter hat gesagt, er hätte einen Brief hinterlassen. Hat die Polizei den wohl noch?«

Karen schüttelte den Kopf. »Das bezweifle ich. Wenn wir ihn überhaupt jemals hatten, ist er wahrscheinlich an seine Familie zurückgegeben worden.«

»Hätte es eine gerichtliche Untersuchung gegeben? Ob man ihn dazu vielleicht gebraucht hätte?«

»Sie meinen die Untersuchung eines tödlichen Unfalls«, stellte Karen klar. »Nicht ohne Leiche, nein. Wenn es überhaupt Unterlagen gibt, dann eine Vermisstenakte.«

»Aber er ist doch nicht vermisst. Seine Schwester hat ihn für tot erklären lassen. Ihre Eltern sind beide bei dem Fährunglück bei Zeebrügge umgekommen. Anscheinend hatte ihr Vater sich immer geweigert zu glauben, dass Andy tot sei, deshalb hatte er sein Testament nicht so geändert, dass die Schwester das Haus erhielt. Sie musste vor Gericht gehen und Andy für tot erklären lassen, damit sie das Erbe antreten konnte. Das hat jedenfalls meine Mutter erzählt.« Nicht einmal die Andeutung eines Zweifels war auf Mishas Gesicht zu sehen.

Karen machte sich eine Notiz *Andy Kerrs Schwester* und fügte ein kleines Sternchen hinzu. »Wenn sich also Andy umgebracht hat, sind wir wieder beim Streikbrechen als einziger vernünftiger Erklärung für das Verschwinden Ihres Vaters. Haben Sie versucht, mit den Männern Kontakt aufzunehmen, mit denen er weggegangen sein soll?«

Montag, 25. Juni 2007,
Edinburgh

Es war zehn nach neun am Montagmorgen, und Misha war bereits erschöpft. Eigentlich sollte sie jetzt in der Kinderklinik sein und sich auf Luke konzentrieren. Mit ihm spielen, ihm vorlesen, die Mediziner überreden, ihre Therapie zu erweitern, die Behandlungspläne mit dem Pflegepersonal besprechen, all ihre Energie einsetzen, um sie mit ihrer eigenen Überzeugung anzustecken, dass ihr Sohn gerettet werden konnte. Und wenn er gerettet werden konnte, schuldeten ihm alle, dass man ihm jede nur mögliche therapeutische Maßnahme angedeihen ließ.

Aber stattdessen saß sie mit dem Rücken zur Wand und angezogenen Knien auf dem Boden, das Telefon auf dem Schoß und den Notizblock neben sich. Sie redete sich ein, sie sei dabei, allen Mut für den Anruf zusammenzukratzen, wusste aber irgendwo im Hinterkopf, dass der wahre Grund für ihre Untätigkeit Erschöpfung war.

Andere Familien nutzten das Wochenende, um sich zu entspannen und ihre Akkus wieder aufzuladen. Nicht so die Gibsons. Zunächst war in der Klinik weniger Personal im Dienst, und Misha und John fühlten sich verpflichtet, noch mehr Energie als sonst für Luke aufzubringen. Auch wenn sie nach Hause kamen, gab es keine Ruhe. Mishas fester Glaube, die letzte Hoffnung für ihren Sohn bestehe darin, ihren Vater zu finden, hatte den Konflikt zwischen ihrem missionarischen Eifer und Johns passivem Optimismus noch mehr angeheizt.

An diesem Wochenende war es schwieriger gewesen als sonst. Dass Lukes Leben eine Zeitgrenze gesetzt worden

war, machte jeden gemeinsamen Augenblick noch kostbarer, aber auch schmerzlicher. Es war schwer, nicht in melodramatische Sentimentalität zu verfallen. Sobald sie am Samstag das Krankenhaus verlassen hatten, wiederholte Misha immer wieder den Satz, den sie vorbrachte, seit sie ihre Mutter gesehen hatte. »Ich muss nach Nottingham, John. Das weißt du doch.«
Er steckte die Hände in die Taschen seiner Regenjacke und schob den Kopf vor, als ginge er gegen einen starken Wind an. »Ruf den Typ einfach an«, erwiderte er. »Wenn er dir etwas zu sagen hat, kann er das auch am Telefon machen.«
»Vielleicht aber nicht.« Sie machte zwei schnelle Schritte, um mitzuhalten. »Die Leute sagen einem immer mehr, wenn man sie direkt vor sich hat. Er könnte mir vielleicht den Kontakt zu anderen verschaffen, die zusammen mit ihm runtergegangen sind. Vielleicht wissen die etwas.«
John schnaubte. »Und wieso kann sich deine Mutter nur an einen Namen erinnern? Wieso kann sie nicht die Verbindung zu anderen herstellen?«
»Ich hab es dir doch gesagt. Sie hat alles über die Zeit damals verdrängt. Ich musste sie wirklich bearbeiten, bis sie wenigstens mit Logan Laidlaws Namen herausrückte.«
»Und du findest es nicht erstaunlich, dass der einzige Mann, an dessen Namen sie sich erinnern kann, keine Familie in der hiesigen Gegend hat? Dass es keine klaren Anhaltspunkte gibt, um ihn aufzuspüren?«
Misha hakte sich bei ihm unter, teilweise um ihn zu bremsen. »Aber ich habe ihn doch aufgespürt, oder? Du bist zu misstrauisch.«
»Nein, das bin ich nicht. Deine Mutter begreift nicht, was im Internet alles möglich ist. Sie weiß nichts über Dinge wie Online-Wählerverzeichnisse oder Suchmaschinen wie

192.com. Sie glaubt, wenn es keinen Menschen gibt, den du fragen kannst, bist du aufgeschmissen. Sie meinte, sie hätte dir nichts gesagt, das dir nützen konnte. Sie will nicht, dass du in der Sache herumstocherst, und wird dir nicht helfen.«

»Das macht ja dann zwei, die mir nicht helfen wollen.« Misha ließ ihn los und ging vor ihm her.

John holte sie an der Ecke ihrer Straße ein. »Das ist unfair«, sagte er. »Ich will nur nicht, dass dir unnötig weh getan wird.«

»Und wenn ich zusehe, wie mein Kind stirbt, und nichts tue, um es zu retten, meinst du etwa, das würde mir nicht weh tun?« Misha spürte den Zorn heiß und rot in ihre Wangen aufsteigen, und brennende Tränen der Wut lauerten dicht unter der Oberfläche. Sie wandte sich von ihm ab und blinzelte verzweifelt, den Blick auf die hohen Sandsteinhäuser gerichtet.

»Wir werden einen Spender finden. Oder sie werden eine Therapie entwickeln. Diese ganze Stammzellenforschung kommt ja wirklich schnell voran.«

»Nicht schnell genug für Luke«, entgegnete Misha, und das vertraute Gefühl von Schwere in ihrem Magen ließ sie langsamer gehen. »John, bitte, ich muss nach Nottingham fahren. Du musst dir zwei Tage freinehmen und bei Luke für mich einspringen.«

»Du brauchst nicht zu fahren. Du kannst mit dem Typ telefonieren.«

»Es ist nicht das Gleiche. Das weißt du doch. Wenn du mit Kunden zu tun hast, machst du das auch nicht per Telefon. Nicht wenn es etwas Wichtiges ist. Du gehst hin und besuchst sie. Du willst ihnen in die Augen schauen. Ich bitte dich doch nur, dir zwei Tage freizunehmen und Zeit mit deinem Sohn zu verbringen.«

Seine Augen blitzten bedrohlich, und sie wusste, dass sie zu weit gegangen war. John schüttelte störrisch den Kopf. »Ruf ihn einfach an, Misha.«

Und das war's. Die lange Erfahrung mit ihrem Mann hatte sie gelehrt, dass John im Recht zu sein glaubte, wenn er eine bestimmte Haltung eingenommen hatte. Wenn man weiter auf einer anderen Meinung beharrte, gab ihm das nur Gelegenheit, seine Position noch zu untermauern. Sie hatte keine neuen Argumente, die gegen seine Entscheidung ankommen konnten. Also saß sie hier auf dem Boden und formulierte Sätze in ihrem Kopf, die Logan Laidlaw dazu bringen sollten, ihr zu sagen, was mit ihrem Vater passiert war, seit er sie vor mehr als zweiundzwanzig Jahren verlassen hatte.

Ihre Mutter hatte ihr nicht viel erzählt, worauf sie ihre Strategie aufbauen konnte. Laidlaw war ein nichtsnutziger Frauenheld, ein Mann, der sich im Alter von dreißig Jahren noch wie ein Teenager benahm. Mit fünfundzwanzig war er verheiratet und bald wieder geschieden gewesen und erwarb sich den schlechten Ruf eines Mannes, dem im Umgang mit Frauen allzu schnell die Hand ausrutschte. Das Bild, das Misha von ihrem Vater hatte, war sehr lückenhaft und einseitig, aber selbst in ihrer durch die Voreingenommenheit ihrer Mutter geprägten Sicht klang Mick Prentice nicht wie jemand, der sich viel mit Logan Laidlaw hätte abgeben wollen. Andererseits aber gesellten sich in schweren Zeiten ungleiche Gefährten zueinander.

Endlich nahm Misha den Hörer und wählte die Nummer, die sie über Internetsuche und Telefonauskunft gefunden hatte. Er war wahrscheinlich arbeitslos, dachte sie beim vierten Klingeln. Oder er schlief.

Beim sechsten Klingeln wurde plötzlich abgenommen. Eine tiefe Stimme brummte ein undeutliches Hallo.

»Ist dort Logan Laidlaw?«, fragte Misha und bemühte sich, ruhig zu klingen.
»Ich hab schon ’ne Küche, und Versicherungen brauch ich auch keine.« Der Dialekt von Fife und die vertraute Wortmelodie klangen deutlich durch.
»Ich will Ihnen nichts verkaufen, Mr. Laidlaw. Ich möchte nur mit Ihnen reden.«
»Aha. Und ich bin der Premierminister.«
Sie hatte das Gefühl, er werde gleich auflegen. »Ich bin die Tochter von Mick Prentice«, platzte sie heraus und hatte damit ihre Strategie hoffnungslos vermasselt. Sogar aus der Entfernung konnte sie sein heiseres, pfeifendes Schnaufen hören. »Mick Prentice aus Newton of Wemyss«, versuchte sie es noch einmal.
»Ich weiß, woher Mick Prentice stammt. Aber ich weiß nicht, was Mick Prentice mit mir zu schaffen hat.«
»Hören Sie, mir ist klar, dass Sie sich dieser Tage nicht oft sehen, aber ich wäre Ihnen wirklich für alles dankbar, was Sie mir sagen könnten. Ich muss ihn unbedingt finden.« Mishas eigener Akzent passte sich jetzt seinem breiten Dialekt an.
Pause. Dann erwiderte er ratlos: »Warum reden Sie mit mir? Ich hab Mick Prentice nicht gesehen, seit ich 1984 aus Newton of Wemyss weggegangen bin.«
»Okay, aber selbst wenn Sie sich gleich getrennt haben, als Sie in Nottingham ankamen, müssen Sie doch eine Ahnung haben, wo er geblieben ist, wohin er gehen wollte?«
»Hören Sie mal, Schätzchen, ich habe keine Ahnung, wovon Sie reden. Was meinen Sie damit, dass wir uns gleich getrennt haben, als wir nach Nottingham kamen?« Er klang gereizt, ihre aufgeregten Fragen hatten seine nicht gerade ausgeprägte Geduld erschöpft.

Misha holte tief Luft und sagte dann ganz langsam: »Ich will nur wissen, was mit meinem Vater los war, nachdem Sie nach Nottingham kamen. Ich muss ihn finden.«
»Sind Sie noch richtig im Kopf, Mädchen? Ich hab keine Ahnung, was mit Ihrem Vater los war, nachdem ich nach Nottingham kam, und zwar deshalb: Ich war in Nottingham, und er war in Newton of Wemyss. Und auch wenn wir beide am gleichen Ort gewesen wären, wären wir nicht das gewesen, was man Freunde nennt.«
Die Worte trafen sie wie eine kalte Dusche. Stimmte irgendetwas mit Logan Laidlaws Erinnerung nicht? War er dabei, sein Gedächtnis zu verlieren? »Nein, das stimmt nicht«, widersprach sie. »Er ist mit Ihnen nach Nottingham gegangen.«
Es folgte ein schallendes Lachen, dann ein rauher Husten. »Jemand hat Sie veräppelt, Mädchen«, keuchte er. »Eher hätte Trotzki persönlich den Streik gebrochen als der Mick Prentice, den ich gekannt habe. Wieso glauben Sie denn, dass er nach Nottingham kam?«
»Das bin ja nicht nur ich. Alle glauben, dass er mit Ihnen und den anderen Männern nach Nottingham gegangen ist.«
»Das ist ja verrückt. Warum sollten das alle denken? Kennen Sie Ihre eigene Familiengeschichte nicht?«
»Was meinen Sie damit?«
»Herrgott noch mal, Mädchen, Ihr Urgroßvater. Der Großvater Ihres Vaters. Wissen Sie nichts über ihn?«
Misha hatte keine Ahnung, worauf er hinauswollte, aber zumindest hatte er nicht aufgelegt, wie sie befürchtet hatte. »Er ist gestorben, bevor ich zur Welt kam. Ich weiß überhaupt nichts über ihn, außer dass er auch Bergmann war.«
»Jackie Prentice«, begann Laidlaw vorwurfsvoll und beina-

he etwas genüsslich. »Er war damals 1926 Streikbrecher. Nachdem alles vorbei war, musste man ihm eine Arbeit im Tagebau geben. Wenn dein Leben von den Männern in deiner Gruppe abhängt, willst du als Streikbrecher nicht da unten sein. Höchstens, wenn alle anderen im gleichen Boot sitzen, wie es bei uns der Fall war. Weiß Gott, warum Jackie im Dorf geblieben ist. Er musste den Bus nach Dysart nehmen, wenn er einen trinken gehen wollte. In den Dörfern von Wemyss gab es kein Lokal, in dem man ihn bedient hätte. Ihr Dad und Ihr Grandpa mussten also zweimal so hart arbeiten wie alle anderen, um unten in der Grube akzeptiert zu werden. Niemals hätte Mick Prentice diesen Respekt einfach aufgegeben. Eher hätte er gehungert. Und hätte auch in Kauf genommen, wie Sie mit ihm hungerten. Woher auch immer Sie Ihre Informationen haben, die haben keine verdammte Ahnung.«

»Meine Mutter hat es mir erzählt. Und alle in Newton sagen das auch.« Die Schockwirkung seiner Worte gab ihr das Gefühl, als bekäme sie plötzlich keine Luft mehr.

»Na, dann irren sie sich eben. Warum denken sie das bloß?«

»Weil er in der Nacht, als Sie nach Nottingham gingen, zum letzten Mal in Newton gesehen wurde oder man von ihm gehört hatte. Und weil meine Mutter manchmal per Post Geld mit dem Nottinghamer Poststempel geschickt bekommt.«

Laidlaw schnaufte schwer, was sich wie ein Schifferklavier an ihrem Ohr anhörte. »Meine Güte, das ist ja bescheuert. Mein liebes Kind, tut mir leid, dass ich Sie enttäuschen muss. Wir sind damals in der Dezembernacht zu fünft aus Newton of Wemyss weggegangen. Aber Ihr Dad war nicht dabei.«

Mittwoch, 27. Juni 2007, Glenrothes

Karen ging auf dem Rückweg zu ihrem Schreibtisch in der Kantine vorbei und holte sich ein Sandwich mit Geflügelsalat. Von Kriminellen und Zeugen ließ sich Karen zwar selten täuschen, aber wenn es ums Essen ging, konnte sie sich selbst bereits vor dem Frühstück siebzehnmal etwas vormachen. Das Sandwich zum Beispiel. Vollkornbrot, ein Lappen welker Salat, zwei Tomatenscheiben und Gurke machten schon ein gesundes Essen. Butter und Mayonnaise spielten keine Rolle. In ihrem Kopf wurden die Kalorien durch die Vorteile aufgewogen. Sie klemmte ihr Notizbuch unter den Arm und riss im Gehen die Plastikverpackung auf.

Phil Parhatka sah auf, als sie sich auf ihren Stuhl plumpsen ließ. Nicht zum ersten Mal erinnerte sie die Art und Weise, wie er den Kopf hielt, an eine dunklere, dünnere Ausgabe von Matt Damon. Nase und Unterkiefer genauso vorspringend, die geraden Augenbrauen, der Haarschnitt wie im Film *Die Bourne Identität*, der Gesichtsausdruck, der in einer Sekunde von Offenheit zu Vorsicht wechseln konnte. Nur die Farbtöne waren anders. Phils polnische Herkunft war verantwortlich für sein dunkles Haar, die braunen Augen und die derbe blasse Haut. Seine eigene Note hatte er mit dem winzigen Loch im linken Ohrläppchen hinzugefügt, in dem normalerweise, wenn er nicht im Dienst war, ein Diamantstecker saß. »Wie war's denn?«, erkundigte er sich.

»Interessanter, als ich erwartet hatte«, gab sie zu und stand noch einmal auf, um sich eine Cola light zu holen. Während sie aß, fasste sie Misha Gibsons Geschichte kurz zusammen.

»Und sie glaubt das, was dieser alte Knacker in Nottingham ihr erzählt hat?«, fragte er, lehnte sich zurück und verschränkte die Finger hinter dem Kopf.

»Ich vermute, sie ist die Art Frau, die im Allgemeinen das glaubt, was die Leute ihr sagen«, meinte Karen.

»Dann wäre sie also 'ne miserable Polizistin. Du wirst es zur Bearbeitung an die Zentralabteilung weitergeben, nehme ich an?«

Karen biss in ihr Sandwich und kaute kräftig, wobei sich an Kiefern und Schläfen ihre Muskeln wölbten und zusammenzogen wie ein Stressball in Aktion. Sie schluckte, bevor sie richtig zu Ende gekaut hatte, und spülte alles mit einem Schluck Cola light hinunter. »Weiß noch nicht«, antwortete sie. »Eigentlich ist es interessant.«

Phil warf ihr einen skeptischen Blick zu. »Karen, es ist kein ungelöster Fall. Wir sind nicht berechtigt, uns damit abzugeben.«

»Wenn ich es an die Zentralabteilung weitergebe, werden sie das einfach liegen- und verkümmern lassen. Niemand da drüben wird sich um einen Fall kümmern, dessen Spuren sich vor zwanzig Jahren verloren haben.« Sie weigerte sich, seinem kritischen Blick standzuhalten. »Das weißt du genauso gut wie ich. Und laut Misha Gibson hat ihr Kleiner nur noch diese letzte Chance.«

»Dadurch wird immer noch kein ungelöster Fall daraus.«

»Nur weil er 1984 nicht bearbeitet wurde, bedeutet dies nicht, dass er jetzt nicht als ungelöst gilt.« Karen deutete mit dem letzten Stück ihres Brotes zu den Akten auf ihrem Schreibtisch. »Und keiner von denen da läuft davon. Darren Anderson – da kann ich nichts machen, bis die Polizei auf den Kanaren sich dransetzt und herausfindet, in welcher Bar seine Exfreundin arbeitet. Ishbel Mackindoe – hier heißt es warten, bis das Labor mir mitteilt, ob sie den anonymen Briefen brauchbare DNA entnehmen können. Patsy Miller – damit kann ich nicht weitermachen, bis die Met den Garten in Haringey vollends umgegraben hat und die gerichtsmedizinische Untersuchung beendet ist.«

»Im Fall Patsy Miller gibt es Zeugen, mit denen wir noch einmal reden könnten.«

Karen zuckte mit der Schulter. Sie wusste, dass sie ihren höheren Dienstgrad gegen Phil ausspielen und ihn so zum Schweigen bringen konnte, aber der ungezwungene Umgang zwischen ihnen war ihr wichtiger. »Die laufen nicht weg. Oder du kannst einem von den Durchläufern ein praktisches Training ermöglichen.«

»Wenn du meinst, dass sie praktisches Training brauchen, solltest du ihnen diesen uralten Fall eines Vermissten zuteilen. Du bist jetzt Inspector, Karen, und solltest nicht wegen solcher Dinge herumrennen.« Er wies auf die zwei Durchläufer, die an ihren Computern saßen. »Das ist doch was für die. Hier geht es eher darum, dass du dich langweilst.« Karen versuchte ihm zu widersprechen, aber Phil redete einfach weiter. »Vor deiner Beförderung habe ich dir ja gesagt, dass du bei der Schreibtischarbeit durchdrehen würdest. Und jetzt guck dich doch mal an. Du klaust den Uniformierten in der Zentralabteilung die Fälle. Demnächst ziehst du los und führst selbst Befragungen durch.«

»Na und?« Karen zerknüllte die Sandwichverpackung mit mehr Kraft, als eigentlich nötig war, und warf sie in den Papierkorb. »Es ist gut, am Ball zu bleiben. Und ich werd dafür sorgen, dass alles regulär zugeht. Ich nehme DC Murray mit.«

»Den Minzdrops?« Phil klang ungläubig und schien beleidigt. »Du würdest lieber den Minzdrops mitnehmen als mich?« Murrays Kollegen nannten ihn »den Minzdrops«, weil sie sich von seinem Namen an die klassischen Murray-Mint-Bonbons erinnert fühlten.

Karen lächelte freundlich. »Du bist jetzt Sergeant, Phil. Ein Sergeant mit Ehrgeiz. Im Büro zu bleiben und meinen Stuhl warm zu halten wird dir helfen, deine Hoffnungen zu verwirklichen. Außerdem ist der Minzdrops nicht so schlecht, wie du vorgibst. Er tut immerhin, was man ihm sagt.«

»Das macht ein Collie auch. Aber ein Hund würde mehr Initiative zeigen.«

»Das Leben eines Kindes steht auf dem Spiel, Phil. Ich habe mehr als genug Initiative für uns beide. Es muss richtig gemacht werden, und dafür werde ich sorgen.« Sie drehte sich zu ihrem Computer um und machte damit deutlich, dass diese Unterhaltung beendet war.

Phil machte den Mund auf, um noch etwas zu sagen, aber als er Karens strengen Blick bemerkte, besann er sich eines Besseren. Sie waren einander vom Anfang ihrer beruflichen Laufbahn an zugetan, denn jeder akzeptierte die individualistischen Neigungen des anderen. Sie hatten zusammen die Karriereleiter erklommen, und ihre Freundschaft hatte die Herausforderung unterschiedlicher Dienstgrade überdauert. Aber er wusste, dass er bei Karen nur bis an gewisse Grenzen gehen durfte, und hatte das Gefühl, diese gerade erreicht zu haben. »Ich spring für dich ein«, bot er an.

»Das ist mir recht«, sagte Karen, während ihre Finger über die Tasten flogen. »Vermerk meine Abwesenheit morgen früh. Ich habe das Gefühl, dass Jenny Prentice gegenüber zwei Polizisten etwas mitteilsamer sein wird als gegenüber ihrer Tochter.«

Donnerstag, 28. Juni 2007,
Edinburgh

Das Warten war eine der Lektionen, die Journalisten nicht in Kursen lernten. Als Bel Richmond noch einen Vollzeitjob bei einer Sonntagszeitung hatte, hatte sie immer behauptet, sie würde nicht für eine Vierzig-Stunden-Woche bezahlt, sondern für die fünf Minuten, die sie reden musste, um über eine Türschwelle zu gelangen, die für andere unüberwindlich blieb. Das hieß, viel Zeit mit Warten zu verbringen. Warten auf Rückrufe. Warten, bis der nächste Teil einer Geschichte herauskam. Warten, bis aus einem Kontakt eine Quelle wurde. Bel hatte viel gewartet, und obwohl sie immer erfahrener geworden war, hatte sie nie gelernt, gern zu warten.

Sie musste zugeben, dass sie schon Zeit in Umgebungen verbracht hatte, die weniger zuträglich waren. Hier hatte sie Annehmlichkeiten wie Kaffee, Kekse und Zeitungen. Und der Raum, in dem man sie warten ließ, bot die wunderbare Aussicht, die eine Million von Butterkeksdosen geziert hatte. An der Princes Street gab es eine ganze Reihe von typischen Touristenzielen, das Schloss, das Denkmal für Sir Walter Scott, die Nationalgalerie und die Princes Street Gardens. Bel bemerkte auch noch andere bedeutende architektonische Augenschmankerl, aber sie kannte die Stadt noch nicht gut genug, um genau sagen zu können, um welche es sich handelte. Sie hatte die schottische Hauptstadt nur ein paarmal besucht, und es war nicht ihre Entscheidung gewesen, dieses Treffen hier abzuhalten. Sie hatte sich London gewünscht, aber durch ihre Weigerung, sich im Voraus in die Karten schauen zu lassen, hatte sie

ihre Führungsrolle eingebüßt und war zur Bittstellerin geworden.
Ganz ungewöhnlich für eine freie Journalistin, hatte sie vorübergehend einen Assistenten für Recherchen an ihrer Seite. Jonathan war Journalistikstudent an der City University und hatte seinen Tutor gebeten, ihn für sein Praktikum Bel zuzuteilen. Offenbar gefiel ihm ihr Stil gut. Sie war recht erfreut über das Kompliment, aber geradezu entzückt über die Aussicht, acht Wochen lang vom harten, langweiligen Teil der Arbeit befreit zu sein. Deshalb hatte Jonathan den ersten Kontakt mit Maclennan Grant Enterprises hergestellt. Die Nachricht, mit der er zurückkam, war eindeutig. Wenn Ms Richmond nicht bereit sei, den Grund für ihr Treffen mit Sir Broderick Maclennan Grant zu nennen, sei Sir Broderick nicht bereit, sie zu treffen. Sir Broderick gebe keine Interviews. Aber weitere Verhandlungen aus der Ferne hatten zu einem Kompromiss geführt.
Und jetzt wurde Bel, wie sie dachte, in ihre Schranken gewiesen. Sie war gezwungen, im Besprechungszimmer eines Hotels zu warten. Und man hatte ihr zu verstehen gegeben, dass jemand so Wichtiges wie die persönliche Assistentin des Vorsitzenden und Hauptaktionärs des Unternehmens, das mit seinem Wert im Land an zwölfter Stelle stand, Dringenderes zu tun hätte, als bei irgendeiner Londoner Journalistin anzutanzen.
Sie wäre gern aufgestanden und auf und ab gegangen, wollte sich aber ihre Gereiztheit nicht anmerken lassen. Auf ihre überlegene Position zu verzichten war ihr nie leichtgefallen. Stattdessen zog sie ihre Jacke zurecht, vergewisserte sich, dass ihre Bluse ordentlich im Rock steckte, und wischte ein Stäubchen von ihren smaragdgrünen Wildlederschuhen.

Endlich ging genau fünfzehn Minuten nach der vereinbarten Zeit die Tür auf. Die Frau, die mit dynamischem Schwung, in Tweed und Kaschmir gehüllt, hereinkam, sah aus wie eine Lehrerin unbestimmten Alters, die daran gewöhnt war, Disziplin von ihren Schülern zu fordern. Einen verrückten Moment lang wäre Bel aus einem pawlowschen Impuls heraus, der auf ihre eigenen Teenager-Erinnerungen an böse Nonnen zurückging, fast aufgesprungen. Aber es gelang ihr, sich zurückzuhalten und ganz gelassen aufzustehen.

»Susan Charleson«, stellte sich die Frau vor und streckte ihr die Hand hin. »Tut mir leid, dass Sie warten mussten. Wie sagte doch Harold Macmillan einmal: ›Zwischenfälle, meine lieben Jungen. Zwischenfälle.‹«

Bel beschloss, sie nicht darauf aufmerksam zu machen, dass Harold Macmillan von der Tätigkeit eines Premierministers und nicht von der einer Amme eines Industriekapitäns gesprochen hatte. Sie ergriff die warmen trockenen Finger mit ihrer Hand. Ein kurzer fester Druck, dann war sie entlassen. »Annabel Richmond.«

Susan Charleson ging an dem Sessel gegenüber von Bel vorbei auf den Tisch am Fenster zu. Auf dem falschen Fuß erwischt, schnappte sich Bel ihre Tasche sowie die Ledermappe und folgte ihr. Die Frauen setzten sich einander gegenüber, und Susans Lächeln glich einem Strich kalkweißer Zahnpasta zwischen den dunkelrosa geschminkten Lippen.

»Sie wollten Sir Broderick sprechen«, sagte sie. Keine Einleitung, kein Geplauder über die Aussicht. Einfach direkt zur Sache. Bel hatte diese Taktik selbst gelegentlich benutzt, aber das hieß nicht, dass es ihr gefiel, wenn der Spieß umgedreht wurde.

»Das stimmt.«

Susan schüttelte den Kopf. »Sir Broderick spricht nicht mit der Presse. Ich fürchte, Sie haben Ihre Reise umsonst gemacht. Ich habe Ihrem Assistenten das erklärt, aber er ließ sich nicht abweisen.«

Jetzt war Bel mit einem kühlen Lächeln an der Reihe. »Das hat er gut gemacht. Ich habe ihn offensichtlich richtig geschult. Aber hier scheint ein Missverständnis vorzuliegen. Ich bin nicht gekommen, weil ich um ein Interview bitten möchte. Sondern weil ich glaube, ich habe etwas, das Sir Broderick interessieren wird.« Sie hob die Mappe an und zog den Reißverschluss auf. Dann nahm sie ein einzelnes dickes Blatt im DIN-A3-Format mit der Rückseite nach oben heraus. Es war verschmutzt und verströmte den schwachen Geruch einer merkwürdigen Mischung aus Staub, Urin und Lavendel. Bel konnte nicht widerstehen und warf Susan Charleson einen schnellen, spöttischen Blick zu. »Möchten Sie es sehen?«, fragte sie und drehte das Blatt um.

Susan nahm ein Lederetui aus ihrer Rocktasche und holte eine Hornbrille heraus. Sie ließ sich Zeit fürs Aufsetzen, wandte aber nie den Blick von den schlichten schwarzweißen Figuren vor sich ab. Das Schweigen zwischen den beiden Frauen wurde länger, und Bel wartete fast atemlos auf eine Reaktion. »Woher haben Sie das?«, wollte Susan im pedantischen Ton einer Lateinlehrerin wissen.

Montag, 18. Juni 2007,
Campora, Toskana, Italien

Um sieben Uhr morgens konnte man fast glauben, dass die brütende Hitze der vergangenen zehn Tage heute nicht zurückkehren würde. Perlmuttfarbenes Tageslicht schimmerte durch das Blätterdach der Eichen und Kastanienbäume und machte die Stäubchen sichtbar, die von Bels Füßen in Spiralen aufwärtswirbelten. Sie lief so langsam, dass ihr dies auffiel. Der unbefestigte Weg durch den Wald war furchig und uneben. Der darauf gestreute spitze Schotter ließ wohl jeden Jogger an die Empfindlichkeit seiner Fußgelenke denken.

Nur noch zwei dieser geliebten Läufe am frühen Morgen, bevor sie in die stickigen Straßen Londons zurückkehren musste. Der Gedanke rief ein leichtes, schmerzliches Bedauern hervor. Bel liebte es, aus der Villa hinauszuschlüpfen, wenn alle anderen noch schliefen. So konnte sie barfuß über die kühlen Marmorböden gehen und so tun, als sei sie die Herrin des ganzen Anwesens, nicht nur irgendein Feriengast, der sich ein Stückchen toskanischer Eleganz geborgt hatte.

Seit sie im letzten Studienjahr in Durham mit fünf Freundinnen in einer Wohngemeinschaft zusammengelebt hatte, fuhren sie immer gemeinsam in den Urlaub. Beim ersten Mal hatten sie alle für ihr Examen gebüffelt. Die Eltern einer Kommilitonin hatten ein Häuschen in Cornwall, in dem sie sich für eine Woche niederließen. Sie hatten es als Arbeitsurlaub bezeichnet, aber in Wirklichkeit war es eher eine Erholungspause gewesen, die sie erfrischt, entspannt und besser für das Examen vorbereitet hatte, als wenn sie über Büchern und Artikeln gebrütet hätten. Und obwohl sie modern, jung und nicht abergläubisch waren, hatten sie alle das Gefühl gehabt, ihre guten Abschlüsse irgendwie dieser gemeinsamen Woche zu verdanken. Seit damals hatten sie sich immer im Juni zu einem Treffen versammelt, das dem Vergnügen gewidmet war.

Im Lauf der Jahre wählten sie die Getränke mit mehr Kennerschaft aus, wurden beim Essen schwelgerischer und führten gewagtere Gespräche. Die Urlaubsorte waren nach und nach immer luxuriöser geworden. Liebhaber wurden zu der Frauenwoche nie eingeladen. Gelegentlich wurde die eine oder andere abtrünnig, es wurden Zeitdruck im Beruf oder familiäre Verpflichtungen angeführt. Aber meistens konnten alle ohne allzu große Anstrengung wieder zusammengetrommelt werden.

Für Bel war dies ein wichtiger Teil ihres Lebens. Die Frauen waren alle erfolgreich und ebneten ihr als private Quellen von Zeit zu Zeit den Weg, darauf konnte sie sich verlassen. Aber das war nicht der hauptsächliche Grund, warum ihr diese Urlaube so wichtig waren. Partner waren gekommen und gegangen, aber diese Freundschaften hielten unerschütterlich. In einer Welt, in der man an seiner neuesten Schlagzeile gemessen wurde, war es ein gutes Gefühl, einen Rückzugsort zu haben, an dem all dies keine Rolle spielte. An dem sie geschätzt wurde, einfach weil die Gruppe mit ihr mehr Spaß hatte als ohne sie. Sie kannten sich alle schon so lange, dass sie sich ihre Fehler verziehen, eine andere politische Meinung akzeptierten und alles sagen konnten, worüber man in jeder anderen Gesellschaft niemals hätte sprechen können. Dieser Urlaub war ein Teil der Festung, die Bel beständig gegen ihre eigene Unsicherheit errichtete. Außerdem war es dieser Tage der einzige Freiraum, in dem sie tun konnte, was sie wollte. In den letzten sechs Jahren war sie an ihre verwitwete Schwester Vivianne und deren Sohn Harry gebunden gewesen. Als Viviannes Mann ganz plötzlich an einem Herzinfarkt starb, war sie emotional in großer Not und auch in praktischen Schwierigkeiten. Bel hatte kaum gezögert, ihr Schicksal mit dem ihrer Schwester und ihres Neffen zu verknüpfen. Alles in allem war es eine gute Entscheidung gewesen, aber trotzdem genoss sie diese jährliche Pause ohne Arbeit und ohne das Familienleben, das sie gar nicht erwartet hatte. Besonders jetzt, da auf Harry bald die existenziellen Ängste eines Teenagers zukamen. Also sollte der Urlaub dieses Jahr noch mehr als sonst etwas Besonderes sein und das bisher Erlebte übertreffen.

Man konnte sich nur schwer vorstellen, wie sie dies noch steigern sollten, dachte sie, als sie zwischen den Bäumen hervorkam und sich einem Sonnenblumenfeld zuwandte, das gerade zu erblühen begann. Sie joggte ein bisschen schneller am Rand entlang, und ihre Nase zuckte beim aromatischen Duft der Blätter. An der Villa würde sie nichts ändern, es gab nichts auszusetzen an den schlichten Gartenanlagen und den Obstbäumen, die die Loggia und das Schwimmbecken umgaben. Die Sicht über das Val d'Elsa war atemberaubend, in der Ferne sah man die Umrisse von Volterra und San Gimignano.

Und dann hatte man noch den zusätzlichen Vorteil von Grazias Kochkünsten. Als sie entdeckt hatten, dass der einheimische »Koch«, der auf der Website gepriesen wurde, die Frau des Schweinebauern weiter unten am Hügel war, wussten sie nicht recht, ob sie von der Möglichkeit Gebrauch machen sollten, sie in die Villa kommen und ein typisch toskanisches Mahl kochen zu lassen. Aber am dritten Nachmittag waren sie alle zu benommen von der Hitze, um sich mit der Essenszubereitung abzugeben, und hatten Grazia gerufen. Ihr Mann Maurizio hatte sie in einem klapprigen Fiat Panda, den nur noch Bindfaden und Glaubensstärke zusammenzuhalten schienen, zur Villa gebracht. Er hatte auch Kisten mit Lebensmitteln ausgeladen, die mit Baumwolltüchern zugedeckt waren. In gebrochenem Englisch hatte Grazia sie aus der Küche gescheucht und ihnen gesagt, sie sollten sich bei einem Drink auf der Loggia entspannen.

Das Essen war eine Offenbarung gewesen – pikante Salami und Schinken von Cinta-di-Siena-Schweinen, einer seltenen, von Maurizio gezüchteten Rasse, mit duftenden schwarzen Feigen von ihrem eigenen Baum, Spaghetti mit Pesto aus Estragon und Basilikum, gebratene Wachteln mit Maurizios Gemüse und lange Kartoffelstäbchen, gewürzt mit Rosmarin und Knoblauch. Verschiedene Käsesorten von den Bauernhöfen der Umgebung und schließlich ein köstlicher, üppiger Kuchen mit Zitronenlikör und Mandeln.

Danach kochten die Frauen nie wieder eine Mahlzeit.

Dass Grazia das Essen zubereitete, machte Bels morgendliche Läufe umso notwendiger. Jetzt, da sie auf die vierzig zuging, musste sie sich mehr anstrengen, das Gewicht zu halten, das sie als ihr Kampfgewicht ansah. Heute Morgen fühlte sich ihr Magen nach den köstlichen *melanzane alla parmigiana,* die auf der Zunge zergingen und sie zu einer viel zu großen zweiten Portion verführt hatten, noch wie ein fester runder Ball an. Sie beschloss, etwas weiter zu laufen als sonst. Statt um das Sonnenblumenfeld herum- und dann wieder zur Villa hochzujoggen, würde sie einen Weg durch die überwucherten Anlagen der Ruine der *casa colonica* nehmen, die sie vom Auto aus bemerkt hatte. Seit sie an ihrem ersten Morgen das Bauernhaus entdeckt hatte, träumte sie davon, diese Ruine zu kaufen und daraus ihren ultimativen toskanischen Ruhesitz inklusive Pool und Olivenhain zu machen. Und natürlich mit Grazia ganz in der Nähe zum Kochen. Bel hatte wenige Gewissensbisse, wenn es um das Abwerben von Arbeitskräften ging, weder in der Vorstellung noch in der Realität.

Aber sie kannte sich selbst gut genug, um zu begreifen, dass dies nie mehr als ein Hirngespinst bleiben würde. Einen Ruhesitz zu haben verlangte den festen Willen, sich von der Arbeitswelt zurückzuziehen, und das war ihr fremd. Vielleicht könnte sie sich vorstellen, sich einem solchen Renovierungsprojekt zu widmen, wenn sie vorhatte, in den Ruhestand zu treten. Allerdings erkannte sie auch das als einen Tagtraum, denn Journalisten gingen nie wirklich in Rente. Es tauchten immer wieder eine neue Geschichte und ein weiteres Ziel am Horizont auf. Gar nicht zu reden von der Angst davor, dass man in Vergessenheit geraten könnte. Alles Gründe, weshalb Beziehungen in der Vergangenheit nicht gehalten hatten und weshalb die Zukunft wahrscheinlich ähnlich unvollkommen sein würde. Aber trotzdem würde es Spaß machen, das alte Haus genauer zu betrachten, um zu sehen, wie schlecht sein Zustand wirklich war. Als sie das Grazia gegenüber erwähnt hatte, hatte diese das Gesicht verzogen und das Haus *rovina* genannt. Bel, die fließend Italienisch sprach, übersetzte es für die anderen: Ruine. Es war an der Zeit, herauszufinden, ob Grazia die Wahrheit sagte oder nur das Interesse der reichen englischen Damen abzulenken versuchte.

Der Weg durch das hohe Gras war überraschend gut gangbar, da die Erde in den vielen Jahren festgetreten worden war. Bel nutzte die Gelegenheit, schneller zu joggen, und erreichte das Tor zum Hof vor dem alten Bauernhaus. Die wuchtigen Türen waren verrottet und hingen schief in den Scharnieren, die nur noch lose an den hohen Steinpfosten befestigt waren. Eine schwere Kette und ein Vorhängeschloss hielten sie zusammen. Dahinter lag das schadhafte Pflaster des Hofs, mit Büscheln von kriechendem Thymian, Kamille und großblättrigem Unkraut umsäumt. Ohne viel zu erwarten, rüttelte Bel an den Toren. Aber das genügte schon; sie sah, dass die untere Ecke des rechten Torflügels sich ganz vom Pfosten gelöst hatte. Man konnte ihn einfach so weit vorziehen, dass ein Erwachsener durch den Spalt passte. Bel schlüpfte hindurch und ließ dann los. Das Tor quietschte leise, als es an seinen Platz zurückschwang und wieder wie geschlossen aussah.

Als sie das Haus aus der Nähe sah, konnte sie Grazias Beschreibung nachvollziehen. Jeder, der dieses Projekt in Angriff nahm, würde lange Zeit unter der Fuchtel der Handwerker leben müssen. Das Haus umschloss den Hof auf drei Seiten, der Mittelteil wurde von zwei Flügeln flankiert. Um das obere der zwei Stockwerke lief rundum eine Loggia, auf die Türen und Fenster hinausgingen und die den Schlafräumen frische Luft und gemeinsam nutzbare Fläche bot. Aber der Boden der Loggia hing durch, die noch vorhandenen Türen waren verzogen und die Fensterstürze rissig und seltsam krumm. Die Fensterscheiben in beiden Stockwerken waren schmutzig, hatten Sprünge oder fehlten ganz. Aber trotzdem waren die klaren Linien der attraktiven alten Architektur noch deutlich zu erkennen, und die rauhen Steine glühten in der warmen Morgensonne.

Bel hätte nicht erklären können, warum, aber sie fühlte sich zu dem Haus hingezogen. Es hatte den Charme einer einstigen Schönheit, die so selbstbewusst war, dass sie sich widerstandslos gehenlassen konnte. Bougainvilleen, die lange nicht mehr geschnitten worden waren, wuchsen an der abblätternden, ockerfarben verputzten Mauer hoch und über die niedrige Wand der Loggia hinauf. Wenn sich nicht bald jemand in dieses Haus verliebte, würde es vom Pflanzengrün überwuchert werden. Zwei Generationen später würde es nur noch eine rätselhafte Aufschüttung auf der Bergflanke sein. Doch noch hatte es die Macht, einen zu bezaubern.

Bel suchte sich einen Weg über den zerfallenden Hof und kam an herumliegenden zerbrochenen Terrakotta-Kübeln vorbei, deren wuchernde Kräuter die Luft mit ihrem würzigen Aroma erfüllten. Sie drückte gegen eine schwere Tür aus Holzbohlen, die nur noch an einem einzelnen Scharnier hing. Das Holz kratzte über dem unebenen, im Fischgrätmuster verlegten Backsteinboden, ging aber so weit auf, dass Bel, ohne sich durchquetschen zu müssen, einen großen Raum betreten konnte.

Als Erstes fielen ihr der Dreck und die Verwahrlosung auf. Ein Gewirr von Spinnweben spannte sich von Wand zu Wand. Die Fenster waren schmutzverschmiert. Ein trippelndes Geräusch von irgendwoher ließ Bel in Panik herumfahren. Sie hatte keine Angst vor Redakteuren, aber Ratten erfüllten sie mit Abscheu.

Als Bel sich an die Dunkelheit gewöhnt hatte, sah sie, dass der Raum nicht ganz leer war. An einer Wand stand ein langer Tisch. Gegenüber ein durchgesessenes Sofa. Ausgehend vom Rest des Hauses, hätte es eigentlich kaputt und verdreckt sein müssen, aber der dunkelrote Polsterbezug war relativ sauber. Sie merkte sich diese Seltsamkeit, um später weiter darüber nachzudenken.

Bel zögerte einen Augenblick. Sicher würde keine ihrer

Freundinnen sie drängen, weiter in dieses fremde, verlassene Haus einzudringen. Aber sie hatte ihre Karriere auf dem Ruf ihrer Furchtlosigkeit aufgebaut. Nur sie selbst wusste, wie oft sich unter diesem Image Angst und Unsicherheit verborgen und sie gezwungen hatten, sich in Rinnsteine und fremde Toiletten zu übergeben. Verglichen mit den Dingen, die sie entschlossen auf sich genommen hatte, um an eine Story zu kommen, konnte da ein verlassenes baufälliges Haus so beängstigend sein?

Hinten in der Ecke führte ein Durchgang in einen engen Flur und zu einem schäbigen steinernen Treppenhaus, über das man zur Loggia hinaufgelangte. Dahinter sah sie ein weiteres dunkles, verschmutztes Zimmer. Sie schaute hinein und war überrascht, eine dünne, übereck gespannte Leine zu sehen, an der ein halbes Dutzend Drahtkleiderbügel baumelten. Ein gestrickter Schal war um einen der Bügel geschlungen. Darunter sah sie einen zerknitterten Stoffhaufen mit Tarnmuster. Das sah wie eine dieser Jacken für die Jagd aus, die von einem Lieferwagen herab in der Parkbucht gegenüber dem Café in der Hauptstraße von Colle Val d'Elsa verkauft wurden. Die Frauen hatten neulich gerade darüber gelacht und sich gefragt, wann es für italienische Männer aller Altersgruppen Mode geworden sei, so auszusehen, als kämen sie gerade von einem Einsatz im Balkan. *Komisch,* dachte sie. Bel stieg vorsichtig die Treppe zur Loggia hinauf und erwartete, auch hier das Gefühl zu haben, dass die Räume schon lange leer standen.

Aber gleich als sie aus dem Treppenhaus trat, merkte sie, dass sie hier etwas ganz anderes vor sich hatte. Als sie sich nach links wandte und einen Blick durch die erste Tür warf, begriff sie, dass dieses Haus nicht das war, was es zu sein schien. Von dem modrigen, muffigen Geruch im Untergeschoss war hier nur eine leichte Andeutung übrig, und die Luft war fast so frisch wie draußen im Freien. Der Raum war offensichtlich noch vor ziemlich kurzer Zeit als Schlafzimmer genutzt worden. Eine Matratze lag auf dem Boden, eine Tagesdecke war lässig über das Fußende geworfen. Es war hier staubig, aber nicht so derart verdreckt, wie Bel es nach dem unteren Geschoss erwartet hatte. Wieder war eine Leine mit einem Dutzend leerer Bügel in einer Ecke gespannt. Aber an den letzten drei hingen leicht zerknitterte Hemden. Selbst von weiter weg konnte sie erkennen, dass diese schon bessere Zeiten gesehen hatten und die Falten an Ärmeln und Krägen verschossen waren.

Zwei Tomatenkisten dienten als Nachttische. Auf einem stand eine Untertasse mit einem Kerzenstummel. Eine vergilbte Ausgabe der *Frankfurter Allgemeinen Zeitung* lag auf dem Boden neben dem Bett. Bel hob sie auf und stellte fest, dass das Datum weniger als vier Monate zurücklag. Das gab ihr einen Anhaltspunkt, wann das Haus verlassen worden war. Sie hob den Ärmel eines Hemdes hoch und führte ihn an die Nase. Rosmarin und Marihuana. Schwach, aber unverkennbar.

Bel ging auf die Loggia zurück und betrachtete die anderen Zimmer. Alle waren nach dem gleichen Muster eingerichtet. Drei weitere Schlafzimmer enthielten ein paar zurückgelassene Sachen, zwei T-Shirts, Taschenbücher und Zeitschriften auf Englisch, Italienisch und Deutsch, eine halbe Flasche Wein, den Rest eines Lippenstifts, eine Ledersandale, deren Sohle sich gelöst hatte. Sachen, die man zurücklassen würde, wenn man auszog, ohne an einen Nachmieter denken zu müssen. In einem Zimmer stand in einem Olivenglas ein getrockneter, verdorrter Blumenstrauß.

Der letzte Raum auf der Westseite war der größte von allen.

Die Fenster waren vor deutlich kürzerer Zeit als die anderen geputzt, die Fensterläden ausgebessert und die Wände getüncht worden. Mittendrin stand ein Siebdruckrahmen auf dem Boden. Auf Tapeziertischen an einer Wand fanden sich Plastikbecher mit getrockneten Farbresten und Pinseln, die liegengelassen und steif geworden waren. Der Boden war bedeckt mit einer Reihe von Spritzern und Klecksen. Bel war fasziniert, und ihre Neugier verdrängte die Nervosität, an einem so seltsamen Ort allein zu sein. Wer immer hier gewohnt hatte, musste in aller Eile fortgegangen sein. Einen guten Siebdruckrahmen würde man bei einem geplanten Auszug nicht zurücklassen.

Sie ging rückwärts aus dem Studio hinaus und über die Loggia zum gegenüberliegenden Flügel. Vorsichtig hielt sie sich dicht an der Wand, da sie nicht sicher war, ob der unebene Backsteinboden ihr Gewicht tragen würde. Sie kam wieder an den Schlafzimmern vorbei und fühlte sich wie ein Eindringling auf der *Mary Celeste*. Die Stille, die nicht einmal von Vogelstimmen unterbrochen wurde, verstärkte diesen Eindruck noch. Der letzte Raum vor der Ecke war ein Bad, dessen ekelerregender Gestank in der Luft hing. Auf dem Boden lag ein aufgerollter Gartenschlauch, dessen Ende durch ein Loch im Mauerwerk neben dem Fenster verschwand. Sie hatten also eine Art Wasserleitung improvisiert, die allerdings nicht hatte verhindern können, dass die Toilette absolut widerlich roch. Bel rümpfte die Nase und wich zurück.

Gerade als sie um die Ecke bog, kam die Sonne hinter dem Waldrand hervor und hüllte sie unverzüglich in Wärme. Dadurch kam ihr der letzte Raum beim Betreten umso kälter vor. In der feuchten Luft zitternd, wagte sie sich hinein. Die Läden waren fest zugezogen und machten das Innere des Raums fast zu dunkel, um irgendetwas unterscheiden zu können. Aber als sich ihre Augen daran gewöhnt hatten, konnte sie sich orientieren. Der Raum hatte den gleichen Schnitt wie das Studio, war aber ganz anders genutzt worden. Sie ging zum nächsten Fenster hinüber und mühte sich mit dem Fensterladen ab, schließlich schaffte sie es, ihn halb aufzuziehen. Das genügte, um ihren ersten Eindruck zu bestätigen. Dies war das Herz der in Beschlag genommenen *casa rovina*. Ein ramponierter alter Herd war an einen Gaszylinder angeschlossen, der neben einer Steinspüle stand. Der Esstisch war verkratzt und bis auf das rohe Holz abgeschabt, aber er war stabil und hatte schön geschnitzte Beine. Sieben nicht zusammenpassende Stühle standen um ihn herum, und ein achter lag umgeworfen nicht weit entfernt. Ein Schaukelstuhl und zwei Sofas waren an den Wänden aufgereiht. Geschirr und Bestecke lagen hier und da verstreut, als wäre es den Bewohnern zu viel Aufwand gewesen, sie einzusammeln, als sie weggingen.

Als Bel vom Fenster zurücktrat, fiel ihr Blick auf einen wackeligen Tisch. Er stand hinter der Tür und war leicht zu übersehen. Darauf lag ein unordentlicher Stapel, offenbar Poster. Fasziniert ging sie darauf zu. Nach zwei Schritten blieb sie plötzlich stehen, und der scharfe Laut, den sie ausstieß, hallte in der staubigen Luft wider.

Auf den Kalksteinplatten vor ihr war ein unregelmäßiger Fleck, etwa einen Meter auf einen halben groß. Er war rotbraun mit runden, glatten Rändern, so als sei die Flüssigkeit ausgelaufen und hätte sich gesammelt, sie war nicht verschüttet worden. An der hintersten Ecke sah eine Stelle verschmiert und etwas abgekratzt aus, als hätte jemand versucht, den Fleck zu entfernen, es aber bald aufgegeben. Bel hatte über ausreichend Fälle von häuslicher Gewalt und

Sexualmord berichtet, um erkennen zu können, wenn sie es mit einem ernstzunehmenden Blutfleck zu tun hatte.

Erschrocken wich sie zurück und drehte den Kopf von einer Seite zur anderen, ihr Herz klopfte so heftig, dass sie zu ersticken glaubte. Was war hier bloß geschehen? Sie sah sich aufgeregt um und bemerkte auf der anderen Seite des Tisches noch mehr dunkle Flecken auf dem Boden. Es war Zeit, von hier zu verschwinden, sagte der vernünftige Teil ihres Verstandes. Aber die teuflische Neugier hielt dagegen und murmelte ihr ins Ohr: *Hier ist seit Monaten niemand gewesen. Sieh doch mal den Staub. Sie sind schon lange weg. Sie werden nicht so bald wiederkommen. Was immer hier geschehen ist, war ein guter Grund für alle, sich davonzumachen. Sieh dir die Poster an …*

Bel ging um den Fleck herum und hielt so viel Abstand von ihm, wie sie konnte, ohne die Möbel zu berühren. Ganz plötzlich nahm sie einen leichten Geruch wahr. Sie wusste, dass sie sich das nur einbildete, aber es schien trotzdem real zu sein.

Mit dem Rücken zum Raum und dem Gesicht zur Tür gewandt, bewegte sie sich seitlich auf den Tisch zu und sah auf die Poster hinunter, die darauf verstreut lagen.

Der zweite Schock war fast noch stärker als der erste.

Bel war sich bewusst, dass es bergauf ging und sie sich zu sehr anstrengte, konnte aber das richtige Tempo nicht finden. Sie spürte den Schweiß von ihrer Hand auf das hochwertige Papier des zusammengerollten Posters rinnen. Endlich wand sich der Pfad zwischen den Bäumen heraus und wurde auf dem letzten Stück zu ihrer Ferienvilla weniger tückisch. Die Neigung des Weges war fast unmerklich, aber dies genügte, um ihren müden Beinen einen Kraftschub zu versetzen, und sie rannte immer noch schnell, als sie um die Ecke des Hauses bog, hinter der Lisa Martyn auf der schattigen Terrasse mit dem *Guardian* vom Freitag auf einem Liegestuhl ausgestreckt lag. Bel war erleichtert. Sie musste mit jemandem reden, und bei Lisa konnte sie sich von all ihren Freundinnen am sichersten sein, dass sie nicht bei der nächsten Dinnerparty ihre Enthüllungen ausplauderte. Lisa war Menschenrechtsanwältin, und Mitgefühl und Feminismus schienen bei ihr ebenso unvermeidlich zu sein wie jeder Atemzug, den sie tat. Sie würde verstehen, welches Potenzial hinter der Entdeckung steckte, die Bel gemacht zu haben glaubte. Und Lisa würde auch verstehen, dass Bel das Recht hatte, damit umzugehen, wie sie es für angebracht hielt.

Lisa hob den Blick von der Zeitung, aufmerksam geworden durch Bels ungewohntes Schnaufen und Keuchen. »Mein Gott«, sagte sie, »du siehst aus, als würdest du gleich umkippen.«

Bel legte das Poster auf einen Stuhl, beugte sich, die Hände auf die Knie gestützt, vor, atmete tief ein und bedauerte alle heimlich gerauchten Zigaretten. »Ich bin – gleich – wieder fit – eine Minute.«

Lisa stemmte sich mühsam aus dem Stuhl hoch, eilte in die Küche und kam mit einem Handtuch und einer Flasche Wasser zurück.

Bel richtete sich auf, nahm das Wasser, goss sich die Hälfte über den Kopf und schnaubte, als sie versehentlich etwas davon einatmete. Dann rubbelte sie sich den Kopf mit dem Handtuch ab und ließ sich in einen Stuhl plumpsen. Sie nahm einen großen Schluck Wasser, während Lisa zu ihrem Liegestuhl zurückkehrte. »Was war das denn?«, fragte Lisa. »Du bist die gelassenste Joggerin, die ich kenne. Nie hab ich dich so außer Atem gesehen. Was hat dich denn in diesen Zustand versetzt?«

»Ich hab etwas gefunden«, berichtete Bel. Ihre Brust kämpfte noch mit der Atemnot, aber sie schaffte es, ein paar kurze Worte hervorzustoßen. »Zumindest glaube ich, etwas gefunden zu haben. Und wenn ich recht habe, ist es *die* Story meiner Karriere.« Sie griff nach dem Poster. »Ich hoffe, du kannst mir sagen, ob ich komplett durchgeknallt bin.«

Fasziniert warf Lisa die Zeitung auf den Boden und setzte sich auf. »Also, worum geht es bei der Sache, an der etwas dran sein könnte?«

Bel rollte das dicke Papier auseinander und beschwerte es mit einer Pfeffermühle, einem Kaffeebecher und zwei schmutzigen Aschenbechern. Das Bild auf dem Blatt im DIN-A3-Format war erstaunlich. Es wirkte wie ein grobschlächtiger Schwarzweißholzschnitt im Stil des deutschen Expressionismus. Oben beugte sich ein bärtiger Mann mit kantig dargestelltem Haarschopf über einen Wandschirm; seine Hände hielten hölzerne Kreuze, von denen drei Marionetten baumelten. Aber es waren keine gewöhnlichen Marionetten. Eine war ein Skelett, die zweite eine Ziege und die dritte eine Darstellung des Todes mit Kapuzengewand und Sense. Das Bild hatte etwas eindeutig Finsteres an sich. Unten war ein freier, ungefähr acht Zentimeter hoher Streifen, von einem schwarzen Rand eingerahmt wie eine Trauerkarte. Auf der ausgesparten Fläche hätte man einen kleinen Aufkleber als Ankündigung einer Aufführung befestigen können.

»Um Gottes willen«, entfuhr es Lisa. Endlich sah sie auf. »Catriona Maclennan Grant.« Sie klang verblüfft. »Bel ... wo zum Teufel hast du das gefunden?«

Donnerstag, 28. Juni 2007,
Edinburgh

Bel lächelte. »Bevor ich die Frage beantworte, will ich ein paar Dinge klarstellen.«

Susan Charleson rollte mit den Augen. »Sie glauben doch nicht etwa, dass Sie die erste Person sind, die hier mit einer Fälschung des Lösegeldposters durch die Tür gekommen ist. Ich sage Ihnen das, was ich auch allen anderen gesagt habe. Die Belohnung ist abhängig davon, dass Sir Brodericks Enkelsohn lebend gefunden oder unwiderlegbar bewiesen wird, dass er tot ist. Und selbstverständlich müssen Catriona Maclennan Grants Mörder ihre gerechte Strafe bekommen.«

»Sie missverstehen mich«, entgegnete Bel mit boshaftem Lächeln, gab aber keinen Zoll nach. »Ms Charleson, ich habe kein Interesse an Sir Brodericks Geld. Allerdings stelle ich eine Bedingung.«

»Da bringen Sie etwas durcheinander.« Susan Charleson hatte jetzt einen scharfen Ton angeschlagen. »Es geht hier um eine Angelegenheit der Polizei. Sie sind nicht berechtigt, Bedingungen zu stellen.«

Bel legte energisch eine Hand auf das Poster. »Ich könnte jetzt mit diesem Poster weggehen und vergessen, dass ich es je gesehen habe. Es würde mir nicht sehr schwerfallen, die Polizei anzulügen. Schließlich bin ich Journalistin.« Es begann, sie sehr viel mehr zu amüsieren, als sie vorausgesehen hatte. »Ihre Aussage steht gegen meine, Ms Charleson. Und ich weiß, Sie wollen nicht, dass ich einfach weggehe. Eine der Fertigkeiten, die ein erfolgreicher Journalist lernen muss, ist, Menschen zu durchschauen. Und ich habe bemerkt, wie Sie reagiert haben, als Sie das hier sahen. Sie wissen, dass es echt ist, keine Fälschung.«

»Sie klingen recht aggressiv«, erwiderte Susan Charleson fast lässig.

»Ich würde es eher bestimmt nennen. Aber ich bin nicht hierhergekommen, um mich mit Ihnen zu streiten, Ms Charleson, sondern will nur helfen. Aber nicht gratis. Meiner Erfahrung nach schätzen reiche Leute Dinge nicht, für die sie nichts zahlen müssen.«

»Sie sagten, Sie seien nicht auf Geld aus.«

»Das stimmt. Und ich habe wirklich kein Interesse daran. Aber ich bin an meinem Ruf interessiert. Und mein Ruf beruht darauf, nicht nur als Erste an eine Geschichte heranzukommen, sondern auch die Story hinter der Story aufzuspüren. Ich glaube, es gibt Aspekte, bei denen ich mehr zur Lösung der Rätsel beitragen könnte als offizielle Kanäle. Ich bin sicher, Sie werden mir zustimmen, wenn ich erst einmal erklärt habe, woher das Poster kommt. Ich verlange ja nur, dass Sie mich bei der Untersuchung des Falls nicht behindern. Und darüber hinaus, dass Sie und Ihr Chef mit mir zusammenarbeiten und mich darüber informieren, was zur Zeit von Catrionas Entführung vorgefallen ist.«

»Das ist eine recht weitgehende Forderung. Sir Broderick ist nicht der Mann, der seine Privatsphäre leichtfertig aufgibt. Sie werden verstehen, dass ich nicht berechtigt bin, Ihnen Ihre Bitte zu erfüllen.«

Bel zuckte knapp mit einer Schulter. »Dann können wir uns wieder treffen, wenn Sie eine Antwort für mich haben.« Sie zog das Poster über den Tisch zu sich heran, öffnete die Mappe und schob es wieder hinein.

Susan Charleson stand auf. »Wenn Sie noch ein paar Minuten erübrigen können, ist es mir vielleicht doch möglich, Ihnen eine Antwort zu geben.«

In diesem Moment wusste Bel, dass sie gewonnen hatte. Susan Charlesons Interesse an der Sache war zu groß. Sie würde ihren Chef überzeugen, die Abmachung anzunehmen. Seit Jahren war Bel nicht mehr so aufgeregt gewesen. Es ging hier nicht allein um zahlreiche Artikel und Features – es gab kaum eine Zeitung auf der Welt, die daran nicht interessiert sein würde. Besonders nach dem Fall Madeleine McCann. Denn wenn sie Tuchfühlung zu dem geheimnisvollen Brodie Grant aufnahm und zusätzlich die Chance hatte, das Schicksal seines Enkels aufzuklären, war das ein potenzieller Bestseller. *Kaltblütig* für das neue Jahrtausend. Es würde ihr den Weg zum Aufstieg ebnen.

Bel lachte leise. Vielleicht konnte sie mit dem Erlös die *casa rovina* kaufen und so wieder zum Ausgangspunkt zurückkehren. Etwas Schöneres konnte sie sich kaum vorstellen.

Donnerstag, 28. Juni 2007,
Newton of Wemyss

Es war ein paar Jahre her, seit Karen das letzte Mal die einspurige Straße nach Newton of Wemyss gefahren war. Aber es war offensichtlich, dass die kleine Ortschaft dieselbe Verwandlung durchgemacht hatte wie die Nachbardörfer an der gleichen Straße. Pendler waren gierig über alle vier Wemyss-Dörfer hergefallen, denn sie sahen in den trostlosen kleinen Häuserreihen für Bergleute eine Chance, rustikal zu wohnen. Man hatte Hütten durch Anbauten aufgewertet und in aufwendige kleine Landhäuser verwandelt. Gärtchen hinter den Häusern wurden zu Wintergärten, durch die Licht in düstere Wohnküchen fiel. Dörfer, die nach dem Grubenunglück in der Michael-Zeche von 1967 und den Schließungen nach dem Streik von 1984 geschrumpft und dann verwaist waren, hatten als Schlafstädte ein neues Leben begonnen. Ihre Bewohner verbanden allerdings mit dem Begriff einer Gemeinde kaum mehr als ein Pubquiz. In den Dorfläden konnte man Duftkerzen kaufen, aber keine Milch. Dass dies früher mal eine von Bergleuten bewohnte Gegend gewesen war, konnte man nur noch an einem Merkmal erkennen. An dem Punkt, an dem einst auf dem Weg zum Kopfbahnhof in Thornton Junction die offenen, mit Kohle gefüllten Güterwagen der privaten Dampfeisenbahn die Straße gekreuzt hatten, spannte sich ein maßstabgetreues Modell des Fördergerüsts über die Fahrbahn. Jetzt sahen die weiß angestrichenen Häuschen der Bergleute aus, als habe ein Architekt ganz gezielt festgelegt, wie ein traditionelles Dorf auszusehen habe. Ihre Geschichte war von den Designerplänen der Gegenwart überrollt worden.

Seit Karens letztem Besuch hatte sich Newton of Wemyss herausgeputzt. Das bescheidene Kriegerdenkmal stand mitten auf einem kurzgemähten Rasendreieck. Außen herum waren in perfekten Abständen mit Blumen bepflanzte Holztröge plaziert. Die Dorfwiese säumten untadelige einstöckige Häuschen, und die Silhouette ihrer niedrigen Dächer wurde nur durch den massiven Bau des Pubs, des imposanten Laird o'Wemyss, überragt. Einst war das Lokal entsprechend den Ideen des Göteborg-Systems im Besitz der Gemeinde gewesen, aber in den schweren Zeiten der achtziger Jahre hatte man sich gezwungen gesehen, es zu schließen. Jetzt war es ein weithin bekanntes Restaurant, dessen schottische Küche mit internationalem Touch Gäste von so weit entfernten Orten wie Dundee und Edinburgh anlockte und dessen Preise deutlich über dem lagen, was Karens Budget ihr erlaubte. Karen fragte sich, wie weit Mick Prentice hätte fahren müssen, um ein einfaches Bier zu bekommen, wenn er in Newton geblieben wäre.

Sie sah auf ihrer ausgedruckten Route nach und zeigte ihrem Fahrer, Detective Constable Jason »Minzdrops« Murray, eine Straße an der Spitze des Dreiecks. »Sie müssen hier runterfahren«, verkündete sie. »Aufs Meer zu. Wo früher das Bergwerk war.«

Sie ließen die Ortsmitte hinter sich. Struppige Hecken säumten ein üppiges grünes Weizenfeld zur Rechten. »Dieser ewige Regen, da wächst ja alles wie verrückt«, stellte der Minzdrops fest. Er hatte die ganzen fünfundzwanzig Minuten Fahrt vom Büro gebraucht, um sich zu einer Bemerkung aufzuraffen.

Karen lag nichts an einer Unterhaltung über das Wetter. Was gab es da schon zu sagen? Es hatte den ganzen verdammten Sommer lang geregnet. Nur weil es im Moment trocken war, hieß das noch lange nicht, dass es bis abends nicht wieder gießen würde. Sie schaute nach links, wo einst die Gebäude der Kohlengrube gestanden hatten. Sie hatte eine vage Erinnerung an Büros, die Waschkaue der Zeche und an eine Kantine. Jetzt war alles bis auf das Betonfundament abgerissen. Unkraut zwängte sich durch die Ritzen und eroberte sich die Fläche zurück. Jenseits davon stand verlassen eine einzelne Zeile von Bergarbeiterhäuschen im Originalzustand, acht verwohnte Häuser. Durch den Abriss der Gebäude, die den Häuschen überhaupt erst ihr Existenzrecht verliehen hatten, waren sie in der Einöde zurückgeblieben. Dahinter stand enggedrängt eine Gruppe hoher Platanen und Buchen, ein dichter Windschutz zwischen den Häusern und dem Rand des schroffen Abhangs, der zehn Meter tief zum Küstenpfad darunter abfiel. »Da war früher Lady Charlotte«, sagte sie.

»Hm?« Der Minzdrops klang verdutzt.

»Das Bergwerk, Jason.«

»Ach so, ja. Das war vor meiner Zeit.« Er blinzelte durch die Windschutzscheibe, und sie fragte sich besorgt, ob er vielleicht eine Brille brauchte. »Welches Haus ist es, Chefin?«

Sie zeigte auf das zweitletzte. Der Minzdrops manövrierte den Wagen so vorsichtig um die Schlaglöcher herum, als sei es sein eigener, und hielt am Ende von Jenny Prentice' Einfahrt an.

Obwohl sich Karen telefonisch angemeldet hatte, beeilte sich Jenny nicht im Geringsten, zur Tür zu kommen, was ihnen jede Menge Zeit gab, die rissigen Betonplatten und die deprimierende unkrautbewachsene Fläche vor dem Haus zu betrachten. »Wenn das mir gehörte«, fing der Minzdrops an, verstummte dann aber, als sei es zu schwierig, sich das vorzustellen.

Die Frau, die die Tür öffnete, sah aus, als habe sie sich ihr Leben lang geduckt, damit das Schicksal sie leichter niederdrücken konnte. Ihr dünnes, ergrauendes Haar war nachlässig nach hinten frisiert, und an beiden Seiten hingen lose Strähnen herunter. Ihre Haut war faltig, und die Wangen zierten geplatzte Äderchen. Sie trug eine Kittelschürze aus Nylon, die fast bis zum Knie reichte, über einer billigen schwarzen, mit Knötchen übersäten Hose. Die Kittelschürze hatte einen lavendelähnlichen Farbton, der aber nirgends in der Natur vorkam. Karens Eltern wohnten noch in einer Straße mit ehemaligen Bergleuten und deren Familien im rückständigen Methil, aber selbst die am wenigsten angepassten Nachbarn hätten sich mit ihrem Aussehen mehr Mühe gegeben, wenn sie einen offiziellen Besuch erwartet hätten. Karen machte sich keine Mühe, Jenny Prentice nicht nach ihrem Äußeren zu beurteilen. »Guten Morgen, Mrs Prentice«, begrüßte sie sie munter. »Ich bin Detective Inspector Pirie. Wir haben telefoniert. Das ist Detective Constable Murray.«

Jenny nickte und schniefte. »Kommen Sie rein.«

Das Wohnzimmer war eng, aber sauber. Die Möbel waren genau wie der Teppich altmodisch, aber keineswegs schäbig. Ein Zimmer für besondere Gelegenheiten, dachte Karen, und für ein Leben, in dem solche nicht oft vorkamen. Jenny lud sie ein, auf dem Sofa Platz zu nehmen, und setzte sich auf einen Sessel gegenüber. Offensichtlich hatte sie nicht vor, ihnen etwas anzubieten. »Also, Sie sind hier wegen meiner Misha. Ich dachte, Sie hätten Besseres zu tun bei all den furchtbaren Sachen, über die ich immer in den Zeitungen lese.«

»Ein vermisster Ehemann und Vater ist doch etwas Furchtbares, meinen Sie nicht?«, erwiderte Karen.

Jenny presste die Lippen aufeinander, als hätte sie Sodbrennen. »Das kommt auf den Mann an, Inspector. Bei den Kerlen, die Sie in Ihrem Beruf treffen, stell ich mir vor, dass deren Frauen und Kinder nicht besonders beunruhigt sind, wenn sie mitgenommen werden.«

»Sie würden sich wundern. Viele der Familien sind am Boden zerstört. Aber sie wissen zumindest, wo ihr Mann ist. Sie müssen nicht mit der Unsicherheit leben.«

»Ich fand nicht, dass ich mit der Unsicherheit lebte. Ich dachte, dass ich ganz genau wusste, wo Mick war, bis meine Misha anfing, alles wieder aufzurühren und ihn zu suchen.«

Karen nickte. »Sie nahmen an, er sei in Nottingham.«

»Ja. Ich dachte, dass er als Streikbrecher zur Arbeit ging. Ehrlich gesagt, es tat mir nicht leid, ihn von hinten zu sehen. Aber ich war verdammt wütend, dass er uns dieses Etikett aufgedrückt hat. Mir wäre es lieber gewesen, er wäre tot als ein Streikbrecher, wenn Sie es unbedingt wissen wollen.« Sie zeigte auf Karen. »Sie klingen so, als wären Sie hier aus der Gegend. Sie müssen doch wissen, wie es ist, wenn einem so was angehängt wird.«

Karen nickte verständnisvoll. »Da ist es umso ärgerlicher, dass es jetzt so aussieht, als wäre er überhaupt nicht weggegangen, um den Streik zu brechen.«

Jenny wandte den Blick ab. »Das weiß ich nicht. Alles, was ich weiß, ist, dass er damals an dem Abend nicht mit der einen Gruppe von Streikbrechern nach Nottingham gegangen ist.«

»Also gut, wir sind hier, um festzustellen, was wirklich passiert ist. Mein Kollege wird sich Notizen machen, nur um sicherzugehen, dass ich alles, was Sie mir sagen, richtig im Gedächtnis behalte.« Der Minzdrops holte hastig sein Notizbuch heraus und schlug es – nervös durch die Seiten blätternd – auf. Vielleicht hatte Phil recht gehabt, als er von seinen Schwächen sprach, überlegte Karen. »Jetzt brauche ich erst mal seinen vollständigen Namen und das Geburtsdatum.«

»Michael James Prentice. Geboren am 20. Januar 1955.«

»Und Sie wohnten damals alle hier? Sie, Mick und Misha?«

»Ja. Ich habe immer hier gewohnt, seit ich verheiratet bin. Hatte eigentlich nie eine andere Wahl.«

»Haben Sie ein Foto von Mick, das Sie uns geben könnten? Ich weiß, es ist lange her, aber es könnte uns helfen.«

»Sie können es in den Computer eingeben und älter machen, oder?« Jenny ging zur Anrichte und öffnete eine Schublade.

»Manchmal lässt sich das machen.« Aber zu teuer, es sei denn, es gibt einen dringenderen Grund als die Krankheit Ihres Enkels.

Jenny nahm ein tadelloses schwarzes Lederalbum heraus und brachte es zum Sessel. Beim Aufschlagen knarrte der Deckel. Selbst verkehrt herum und von der anderen Seite des Raums aus konnte Karen erkennen, dass es ein Hochzeitsalbum war. Jenny blätterte schnell die Seiten mit den offiziellen Hochzeitsfotos bis zu einer Tasche am Ende des Albums um, in der Schnappschüsse steckten. Sie zog einen Stoß heraus und sah sie durch, entschied sich endlich für eines und gab Karen ein rechteckiges Foto. Es war ein Brustbild von zwei jungen Männern, die in die Kamera grinsten. Sie tranken dem Fotografen zu, ihre Biergläser waren teilweise im Bild. »Das hier links ist Mick«, sagte Jenny. »Der Gutaussehende.«

Sie übertrieb nicht. Mick Prentice hatte zerzaustes dunkelblondes Haar, das so ähnlich wie George Michaels Fußballerfrisur in seiner Wham-Phase geschnitten war. Seine Augen waren blau mit auffällig langen Wimpern, dazu ein verführerisches Lächeln. Die sichelförmige Narbe von einer Verletzung unter Tage, die wie ein Schatten seine rechte Augenbraue durchschnitt, sorgte dafür, dass er nicht zu hübsch aussah. Karen konnte sehr gut verstehen, warum Jenny sich in ihren Mann verliebt hatte. »Danke«, meinte sie. »Wer ist der andere Typ?« Ein strubbeliger brauner Haarschopf, ein langes knochiges Gesicht, ein paar Aknenarben auf den eingesunkenen Wangen, lebhafte Augen und ein teuflisches Grinsen wie das des Jokers aus den Batman-Comics. Kein gutaussehender Typ wie sein Kamerad, wirkte er aber doch anziehend.

»Sein bester Kumpel, Andy Kerr.«

Der beste Freund, der sich, laut Misha, umgebracht hatte.

»Misha sagte mir, dass Ihr Mann am Freitag, den vierzehnten Dezember 1984, verschwand. Ist das Ihrer Erinnerung nach richtig?«

»Das stimmt. Er ging morgens mit seinen verflixten Farben raus und wollte zum Abendessen wieder zurück sein. Da hab ich ihn zum letzten Mal gesehen.«

»Farben? Hat er nebenbei ein bisschen gearbeitet?«

Jenny antwortete verächtlich: »Schön wär's. Wir hätten ja das Geld ganz gut brauchen können. Nein, Mick hat mit Wasserfarben gemalt. Ist das zu glauben? Können Sie sich während des Streiks von 1984 etwas Sinnloseres vorstellen als einen Bergarbeiter, der Aquarelle malt?«

»Hätte er sie nicht verkaufen können?«, warf der Minzdrops ein und beugte sich eifrig vor.

»An wen denn? Alle hier in der Gegend waren pleite, und er hatte kein Geld, auf gut Glück irgendwo anders hinzugehen.« Jenny zeigte auf die Wand hinter ihnen. »Er hätte von Glück sagen können, wenn er zwei Pfund für eins bekommen hätte.«

Karen drehte sich um und betrachtete die drei billig gerahmten Bilder an der Wand. West Wemyss, Macduff Castle und der Lady's Rock. Ihrem ungeübten Auge erschienen sie plastisch und lebendig. Sie hätte ihnen in ihrer Wohnung sehr gern einen Platz gegeben, allerdings wusste sie nicht, wie viel sie damals im Jahr 1984 für das Privileg zu zahlen bereit gewesen wäre. »Wie ist er denn darauf gekommen?«, fragte Karen und wandte sich wieder an Jenny.

»Er hat in dem Jahr, in dem Misha zur Welt kam, an einem Kurs für Bergleute bei der Wohlfahrt teilgenommen. Die Lehrerin meinte, er sei begabt. *Ich* glaube, sie hat jedem, der nur halbwegs gut aussah, dasselbe gesagt.«

»Aber er hat weitergemacht?«

»Er kam dadurch aus dem Haus. Weg von den schmutzigen Windeln und dem Geschrei.« Jenny Prentice begann jetzt, Bitterkeit auszustrahlen. Merkwürdig, aber ermutigend, dass sie offenbar ihre Tochter nicht damit angesteckt hatte. Vielleicht hatte das etwas mit dem Stiefvater zu tun, von dem sie gesprochen hatte. Karen nahm sich vor, Jenny nach dem anderen Mann in ihrem Leben zu fragen, noch einem, der durch seine Abwesenheit auffiel.

»Hat er während des Streiks viel gemalt?«

»Bei schönem Wetter war er jeden Tag mit seinem Seesack und der Staffelei draußen. Und wenn es regnete, war er unten in den Höhlen mit seinen Kumpels von der Gesellschaft zur Erhaltung der Höhlen.«

»Sie meinen die Höhlen von Wemyss?« Karen kannte die Höhlen, die sich von der Küste bis tief in die Sandsteinklippen zwischen East Wemyss und Buckhaven erstreckten. Sie hatte als Kind manchmal dort gespielt, ohne etwas über ihre historische Bedeutung als wichtiger Ort der Pikten zu

wissen. Die Kinder aus der Umgebung hatten sie als Spielplätze benutzt, was einer der Gründe dafür war, dass die Gesellschaft zur Erhaltung der Höhlen gegründet wurde. Jetzt waren die tieferen und gefährlicheren Abschnitte des Höhlennetzwerks abgesperrt, und Amateurhistoriker und Archäologen hatten sie als Spielplatz für Erwachsene geschützt. »Mick hatte mit den Höhlen zu tun?«
»Mick hatte mit allem etwas zu tun. Er spielte Fußball, er malte seine Bilder, er hat sich mit den Höhlen beschäftigt, er steckte bis über die Ohren in der Gewerkschaft. Alles andere war wichtiger, als Zeit mit seiner Familie zu verbringen.« Jenny schlug die Beine übereinander und verschränkte die Arme vor der Brust. »Er sagte, dass es ihm während des Streiks half, nicht verrückt zu werden. Ich glaube, es hat ihm nur geholfen, sich vor seiner Verantwortung zu drücken.«
Karen wusste, dass dies ein ergiebiges Thema für ihre Ermittlungen war, aber sie konnte es sich leisten, es für später aufzuheben. Jennys unterdrückte Wut hatte über zweiundzwanzig Jahre angehalten. Sie würde nicht verfliegen. Es gab etwas viel Näherliegendes, das sie interessierte. »Wo hatte Mick denn während des Streiks das Geld für die Farben her? Ich kenne mich nicht gut mit dem Malen aus, aber richtiges Papier und Farben kosten doch einiges.« Sie konnte sich nicht vorstellen, dass ein Bergmann Geld für Malutensilien ausgab, wenn nicht einmal etwas für Lebensmittel oder zum Heizen da war.
»Ich will niemanden in Schwierigkeiten bringen«, wich Jenny aus.
Ach, tatsächlich. »Es war vor dreiundzwanzig Jahren«, erwiderte Karen geradeheraus. »Irgendwelche nebensächlichen Schmuggeleien aus der Zeit des Bergwerkstreiks interessieren mich wirklich nicht.«

»Einer der Zeichenlehrer von der Highschool wohnte oben in Coaltown. Er war ein kleiner verkrüppelter Kerl. Sein eines Bein war kürzer als das andere, und er hatte einen Buckel. Mick hat ihm den Garten gemacht. Der Kerl bezahlte ihn mit Farben.« Sie lachte leise. »Ich fragte, ob er ihn nicht mit Geld oder Lebensmitteln entlohnen könnte. Aber offenbar gab der Mensch sein ganzes Gehalt seiner Exfrau. Die Farben konnte er in der Schule klauen.« Sie verschränkte wieder die Arme. »Er ist sowieso schon tot.«
Karen versuchte, ihre Abneigung gegen diese Frau zu unterdrücken. Sie war so ganz anders als ihre Tochter, die sie verleitet hatte, sich auf diesen Fall einzulassen. »Wie war es denn zwischen Ihnen beiden, bevor Mick verschwand?«
»Der Streik war schuld. Na gut, wir hatten unsere Höhen und Tiefen. Aber es war der Streik, der einen Keil zwischen uns getrieben hat. Und ich bin nicht die einzige Frau in dieser Gegend, die das sagen könnte.«
Karen wusste, wie zutreffend das war. Die schrecklichen Entbehrungen des Streiks hatten fast alle Paare gezeichnet, die sie damals gekannt hatte. Häusliche Gewalt war ausgebrochen, wo man sie wirklich nicht erwartet hatte; die Selbstmordrate war angestiegen; Ehen waren angesichts der unerbittlichen Armut zerbrochen. Damals hatte sie es nicht verstanden, aber jetzt begriff sie es durchaus. »Vielleicht. Aber jeder hat seine eigene Geschichte. Ich würde gern Ihre hören.«

Freitag, 14. Dezember 1984,
Newton of Wemyss

Ich bin zum Abendessen wieder da«, sagte Mick Prentice, hängte sich die große Segeltuchtasche um und griff nach dem dünnen Bündel, in dem seine zusammengefaltete Staffelei steckte.

»Abendessen? Was für ein Abendessen? Wir haben nichts zu essen im Haus. Du solltest da draußen sein und für deine Familie etwas zu beißen besorgen, nicht herumbummeln und zum x-ten Mal das verflixte Meer malen«, schrie Jenny und versuchte, ihn zum Stehenbleiben zu zwingen, als er aus der Tür gehen wollte.

Er wandte sich um, sein hageres Gesicht verzog sich vor Scham und Schmerz. »Meinst du, ich weiß das nicht? Meinst du, wir sind die Einzigen? Meinst du, wenn ich eine Ahnung hätte, wie man etwas verbessern könnte, würde ich es nicht tun? Niemand hat etwas zu essen, verdammt noch mal. Niemand hat Geld.« Seine Stimme wurde von einem Schluchzen erstickt. Er schloss die Augen und holte tief Luft. »Beim Wohlfahrtsverband unten hat Sam Thomson gestern Abend gesagt, es sei die Rede von einer Lebensmittellieferung von den ›Frauen gegen die Zechenschließungen‹. Wenn du da runtergehen würdest ... sie sollen gegen zwei da sein.« Es war so kalt in der Küche, dass sich bei seinen Worten eine Dampfwolke vor seinem Mund bildete.

»Wieder Almosen. Ich kann mich gar nicht mehr erinnern, wann ich zum letzten Mal selbst entscheiden konnte, was ich zum Abendessen kochen würde.« Jenny setzte sich plötzlich auf einen der Küchenstühle. Sie sah zu ihm auf. »Werden wir das je hinter uns bringen?«

»Wir müssen nur noch ein bisschen länger durchhalten. Wir sind schon weit gekommen. Wir können gewinnen.« Er klang, als versuche er, sich selbst genauso zu überzeugen wie sie.

»Sie gehen zur Arbeit zurück, Mick. Sie gehen wieder hin. Es war neulich abends in den Nachrichten. Mehr als ein Viertel der Zechen arbeitet schon wieder. Was immer Arthur Scargill und die anderen Gewerkschaftsfunktionäre auch sagen, es ist unmöglich, dass wir gewinnen. Die Frage ist nur, wie schlimm dieses Miststück Thatcher uns dafür büßen lässt.«

Er schüttelte heftig den Kopf. »Sag das nicht, Jenny. Nur weil es da unten im Süden ein paar Orte gibt, wo sie aufgegeben haben. Hier oben sind wir hart wie Granit. Und in Yorkshire auch. Und Südwales. Und wir sind es, die wichtig sind.« Seine Worte klangen hohl, und er sah nicht sehr enthusiastisch aus. Sie waren alle längst geschlagen, dachte sie. Sie wussten nur nicht, wann es Zeit war, loszulassen.

»Wenn du meinst«, murmelte sie und wandte sich ab. Sie wartete, bis sie hörte, wie die Tür sich hinter ihm schloss, stand dann langsam auf, zog ihren Mantel an, nahm einen dicken Plastiksack und ging aus der eiskalten Küche in den feuchtkalten Morgen hinaus. Das war dieser Tage ihr täglicher Rhythmus. Aufstehen und Misha zur Schule bringen. Am Schultor bekam das Kind einen Apfel oder eine Orange, ein Tütchen mit Chips und einen Schokoladenkeks von den Freunden von Lady Charlotte, einer buntgemischten Gruppe von Studenten und Angestellten des öffentlichen Dienstes aus Kirkcaldy, die dafür sorgten, dass die Kinder den Tag nicht mit leerem Magen beginnen mussten. Zumindest an Schultagen.

Dann kehrte sie wieder nach Haus zurück. Sie tranken den

Tee nicht mehr mit Milch, wenn sie Tee bekommen konnten. An manchen Tagen war eine Tasse heißes Wasser alles, was Jenny und Mick zum Tagesbeginn zu sich nahmen. Es geschah nicht oft, aber einmal genügte, um einen daran zu erinnern, wie leicht man weg vom Fenster sein konnte.

Nach einem heißen Getränk ging Jenny mit ihrem Sack in den Wald und versuchte, genug Feuerholz zu sammeln, damit sie es abends ein paar Stunden warm hatten. Wenn die Gewerkschaftsfunktionäre sie »Kameradin« nannten und sie Holz zusammenklaubte, fühlte sie sich wie eine sibirische Bäuerin. Wenigstens hatten sie Glück, nahe bei der Brennstoffquelle zu wohnen. Für andere war es viel schwerer, das wusste sie. Es war ein Glücksfall für sie, dass sie ihren offenen Kamin behalten hatten. Billige Kohle als Vergünstigung für die Bergleute hatte dafür gesorgt.

Sie ging mechanisch an die Arbeit, achtete kaum auf ihre Umgebung und grübelte über die letzte Kabbelei zwischen ihr und Mick nach. Manchmal schien es, als hielten nur die Not und das Bedürfnis nach Wärme sie im gleichen Bett zusammen. Der Streik hatte manche Paare einander nähergebracht, aber viele waren nach den ersten Monaten, als ihre Reserven aufgebraucht waren, wie ein Holzscheit unter der Axt zersplittert.

Am Anfang war es nicht so schlimm gewesen. Seit der letzten Streikwelle der siebziger Jahre hatten die Bergleute gut verdient. Sie waren die Könige der Gewerkschaftsbewegung, gut bezahlt, gut organisiert und selbstbewusst. Schließlich hatten sie damals Ted Heaths Regierung zu Fall gebracht. Niemand konnte ihnen etwas anhaben. Und sie hatten das Geld, um dies zu beweisen.

Manche gaben das Geld hemmungslos aus. Machten Urlaub im Ausland, wo sie ihre milchweiße Haut und die

Blessuren von Unfällen unter Tage der Sonne aussetzen konnten, fuhren protzige Autos mit teuren Stereoanlagen, hatten neue Häuser, die beim Einzug ganz toll, aber sehr bald abgenutzt aussahen. Aber die meisten hatten etwas beiseitegelegt, da sie durch die Vergangenheit vorsichtig geworden waren. Genug, um die Miete oder die Hypothek, Lebensmittel für die Familie und den Strom für zwei Monate zu bezahlen. Aber es war erschreckend, wie schnell diese geringen Rücklagen aufgezehrt waren. Am Anfang hatte die Gewerkschaft die Männer anständig bezahlt, die in geschlossenen Lkws und Minibussen mitfuhren und sich den Streikposten anschlossen, um in den Zechen, in denen noch gearbeitet wurde, in Kraftwerken und Verkokungsfabriken für die Streikidee zu werben. Aber die Polizei war immer rigoroser vorgegangen, um zu verhindern, dass die ›flying pickets‹, die mobilen Streikposten, an ihren Bestimmungsorten ankamen, und man war nicht gerade begeistert davon, Männer dafür zu entlohnen, dass sie ihre Ziele nicht erreichten. Außerdem hatten damals die Gewerkschaftsbosse zu viel damit zu tun, ihre Millionen vor der Beschlagnahmung durch die Regierung zu retten, statt Geld für einen Kampf zu verschwenden, von dem sie im Grunde schon wussten, dass er scheitern würde. Jetzt war also auch dieses dünne Rinnsal Geld versiegt, und den Bergbauorten blieb nichts mehr übrig, was sie hätten schlucken können, außer ihrem Stolz.

Jenny hatte das in den letzten neun Monaten schon oft getan. Es war gleich zu Beginn losgegangen, als sie die Nachricht, die schottischen Bergleute würden das Kohlegebiet in Yorkshire bei einem landesweiten Streik unterstützen, nicht von Mick erfuhr, sondern von Arthur Scargill, dem Chef der National Union of Mineworkers. Nicht persönlich natürlich. Aber durch seine wütende Rede in den Fernsehnachrichten. Statt von der Versammlung des Wohlfahrtsverbands gleich zurückzukommen, um es ihr zu sagen, hing Mick mit Andy und seinen anderen Gewerkschaftskumpeln herum und trank in der Bar, als würde Geld nie ein Problem werden. Sie feierten König Arthurs Schlachtruf in der althergebrachten Weise. *Die vereinigten Bergleute werden niemals geschlagen.*

Aber die Frauen der Bergmänner wussten von Anfang an um die Hoffnungslosigkeit der Lage. Man beginnt einen Kohlestreik am Winteranfang, wenn der Bedarf der Kraftwerke am höchsten ist. Nicht im Frühjahr, wenn alle schon daran denken, ihre Heizung abzudrehen. Und wenn man gegen ein Miststück wie Margaret Thatcher in einen großen Arbeitskampf zieht, sichert man sich ab. Man richtet sich nach dem Arbeitsrecht. Man beachtet seine eigenen Regeln. Man hält im ganzen Land eine Urabstimmung ab. Und man verlässt sich nicht auf die zweifelhafte Auslegung eines Beschlusses, der schon drei Jahre zuvor zu einem anderen Zweck gefasst wurde. O ja, die Frauen hatten gewusst, dass es zwecklos war. Aber sie hatten den Mund gehalten und zum ersten Mal eine eigene Organisation gegründet, um ihre Männer zu unterstützen. In den Bergwerksdörfern und den Städten des Kohleabbaus zählte damals nur die Loyalität.

Und so waren Mick und Jenny weiter zusammengeblieben. Jenny fragte sich manchmal, ob Mick wohl nur noch bei ihr und Misha war, weil er nicht wusste, wohin er sonst sollte. Die Eltern tot, keine Brüder oder Schwestern, da gab es für ihn keinen naheliegenden Zufluchtsort. Einmal hatte sie ihn danach gefragt, und er war starr wie ein Standbild geworden. Dann hatte er ihr spöttisch geantwortet, er hätte nicht die Absicht, wegzugehen, und sie daran erinnert, dass Andy immer einen Platz in seinem Häuschen für ihn bereithalten würde, wenn er nicht hier bleiben wollte. Es gab also keinen Grund, weshalb sie hätte denken sollen, dass dieser Freitag anders war als all die anderen.

Donnerstag, 28. Juni 2007,
Newton of Wemyss

Es war also nicht das erste Mal, dass er den ganzen Tag mit seinen Malsachen wegblieb?«, fragte Karen. Was immer in Jenny Prentice' Kopf vor sich ging, war offensichtlich viel umfangreicher als die mageren Bruchstücke, die sie herausrückte.

»Zum Schluss vier- oder fünfmal die Woche.«

»Und Sie? Was haben Sie den ganzen Tag gemacht?«

»Ich bin in den Wald hoch, um Kleinholz zu sammeln, dann kam ich zurück und sah mir die Nachrichten im Fernsehen an. Es war ja ein besonderer Tag, dieser Freitag. König Arthur stand wegen Behinderung der Polizei bei der Auseinandersetzung von Orgreave vor Gericht. Und Band Aid kam auf den ersten Platz. Ich sag Ihnen, ich hätte ihnen ins Gesicht spucken können. All die Mühe für Kinder in Tausenden Meilen Entfernung, wo es doch hungrige Kinder direkt vor ihrer Haustür gab. Wo waren Bono und Bob Geldof am Weihnachtsmorgen, als unsere Kinder aufgewacht sind und ihr Strumpf lotterleer war?«

»Es war bestimmt schwer auszuhalten«, meinte Karen.

»Es war wie ein Schlag ins Gesicht. Den Bergleuten zu helfen war eben nichts Grandioses, oder?« Ein bitteres Lächeln ließ ihr Gesicht aufleuchten. »Aber es hätte ja noch schlimmer sein können – wenn wir uns den scheinheiligen Dreckskerl Sting hätten gefallen lassen müssen. Gar nicht zu reden von seiner bescheuerten Klampfe.«

»Stimmt genau.« Karen konnte nicht verbergen, dass sie amüsiert war. Galgenhumor lag in diesen Bergarbeiterorten immer nahe.

»Und was haben Sie nach den Fernsehnachrichten gemacht?«

»Ich bin zur Wohlfahrt runtergegangen. Mick hatte etwas davon gesagt, dass da Lebensmittel ausgegeben werden sollten. Ich stellte mich an und kam mit einem Päckchen Nudeln, einer Dose Tomaten und zwei Zwiebeln nach Haus. Und einem Suppenwürfel für schottischen Eintopf. Ich weiß noch, dass ich mich ziemlich gut fühlte. Ich holte Misha von der Schule ab und dachte, es würde uns aufheitern, den Weihnachtsschmuck aufzuhängen, und das haben wir dann gemacht.«

»Wann ist Ihnen aufgefallen, dass Mick noch nicht heimgekommen war?«

Jenny hielt inne, eine Hand fummelte an einem Knopf an ihrer Kittelschürze herum. »Zu der Jahreszeit wird es früh dunkel. Gewöhnlich kam er nicht lange nach mir und Misha nach Hause. Aber weil wir den Weihnachtsschmuck aufgehängt haben, fiel mir nicht auf, wie die Zeit verging.«

Sie log, dachte Karen. Aber warum? Und in welcher Hinsicht?

Freitag, 14. Dezember 1984,
Newton of Wemyss

In der Schlange beim Wohlfahrtsverband für die Bergleute war Jenny eine der Ersten gewesen, eilte mit ihrer erbärmlichen Ausbeute nach Haus und war entschlossen, einen Topf Suppe zu kochen, damit zum Abendessen etwas Gutes auf dem Tisch stand. Sie ging um die Waschräume des Zechenhauses herum und bemerkte, dass in allen Nachbarhäusern schon Dunkelheit herrschte. Damals ließ niemand ein einladendes Licht an, wenn er wegging. Jeder Penny zählte, wenn die Stromrechnung kam.

Als sie in ihr Tor einbog, fuhr sie vor Schreck zusammen. Ein Schatten richtete sich aus der Dunkelheit auf und erschien ihr riesengroß. Ihr entfuhr ein Geräusch zwischen Luftschnappen und Stöhnen.

»Jenny, Jenny, nur ruhig. Ich bin's doch. Tom. Tom Campbell. Tut mir leid, ich wollte dir keine Angst einjagen.« Die Gestalt nahm Form an, und sie erkannte den großen Mann, der vor ihrer Haustür stand.

»Mein Gott, Tom. Du hast mich ganz schön erschreckt«, klagte sie, schritt an ihm vorbei und öffnete die Haustür. Sie spürte die strenge Kälte im Haus und ging in die Küche voraus. Ohne zu zögern, füllte sie ihren Suppentopf mit Wasser und stellte ihn auf den Herd, wo die Gasflamme ein klein bisschen Wärme ausstrahlte.

Dann blickte sie ihn im düsteren Nachmittagslicht an. »Wie geht es dir?«

Tom Campbell zuckte mit den breiten Schultern und lächelte halbherzig. »Es geht auf und ab«, antwortete er. »Das ist wirklich Pech. Das einzige Mal im Leben, da ich meine

Freunde wirklich brauchen würde, und dann kommt dieser Streik.«

»Wenigstens hast du mich und Mick«, erwiderte Jenny und zeigte auf einen Stuhl.

»Na ja, ich habe dich, jedenfalls. Ich glaube nicht, dass ich auf Micks Liste für die Weihnachtspost stehen würde, wenn dieses Jahr überhaupt jemand auf die Idee käme, Weihnachtskarten zu verschicken. Auf jeden Fall nicht nach dem Oktober. Seitdem hat er nicht mehr mit mir gesprochen.«

»Er wird drüber wegkommen«, sagte sie ohne eine Spur von Überzeugung. Mick hatte immer Vorbehalte gegenüber der langjährigen Vertrautheit zwischen Jenny und Toms Frau Moira gehabt. Die Frauen waren schon ewig beste Freundinnen, und Moira war bei Jennys und Micks Hochzeit erste Brautjungfer gewesen. Als es so weit war, den Gefallen zu erwidern, war Jenny mit Misha schwanger. Mick hatte darauf hingewiesen, dass ihr zunehmender Leibesumfang eine perfekte Entschuldigung wäre, Moira die Bitte abzuschlagen, da man das Brautjungfernkleid ja im Voraus kaufen musste. Es war kein Vorschlag, eher eine Vorschrift. Denn obwohl Tom Campbell ohne Frage ein anständiger, gutaussehender und ehrlicher Mann war, war er eben doch kein Bergmann. Es stimmte zwar, dass er in der Lady Charlotte arbeitete. Er ging im Förderkorb, der den Magen flattern ließ, unter Tage. Manchmal machte er sich sogar die Hände schmutzig. Aber er war kein Bergmann. Er war Steiger. Mitglied einer anderen Gewerkschaft. Eine Aufsichtsperson, die dafür sorgen musste, dass die Gesundheits- und Sicherheitsregeln eingehalten wurden und die Männer das taten, was sie tun sollten. Die Bergleute hatten ein Wort für den leichtesten Teil jeder Aufgabe – »der Steigerjob«. Es klang ziemlich harmlos, aber in einer Umgebung, in der jedes Glied einer Gruppe wusste, dass sein Leben von seinen Kollegen abhing, drückte sich darin starke Verachtung aus. Und deshalb war Mick Prentice immer etwas zurückhaltend im Umgang mit Tom Campbell gewesen.

Er hatte sich über die Einladungen zum Abendessen in ihr Einfamilienhaus in West Wemyss geärgert. Hatte Toms Vorschlag, mit ihm Fußball zu spielen, Misstrauen entgegengebracht. Er hatte Jenny sogar die Stunden missgönnt, die sie zwei Jahre zuvor während Moiras würdelosem, aber schnellem Sterben an Krebs an ihrem Krankenbett verbracht hatte. Und als Toms Gewerkschaft geschwankt hatte und sich nicht entscheiden konnte, ob sie sich dem Streik anschließen sollte, hatte Mick nach deren Entscheidung, sich letzten Endes auf die Seite der Bosse zu schlagen, wie ein trotziges Kleinkind getobt.

Jenny hatte den Verdacht, dass ein Grund für Micks Ärger Toms Freundlichkeit war, die er ihnen erwies, seit sie ernstlich unter dem Streik litten. Er war häufiger mit kleinen Gaben vorbeigekommen, einer Tüte Äpfel, einem Sack Kartoffeln, einem Kuscheltier für Misha. Immer hatte er plausible Gründe mitgeliefert, ein Nachbar hatte einen Baum, der sehr voll hing, mehr Kartoffeln in seinem Schrebergarten, als er verwenden konnte, ein Tombolagewinn beim Bowlingclub. Hinterher hatte Mick immer genörgelt.

»Gönnerhafter Dreckskerl«, schimpfte er.

»Er versucht doch nur zu helfen, ohne uns zu beschämen«, widersprach Jenny. Es schadete auch nicht, dass Toms Anwesenheit sie an glücklichere Zeiten erinnerte. Wenn er da war, hatte sie irgendwie wieder das Gefühl, dass es noch Möglichkeiten, Chancen gab. In seinen Augen sah sie sich wieder als jüngere Frau mit dem Ehrgeiz, ein anderes Leben zu führen. Und so war Jenny froh, dass Tom an ihrem Küchentisch saß und redete, obwohl sie wusste, dass Mick sich darüber ärgern würde.

Er zog ein weiches, aber schweres Päckchen aus der Tasche. »Kannst du zwei Pfund Speck brauchen?«, fragte er, und seine Stirn legte sich besorgt in Falten. »Meine Schwägerin hat ihn vom Bauernhof ihrer Familie in Irland mitgebracht. Aber er ist geräuchert, weißt du, und geräucherten Schinken kann ich nicht brauchen. Er ist mir zuwider. Da hab ich gedacht, statt ihn verderben zu lassen ...« Er hielt ihn ihr hin.

Jenny nahm das Päckchen ohne das geringste Zögern. Sie seufzte kurz beschämt. »Jetzt sieh dir das an. Mein Herz zittert wegen zwei Pfund Speck. Das haben Margaret Thatcher und Arthur Scargill zusammen geschafft.« Sie schüttelte den Kopf. »Danke, Tom. Du bist ein guter Mensch.«

Er sah weg, denn er war sich nicht sicher, was er sagen oder tun sollte. Sein Blick blieb an der Uhr hängen. »Musst du das Kind abholen? Tut mir leid, ich hab beim Warten nicht dran gedacht, wie spät es war. Ich wollte nur ...« Er stand auf, sein Gesicht war rot geworden. »Ich komm wieder.«

Im Flur hörte sie seine Stiefel stolpern, dann das Klicken des Riegels. Sie warf den Speck auf den Tisch und drehte das Gas unter dem Topf mit Wasser ab. Jetzt würde es eine andere Suppe geben.

Moira hatte immer schon mehr Glück gehabt.

Donnerstag, 28. Juni 2007,
Newton of Wemyss

Jennys Blick kehrte aus der Ferne zurück und konzentrierte sich auf Karen. »Ich nehme an, es war gegen sieben, als mir aufging, dass Mick noch nicht nach Haus gekommen war. Ich war zornig, denn ich hatte tatsächlich ein halbwegs ordentliches Essen auf den Tisch gebracht. Also holte ich die Kleine aus dem Bett, brachte sie zu den Nachbarn, damit ich zur Wohlfahrt runtergehen und nachsehen konnte, ob Mick dort war.« Sie schüttelte den Kopf, nach all den Jahren noch immer überrascht. »Und er war natürlich nicht da.«

»Hatte irgendjemand ihn gesehen?«

»Offenbar nicht.«

»Sie müssen sich gesorgt haben«, vermutete Karen.

Jenny zuckte mit der Schulter. »Eigentlich nicht. Wie gesagt, wir hatten uns nicht gerade in der besten Stimmung getrennt. Ich dachte einfach, er wäre beleidigt und zu Andy rübergegangen.«

»Der Mann auf dem Foto?«

»Ja, Andy Kerr. Er war Gewerkschaftsfunktionär. Aber er war krankgeschrieben. Stress, sagte man. Und das stimmte auch. Innerhalb eines Monats brachte er sich um. Ich habe oft gedacht, dass Mick als Streikbrecher arbeiten ging, hat Andy den Rest gegeben. Er hat Mick verehrt. Es hat ihm wohl das Herz gebrochen.«

»Sie haben also vermutet, dass er dort war?«, versuchte Karen sie im Redefluss zu halten.

»Richtig. Er hatte ein Häuschen im Wald, ganz einsam. Er sagte, dass er Ruhe und Frieden liebte. Mick hat mich mal dorthin mitgenommen. Es kam mir ganz unheimlich vor. Wie das Hexenhaus in einem von Mishas Märchen. Man sah es erst, wenn man plötzlich davorstand. Keine zehn Pferde hätten mich da hingebracht.«

»Hätten Sie nicht anrufen und nachfragen können?«, mischte sich der Minzdrops ein. Die beiden Frauen starrten ihn amüsiert und nachsichtig an.

»Unser Telefon war schon seit Monaten abgestellt, Kleiner«, entgegnete Jenny und warf Karen einen Blick zu. »Und es war lange, bevor es Handys gab.«

Inzwischen lechzte Karen praktisch nach einer Tasse Tee, aber sie wollte auf keinen Fall in Jenny Prentice' Schuld stehen. Sie räusperte sich und machte weiter. »Wann fingen Sie an, sich Sorgen zu machen?«

»Als das Kind mich morgens aufweckte und er immer noch nicht heimgekommen war. Das hatte er noch nie getan. Wir hatten ja am Freitag keinen großen Krach gehabt. Nur ein paar unfreundliche Worte. Wir hatten Schlimmeres erlebt, glauben Sie mir. Als er morgens nicht da war, fing ich wirklich an zu fürchten, dass etwas nicht in Ordnung war.«

»Was haben Sie getan?«

»Ich hab Misha etwas zu essen gegeben, sie angezogen und zu ihrer Freundin Lauren gebracht. Dann bin ich durch den Wald zu Andys Hütte gegangen. Aber dort war niemand. Und dann erinnerte ich mich, dass Mick gesagt hatte, Andy würde, solange er krankgeschrieben war, für ein paar Tage weggehen, hinauf in die Highlands. Um mal ganz abzuschalten und einen klaren Kopf zu bekommen. Natürlich war er also nicht da. Und da fing ich an, wirklich Angst zu kriegen. Was wäre, wenn er einen Unfall gehabt hatte? Was, wenn er krank war?« Die Erinnerung war immer noch so stark, dass sie Jenny beunruhigte. Ihre Finger zupften unablässig am Saum ihrer Kittelschürze.

»Ich ging zur Wohlfahrt, um mit den Gewerkschaftsvertretern zu reden. Ich dachte, wenn irgendjemand wusste, wo Mick war, dann wären sie es. Oder sie würden zumindest wissen, wo ich zuerst suchen sollte.« Sie sah starr zu Boden und hielt die Hände auf dem Schoß gefaltet. »Da fing mein Leben tatsächlich an, aus dem Ruder zu laufen.«

Samstag, 15. Dezember 1984,
Newton of Wemyss

Sogar schon morgens, wenn noch nicht viele Leute da waren und es aufheizten, war es im Wohlfahrtszentrum der Bergarbeiter wärmer als bei ihr zu Hause, stellte Jenny fest, als sie eintrat. Nicht viel, aber doch ausreichend, dass man es wahrnahm. Solche Dinge hätte sie normalerweise nicht bemerkt, aber heute versuchte sie, an alles andere zu denken als an das Verschwinden ihres Mannes. Sie stand einen Moment zögernd in der Eingangshalle und versuchte sich zu entscheiden, wo sie hingehen sollte. Sie erinnerte sich undeutlich, dass die Streikbüros der Bergarbeitergewerkschaft oben waren, und ging auf die verschnörkelte, geschnitzte Treppe zu. Ab dem ersten Treppenabsatz wurde alles sehr viel einfacher. Sie brauchte nur dem leisen Stimmengemurmel und der vorbeiziehenden dünnen Wolke Zigarettenrauch zu folgen.

Ein paar Meter den Flur entlang stand eine Tür halb offen, hier war die Quelle des Gemurmels und Rauchgeruchs. Jenny klopfte nervös an, und im Raum wurde es still. Schließlich sagte eine Stimme vorsichtig: »Herein.«

Sie schlüpfte hinein wie eine Kirchenmaus. Der Raum wurde von einem U-förmigen Tisch beherrscht, auf dem ein kariertes Wachstuch lag. Ein halbes Dutzend Männer saßen lässig in verschiedenen Stadien der Mutlosigkeit darum herum. Jenny zögerte, als ihr klar wurde, dass der Mann am Kopfende jemand war, den sie schon einmal gesehen hatte, aber nicht persönlich kannte. Mick McGahey, ehemaliger Kommunist, Führer der schottischen Bergleute. Der einzige Mann, der sich, wie man hörte, gegenüber König Arthur behaupten und erreichen konnte, dass er ihm zuhörte. Der Mann, der von seinem Vorgänger absichtlich von der Führungsspitze ferngehalten worden war. Hätte Jenny jedes Mal ein Pfund erhalten, wenn sie jemanden hatte sagen hören, dass alles anders wäre, wenn McGahey das Sagen hätte, dann wäre ihre Familie die bestgenährte und -gekleidete in Newton of Wemyss gewesen. »Entschuldigung«, stotterte sie. »Ich wollte nur kurz ...« Ihr Blick schweifte im Raum umher, und sie fragte sich, auf welchen der ihr bekannten Männer sie sich wohl am besten konzentrieren sollte.

»Schon gut, Jenny«, meinte Ben Reekie. »Wir hatten nur eine kurze Besprechung und sind eigentlich fertig, oder, Kumpels?« Es folgte ein unzufriedenes, gleichwohl zustimmendes Gemurmel. Aber Reekie, der Sekretär der Ortsgruppe, konnte die Stimmung einer Sitzung gut einschätzen und die Dinge vorantreiben. »Also, Jenny, wie kann ich dir helfen?«

Sie wünschte, sie wären unter sich, hatte aber nicht den Mut, darum zu bitten. Die Frauen hatten bei der Unterstützung ihrer Männer viel gelernt, doch im persönlichen Umgang mit anderen haperte es noch mit der Durchsetzungsfähigkeit. Aber das würde schon werden, sagte sie sich. Sie hatte ihr ganzes Erwachsenenleben im Kokon dieser Welt verbracht, die sich auf Zeche und Wohlfahrt beschränkte, wo es keine Geheimnisse gab und wo die Gewerkschaft die Stelle von Mutter und Vater einnahm. »Ich mach mir Sorgen um Mick«, berichtete sie. Es brachte nichts, um den heißen Brei herumzureden. »Er ist gestern Morgen losgegangen und nicht zurückgekommen. Ich dachte, ob vielleicht ...?«

Reekie hielt seine Finger an die Stirn und rieb so fest, dass abwechselnd weiße und gerötete Flecken darauf erschienen. »Herrgott«, zischte er durch die zusammengebissenen Zähne.

»Und du erwartest, dass wir glauben, du wüsstest nicht, wo er ist?« Dieser Vorwurf kam von Ezra Macafferty, dem letzten der noch lebenden Zeugen der Aussperrungen und Streiks der zwanziger Jahre.

»Natürlich weiß ich nicht, wo er ist.« Jennys Stimme klang traurig, und eine dunkle Angst begann, sich kalt in ihrer Brust auszubreiten. »Ich dachte, er ist vielleicht hier gewesen. Ich dachte, irgendjemand wüsste es vielleicht.«

»Dann sind es also sechs«, stellte McGahey fest. Sie erkannte das tiefe Grollen seiner rauhen Stimme, die sie in Fernsehinterviews und auf Versammlungen im Freien gehört hatte. Es war seltsam, mit dieser Stimme im selben Raum zu sein.

»Ich verstehe nicht, was denn für sechs?«, fragte sie. »Was ist los?« Aller Augen richteten sich auf sie, alle Blicke durchbohrten sie. Jenny spürte ihre Verachtung, begriff aber nicht, weswegen sie ihr entgegengebracht wurde. »Ist Mick etwas passiert? Ein Unfall?«

»Allerdings ist etwas passiert«, erwiderte McGahey. »Sieht aus, als wäre Ihr Mann als Streikbrecher nach Nottingham gegangen.«

Es war, als pressten seine Worte ihr die Luft ab. Sie hörte auf zu atmen, und um sie herum entstand eine Blase, an der die Worte abprallen sollten. Das konnte nicht stimmen. Mick doch nicht. Sprachlos schüttelte sie heftig den Kopf. Die Worte begannen sie wieder zu erreichen, ergaben aber immer noch keinen Sinn. »Wussten von den fünf ... dachten, es wären vielleicht noch mehr ... immer ein Verräter in unseren Reihen ... enttäuscht ... immer einer von der Gewerkschaft.«

»Nein«, rief sie. »Das würde er nicht tun.«
»Wie erklärst du dann, dass er nicht hier ist?«, fragte Reekie. »Du bist doch selbst hergekommen, um ihn zu suchen. Wir wissen, dass gestern Abend ein ganzer Lastwagen voll runtergefahren ist. Und dabei ist mindestens einer ein Freund von deinem Mick. Wo zum Teufel soll er denn sonst sein?«

Donnerstag, 28. Juni 2007,
Newton of Wemyss

Ich hätte mich nicht schlechter fühlen können, wenn sie mir vorgeworfen hätten, ich sei eine Hure«, erzählte Jenny. »Ich nehme an, in ihren Augen war ich genau das. Mein Kerl fort als Streikbrecher, da würde es nicht lange dauern, und ich würde von unehrlichen Einkünften leben.«

»Haben Sie nie bezweifelt, dass sie recht hatten?«

Jenny strich sich das Haar aus dem Gesicht und streifte damit für einen Moment einige Lebensjahre und ihre Fügsamkeit ab. »Eigentlich nicht. Mick war mit Iain Maclean befreundet, das war einer von denen, die nach Nottingham gegangen waren. Dagegen konnte ich nichts sagen. Und vergessen Sie nicht, wie es damals war. Die Männer gaben den Ton an, und die Gewerkschaft bestimmte, was die Männer zu tun hatten. Wenn die Frauen am Streik teilnehmen wollten, war die erste Schlacht, die wir durchstehen mussten, die gegen die Gewerkschaft. Wir mussten betteln, dass sie uns mitmachen ließen. Wir sollten dort bleiben, wo wir immer gewesen waren, im Hinterzimmer oder zu Hause am Herd. Nicht bei den Kohlenbecken der Streikpostenketten. Aber obwohl wir uns für die ›Frauen gegen die Zechenschließungen‹ starkgemacht hatten, wussten wir, wohin wir gehörten. Man musste verdammt stark oder verdammt dämlich sein, um sich in dieser Gegend hier gegen den Wind zu stemmen.«

Karen hatte nicht zum ersten Mal eine Version dieser Wahrheit gehört. Sie fragte sich, ob sie selbst sich in der gleichen Lage wohl besser geschlagen hätte. Es fühlte sich gut an, zu denken, dass sie ihrem Partner etwas beharrlicher zur Seite stehen würde. Aber angesichts der Feindseligkeit, die Jenny Prentice von der Gemeinde entgegengeschlagen sein musste, vermutete Karen, dass sie wahrscheinlich auch klein beigegeben hätte. »Na gut«, meinte sie. »Aber da es jetzt so aussieht, als sei Mick doch nicht arbeiten gegangen, haben Sie da irgendeine Ahnung, was mit ihm passiert sein könnte?«

Jenny schüttelte den Kopf. »Keinen Schimmer. Obwohl ich es nicht glauben konnte, war das mit dem Streikbrechen doch irgendwie logisch. Deswegen hab ich nie über eine andere Möglichkeit nachgedacht.«

»Meinen Sie, dass er einfach die Nase voll hatte? Und sich deshalb aus dem Staub gemacht hat?«

Sie runzelte die Stirn. »Wissen Sie, das würde Mick gar nicht ähnlich sehen. Wegzugehen, ohne etwas zu sagen? Das glaube ich nicht. Er hätte dafür gesorgt, dass ich wusste, dass alles meine Schuld wäre«, erwiderte sie mit einem bitteren Lachen.

»Sie glauben nicht, dass er vielleicht weggegangen ist, ohne etwas zu sagen, damit Sie noch mehr litten?«

Jennys Kopf fuhr zurück. »Das ist ja krank«, protestierte sie. »Sie tun ja, als wäre er so etwas wie ein Sadist gewesen. Grausam war er nicht, Inspector. Nur gedankenlos und egoistisch, genau wie die anderen auch.«

Karen hielt einen Moment inne. Dies war immer der schwierigste Teil bei Gesprächen mit Verwandten vermisster Personen. »War er mit jemandem zerstritten? Hatte er Feinde, Jenny?«

Jenny sah Karen an, als spräche sie plötzlich Urdu. »Feinde? Sie meinen, jemand, der ihn umbringen würde?«

»Vielleicht nicht, dass jemand vorhatte, ihn umzubringen. Vielleicht jemand, der ihn nur verprügeln wollte?«

Diesmal war Jennys Lachen ehrlich und warmherzig. »Meine Güte, das ist ein Witz, dass gerade Sie das sagen.« Sie schüttelte den Kopf. »Die einzigen Handgreiflichkeiten, in die Mick in all den Jahren unserer Ehe geraten ist, das war mit eurer Truppe. Bei den Streikpostenketten. Bei den Demonstrationen. Ob er Feinde hatte? Ja, die Polente. Aber wir sind hier nicht in Südamerika, und ich erinnere mich nicht, von Verschwundenen des Bergarbeiterstreiks gehört zu haben. Die Antwort auf Ihre Frage ist also nein, er hatte keine Feinde, mit denen er in eine Schlägerei hätte geraten können.«

Karen schaute recht lange auf den Teppich hinab. Die übereifrige Brutalität der Polizei gegen die Streikenden hatte für eine ganze Generation oder noch länger die Beziehungen in der Gesellschaft vergiftet. Auch wenn die schlimmsten Übeltäter auswärtigen Polizeikräften angehört hatten, die zur Verstärkung mit Bussen hertransportiert und denen obszöne Summen für Überstunden gezahlt worden waren, damit sie ihre Mitbürger derart tyrannisierten, dass die meisten Leute darüber lieber gar nicht so genau Bescheid wissen wollten. Die negativen Konsequenzen ihrer Ignoranz und Anmaßung hatten sich auf jeden Mitarbeiter der Polizei in den Kohlerevieren ausgewirkt.

Und Karen vermutete, dass das immer noch so war. Sie holte tief Luft und sah auf. »Es tut mir leid«, sagte sie. »Die Art und Weise, wie die Bergleute behandelt wurden, war unverzeihlich. Ich bin ziemlich sicher, dass wir jetzt nicht mehr so vorgehen würden, aber vielleicht täusche ich mich auch. Sind Sie sicher, dass es niemanden gab, mit dem er einen Zusammenstoß hatte?«

Jenny überlegte überhaupt nicht lange. »Ich wusste jedenfalls nichts davon. Er war kein Stänkerer. Er hatte seine

Prinzipien, aber er nahm sie nicht als Vorwand, um Streit anzufangen. Er trat für das ein, was er für richtig hielt, aber er redete lieber, als sich zu prügeln.«

»Was war, wenn das Reden nichts nützte? Hat er dann nachgegeben?«

»Ich bin nicht sicher, was Sie damit meinen.«

Karen sprach langsam und tastete sich an den Gedanken heran. »Ich frage mich, ob er an jenem Tag damals vielleicht diesen Iain Maclean getroffen und versucht hat, ihn davon abzubringen, nach Nottingham zu fahren. Und wenn Iain nicht darauf einging und vielleicht seine Freunde dabeihatte, die sich hinter ihn stellten ... Hätte Mick sich vielleicht mit ihm geschlagen?«

Jenny schüttelte bestimmt den Kopf. »Auf keinen Fall. Er hätte seine Meinung gesagt, und wenn das nicht funktioniert hätte, wäre er weggegangen.«

Karen war frustriert. Selbst nach so langer Zeit gab es bei ungelösten Fällen gewöhnlich doch ein oder zwei Möglichkeiten, die man weiterverfolgen konnte. Aber bis jetzt schien sich hier nichts Greifbares zu ergeben. Noch eine letzte Frage, dann würde sie verschwinden. »Haben Sie eine Ahnung, wohin Mick an dem Tag zum Malen gegangen sein könnte?«

»Er hat nichts gesagt. Das Einzige, was ich dazu sagen kann, ist, dass er im Winter oft an der Küste entlang nach East Wemyss gegangen ist. Dort konnte er in die Höhlen runtersteigen, wenn es anfing zu regnen, und sich unterstellen. Der Verein zur Erhaltung der Höhlen hatte irgendwo ganz hinten in einer von ihnen eine kleine Hütte mit einem Campingherd, damit sie sich was Heißes machen konnten. Er hatte einen Schlüssel und konnte es sich dort gemütlich machen«, fügte sie mit bitterem Tonfall hinzu. »Aber ich habe keine Ahnung, ob er an dem Tag dort war oder nicht. Er hätte überall zwischen Dysart und Buckhaven sein können.« Sie schaute auf ihre Uhr. »Das ist alles, was ich weiß.«

Karen stand auf. »Danke für Ihre Zeit, Mrs. Prentice. Wir werden unsere Ermittlungen fortsetzen, und ich werde Sie auf dem Laufenden halten.« Der Minzdrops sah zu, dass er auf die Beine kam, und folgte ihr und Jenny zur Haustür.

»Mir selbst ist es egal, verstehen Sie«, erklärte Jenny, als sie den Weg halb hinter sich hatten. »Aber versuchen Sie ihn zu finden, dem Kind zuliebe.«

Im Lauf des ganzen Morgens, dachte Karen, war dies das erste Anzeichen einer Gefühlsregung.

»Nehmen Sie Ihr Notizbuch heraus«, wies sie den Minzdrops an, als sie in den Wagen gestiegen waren. »Weitere Schritte: mit der Nachbarin sprechen. Überprüfen, ob sie sich an irgendetwas von dem Tag erinnert, an dem Mick Prentice verschwand. Mit jemandem von der Höhlengruppe reden, überprüfen, wen es noch gibt, der 1984 dabei war. Sich ein anderes Bild von Mick Prentice verschaffen, davon, wie er wirklich war. In den Akten nachsehen, ob irgendetwas über diesen Andy Kerr zu finden ist, den Funktionär der Bergarbeitergewerkschaft, der ungefähr zu der Zeit, als Mick verschwand, Selbstmord begangen haben soll. Was war da los? Und wir müssen diese fünf Streikbrecher aufspüren und in Nottingham nachsuchen, dass man sich dort mit ihnen unterhält.« Als der Minzdrops aufgehört hatte zu kritzeln, machte sie die Beifahrertür wieder auf. »Und wenn wir schon hier sind, probieren wir's gleich mal mit der Nachbarin.«

Sie war kaum zwei Schritte vom Auto entfernt, als ihr Handy klingelte. »Phil«, sagte sie.

Kein Austausch von Nettigkeiten, einfach gleich zur Sache.
»Du musst sofort herkommen.«
»Warum?«
»Die Makrone ist auf dem Kriegspfad. Will wissen, warum du zum Teufel nicht an deinem Platz bist.«
Simon Lees, Assistant Chief Constable (Kapitaldelikte), war vollkommen anders veranlagt als Karen. Sie war überzeugt, dass er vor dem Einschlafen die Verordnung für das Polizeiwesen, öffentliche Ordnung und Strafjustiz (Schottland) von 2006 las. Sie wusste, dass er verheiratet war und zwei Kinder im Teenageralter hatte, aber sie hatte keine Ahnung, wie das einem so zwanghaft ordentlichen Mann hatte passieren können. Natürlich musste die Makrone am ersten Morgen, an dem sie seit Monaten etwas nicht ganz Vorschriftsmäßiges tat, kommen und sie suchen. Er schien zu glauben, Gott habe ihm das Recht verliehen, genau zu wissen, wo jeder seiner Beamten steckte, sei er nun im Dienst oder nicht. Karen fragte sich, wie nah er einem Herzschlag gewesen war, als er feststellen musste, dass sie nicht an dem Schreibtisch saß, wo er sie zu finden erwartete. Nicht nahe genug, so wie es klang. »Was hast du ihm gesagt?«
»Ich hab erklärt, du seist in einer Besprechung mit dem Team von der Asservatenkammer, um mit ihnen über eine rationalisierte Katalogisierungsmethode zu sprechen«, antwortete Phil. »Die Idee gefiel ihm, aber die Tatsache, dass das nicht in deinem elektronischen Terminkalender stand, ganz und gar nicht.«
»Ich komme gleich«, versprach Karen und verwirrte den Minzdrops dadurch, dass sie wieder in den Wagen stieg. »Hat er gesagt, warum er mich sucht?«
»Mir? Einem kleinen Sergeant? Na, hör mal, Karen. Er sag-

te nur, es sei ›von allergrößter Wichtigkeit‹. Wahrscheinlich hat jemand seine Kekse geklaut.«

Karen machte dem Minzdrops ungeduldig ein Zeichen. »Nach Haus, James, und schone mir die Pferde nicht.« Er sah sie an, als sei sie verrückt, ließ aber den Motor an und fuhr los. »Ich komme«, sagte sie. »Stell schon mal Wasser auf.«

Die Doppelspirale von Frust und Gereiztheit wühlte in Simon Lees' Eingeweiden. Er rutschte auf seinem Stuhl hin und her und rückte die Familienfotos auf seinem Schreibtisch zurecht. Was war nur los mit diesen Leuten? Als er DI Pirie suchte und sie an ihrem Platz nicht fand, hatte DS Parhatka getan, als sei das vollkommen in Ordnung. Die Kriminalbeamten in der Grafschaft Fife waren grundsätzlich recht nachlässig. Als er aus Glasgow hierhergekommen war, hatte er das schon in den ersten paar Tagen bemerkt. Es erstaunte ihn, dass sie es jemals geschafft hatten, jemanden hinter Gitter zu bringen, bevor er mit seinen analytischen Methoden, durchrationalisierten Ermittlungen, komplizierten Verbindungen zwischen verschiedenen Verbrechen und dem unvermeidlichen Anstieg der Aufklärungsquote kam.

Was ihn noch mehr fuchste, war die Tatsache, dass sie für die Einführung der modernen Methoden, für die er gesorgt hatte, keine Dankbarkeit zu empfinden schienen. Er hatte sogar den Verdacht, dass sie ihn auslachten. Schon sein Spitzname. Jeder im Polizeigebäude schien einen Spitznamen zu haben, und die meisten konnte man fast als liebevoll auslegen. Aber bei seinem war es nicht so. Er hatte schon früh entdeckt, dass er »die Makrone« genannt wurde, weil er den gleichen Nachnamen wie eine Süßwarenfirma hatte, deren beliebtestes Produkt durch den alten Werbespruch »Lees, Lees, more if you please« allgemein bekannt geworden war. Heute allerdings könnte der fröhliche Rassismus dieses Spruchs mit seiner Anspielung auf Negerbabys Unruhen auf den Straßen provozieren, würde man ihn im einundzwanzigsten Jahrhundert im schottischen Radio senden. Er gab Karen Pirie die Schuld daran. Es war kein Zufall, dass der Spitzname nach seinem ersten Zusammenstoß mit ihr aufgetaucht war. Der war stilbildend für die meisten ihrer Begegnungen gewesen. Er war nicht ganz sicher, wie es dazu gekommen war, aber sie schien ihn immer auf dem falschen Fuß zu erwischen.

Die Erinnerung daran kränkte Lees noch heute. Er hatte kaum die Füße unter den Tisch gestreckt und angefangen, eine Reihe von Schulungstagen vorzuschlagen, was er dann weiter ausführen wollte. Er nahm nicht die übliche Chefpose ein, noch brachte er eine nervtötende Wiederholung der Einsatzregeln, sondern er präsentierte neue Ansätze für die Probleme moderner Polizeiarbeit. Die erste Gruppe von Beamten war im Schulungsraum versammelt, und Lees hatte mit seiner Vorrede begonnen und erklärt, wie sie im Laufe des Tages Strategien für den Umgang der Polizei mit einer multikulturellen Gesellschaft entwickeln würden. Seine Zuhörer saßen aufmüpfig da, und Karen Pirie hatte den Angriff geführt. »Sir, darf ich etwas sagen?«

»Natürlich, Detective Inspector Pirie.« Er hatte freundlich gelächelt und seinen Ärger darüber unterdrückt, dass er unterbrochen worden war, bevor er auch nur die Tagesordnung bekanntgegeben hatte.

»Also, Sir, Fife ist eigentlich nicht das, was man multikulturell nennen würde. Wir haben hier nicht viele Leute, die keine bodenständigen Briten sind. Außer den Italienern und Polen, aber weil die schon so lange hier leben, haben wir vergessen, dass sie nicht von hier sind.«

»Sie finden also Rassismus in Ordnung, Inspector?« Vielleicht nicht die beste Entgegnung, aber er fühlte sich dazu durch die anscheinend steinzeitliche Haltung herausgefordert, die sie zum Ausdruck brachte. Gar nicht zu reden von ihrem ausdruckslosen Puddinggesicht, das sie immer aufsetzte, wenn sie etwas sagte, das man als aufrührerisch auslegen konnte.

»Überhaupt nicht, Sir.« Sie lächelte fast mitleidig. »Ich möchte etwas vorschlagen. Da wir beschränkte Mittel für das Schulungsprogramm haben, wäre es vielleicht sinnvoller, sich zuerst mit den Situationen zu beschäftigen, die wir tagtäglich antreffen.«

»Welche zum Beispiel? Wie fest man draufhauen sollte, wenn man jemanden festnimmt?«

»Ich dachte mehr an Strategien, wie man mit häuslicher Gewalt umgeht. Sie ist sehr häufig der Grund für Notrufe, und das kann sich sehr leicht noch ausweiten. Jedes Jahr sterben zu viele Leute, weil häusliche Gewalt außer Kontrolle gerät. Und wir wissen nicht immer, wie wir uns verhalten sollen, ohne die Situation zu verschärfen. Ich würde sagen, das ist im Moment meine Priorität Nummer eins, Sir.«

Und mit dieser kurzen Rede hatte sie ihm den Boden unter den Füßen weggezogen. Es gab kein Zurück für ihn. Er konnte das geplante Training in dem Bewusstsein durchführen, dass alle im Raum ihn auslachten. Oder er konnte es verschieben und ein Programm zusammenstellen, das DI Piries Vorschlag aufnahm, und dabei das Gesicht verlieren. Letzten Endes hatte er ihnen gesagt, sie sollten zur Vorbereitung auf den nächsten Schulungstag den Rest des Tages mit Recherchen zum Thema häusliche Gewalt verbringen. Zwei Tage danach hatte er zufällig mitbekommen, dass über ihn als »die Makrone« gesprochen wurde. O ja, er wusste genau, wer schuld daran war. Aber wie bei allem anderen, das sie tat, um seine Autorität zu untergraben, konnte er ihr nichts Konkretes vorwerfen. Sie würde nur so struppig, stur und undurchschaubar dastehen wie eine Highlands-Kuh und nie etwas tun, über das er sich beklagen konnte. Und sie gab bei den anderen den Ton an, obwohl sie am Rand der Abteilung für ungelöste Fälle gelandet war, wo sie eigentlich nicht in der Lage sein sollte, irgendeinen Einfluss auszuüben. Aber irgendwie gestaltete sich dank Pirie die Überwachung der Mitarbeiter aller drei Abteilungen so schwierig wie das Hüten eines Sacks Flöhe.

Er versuchte ihr aus dem Weg zu gehen und sie durch seine Weisungen für die operativen Abläufe fernzuhalten. Bis heute hatte er geglaubt, dass es funktionierte. Aber dann hatte das Telefon geklingelt. »Assistant Chief Constable Lees«, meldete er sich, nachdem er abgenommen hatte. »Wie kann ich Ihnen helfen?«

»Guten Morgen, ACC Lees. Mein Name ist Susan Charleson. Ich bin die persönliche Assistentin von Sir Broderick Maclennan Grant. Mein Chef würde gern mit Ihnen sprechen. Würde es Ihnen jetzt passen?«

Lees richtete sich auf seinem Stuhl auf und nahm die Schultern zurück. Sir Broderick Grant war für drei Dinge berühmt-berüchtigt: seinen Reichtum, seine menschenfeindliche Zurückgezogenheit und die Entführung und Ermordung seiner Tochter Catriona vor mehr als zwanzig Jahren. So unwahrscheinlich es auch schien, dass seine Sekretärin den Assistant Chief Constable für Kapitaldelikte anrief, es konnte nur bedeuten, dass sich in seinem Fall irgendeine Entwicklung ergeben hatte. »Ja, natürlich. Könnte nicht besser passen.« Er durchforstete sein Gedächtnis nach Details und hörte der Frau am Telefon nur mit halbem Ohr zu. Tochter und Enkel entführt, das war's. Tochter bei der missglückten Übergabe des Lösegelds umgekommen, Enkel verschwunden. Und jetzt sah es so aus, als würde er derjenige sein, der endlich die Chance bekam, den Fall zu lösen. Er konzentrierte sich wieder auf die Stimme der Frau.

»Bitte einen Moment Geduld, ich stelle Sie jetzt durch«, verkündete sie.

Das hohle Rauschen toter Luft, dann meldete sich eine dunkle, volle Stimme: »Hier Brodie Maclennan Grant. Und Sie sind der Assistant Chief Constable?«

»Richtig, Sir Broderick. ACC Lees. Simon Lees.«

»Kennen Sie den ungelösten Fall, den Mord an meiner Tochter Catriona? Und die Entführung meines Enkelsohns Adam?«

»Natürlich, es gibt ja keinen Polizisten im ganzen Land, der …«

»Wir glauben, dass neues Beweismaterial aufgetaucht ist. Ich wäre Ihnen verbunden, wenn Sie es einrichten könnten, dass Detective Inspector Pirie morgen Vormittag bei mir zu Haus vorbeikommt, um dies mit mir zu besprechen.«

Lees hielt den Hörer tatsächlich ein Stück von seinem Gesicht weg und starrte ihn an. Wollte ihm hier jemand einen Streich spielen? »DI Pirie? Ich verstehe nicht ganz … Ich könnte selbst kommen«, schlug er vor.

»Sie sind ein Theoretiker, ein Schreibtischmensch. Ich kann keinen Theoretiker brauchen.« Brodie Grant klang abweisend. »DI Pirie ist Kriminalistin. Mir hat die Art und Weise gefallen, wie sie diese Sache mit Lawson erledigt hat.«

»Aber … aber es sollte sich doch jemand in höherer Position darum kümmern«, protestierte Lees.

»Leitet DI Pirie nicht Ihre Abteilung zur Bearbeitung ungelöster Fälle?« Grant begann ungeduldig zu klingen. »Das ist mir ranghoch genug. Ich mache mir nichts aus Dienstgraden, mir kommt es auf Effizienz an. Deshalb soll DI

Pirie morgen früh um zehn hier in meinem Haus sein. Das wird ihr genug Zeit geben, sich mit den grundlegenden Fakten des Falls vertraut zu machen. Guten Tag, Mr. Lees.« Der Anruf war beendet, und Simon Lees blieb allein zurück mit seinem steigenden Blutdruck und seiner schlechten Laune.

Wie sehr es ihn auch kränken mochte, es blieb ihm nichts anderes übrig, als DI Pirie zu suchen und zu informieren. Zumindest konnte er so tun, als sei es seine Idee gewesen, sie zu schicken. Aber obwohl in dem elektronischen Kalendersystem, das er für seine leitenden Mitarbeiter eingeführt hatte, kein Termin eingetragen war, war sie nicht an ihrem Platz. Es war ja schön, wenn die Leute Eigeninitiative zeigten, aber sie mussten lernen, sich ein- beziehungsweise auszutragen, damit man wusste, wo sie waren.

Er wollte gerade zum Büro des Teams für ungelöste Fälle zurückmarschieren, um herauszufinden, warum DI Pirie noch nicht erschienen war, als diese unmittelbar nach einem knappen Klopfen eintrat. »Habe ich Sie gebeten hereinzukommen?«, empfing Lees sie und blickte sie finster vom anderen Ende des Zimmers her an.

»Ich dachte, es sei dringend, Sir.« Sie ging weiter und setzte sich auf den Besucherstuhl vor seinem Schreibtisch. »DS Parhatka klang, als könne das, wofür Sie mich brauchen, nicht warten.«

Was für ein Aushängeschild für die Polizei, dachte er ärgerlich. Zotteliges braunes Haar, das ihr über die Augen fiel, kaum ein bisschen Make-up, Zähne, die dringend einer ordentlichen kieferorthopädischen Behandlung bedurft hätten. Er nahm an, dass sie Lesbe war, bei ihrer Vorliebe für Hosenanzüge, was wegen ihrer breiten Hüften wirklich ein Fehler war. Nicht dass er etwas gegen Lesben hatte, ermahnte er sich selbst. Er fand eben nur, dass dies den Leuten einen falschen Eindruck von der heutigen Polizei vermittelte. »Sir Broderick Maclennan Grant hat mich heute Vormittag angerufen«, begann er. Als einziges Zeichen, dass sie dies interessierte, öffnete sie leicht die Lippen. »Sie wissen, wer Sir Broderick Maclennan Grant ist, nehme ich an?«

Karen schien die Frage zu verblüffen. Sie lehnte sich zurück und sagte wie auswendig gelernt: »Der drittreichste Mann von Schottland, die Hälfte aller einträglichen Highlands-Gebiete gehört ihm. Hat sein Vermögen mit dem Bauen von Straßen und Häusern gemacht und mit dem Betrieb der Transportsysteme zu ihrer Versorgung. Besitzt eine Hebrideninsel, lebt aber meist auf Rotheswell Castle bei Falkland. Die meisten Ländereien zwischen Schloss und Meer gehören entweder ihm oder dem Wemyss Estate. Seine Tochter Cat und deren Baby, Adam, wurden im Jahr 1985 von einer anarchistischen Gruppe entführt. Cat kam durch einen Schuss zu Tode, als die Übergabe des Lösegeldes fehlschlug. Niemand weiß, was aus Adam wurde. Grants Frau beging zwei Jahre danach Selbstmord. Vor zehn Jahren heiratete er wieder. Er hat einen kleinen Jungen, der ungefähr fünf oder sechs sein muss.« Sie grinste. »Hab ich gut abgeschnitten?«

»Es ist kein Wettbewerb, Inspector.« Lees spürte, wie er die Hände unwillkürlich zu Fäusten ballte, und verbarg sie unter dem Schreibtisch. »Es scheint wohl neues Beweismaterial zu geben. Und da Sie die ungelösten Fälle leiten, dachte ich, Sie sollten sich damit befassen.«

»Was für Beweismaterial?« Sie stützte sich fast lässig auf die Stuhllehne.

»Ich dachte, es wäre am besten, wenn Sie direkt mit Sir

Broderick Rücksprache halten. So wird es keinerlei Verwirrung geben.«

»Er hat es Ihnen also nicht gesagt?«

Lees hätte schwören können, dass sie sich heimlich amüsierte. »Ich habe vereinbart, dass Sie ihn morgen Vormittag um zehn auf Rotheswell Castle treffen. Ich brauche Ihnen wohl kaum zu sagen, wie wichtig es ist, dass man merkt, wie ernst wir die Sache nehmen. Ich möchte, dass Sir Broderick weiß, wir widmen uns der Angelegenheit mit größter Aufmerksamkeit.«

Karen stand abrupt auf, ihr Blick war plötzlich kalt. »Ihm wird genau die gleiche Aufmerksamkeit zuteilwerden wie allen anderen hinterbliebenen Eltern, mit denen ich zu tun hatte. Ich mache keine Unterschiede zwischen den Toten, Sir. Also, wenn das alles ist, ich muss bis morgen Vormittag ja noch eine Fallakte studieren.« Sie wartete nicht, bis er sie entließ, sondern drehte sich einfach auf dem Absatz um und ging hinaus, wobei sie bei Lees den Eindruck hinterließ, dass sie auch bei den Lebenden nicht viele Unterschiede machte.

Wieder einmal hatte Karen Pirie ihn so behandelt, dass er sich wie ein Idiot vorkam.

Bel Richmond ging noch einmal schnell ihre Unterlagen zu Catriona Maclennan Grant durch und vergewisserte sich, dass ihre Fragenliste wirklich alle Aspekte berücksichtigte. Broderick Maclennan Grants Unfähigkeit, Dummköpfe zu tolerieren, war ebenso bekannt wie seine Abneigung gegen öffentliche Aufmerksamkeit. Bel hatte den Verdacht, dass er sich auf das erste Anzeichen mangelnder Vorbereitung stürzen und es als Vorwand nutzen würde, um die Vereinbarung rückgängig zu machen, die sie mit Susan Charleson ausgehandelt hatte.

Ehrlich gesagt war sie immer noch erstaunt, dass ihr das gelungen war. Sie stand auf, schloss ihren Laptop und blieb stehen, um in den Spiegel zu blicken. *Titten und Zähne. Du bekommst keine zweite Chance, um einen guten ersten Eindruck zu hinterlassen.* Wochenende auf einem Landsitz, das war der Look, für den sie sich entschieden hatte. Tarnung war immer eine ihrer Stärken gewesen. Das war einer der Gründe dafür, dass sie in ihrem Beruf so gute Arbeit leistete. Sich anpassen, »eine von uns« zu werden, auf wen immer das »uns« sich beziehen mochte, war ein notwendiges Übel. Wenn sie also unter Brodie Grants aristokratischem Dach schlief, musste ihr Aussehen auch dieser Rolle entsprechen. Sie zupfte das karierte Kleid von Black Watch zurecht, das sie sich von Vivianne geliehen hatte, überprüfte, ob ihre Pumps tadellos glänzten, strich sich das rabenschwarze Haar hinter ein Ohr zurück und öffnete leicht lächelnd die roten Lippen. Ein Blick auf ihre Uhr bestätigte, dass es Zeit war, hinunterzugehen und herauszufinden, was die fabelhafte Susan Charleson organisiert hatte.

Als sie um die Biegung der breiten Treppe kam, musste sie einem kleinen Jungen ausweichen, der hinaufstürmte. Er brachte auf dem Treppenabsatz seine schlenkernden Gliedmaßen unter Kontrolle, keuchte »Entschuldigung« und sauste weiter nach oben. Bel blinzelte und hob die Augenbrauen. Es war zwei Jahre her, seit sie zuletzt ein ähnliches Zusammentreffen mit einem kleinen Jungen gehabt hatte, und es hatte ihr seitdem kein bisschen gefehlt. Sie ging weiter, bevor sie jedoch unten angelangt war, kam eine Frau in buttergelber Cordhose und dunkelroter Bluse schwungvoll an der Treppenspindel vorbeigelaufen, blieb dann aber plötzlich überrascht stehen. »Oh, tut mir leid, falls ich Sie erschreckt habe«, entschuldigte sie sich. »Sie haben wohl keinen kleinen Jungen hier vorbeikommen sehen, oder?«

Bel wies mit dem Daumen über die Schulter. »Er ist da rauf.«

Die Frau nickte. Jetzt, da sie näher gekommen war, sah Bel, dass sie gut zehn Jahre älter war, als sie zuerst gedacht hatte, Ende dreißig mindestens. Schöne Haut, dichtes rotbraunes Haar und eine gepflegte Figur trugen zu der Illusion bei.

»Ein Monster«, seufzte die Frau. Sie trafen sich zwei Stufen über dem Fuß der Treppe. »Sie müssen Annabel Richmond sein«, sagte sie und hielt ihr eine schlanke Hand entgegen, die trotz der behaglichen Wärme in den dicken Mauern des Schlosses kalt war. »Ich bin Judith, Brodies Frau.«

Natürlich. Wie hatte Bel sich vorstellen können, dass ein Kindermädchen so perfekt gepflegt aussehen könnte? »Lady Grant«, begrüßte sie sie und wand sich dabei innerlich.

»Nennen Sie mich Judith, bitte. Selbst nach all den Ehejahren mit Brodie fühle ich mich immer noch, als müsste ich mich nach einer anderen Person umsehen, wenn mich jemand Lady Grant nennt.« Sie klang, als sagte sie das nicht aus falscher Bescheidenheit.

»Und ich bin Bel, vom Namen in der Verfasserzeile mal abgesehen.«

Lady Grant lächelte, aber ihr Blick suchte schon die Treppe weiter oben ab. »Also, Bel. Hören Sie, ich kann mich im Moment nicht aufhalten, ich muss ein Monster einfangen. Ich sehe Sie beim Essen.« Und schon war sie weg, zwei Stufen auf einmal nehmend.

Bel, die sich im Vergleich zur Schlossherrin von Rotheswell zu vornehm angezogen vorkam, ging auf den mit Steinplatten ausgelegten Fluren zu Susan Charlesons Büro zurück. Die Tür stand offen, und Susan, die gerade am Telefon war, winkte sie herein. »Gut. Danke, dass Sie das in die Wege geleitet haben, Mr. Lees.« Sie legte den Hörer auf, kam um den Schreibtisch herum und führte Bel wieder zur Tür zurück. »Sie kommen genau im richtigen Moment«, meinte sie. »Er liebt Pünktlichkeit. Gefällt Ihnen das Zimmer? Haben Sie alles, was Sie brauchen? Funktioniert der Internetanschluss?«

»Alles ist perfekt«, antwortete Bel. »Auch eine schöne Aussicht.« Sie fühlte sich, als sei sie in eine BBC-2-Serie geraten, und ließ sich wieder durch das Labyrinth der Flure geleiten, deren Wände Fotografien schottischer Landschaften in Postergröße zierten. Sie waren auf Leinwand gedruckt, um gemalten Bildern zu ähneln. Bel war überrascht, wie behaglich man sich fühlte. Aber andererseits war dies auch nicht ganz das, was sie sich unter einem Schloss vorstellte. Sie hatte etwas wie Windsor oder Alnwick erwartet. Rotheswell war jedoch eher ein befestigtes Herrenhaus mit Türmchen. Das Innere ließ einen mehr an ein Landhaus als an einen mittelalterlichen Bankettsaal denken. Beachtlich, aber nicht so einschüchternd, wie sie befürchtet hatte.

Als sie vor einer hohen zweiflügeligen Bogentür aus Mahagoni anhielten, begann sie zu bedauern, dass sie nicht daran gedacht hatte, Brotkrumen zu streuen.

»Da sind wir«, sagte Susan, öffnete eine der Türen und führte Bel in einen mit dunklem Holz getäfelten Billardraum, dessen Fensterläden geschlossen waren. Das einzige Licht kam von einer Reihe Lampen über dem großen Tisch. Als sie hineingingen, sah Sir Broderick Maclennan Grant vom Tisch auf, wo er gerade den Queue auf eine Kugel gerichtet hatte. Sein dichter Schopf silbergrauer Haare fiel ihm erstaunlich jungenhaft in die breite Stirn, die Augenbrauen waren silbrige Bollwerke über so tiefliegenden Augen, dass man nur versuchen konnte, ihre Farbe zu erraten. Seine wie ein Papageienschnabel geformte Nase und der lange dünne Mund über einem kantigen Kinn betonten sein auffälliges Aussehen. Die Beleuchtung unterstrich die Wirkung seiner eindrucksvollen Erscheinung.

Bel wusste, was man von Fotos erwarten konnte, deshalb war sie fast erschrocken über die energiegeladene Ausstrahlung, die in seiner Gegenwart zu spüren war. Sie hatte schon häufiger mächtige Männer und Frauen getroffen, dieses unmittelbare Charisma aber nur wenige Male gespürt. Sie verstand sofort, wie Brodie Grant sein Imperium aus dem Nichts hatte aufbauen können.

Er richtete sich auf und stützte sich auf den Billardstock. »Miss Richmond, nehme ich an?« Seine Stimme war tief und fast heiser, als habe er sie nicht genügend benutzt.

»Das stimmt, Sir Broderick.« Bel war nicht sicher, ob sie näher treten oder stehenbleiben sollte.

»Danke, Susan«, sagte Grant. Als die Tür hinter ihr geschlossen war, wies er auf zwei abgenutzte Ledersessel, die zu beiden Seiten eines behauenen Marmorkamins standen. »Nehmen Sie doch Platz. Ich kann spielen und währenddessen reden.« Er setzte wieder zu einem gezielten Stoß an, während Bel einen der Sessel etwas drehte, damit sie ihn besser sehen konnte.

Sie wartete zwei Stöße ab, und zwischen ihnen wuchs die Stille wie eine bedrohlich ansteigende Flut. »Dies ist ein sehr schönes Haus«, meinte sie schließlich.

Er stöhnte. »Ich mache keinen Small Talk, Miss Richmond.« Nach einem schnellen Stoß stießen zwei Bälle knallend wie ein Pistolenschuss zusammen. Er trug Kreide auf die Queuespitze auf und betrachtete sie genau. »Sie fragen sich wahrscheinlich, wie in aller Welt Sie das geschafft haben. Direkte Tuchfühlung mit einem Mann, der für seine Verachtung von Medienaufmerksamkeit berüchtigt ist. Gute Leistung, was? Na ja, tut mir leid, dass ich Sie enttäuschen muss, aber Sie hatten einfach nur Glück.« Als er um den Tisch herumging und stirnrunzelnd die Position der Kugeln musterte, bewegte er sich, als sei er zwanzig Jahre jünger.

»So bin ich zu manchen meiner besten Storys gekommen«, erwiderte Bel gelassen. »Beim Journalismus ist ein großer Teil eben Glück, man muss die Fähigkeit haben, zur rechten Zeit am rechten Ort zu sein. Ich habe kein Problem mit dem Glück.«

»Dann ist es ja gut.« Er studierte die Kugeln und legte den Kopf einen Moment lang schief, um sie aus einem anderen Blickwinkel zu betrachten. »Sie wundern sich also nicht, wieso ich mich entschlossen habe, nach so vielen Jahren mein Schweigen zu brechen?«

»Doch, natürlich. Aber ehrlich gesagt, ich glaube nicht, dass die Gründe, weshalb Sie jetzt reden wollen, viel mit dem zu tun haben werden, was ich letzten Endes schreibe. Es ist also mehr persönliche als berufliche Neugier.«

Er hielt bei der Vorbereitung auf einen Stoß inne, richtete

sich auf und starrte sie mit einem Blick an, den sie nicht deuten konnte. Entweder war er wütend oder neugierig. »Sie sind nicht das, was ich erwartet hatte«, stellte er fest. »Sie sind zäher, als ich dachte. Das ist gut.«

Bel war daran gewöhnt, von den Männern ihrer Umgebung unterschätzt zu werden. Sie war weniger daran gewöhnt, dass jemand diesen Fehler zugab. »Da haben Sie verdammt recht. Ich bin beharrlich. Ich verlasse mich nicht darauf, dass andere meine Kämpfe für mich ausfechten.«

Er wandte sich ihr direkt zu, stützte sich auf den Tisch und legte die Arme auf den Queue. »Ich mag es nicht, im Blickpunkt der Öffentlichkeit zu stehen«, erklärte er. »Aber ich bin realistisch. Damals, 1985, war es für jemanden wie mich möglich, einen gewissen Einfluss auf die Medien auszuüben. Als Catriona und Adam entführt wurden, haben wir zum größten Teil bestimmt, was gedruckt und gesendet wurde. Auch die Polizei arbeitete mit uns zusammen.« Seufzend schüttelte er den Kopf. »Gebracht hat es nichts.« Er lehnte den Stock an den Tisch und setzte sich Bel gegenüber.

Er saß in der klassischen männlichen Alphapose: Knie weit gespreizt, Hände auf den Oberschenkeln, Schultern zurückgenommen. »Die Welt hat sich verändert«, sagte er. »Ich habe gesehen, was ihr Medienleute mit den Eltern macht, die Kinder verloren haben. Mohamed Al-Fayed, den man als paranoiden Hanswurst hingestellt hat. Kate McCann wurde zu einer Medea der heutigen Zeit stilisiert. Ein falscher Schritt, und sie machen dich fertig. Das werde ich nicht zulassen. Ich bin ein sehr erfolgreicher Mann, Miss Richmond. Und das wurde ich, weil ich akzeptierte, dass es Dinge gibt, die ich nicht weiß, und weil ich begriff, dass man dies am besten kompensiert, indem man Experten beschäftigt und auf sie hört. Was diese Angelegenheit betrifft, sollen Sie die von mir angeheuerte Waffe sein. Wenn bekannt wird, dass es neues Beweismaterial gibt, werden die Medien verrückt spielen. Aber ich werde mit niemandem außer Ihnen sprechen. Alles läuft über Sie. Welches Image auch immer in die Öffentlichkeit kommt, es wird das von Ihnen geschaffene sein. Dieses Gebäude wurde errichtet, um einer Belagerung standzuhalten, und die Sicherheitssysteme sind auf dem allermodernsten Stand. Keine dieser Bestien von den Medien kommt in meine, Judiths oder Alecs Nähe.«

Bel spürte, wie ein Lächeln um ihre Mundwinkel zuckte. Exklusivberichte – das war der feuchte Traum eines jeden Journalisten. Normalerweise musste sie sich den Arsch aufreißen, um an eine solche Situation zu kommen. Aber hier wurde sie ihr auf einem Silbertablett serviert. Trotzdem sollte sie ihn in dem Glauben lassen, dass sie ihm damit einen Gefallen tat. »Und was springt dabei für mich heraus? Abgesehen davon, dass ich die Journalistin werde, die alle anderen von ganzem Herzen hassen?«

Grant presste die dünne Linie seiner Lippen noch fester zusammen, und seine Brust hob sich, als er tief Luft holte. »Ich werde mit Ihnen reden.« Die Worte kamen wie zwischen zwei Mühlsteinen zermahlen heraus. Es sollte offensichtlich ein Moment sein, der an den vom Berg Sinai herabsteigenden Moses erinnerte.

Aber Bel war fest entschlossen, sich nicht beeindrucken zu lassen. »Hervorragend. Wollen wir dann also anfangen?« Sie griff in ihre Tasche und holte einen Digitalrekorder heraus. »Ich weiß, dass es für Sie nicht leicht sein wird, aber Sie müssen mir von Catriona erzählen. Wir werden zur Entführung und ihren Folgen kommen, müssen aber zunächst weiter vorn anfangen. Ich möchte ein Gefühl dafür bekommen, was für ein Mensch sie war und wie sie lebte.«

Er starrte in die Ferne, und zum ersten Mal hatte Bel einen Mann vor sich, dem man seine zweiundsiebzig Jahre ansah. »Ich bin nicht sicher, dass ich die am besten geeignete Person dafür bin«, zögerte er. »Wir waren uns zu ähnlich. Zwischen mir und Catriona ging es immer heftig zu.« Er stemmte sich aus dem Sessel hoch und ging an den Billardtisch zurück. »Sie war immer schon unbeständig, selbst als kleines Mädchen. Als Kleinkind hatte sie Trotzanfälle, dass hier die Wände wackelten. Aus den Trotzanfällen wuchs sie heraus, aber nicht aus dem hitzigen Temperament. Dennoch konnte sie sich mit ihrem Charme das Wohlwollen immer wieder schnell zurückerobern. Wenn sie sich anstrengte.« Er blickte zu Bel auf und lächelte. »Sie wusste, was sie wollte. Und man konnte sie nicht dazu bringen, nachzugeben, wenn sie entschlossen war.«

Grant ging um den Tisch herum, betrachtete die Kugeln genau und plante seinen nächsten Stoß. »Und sie war begabt. Als Kind sah man sie nie ohne Bleistift oder einen Pinsel in der Hand. Sie zeichnete, malte und modellierte mit Ton. Sie hörte nie damit auf, es verlor sich nicht wie bei den meisten Kindern. Sie wurde immer besser. Und dann entdeckte sie Glas.« Er beugte sich über den Tisch, schoss die weiße Kugel auf eine rote und versenkte sie in der Mitteltasche. Dann nahm er sich wieder eine rote vor und studierte die Winkel.

»Sie sagten, Sie seien immer heftig gegeneinander angegangen. Was waren die Streitpunkte?«, fragte Bel, als er keine Anstalten machte, seine Erinnerungen fortzusetzen.

Grant stieß leise ein kurzes Lachen aus. »Einfach alles. Politik. Religion. Ob italienisches Essen besser schmeckt als indisches. Ob Mozart besser ist als Beethoven. Ob abstrakte Kunst eine konkrete Bedeutung hat. Ob wir Buchen, Birken oder Kiefern im Check-Bar-Waldstück anpflanzen sollten.« Er richtete sich langsam auf. »Warum sie nicht die Firma übernehmen wollte. Das war der größte Streitpunkt. Ich hatte ja damals keinen Sohn. Und ich habe mit Frauen im Geschäftsleben nie ein Problem gehabt. Ich sah keinen Grund, warum sie nicht MGE übernehmen sollte, sobald sie gelernt hätte, wie alles funktionierte. Sie sagte, sie würde sich lieber die Augen ausstechen.«

»Sie hatte etwas gegen MGE?«, hakte Bel nach.

»Nein, es hatte nichts mit der Firma oder der Firmenpolitik zu tun. Sie wollte Künstlerin werden und mit Glas arbeiten. Skulpturen formen, Glas blasen, Glas gießen – alles, was man mit Glas machen kann, sie wollte die Beste sein. Und das ließ für das Bauen von Straßen und Häusern keinen Raum.«

»Das muss eine Enttäuschung gewesen sein.«

»Es brach mir das Herz.« Grant räusperte sich. »Ich tat alles, was ich konnte, um es ihr auszureden. Aber sie wollte sich nicht davon abbringen lassen. Sie bewarb sich hinter meinem Rücken um eine Stelle bei Goldsmiths in London. Und sie bekam sie.« Er schüttelte den Kopf. »Ich war ganz und gar dafür, ihr den Hahn abzudrehen ohne einen Penny, aber Mary, meine Frau, Cats Mutter, brachte mich dazu, dass ich zustimmte, sie zu unterstützen. Sie erklärte, dass ich als jemand, der die Aufmerksamkeit der Öffentlichkeit hasste, den Boulevardblättern einen saftigen Knochen zuwerfen würde. Also ließ ich mich überreden.« Ein ironisches Lächeln erschien auf seinem Gesicht. »Fast hatte ich mich auch damit ausgesöhnt. Und dann fand ich heraus, was wirklich los war.«

Mittwoch, 13. Dezember 1978,
Rotheswell Castle

Mit einer schwungvollen Drehung, die den Kies nach allen Seiten auseinanderspritzen ließ, brachte Brodie Grant den Landrover nur ein paar Meter vor der Küchentür von Rotheswell Castle zum Stehen. Er stapfte ins Haus, ein schokoladenbrauner Labrador folgte ihm auf dem Fuß. Dann schritt er durch die Küche, hinterließ einen Wirbel eiskalter Luft und schnauzte den Hund an, dort zu warten. Mit der Geschwindigkeit und Entschlossenheit eines Mannes, der genau weiß, wohin er will, eilte er durchs Haus. Schließlich stürmte er in das hübsch gestaltete Zimmer, in dem seine Frau ihrer Begeisterung für Quilts frönte. »Hast du davon gewusst?«, rief er. Mary sah erschrocken auf. Sie hörte seinen schweren Atem durch das ganze Zimmer.

»Wovon, Brodie?«, erwiderte sie. Sie war lange genug mit dieser Naturgewalt verheiratet, dass sie sich vom dramatischen Betreten eines Raums nicht aus der Ruhe bringen ließ.

»Du hast mir das eingeredet.« Er warf sich in einen niedrigen Sessel und mühte sich, seine Beine auszustrecken. »›Sie will das machen, Brodie. Sie wird es dir nie verzeihen, wenn du dich ihr in den Weg stellst. Du hast auch deine Träume verwirklicht, Brodie. Lass ihr doch ihre Träume.‹ Das hast du gesagt. Und ich hab's getan. Wider bessere Einsicht stimmte ich zu, dass ich sie unterstützen würde. Versprach, ihr verdammtes Studium zu finanzieren und ihr nicht in den Ohren zu liegen, was für eine verfluchte Zeitverschwendung das sei. Ich würde aufhören, sie zu warnen, dass nur wenige Künstler jemals ihren Lebensunterhalt mit ihrem verflixten unendlichen Durchhalten verdienen konnten.

Nicht vor ihrem Tod jedenfalls.« Er schlug mit der Faust auf die Sessellehne.

Mary nähte lächelnd weiter. »Das hast du getan, Brodie. Und ich bin deswegen sehr stolz auf dich.«

»Aber jetzt schau mal, was es uns gebracht hat. Sieh doch, was wirklich vor sich geht.«

»Brodie, ich habe keine Ahnung, wovon du sprichst. Könntest du es mir vielleicht erklären? Und mit der gebotenen Rücksicht auf deinen Blutdruck?« Sie hatte immer die Gabe gehabt, ihn sanft von extremen Ansichten abzubringen. Aber heute funktionierte es nicht besonders gut. Brodie war in Rage, und es würde mehr als schmeichelnder Beruhigung bedürfen, damit er wieder zu seiner normalen Gemütsverfassung zurückfand.

»Ich bin mit Sinclair unterwegs gewesen und habe die Stände für die Jagd am Freitag überprüft.«

»Und wie sahen die Stände aus?«

»Vollkommen in Ordnung. Sie sind immer in Ordnung. Er ist ein ausgezeichneter Gutsverwalter. Aber darum geht es nicht, Mary.« Seine Stimme wurde wieder lauter, was gar nicht zu dem behaglichen Raum mit den Regalen voller Stoffe passte.

»Nein, Brodie. Das ist mir klar. Worum geht es denn genau?«

»Um den verdammten Fergus Sinclair, darum geht's. Ich habe es Sinclair gesagt. Schon im Sommer, als sein verflixter Sohn sich an Cat herangemacht hat. Ich sagte ihm, lass den Jungen nicht in die Nähe meiner Tochter, und dachte, er würde auf mich hören. Aber jetzt das.« Er hob die Hände, als würfe er ein Bündel Heu in die Luft.

Mary legte endlich ihre Arbeit beiseite. »Was ist los, Brodie? Was ist passiert?«

»Es geht darum, was noch geschehen *wird*. Du weißt doch, wie erleichtert wir aufgeatmet haben, als er sich für sein verflixtes Managementstudium in Edinburgh immatrikulierte? Na ja, jetzt kommt heraus, dass er noch ein anderes Eisen im Feuer hatte. Jetzt hat er doch tatsächlich einen Studienplatz an der Universität London angenommen und wird in der gleichen Stadt wie unsere Tochter leben. Er wird über sie herfallen. Dieser Scheißbauernlümmel, der nur aufs Geld aus ist.« Er schaute düster drein und schlug noch einmal mit der Faust auf die Sessellehne. »Ich werde es ihm schon zeigen. Wart's nur ab.«

Zu seinem Erstaunen lachte Mary, schwankte an ihrem Tisch mit den vielen Stoffstücken vor und zurück und hatte vor Lachen Tränen in den Augenwinkeln. »Ach, Brodie«, seufzte sie, »ich kann dir gar nicht sagen, wie lustig ich das finde.«

»Lustig?«, brüllte er. »Der verdammte Bengel wird Cat ruinieren, und du findest das lustig?«

Mary sprang auf und ging auf ihren Mann zu. Sie beachtete seinen Widerspruch nicht, setzte sich auf seinen Schoß und fuhr ihm durch das dichte Haar. »Es ist schon in Ordnung, Brodie. Alles wird gut.«

»Ich verstehe nicht, wieso.« Er wich ihrer Hand aus.

»Cat und ich haben uns schon letzte Woche überlegt, wie wir es dir erklären sollen.«

»Sag mir doch, was los ist, Frau!«

»Sie geht nicht nach London, Brodie.«

Er richtete sich auf, und Mary fiel dabei fast zu Boden. »Wie meinst du das, sie geht nicht nach London? Gibt sie etwa diesen Blödsinn auf? Will sie mit mir zusammenarbeiten?«

Mary seufzte. »Sei nicht albern. Du weißt doch ganz genau,

dass sie tut, was sie tun muss. Nein, man hat ihr ein Stipendium angeboten. Es ist eine Kombination von Studium und Arbeit in einer kunstgewerblichen Glasfabrik. Brodie, es ist die absolut beste Ausbildung der Welt. Und sie wollen unsere Catriona haben.«

Eine Weile schwankte er noch zwischen Stolz und Angst. »Wo ist das?«, erkundigte er sich schließlich.

»Gar nicht so weit von hier, Brodie.« Mary strich ihm mit dem Handrücken über die Wange. »Nur in Schweden.«

»Schweden? Scheiß-Schweden? Herrgott noch mal, Mary. Schweden?«

»Du klingst ja, als wäre das am Ende der Welt. Man kann doch von Edinburgh aus hinfliegen. Es dauert weniger als zwei Stunden. Ehrlich, Brodie. Hör dir doch bloß an, was du da sagst. Dabei ist es wunderbar. Der allerbeste Start für sie. Und du wirst dir keine Sorgen machen müssen, dass Fergus am gleichen Ort ist. Denn er wird ja bestimmt nicht gerade in einer kleinen Stadt zwischen Stockholm und Uppsala auftauchen, oder?«

Grant umarmte seine Frau und legte sein Kinn auf ihren Kopf. »Du findest doch immer den Silberstreif am Horizont.« Sein Mund verzog sich zu einem grausamen Lächeln. »So wird dem verdammten Fergus Sinclair jedenfalls der Hahn abgedreht.«

Donnerstag, 28. Juni 2007,
Rotheswell Castle

Sie haben sich also mit Cat auch über ihre Freunde gestritten?«, fragte Bel. »Über alle oder hauptsächlich über Fergus Sinclair?«

»Sie hatte gar nicht so viele Freunde. Sie konzentrierte sich sehr auf ihre Arbeit. Ein paar Monate ging sie mit einem der Künstler von der Glasfabrik aus. Ich habe ihn zweimal getroffen. Ein Schwede, aber trotzdem ein recht vernünftiger Bursche. Ich sah aber, dass es ihr nicht ernst war, also brauchte ich seinetwegen nicht mit ihr zu streiten. Aber mit Fergus Sinclair war das etwas anderes.« Offensichtlich zornig, ging er an der Längsseite des Tisches auf und ab. »Die Polizei hat ihn als Verdächtigen nie ernst genommen, aber ich habe mich damals gefragt, ob er hinter dem steckte, was mit Cat und Adam passiert ist. Er konnte es jedenfalls nicht akzeptieren, dass sie schließlich die Verbindung löste und ihn nicht als Adams Vater anerkannte. Damals dachte ich, er hätte möglicherweise die Dinge selbst in die Hand genommen. Obwohl es schwer vorstellbar ist, dass er den Verstand für so etwas Kompliziertes gehabt hätte.«

»Aber Cat hielt ihre Beziehung zu Fergus aufrecht, auch als sie in Schweden war?«

Grant schien plötzlich müde zu werden und ließ sich auf den Sessel gegenüber von Bel fallen. »Sie waren sich sehr nah. Als Kinder waren sie Spielgefährten. Ich hätte das unterbinden sollen, aber es kam mir nie in den Sinn, dass sich daraus jemals etwas entwickeln könnte. Sie waren so unterschiedlich. Cat mit ihrer Kunst und Sinclair, der keine größeren Ambitionen hatte, als seinem Vater als Verwalter nachzufolgen. Sie kamen aus verschiedenen sozialen Schichten und hatten verschiedene Ziele. Meiner Ansicht nach war das Einzige, was sie verband, das Leben an ein und demselben Ort. Nun ja, wenn sie in den Ferien nach Haus kam und er auch da war, taten sie sich eben zusammen. Sie machte kein Geheimnis daraus, obwohl sie wusste, was ich von Sinclair hielt. Ich hoffte immer, sie würde jemanden kennenlernen, den sie verdient hatte, aber das geschah nicht. Sie kehrte immer wieder zu Sinclair zurück.«

»Und trotzdem haben Sie seinen Vater nicht entlassen? Ihn vom Gut entfernt?«

Grant sah sie schockiert an. »Großer Gott, nein. Haben Sie eine Ahnung, wie schwer es ist, einen Verwalter zu finden, der so gut wie Willie Sinclair ist? Sie könnten mit hundert Männern Vorstellungsgespräche führen, ohne einen wie ihn mit so viel Sinn für Vögel, Feld und Wald zu finden. Außerdem ist er ein anständiger Mann. Er wusste, dass sein Sohn Cat nicht ebenbürtig war, und schämte sich, dass er Fergus nicht daran hindern konnte, Cat nachzulaufen. Er wollte ihn aus dem Elternhaus verbannen, aber seine Frau ließ das nicht zu.« Er zuckte mit den Achseln. »Ich kann nicht sagen, dass ich ihr daraus einen Vorwurf mache. Frauen sind ihren Söhnen gegenüber immer nachgiebig.«

Bel versuchte, ihre Überraschung zu verbergen. Sie hatte angenommen, dass Grant sich von absolut nichts aufhalten lassen würde, wenn es um seine Tochter ging. Er war anscheinend vielschichtiger, als sie ihm zugetraut hatte. »Was ist passiert, nachdem sie aus Schweden zurückgekommen war?«

Grant fuhr sich mit den Händen übers Gesicht. »Es war nicht schön. Sie wollte ausziehen. Ihr eigenes Studio mit angeschlossenen Wohnräumen eröffnen, wo sie arbeiten und ihre Sachen verkaufen konnte. Sie hatte ein Auge auf zwei Immobilien im Landbesitz von Wemyss Estate geworfen. Ich sagte, die Voraussetzung für meine Unterstützung sei, dass sie sich nicht mehr mit Sinclair treffe.« Zum ersten Mal sah Bel bei ihm Traurigkeit hinter dem brodelnden Zorn aufkommen. »Das war dumm von mir. Mary hat mir das schon damals gesagt, und sie behielt recht. Beide waren wütend auf mich, aber ich gab nicht nach. Also ging Cat ihren eigenen Weg. Sie sprach mit den Besitzern von Wemyss Estate und mietete ein Anwesen von ihnen. Ein altes Pförtnerhaus mit einem ehemaligen Holzlagerschuppen an der Durchgangsstraße, aber ein Stück zurückgesetzt. Perfekt für Kundenverkehr. Mit einer Parkfläche vor den alten Toren, einem Studio mit Ausstellungsraum und hinter den Mauern versteckten Wohnräumen. So ungestört, wie man es sich nur wünschen konnte. Und alle wussten Bescheid. Catriona Maclennan Grant war zum Wemyss Estate gegangen, um ihren Alten Herrn zu ärgern.«

»Wenn sie eigentlich Ihre Unterstützung brauchte, wie hat sie das dann alles bezahlt?«, wollte Bel wissen.

»Ihre Mutter hat das Studio eingerichtet, die Miete fürs erste Jahr gezahlt und die Küche mit Vorräten ausgestattet, bis Cat ihre ersten Werkstücke verkaufen konnte.« Er konnte ein Lächeln nicht unterdrücken. »Was nicht lange dauerte. Sie war gut, wissen Sie. Sehr gut. Und ihre Mutter sorgte dafür, dass all ihre Freunde bei ihr Hochzeits- und Geburtstagsgeschenke kauften. Nie war ich wütender auf Mary gewesen als damals. Ich war empört, fühlte mich sabotiert und missachtet, und da war es dann auch nicht gerade hilfreich, dass der verdammte Sinclair von der Universität zurückkam und da weitermachte, wo er aufgehört hatte.«

»Haben sie zusammengelebt?«

»Nein. Cat war klug genug, das nicht zu tun. Wenn ich zurückschaue, glaube ich manchmal, dass sie sich nur weiterhin mit ihm traf, um mich zu kränken. Es ging aber nach der Einrichtung des Studios nicht mehr lange gut. Es war praktisch vorbei, ungefähr achtzehn Monate bevor … bevor sie starb.«

Bel rechnete im Kopf nach und kam zu einem falschen Ergebnis. »Aber Adam war doch erst sechs Monate alt, als sie entführt wurden. Wie konnte Fergus Sinclair sein Vater sein, wenn Cat sich achtzehn Monate vorher von ihm getrennt hatte?«

Grant seufzte. »Laut Mary war es keine klare Trennung. Cat sagte Sinclair, es sei vorbei, aber er gab sich mit diesem Nein nicht zufrieden. Heutzutage würde man das Belästigung nennen. Anscheinend tauchte er immer wieder mit dem kläglichen Gesicht eines bettelnden Welpen auf, und Cat war nicht immer stark genug, ihn wegzuschicken. Und dann wurde sie schwanger.« Er starrte zu Boden. »Ich hatte mir immer vorgestellt, wie es wohl wäre, Großvater zu sein. Zu sehen, wie die Familie erhalten bliebe. Aber als Cat es uns mitteilte, fühlte ich nichts als Zorn. Dieser Bastard Sinclair hatte ihre Zukunft zerstört. Hatte ihr ein Kind angedreht und die Karrierechancen zerstört, von denen sie geträumt hatte. Das einzig Gute an ihrer Reaktion war die Weigerung, noch irgendetwas mit ihm zu tun zu haben. Sie erkannte ihn nicht als Vater an und wollte ihn weder sehen noch mit ihm sprechen. Und machte deutlich, dass es diesmal wirklich endgültig vorbei sei.«

»Wie hat er das aufgenommen?«

»Wieder hörte ich davon nur durch andere. Diesmal von Willie Sinclair. Er sagte, der Junge sei am Boden zerstört. Aber mir war nur wichtig, dass er endlich begriff, dass er nie zu dieser Familie gehören würde. Willie riet dem Jungen, möglichst weit von Cat fortzugehen. Und dieses eine Mal hörte er auf ihn. Innerhalb von ein paar Wochen hatte er sich eine Stelle auf einem Jagdgut in der Nähe von Salzburg gesucht. Und seit damals arbeitet er auf dem europäischen Festland.«

»Und jetzt? Denken Sie immer noch, dass er vielleicht für das verantwortlich sein könnte, was passiert ist?«

Grant verzog das Gesicht. »Wenn ich ehrlich bin, nein. Eigentlich nicht. Ich glaube nicht, dass er genug Grips hat, sich eine so komplizierte Sache auszudenken. Ich bin sicher, er hätte seinen Sohn sehr gern in die Hände bekommen und sich zugleich an Cat gerächt, aber es ist viel wahrscheinlicher, dass es politisch motivierte Dreckskerle waren, die es für schlau hielten, durch mich ihre Revolution finanzieren zu lassen.« Erschöpft stand er auf. »Ich bin jetzt müde. Die Polizei kommt morgen früh, und wir werden dann all die anderen Dinge besprechen. Wir sehen uns beim Dinner, Miss Richmond.« Er ging aus dem Raum und ließ Bel mit viel Stoff zum Nachdenken zurück. Und zum Transkribieren. Als Brodie Grant erklärt hatte, er würde mit ihr sprechen, hatte sie nicht einen Moment lang vermutet, dass er ihr einen solchen Schatz an Informationen überlassen würde. Sie würde sich sehr sorgfältig überlegen müssen, wie sie ihn weltweit den Medien präsentieren wollte. Ein falscher Schritt, und die Quelle würde versiegen, das wusste sie sehr wohl. Und da sie jetzt eine Kostprobe von dem hatte, was noch kommen konnte, war das bestimmt das Letzte, was sie wollte.

Als Karen in ihr Büro zurückkehrte, starrte der Minzdrops auf seinen Bildschirm, als sei er ein Produkt aus dem Weltraum. »Was haben Sie für mich gefunden?«, fragte sie. »Haben Sie schon die fünf Streikbrecher aufgespürt?«

»Keiner von ihnen ist vorbestraft.«

»Und?«

»Ich wusste nicht, wo ich sonst nachsehen sollte.«

Karen rollte mit den Augen. Ihre Überzeugung, dass ihr die Makrone den Minzdrops als eine Art Saboteur zugeteilt hatte, verstärkte sich täglich mehr. »Google. Wählerlisten. 192.com. Kfz-Zulassungsstelle. Fangen Sie damit an, Jason. Und dann organisieren Sie mir mit jemandem von der Gesellschaft zur Erhaltung der Höhlen ein Treffen vor Ort. Aber morgen lieber nicht. Sehen Sie zu, ob ich jemanden am Samstagvormittag treffen kann.«

»Samstags arbeiten wir gewöhnlich nicht«, erwiderte der Minzdrops.

»Das gilt wohl für Sie«, murmelte Karen und machte sich eine Notiz, dass sie Phil bitten wollte, sie zu begleiten. Das schottische Gesetz, das eine Bestätigung aller Beweise verlangte, machte es schwer, ganz unkonventionell vorzugehen.

Sie fuhr ihren Computer hoch und suchte die Personalien ihres Ansprechpartners in Nottingham heraus. Zu ihrer Erleichterung war der zuständige Detective Chief Inspector Des Mottram an seinem Schreibtisch und offen für ihre Anfrage. »Ich fürchte, es wird nicht wirklich weiterhelfen, aber trotzdem muss es überprüft werden«, sagte sie.

»Und Sie haben wohl keine Lust, mal zu uns an die Costa

del Trent herunterzukommen?« Er klang amüsiert, aber zugleich schwang Resignation mit.

»Das ist nicht das Problem. Gerade heute wurde ein wichtiger Fall wieder aufgerollt, und ich kann unmöglich zwei Leute auf etwas ansetzen, das uns höchstens im negativen Sinn weiterbringen würde.«

»Machen Sie sich keine Gedanken. Ich weiß, wie das ist. Aber Sie haben heute Glück, Karen. Am Montag haben wir zwei neue Durchläufer bekommen, und mit so etwas kann ich sie einarbeiten. Nicht zu kompliziert oder knifflig.«

Karen gab ihm die Namen der Männer. »Einer meiner Leute sucht nach den letzten bekannten Adressen. Sobald er etwas hat, wird er sie per E-Mail schicken.« Noch ein paar Einzelheiten, und sie war fertig. Wie auf Kommando kam Phil Parhatka mit einem Schinkenbrötchen ins Büro zurück, von dem starke Signale direkt an Karens Lustzentrum im Gehirn ausgingen. »Mmm«, stöhnte sie, »mein Gott, riecht das himmlisch.«

»Wenn ich gewusst hätte, dass du zurück bist, hätte ich dir eins mitgebracht. Hier, wir teilen es uns.« Er nahm ein Messer aus seiner Schublade und schnitt das Brötchen in der Mitte durch, wobei ihm Ketchup über die Finger lief. Er gab ihr eine Hälfte und leckte sich die Finger ab. Was konnte eine Frau mehr von einem Mann verlangen?, fragte sich Karen.

»Was wollte die Makrone denn?«, erkundigte sich Phil.

Karen biss in das Brötchen und antwortete mit einem Stück süßem Brötchen und salzigem Schinken im Mund: »Neue Entwicklung im Fall Catriona Maclennan Grant.«

»Wirklich? Was ist passiert?«

Karen grinste. »Ich weiß es nicht. Seine Majestät Brodie geruhte, es der Makrone nicht mitzuteilen. Er sagte ihm nur, er solle mich morgen früh bei ihm vorbeischicken. Ich muss mich also schleunigst schlaumachen. Die Unterlagen habe ich schon angefordert, will aber erst online nachsehen. Hör mal …« Sie zog ihn etwas zur Seite. »Die Sache mit Mick Prentice. Ich muss am Samstag mit jemandem reden, und natürlich macht der Minzdrops samstags keinen Handschlag. Könnte ich dich vielleicht überreden mitzukommen?«

»Wohin mitzukommen?«

»Zu den Höhlen bei Wemyss.«

»Wirklich?« Phil lebte auf. »Dürfen wir hinter die Zaungitter?«

»Nehme ich an«, meinte Karen. »Ich wusste nicht, dass dich die Höhlen so interessieren.«

»Karen, ich war doch mal ein kleiner Junge.«

Sie rollte die Augen. »Das stimmt wohl.«

»Außerdem gibt es in den Höhlen wirklich tolle Sachen. Schriftzeichen und Bilder von den Pikten. Eingeritzte Zeichnungen aus der Eisenzeit. Ich find es toll, mir vorzustellen, ich könnte mir als Fliege an der Wand die Dinge anschauen, die man normalerweise nicht zu sehen bekommt. Klar komm ich mit. Hast du den Fall schon angemeldet?«

Karen schien verlegen. »Ich will erst sehen, wie er sich entwickelt. Es waren harte Zeiten in der Gegend hier. Wenn Mick Prentice etwas Schlimmes zugestoßen ist, will ich der Sache auf den Grund gehen. Und du weißt ja, wie die Medien ihre Nase immer in alles reinstecken, was wir in der Abteilung für ungelöste Fälle machen. Ich habe das Gefühl, bei dem hier hätten wir eine bessere Chance, herauszufinden, was sich abgespielt hat, wenn wir damit erst mal nicht an die Öffentlichkeit gehen.«

Phil aß sein Brötchen auf und wischte sich mit dem Handrücken den Mund ab. »In Ordnung. Du bist die Chefin. Pass nur auf, dass dir die Makrone daraus keinen Strick dreht.«

»Ich werd mich schon absichern. Hör mal, hast du im Moment zu tun?«

Er warf die leere Tüte weit ausholend in den Papierkorb und war sehr stolz, dass er genau in die Mitte traf. »Nichts, das ich nicht kurz liegenlassen könnte.«

»Sieh mal zu, was du über einen Burschen rausfinden kannst, der Andy Kerr heißt. Er war während des Streiks Funktionär der Bergarbeitergewerkschaft und lebte in einem Häuschen mitten im Wald von Wemyss. Ungefähr zu der Zeit, als Mick verschwand, war er wegen Depressionen krankgeschrieben. Angeblich hat er sich umgebracht, aber die Leiche wurde nie gefunden.«

Phil nickte. »Ich werd mal zusehen, was ich finden kann.«

Als er an seinen eigenen Schreibtisch zurückging, hatte Karen schon Catriona Maclennan Grant bei Google eingegeben. Der erste Treffer war ein vor zwei Jahren in einer Boulevardzeitung veröffentlichter Artikel, in dem man am zwanzigsten Todestag der jungen Künstlerin gedachte. Nach dem Lesen der ersten drei Absätze traf es Karen wie ein Schlag vor die Brust. »Es ist erstaunlich, wie wenige Leute es gibt, die man zu diesem Fall befragen kann«, las sie da. »Cat Grants Vater hat nie mit der Presse darüber gesprochen, was passiert ist. Ihre Mutter brachte sich zwei Jahre nach dem Tod ihrer Tochter um. Ihr ehemaliger Freund Fergus Sinclair lehnt Interviews ab. Und der Polizeibeamte, der die Ermittlungen leitete, ist auch unerreichbar; er sitzt selbst eine lebenslange Haftstrafe wegen Mordes ab.«

»O Gott«, seufzte sie. Sie hatte noch nicht einmal die Fallakte gesehen, und schon entpuppte sich die Sache als eine höllisch schwere Aufgabe.

Es war nach zehn, als Karen mit einem Aktenstoß und einer Tüte Fish and Chips durch ihre Haustür trat. Den Gedanken, dass sie nur so tat, als würde sie einen Haushalt führen, war sie nie losgeworden. Vielleicht hatte es etwas mit dem Haus selbst zu tun, einem unpersönlichen Kasten in einem aus den sechziger Jahren stammenden Wohngebiet nördlich von Kirkcaldy. Die Art von Immobilie, in die die Leute erst mal einziehen und sich dann an die Hoffnung klammern, dort nicht bleiben zu müssen. Ein Vorort mit niedriger Kriminalitätsrate, ein Ort, an dem man Kinder auf der Straße spielen lassen konnte, vorausgesetzt man wohnte nicht an einer Durchgangsstraße. Eltern mussten hier Verkehrsunfälle fürchten, keine Entführungen. Karen wusste gar nicht mehr genau, warum sie das Haus gekauft hatte, obwohl sie es damals für eine gute Idee gehalten hatte. Sie vermutete, der Reiz hatte für sie darin gelegen, dass es vollkommen renoviert und eingerichtet war, wahrscheinlich von jemandem, der dazu durch den Fernsehspot eines Bauträgers inspiriert worden war. Sie hatte zusammen mit dem Haus die Möbel bis hin zu den Bildern an den Wänden erstanden. Es war ihr egal, dass sie die Sachen, mit denen sie lebte, nicht selbst ausgewählt hatte. Sie hätte wahrscheinlich die gleichen Gegenstände ausgesucht und ersparte sich so einen Sonntag bei IKEA. Und niemand konnte abstreiten, dass sie tausendmal schöner waren als der fade Blümchenkitsch in der Wohnung ihrer Eltern. Ihre Mutter wartete immer noch auf ihre Rückkehr zum herkömmlichen Lebensstil, was aber nicht geschehen würde. Wenn sie am Wochenende freihatte, wünschte sie sich nichts sehn-

licher, als mit Freunden ein Currygericht zu genießen und lange auf der Couch zu liegen, während sie Fußball und alte Filme schaute. Und möglichst keine Hausarbeit.
Sie lud alles auf dem Esstisch ab und suchte sich einen Teller und Besteck. Immerhin hatte sie ja Gott sei Dank noch gewisse Standards. Sie warf ihren Mantel über eine Stuhllehne, setzte sich und schlug eine Akte auf, die sie beim Essen las. Vorher hatte sie sich schon durch die Unterlagen zum Fall Grant durchgearbeitet und die Fragen notiert, die sie beantwortet haben wollte. Jetzt hatte sie endlich Zeit, das Material zu Andy Kerr anzuschauen, das Phil für sie gesammelt hatte.
Wie erwartet war die ursprüngliche Vermisstenmeldung äußerst lückenhaft. Damals machte das Verschwinden eines unverheirateten, kinderlosen, erwachsenen Mannes, der in der Vergangenheit an klinischen Depressionen gelitten hatte, kaum einen Eindruck auf die Polizei. Es hatte nichts damit zu tun, dass durch den Bergarbeiterstreik die Personaldecke der Polizei fast bis zur Grenze der Belastbarkeit reduziert war, aber sehr viel damit, dass man Vermissten damals keine Priorität einräumte. Außer wenn es sich um kleine Kinder oder attraktive junge Frauen handelte. Selbst heutzutage hätten Andy Kerrs Gesundheitsprobleme ihm nur ein mäßiges Interesse garantiert.
Er war am Weihnachtsabend von seiner Schwester Angie als vermisst gemeldet worden, weil er nicht zur traditionellen Familienfeier bei den Eltern erschienen war. Angie, die für die Feiertage von der Pädagogischen Hochschule nach Haus gekommen war, hatte ihm in der vorhergehenden Woche zweimal eine Nachricht hinterlassen, um mit ihm einen Termin für einen gemeinsamen Drink zu vereinbaren. Andy hatte nicht zurückgerufen, aber das war nicht unge-

wöhnlich. Er hatte sich schon immer hingebungsvoll seiner Arbeit gewidmet; aber seit der Streik lief, war er zum Workaholic geworden.

Dann hatte Mrs. Kerr am Nachmittag des Heiligabends zugegeben, dass Andy wegen Depressionen krankgeschrieben sei. Angie hatte ihren Vater überredet, sie zu Andys Häuschen im Wald von Wemyss hinüberzufahren. Die Räume waren kalt und verlassen, und im Kühlschrank fanden sich keinerlei frische Lebensmittel. Eine Notiz war an die Zuckerdose auf dem Küchentisch gelehnt. *Wenn ihr dies lest, dann wahrscheinlich aus dem Grund, dass ihr euch Sorgen um mich macht. Das braucht ihr nicht. Ich habe genug. Es kommt einfach eins zum anderen, und ich halte es nicht mehr aus. Deswegen bin ich weggegangen und will versuchen, Ordnung in meinen Kopf zu bringen. Andy.*

Es war nicht wirklich der Abschiedsbrief eines Selbstmörders, aber wenn man in der Nähe einer solchen Nachricht eine Leiche fände, würde man kein Mordopfer erwarten. Und die Schwester hatte gesagt, Andy sei gern in den Bergen gewandert. Sie hatte Verständnis dafür, dass der uniformierte Polizist, der das Häuschen und das Waldstück in der Umgebung durchsucht hatte, keine weiteren Maßnahmen ergriffen hatte, außer die Information an andere Polizeidienststellen in Schottland weiterzuleiten. Auf einem Zettel in der Akte stand in einer anderen Handschrift, Angie Kerr hätte 1992 den Antrag gestellt, ihren Bruder für tot erklären zu lassen, und dem Antrag sei stattgegeben worden.

Die letzte Seite war in Phils vertrauter Handschrift. »Das Elternpaar Kerr starb 1987 bei dem Fährunglück bei Zeebrügge. Angie konnte einen Anspruch auf ihren Besitz nicht geltend machen, ohne Andy für tot erklären zu lassen. Als sie endlich 1993 den Erbschein bekam, verkaufte sie alles

und emigrierte nach Neuseeland. Sie arbeitet in Nelson auf der Südinsel als private Klavierlehrerin.« Darunter stand Angie Kerrs komplette Adresse und Telefonnummer.
Sie hatte es nicht leicht gehabt, dachte Karen. Innerhalb von zwei Jahren ihren Bruder und beide Eltern zu verlieren war schwierig genug, auch ohne noch den Prozess durchlaufen zu müssen, bis Andy offiziell für tot erklärt wurde. Kein Wunder, dass sie auf die andere Seite der Welt ziehen wollte. Wo es, wie Karen feststellte, jetzt halb zwölf vormittags wäre. Also durchaus eine zivilisierte Zeit, um jemanden anzurufen.
Eines der wenigen Dinge, die Karen für ihr Heim gekauft hatte, war ein Anrufbeantworter, mit dem sie Digitalaufnahmen ihrer Anrufe machen konnte. Aufnahmen, die sie dann mit einem USB-Stick auf den Computer übertragen konnte. Sie hatte versucht, die Makrone zu überreden, einige fürs Büro anzuschaffen, aber er schien nicht sonderlich beeindruckt. Wahrscheinlich weil es nicht seine eigene Idee gewesen war. Karen hätte wetten können, dass wenig später ein ähnlicher Vorschlag im Hauptbüro der Kripo als Einfall von ACC Lees selbst auftauchen würde. Egal, wenigstens konnte sie das Gerät zu Haus nutzen und sich die Ausgaben für die Anrufe erstatten lassen.
Nach dem dritten Klingeln nahm eine Frau ab, deren schottischer Akzent sogar in den beiden Silben »Hallo?« erkennbar war.
Karen stellte sich vor und fragte: »Sind Sie Angie Kerr?«
»Früher Kerr. Jetzt Mackenzie. Geht es um meinen Bruder? Haben Sie ihn gefunden?« Sie klang aufgeregt, beinahe erfreut.
»Nein, leider nicht.«
»Er hat sich bestimmt nicht umgebracht, wissen Sie. Ich

habe schon immer an einen Unfall gedacht. Irgendwo am Berg abgestürzt. Ganz egal, wie deprimiert er auch war, Andy hätte sich niemals umgebracht. Er war kein Feigling.« Ihr Trotz war ihr erhalten geblieben – auch bei der großen Entfernung.

»Es tut mir leid«, sagte Karen. »Ich kann Ihnen in der Hinsicht wirklich nicht weiterhelfen. Aber wir sehen uns noch einmal die Ereignisse aus der Zeit an, als er verschwand. Wir untersuchen gerade das Verschwinden von Mick Prentice und stießen dabei auf den Namen Ihres Bruders.«

»Mick Prentice«, wiederholte Angie angewidert. »Der hat sich als schöner Freund erwiesen.«

»Was meinen Sie damit?«

»Ich glaube, es ist kein Zufall, dass er, kurz bevor Andy verschwand, als Streikbrecher arbeiten ging.«

»Warum sagen Sie das?«

Nach einer kurzen Pause antwortete Angie: »Weil es für ihn der schlimmste Verrat gewesen wäre. Die beiden waren vom ersten Schultag an Freunde. Dass Mick zum Streikbrecher wurde, hätte Andy das Herz gebrochen. Und ich glaube, er sah es kommen.«

»Wie kommen Sie darauf?«

»Als ich ihn zum letzten Mal sah, wusste er, dass mit Mick irgendetwas los war.«

Sonntag, 2. Dezember 1984,
im Wald von Wemyss

Ein Besuch zu Hause war für Angie nur vollständig, wenn sie Zeit mit ihrem Bruder verbringen konnte. Sie versuchte, wenigstens einmal im Trimester zu kommen, aber obwohl die Busfahrt von Edinburgh nur eine Stunde dauerte, schien es manchmal eine äußerst schwierige Unternehmung zu sein. Sie wusste, dass dabei eine andere Art von Entfernung ein Problem war, nämlich die zwischen ihr und ihren Eltern, weil sie sich frei in einer Welt bewegte, die den Eltern völlig fremd war: Vorlesungen, Studentenclubs, Partys, auf denen Drogen so gewöhnlich waren wie Alkohol, und eine Vielfalt an Gesprächsthemen, die alles in den Schatten stellten, was ihr in Fife je begegnet war. Nicht dass es dort an Gelegenheiten gefehlt hätte, den geistigen Horizont zu erweitern. Aber Büchersäle, Volkshochschulkurse und die Burns-Clubs gab es nur für Männer. Frauen hatten weder die Zeit noch die Möglichkeit, daran teilzunehmen. Die Männer arbeiteten ihre Untertageschichten, und danach gehörte ihre Zeit ihnen. Aber die Arbeit der Frauen riss buchstäblich nie ab, besonders bei denen, die ihre Wohnungen noch von den alten Firmen des Kohleabbaus oder dem staatlichen Amt für die Kohleförderung gemietet hatten. Angies eigene Großmutter hatte erst heißes Wasser und ein Bad im Haus, als sie über sechzig war. Deshalb hatten die Männer hier nicht viel für gebildete Frauen übrig.

Andy war eine der Ausnahmen. Sein Wechsel vom Kohleabbau zur Gewerkschaftsarbeit hatte ihn in Fragen der allgemeinen Gleichberechtigung der Richtung näher gebracht, die von der Gewerkschaftsbewegung vertreten wurde. In den Zechen arbeiteten zwar keine Frauen, aber der Kontakt mit anderen Gewerkschaften hatte Andy überzeugt, dass die Welt nicht untergehen würde, wenn man Frauen als Partner und Mitglieder der menschlichen Rasse behandelte. Und so war der Kontakt zwischen Bruder und Schwester enger geworden, und an die Stelle der Streitereien aus Kindertagen traten echte Diskussionen. Jetzt freute sich Angie auf die Sonntagnachmittage mit ihrem Bruder, wenn sie durch den Wald streiften oder am Feuer heiße Schokolade tranken.

An jenem Nachmittag hatte Andy sie nach der Busfahrt am Ende des Weges getroffen, der bis tief in den Wald zu seinem Häuschen führte. Sie hatten geplant, am Wald entlang zur Küste hinunterzugehen, aber der Himmel sah nach drohendem Regen aus, und sie beschlossen, zur Hütte zurückzukehren. »Ich hab schon Feuer für dich gemacht«, hatte Andy gesagt, als sie losgingen. »Ich habe Schuldgefühle, noch Geld für Kohle zu haben, und heize deshalb gewöhnlich nicht ein. Ich zieh einfach einen Pullover mehr an.«

»Das ist doch Quatsch. Niemand macht dir Vorwürfe, dass du noch deinen Lohn bekommst.«

Andy schüttelte den Kopf. »Da irrst du dich. Viele denken, wir sollten unsere Löhne in den Gewerkschaftstopf geben.«

»Und wem hilft das? Du tust deine Arbeit. Du unterstützt die Männer, die streiken. Du verdienst es, bezahlt zu werden.« Sie hakte sich bei ihm unter und verstand gut, wie angegriffen er sich fühlen musste.

»Ja, und viele Streikende meinen, sie sollten auch etwas von der Gewerkschaft bekommen. Ich habe ein paar von ihnen unten beim Wohlfahrtsverband schimpfen hören, wenn die Gewerkschaft Streikgeld gezahlt hätte, dann müsste man sich nicht so anstrengen, die Gelder vor einer Beschlagnahmung zu schützen. Sie fragen sich, wofür die

Gewerkschaftsmittel da sind, wenn nicht zur Unterstützung der Mitglieder bei einem Streik.« Er seufzte und hielt den Kopf gesenkt, als müsse er gegen einen starken Wind angehen. »Das ist schon ein Argument, meinst du nicht?«

»Ich nehme an, ja. Aber wenn man seinen Anführern freiwillig die Entscheidungen überlassen hat, was sie ja durch die Zustimmung zum Streik ohne landesweite Urabstimmung getan haben, dann kann man eigentlich nicht anfangen, sich zu beklagen, wenn Entscheidungen getroffen werden, die einem nicht passen.« Angie betrachtete ihren Bruder genauer und bemerkte, dass sich seit ihrem letzten Wiedersehen die Falten um seine Augen durch die Belastung tiefer eingegraben hatten. Seine Haut sah wächsern und ungesund aus wie bei jemandem, der zu lange nicht im Freien gewesen war und nicht ausreichend Vitamine zu sich genommen hatte. »Und es hilft niemandem, wenn du dich deswegen unter Druck setzen lässt.«

»Im Moment habe ich das Gefühl, dass ich niemandem viel helfen kann«, gestand er so leise, dass es fast im Rascheln der trockenen Blätter zu ihren Füßen unterging.

»Das ist doch einfach albern«, widersprach Angie, der klar war, dass das nicht genügte, aber auch nicht wusste, was sie sonst erwidern sollte.

»Nein, es ist wahr. Das Leben der Männer, die ich vertrete, wird zerstört. Sie verlieren ihre Häuser, weil sie die Hypothek nicht zahlen können. Ihre Frauen haben ihre Eheringe verkauft. Ihre Kinder gehen hungrig zur Schule. Sie haben Löcher in den Schuhen. Es ist wie in einem verdammten Dritte-Welt-Land hier, nur ohne Hilfsorganisationen, die Geld sammeln, um uns in dieser Katastrophe zu helfen. Und ich kann nichts daran ändern. Was glaubst du, wie ich mich dabei fühle?«

»Ziemlich beschissen«, vermutete Angie und zog seinen Arm näher an sich heran. Sie spürte keinen Widerstand, so als umfasse sie die Stoffrolle an der Tür, die vor Durchzug schützen sollte und mit der ihre Mutter immer dafür sorgte, dass das Wohnzimmer so stickig wie nur irgend möglich war. »Aber du kannst nur dein Bestes geben. Niemand erwartet von dir, alle Probleme des Streiks zu lösen.«

»Ich weiß«, seufzte er. »Aber ich fühlte mich als Teil dieser Gemeinschaft. Mein ganzes Leben habe ich hier dazugehört. Und jetzt habe ich das Gefühl, als seien die streikenden Männer auf der einen und alle anderen auf der anderen Seite des Zauns. Gewerkschaftsfunktionäre, Steiger, die Betriebsleitung, die Scheiß-Tory-Regierung – wir alle sind der Feind.«

»Jetzt redest du wirklich Unfug. Niemals bist du auf derselben Seite wie die Torys. Das wissen doch alle.« Sie gingen schweigend weiter und beschleunigten ihre Schritte, da der drohende Regen jetzt wirklich begann. Es fielen bereits kalte, harte Tropfen. Die nackten Zweige über ihren Köpfen boten wenig Schutz gegen den losbrechenden Platzregen, der sie durchnässte. Angie ließ seinen Arm los und fing an zu rennen. »Komm, lass uns um die Wette laufen«, rief sie, von der nassen Kälte übermütig geworden. Sie sah sich gar nicht erst um, ob er ihr folgte, sondern schoss einfach blindlings zwischen den Bäumen hindurch und versuchte, irgendwie auf dem gewundenen Pfad zu bleiben. Wie sonst auch erschien die Lichtung, auf der das Häuschen versteckt war, ganz plötzlich und unverhofft. Es stand da wie in den Märchen der Brüder Grimm, ein niedriges gedrungenes Gebäude, das außer seinem einsamen Standort keinen besonderen Reiz hatte. Mit seinem Schieferdach, dem grauen Rauhputz, der schwarzen Tür und den dunklen Fensterrahmen hätte es den Augen eines Kindes durchaus wie das

Haus der bösen Hexe erscheinen können. Eine angebaute Holzhütte bot Schutz für eine Kohlenkiste, einen Holzstoß und Andys Motorrad mit Beiwagen.

Angie rannte zur Veranda und drehte sich keuchend um. Keine Spur von Andy. Es vergingen ein paar Minuten, bevor er zwischen den Bäumen hervorstapfte, das hellbraune Haar dunkel am Kopf festgeklebt. Angie war enttäuscht, dass ihr Versuch, ihn aufzuheitern, misslungen war. Er sagte nichts, als er in das Häuschen vorausging, das so sauber und spartanisch eingerichtet war wie eine Kaserne. Die einzige Dekoration war eine Reihe von Postern mit Wildtieren, eine Gratisbeigabe einer der schottischen Sonntagszeitungen. Ein Regal war vollgestopft mit Büchern über Naturgeschichte und Politik, ein anderes mit Schallplatten. Es hätte nicht verschiedener sein können von den Zimmern, in die Angie in Edinburgh kam. Aber sie mochte den Raum hier lieber als irgendeinen der anderen. Wie ein Hund schüttelte sie die Regentropfen aus ihrem dunkelblonden Haar, warf ihren Mantel auf einen Stuhl und kauerte sich auf einem der gebraucht gekauften Sessel zusammen, die zu beiden Seiten des Feuers standen. Andy ging direkt in die Küche, um heiße Schokolade zu machen.

Während Angie wartete, bis er zurückkam, überlegte sie, wie sie ihn aufmuntern könnte. Meistens brachte sie ihn mit Geschichten über ihre Kommilitonen und deren Eskapaden zum Lachen, aber sie spürte, dass das heute nicht funktionieren würde. Es würde sich zu sehr nach unsensiblen Geschichten über die besonders Privilegierten anhören. Vielleicht war es am besten, ihn an die Leute zu erinnern, die nach wie vor an ihn glaubten.

Er brachte zwei dampfende Becher auf einem Tablett herein. Gewöhnlich aßen sie Kekse, aber heute war ohne Frage alles gestrichen, was nach Luxus aussah. »Ich habe den größten Teil meines Lohns der Notkasse gegeben«, erklärte er, als er bemerkte, dass ihr das aufgefallen war. »Ich behalte nur genug für die Miete und das Nötigste zum Leben zurück.«

Sie saßen sich gegenüber, umklammerten ihre heißen Becher und wärmten ihre kalten Hände daran. Angie sprach als Erste. »Du solltest sie gar nicht beachten. Die Leute, die dich wirklich kennen, glauben nicht, dass du zu ihren Feinden gehörst. Du solltest auf Leute wie Mick hören, die wissen, wer du bist. Und was du bist.«

»Meinst du?« Sein Mund zuckte, und sein Gesichtausdruck wurde noch düsterer. »Wie kann so einer wie Mick wissen, wer ich bin, wenn ich nicht einmal mehr weiß, wer er ist?«

»Was meinst du damit, dass du nicht mehr weißt, wer Mick ist? Ihr beide seid doch schon seit zwanzig Jahren die besten Freunde. Ich glaube kaum, dass der Streik einen von euch so sehr verändert hat.«

»Das würde man denken, oder?« Andy starrte mit stumpfem Blick und hängenden Schultern ins Feuer. »Unter den Männern in unserer Gegend hier spricht man nicht über seine Gefühle. Wir leben in einer Atmosphäre von Kameradschaft, Treue und gegenseitiger Abhängigkeit, reden jedoch nie über das, was in uns vorgeht. Aber ich und Mick waren nicht so. Wir haben uns alles erzählt. Es gab nichts, worüber wir nicht sprechen konnten.« Er strich sich das feuchte Haar aus der hohen, schmalen Stirn. »Aber in letzter Zeit hat sich etwas verändert. Ich habe das Gefühl, dass er etwas verschweigt. Als gäbe es etwas wirklich Wichtiges, aber er bringt es einfach nicht fertig, darüber zu sprechen.«

»Aber das könnte doch alles Mögliche sein«, meinte Angie. »Vielleicht etwas zwischen ihm und Jenny. Etwas, worüber mit dir zu sprechen nicht richtig wäre.«

Andy schnaubte. »Meinst du, er redet nicht über Jenny? Ich weiß alles über diese Ehe. Ich könnte dir eine Landkarte mit allen Spannungslinien zwischen diesem Paar zeichnen. Nein, es ist nicht Jenny. Das Einzige, was ich mir vorstellen kann, ist, dass er mit den anderen übereinstimmt. Dass ich im Moment weder von Nutzen noch eine Zierde für sie bin.«

»Bist du sicher, dass du dir das nicht einbildest? Es klingt nicht nach Mick.«

»Ich wünschte, es wäre so. Aber ich bilde es mir nicht ein. Sogar meine besten Freunde meinen, dass man mir nicht mehr trauen kann. Ich weiß einfach nicht, wie lange ich meine Arbeit noch machen kann, wenn ich mich so fühle.«

Jetzt begann Angie, sich wirklich Sorgen zu machen. Andys Verzweiflung ging offenbar weit über alles hinaus, womit sie fertig werden konnte. »Andy, versteh mich nicht falsch, aber du musst zum Arzt gehen.«

Er gab ein Geräusch von sich wie ein Lachen, das im Entstehen schon unterdrückt wurde. »Was? Aspirin und Paracetamol, die beiden Mittelchen gegen Schmerzen? Meinst du, bei mir ist 'ne Schraube locker? Meinst du, die beiden würden mir helfen, wenn es so wäre? Du glaubst, ich brauche Temazepam wie die Hälfte der Frauen hier? Glückspillen, damit einem alles egal ist?«

»Ich will dir doch helfen, Andy. Aber ich habe nicht die Möglichkeiten dafür. Du musst mit jemandem reden, der sich auskennt, und der Arzt ist die richtige erste Anlaufstelle. Sogar Aspirin und Paracetamol wissen mehr über Depressionen als ich. Ich glaube, du bist sehr bedrückt, Andy. Du hast eine richtige Depression, du fühlst dich nicht nur elend.«

Er sah aus, als finge er gleich an zu weinen. »Weißt du, was das Schlimmste von dem ist, was du gerade gesagt hast? Ich glaube, du hast vielleicht recht.«

Donnerstag, 28. Juni 2007,
Kirkcaldy

Es klang plausibel. Andy Kerr hatte gespürt, dass Mick Prentice ihm etwas verschwieg. Als es dann so aussah, als habe Mick sich den Streikbrechern angeschlossen und sei nach Nottingham gegangen, hätte das ausreichen können, einem Menschen in einem labilen Zustand den Rest zu geben. Allerdings schien es, als sei Mick Prentice gar nicht nach Nottingham gegangen. Die Frage war, dachte Karen, ob Andy Kerr wusste, was wirklich mit seinem besten Freund passiert war. Und ob er etwas mit seinem Verschwinden zu tun hatte. »Und Sie haben nach diesem Sonntag nie wieder mit Andy gesprochen?«, fragte sie.

»Nein. Ich habe zweimal versucht ihn anzurufen, aber nur den Anrufbeantworter erreicht. Und ich hatte da, wo ich wohnte, kein Telefon, so dass er mich nicht zurückrufen konnte. Mum sagte mir, der Arzt hätte ihn wegen Depressionen krankgeschrieben, aber das war alles, was ich wusste.«

»Glauben Sie, es ist möglich, dass er und Mick zusammen irgendwohin gegangen sind?«

»Was? Sie meinen, sie hätten einfach allem den Rücken gekehrt und sich wie Butch Cassidy und Sundance Kid davongemacht, dem Sonnenuntergang entgegen?«

Karen fuhr leicht zurück. »Nicht ganz so. Eher, weil beide genug hatten und keinen anderen Ausweg sahen. Keine Frage, dass Andy Probleme hatte. Und Sie deuteten an, dass Mick und Jenny nicht allzu gut miteinander auskamen. Vielleicht haben sie sich einfach für eine klare Trennung entschieden?«

Sie hörte Angie auf der anderen Seite der Welt flüstern:

»Andy hätte uns das nicht angetan. Er hätte uns nie so verletzt.«

»Hätte Mick ihn überreden können? Sie sagten, dass sie schon seit der Schulzeit Freunde waren. Wer war der Anführer? Wer derjenige, der folgte? Es gibt immer einen, der die Richtung angibt, und einen, der mitkommt. Sie wissen das, Angie. War Mick der Anführer?« Niemand konnte so sanft, aber bestimmt drängen wie Karen, wenn sie hinter etwas her war.

»Das nehme ich schon an, ja. Mick war eher extrovertiert, Andy viel ruhiger. Aber sie waren ein Gespann. Sie gerieten immer in Schwierigkeiten, aber in keine schlimmen. Nicht mit der Polizei. Nur immer Ärger in der Schule. Sie haben in der Chemiestunde mit Feuerwerkskörpern experimentiert. Haben die Schreibtische ihrer Lehrer verklebt. Andy war gut im Reden, und Mick war gestalterisch begabt, so konnten sie Poster mit falschen Ankündigungen von Schulveranstaltungen anfertigen. Oder Mick fälschte Mitteilungen von Lehrern, damit die beiden in den Fächern freihatten, die sie nicht mochten. Oder sie stifteten Verwirrung in der Bibliothek, indem sie die Umschläge der Bücher vertauschten. Ich hätte einen Nervenzusammenbruch bekommen, wenn ich jemals Schüler wie sie gehabt hätte. Aber sie wuchsen aus diesen Dingen heraus. Zur Zeit des Streiks hatten sich beide in ihrem Leben zurechtgefunden.« Dabei klang in ihrer Stimme mehr als nur ein schwaches Bedauern mit. »Nun gut, theoretisch hätte Mick Andy überreden können, abzuhauen. Aber nicht endgültig. Sie wären zurückgekommen. Sie hätten nicht wegbleiben können. Sie waren zu tief verwurzelt.«

»Sie haben Ihre Wurzeln ja auch ausgerissen«, bemerkte Karen.

»Ich habe mich in einen Neuseeländer verliebt, und meine ganze Familie war tot«, erwiderte Angie knapp. »Ich hinterließ niemanden, der trauerte.«

»Okay. Können wir auf Mick zurückkommen? Sie sagten, Andy hätte angedeutet, dass es in dessen Ehe Probleme gab?«

»Sie hat ihn in diese Ehe wie in eine Falle gelockt, wissen Sie. Andy dachte immer, dass sie absichtlich schwanger geworden war. Angeblich nahm sie die Pille, die aber erstaunlicherweise nicht wirkte, und plötzlich war Misha schon unterwegs. Sie wusste, dass Mick aus einer anständigen Familie kam, mit Leuten, die sich nicht vor ihrer Verantwortung drückten. Also hat er sie natürlich geheiratet.« Sie klang bitter, und Karen fragte sich, ob Angie für Mick Prentice geschwärmt hatte, bevor der Neuseeländer aufkreuzte.

»Also nicht gerade der beste Anfang.«

»Zu Beginn schienen sie recht glücklich zu sein.« Angies Eingeständnis kam widerwillig und langsam. »Mick behandelte sie wie eine kleine Prinzessin, und sie ließ es sich gefallen. Aber als die harten Zeiten kamen, gefiel ihr das überhaupt nicht mehr. Ich dachte damals, dass sie ihn gedrängt hatte, als Streikbrecher arbeiten zu gehen, weil sie genug davon hatte, immer pleite zu sein.«

»Aber sie litt wirklich, nachdem er wegging«, warf Karen ein. »Es war ein furchtbares Stigma, die Frau eines Streikbrechers zu sein. Sie hätte nicht zugelassen, dass er sie zurückließ und sie alldem allein aussetzte.«

Angie murmelte abschätzig: »Sie hatte keine Ahnung, was es bedeuten würde, bis es sie traf. Sie kapierte es nicht. Sie war keine von uns, wissen Sie. Die Leute reden von der Arbeiterklasse wie von einer großen Masse, aber die Grenzlinien sind darin genauso fein definiert wie in jeder anderen Klasse. Sie war in East Wemyss geboren und aufgewachsen, gehörte aber nie zu uns. Ihr Dad machte sich nie die Hände schmutzig. Er arbeitete in der Kooperative, stand hinter der Theke im Laden. Er trug bei der Arbeit Schlips und Kragen. Ich wette, dass er niemals im Leben Labour gewählt hat. Deshalb bin ich nicht sicher, wie gut sie verstand, was ihr geschehen würde, wenn Mick wegging.«

Das leuchtete ein. Karen begriff intuitiv, was Angie meinte. Sie kannte solche Leute aus ihrer eigenen Ortschaft. Leute, die nirgendwohin passten, an deren Hintern eine Rille zurückgeblieben war, weil sie ihr ganzes Leben lang auf dem Zaun gesessen hatten. Dies sprach dafür, dass Mick Prentice den Streik gebrochen haben könnte. Aber er hatte es nicht getan. »Es sieht heute so aus, Angie, als sei Mick in der Nacht damals gar nicht mit den Streikbrechern weggegangen. Unsere vorläufigen Befragungen weisen darauf hin, dass er sich den fünf Männern nicht angeschlossen hatte, die nach Nottingham gingen.«

Ein schockiertes Schweigen. Dann sagte Angie: »Er hätte doch allein irgendwo anders hingehen können.«

»Er hatte kein Geld. Keine Transportmöglichkeit. Er nahm, als er morgens wegging, nichts mit außer seinen Malutensilien. Was immer mit ihm passierte, ich glaube nicht, dass es etwas mit dem Brechen des Streiks zu tun hatte.«

»Was ist dann aber mit ihm passiert?«

»Ich weiß es noch nicht«, gab Karen zu. »Aber ich habe vor, es herauszufinden. Und die Frage, der ich nachgehen muss, lautet: Angenommen, Mick ging nicht als Streikbrecher weg – wer hätte dann wohl einen Grund gehabt, ihn aus dem Weg zu räumen?«

Freitag, 29. Juni 2007,
Nottingham

Femi Otitoju gab die vierte Adresse bei Google Earth ein und studierte die Ergebnisse. »Mach schon, Fem«, murmelte Mark Hall. »Der DCI hat uns doch im Blick. Er fragt sich bestimmt, wieso du am Computer rumspielst, nachdem er uns einen Auftrag erteilt hat.«

»Ich suche die beste Reihenfolge für die Befragungen, damit nicht der halbe Tag mit Hin- und Herfahren draufgeht.« Sie betrachtete die vier Namen und Adressen, die sie von einem Kriminalbeamten in Fife bekommen hatte, und ordnete und numerierte sie in einer logischen Reihenfolge. »Und ich hab's dir doch gesagt, nenn mich nicht Fem.« Sie druckte die Liste aus, faltete sie ordentlich zusammen und steckte sie in ihre glänzende Handtasche. »Mein Name ist Femi.«

Mark rollte mit den Augen, ging hinter ihr aus dem Büro für ungelöste Fälle hinaus und warf DCI Mottram ein nervöses Lächeln zu. Er hatte sich so nach einer Versetzung zur Kripo gesehnt; hätte man ihn aber vorgewarnt, dass dies eine Zusammenarbeit mit Femi Otitoju mit sich bringen würde, dann hätte er es sich vielleicht noch mal überlegt. Als sie beide noch in Uniform arbeiteten, tuschelte man auf dem Polizeirevier, bei Otitoju bedeute PC nicht Police Constable, sondern Personal Computer. Ihre Uniform hatte immer tadellos ausgesehen, ihre Schuhe waren so glänzend poliert wie beim Militär. Auch ihre Zivilkleidung entsprach diesem Muster. Ordentlich gebügeltes, unauffälliges graues Kostüm, blendend weiße Bluse, untadelige Frisur. Und die Schuhe genauso blitzblank. Alles, was sie tat, wurde genau nach Vorschrift erledigt. Alles war präzise. Nicht dass Mark etwas dagegen gehabt hätte, die Dinge ordentlich zu erledigen. Aber er hatte immer gefunden, dass man besonders bei einer Befragung Raum für Spontaneität lassen müsste. Wenn der Befragte vom Thema abwich, schadete das erst mal nicht. Manchmal versteckte sich die Wahrheit hinter abschweifenden Erzählungen. »Alle vier waren also Bergleute aus Fife, die den Streik brachen, um hier in den Zechen zu arbeiten?«, fragte er.

»Stimmt. Es waren ursprünglich fünf, aber einer, Stuart McAdam, starb vor zwei Jahren an Lungenkrebs.«

Wie konnte sie nur all das Zeug behalten? Und warum machte sie sich die Mühe? »Und wen besuchen wir zuerst?«

»William John Fraser. Genannt Billy. Dreiundfünfzig, verheiratet, zwei erwachsene Kinder, eins an der Leeds University und das andere in Loughborough. Er ist jetzt selbständiger Elektriker.« Sie richtete den Riemen ihrer Tasche auf ihrer Schulter. »Ich fahre, ich weiß, wo wir hinmüssen.«

Sie traten auf den windigen Parkplatz hinter dem Revier und gingen auf ein Zivilfahrzeug der Kripo zu. Mark vermutete, dass der Wagen voller Müll von anderen Benutzern sein würde. Er fand, Kripobeamte und Autos waren wie Hunde und Laternenpfähle. »Wird er jetzt nicht bei der Arbeit sein?« Er öffnete die Beifahrertür und fand Plastikbehälter für belegte Brote, leere Coladosen und fünf Verpackungen von Snickers-Riegeln im Fußraum vor. Aus dem Augenwinkel sah er etwas Weißes leuchten. Otitoju hielt ihm eine leere Einkaufstüte hin. »Hier«, sagte sie. »Steck den Dreck da rein, ich bring ihn dann zum Mülleimer.«

Mark rief sich in Erinnerung, dass sie manchmal doch zu etwas gut war. Sie nahmen die große Umgehungsstraße, auf der auch nach der schlimmsten morgendlichen Stoßzeit noch viel Verkehr war, und fuhren in westlicher Richtung. An beiden Seiten der Straße standen schmutzige rote Backsteinhäuser und die Art von Läden, die sich gegenüber noblerer Konkurrenz gerade noch behaupten konnten. Minimärkte, Nagelstudios, Eisenwarenläden, Waschsalons, Imbissstuben und Friseure. Es war deprimierend, daran vorbeizufahren. Mark war dankbar für seine Wohnung in einer umgebauten Fabrik in der Stadtmitte. Sie war zwar klein, aber er musste sich im Privatleben nicht mit diesem Mist beschäftigen. Und es gab um die Ecke einen guten Chinesen mit Lieferservice.

Nach fünfzehn Minuten auf der Umgehungsstraße bogen sie in eine hübsche kleine Enklave frei stehender Backsteinhäuschen ein. Sie wirkten wie aus den dreißiger Jahren des zwanzigsten Jahrhunderts, stabil, schlicht und schön geschnitten. Billy Frasers Haus stand auf einem Eckgrundstück, umgeben von einem umfangreichen, gutangelegten Garten. »Ich lebe schon mein ganzes Leben in dieser Stadt und habe nicht einmal gewusst, dass es dieses Fleckchen gibt«, staunte Mark.

Er folgte Otitoju den Weg entlang. Die Tür wurde von einer Frau geöffnet, die nicht viel größer als ein Meter fünfzig sein konnte. Sie war bereits über ihre besten Jahre hinaus. Silberne Strähnen durchzogen ihr hellbraunes, zum Bob geschnittenes Haar, die Haut am Kinn war nicht mehr straff, und sie hatte ein paar Pfund zu viel. Mark fand jedoch, sie sei ganz gut in Form für ihr Alter. Er legte gleich los, bevor Otitoju ihr Angst machen konnte. »Mrs. Fraser?«

Die Frau nickte und sah besorgt aus. »Ja, das bin ich.« Einheimischer Dialekt, stellte Mark fest. Er hatte sich also keine Frau aus Fife mitgebracht.

»Und wer sind Sie?«
»Ich bin Mark Hall, und das ist meine Kollegin Femi Otitoju. Wir sind von der Polizei und müssten kurz mit Billy sprechen. Es gibt aber keinen Grund zur Sorge«, fügte er hastig hinzu, als er den Anflug von Panik auf Mrs. Frasers Gesicht sah. »Jemand, den er von früher kennt, ist in Fife als vermisst gemeldet worden, und wir müssen Billy ein paar Fragen stellen.«
Die Frau schüttelte den Kopf. »Da werden Sie Ihre Zeit verschwenden, mein Lieber. Billy hat mit niemand aus Fife mehr Kontakt gehabt, außer mit den Jungs, mit denen er hier runterkam. Und das war vor mehr als zwanzig Jahren.«
»Der Mann, den wir suchen, ist vor mehr als zwanzig Jahren verschwunden«, erklärte Otitoju kurz angebunden. »Wir müssen also mit Ihrem Mann sprechen. Ist er zu Haus?« Mark hätte sie am liebsten in den Hintern getreten, als er sah, wie Mrs. Frasers Gesicht abweisend und verschlossen wurde. Otitoju hatte auf jeden Fall kaum die Hände aufgehalten, als schwesterliche Anteilnahme verteilt wurde.
»Er ist bei der Arbeit.«
»Können Sie uns sagen, wo er arbeitet, meine Beste?«, fragte Mark und versuchte, das Gespräch so wieder in ruhigeres Fahrwasser zu lenken.
Er konnte dem Gesicht der Frau ansehen, wie sie überlegte. »Warten Sie einen Moment«, sagte sie schließlich. Sie kam mit einem großen Terminkalender zurück, der am heutigen Tag aufgeschlagen war, und drehte ihn um, damit er den Eintrag sehen konnte. »Dort ist er.«
Otitoju war schon dabei, die Adresse auf ihren kostbaren Merkzettel zu kritzeln. Mrs. Fraser bekam die Namen kurz zu Gesicht. »Da haben Sie Glück«, meinte sie. »Johnny

Ferguson arbeitet heute mit ihm zusammen. Sie werden zwei Fliegen mit einer Klappe schlagen.« Ihrem Gesichtsausdruck nach zu schließen war sie nicht unbedingt der Meinung, dass dies nur bildlich gesprochen war.

Die beiden ehemaligen Bergleute arbeiteten an einem Ort, der mit dem Auto in knapp fünfzehn Minuten erreichbar war, und renovierten auf der Hauptstraße ein Geschäft. »Vom Dönerimbiss ganz problemlos zum Laden für Bilderrahmen«, spöttelte Mark, auf die Hinweise deutend. Fraser und Ferguson waren schwer bei der Arbeit, Fraser meißelte einen Kanal für Kabel heraus, Ferguson zerlegte an einer der Wände die Sitzbank für Kunden, die hier auf ihre Bestellungen gewartet hatten. Sie hielten beide mit der Arbeit inne, als die beiden Polizeibeamten eintraten, und betrachteten sie argwöhnisch. Es war komisch, dachte Mark, dass manche Leute einen Polizisten immer sofort erkannten, während andere die Signale, die er und seinesgleichen aussandten, überhaupt nicht wahrnahmen. Es hatte nichts mit Schuld oder Unschuld zu tun, wie er naiverweise zuerst vermutet hatte. Es war nur ein Instinkt, mit dem sie den Jäger ausmachten.

Otitoju stellte sie vor und erklärte, warum sie da waren. Fraser und Ferguson sahen beide verwirrt aus. »Warum sollte denn jemand glauben, dass er mit uns gegangen ist?«, wollte Ferguson wissen.

»Und überhaupt: Warum denkt man, dass wir ihn mitgenommen hätten?« Billy Fraser wischte sich in einer Geste des Abscheus mit dem Handrücken über den Mund. »Mick Prentice hielt doch Leute wie uns für unter seiner Würde. Schon bevor wir als Streikbrecher weggingen, schaute er auf andere herab. Meinte, er sei was Besseres als wir.«

»Warum meinte er das?«, erkundigte sich Mark.

Fraser zog ein Päckchen Benson & Hedges aus seinem Overall. Bevor er die Zigarette aus der Schachtel ziehen konnte, legte Otitoju ihre glatte über seine rauhe Hand. »Das ist jetzt verboten, Mr. Fraser. Dies hier ist ein Arbeitsplatz. Sie können hier drin nicht rauchen.«

»Ach, Himmel, Arsch und Zwirn«, beklagte sich Fraser und wandte sich ab, während er seine Glimmstengel wieder in die Tasche schob.

»Warum hielt Mick Prentice sich für etwas Besseres als Sie?«, fragte Mark noch einmal.

Ferguson nahm die Herausforderung an. »Manche Männer streikten, weil die Gewerkschaft ihnen sagte, sie sollten es tun. Und manche streikten, weil sie überzeugt waren, dass sie recht hätten und wüssten, was das Beste für die anderen wäre. Mick Prentice war einer von denen, die meinten, es am besten zu wissen.«

»Ja«, stimmte Fraser bitter zu. »Und er hatte seine Spezis in der Gewerkschaft, die für ihn sorgten.« Er rieb Daumen und Zeigefinger aneinander, die übliche Geste für Geld.

»Das verstehe ich nicht«, meinte Mark. »Es tut mir leid, ich bin zu jung, um mich an den Streik zu erinnern. Aber ich dachte, eines der großen Probleme wäre gewesen, dass ihr kein Streikgeld bekommen habt?«

»Richtig, mein Sohn«, bestätigte Fraser. »Aber eine Zeitlang bekamen die Jungs, die als mobile Streikposten mitfuhren, Bargeld auf die Hand. Und wenn es für Streikposten was zu tun gab, wurden immer die gleichen genommen. Wenn dein Gesicht ihnen nicht passte, gab es nichts für dich. Aber Micks Gesicht passte besser als das der meisten anderen. Sein bester Kumpel war Funktionär bei der Bergarbeitergewerkschaft, verstehen Sie?«

»Es war für manche von uns schwerer als für andere«, fügte

Ferguson hinzu. »Ich vermute, Prentice' Spezi hat ihm auch hier und da einen Fünfer oder eine Tüte Lebensmittel zugesteckt, wenn das Geld für den Dienst als mobiler Streikposten ausging. Die meisten von uns hatten nicht so viel Glück. Nein, Mick Prentice ist nicht mitgekommen. Und Billy hat recht. Wir hätten ihn nicht einmal mitgenommen, wenn er uns gefragt hätte.«

Otitoju ging im Raum umher und begutachtete ihre Arbeit wie ein Bauinspektor. »An dem Tag, als Sie weggingen, haben Sie Mick Prentice da überhaupt gesehen?«

Mark sah die beiden Männer einen Blick tauschen, was ihm verdächtig vorkam. Ferguson schüttelte schnell den Kopf. »Eigentlich nicht«, antwortete er.

»Wie kann man jemanden ›eigentlich nicht‹ sehen?«, wollte Otitoju wissen und wandte sich ihnen wieder zu.

Freitag, 14. Dezember 1984

Johnny Ferguson stand in der Dunkelheit am Schlafzimmerfenster, von wo er die Hauptstraße des Dorfes überblicken konnte. Es war nicht kalt im Raum, aber er fröstelte leicht, und seine hohle Hand, in der er die selbstgedrehte Zigarette hielt, ließ den Rauch nicht auf direktem Weg aufsteigen. »Komm schon, Stuart«, murmelte er halblaut. Er nahm noch einen Zug von der Zigarette und blickte wieder auf die billige Uhr an seinem Handgelenk. Zehn Minuten Verspätung. Mit dem rechten Fuß fing er unwillkürlich an, auf den Boden zu klopfen.

Nichts rührte sich. Es war noch nicht einmal neun, aber kaum ein Licht zu sehen. Die Leute konnten sich den Strom nicht leisten. Wegen ein bisschen Licht und Wärme gingen sie zum Wohlfahrtsverband runter oder zu Bett und hofften, so lange schlafen zu können, bis der ganze Alptraum vorbei war. Diesmal aber störte Ferguson die Ruhe in den Straßen nicht. Je weniger Leute vorbeikamen und bemerkten, was sich heute Abend hier tat, desto besser. Er wusste genau, was er zu tun im Begriff war, und es jagte ihm eine Heidenangst ein.

Plötzlich bogen zwei Scheinwerfer auf der Hauptstraße um die Ecke. Ferguson konnte im matten Licht der Straßenlaternen die Umrisse eines Transit Kastenwagens erkennen. Die alte Form, nicht das neue Modell, mit dem die Polizei ihre Truppen bei ihren Einsätzen gegen die Bergleute herankarrte. Als der Wagen näher kam, sah er seine dunkle Farbe. Endlich war Stuart da.

Ferguson drückte seine Zigarette aus. Er warf einen letzten Blick auf das Schlafzimmer, in dem er die letzten drei Jahre geschlafen hatte, seit er das winzig kleine Haus gemietet hatte. Es war zu finster, um viel sehen zu können, aber andererseits gab es sowieso nicht viel zu betrachten. Was man nicht verkaufen konnte, war zu Feuerholz zerkleinert worden. Jetzt lag auf dem Boden nur noch die Matratze mit einem Aschenbecher und einem zerfledderten Taschenbuch von Sven Hassel daneben. Nichts war mehr da, dem er nachtrauern würde. Helen war schon lange weg, also konnte er dem ganzen Mist hier ruhig den Rücken kehren.

Er ging polternd hinunter und öffnete genau in dem Moment die Tür, als Stuart anklopfen wollte. »Bist du bereit?«, fragte Stuart.

Ein tiefer Atemzug. »So bereit, wie ich nur sein kann.« Er schob Stuart eine Reisetasche mit dem Fuß zu und griff nach einer anderen Tasche sowie einem schwarzen Müllsack. Zehn Jahre in der verdammten Zeche, und das war alles, was er vorzuweisen hatte.

Sie nahmen zwei der vier Stufen, die sie zum Wagen hinuntergehen mussten, und waren plötzlich nicht mehr allein. Eine Gestalt kam eilig um die Ecke wie jemand, der etwas Wichtiges vorhatte. Zwei Meter weiter verwandelte sie sich in Mick Prentice. Ferguson spürte, wie eine kalte Hand nach seiner Brust griff. Herrgott noch mal, das hatte ihnen gerade noch gefehlt. Dass Prentice auf sie losging, ihnen zornig entgegenschrie und alle Türen in der ganzen Straße aufflogen.

Stuart warf seine Reisetasche hinten in den Wagen, wo Billy Fraser schon auf einem Stoß Taschen saß. Er drehte sich zu Prentice um, bereit, notfalls zu reagieren.

Aber die Wut, die er erwartet hatte, richtete sich nicht gegen ihn. Prentice stand einfach nur da und sah aus, als würde er gleich in Tränen ausbrechen. Er blickte sie an und schüttelte den Kopf. »Nein, Jungs. Nein, tut das nicht«, bat er. Er wiederholte es immer wieder. Ferguson konnte kaum glauben, dass dies der gleiche Mann war, der sie immer gedrängt, zusammengetrommelt und angestachelt hatte, der Gewerkschaft treu zu bleiben. Da konnte man sehen, wie dieser Streik sie alle zermürbt hatte, dachte er.

Ferguson drückte sich an Prentice vorbei, verstaute seine Taschen und kletterte neben Fraser hinein, der die Türen hinter ihm zuzog. »Verdammt, das ist wirklich verblüffend«, meinte Fraser.

»Er hat ausgesehen, als hätte ihm gerade jemand in den Magen geboxt«, stellte Ferguson fest. »Der Typ ist durchgedreht.«

»Sei dankbar«, erwiderte Fraser. »Das Letzte, was wir brauchen, wäre, dass er wie eine verdammte Rakete losgeht und die ganze Gegend hier aufscheucht.« Als der Motor zu brummen begann, hob er die Stimme: »Fahren wir los, Stu. Jetzt fängt das neue Leben an.«

Gibt es Zeugen für dieses Zusammentreffen?«, fragte Otitoju.

»Stuart ist tot, also bin ich als einziger Zeuge übrig«, erwiderte Fraser. »Ich war im Wagen. Die Hecktür war offen, und ich habe alles gesehen. Johnny hat recht. Prentice war bitter enttäuscht. Als hätten wir ihn persönlich beleidigt.«

»Es wäre vielleicht anders gelaufen, wenn Iain im Wagen gesessen hätte und nicht du«, überlegte Ferguson.

»Welchen Unterschied hätte das gemacht?«, wollte Mark wissen.

»Iain und er waren Freunde. Prentice hätte vielleicht das Bedürfnis gehabt, es ihm auszureden. Aber Iain wurde als Letzter abgeholt, deshalb waren wir aus dem Schneider. Und so haben wir Prentice zum letzten Mal gesehen«, berichtete Ferguson. »Ich habe immer noch Verwandte da oben. Ich hörte, dass er verschwunden ist, habe aber einfach angenommen, dass er mit seinem Freund, dem Typ von der Gewerkschaft, wegging. Ich kann mich nicht erinnern, wie er hieß …«

»Andy Soundso«, erinnerte sich Fraser. »Ja, als man mir sagte, dass beide vermisst werden, hab ich gedacht, sie hätten sich entschieden, abzuhauen und irgendwo anders von vorn anzufangen. Sie müssen verstehen, dass das Leben der Leute damals einfach in die Binsen ging. Manche Männer haben Sachen gemacht … man hätte nie gedacht, dass sie zu so was fähig wären.« Er wandte sich ab und ging zur Tür, trat hinaus und holte seine Zigaretten heraus.

»Er hat recht«, meinte Ferguson. »Und vor allem wollten wir nicht allzu viel darüber nachdenken. Das wollen wir übrigens immer noch nicht. Wenn es also weiter nichts gibt, werden wir Ihnen jetzt einen guten Tag wünschen.« Er nahm sein Stemmeisen und machte sich wieder an die Arbeit.

Mark fielen keine weiteren Fragen ein, und er wandte sich Richtung Tür. Otitoju zögerte kurz und folgte ihm dann zum Wagen. Sie saßen einen Moment schweigend da, dann sagte Mark: »Es muss wirklich sehr schlimm gewesen sein.«

»Das ist aber keine Entschuldigung dafür, dass sie sich so gesetzeswidrig verhielten«, entschied Otitoju. »Der Streik der Bergarbeiter hat einen Keil zwischen uns und die Leute getrieben, für die wir da sind. Durch sie haben wir brutal ausgesehen und wurden dabei doch nur provoziert. Man sagt, sogar die Queen sei wegen der Schlägerei in Orgreave schockiert gewesen, aber was erwarteten die Leute denn? Wir sollen doch den Frieden der Königin schützen. Wenn die Leute es ablehnen, sich von der Polizei überwachen zu lassen, was können wir da sonst machen?«

Mark starrte sie an. »Du machst mir Angst«, meinte er.

Sie schien überrascht. »Ich frage mich manchmal, ob du den richtigen Beruf gewählt hast«, sagte sie.

Mark sah weg. »Das gilt für uns beide, Schätzchen. Für dich und für mich.«

Rotheswell Castle

Obwohl sie fest entschlossen war, mit Sir Broderick Maclennan Grant genauso umzugehen wie mit jedem anderen auch, musste Karen doch zugeben, dass ihr Magen da nicht ganz mitmachte. Beklommenheit hatte auf ihre Verdauung stets diese Wirkung, nahm ihr die Lust am Essen und ließ sie immer wieder eilig zur Toilette stürzen. »Wenn ich noch mehr solche Gespräche zu führen hätte, bräuchte ich mir wegen einer Diät keine Gedanken zu machen«, seufzte sie, als sie und Phil zum Rotheswell Castle losfuhren.

»Ach, Diäten werden doch überschätzt«, erwiderte Phil mit der bequemen Überlegenheit eines Mannes, dessen Gewicht sich nicht geändert hatte, seit er achtzehn war, egal wie viel er aß oder trank. »Du bist doch ganz in Ordnung, so wie du bist.«

Gern hätte Karen ihm geglaubt, konnte es aber nicht. Niemand würde ihre untersetzte Figur attraktiv finden, es sei denn, man war viel stärker auf weibliche Gesellschaft angewiesen als Phil, der das nicht nötig hatte. »Na ja, schön.« Sie öffnete ihre Aktentasche und ging für Phil die wichtigsten Punkte der Fallakte durch. Kaum war sie am Ende ihrer Zusammenfassung angelangt, da bogen sie schon in die Toreinfahrt von Rotheswell ein. In der Ferne sahen sie über die kahlen Äste einer Baumgruppe hinweg das Schloss, aber bevor sie näher herankommen konnten, wurden ihre Personalien überprüft. Beide mussten aussteigen und ihre Ausweise der Videokamera entgegenhalten. Schließlich schwangen die massiven Holztore auf und gaben die Zufahrt zu einer Art Sicherheitsschleuse frei. Phil fuhr im Wagen weiter, Karen ging nebenher. Die Holztore schlossen sich hinter

ihnen, und sie waren in einer Art riesigem Viehpferch eingesperrt. Zwei Security-Leute kamen aus einem Wachhaus und untersuchten den Wagen von außen und innen, ebenso Karens Aktentasche und die Taschen von Phils Dufflecoat.
»Der hat ja einen besseren Sicherheitsdienst als der Premierminister«, bemerkte Karen, als sie endlich die Einfahrt entlangfuhren.
»Ein neuer Premierminister ist leichter zu finden als ein neuer Brodie Grant«, entgegnete Phil.
»Ich könnte wetten, dass er jedenfalls so denkt.«
Als sie sich dem Haus näherten, kam ein älterer Mann mit Wachsjacke und Tweedmütze um das nächste Türmchen herum und winkte sie zur hinteren Seite der Kiesfläche vor dem Haus. Sobald sie geparkt hatten, war er verschwunden und ließ ihnen keine andere Wahl, als auf die wuchtigen, mit Nägeln beschlagenen Holztüren in der Mitte der Vorderfront zuzugehen. »Wo ist Mel Gibson, wenn man ihn braucht?«, murmelte Karen, hob den mächtigen eisernen Türklopfer und ließ ihn mit einem befriedigenden Donnern fallen. »Es ist ja wie in einem sehr schlechten Film.«
»Und wir wissen immer noch nicht, warum wir eigentlich hier sind.« Phil sah mürrisch aus. »Man kann sich kaum vorstellen, was nach diesem Vorspiel noch kommen soll.«
Bevor Karen antworten konnte, öffnete sich die Tür lautlos, die Scharniere perfekt geölt. Eine Frau, die Karen an ihre Grundschullehrerin erinnerte, sagte: »Willkommen auf Rotheswell. Ich bin Susan Charleson, Sir Brodericks persönliche Assistentin. Kommen Sie doch herein.«
Sie traten in eine Eingangshalle, in der man bequem Karens ganzes Haus hätte unterbringen können, wenn man das stattliche Treppenhaus herausgenommen hätte. Sie hatte keine Gelegenheit, mehr als den Eindruck von satten Far-

ben und Wärme zu gewinnen, denn sie wurden sofort einen breiten Flur entlanggeführt. »Sie sind DI Pirie, nehme ich an«, wandte sich Susan Charleson an sie. »Aber den Namen und Dienstgrad Ihres Kollegen kenne ich nicht.«

»Detective Sergeant Phil Parhatka«, beantwortete er ihre Förmlichkeit so pompös, wie er konnte.

»Gut, jetzt kann ich Sie vorstellen«, erwiderte sie, trat zur Seite und öffnete eine Tür. Sie winkte sie in ein Empfangszimmer hinein, in dem die Kripo bequem ihr Burns' Supper hätte abhalten können, das jedes Jahr zur Erinnerung an den schottischen Nationaldichter veranstaltet wurde. Sie müssten nur einige Möbelstücke an die Wand rücken, um Platz für die Volkstänze zu schaffen, aber trotzdem wäre es nicht allzu eng.

In dem Raum waren drei Personen, aber Karen stellte sich sofort auf die mit der größten charismatischen Ausstrahlung ein. Brodie Grant mochte wohl die siebzig schon überschritten haben, aber er machte trotzdem noch mehr Eindruck als die zwei Frauen rechts und links von ihm. Er stand neben dem gewichtigen behauenen Steinkamin, mit der linken Hand den rechten Ellbogen und mit der rechten lässig eine dünne Zigarre haltend. Sein Gesicht war so ruhig und markant wie auf dem Zeitungsfoto, das sie über Google gefunden hatte. Er trug eine grau-weiße Tweedjacke, deren Fall eher an Kaschmir mit Seide als an Harris- oder Donegal-Tweed denken ließ, einen schwarzen Rollkragenpullover mit dazu passender Hose und Schuhen, die Karen bisher nur an den Füßen reicher Amerikaner gesehen hatte. Sie glaubte, dass es Oxfordschuhe mit Quasten oder etwas Ähnliches waren. Sie sahen aus, als würde eher ein Püppchen im Schottenrock als ein Industriekapitän so etwas tragen. Karen war so damit beschäftigt, sein merk-

würdiges Schuhwerk zu betrachten, dass sie die Vorstellungen fast verpasst hätte.
Aber sie sah gerade noch rechtzeitig auf, um ein schwaches Lächeln um Lady Grants Mund zucken zu sehen, die ein elegantes grün-rosa meliertes Kostüm mit einem klassischen Samtkragen trug, der für Karen immer ein Zeichen für Geld und Klasse war. Aber ihr Lächeln kam ihr seltsam verschwörerisch vor.
Susan Charleson stellte die andere Frau vor. »Das ist Annabel Richmond, eine freie Journalistin.« Karen wurde vorsichtig und nickte nur bestätigend. Was in aller Welt hatte eine Journalistin hier zu suchen? Wenn sie eines ganz bestimmt über Brodie Grant wusste, dann war es, dass er den Medien gegenüber so allergisch war, dass er jetzt jeden Moment einen anaphylaktischen Schock bekommen müsste.
Brodie Grant trat vor und wies mit der Zigarre auf ein so weit vom Kamin entferntes Sofa, dass sie dort, wo sie Platz nehmen sollten, gerade noch in Hörweite eines Megaphons wären. Karen setzte sich vorn auf die Kante, denn ihr war klar, dass diese Art von Sitzfläche sie praktisch verschlucken und ihr dann nur noch die Möglichkeit eines unbeholfenen Abgangs lassen würde. »Miss Richmond ist auf meinen Wunsch aus zwei Gründen hier«, erklärte Grant. »Zum ersten komme ich gleich. Der andere ist ihre Rolle als Kontaktperson zwischen den Medien und der Familie. Ich werde keine Pressekonferenzen halten oder sentimentale Erklärungen im Fernsehen abgeben. Sie ist also Ihre erste Ansprechpartnerin, wenn Sie etwas suchen, das Sie den Raubtieren zum Fraß vorwerfen können.«
Karen neigte den Kopf. »Das ist Ihr gutes Recht«, sagte sie und versuchte so zu klingen, als mache sie ihm aus reiner Herzensgüte ein Zugeständnis. Alles war ihr recht, um die

Kontrolle wiederzuerlangen. »Ich habe von Mr. Lees gehört, dass Sie vermuten, es seien neue Beweismittel zur Entführung Ihrer Tochter und Ihres Enkels aufgetaucht?«

»Es sind allerdings neue Beweise. Daran besteht kein Zweifel. Susan?« Er sah sie erwartungsvoll an. Klug genug, um die Wünsche ihres Chefs vorauszuahnen, eilte die Assistentin schon mit einem Stück Sperrholz in einer Plastikhülle auf sie zu. Als sie näher herankam, drehte sie es zu Karen und Phil um.

Karen empfand eine leise Enttäuschung. »Das ist nicht das erste Mal, dass wir so etwas sehen«, bemerkte sie, während sie den Schwarzweißdruck des Puppenspielers und seiner unheimlichen Marionetten studierte. »Ich bin in der Akte auf drei oder vier Beispiele gestoßen.«

»Eigentlich fünf«, nahm Grant ihren Einwand auf. »Aber keines wie das hier. Die anderen wurden ausgesondert, weil sie von den Originalen abwichen. Die Reproduktionen, die DCI Lawson damals an die Medien verteilte, waren leicht abgeändert, damit wir eventuelle Trittbrettfahrer ausschließen konnten. Alle Drucke, die seitdem aufgetaucht sind, waren Kopien der veränderten Versionen.«

»Und dieser ist anders?«, wollte Karen wissen.

Grant nickte zustimmend. »Ganz genau, Inspector. Er ist in jeder Hinsicht identisch. Ich bin mir darüber im Klaren, dass die Belohnung, die ich geboten habe, manche Leute in Versuchung führt. Ich habe meine eigene Kopie des Originals aufbewahrt, damit ich alles, was mir gebracht würde, direkt vergleichen konnte. Wie zum Beispiel dies hier.« Er lächelte matt. »Nicht dass ich eine Kopie gebraucht hätte. Ich werde niemals auch nur ein einziges Detail vergessen. Als ich das Poster zum ersten Mal erblickte, brannte es sich in mein Gedächtnis ein.«

Samstag, 19. Januar 1985

Mary Grant goss ihrem Mann eine zweite Tasse Kaffee ein, bevor er merkte, dass er die erste schon geleert hatte. Sie tat das schon so viele Jahre, dass es ihn immer wieder überraschte, wie oft er seine Tasse nachfüllen lassen musste, wenn er in Hotels übernachtete. Er blätterte die Seite seiner Zeitung um und knurrte: »Endlich mal gute Nachrichten. Lord Wolfenden hat die irdische Verstrickung abgestreift.«

Auf Marys Gesicht erschien eher müde Resignation als ein Schock. »Es ist schrecklich, so etwas zu sagen, Brodie.«

Ohne den Blick zu heben, sagte er: »Der Mann hat die Welt noch schlimmer gemacht, Mary. Deshalb tut es mir nicht leid, dass er fort ist.«

Die vielen Ehejahre hatten Mary Grant die Streitlust zum größten Teil ausgetrieben. Aber selbst wenn sie die Absicht gehabt hätte, etwas zu erwidern, hätte sie keine Gelegenheit dazu gehabt. Zur Überraschung des Ehepaars Grant flog ohne vorheriges Anklopfen die Tür des Frühstücksraums auf, und Susan Charleson kam praktisch hereingestürzt. Brodie ließ die Zeitung auf sein Rührei fallen und bemerkte ihre geröteten Wangen und ihren keuchenden Atem.

»Entschuldigung«, stammelte sie. »Aber Sie müssen das sehen.« Sie streckte ihm einen großen braunen Briefumschlag entgegen. Es standen sein Name und seine Adresse darauf, darüber und darunter die Worte »Privat« und »Vertraulich« mit einem dicken Filzstift geschrieben.

»Was gibt es, um Gottes willen, das nicht bis nach dem Frühstück warten kann?«, murrte er, steckte zwei Finger in den Umschlag und sah darin ein Stück dickes, viermal zusammengefaltetes Papier.

»Das hier«, sagte Susan und zeigte auf den Umschlag. »Ich habe es wieder in den Umschlag geschoben, weil ich nicht wollte, dass andere es sehen.«

Mit einem ungeduldigen Brummen zog Grant das Papier heraus und faltete es auseinander. Es sah aus wie ein Ankündigungsposter für ein makabres Puppenspiel. In schlichtem Schwarz und Weiß beugte sich ein Puppenspieler über die Bühne und führte eine Gruppe von Marionetten, unter ihnen ein Skelett und eine Ziege. Es erinnerte ihn an die Art von Drucken, die er einmal in einer Fernsehsendung über die von Hitler gehasste Kunst gesehen hatte. Während er noch daran dachte, fiel sein Blick auf den unteren Teil des Posters. Wo man Angaben zur Vorstellung des Puppenspiels erwartet hätte, war eine ganz andere Botschaft zu lesen.

Der raffgierige und ausbeuterische Kapitalismus muss bestraft werden. Wir haben Ihre Tochter und Ihren Enkel in unserer Gewalt. Tun Sie, was wir Ihnen befehlen, wenn Sie sie wiedersehen wollen. Keine Polizei. Gehen Sie einfach Ihren Geschäften nach wie immer. Wir beobachten Sie. Wir werden uns bald wieder bei Ihnen melden.

Anarchistischer Kampfbund Schottlands.

»Ist das etwa ein makabrer Scherz?«, fragte Grant, warf das Poster auf den Tisch und schob seinen Stuhl zurück. Während er aufstand, nahm Mary das Blatt, ließ es dann aber fallen, als hätte sie sich die Finger verbrannt.

»O mein Gott«, flüsterte sie. »Brodie?«

»Es ist ein Trick«, entschied er. »Irgendein kranker Bastard versucht, uns ein bisschen einzuschüchtern.«

»Nein«, widersprach Susan. »Es geht um mehr.« Sie hob den Umschlag auf, der zu Boden gefallen war, und ließ ein Polaroidfoto herausgleiten. Schweigend reichte sie es Grant.

Er sah seine einzige Tochter, auf einem Stuhl festgebunden. Ihr Mund war mit einem Stück Paketband verklebt, ihr Haar zerzaust, verschmierter Schmutz oder ein blauer Fleck auf ihrer linken Wange. Eine Hand in einem Handschuh hielt zwischen ihr und der Kamera die Titelseite der gestrigen *Daily Record* hoch, so dass kein Zweifel bestehen konnte. Grant spürte, wie seine Beine nachgaben, und fiel auf seinen Stuhl zurück, seine Lider flatterten, während er versuchte, wieder die Gewalt über sich zurückzugewinnen. Mary griff nach dem Foto, aber er schüttelte den Kopf und hielt es fest an seine Brust gepresst. »Nein«, sagte er. »Nein, Mary.«

Nach einem langen Schweigen fragte Susan: »Was soll ich tun?«

Grant konnte nichts sagen. Er wusste nicht, was er dachte, fühlte oder sagen wollte. Es war eine Erfahrung, die ihm so fremd und so unwahrscheinlich vorkam wie der Genuss von Drogen. Er hatte immer die Kontrolle über sich und seine nächste Umgebung gehabt. Machtlos zu sein war etwas, das schon so lange nicht mehr vorgekommen war, dass er vergessen hatte, wie man damit umging.

»Soll ich den Polizeipräsidenten anrufen?«, erkundigte sich Susan.

»Darin steht, wir sollen das nicht tun«, zögerte Mary. »Wir können für Catriona und Adam kein Risiko eingehen.«

»Zum Teufel damit«, widersprach Grant, aber nur in einer matten Version seiner normalen Stimme. »Ich lasse mich nicht von einem Haufen Anarchisten herumschubsen.« Er zwang sich, aufrecht zu stehen, besiegte mit purer Willenskraft die Angst, die ihn von innen heraus bereits auffraß. »Susan, rufen Sie den Polizeipräsidenten an. Erklären Sie die Situation. Sagen Sie ihm, ich will den besten Beamten, den er hat, der aber nicht wie ein Polizist aussieht. Ich will ihn in einer Stunde im Büro sehen. Und jetzt gehe ich ins Büro. Und arbeite wie sonst auch, falls sie uns wirklich beobachten.«

»Brodie, wie kannst du nur?« Mary sah bleich und angegriffen aus. »Wir müssen tun, was sie uns sagen.«

»Nein, das müssen wir nicht. Es muss nur so aussehen, als täten wir das.« Seine Stimme war jetzt fester. Dass er sich wenigstens auf den Beginn eines Plans festgelegt hatte, gab ihm die Kraft, sich zu fangen. Er konnte mit der Angst umgehen, wenn er sich vormachte, er tue etwas für die Lösung der Situation. »Susan, fangen Sie an, alles in Bewegung zu setzen.« Er ging zu Mary hinüber und tätschelte ihr die Schulter. »Es wird alles gut, Mary. Ich verspreche es dir.« Wenn er ihr nicht ins Gesicht blickte, musste er sich nicht mit ihrer Angst oder ihrem Schrecken auseinandersetzen. Er hatte genug Sorgen ohne diese zusätzliche Belastung.

Dysart, Fife

Andere Männer wären vielleicht beim Warten auf die Polizei nervös auf und ab gegangen. Brodie Grant aber war nie jemand gewesen, der seine Energie mit sinnloser Bewegung verschwendete. Er saß auf seinem Bürostuhl, vom Schreibtisch weggedreht, so dass er die spektakuläre Aussicht über den Firth of Forth nach Berwick Law, Edinburgh und den Pentlands vor sich hatte. Er starrte über das mit Schaum besetzte graue Wasser hinaus und befahl seinen Gedanken, jede unnötige Zeitverschwendung zu vermeiden, sobald die Polizei da wäre. Er hasste Vergeudung in jeder Form, auch wenn es um etwas ging, das leicht ersetzt werden konnte.

Susan, die ihm zur gewohnten Zeit an ihren Arbeitsplatz gefolgt war, trat durch die Tür, die ihr Büro von seinem trennte. »Die Polizei ist hier«, sagte sie. »Soll ich sie hereinführen?«

Grant drehte sich auf seinem Stuhl um. »Ja. Und dann lassen Sie uns allein.« Er bemerkte die Überraschung auf ihrem Gesicht. Sie war daran gewöhnt, in alle seine Geheimnisse eingeweiht zu sein und mehr zu wissen, als Mary je wissen wollte. Aber diesmal sollte der Kreis der Eingeweihten so klein wie möglich gehalten werden. Selbst Susan war eine Person zu viel.

Sie führte zwei Männer in den Arbeitsanzügen von Malern herein und schloss dann demonstrativ die Tür hinter sich. Grant war erfreut über den Trick. »Danke, dass Sie so schnell gekommen sind. Und so unauffällig«, stellte er fest und betrachtete die beiden. Sie sahen zu jung für eine so gewichtige Aufgabe aus. Der Ältere, hager und dunkel, war wahrscheinlich nicht weit über dreißig, der andere, mit hellem Haar und gerötetem Gesicht, Ende zwanzig.

Der Dunkelhaarige sprach zuerst. Zu Grants Überraschung griff er gleich bei der Vorstellung seine eigenen Vorbehalte auf. »Ich bin Detective Inspector James Lawson«, erklärte er. »Und das ist Detective Constable Rennie. Wir sind persönlich vom Polizeipräsidenten unterrichtet worden. Ich weiß, Sie denken wahrscheinlich, ich sei etwas zu jung, um eine solche Operation zu leiten, aber ich wurde gerade wegen meiner Erfahrung ausgewählt. Letztes Jahr wurde die Frau eines Spielers der East-Fife-Mannschaft entführt. Es gelang uns, die Sache zu lösen, ohne dass es Verletzte gab.«

»Ich erinnere mich nicht, etwas davon gehört zu haben«, erwiderte Grant.

»Wir haben es geschafft, dass nichts an die Öffentlichkeit drang«, antwortete Lawson, und ein stolzes Lächeln huschte kurz über sein Gesicht.

»Gab es keinen Prozess? Wie konnten Sie das aus den Zeitungen fernhalten?«

Lawson zuckte mit den Schultern. »Der Entführer hat sich schuldig bekannt. Es war alles schon vorbei, bevor die Presse überhaupt Wind davon bekam. Wir sind hier in Fife ziemlich gut im Umgang mit Informationen.« Noch einmal ein kurzes Lächeln. »Sie sehen also, Sir, ich bin der Mann mit der entsprechenden Erfahrung.«

Grant warf ihm einen langen, prüfenden Blick zu. »Ich freue mich, das zu hören.« Er nahm eine Pinzette aus seiner Schublade und zog damit vorsichtig das leere Blatt Papier zur Seite, das er auf das Poster mit der Lösegeldforderung gelegt hatte. »Das ist heute früh mit der Post gekommen. Zusammen mit diesem …« Vorsichtig hob er das Polaroidfoto an den Ecken hoch und drehte es um.

Lawson beugte sich vor und studierte beide eingehend. »Und Sie sind sicher, dass das Ihre Tochter ist?«

Zum ersten Mal geriet Grants Selbstbeherrschung etwas ins Wanken. »Meinen Sie etwa, ich erkenne meine eigene Tochter nicht?«

»Nein, Sir. Aber fürs Protokoll muss ich festhalten, dass Sie ganz sicher sind.«

»Ich bin sicher.«

»In diesem Fall gibt es kaum noch Zweifel«, erklärte Lawson. »Wann haben Sie Ihre Tochter zuletzt gesehen oder von ihr gehört?«

Grant machte eine ungeduldige Handbewegung. »Ich weiß es nicht genau. Ich glaube, vor ungefähr zwei Wochen. Sie war mit Adam zu Besuch hier. Ihre Mutter hat bestimmt seitdem mit ihr telefoniert oder sie noch einmal gesehen. Sie wissen ja, wie Frauen sind.« Das Schuldgefühl, das er plötzlich empfand, war kein stechender, sondern ein eher langsam pulsierender Schmerz. Er bedauerte nichts, was er getan oder gesagt hatte; es tat ihm nur leid, dass es zu einem Zerwürfnis zwischen ihm und Cat gekommen war.

»Wir werden mit Ihrer Frau sprechen«, sagte Lawson. »Es wird uns helfen, eine Vorstellung davon zu bekommen, wann es passiert ist.«

»Catriona betreibt ein Geschäft. Vermutlich hätte jemand es bemerkt, wenn die Galerie geschlossen gewesen wäre. Es müssen Hunderte oder Tausende Personen jeden Tag dort vorbeifahren. Sie nahm es mit dem Schild, das ›offen‹ oder ›geschlossen‹ anzeigte, sehr genau.« Wieder das kühle, angespannte Lächeln. »Sie hatte Talent fürs Geschäftliche.« Er zog einen Notizblock heran und schrieb Catrionas Adresse und die Wegbeschreibung zur Galerie auf.

»Natürlich«, meinte Lawson. »Aber ich dachte, die Entführer sollten nicht wissen, dass Sie mit uns Kontakt aufgenommen haben?«

Grant war über seine eigene Dummheit bestürzt. »Tut mir leid. Sie haben recht. Ich kann nicht mehr klar denken. Ich …«

»Das ist meine Aufgabe, nicht Ihre.« Lawsons Stimme klang mitfühlend und freundlich. »Sie können sicher sein, dass wir keine Befragungen durchführen werden, die Verdacht erregen. Wenn wir auf relativ einfache, unauffällige Art und Weise nichts herausfinden können, dann lassen wir die Sache erst mal ruhen. Catrionas und Adams Sicherheit geht vor. Das verspreche ich Ihnen.«

»Ich erwarte, dass Sie dieses Versprechen halten. Also, was ist der nächste Schritt?« Grant hatte sich wieder im Griff, war aber gereizt wegen der Gefühle, die ihn immer wieder aus der Bahn zu werfen drohten.

»Wir werden Ihre Telefonleitung anzapfen und überwachen, falls man Sie auf diese Weise zu kontaktieren versucht. Und Sie werden für mich in Catrionas Wohnung gehen müssen. Denn die Entführer werden das erwarten. Sie müssen also meine Augen in ihrem Haus sein. Alles, was nicht an Ort und Stelle oder ungewöhnlich ist, müssen Sie notieren. Sie werden eine Aktentasche oder so etwas Ähnliches mitnehmen müssen, denn wenn zum Beispiel zwei Tassen auf dem Tisch stehen, könnten Sie sie für uns heraustragen. Wir werden auch etwas von Catriona brauchen, damit wir ihre Fingerabdrücke nehmen können. Eine Haarbürste wäre ideal, dann haben wir auch gleich ihr Haar.« Lawson klang eifrig.

Grant schüttelte den Kopf. »Sie werden meine Frau bitten müssen, das zu tun. Ich bin kein sehr guter Beobachter.« Er hatte nicht die Absicht, zuzugeben, dass er die Wohnung nur einmal betreten hatte, und auch da nur zögernd. »Sie wird froh sein, etwas zu tun zu haben. Sich nützlich zu machen.«

»Gut, wir werden uns darum kümmern.« Lawson tippte mit einem Stift auf das Poster. »Oberflächlich betrachtet sieht es eher nach einer politischen Tat als nach einem persönlichen Motiv aus. Und wir werden beim Geheimdienst anfragen, ob es eine Gruppe gibt, die über die Mittel und die Entschlossenheit verfügt, so etwas durchzuführen. Aber ich muss Sie trotzdem fragen ... Hatten Sie Auseinandersetzungen mit irgendeiner speziellen Interessengruppe? Mit einer Organisation, bei der es vielleicht ein paar Hitzköpfe gibt, die dies für eine gute Idee halten könnten?«

Grant hatte sich schon die gleiche Frage gestellt, während er auf die Polizei wartete. »Das Einzige, was mir einfällt, ist ein Problem, das wir vor ungefähr einem Jahr mit einer dieser ›Rettet die Wale‹-Organisationen hatten. Wir hatten ein Bauprojekt im Black-Isle-Gebiet, von dem die Aktivisten behaupteten, dass es den Lebensraum irgendwelcher Delphine in der Moray-Förde nachteilig beeinflussen würde. Natürlich alles Unsinn. Sie versuchten, unseren Bautrupp zu stoppen, die übliche Nummer, legten sich vor die Baumaschinen. Einer von ihnen wurde verletzt. Seine eigene Schuld, dass er so dumm war, was auch die Behörden so sahen. Aber das war alles. Sie gaben auf, und wir machten mit der Bauarbeit weiter. Und den Delphinen geht's übrigens prächtig.«

Lawson wurde bei Grants Auskunft sichtlich munterer. »Trotzdem werden wir uns darum kümmern müssen«, meinte er.

»Ms Charleson hat alle Unterlagen. Sie kann Ihnen sagen, was Sie wissen müssen.«

»Danke. Ich muss Sie auch fragen, ob Ihnen irgendjemand einfällt, der einen persönlichen Groll gegen Sie hegt. Oder gegen jemanden in Ihrer Familie.«

Grant schüttelte den Kopf. »Ich bin alles in allem vielen auf den Schlips getreten. Aber mir fällt nichts ein, das jemanden provoziert haben könnte, so etwas zu tun. Sicher geht es doch um Geld und nicht um Gehässigkeit? Jedermann weiß, dass ich einer der reichsten Männer Schottlands bin. Es ist kein Geheimnis. Meiner Meinung nach liegt hier das offensichtliche Motiv. Irgendein Bastard will sich mein hartverdientes Geld unter den Nagel reißen. Und er glaubt, auf diese Art und Weise lässt sich das machen.«

»Das ist möglich«, pflichtete Lawson bei.

»Mehr als das. Es ist das wahrscheinlichste Szenario. Aber er wird auf keinen Fall damit durchkommen. Ich will meine Familie wiederhaben und will sie wiedersehen, ohne diesen Dreckskerlen auch nur einen Zentimeter entgegenzukommen.« Grant schlug mit der flachen Hand auf den Schreibtisch. Die beiden Polizisten fuhren bei dem plötzlichen Knall zusammen.

»Deshalb sind wir hier«, besänftigte Lawson. »Wir werden alles in unserer Macht Stehende tun, um zu erreichen, was Sie sich wünschen.«

Damals war Grants Vertrauen noch intakt. »Das erwarte ich auch«, sagte er.

Freitag, 29. Juni 2007,
Rotheswell Castle

Als Karen sich Grants Bericht über jenen ersten Morgen anhörte, an dem sich seine Welt verändert hatte, fiel ihr vor allem auf, dass alle annahmen, es gehe bei der Sache nur um Brodie Grant. Niemand schien in Betracht zu ziehen, dass die Person, die hier bestraft wurde, nicht Grant selbst war, sondern seine Tochter. »Hatte Catriona Feinde?«

Grant sah sie ungeduldig und missbilligend an. »Catriona? Wieso hätte sie Feinde haben sollen? Sie war eine alleinerziehende Mutter und Glaskünstlerin. Sie lebte kein Leben, das zu persönlichen Feindseligkeiten hätte führen können.« Er seufzte und presste die Lippen aufeinander.

Karen sagte sich, dass sie sich von seiner Haltung nicht einschüchtern lassen solle. »Tut mir leid. Ich habe mich nicht klar genug ausgedrückt. Ich hätte fragen sollen, ob Sie von jemandem wussten, den sie verärgert hatte.«

Zufrieden nickte ihr Grant kurz zu, als hätte sie einen Test bestanden, von dem sie nichts geahnt hatte. »Der Vater des Kindes. Er war allerdings verärgert. Aber ich dachte eigentlich nie, dass er das Zeug dazu hätte, und Ihre Kollegen konnten keinerlei Beweise finden, die ihn mit dem Verbrechen in Verbindung brachten.«

»Sprechen Sie von Fergus Sinclair?«, fragte Karen.

»Von wem denn sonst? Ich dachte, Sie hätten sich zu den Hintergründen des Falls kundig gemacht?«, wollte Grant wissen.

Karen begannen langsam alle leidzutun, die sich mit Brodie Grants Gereiztheit abfinden mussten. Denn sie hatte den Verdacht, dass diese nicht nur gegen sie gerichtet war. »Sinclair wird in der Akte nur einmal als Adams mutmaßlicher Vater erwähnt«, erklärte sie, »in den Notizen zu einem Gespräch mit Lady Grant.«

Grant schnaubte. »Mutmaßlich? Natürlich war er der Vater des Jungen. Sie hatten sich jahrelang immer wieder gesehen. Aber was meinen Sie damit, dass Sinclair nur einmal erwähnt worden sein soll? Es muss ausführlicher sein. Sie sind nach Österreich gefahren, um ihn zu befragen.«

»Österreich?«

»Er arbeitete da unten. Er ist ausgebildeter Gutsverwalter, war seitdem in Frankreich und der Schweiz angestellt, ging aber vor ungefähr vier Jahren nach Österreich zurück. Susan kann Ihnen alle Details geben.«

»Sie haben ihn im Auge behalten?« Das war nicht überraschend, dachte Karen.

»Nein, Inspector. Ich sagte Ihnen ja, ich glaubte nie, dass Sinclair den Grips hat, so eine Sache durchzuziehen. Warum sollte ich ihn dann im Auge behalten? Der einzige Grund, weshalb ich weiß, wo Sinclair lebt, ist sein Vater, der immer noch mein Oberverwalter ist.« Grant schüttelte den Kopf. »Ich kann nicht glauben, dass das alles nicht in der Akte steht.«

Karen fand das auch, wollte es aber nicht zugeben. »Und soweit Sie wissen, gab es sonst niemanden, den Catriona verärgert hatte?«

Grants Gesicht wirkte so winterkalt wie sein graues Haar. »Nur mich, Inspector. Hören Sie, es ergibt sich doch aus dem Fundort des neuen Beweises ganz deutlich, dass dies alles nichts mit Cat persönlich zu tun hatte. Es geht offenbar um etwas Politisches. Und das heißt also darum, wofür ich stehe, nicht darum, wem Cat das Herz gebrochen hat.«

»Wo ist das Poster aufgetaucht?«, erkundigte sich Phil.

Karen war für die Unterbrechung dankbar. Er verstand es gut, einzugreifen und Gespräche in eine ergiebigere Richtung zu lenken, wenn sie in Gefahr war, sich festzufahren. »In einem halbverfallenen Bauernhaus in der Toskana. Anscheinend hatten Hausbesetzer dort gelebt.« Er wies mit ausgestrecktem Arm auf die Journalistin. »Das ist der andere Grund, weshalb Miss Richmond hier ist. Sie hat es gefunden. Zweifellos werden Sie mit ihr sprechen wollen.« Er zeigte auf das Poster. »Und Sie werden auch das mitnehmen wollen. Ich nehme an, dass es Untersuchungen gibt, die Sie machen müssen. Und, Inspector …?«

Karen kam angesichts seiner Selbstherrlichkeit gerade erst wieder zu Atem. »Ja?«

»Ich will morgen früh nichts darüber in der Zeitung lesen.« Er starrte sie an, als wolle er sie zu einer Antwort herausfordern.

Karen hielt sich für einen Moment zurück und versuchte, eine Entgegnung zu finden, die alles enthielt, was sie sagen wollte, aber nichts, was missdeutet werden könnte. Grants Gesichtsausdruck veränderte sich daraufhin. »Was immer wir an die Medien herausgeben und zu welchem Zeitpunkt, wird aufgrund operativer Überlegungen entschieden«, erwiderte sie schließlich. »Die Entscheidung wird von mir und, wo erforderlich, von meinen Vorgesetzten gefällt. Ich verstehe vollkommen, wie schmerzlich dies alles für Sie ist. Aber es tut mir leid, Sir, wir müssen unsere Entscheidungen danach treffen, was uns die wahrscheinlich bestmöglichen Resultate verspricht. Sie mögen dem nicht immer zustimmen, aber ich fürchte, Sie werden kein Veto einlegen können.« Sie erwartete eine Explosion, aber es kam keine. Sie nahm an, er würde diese für die Makrone oder dessen Chefs aufsparen.

Stattdessen nickte Grant Karen freundlich zu. »Ich setze mein Vertrauen in Sie, Inspector. Ich verlange nur, dass Sie mit Miss Richmond vorher Kontakt aufnehmen, so dass wir gegen den Mob gewappnet sind.« Er fuhr sich mit einer gutgeübten Geste durch sein dichtes silbernes Haar. »Ich habe große Hoffnung, dass die Polizei diesmal die Wahrheit herausfinden wird. Mit Hilfe all der forensischen Fortschritte dürften Sie gegenüber Inspector Lawson einen Vorsprung haben.« Er wandte sich ab, was offenbar heißen sollte, dass sie entlassen waren.

»Ich werde wohl noch weitere Fragen an Sie haben«, sagte Karen entschlossen, um ihm nicht die Kontrolle über das Treffen zu überlassen. »Wenn Catriona keine Feinde hatte, könnten Ihnen vielleicht stattdessen die Namen einiger ihrer Freunde einfallen, die uns eventuell helfen könnten. Sergeant Parhatka wird Ihnen mitteilen, wann ich wieder mit Ihnen sprechen möchte. Inzwischen … Miss Richmond?«

Die Frau neigte lächelnd den Kopf. »Ich stehe Ihnen zur Verfügung, Inspector.«

Wenigstens hatte *eine* Person hier eine vage Ahnung davon, wie die Dinge laufen sollten. »Ich möchte Sie gern heute Nachmittag in meinem Büro sprechen. Sagen wir, um vier Uhr?«

»Was spricht dagegen, Miss Richmond hier zu befragen? Und jetzt gleich?«, wollte Grant wissen.

»Dies ist meine Ermittlung«, erwiderte Karen. »Ich führe meine Befragungen dort durch, wo es mir passt. Und ich möchte wegen anderer Untersuchungen, an denen wir arbeiten, heute Nachmittag in meinem Büro sein. Also, wenn Sie uns entschuldigen würden?« Sie stand auf und bemerkte den vorsichtig amüsierten Ausdruck bei Lady Grant und zugeknöpftes Missfallen bei Susan Charleson. Grant selbst stand noch immer unbeweglich wie eine Statue da.

»Schon gut, Susan, ich werde die Herrschaften hinausbegleiten«, erbot sich Lady Grant, sprang auf und schritt auf die Tür zu, bevor die andere Frau ihre Fassung wiedergewonnen hatte.

Als sie ihr den Flur entlang folgten, sagte Karen: »Diese Sache ist bestimmt nicht leicht für Sie.«

Lady Grant drehte sich halb um und ging mit der Sicherheit dessen, der jeden Zentimeter des Territoriums kennt, rückwärts weiter. »Warum vermuten Sie das?«

»Zuzusehen, wie Ihr Mann eine so schreckliche Zeit noch einmal durchlebt. Ich würde nicht gern zuschauen, wie jemand, den ich mag, dies durchmacht.«

Lady Grant schien verwundert. »Er lebt jeden Tag damit, Inspector. Er macht vielleicht nicht den Eindruck, aber er denkt viel daran. Manchmal ertappe ich ihn dabei, wie er unseren Sohn Alec anschaut, und weiß, dass er darüber nachdenkt, wie es mit Adam hätte sein können. Und über das, was er verloren hat. Etwas Neues zu haben, auf das er sich konzentrieren kann, ist für ihn fast eine Erleichterung.« Sie drehte sich auf den Zehen um und wandte ihnen wieder den Rücken zu. Während sie ihr folgten, sah Karen Phil an und war überrascht von dem Zorn in seinem Blick.

»Aber trotzdem wäre es doch nur menschlich, wenn Sie ein bisschen hoffen würden, dass wir Adam nicht lebend und wohlauf wiederfinden«, bemerkte Phil, wobei der leichte Tonfall nicht zu seinem düsteren Gesichtsausdruck passte.

Lady Grant blieb abrupt stehen, wirbelte mit zusammengezogenen Augenbrauen herum, und vom Hals stieg ihr die Röte ins Gesicht. »Was zum Teufel meinen Sie damit?«

»Ich glaube, Sie wissen genau, was ich meine, Lady Grant.

Wenn wir Adam finden, ist Ihr Sohn Alec plötzlich nicht mehr Brodies Alleinerbe«, antwortete Phil. Man brauchte Mut, dachte Karen, bei der Ermittlung die Rolle des Blitzableiters zu übernehmen.

Einen Moment schien es, als wolle Lady Grant ihn ohrfeigen. Karen sah, wie sich ihre Brust in dem Bemühen um Gefasstheit hob und senkte. Endlich zwang sie sich wieder zu der vertrauten Pose der Höflichkeit. »Sie betrachten die Sache eigentlich genau von der falschen Seite«, entgegnete sie knapp und schnippisch. »Brodies absolute Entschlossenheit, das Schicksal seines Enkels aufzuklären, lässt mich Alecs Zukunft mit Zuversicht entgegensehen. Ein Mann mit einer so starken Verpflichtung gegenüber seinem eigenen Fleisch und Blut wird unseren Sohn niemals im Stich lassen. Ob Sie es glauben oder nicht, Sergeant, Brodies Suche nach der Wahrheit gibt mir Hoffnung und macht mir keine Angst.« Sie drehte sich auf dem Absatz um und marschierte zur Haustür, die sie für die beiden Polizisten demonstrativ offen hielt.

Als die Tür sich hinter ihnen geschlossen hatte, forderte Karen: »Mensch, Phil, sag mir jetzt mal, was du wirklich denkst. Wie bist du darauf gekommen?«

»Tut mir leid.« Er öffnete ihr die Beifahrertür, eine kleine Höflichkeit, zu der er sich selten aufraffte. »Ich hatte einfach genug von diesem Miss-Marple-Spiel. All dieser Mist vom Mord im Landhaus. Blutleer und gesittet. Ich wollte nur sehen, ob sich eine ehrliche Reaktion herauskitzeln ließe.«

Karen grinste. »Ich glaube, man kann mit Sicherheit sagen, dass dir das gelungen ist. Ich hoffe nur, dass wir nicht unter den Nachwirkungen begraben werden.«

Phil lachte. »Du bist ja auch nicht übel, wenn es darum

geht, sich knallhart zu geben. ›Dies ist meine Ermittlung‹«, äffte er sie, jedoch nicht lieblos, nach.

Sie setzte sich im Wagen zurecht. »Na ja, gut. Die Illusion, das Heft in der Hand zu behalten. Ganz nett, solange es anhält.«

Die Schönheiten des Nottinghamer Arboretums waren nicht nur eingeschränkt, sondern vielmehr in dem starken Regenguss gar nicht zu erkennen, als DC Mark Hall fast blind hinter Femi Otitoju auf dem Pfad zum chinesischen Glockenturm hertrabte. Endlich hatte sie Gefühle gezeigt, aber nicht gerade die, die Mark sich erhofft hatte.

Logan Laidlaw war sogar noch weniger erfreut gewesen als Ferguson und Fraser, sie zu sehen. Er hatte sich nicht nur geweigert, sie überhaupt in die Wohnung zu lassen, sondern ihnen auch gesagt, er hätte nicht die Absicht, noch einmal zu wiederholen, was er schon Mick Prentice' Tochter gesagt hatte. »Das Leben ist zu verdammt kurz, um meine Kraft zu verschwenden und das Zeug zweimal durchzukauen«, hatte er gesagt und ihnen dann die Tür vor der Nase zugeschlagen.

Otitoju war tiefrot wie eingelegte rote Bete angelaufen, hatte schwer durch die Nase geschnauft und die Hände zu Fäusten geballt. Und sie hatte doch tatsächlich den Fuß zurückgezogen, als wolle sie der Tür einen Tritt versetzen. Ziemlich heftig, wenn man bedachte, wie schmächtig sie war. Mark hatte ihr die Hand auf den Arm gelegt. »Lass, Femi. Er hat das Recht dazu. Er muss nicht mit uns reden.«

Otitoju hatte sich umgedreht, ihr ganzer Körper war verkrampft vor Wut.

»Das dürfte nicht erlaubt sein«, knurrte sie. »Sie sollten verpflichtet sein, mit uns zu sprechen. Es sollte verboten sein, dass Leute sich weigern, unsere Fragen zu beantworten. Das sollte als strafbare Handlung gelten.«

»Er ist Zeuge, kein Krimineller«, erinnerte sie Mark, von ihrer Heftigkeit erschreckt. »Das hat man uns bei der Einarbeitung gesagt. Die Polizeiarbeit beruht auf Zustimmung, nicht auf Zwang.«

»Aber es ist nicht richtig«, beharrte Otitoju und stürmte zum Wagen zurück. »Sie erwarten, dass wir Fälle lösen, geben uns aber nicht das Handwerkszeug dazu. Für wen hält er sich eigentlich?«

»Er ist jemand, der sich seine Meinung über die Polizei 1984 gebildet hat. Hast du nie die Zeitungsberichte von damals gesehen? Berittene Polizisten gingen wie Kosaken auf die Streikposten los. Wenn wir unsere Schlagstöcke so einsetzten, hätten wir eine Anklage am Hals. Es war nicht unsere beste Stunde. Es ist also nicht wirklich überraschend, dass Mr. Laidlaw keine Lust hat, mit uns zu reden.«

Sie schüttelte den Kopf. »Ich frage mich nur, was er zu verbergen hat.«

Die Fahrt durch die Stadt von Iain Macleans Haus zum Arboretum hatte auch nicht gerade dazu beigetragen, ihre Stimmung zu heben. Mark holte sie ein. »Überlass mir das, okay?«, bat er.

»Meinst du etwa, ich kann keine Befragung durchführen?«

»Nein, das meine ich nicht. Aber ich kenne Bergarbeiter gut genug, um zu wissen, dass sie ein ziemlicher Macho-Verein sind. Du hast ja bei Ferguson und Fraser gesehen, wie wenig begeistert sie waren, dass du Fragen gestellt hast.«

Otitoju blieb abrupt stehen, legte den Kopf in den Nacken und ließ den Regen wie kalte Tränen über ihr Gesicht laufen. Dann richtete sie sich auf und seufzte: »Gut. Dann beugen wir uns eben ihren Vorurteilen. Red du mit ihnen.« Dann ging sie weiter, diesmal in einem gemesseneren Tempo.

Sie erreichten den chinesischen Glockenturm und fanden

dort zwei Männer mittleren Alters in den Arbeitsanzügen der städtischen Betriebe, die sich wegen des Platzregens untergestellt hatten. Dünne Säulen stützten das elegante Dach, das aber wenig Schutz gegen den auf Windböen hereindringenden Regen bot, allerdings war es besser, als völlig ungeschützt im Freien zu stehen. »Ich suche Iain Maclean«, erklärte Mark und schaute vom einen zum anderen.

»Das bin ich«, sagte der kleinere der beiden mit hellblauen, glänzenden Augen im gebräunten Gesicht. »Und wer sind Sie?«

Mark stellte sie beide vor. »Gibt es hier irgend'n Lokal, wo man eine Tasse Tee trinken könnte?«

Die beiden Männer schauten sich an. »Wir sollen eigentlich die Rabatten in Ordnung bringen, aber wir wollten gerade aufgeben und in die Gärtnerei zurückgehen«, räumte Maclean ein. »Hier ist kein Café, aber Sie könnten mit zu uns kommen, und wir könnten dort Tee oder Kaffee machen.«

Zehn Minuten später saßen sie zusammengedrängt in der hinteren Ecke eines großen Gewächshaustunnels, abseits von den anderen Gärtnern, deren neugierige Blicke bald nachließen, als ihnen klar wurde, dass sich hier nichts Aufregendes tat. Der Geruch nach Erde hing schwer in der Luft und erinnerte Mark an die Hütte im Schrebergarten seines Großvaters. Iain Maclean legte seine großen Hände um den Teebecher und wartete, bis sie sprachen. Er hatte weder Überraschung über ihr Kommen gezeigt noch gefragt, warum sie da seien. Mark vermutete, dass Fraser und Ferguson ihn vorgewarnt hatten.

»Wir wollten mit Ihnen über Mick Prentice sprechen« begann er.

»Was ist mit Mick? Ich habe ihn nicht gesehen, seit wir in den Süden runtergekommen sind«, erklärte Maclean.

»Und sonst hat ihn auch niemand gesehen«, sagte Mark. »Alle nahmen an, dass er mit Ihnen in den Süden gegangen war, aber heute haben wir etwas anderes erfahren.«

Maclean kratzte die silbrigen Stoppeln seines sauberen Bürstenschnitts. »Ja. Ich hatte das von den Leuten in Newton gehört. Es zeigt nur, wie leicht sie bereit sind, das Schlimmste anzunehmen. Es war doch unmöglich, dass Mick sich uns anschließen würde. Ich verstehe nicht, wie irgendjemand, der ihn kannte, das glauben konnte.«

»Sie haben ihnen nicht widersprochen?«

»Was sollte das bringen? Ihrer Ansicht nach bin ich ein dreckiger Streikbrecher. Nichts, was ich zur Verteidigung von irgendjemand zu sagen habe, würde in Newton geglaubt werden.«

»Um fair zu sein, es geht nicht nur um vorschnelle Schlüsse. Seine Frau bekam, seit er wegging, hin und wieder Geld geschickt. Mit Poststempel von Nottingham. Das ist einer der Hauptgründe, weshalb alle dachten, er hätte das Undenkbare getan.«

»Ich kann es nicht erklären. Aber ich sage Ihnen: Mick Prentice konnte genauso wenig Streikbrecher werden wie zum Mond fliegen.«

»Alle sagen uns das immer wieder«, sagte Mark. »Aber wenn die Menschen verzweifelt sind, tun sie Dinge, die nicht zu ihnen zu passen scheinen. Und nach allem, was man hört, war Mick Prentice verzweifelt.«

»Aber nicht so verzweifelt.«

»Sie selbst haben's doch getan.«

Maclean starrte in seinen Kaffee. »Ich hab's getan. Und ich hab mich in meinem ganzen Leben nie so geschämt. Aber meine Frau war mit unserem dritten Kind schwanger. Ich wusste, es ging einfach nicht, bei diesem Leben noch ein

Kind durchzufüttern. Also tat ich das, was ich getan habe. Ich habe es vorher mit Mick besprochen.« Er warf Mark einen schnellen Blick zu. »Wir waren Freunde, er und ich. Wir sind zusammen in die Schule gegangen. Ich wollte ihm erklären, warum ich es tun wollte.« Er seufzte. »Er sagte, er könnte verstehen, warum ich entschlossen war zu gehen. Dass er auch aussteigen wollte. Aber Streikbrechen, das war nichts für ihn. Ich weiß nicht, wohin er gegangen ist, aber ich wusste mit Sicherheit, dass er nicht in eine andere Zeche ging.«

»Wann haben Sie erfahren, dass er verschwunden war?«

Er verzog das Gesicht beim Nachdenken. »Schwer zu sagen. Ich glaube, es war vielleicht, als meine Frau zu mir runterkam. Das heißt also, etwa im Februar. Aber es könnte auch später gewesen sein. Meine Frau hat noch Verwandte in Wemyss. Wir gehen nicht da hin. Wir wären dort nicht willkommen. Die Leute haben ein gutes Gedächtnis, wissen Sie? Aber wir halten den Kontakt, und manchmal kommen sie uns besuchen.« Der Anflug eines schwachen Lächelns huschte über sein Gesicht. »Der Neffe meiner Frau studiert hier unten an der Universität. Er hat fast das zweite Jahr abgeschlossen. Dann und wann kommt er zum Essen vorbei. Doch, ja, ich hab gehört, dass Mick vermisst wurde, aber ich kann nicht mit Bestimmtheit sagen, wann ich's erfahren habe.«

»Wo, meinen Sie, ist er hingegangen? Was ist Ihrer Meinung nach passiert?« In seinem Eifer vergaß Mark die Grundregel, nur eine Frage auf einmal zu stellen. Maclean beachtete alle beide nicht.

»Wieso sind Sie plötzlich so interessiert an Mick?«, wollte er wissen. »Niemand hat in all den Jahren nach ihm gesucht. Was macht die Sache jetzt so wichtig?«

Mark erklärte, warum Misha Gibson ihren Vater endlich als vermisst gemeldet hatte. Maclean rutschte verlegen auf seinem Stuhl hin und her, und sein Kaffee schwappte ihm über die Finger. »Das ist ja furchtbar. Ich erinnere mich noch an Misha selbst als kleines Mädchen. Ich wünschte, ich könnte helfen. Aber ich weiß nicht, wohin er gegangen ist«, erklärte er. »Wie gesagt, ich hab nicht die Spur von ihm gesehen, seit ich aus Newton weg bin.«

»Haben Sie von ihm gehört?«, mischte sich Otitoju ein.

Maclean sah sie kurz scharf an. Sein wettergegerbtes Gesicht wirkte so ungerührt wie Mount Rushmore. »Kommen Sie mir bloß nicht zu schlau, mein Täubchen. Nein, ich habe nichts von ihm gehört. Soweit ich weiß, könnte Mick Prentice an dem Tag, als ich hier runtergekommen bin, vom Planeten gefallen sein. Und genau das hatte ich erwartet.«

Mark wollte die Verbindung wiederherstellen und versuchte, zustimmend zu klingen. »Das kann ich verstehen«, begann er. »Aber was, glauben Sie, ist mit Mick passiert? Sie waren sein Freund. Wenn irgendjemand eine Antwort geben kann, dann wären Sie es.«

Maclean schüttelte den Kopf. »Ich weiß es wirklich nicht.«

»Und wenn Sie eine Vermutung wagen sollten?«

Wieder kratzte er sich am Kopf. »Ich sag Ihnen was. Ich nahm an, er und Andy wären miteinander weggegangen. Ich dachte, sie hätten beide die Schnauze voll gehabt, wären abgehauen und hätten woanders von vorn angefangen. Ein ganz neuer Anfang und so weiter.«

Mark erinnerte sich an den Namen von Prentice' Freund aus den Unterlagen über den Fall. Aber es war dort nicht erwähnt worden, dass sie vielleicht Newton zusammen verlassen hätten. »Wohin wären sie wohl gegangen? Wie konnten sie einfach verschwinden, ohne eine Spur zu hinterlassen?«

Maclean tippte seitlich an seine Nase. »Andy war Kommunist, wissen Sie. Und damals war die Zeit, als Lech Wałesa und Solidarność in Polen groß herauskamen. Ich hab immer gedacht, dass die zwei dorthin abgehauen sind. Es gibt jede Menge Zechen in Polen, und es wäre einem nicht wie Streikbrechen vorgekommen. Auf keinen Fall.«

»Polen?« Mark kam sich vor, als hätte er einen Intensivkurs in politischer Geschichte des zwanzigsten Jahrhunderts nötig.

»Sie haben versucht, den totalitären Kommunismus umzustürzen«, erklärte Otitoju knapp. »Um ihn durch eine Art Arbeitersozialismus zu ersetzen.«

Maclean nickte. »Das wäre genau Andys Sache gewesen. Ich hab vermutet, dass er Mick überredet hat, mit ihm zu gehen. Das würde erklären, wieso niemand etwas von ihnen gehört hat. Sie steckten als Bergleute hinter dem Eisernen Vorhang fest.«

»Ist aber schon eine Weile eingemottet, der Eiserne Vorhang«, meinte Mark.

»Ja, aber wer weiß, was für ein Leben sie sich da drüben aufgebaut haben? Könnte sein, dass er verheiratet ist und Kinder hat, er könnte die Vergangenheit einfach hinter sich gelassen haben. Wenn Mick eine neue Familie hätte, würde er nicht wollen, dass die alte aus der Versenkung auftaucht, oder?«

Plötzlich hatte Mark einen dieser hellsichtigen Momente, in denen er zwischen den Bäumen tatsächlich den Wald sah. »Sie waren es, der das Geld geschickt hat, oder? Sie haben Scheine in ein Kuvert gesteckt und es Jenny Prentice zukommen lassen, weil Sie dachten, Mick würde ihr aus Polen kein Geld schicken.«

Maclean schien gegen die lichtdurchlässige Plastikwand zurückzuzucken. Sein Gesicht verzog sich so sehr, dass man kaum noch seine hellen blauen Augen sehen konnte. »Ich wollte nur helfen. Seit ich hier runterkam, geht's mir gut. Jenny hat mir immer leidgetan. Es kam mir vor, als hätte sie alles Pech abbekommen, weil Mick nicht den Mut hatte, zu seinen Überzeugungen zu stehen.«

Es schien seltsam, es so auszudrücken, dachte Mark. Er hätte es dabei belassen können; es war schließlich nicht sein Fall, und er brauchte den Ärger nicht unbedingt, der ihm aus einem vorher nicht weiterverfolgten Gedanken entstehen konnte. Aber andererseits wollte er seine zeitweilige Versetzung so gut wie möglich nutzen. Er wollte die Stelle als Durchläufer zu einer permanenten Überstellung zur Kripo ausbauen. Noch etwas tiefer zu bohren gehörte also auf jeden Fall zu seinem Plan. »Gibt es da noch etwas, das Sie uns verschweigen, Iain?«, fragte er. »Hatte Mick irgendeinen anderen Grund, ohne ein Wort zu verschwinden?«

Maclean trank seinen Kaffee aus und stellte den Becher ab. Er presste seine von einem ganzen Leben harter körperlicher Arbeit außergewöhnlich großen Hände gegeneinander und ließ wieder locker. Er sah aus wie jemand, dem das, was in seinem Kopf vorging, nicht wohltat. Er holte tief Luft und sagte: »Ich nehme an, es ist jetzt egal. Man kann von jemand nicht verlangen, übers Grab hinaus zu bezahlen.«

Otitoju wollte Macleans Schweigen gerade unterbrechen, als Mark sie warnend am Arm fasste. Sie hielt inne, ihr Mund presste sich zu einer dünnen Linie zusammen, und sie warteten.

Schließlich begann Maclean zu sprechen. »Ich hab das noch nie jemand erzählt. Aber zu schweigen hat ja nichts gebracht. Sie müssen verstehen, dass Mick ein großer Anhänger der Gewerkschaft war. Und Andy war natürlich Vollzeit-Gewerkschaftsfunktionär. Er stand auf gutem Fuß mit den anderen und war mit den Spitzenleuten vertraut. Ich hab keinen Zweifel, dass Andy Mick vieles erzählt hatte, was er ihm vielleicht nicht hätte sagen sollen.« Er lächelte schwach. »Er wollte bei Mick immer Eindruck machen, sein bester Freund sein. Wir waren in der Schule alle in der gleichen Klasse gewesen. Wir drei sind oft zusammen losgezogen. Aber Sie wissen ja, wie es mit Dreiergruppen ist. Es gibt immer einen Anführer, die anderen beiden versuchen, sich gut mit ihm zu stellen, und wollen sich gegenseitig verdrängen. So war's auch mit uns. Mick in der Mitte, der immer versuchte, den Frieden zu retten. Er konnte das auch gut, war einfallsreich und fand immer Wege, wie er uns beide bei guter Laune halten konnte. Nie ließ er einen von uns die Oberhand gewinnen. Oder jedenfalls nicht für längere Zeit.«

Mark sah, dass Maclean sich entspannte, als er sich an die relative Ungezwungenheit dieser frühen Jahre erinnerte. »Ich weiß genau, was Sie meinen«, erklärte er leise.

»Wir blieben jedenfalls alle Freunde. Ich und meine Frau gingen mit Mick und Jenny aus. Er und Andy spielten Fußball zusammen. Wie gesagt, er konnte gut Dinge finden, die uns beiden das Gefühl gaben, dass wir ein bisschen etwas Besonderes waren. Zwei Wochen bevor ich hier runterkam, verbrachten wir einen Tag miteinander. Wir gingen zum Hafen von Dysart hinüber. Er stellte seine Staffelei auf und malte, und ich angelte. Ich sagte ihm, was ich vorhatte, und er versuchte, es mir auszureden. Aber ich merkte, dass er nicht richtig bei der Sache war. Deshalb fragte ich ihn, was ihn denn bedrückte.« Er hielt wieder inne, und seine starken Finger rieben sich aneinander.

»Und was war es?«, hakte Mark nach und beugte sich vor, damit Otitoju mit ihrer pingeligen Ausstrahlung aus dem Kreis der Männerrunde ausgeschlossen war.

»Er sagte, dass einer der Gewerkschaftsfunktionäre in die Kasse gegriffen hätte.« Hier sah er Mark direkt in die Augen. Er konnte den schrecklichen Verrat spüren, der sich hinter Macleans Worten versteckte. »Wir waren alle pleite und hatten kaum etwas zu essen, und einer der Kerle, die eigentlich auf unserer Seite waren, stopfte sich die eigenen Taschen voll. Es klingt jetzt vielleicht nicht nach einer großen Sache. Aber damals hat es mich bis ins Mark erschüttert.«

Donnerstag, 29. November 1984,
Dysart

Eine Makrele zog an seiner Angel, aber Iain Maclean beachtete sie nicht.

»Du machst Witze, verdammt noch mal«, sagte er. »Niemand würde so was machen.«

Mick Prentice zuckte mit den Schultern und sah kein einziges Mal von dem auf seiner Staffelei festgesteckten Zeichenpapier auf. »Du brauchst mir nicht zu glauben. Aber ich weiß, was ich weiß.«

»Du musst etwas missverstanden haben. Kein Gewerkschaftsfunktionär würde uns bestehlen. Nicht hier und nicht jetzt.« Maclean sah aus, als würde er gleich in Tränen ausbrechen.

»Hör zu, ich erzähl dir, was ich weiß.« Mick fuhr mit seinem Pinsel über das Papier und tupfte einen verschwommenen Fleck an den Horizont. »Ich war letzten Dienstag im Büro. Andy hatte mich gebeten, zu kommen und ihm beim Bearbeiten der Anfragen nach Unterstützung zu helfen. Ich ging also die eingegangenen Briefe durch. Ich sag dir, es würde dir das Herz brechen, zu lesen, was die Leute alles durchmachen.« Er wusch seinen Pinsel aus und mischte einen graugrünen Farbton auf seiner Palette im Taschenformat. »Ich seh mir also diese Sachen in dem kleinen Kabuff neben dem Hauptbüro an, und draußen ist ein Funktionär. Jedenfalls kam eine Frau aus Lundin Links herein. Im Tweedkostüm und mit so einer blöden Mohairmütze. Du kennst ja diese Sorte – die gute Fee, die sich um die Bauern kümmert. Sie sagte, sie wäre bei einem Frühstück im Golfclub gewesen, wo sie zweihundertundzweiunddreißig Pfund gesammelt hätten, um den armen Familien der streikenden Bergarbeiter zu helfen.«

»Schön für die Familien«, meinte Maclean. »Besser, es geht an uns als an die verdammte Thatcher-Clique.«

»Genau. Also dankt er ihr, und sie geht. Ich habe nicht wirklich gesehen, wo das Geld geblieben ist, kann dir aber sagen, im Safe ist es nicht gelandet.«

»Ach, komm, Mick. Das beweist doch nichts. Dein Mann könnte es vielleicht direkt zum Bezirksbüro gebracht haben. Oder zur Bank.«

»Ja, bestimmt.« Mick stieß ein bitteres Lachen aus. »Als ob wir heutzutage noch Geld zur Bank brächten, wo sie hinter uns her sind und es beschlagnahmen würden.«

»Trotzdem«, beharrte Maclean und fühlte sich irgendwie gekränkt.

»Pass mal auf, wenn das alles wäre, würd es mich nicht beunruhigen. Aber da ist noch mehr. Eine von Andys Aufgaben ist es, über das durch Spenden und Ähnliches hereinkommende Geld Buch zu führen. All dieses Geld soll ans Bezirksbüro abgegeben werden. Ich weiß nicht, was danach damit passiert, ob es als Almosen zu uns zurückkommt oder am Hof von König Arthur landet und auf irgendeinem verdammten Schweizer Konto auf die hohe Kante gelegt wird. Aber alle, die irgendwelches Geld sammeln, müssen Andy das mitteilen, und er schreibt es in einem kleinen Buch auf.«

Maclean nickte. »Ich erinnere mich, dass ich ihm sagen musste, wie viel wir eingenommen hatten, als wir im Sommer die Straßensammlungen gemacht haben.«

Mick machte eine kurze Pause und starrte auf die Linie, wo das Meer aufs Land traf. »Ich war neulich abends bei Andy. Das Büchlein lag auf dem Tisch. Als er aufs Klo ging, hab ich mal kurz reingeschaut. Und die Spende von Lundin Links war nicht drin.«

Maclean zog so rasch an seiner Angelschnur, dass er den Fisch verlor. »Scheiße«, fluchte er und rollte sie wütend auf. »Vielleicht war Andy etwas hinten dran mit dem Aufschreiben.«

»Ich wünschte, es wäre so einfach. Aber das ist es nicht. Die letzten Eintragungen hat Andy vier Tage nach Übergabe des Geldes gemacht.«

Maclean warf die Angelrute auf die Steinplatten zu seinen Füßen. Er spürte, wie ihm stechende Tränen in die Augen traten. »Das ist eine verdammte Schweinerei. Und du erwartest, dass ich Schuldgefühle habe, weil ich nach Nottingham gehen will? Zumindest gibt es dort ehrliche Arbeit für ehrliche Bezahlung, und es ist kein Diebstahl. Ich kann's nicht fassen.«

»Ich konnte es auch nicht glauben. Aber wie kann man es sich sonst erklären?« Mick schüttelte den Kopf. »Und so ein Kerl bekommt noch Lohn.«

»Wer ist es?«

»Ich sollte es dir nicht sagen. Nicht bis ich entschieden habe, was ich machen werde.«

»Es ist doch klar, was du tun musst. Du musst es Andy erzählen. Wenn es eine harmlose Erklärung gibt, wird er wissen, welche.«

»Ich kann's Andy nicht sagen«, widersprach Mick. »Herrgott noch mal, am liebsten würd ich manchmal aus diesem ganzen beschissenen Schlamassel aussteigen. Einen Schlussstrich ziehen und irgendwo anders noch einmal von vorn anfangen.« Er schüttelte den Kopf. »Ich kann's Andy nicht erzählen, Iain. Er hat sowieso schon Depressionen. Wenn ich ihm das sage, könnte es ihm den Rest geben.«

»Dann wende dich eben an jemand anders. Jemand vom Bezirksbüro. Du musst den Scheißkerl überführen. Wer ist es? Sag es mir. In zwei Wochen bin ich doch fort. Wem sollte ich's schon weitersagen?« Maclean verspürte den brennenden Wunsch, es zu erfahren. Diese Sache war ein weiterer Grund, der helfen konnte, ihn zu überzeugen, dass er richtig handelte. »Sag es mir, Mick.«

Der Wind blies Mick die Haare in die Augen und ersparte ihm den Anblick von Macleans Verzweiflung. Aber das Bedürfnis, seine Last zu teilen, war doch zu stark, um es ignorieren zu können. Er strich das Haar zurück und sah seinem Freund in die Augen. »Ben Reekie.«

Freitag, 29. Juni 2007,
Glenrothes

Karen musste zugeben, dass sie beeindruckt war. Das Team in Nottingham hatte nicht nur tolle Arbeit geleistet, sondern PC Femi Otitoju hatte auch ihren Bericht in Rekordzeit fertiggestellt und per E-Mail geschickt. Karen dachte allerdings, an ihrer Stelle hätte sie wahrscheinlich das Gleiche getan. Bei der Qualität der Information, die sie und ihr Partner gewinnen konnten, wäre jeder, der für eine gewisse Zeit als Durchläufer bei der Kripo war, verzweifelt bemüht gewesen, das Beste daraus zu machen.

Und hier gab es ja wirklich etwas, aus dem man etwas machen konnte. PC Otitoju und ihr Partner hatten herausgefunden, wer die Sache dadurch noch verworrener gemacht hatte, dass er Geld von Nottingham an Jenny Prentice schickte. Und entscheidend war, dass von ihr auch die erste mögliche Antwort auf die Frage gekommen war, wem es recht gewesen wäre, Mick Prentice von hinten zu sehen. Die Wogen der Erregung schlugen damals schon hoch, und die Gewerkschaft wurde an vielen Orten immer unbeliebter. Gewalt war schon so oft ausgebrochen, dass man die Vorfälle nicht mehr hatte zählen können, und nicht immer ging es um Zusammenstöße von Polizei und Streikenden. Das Feuer, mit dem Mick Prentice gespielt hatte, hatte ihn vielleicht verschlungen. Wenn er Ben Reekie mit dem konfrontiert hatte, was er wusste; wenn Ben Reekie dessen schuldig war, was er ihm anlastete; und wenn Andy Kerr wegen seiner Verbindung zu den beiden anderen in die Sache mit hineingezogen worden war, war das ein Motiv, beide Männer, die dann zur gleichen Zeit verschwanden, loswerden zu wollen. Vielleicht hatte Angie Kerr in Bezug auf ihren Bruder recht gehabt. Vielleicht hatte er sich gar nicht umgebracht. Vielleicht waren Mick Prentice und Andy Kerr beide Opfer eines Mörders oder mehrerer Mörder, die unter allen Umständen den Ruf eines betrügerischen Gewerkschaftsfunktionärs schützen wollten.

Karen schauderte. »Zu viel Phantasie«, sagte sie laut zu sich selbst.

»Was ist?« Phil hob den Blick vom Bildschirm und betrachtete sie stirnrunzelnd.

»Tut mir leid. Hab mir gerade selbst einen Rüffel wegen melodramatischer Übertreibung verpasst. Aber ich kann dir sagen, wenn diese Femi Otitoju irgendwann mal lieber in den Norden wollte, würd ich sie so schnell gegen den Minzdrops eintauschen, dass ihm die Tränen kämen.«

»Das heißt aber nicht viel«, meinte Phil. »Übrigens, was machst du eigentlich hier? Solltest du nicht im Moment mit der reizenden Miss Richmond sprechen?«

»Sie hat eine Nachricht hinterlassen.« Karen sah auf ihre Uhr. »Sie wird bald hier sein.«

»Wodurch wurde sie aufgehalten?«

»Anscheinend musste sie dringend mit dem Rechtsanwalt irgendeiner Zeitung über einen Artikel sprechen, den sie geschrieben hat.«

Phil schnalzte mit der Zunge. »Typisch Brodie Grant. Die halten uns doch immer noch für die dienende Klasse. Vielleicht solltest du sie warten lassen.«

»Ich hab keinen Bock, mich auf blöde Spielchen einzulassen. Hier, sieh dir das mal an. Den Absatz, den ich markiert habe.« Sie reichte Phil Otitojus Bericht hinüber und wartete, bis er ihn gelesen hatte. Sobald er den Blick von der Seite hob, sagte sie: »Mick Prentice ist also gut zwölf Stunden, nachdem er das Haus verließ, noch gesehen worden. Und es klingt, als wäre er völlig außer sich gewesen.«

»Merkwürdig. Wenn er weggehen wollte, warum hing er dann abends zu dieser Zeit noch dort herum? Wo war er gewesen? Wohin wollte er? Worauf wartete er?« Phil kratzte sich am Kinn. »Leuchtet mir nicht ein.«

»Mir auch nicht. Aber wir werden versuchen müssen, den Grund herauszufinden. Ich werd's auf meine Liste setzen«, seufzte sie. »Irgendwo unter ›ausführlich mit der italienischen Polizei sprechen‹.«

»Ich dachte, du hättest schon mit ihnen geredet?«

Sie nickte. »Mit einem Beamten in ihrer Zentrale in Siena, ein Typ namens di Stefano, mit dem Pete Spinks vom Kinderschutz vor zwei Jahren zu tun hatte. Er spricht ziemlich gut Englisch, braucht aber mehr Information.«

»Du wirst es also auf Montag verschieben müssen?«

Karen nickte. »Ja. Er sagte, Freitag nach zwei Uhr könne ich niemanden mehr in ihren Büros erwarten.«

»Kein schlechter Job, wenn man ihn bekommen kann«, meinte Phil. »Apropos, hättest du Lust auf 'n kurzen Drink, wenn du mit der reizenden Annabel Richmond gesprochen hast? Ich muss zu meinem Bruder zum Abendessen, aber ich habe Zeit für ein Bier.«

Karen war unentschlossen. Die Aussicht, mit Phil etwas trinken zu gehen, war immer verlockend, aber wegen ihrer häufigen Abwesenheit vom Büro war die Schreibtischarbeit zu lange liegengeblieben. Und morgen konnte sie es nicht nachholen, weil sie zu den Höhlen fahren würden. Sie spielte mit dem Gedanken, auf einen schnellen Drink zu unterbrechen und dann wieder ins Büro zurückzukehren. Aber sie kannte sich selbst gut genug, um zu wissen, dass sie eine Ausrede finden würde, um nicht zu dem Papierkram zurückzumüssen, wenn sie den Schreibtisch erst einmal hinter sich gelassen hatte. »Tut mir leid«, seufzte sie. »Ich muss hier mal Klarschiff machen.«

»Dann vielleicht morgen? Wir könnten uns einen Lunch im Laird o'Wemyss gönnen.«

Karen lachte. »Hast du im Lotto gewonnen? Weißt du, was die für Preise haben?«

Phil zwinkerte. »Ich weiß zufällig, dass sie am letzten Samstagmittag eines jeden Monats ein besonderes Angebot haben. Und das wäre morgen.«

»Und ich dachte, ich wäre hier die Detektivin. Okay, abgemacht.« Karen konzentrierte sich wieder auf ihre Notizen und stellte sicher, dass sie genau wusste, was sie Annabel Richmond fragen wollte.

Fünf Minuten vor der vereinbarten Zeit klingelte Karens Telefon. Die Journalistin war im Gebäude. Karen bat einen Kollegen in Uniform, Richmond zu dem Befragungsraum zu führen, in dem sie Misha Gibson getroffen hatte. Dann nahm sie ihre Unterlagen und ging hinunter. Sie trat ein und fand ihre Zeugin an das Fensterbrett gelehnt, von wo sie zu den dünnen Wolkenfetzen am Himmel hinaufsah. »Danke, dass Sie gekommen sind, Miss Richmond«, sagte Karen.

Sie drehte sich mit einem offenen, echten Lächeln um. »Sagen Sie doch bitte Bel zu mir«, erwiderte sie. »Ich sollte Ihnen danken, dass Sie so entgegenkommend sind. Ich weiß Ihre Flexibilität zu schätzen.« Sie ging zum Tisch hinüber, setzte sich, verschränkte die Finger ineinander und schien gelassen. »Ich hoffe, ich verursache Ihnen keine Überstunden.«

Karen fragte sich, wann sie an einem Freitag das letzte Mal um fünf zu Hause gewesen war, und fand darauf keine Antwort. »Schön wär's«, entgegnete sie.

Bels warmherziges Lachen klang verschwörerisch. »Wem sagen Sie das! Ich vermute, Ihre Arbeitssituation ist meiner erschreckend ähnlich. Ich muss Ihnen übrigens gestehen, dass ich beeindruckt bin.«

Karen wusste, dass dies ein Trick war, ließ sich aber trotzdem ködern. »Wovon beeindruckt?«

»Von Brodie Grants Einfluss. Ich hatte mir nicht vorgestellt, dass ich es mit der Frau zu tun bekommen würde, die Jimmy Lawson hinter Gitter gebracht hat.«

Karen spürte vom Hals her Röte ins Gesicht aufsteigen, wusste, dass es fleckig und hässlich aussehen würde, und hätte am liebsten irgendeinem Möbelstück einen Tritt versetzt. »Darüber spreche ich nicht«, erklärte sie.

Wieder dieses sanfte, gefällige Lachen. »Ich kann mir vorstellen, dass es kein beliebtes Thema zwischen Ihnen und Ihren Kollegen ist. Da sie wissen, dass Sie in der Lage waren, Ihren Chef als dreifachen Mörder zu überführen, glauben sie bestimmt, sie müssten sich vorsehen.«

Sie stellte es fast so dar, als hätte Karen Lawson etwas angehängt. In Wirklichkeit aber waren – sobald sie sich getraut hatte, das Undenkbare zu denken – die Beweise da und mussten nur zusammengefügt werden. Vergewaltigung und Ermordung einer Fünfundzwanzigjährigen, zwei weitere Morde, um das frühere Fehlverhalten zu vertuschen. Lawson nicht zu überführen wäre Täuschung gewesen. Sie war versucht, Bel Richmond genau das zu sagen. Aber Karen wusste, dass diese Antwort ein Gespräch in Gang setzen und sie auf Wege führen würde, die sie nicht wieder betreten wollte. »Wie gesagt, ich spreche nicht darüber.«

Bel neigte den Kopf zur Seite und setzte ein Lächeln auf, das Karen reumütig, aber doch selbstbewusst vorkam. Keine Niederlage, sondern ein Aufschub. Karen lächelte in sich

hinein, denn sie wusste, dass die Journalistin sich in dieser Beziehung täuschte.
»Wie wollen Sie also vorgehen, Inspector Pirie?«, erkundigte sich Bel.
Karen weigerte sich stur, sich von Bels Charme verführen zu lassen, und behielt ihren offiziellen Tonfall bei. »Was ich von Ihnen benötige, ist Folgendes: Sie müssen mir als Augen und Ohren dienen und mir Schritt für Schritt schildern, was geschehen ist. Wie und wo Sie das Poster gefunden haben. Die ganze Geschichte. Alle Einzelheiten, an die Sie sich erinnern können.«
»Es fing mit meinem Morgenlauf an«, begann Bel. Karen hörte aufmerksam zu, als sie ihre Entdeckungsgeschichte noch einmal erzählte. Sie machte sich Notizen und schrieb sich Fragen auf, die sie danach stellen wollte. Bel schien bei ihrem Bericht freimütig und umfassend, und Karen hütete sich, den Redefluss einer hilfsbereiten Zeugin zu unterbrechen, die so richtig in Fahrt war. Das Einzige, was sie von sich gab, waren gemurmelte Ermutigungen.
Schließlich kam Bel ans Ende ihrer Geschichte. »Ehrlich gesagt, bin ich überrascht, dass Sie das Poster gleich erkannt haben«, sagte Karen. »Ich bin nicht sicher, ob ich es hätte einordnen können.«
Bel zuckte mit den Schultern. »Ich bin Journalistin, Inspector. Die Sache war damals eine Riesenstory. Ich hatte gerade das Alter erreicht, in dem ich dachte, ich würde gern Journalistin werden. Ich hatte angefangen, mich ernsthaft mit Zeitungen und Nachrichtenmeldungen zu beschäftigen. Intensiver als der Durchschnittsleser. Ich glaube, dieses Bild drang tief bis in die hintersten Winkel meines Gehirns vor.«
»Ich verstehe, wie das geschehen konnte. Aber da Sie die

große Bedeutung des Posters verstanden, überrascht es mich, dass Sie uns nicht direkt informiert haben, statt zu Sir Broderick zu gehen.« Karen ließ diesen unterschwelligen Vorwurf zwischen ihnen stehen.

Bels Antwort erfolgte prompt. »Eigentlich aus zwei Gründen. Erstens hatte ich keine Ahnung, wen ich anrufen sollte. Ich dachte, wenn ich einfach auf die Polizeistation in meinem Viertel ginge, würde die Sache vielleicht nicht ernst genug genommen. Und zweitens wollte ich auf keinen Fall, dass die Polizei ihre Zeit damit verschwendete. Soweit ich es beurteilen konnte, hätte es sich ja auch um eine üble Kopie handeln können, schätzte aber, dass Sir Broderick und seine Leute sofort erkennen würden, ob das etwas war, das man ernst nehmen sollte.«

Clevere Antwort, dachte Karen. Sie hatte zwar nicht erwartet, dass Bel Richmond zugab, an der beträchtlichen Belohnung interessiert zu sein, die Brodie Grant immer noch anbot; oder an der Aussicht auf einen exklusiven Zugang zu der ultimativen Quelle. »Schön«, meinte sie. »Sie sagen also, Sie hätten den Eindruck gehabt, dass wer immer dort gewohnt hatte, das Haus in aller Eile verließ. Und Sie erzählten von etwas wie einem Blutfleck in der Küche. Schien Ihnen zwischen den beiden Dingen eine Verbindung zu bestehen?«

Es herrschte einen Moment Schweigen, dann antwortete Bel: »Ich weiß nicht recht, wie ich das hätte beurteilen können.«

»Wenn der Fleck auf dem Boden alt oder es kein Blut war, sondern irgendwie zum Raum gehörte. Wenn Stühle darauf standen, so etwas zum Beispiel.«

»Ach so, richtig. Ja, daran hatte ich in diesem Sinn nicht gedacht. Nein, ich glaube nicht, dass er einfach Teil der

Kulisse war. Daneben lag ein umgeworfener Stuhl.« Sie sprach langsam und versuchte offensichtlich, sich die Szene ins Gedächtnis zu rufen. »An einer Stelle sah es so aus, als hätte jemand versucht, den Fleck zu entfernen, dann aber begriffen, dass es nichts bringen würde. Der Boden ist aus Steinplatten, nicht aus glatten Fliesen. Das Blut ist also in die Oberfläche eingesickert.«

»Gab es noch andere Poster oder bedrucktes Material dort?«

»Nicht dass ich welches gesehen hätte. Aber ich habe das Haus nicht durchsucht. Ehrlich gesagt, das Poster hat mich so erschreckt, dass ich nur schnell wegwollte.« Sie lachte kurz auf. »Ich bin nicht gerade das leuchtende Beispiel einer unerschrockenen Enthüllungsjournalistin, was?«

Karen hatte keine Lust, ihrem Ego zu schmeicheln. »Das Poster hat Sie erschreckt? Und das Blut nicht?«

Wieder eine Denkpause. »Wissen Sie, was? Das ist mir bis jetzt noch gar nicht aufgegangen. Sie haben recht, es war tatsächlich das Poster, nicht das Blut. Ich weiß wirklich nicht, warum.«

Samstag, 30. Juni 2007,
East Wemyss

Die Ufermauer war erneuert worden, seit Karen das letzte Mal East Wemyss besucht hatte. Sie war absichtlich früher gekommen, damit sie noch einen Spaziergang durch den unteren Teil des Dorfes machen konnte. In ihrer Kindheit waren sie manchmal am Küstenvorland zwischen hier und Buckhaven spazieren gegangen. Sie erinnerte sich an den heruntergekommenen, nutzlosen Überrest eines verwahrlosten und verlassenen Ortes. Jetzt war er auf Vordermann gebracht und gepflegt, alte Häuser, kürzlich mit weißem oder sandsteinrotem Rauhputz verschönert, sahen neu und frisch wie aus der Verpackung genommen aus. Die nicht mehr als Gotteshaus genutzte Kirche St. Mary's by the Sea war vor dem Verfall gerettet und in ein privates Heim umgewandelt worden. Dank der EU war eine Ufermauer aus massiven Steinblöcken gebaut worden, um das Wasser des Firth of Forth in Schach zu halten. Sie ging an den Back Dykes entlang und versuchte, sich zu orientieren. Das Waldstück hinter dem Pfarrhaus war verschwunden, und an seiner Stelle standen neue Häuser. Genauso verhielt es sich mit den alten Fabrikgebäuden. Auch der Horizont war verändert, weil das Fördergestell und die Abraumhalde nicht mehr da waren. Wenn sie nicht gewusst hätte, dass es der gleiche Ort war, hätte sie ihn nur schwer wiedererkannt.

Aber sie musste zugeben, dass es eine Verbesserung war. Wenn man über die alten Zeiten sprach, wurde man leicht sentimental und vergaß die entsetzlichen Bedingungen, unter denen so viele Menschen zu leben gezwungen waren.

Außerdem waren sie in wirtschaftlicher Hinsicht Sklaven, die wegen ihrer Armut keine andere Wahl hatten, als in den Läden vor Ort einzukaufen. Selbst in der Kooperative, die ja angeblich zum Wohl ihrer Mitglieder betrieben wurde, waren die Preise hoch im Vergleich zu den Läden in der Einkaufsstraße von Kirkcaldy. Das Leben war hart gewesen, und der Zusammenhalt der Gemeinde bot die einzige wirkliche Entschädigung. Der Verlust dieses kleinen Vorteils musste für Jenny Prentice ein harter Schlag gewesen sein.

Karen kehrte in Richtung Parkplatz zurück und sah entlang der Küste zu der geriffelten Klippe aus rotem Sandstein hinüber, die den Anfang einer Reihe tiefer Höhlen am Fuß des Felsens markierte. In ihrer Erinnerung waren sie weiter weg vom Dorf gewesen, aber jetzt stieß eine Häuserreihe direkt an den äußeren Rand von Court Cave. Und es gab Hinweistafeln für Touristen über die fünftausendjährige Geschichte der Höhlen und ihrer Nutzer. Die Pikten hatten in ihnen gelebt. Von den Schotten waren sie als Schmieden und Glashütten genutzt worden. An der hinteren Wand von Doo Cave gab es Dutzende von Taubenschlägen. Im Lauf der Zeit hatten die Höhlen den Anwohnern für so verschiedene Zwecke wie geheime politische Versammlungen, Familienfeste an regnerischen Tagen und romantische Rendezvous gedient. Karen hatte dort nicht ihre Unschuld verloren, kannte aber Mädchen, denen das dort widerfahren war, doch sie dachte deshalb nicht schlechter von ihnen.

Als sie zurückging, sah sie Phils Wagen an der Stelle stoppen, an der die Teerdecke in den Küstenpfad überging. Es war Zeit, eine andere Verbindung zwischen Vergangenheit und Gegenwart zu untersuchen. Als sie den Parkplatz erreicht hatte, war auch ein großer, leicht gebeugt gehender

Mann mit einer glänzenden Glatze zu ihm gestoßen. Er trug die Art Jacke und Hose, die die Mittelklasse glaubt tragen zu müssen, wenn etwas Anstrengenderes als ein Besuch im Pub ansteht. Überall Reißverschlüsse, Taschen und Hightech-Materialien. Von den Leuten, mit denen Karen aufgewachsen war, hatte niemand besondere Kleidung oder Stiefel zum Wandern gehabt. Man ging einfach in seiner Straßenkleidung und zog im Winter vielleicht noch eine Extraschicht Pullover über. Damit schaffte man vor dem Essen trotzdem zwölf bis fünfzehn Kilometer.

Als sie auf die beiden Männer zuging, schüttelte Karen diese Gedanken ab. Manchmal verwirrte es sie, wenn sie sich dabei ertappte, dass sie genau wie ihre Granny dachte. Phil stellte sie dem anderen Mann, Arnold Haigh, vor. »Ich bin seit 1981 Schriftführer des Vereins zur Erhaltung der Höhlen von Wemyss«, erklärte er stolz mit einem Akzent, der irgendwo aus der Gegend ein paar hundert Kilometer südlich von Fife stammte. Er hatte ein langes schmales Gesicht mit einer nicht dazu passenden Stupsnase und im Kontrast zu seiner wettergegerbten Haut unnatürlich weiß leuchtende Zähne.

»Das ist wahre Hingabe«, bemerkte Karen.

»Eigentlich nicht«, lachte Haigh in sich hinein. »Niemand sonst hat den Job je machen wollen. Was genau wollten Sie mit mir besprechen? Ich weiß ja, es geht um Mick Prentice, aber ich habe seit Jahren nicht ein einziges Mal auch nur an ihn gedacht.«

»Können wir uns die Höhlen mal ansehen und beim Gehen weiter darüber sprechen?«, schlug Karen vor.

»Sicher«, meinte Haigh liebenswürdig. »Wir können durch Court Cave und Doo Cave gehen und dann eine Tasse Kaffee im Thane's Cave trinken.«

»Eine Tasse Kaffee?« Phil klang verwirrt. »Es gibt da unten ein Café?«

Haigh lachte wieder leise. »Tut mir leid, Sergeant. So etwas Großartiges haben wir nicht. Thane's Cave wurde nach dem Felssturz von 1985 geschlossen, aber die Gesellschaft hat Schlüssel zur Einzäunung. Wir fanden es richtig, die Tradition zu wahren, dass die Höhlen eine nützliche Funktion haben. Deshalb haben wir in einem sicheren Teil der Höhle einen kleinen Platz für ein Clubhaus eingerichtet. Es ist alles sehr improvisiert, aber uns gefällt es.« Er schritt auf die erste Höhle zu, ohne das gespielte Entsetzen in Phils Blick zu bemerken, den er Karen zuwarf.

Ein Loch im Sandstein, das man Jahre zuvor mit Backsteinen zugemauert hatte, war das erste Zeichen dafür, dass die Klippen nicht gerade stabil waren. Es fehlten einige Backsteine, und dahinter war nur Dunkelheit zu sehen. »Diese Öffnung und der Durchgang dahinter sind von Menschenhand angelegt«, erläuterte Haigh und zeigte auf die Backsteine. »Wie Sie sehen, reicht Court Cave weiter nach vorn als die anderen. Im neunzehnten Jahrhundert stieg das Wasser bei Flut bis zum Höhleneingang und schnitt East Wemyss von Buckhaven ab. Die Mädchen, die die Heringe ausnahmen, konnten bei Flut nicht zwischen den beiden Dörfern hin und her gehen, deshalb wurde ein Gang durch die Westseite der Höhle gegraben, durch den sie sich ohne Gefahr an der Küste entlangbewegen konnten. Wenn Sie mir folgen würden, betreten wir die Höhle jetzt durch den Osteingang.«

Als Karen gesagt hatte ›beim Gehen darüber sprechen‹, hatte sie das eigentlich nicht so gemeint. Aber da sie dies alles in ihrer Freizeit taten, waren sie ausnahmsweise einmal nicht in Eile, und wenn es Haigh beruhigte, konnte sich das zu ihrem Vorteil auswirken. Sie war froh, dass sie Jeans und Turnschuhe trug, und folgte den Männern zur Vorderseite der Höhle und weiter an einem niedrigen Zaun entlang auf einem Pfad nach oben. Nahe bei der Höhle war der Zaun niedergetrampelt, sie kletterten über den verbogenen Draht und bahnten sich einen Weg in die Höhle hinein, wo der festgetretene Erdboden erstaunlich trocken war, wenn man bedachte, wie oft es in den letzten Wochen geregnet hatte. Die Tatsache, dass die Decke von einer Backsteinsäule mit dem Warnzeichen GEFAHR: BETRETEN VERBOTEN! gestützt wurde, war weniger beruhigend.

»Manche Leute glauben, dass die Höhle ihren Namen von König James V. erhalten hat, der sich gern verkleidet unter seine Untertanen mischte«, erzählte Haigh und schaltete eine helle Taschenlampe an, mit der er die Decke anstrahlte. »Man sagt, er hätte sich mit den Zigeunern, die damals hier lebten, vergnügt. Aber ich glaube, es ist wahrscheinlicher, dass hier der Ort war, an dem im Mittelalter die Lehnsgerichte abgehalten wurden.«

Phil streifte eifrig mit der Miene eines Schuljungen beim idealen Klassenausflug umher. »Wie weit geht es hier hinein?«

»Nach etwa zwanzig Metern steigt der Boden bis zur Decke an. Es gab früher einmal einen Durchgang, der drei Meilen ins Land bis nach Kennoway hineinreichte, aber ein Einsturz der Decke blockierte die Öffnung an dieser Seite, und der Eingang bei Kennoway wurde aus Sicherheitsgründen geschlossen. Das bringt einen jedoch ins Grübeln, nicht wahr? Was hatten sie hier vor, dass sie einen Geheimgang nach Kennoway brauchten?« Haigh lachte wieder glucksend. Karen konnte sich schon vorstellen, wie sein kleiner Tick sie bis zum Ende des Gesprächs irritieren würde.

Sie ließ die beiden Männer weiter die Höhle erkunden und ging zurück an die frische Luft. Der Himmel war graugefleckt und kündigte Regen an. Das Meer spiegelte die Farbe des Himmels und fügte noch ein paar eigene Schattierungen hinzu. Sie wandte sich dem üppigen Grün der Sommervegetation und den leuchtenden Farben des Sandsteins zu, die trotz des trüben Wetters hell hervortraten. Bald kam Phil heraus, und hinter ihm folgte Haigh, immer noch redend. Phil warf Karen ein gequältes Lächeln zu, aber sie erwiderte es nur mit einem unbewegten Gesichtsausdruck. Als Nächstes kam Doo Cave und ein Vortrag über die Notwendigkeit der alten Zeit, im Winter Tauben als Lieferanten von frischem Fleisch zu halten. Karen hörte mit halbem Ohr zu, und als Haigh einen Moment innehielt, sagte sie: »Die Farben hier drin sind ganz erstaunlich. Hat Mick auch in den Höhlen gemalt?«

Haigh schien durch diese Frage wie aufgeschreckt. »Ja, das hat er tatsächlich. Manche seiner Aquarelle sind im Informationszentrum der Höhlen ausgestellt. Die verschiedenen Mineralsalze im Felsen sind der Grund für die lebhaften Farben.«

Bevor er sich über dieses Thema verbreiten konnte, stellte Karen ihm noch eine andere Frage: »War er während des Streiks viel hier?«

»Eigentlich nicht. Er hat am Anfang bei den mobilen Streikposten mitgeholfen, glaube ich. Aber wir haben ihn nicht öfter als gewöhnlich gesehen. Während des Herbstes und Winters eher weniger.«

»Hat er gesagt, warum das so war?«

Haigh sah ratlos drein. »Nein. Es ist mir nie eingefallen, ihn danach zu fragen. Wir machen das alle ehrenamtlich und tun so viel, wie wir eben können.«

»Wollen wir jetzt den Kaffee trinken?«, schlug Phil vor, dessen Gewissenskonflikt zwischen Pflicht und Vergnügen für Karen, Gott sei Dank aber nicht für Haigh, offensichtlich war.
»Gute Idee«, stimmte Karen zu, und Haigh führte sie zurück ans Tageslicht. Thane's Cave zu erreichen war anstrengender, weil sie über Felsen und den Beton klettern mussten, der als ein grober Wellenbrecher zwischen dem Meer und dem Fuß der Klippen diente. Karen erinnerte sich, dass der Strand früher tiefer gelegen hatte, das Meer weiter weg gewesen war, und erwähnte es.
Haigh pflichtete ihr bei und erklärte, dass sich im Lauf der Jahre das Küstenniveau zum Teil wegen des Abraums aus den Kohlengruben gehoben hatte. »Ich habe einige ältere Leute im Ort von den goldenen Sandstränden ihrer Kindheit schwärmen hören. Jetzt ist das nur schwer nachzuvollziehen«, sagte er und wies auf das körnige Schwarz der winzigen glatten Kohlestückchen, die in den Ritzen zwischen Felsen und Kieselsteinen saßen.
Sie kamen auf eine halbkreisförmige Grasfläche hinaus. Auf der Klippe über ihnen stand der einzige noch verbliebene Turm des Macduff Castle. Wieder etwas, an das Karen sich aus ihrer Kindheit erinnerte. Um den Turm herum hatten damals noch mehr Ruinen gestanden, aber der Gemeinderat hatte sie vor einigen Jahren aus Sicherheitsgründen abtragen lassen. Sie erinnerte sich, dass ihr Vater sich damals darüber beschwert hatte.
Am Fuß der Klippen waren mehrere Öffnungen. Haigh ging auf ein stabiles Metallgitter zu, das einen schmalen, nur etwas über ein Meter fünfzig hohen Eingang schützte. Er schloss das Vorhängeschloss auf und bat sie zu warten. Dann ging er hinein und verschwand hinter einer Biegung

des schmalen Ganges. Sehr schnell kam er mit drei Helmen zurück. Karen kam sich idiotisch vor, setzte aber einen auf und folgte ihm nach drinnen. Die ersten Meter waren sehr eng, und sie hörte Phil hinter sich fluchen, als er mit dem Ellbogen an die Wand stieß. Aber bald wurde der Gang zu einer weiten Kammer, deren Decke sich in der Dunkelheit verlor.

Haigh griff in eine Nische an der Wand, und plötzlich warfen batteriebetriebene Lampen einen weichen Lichtschein in die Höhle. Ein halbes Dutzend wackeliger Holzstühle gruppierte sich um einen Resopaltisch herum. Auf einem tiefen Felsvorsprung standen etwa einen Meter über dem Boden ein Campingherd, ein halbes Dutzend Flaschen Wasser und Becher. Die Zutaten für Tee und Kaffee warteten in Plastikbehältern. Karen sah sich um und wusste sofort, dass die Stützen des Vereins zur Erhaltung der Höhlen sämtlich Männer sein mussten. »Sehr gemütlich«, bemerkte sie.

»Es soll einen geheimen Gang von dieser Höhle zum Schloss oben gegeben haben«, sagte Haigh. »Die Legende erzählt, dass Macduff auf diese Weise entkam, nachdem er bei seiner Rückkehr seine Frau und Kinder erschlagen und Macbeth im Besitz der Macht vorfand.« Er wies auf die Stühle, »Setzen Sie sich doch, bitte«, und machte sich am Herd und mit dem Kessel zu schaffen. »Warum interessieren Sie sich eigentlich nach so langer Zeit für Mick?«

»Seine Tochter hat ihn jetzt als vermisst gemeldet«, berichtete Phil.

Haigh drehte sich verwundert halb um. »Aber er wird doch nicht vermisst, oder? Ich dachte, er wäre mit ein paar anderen Jungs nach Nottingham gegangen? Hab ihnen Glück gewünscht. Hier gab es doch damals nichts als Elend.«

»Sie waren also nicht gegen die Streikbrecher?«, fragte Karen und bemühte sich, es nicht allzu scharf klingen zu lassen.

Haighs Lachen hallte gespenstisch in der Höhle wider. »Verstehen Sie mich nicht falsch. Ich habe nichts gegen Gewerkschaften. Arbeiter verdienen es, von ihren Arbeitgebern anständig behandelt zu werden. Aber die Bergarbeiter wurden von dem selbstsüchtigen Verrückten Arthur Scargill betrogen. Wirklich ein Fall von Löwen, die sich von einem Esel führen ließen. Ich habe gesehen, wie diese Gemeinde zerfallen ist. Ich habe schreckliches Leid gesehen. Und alles für nichts.« Er löffelte Kaffeepulver in die Becher und schüttelte den Kopf. »Die Männer und ihre Familien taten mir leid. Ich tat, was ich konnte, war Gebietsleiter für einen spezialisierten Lebensmittelimporteur und brachte so viele Warenproben ins Dorf mit, wie ich nur konnte. Aber das war nur ein Tropfen auf den heißen Stein. Ich verstand sehr gut, warum Mick und seine Freunde das getan haben.«

»Sie hielten es nicht für egoistisch, dass er seine Frau und sein Kind verließ? Während sie nicht einmal wussten, was mit ihm passiert war?«

Haigh zuckte mit den Schultern und drehte ihnen den Rücken zu. »Um ehrlich zu sein, ich wusste nicht viel über seine persönlichen Umstände. Er sprach nicht über sein Privatleben.«

»Worüber sprach er denn?«, wollte Karen wissen.

Haigh brachte zwei Plastikbecher herüber, der eine enthielt Tütchen mit Zucker, die von Autobahnraststätten und Hotels stibitzt waren, der andere kleine Behälter mit Kaffeeweißer aus den gleichen Quellen. »Ich kann mich kaum noch erinnern, also ging es wahrscheinlich um die üblichen

Themen. Fußball. Fernsehen. Projekte, um Geld für die Arbeit an den Höhlen zu sammeln. Theorien darüber, was die verschiedenen Höhlenbilder bedeuten.« Wieder sein Lachen. »Ich habe den Verdacht, dass wir den anderen draußen ein bisschen langweilig vorkommen, Inspector. Den meisten, die sich für ihr Hobby begeistern, geht es so.«

Karen überlegte, ob sie lügen solle, hatte aber keine Lust dazu. »Ich versuche nur, einen Eindruck davon zu gewinnen, was für ein Mensch Mick Prentice war.«

»Ich habe ihn immer für einen anständigen, unkomplizierten Burschen gehalten.« Haigh brachte die Becher mit Kaffee herüber und gab sich fast übertriebene Mühe, nichts zu verschütten. »Um ehrlich zu sein, außer den Höhlen hatten wir nicht viel gemeinsam. Ich hielt ihn aber für einen talentierten Maler. Wir ermutigten ihn alle, die Höhlen von außen und innen zu malen. Eine künstlerische Bestandsaufnahme schien angebracht, da der Ruhm der Höhlen hauptsächlich auf den piktischen Bildern beruht. Manche der besten sind hier in Thane's Cave.« Er nahm seine Taschenlampe und richtete sie auf eine bestimmte Stelle an der Wand. Er musste nicht lange suchen. Direkt vom Lichtschein angestrahlt, konnte man die Umrisse eines Fisches mit dem Schwanz nach unten erkennen, der in den Felsen geritzt war. Der Reihe nach zeigte er ein laufendes Pferd und etwas, das ein Hund oder ein Hirsch hätte sein können. »Im Herbst fünfundachtzig haben wir durch den Einsturz einige der ausgekerbten Bilder verloren, aber glücklicherweise hatte Mick sie nicht lange davor gemalt.«

»Wo war der Einsturz?«, erkundigte sich Phil und schaute zum hinteren Teil der Höhle.

Haigh führte sie zur entferntesten Ecke, wo ein wildes Durcheinander von Felsbrocken fast bis zur Decke aufgehäuft lag. »Es gab eine kleine zweite Kammer, die durch einen kurzen Gang mit dieser hier verbunden war.« Phil trat vor, um genauer zu schauen, aber Haigh packte ihn am Arm und riss ihn zurück. »Vorsicht«, warnte er. »Wo es in der Vergangenheit einen Einsturz gegeben hat, können wir nie sicher sein, wie stabil die Decke ist.«

»Sind solche Einbrüche ungewöhnlich?«, wollte Karen wissen.

»Solche großen? Sie sind mit ziemlicher Regelmäßigkeit vorgekommen, als die Michael-Zeche noch in Betrieb war. Aber sie wurde 1967 geschlossen, nachdem …«

»Ich kenne die Michael-Katastrophe, ich bin in Methil aufgewachsen«, unterbrach ihn Karen.

»Natürlich.« Haigh fasste es fast als Vorwurf auf. »Na ja, seit nicht mehr unter Tage gearbeitet wird, hat es in den Höhlen nicht mehr viel Bewegung gegeben. Nach diesem hier haben wir tatsächlich keinen größeren Einsturz mehr erlebt.«

Karen spürte, dass sich ihr detektivischer Instinkt regte. »Wann genau war der Einsturz?«, fragte sie langsam.

Haigh schien überrascht von ihren Fragen und tauschte mit Phil einen Blick unter Männern und Komplizen. »Na ja, wir sind da nicht sicher. Ehrlich gesagt, zwischen Mitte Dezember und Mitte Januar ist für uns eine ziemlich ruhige Zeit. Weihnachten, Neujahr und so weiter. Die Leute haben zu tun, sind verreist. Wir können mit einiger Sicherheit sagen, dass der Durchgang zumindest am siebten Dezember noch offen war. Eines unserer Mitglieder war an dem Tag hier und hat für einen Antrag auf Beihilfe detaillierte Messungen gemacht. Soweit wir wissen, war ich als nächste Person in der Höhle. Meine Frau hat am vierundzwanzigsten Januar Geburtstag, und Freunde aus England besuchten uns. Ich nahm sie mit, um ihnen die Höhlen zu zeigen, und da habe ich den Einsturz entdeckt. Es war ein ziemlicher Schock. Natürlich habe ich sie sofort rausgebracht und den Gemeinderat angerufen, als wir zurück waren.«

»Die Decke brach also irgendwann zwischen dem siebten Dezember 1984 und dem vierundzwanzigsten Januar 1985 ein?« Karen wollte sicher sein, dass sie es richtig verstanden hatte. In ihrem Kopf fügten sich zwei und zwei zusammen, und sie war ziemlich sicher, dass da nicht fünf rauskam.

»Stimmt. Ich selbst denke allerdings, dass es eher früher als später war«, erklärte Haigh. »Die Luft in der Höhle war sauber. Und das dauert länger, als man vielleicht denken mag. Man könnte sagen, der Staub hatte sich schon ganz und gar gesetzt.«

Newton of Wemyss

Phil sah Karen besorgt an. Vor ihr stand eine perfekt angerichtete Blätterteigpastete mit Taubenbrust, umgeben von winzigen neuen Kartöffelchen und einem Berg geschmorter kleiner Karotten und Zucchini. Der Laird o' Wemyss machte seinem Ruf alle Ehre. Aber der Teller stand schon mindestens eine Minute vor Karen, und sie hatte noch nicht einmal das Besteck in die Hand genommen. Statt zuzugreifen, starrte sie mit einer Sorgenfalte zwischen den Augenbrauen ihren Teller an. »Geht's dir nicht gut?«, fragte er vorsichtig. Manchmal benahmen sich Frauen beim Essen ja merkwürdig und unvorhersehbar.

»Tauben«, sagte sie. »Höhlen. Ich muss immer an diesen Einsturz denken.«

»Was ist damit? Solche Einbrüche passieren in Höhlen eben. Deshalb hängen die Schilder da, um die Leute zu warnen. Und deshalb gibt es die Einzäunung mit Vorhängeschloss, um sie abzuhalten. Gesundheit und Sicherheit, das ist ja heutzutage der ständige Spruch der Entscheider.« Er schnitt ein Stück von seinem knusprigen Wolfsbarsch ab und lud es mit dem Sesamgemüse in Hoisin-Soße auf die Gabel.

»Aber du hast ja den Typ gehört. Es war der einzige große Höhleneinbruch seit der Schließung der Zeche 1967. Und wenn es kein Unfall gewesen wäre?«

Phil schüttelte den Kopf, kaute und schluckte hastig. »Jetzt kommst du wieder mit deinem Melodrama. Wir sind hier nicht bei *Indiana Jones und die Höhlen von Wemyss*, Karen. Es geht um einen Kerl, der auf der Vermisstenliste landete, als sein Leben im Eimer war.«

»Nicht einer, Phil. Sondern zwei. Mick und Andy. Beste Freunde. Nicht die Sorte, die als Streikbrecher losziehen würden. Nicht die Sorte, die ihre Lieben ohne ein Wort zurücklassen.«

Phil legte Messer und Gabel hin. »Hast du je daran gedacht, dass sie ein Paar hätten sein können? Mick und sein bester Freund. Andy mit seiner einsamen Hütte mitten im Wald? In einem Ort wie Newton of Wemyss in den frühen achtziger Jahren schwul zu sein war bestimmt nicht gerade leicht.«

»Natürlich hab ich daran gedacht«, erwiderte Karen. »Aber man kann nicht mit Theorien arbeiten, die absolut keine Substanz haben. Niemand, mit dem wir gesprochen haben, hat auch nur eine Andeutung gemacht. Und glaub mir, Fife hat eins gemeinsam mit Brokeback Mountain, nämlich dass die Leute tratschen. Versteh mich nicht falsch. Ich schließe es nicht endgültig aus. Aber solange ich nichts habe, worauf ich es stützen kann, muss ich es als unwesentlich einordnen.«

»In Ordnung«, meinte Phil und widmete sich wieder seinem Essen. »Aber du hast auch nicht mehr Grund für deine Annahme, dass jemand unter einem absichtlich ausgelösten Einsturz in der Höhle begraben liegt.«

»Ich habe nie gesagt, dass da jemand begraben liegt«, gab Karen zurück.

Er grinste. »Ich kenn dich doch, Karen. Es gibt keinen anderen Grund für dich, an einem Haufen Steine interessiert zu sein.«

»Vielleicht«, räumte sie ein, ohne sich im Mindesten angegriffen zu fühlen. »Aber ich werfe nicht einfach mit verrückten Ideen um mich. Wenn es eine Gruppe von Leuten gibt, die ganz genau wissen, wie man sprengt und Steine genau an die Stelle stürzen lässt, wo man sie haben will, dann sind es die Bergleute. Und die Sprengmeister hatten auch Zugriff auf Sprengstoff. Wenn ich jemanden suchen würde, der eine Höhle in die Luft jagen kann, dann würde ich als Erstes zu einem Bergmann gehen.«

Phil blinzelte. »Ich glaube, du solltest etwas essen. Vielleicht ist dein Blutzucker zu niedrig.«

Karen sah ihn einen Moment finster an, dann hob sie Messer und Gabel und nahm das Essen mit dem üblichen Enthusiasmus in Angriff. Als sie ein paar große Bissen weggeputzt hatte, sagte sie: »Das wird den niedrigen Blutzucker hochdrücken. Und ich glaube immer noch, dass ich einer Sache auf der Spur bin. Wenn Mick Prentice nicht aus freiem Willen als vermisst galt, dann verschwand er, weil ihn jemand beseitigen wollte. Und siehe da! – wir kennen jemanden, der ihn weghaben wollte. Was hat Iain Maclean uns erzählt?«

»Prentice hätte entdeckt, dass Ben Reekie sich aus der Gewerkschaftskasse bedient hatte«, antwortete Phil.

»Genau. Er hat Geld eingesteckt, das an das Bezirksbüro gehen sollte. Nach allem, was wir über Mick gehört haben, hätte er das nicht durchgehen lassen. Und man kann sich nur schwer vorstellen, wie er der Sache hätte nachgehen können, ohne Andy hineinzuziehen, dessen Aufgabe ja die Buchführung war. Ich schätze die beiden nicht so ein, dass sie nichts getan hätten. Und wäre es allgemein bekannt geworden, dann wäre Reekie gelyncht worden, das weißt du ja. Das ist ein Supermotiv, Phil.«

»Vielleicht. Aber wenn es zwei gegen einen waren, wie konnte Reekie dann beide umbringen? Wie hat er die Leichen in die Höhle geschafft? Wie hat er sich mitten im Streik den Sprengstoff verschafft?«

Karens Lächeln hatte es schon immer geschafft, ihn zu entwaffnen. »Das weiß ich noch nicht. Aber wenn ich recht habe, werde ich es früher oder später herausfinden. Das versprech ich dir, Phil. Und versuch's doch mal für den Anfang damit: Wir wissen, wann Mick verschüttging, haben aber kein exaktes Datum für Andys Verschwinden. Es ist durchaus möglich, dass sie einzeln umgebracht wurden. Vielleicht wurden sie in der Höhle ermordet. Und was den Sprengstoff anbelangt – Ben Reekie war Gewerkschaftsfunktionär. Alle möglichen Leute schuldeten ihm einen Gefallen. Tu nicht so, als wüsstest du das nicht.«

Phil aß seinen Fisch auf und schob den Teller von sich. Er hob die Hände und streckte Karen die Handflächen entgegen, was heißen sollte, dass er aufgab. »Und was machen wir jetzt?«

»Die Steinbrocken wegschaffen und nachsehen, was dahinter ist«, antwortete sie, als läge diese Antwort auf der Hand.

»Und wie sollen wir das anstellen? Soweit es die Makrone angeht, ermittelst du nicht einmal in dem Fall. Und selbst wenn es offiziell so wäre, würde er niemals sein kostbares Budget so stark belasten und wegen zweier Leichen, die wahrscheinlich gar nicht dort liegen, eine archäologische Grabung genehmigen.«

Karen stoppte die Gabel voller Taubenbrust auf ihrem Weg zum Mund. »Was hast du gerade gesagt?«

»Es gibt keine Mittel dafür.«

»Nein, nein. Du hast gesagt ›eine archäologische Grabung‹. Phil, wenn uns jetzt diese Taube hier nicht im Weg wäre, würde ich dich am liebsten küssen. Du bist ein Genie.«

Phil rutschte das Herz in die Hose. Es war schwierig, nicht dem Gefühl nachzugeben, dass er wieder mal in einen ganz schönen Schlamassel geraten war.

Manchmal war es vernünftiger, gewisse Anrufe von zu Hause statt vom Arbeitsplatz aus zu erledigen. Karen wollte nicht, dass die Makrone etwas von dem witterte, was sie vorhatte, bevor sie alles tatsächlich in die Wege geleitet und festgeklopft hatte. Phils Worte hatten eine Kettenreaktion in ihrem Gehirn ausgelöst. Sie wollte das Geröll von diesem Einsturz beiseitegeräumt sehen. Die Zeitangaben, die Arnold Haigh ihr gegeben hatte, boten ihr die Möglichkeit, die Aktion unter dem Vorwand einer möglichen Verbindung mit dem Fall Grant an der Makrone vorbeizumogeln. Aber je billiger sie alles abwickeln konnte, desto geringer war die Wahrscheinlichkeit, dass er zu viele Fragen stellen würde.

Sie setzte sich mit Telefon, Notizblock und Adressenbüchlein an den Esstisch. Obwohl Karen mit den technischen Möglichkeiten der modernen Zeit gut klarkam, hatte sie doch noch eine Zusammenstellung von Namen, Adressen und Telefonnummern auf Papier. Sie argumentierte, dass sie auf diese Weise immer noch die Leute aufspüren könnte, die sie finden musste, auch wenn die Welt einmal einen elektronischen GAU erleben sollte. Es war ihr natürlich auch aufgefallen, dass es in diesem Fall sowieso keine funktionierenden Telefone geben würde und auch die Transportwege katastrophengeschädigt wären, aber trotzdem fühlte sie sich mit ihrem Adressbuch sicherer. Und wenn es je notwendig wäre, wäre es sehr viel leichter, es völlig zu zerstören, als die Daten von einem elektronischen Speicher zu löschen, ohne Spuren zu hinterlassen.

Sie schlug die entsprechende Seite auf und fuhr mit dem

Finger von oben nach unten, bis sie bei Dr. River Wilde ankam. Die forensische Anthropologin war eine der Mentorinnen in einem Kurs gewesen, den Karen belegt hatte. Den Kriminalbeamten sollte eine wissenschaftliche Sicht auf das Vorgehen an Tatorten vermittelt werden. Oberflächlich betrachtet wäre es schwierig gewesen, etwas zu finden, das die beiden Frauen einander nahebrachte. Aber sie hatten sich trotzdem sofort verbunden gefühlt. Obwohl sie es nicht so in Worte fassen würden, lag es an der Art und Weise, wie beide sich an die Regeln zu halten schienen, dabei aber unterschwellig die Autorität derer untergruben, die sich ihren Respekt nicht verdient hatten.

Es gefiel Karen, dass River ihr Publikum nie mit Wissenschaft zu blenden versuchte. Ob sie vor einer Gruppe Polizisten sprach, deren schulischer Bildungsweg als Teenager zu Ende gegangen war, oder ob sie eine Anekdote an der Bar erzählte: Es gelang ihr immer, komplizierte Informationen in einer Form rüberzubringen, die ein Laie verstehen und erfassen konnte. Manche ihrer Geschichten waren haarsträubend, andere zum Totlachen, wieder andere ließen ihre Zuhörer nachdenklich innehalten.

Die zweite Gemeinsamkeit, die River zu einer großartigen Verbündeten qualifizierte, war, dass der Mann in ihrem Leben Polizist war. Karen hatte ihn noch nicht kennengelernt, aber nach allem, was River erzählt hatte, klang er wie ein Kollege nach ihrem Geschmack. Keine großen Reden, nur der engagierte Wunsch, den Dingen auf den Grund zu gehen.

So hatte sie nach dem Forensikkurs ein besseres Verständnis für ihren Beruf, aber auch das Gefühl, eine neue Freundschaft geschlossen zu haben. Und das kam so selten vor, dass es sich lohnte, sie zu pflegen. Seit damals hatten sich die Frauen zweimal in Glasgow getroffen, in der Mitte zwischen Fife und Rivers Standort im Lake District. Sie hatten die Abende genossen, an denen sie zusammen ausgingen, Gelegenheiten, bei denen sich das verfestigte, was bei ihrer ersten Begegnung begonnen hatte. Jetzt würde Karen herausfinden, ob River es ernst gemeint hatte, als sie ihre Studenten als preiswertes Team für Nachforschungen angeboten hatte, die eine große Ausgabe aus dem Budget nicht rechtfertigten.

River war beim zweiten Klingeln schon an ihrem Handy.

»Rette mich«, drängte sie.

»Wovor?«

»Ich sitze auf der Veranda einer Holzhütte, schaue mir Ewans schreckliches Kricketteam an und bete, dass es bald regnet. Was man nicht alles aus Liebe tut.«

Dabei wäre es mir nicht unrecht, eine solche Chance zu haben. »Wenigstens kochst du nicht auch noch das Abendessen.«

River lachte. »Kommt nicht in Frage. Das habe ich gleich am Anfang klargestellt. Ich wasche keine Sportklamotten, ich mach keine Sklavenarbeit in einer primitiven Behelfsküche. Die anderen Ehefrauen und Freundinnen starren mich zwar böse an, aber wenn sie meinen, das stört mich, verwechseln sie mich mit jemandem, der sich um so etwas schert. Und bei dir – was macht die Kunst?«

»Es ist kompliziert.«

»Nichts Neues also. Wir müssen uns mal wieder treffen und zusammen ausgehen. Damit du die Misere loswirst.«

»Hört sich gut an. Und wir könnten das sogar schneller hinbekommen, als du denkst.«

»Aha. Du hast da also was?«

»Könnte man sagen. Hör mal, erinnerst du dich, dass du

einmal angeboten hast, eine kleine Armee von Studenten zur Verfügung zu stellen, wenn ich irgendwann mal Hilfe brauche?«

»Sicher«, erwiderte River leichthin. »Versuchst du, etwas inoffiziell auf die Beine zu stellen?«

»So ungefähr.« Karen erklärte den Plan in den Grundzügen. River ermunterte sie durch kurze Einwürfe, während sie sprach.

»Okay«, meinte River, als Karen fertig war. »Wir brauchen also zunächst forensische Archäologen, am besten die starken, die Felsbrocken schleppen können. Examenskandidaten können wir nicht nehmen, weil die jetzt noch Prüfungen ablegen. Aber wir sind fast am Ende des Trimesters, und ich kann die aus dem ersten und zweiten Jahr zwangsverpflichten. Und alle Anthropologen, die ich mir schnappen kann. Ich könnte es eine Exkursion nennen und sie auf die Idee bringen, dass sie sich dadurch Pluspunkte verdienen können. Wann brauchst du uns?«

»Wie wär's mit morgen?«

Ein langes Schweigen folgte. Dann fragte River: »Morgens oder nachmittags?«

Nach dem Gespräch mit River war Karen ganz aufgedreht, aber es fehlte ihr ein Ziel für ihre Tatkraft. Sie nutzte einen Teil ihrer überschüssigen Energie, um die Unterkünfte für die Studenten auf dem Campingplatz beim Golfplatz im benachbarten Leven zu organisieren. Sie versuchte, eine DVD von *Sex and the City* anzuschauen, aber das irritierte sie nur. Wenn sie mitten in einem Fall war, fühlte sie sich immer so. Auf nichts hatte sie Lust außer auf die Jagd. Sie hasste es, wegen des Wochenendes aufgehalten zu werden, weil Untersuchungen ihre Zeit brauchten, oder wenn nichts weiter getan werden konnte, bis das nächste kleine Stückchen Information sich einfügte.

Sie versuchte sich durch Putzen abzulenken. Das Problem war, dass sie nie lang genug zu Hause war, um im Haus viel Schmutz zu verursachen. Nach einer Stunde Blitzeinsatz war nichts mehr übrig, das sie sich noch hätte vornehmen können.

»Ach, zum Henker«, murmelte sie, schnappte sich die Autoschlüssel und ging zur Tür. Genau genommen erforderten die Vorschriften zur Sicherung von Beweisen, dass sie nicht allein mit Zeugen sprechen sollte. Aber Karen sagte sich, dass sie nur den Hintergrund kolorierte und eigentlich keine Beweise aufnahm. Und wenn sie auf etwas stoßen sollte, das später vor Gericht wichtig sein konnte, gab es immer noch die Möglichkeit, an einem anderen Tag zwei Kollegen hinzuschicken und eine formelle Aussage aufnehmen zu lassen.

Die Fahrt zurück nach Newton of Wemyss dauerte weniger als zwanzig Minuten. In der abgelegenen Oase, in der Jenny Prentice wohnte, waren keine Anzeichen von Leben zu sehen. Keine Kinder spielten; niemand saß im Garten, um die Spätnachmittagssonne zu genießen. In der kurzen Häuserreihe herrschte eine Atmosphäre der Resignation, die zu vertreiben mehr als ein bisschen Sommer nötig wäre.

Diesmal ging Karen auf Jenny Prentice' Nachbarhaus zu. Sie wollte nach wie vor unbedingt ein Gefühl dafür bekommen, was für ein Mensch Mick Prentice wirklich gewesen war. Eine Frau, mit der die Familie so gut bekannt war, dass man ihr Misha anvertraute, hatte bestimmt auch mit ihrem Vater zu tun gehabt.

Karen klopfte an und wartete. Gerade wollte sie aufgeben und zum Wagen zurückkehren, als die Tür mit vorgelegter

Kette einen Spaltbreit geöffnet wurde. Ein winziges runzliges Gesicht spähte unter einer Masse grauer Locken hervor.

»Mrs. McGillivray?«

»Ich kenne Sie nicht«, sagte die alte Frau.

»Nein.« Karen nahm ihren Dienstausweis heraus und hielt ihn vor die verschmierten Gläser der großen Brille, die die verblassten blauen Augen dahinter verschwimmen ließen. »Ich bin von der Polizei.«

»Ich habe die Polizei nicht gerufen«, verwahrte sich die Frau, legte den Kopf schief und runzelte beim Anblick von Karens Ausweis die Stirn.

»Das weiß ich. Ich möchte nur kurz mit Ihnen über den Mann reden, der früher im Nachbarhaus gewohnt hat.« Karen wies mit dem Daumen auf Jennys Haus.

»Tom? Der ist schon seit Jahren tot.«

Tom? Wer war Tom? Ach Mist, sie hatte vergessen, Jenny Prentice nach Mishas Stiefvater zu fragen. »Nicht Tom, nein. Mick Prentice.«

»Mick? Sie wollen über Mick sprechen? Was hat die Polizei mit Mick zu schaffen? Hat er etwas Verbotenes getan?« Sie klang verwirrt, was Karen mit einer bangen Vorahnung erfüllte. Denn sie hatte schon genug Zeit mit Versuchen zugebracht, aus alten Leuten zusammenhängende Auskünfte herauszubekommen, um zu wissen, dass es eine mühselige Aufgabe mit zweifelhaftem Ergebnis sein konnte.

»Nichts dergleichen, Mrs. McGillivray«, beruhigte sie Karen. »Wir versuchen nur herauszufinden, was damals vor Jahren mit ihm passiert ist.«

»Er hat uns alle im Stich gelassen, das ist passiert«, erwiderte die alte Frau steif.

»Stimmt. Aber ich müsste kurz ein paar Einzelheiten abklären. Könnte ich vielleicht reinkommen und mich ein bisschen mit Ihnen unterhalten?«

Die Frau atmete schwer aus. »Sind Sie sicher, dass Sie das richtige Haus erwischt haben? Sie wollen doch bestimmt mit Jenny sprechen. Ich kann Ihnen nichts sagen.«

»Ehrlich gesagt, Mrs. McGillivray, ich würde gern wissen, was für ein Mensch Mick wirklich war.« Karen setzte ihr nettestes Lächeln auf. »Jenny ist ja ein bisschen voreingenommen, wenn Sie verstehen, was ich meine?«

Die alte Frau lachte leise. »Sie ist ein furchtbarer Drachen, die Jenny. Sie lässt kein gutes Haar an ihm, oder? Na ja, mein Mädchen, dann kommen Sie mal rein.« Die Kette klirrte beim Abnehmen, dann wurde Karen Zutritt in eine stickige Wohnung gewährt. Es herrschte ein überwältigender Lavendelduft mit Untertönen von altem Fett und billigen Zigaretten. Sie folgte Mrs. McGillivrays gebeugter Gestalt bis in das hintere Zimmer, dessen Wand man eingerissen hatte, um eine Küche mit Essecke einzurichten. Es sah aus, als sei es schon in den siebziger Jahren gemacht und seitdem einschließlich der Tapete nichts verändert worden. Verschiedene verblasste und mit Flecken übersäte Stellen zeugten vom Sonnenlicht und dass hier gekocht wie auch geraucht wurde. Das Licht der niedrig stehenden Sonne fiel auch jetzt herein und warf schräge goldene Strahlen auf die abgenutzten Möbel.

Ein Wellensittich im Käfig tschilpte beängstigend laut, als sie eintraten. »Sei jetzt still, Jocky. Das ist eine nette Lady von der Polizei, die will mit uns reden.« Der Wellensittich ließ einen Strom von Zwitschergeräuschen los, die klangen, als verfluche er sie, dann verstummte er. »Setzen Sie sich doch. Ich stell Wasser auf.«

Karen wollte eigentlich keinen Tee, aber sie wusste, die Unterhaltung würde besser vorankommen, wenn sie zuließ, dass die alte Frau sie bewirtete. Schließlich saßen sie einander an einem sauber gescheuerten Tisch gegenüber, eine Kanne Tee und einen Teller mit offensichtlich selbstgebackenen Plätzchen zwischen ihnen. Die Sonne beschien Mrs. McGillivray wie eine Bühnenbeleuchtung und zeigte Details ihres Make-ups, das sie offensichtlich ohne Brille aufgetragen hatte.

»Er war ein netter Junge, der Mick. Ein gutaussehender Bursche mit seinen blonden Haaren und den breiten Schultern. Er hatte immer ein Lächeln und ein fröhliches Wort für mich übrig«, vertraute sie Karen an, während sie den Tee in die Porzellantassen goss, die so dünn waren, dass man das Sonnenlicht im Tee sehen konnte. »Ich bin jetzt seit zweiunddreißig Jahren Witwe, und ich hatte nie einen besseren Nachbarn als den jungen Mick Prentice. Er hat immer allerhand erledigt, was ich nicht mehr schaffte. Es war ihm nie zu viel. Ein netter Bursche, wirklich.«

»Es muss für die Familie schwer gewesen sein während des Streiks.« Karen nahm sich einen von den Schokokeksen, die ihr angeboten wurden.

»Es war für alle schwer. Aber das war nicht der Grund, weshalb Mick zum Streikbrecher wurde und wegging.«

»Nein?« Bleib gelassen, zeig nicht, wie interessiert du bist.

»Sie hat ihn dazu getrieben. Sich genau vor seiner Nase mit diesem Tom Campbell abzugeben. Kein Mann würde sich das bieten lassen, und Mick hatte seinen Stolz.«

»Tom Campbell?«

»Er war dauernd da. Jenny war eine Freundin seiner Frau gewesen. Sie hat geholfen, die arme Seele zu pflegen, als sie Krebs hatte. Aber nachdem sie gestorben ist, war es, als könnte er nicht ohne Jenny sein. Man musste sich fragen,

ob da nicht schon die ganze Zeit etwas gelaufen war.« Mrs. McGillivray zwinkerte vertraulich.
»Sie wollen damit sagen, dass Jenny und Tom Campbell eine Affäre hatten?« Karen verkniff sich die Fragen, die sie gern gestellt hätte, aber, wie sie wusste, besser für später aufheben sollte. *Wer war Tom Campbell? Wo ist er jetzt? Warum hat Jenny ihn nicht erwähnt*?
»Ich werde nichts sagen, was ich nicht beschwören kann. Ich weiß nur, dass kaum ein Tag verging, an dem er nicht zu Besuch kam. Und immer wenn Mick aus dem Haus war. Er kam auch nie mit leeren Händen. Kleine Päckchen von diesem und jenem. Während des Streiks behauptete Mick oft, Jenny könne mit einem Pfund länger auskommen als jede andere Frau in Newton. Ich hab ihm nie gesteckt, warum.«
»Wieso hatte Tom Campbell so viel, dass er austeilen konnte? War er nicht auch Bergmann?«
Mrs. McGillivray sah aus, als hätte sich der Tee, den sie gerade getrunken hatte, in Essig verwandelt. »Er war Steiger.« Karen hatte den Verdacht, dass sie der Bezeichnung nicht mehr Respekt zugestand als dem Wort »Kinderschänder«.
»Und Sie meinen, dass Mick herausfand, was sich zwischen den beiden tat?«
Sie nickte nachdrücklich. »Alle in Newton wussten, was los war. Die übliche Geschichte. Die andere Hälfte ist ja immer der, der's als Letzter erfährt. Und wenn irgendjemand Zweifel gehabt hätte, war Tom Campbell jedenfalls sehr schnell zur Stelle, nachdem Mick weg war.«
Zu spät erinnerte sich Karen, dass sie dem Thema Stiefvater nicht weiter nachgegangen war. »Er ist zu Jenny gezogen?«

»Ein paar Monate verstrichen, bevor er einzog. Hat den Schein gewahrt, wenn Sie mich fragen. Dann hat er die Füße unter Micks Tisch gestreckt.«

»Hatte er nicht selbst ein Haus? Mit dem Gehalt eines Steigers hätte ich gedacht …«

»O ja, er hatte ’n schönes Haus bei West Wemyss. Aber Jenny wollte nicht wegziehen. Sie sagte, es sei wegen des Kindes. Dass es für Misha schon Unruhe genug gegeben hätte, als Mick ging, da müsste man sie jetzt nicht auch noch aus ihrer gewohnten Umgebung reißen.« Mrs. McGillivray schürzte die Lippen und schüttelte den Kopf. »Aber wissen Sie, ich hab mir dazu meinen Teil gedacht. Ich glaube nicht, dass sie Tom Campbell so geliebt hat wie Mick. Sie mochte schon, was er ihr geben konnte, aber ich glaube, ihr Herz gehörte Mick. Wie sehr sie sich auch beklagt hat, hab ich doch nie geglaubt, dass Jenny Mick nicht mehr liebte. Ich denke, sie ist geblieben, weil sie im Grunde glaubt, dass Mick eines Tages zurückkommen wird. Und sie will sicher sein, dass er weiß, wo sie zu finden ist.«

Karen hielt das für eine Theorie, die auf Seifenoper-Sentimentalität beruhte. Aber sie hatte tatsächlich den Vorteil, dass sie dem einen Sinn gab, was andernfalls unerklärlich blieb. »Und wie ging es mit ihr und Tom weiter?«

»Er hat sein eigenes Haus vermietet und ist hier drüben eingezogen. Ich hatte nie viel mit ihm zu tun. Er hatte nicht die Art, so natürlich mit den Leuten umzugehen wie Mick. Und zwischen den Jungs von der Lady Charlotte und den Steigern waren die Dinge sowieso nie einfach, besonders nachdem die Zeche 1987 geschlossen wurde.« Die alte Frau schüttelte den Kopf, dass die strähnigen grauen Locken flogen. »Aber Jenny hat ihr Fett abgekriegt.« Sie lächelte hämisch.

»Wie das?«

»Er ist gestorben. Hat auf dem Golfplatz in Lundin Links einen schweren Herzinfarkt gehabt. Es muss bald zehn Jahre her sein. Und als das Testament verlesen wurde, war das für Jenny ein schlimmer Schock. Er hatte Misha alles als Treuhandvermögen hinterlassen. Sie bekam es, als sie fünfundzwanzig wurde, und Jenny hat nie einen Penny davon gesehen.« Mrs. McGillivray hob ihre Teetasse wie zum Anstoßen. »Ist ihr recht geschehen, wenn Sie mich fragen.«

Karen brachte es nicht über sich, ihr zu widersprechen. Sie trank ihre Tasse aus, schob ihren Stuhl zurück und sagte: »Sie haben mir sehr geholfen.«

»Er war ja sogar genau an dem Tag hier, als Mick nach Nottingham gegangen ist«, erzählte Mrs. McGillivray. Worte, die wirkten, als würde man jemanden am Ärmel fassen, um ihn am Gehen zu hindern.

»Tom Campbell?«

»Genau der.«

»Wann ist er gekommen?«, fragte Karen.

»Es muss gegen drei Uhr gewesen sein. Nachmittags höre ich mir im Wohnzimmer gern das Hörspiel im Radio an. Ich sah ihn den Weg hochgehen und dann warten, bis Jenny zurückkam. Ich glaube, sie war unten bei der Wohlfahrt, sie hatte Päckchen und Dosen, eine von den Spenden, die sie dort ausgaben.«

»Sie scheinen sich sehr gut daran zu erinnern.«

»Ich weiß es noch so gut, weil ich an dem Morgen Mick zum letzten Mal gesehen habe. Es ist mir im Gedächtnis geblieben.« Sie goss sich noch eine Tasse Tee ein.

»Wie lang ist er geblieben? Tom Campbell, meine ich.«

Mrs. McGillivray schüttelte den Kopf. »Da kann ich Ihnen nicht helfen. Nachdem das Hörspiel vorbei war, machte ich mich auf den Weg runter zum Anger, um den Bus nach Kirkcaldy zu nehmen. Jetzt kann ich das nicht mehr, aber früher bin ich immer in den großen Tescomarkt unten bei der Bushaltestelle gegangen. Ich fuhr mit dem Bus hin und mit der Taxe zurück. Deshalb weiß ich nicht, wie lange er geblieben ist.« Sie nahm einen großen Schluck Tee. »Manchmal hab ich mir da so meine Gedanken gemacht, wissen Sie.«

»Worüber denn?«

Die alte Frau schaute weg, fasste in die Tasche ihrer schlabberigen Strickjacke und holte ein Päckchen Benson & Hedges hervor. Sie zog eine Zigarette heraus und ließ sich Zeit mit dem Anzünden. »Ich hab mich gefragt, ob er Mick abgefunden hat.«

»Sie meinen, er bezahlte ihn, damit er den Ort verließ?« Karen konnte ihre Skepsis nicht verbergen.

»Das ist gar keine so dumme Idee. Wie gesagt, Mick hatte seinen Stolz. Er wäre nicht hiergeblieben, wo er meinte, nicht erwünscht zu sein. Wenn er also sowieso schon entschlossen war, zu gehen, hat er vielleicht Tom Campbells Geld genommen.«

»Aber sicher hatte er doch dafür zu viel Selbstachtung?«

Mrs. McGillivray stieß eine dünne Rauchfahne aus. »Es wäre so oder so schmutziges Geld gewesen. Aber vielleicht fühlte sich Tom Campbells Geld ein bisschen sauberer an als das von der staatlichen Kohlegesellschaft. Und außerdem – als er an dem Morgen das Haus verließ, sah es nicht so aus, als wollte er weiter gehen als bis zur Küste zum Malen. Wenn Tom Campbell ihn bezahlt hätte, hätte er nicht mehr wegen seinen Kleidern oder sonst etwas zurückkommen müssen, oder?«

»Sie sind sicher, dass er seine Sachen nicht später geholt hat?«

»Ich bin sicher. Glauben Sie mir, in der Siedlung hier gibt es keine Geheimnisse.«

Karens Blick ruhte auf der alten Frau, aber ihre Gedanken schweiften ab. Sie glaubte auf keinen Fall, dass Mick Prentice seinen Platz im Ehebett an Tom Campbell verkauft hatte. Aber vielleicht hatte Tom Campbell diesen Platz so sehr haben wollen, dass er einen anderen Plan gefasst hatte, um seinen Rivalen loszuwerden.

Von wegen ein bisschen Hintergrundinformation zum Charakter sammeln. Karen unterdrückte einen Seufzer und sagte: »Ich würde gern am Montagvormittag zwei meiner Leute vorbeischicken. Könnten Sie ihnen vielleicht erzählen, was Sie mir geschildert haben?«

Mrs. McGillivray lebte auf. »Das wäre prima. Ich könnte Scones backen.«

Nur weil Bel Richmond wie Rapunzel in ihrem selbstgewählten Verlies saß, hieß das nicht, dass sie ihrer anderen Arbeit den Rücken zukehren konnte. Selbst wenn sie nicht mit Grant sprechen konnte, musste sie nicht Däumchen drehen. Sie hatte den größten Teil des Tages damit verbracht, ein Interview für ein Feature im *Guardian* zu schreiben. Es war fast fertig, aber vor dem Feinschliff brauchte sie etwas Abstand. Ein Besuch in dem versteckten Pool hinter der Kieferngruppe wäre genau das Richtige, dachte sie und zog den Badeanzug aus ihrer Tasche. Sie hatte das Zimmer kaum halb durchquert, da klingelte das Telefon.

Susan Charlesons Stimme war resolut und klar. »Haben Sie zu tun?«

»Ich wollte gerade schwimmen gehen.«

»Sir Broderick ist eine Stunde frei. Er möchte Sie gern weiter über die Hintergründe informieren.«

Hier gab es offensichtlich nichts zu diskutieren. »Gut«, seufzte Bel. »Wo finde ich ihn?«

»Er wird Sie unten im Landrover treffen. Er dachte, Sie möchten vielleicht sehen, wo Catriona wohnte.«

Darüber konnte sie sich nicht beklagen. Alles, was der Story mehr Farbe gab, war auf jeden Fall ihre Zeit wert. »Fünf Minuten«, sagte sie.

»Danke.«

Schnell zog Bel Jeans und Outdoorjacke an und dankte den Modegöttern, dass stilisierte Arbeitsstiefel in Mode gekommen waren, die ihr erlaubten, ungefähr so auszusehen, als sei sie bereit fürs Landleben. Sie schnappte sich ihr Aufnahmegerät und eilte nach unten. Ein glänzender Landrover Defender stand mit laufendem Motor vor der Eingangstür. Brodie Grant saß am Steuer. Selbst aus der Entfernung sah sie, dass er mit behandschuhten Fingern auf das Lenkrad trommelte.

Bel stieg ein und schenkte ihm ihr liebenswürdigstes Lächeln. Seit dem bizarren Gespräch mit der Polizei am Vortag hatte sie ihn nicht mehr gesehen. Mittags hatte sie allein in ihrem Zimmer einen Imbiss zu sich genommen, und zum Dinner war er nicht erschienen. Judith hatte gesagt, er sei bei einer Benefizveranstaltung, irgendeinem Boxsport-Dinner, zu dem nur Männer zugelassen waren, und sie klang, als sei sie froh, nicht teilnehmen zu müssen. Ihre Unterhaltung war nichtssagend gewesen; entweder Judith selbst oder die allgegenwärtige Susan hatte sie in eine andere Richtung gelenkt, wann immer sie irgendwie aufschlussreich zu werden drohte. Bel war frustriert und hatte das Gefühl, instrumentalisiert zu werden.

Aber jetzt, da sie wieder allein mit ihm war, konnte sie all das verzeihen. Sie zog in Erwägung, ihn zu fragen, ob er wirklich glaube, Karen Pirie lasse sich von ihm lenken wie von dem Gutsherrn eines Kriminalstücks aus den dreißiger Jahren, aber sie verwarf den Gedanken. Es war besser, die Zeit zu nutzen, um ihre Hintergrundkenntnisse zu dem Fall auszubauen. »Danke, dass Sie mir Cats Wohnung zeigen wollen«, sagte sie.

»Wir werden nicht reingehen können«, erklärte er, löste die Handbremse und fuhr los, um das Haus herum und einen Weg an den Fichten entlang. »Seitdem haben verschiedene Mieter dort gewohnt, eigentlich verpassen Sie also nichts. Also, was halten Sie von Inspector Pirie?«

In seinem Gesicht war kein Hinweis darauf zu sehen, was

er hören wollte, also entschied sich Bel für die Wahrheit. »Ich glaube, sie gehört zu den Menschen, die man leicht unterschätzt«, antwortete sie. »Ich vermute, dass sie ganz schön raffiniert ist bei ihrer Arbeit.«

»Das ist sie«, pflichtete Grant bei. »Ich nehme an, Sie wissen, dass der frühere Assistant Chief Constable dieser Grafschaft dank ihrer Arbeit eine lebenslange Haftstrafe absitzt. Ein Mann, der anscheinend über jeden Verdacht erhaben war. Aber sie war imstande, seine Integrität in Frage zu stellen. Und als sie erst einmal angefangen hatte, hörte sie nicht wieder auf, bevor sie zweifelsfrei bewiesen hatte, dass er ein kaltblütiger Mörder war. Und deshalb will ich sie bei dieser Sache dabeihaben. Damals, als Catriona starb, haben wir uns alle eines Denkens schuldig gemacht, das sich in traditionellen Bahnen bewegte. Und Sie sehen ja, wohin uns das gebracht hat. Wenn wir es ein zweites Mal versuchen, will ich jemanden dabeihaben, der über den Tellerrand hinausblicken kann.«

»Leuchtet mir ein«, meinte Bel.

»Worüber wollen Sie als Nächstes sprechen?«, wollte er wissen, als sie die Baumgruppe hinter sich ließen und auf eine Lichtung kamen, die an eine hohe Mauer und ein weiteres schleusenartiges Tor grenzte wie das, durch das Bel schon bei ihrer Ankunft gekommen war. Es war offensichtlich, dass niemand auf das Gelände von Rotheswell gelangte, der dort nicht willkommen war. Grant bremste ab, damit die Sicherheitsleute sehen konnten, wer am Steuer saß, und fuhr dann auf die Straße hinaus.

»Was ist danach passiert?«, fragte sie, schaltete ihr Aufnahmegerät an und hielt es zwischen ihnen in der Hand. »Sie bekamen die erste Forderung und fingen an, mit der Polizei zusammenzuarbeiten. Wie ging es danach weiter?«

Starren Blicks schaute Grant durch die Windschutzscheibe und zeigte keine Anzeichen von Gefühl. Sie fuhren an den schachbrettartig angelegten Feldern mit reifendem Getreide und Weiden vorbei, die Sonne stahl sich immer wieder zwischen den finsteren grauen Wolken hervor, und dabei ergossen sich seine Worte wie ein verwirrender Strom. Es war schwierig für Bel, eine professionelle Distanz zu halten. Das Leben mit ihrem Neffen Harry hatte ihr genug Einblicke gewährt, dass sie sich leicht die Angst von Eltern in Brodie Grants Lage vorstellen konnte. Dieses Verständnis erfüllte sie so mit Mitgefühl, dass sie ihn praktisch von jeglicher Kritik freisprach. »Wir warteten«, sagte er. »Ich habe nie wieder erlebt, dass sich die Zeit so quälend hinziehen kann wie damals.«

Montag, 21. Januar 1985,
Rotheswell Castle

Für einen Mann, der nicht einmal die Geduld aufbrachte, ein Glas Guinness so lang stehenzulassen, bis sich die Schaumkrone gesetzt hat, war das Warten auf eine Nachricht von den schottischen Anarchisten eine raffinierte Folter. Grant raste durch Rotheswell wie eine Flipperkugel. Fast wörtlich prallte er von Wänden und Türöffnungen ab bei dem Versuch, seinen Zusammenbruch zu vermeiden. Es waren weder Sinn noch Logik in seinem ständigen Hin und Her, und wenn er und seine Frau aufeinanderstießen, war er kaum imstande, Worte zu finden, um auf ihre ängstlichen Fragen zu antworten.

Mary schien sich viel mehr unter Kontrolle zu haben, und das nahm er ihr beinah übel. Sie war in Cats kleinem Haus gewesen und berichtete ihm und Lawson, dass außer einem umgekippten Stuhl in der Küche alles an Ort und Stelle zu sein schien. Das Ablaufdatum der Milch war Sonntag gewesen, was hieß, dass sie erst seit ein paar Tagen weg war.

Die Nächte waren schlimmer als die Tage. Er schlief nicht, sondern klappte einfach zusammen, wenn ihn die körperliche Erschöpfung überwältigte. Dann fuhr er aus dem Schlaf hoch, verwirrt und unausgeruht. Sobald er bei sich war, wünschte er, er wäre wieder ohne Bewusstsein. Er wusste, dass er sich normal benehmen sollte, konnte es aber nicht. Susan strich alle seine Termine, und er verkroch sich hinter den Mauern von Rotheswell.

Am Montagmorgen glich er mehr einem Wrack als jemals zuvor. Sein Gesicht im Spiegel sah aus, als gehöre es in ein Kriegsgefangenenlager, nicht in das Schloss eines reichen

Mannes. Es war ihm sogar gleichgültig, dass seine Umgebung seine Schwäche erkennen konnte. Er wollte nur, dass die Post kam und etwas Konkretes brachte, etwas, das ihn von der Machtlosigkeit befreien und ihm eine Aufgabe zuweisen würde. Selbst wenn es das Aufbringen gleich welchen Lösegeldbetrags wäre, den die Scheißkerle wollten. Wenn es nach ihm gegangen wäre, hätte er das Sortierzentrum in Kirkcaldy überwacht oder wie ein altmodischer Wegelagerer seinen Briefträger abgefangen und seine Post verlangt. Aber er gab zu, dass das verrückt wäre. Stattdessen ging er hinter dem Briefschlitz auf und ab, in den irgendwann zwischen halb neun und neun die Korrespondenz für das Schloss geworfen würde.

Lawson und Rennie waren schon da. Um acht waren sie über die hintere Einfahrt im Auto eines Klempners gekommen und trugen Blaumänner. Jetzt saßen sie untätig in der Diele und warteten auf die Post. Mary hockte benommen von dem Valium, das zu nehmen er sie gedrängt hatte, in Pyjama und Morgenmantel, die Arme um die Beine geschlungen, das Kinn auf die Knie gestützt, auf der untersten Treppenstufe. Susan ging mit Tee und Kaffee hin und her und verbarg Gott weiß was unter ihrer gewohnten Gefasstheit. Grant hatte auf jeden Fall keine Ahnung, wie sie es die letzten zwei Tage geschafft hatte, nicht die Haltung zu verlieren.

Lawsons knackendes Funkgerät empfing eine unverständliche Nachricht, nur ein paar Augenblicke später raschelte es, und der Briefschlitz klapperte. Das Bündel Tagespost rauschte zu Boden, und Grant stürzte sich darauf wie ein Verhungernder auf die versprochene Mahlzeit. Lawson war fast genauso schnell und packte den großen braunen Umschlag nur Sekunden später, nachdem Grants Finger ihn sich geschnappt hatten. »Ich nehme das an mich«, bestimmte er.

Grant entriss ihm den Umschlag. »Nein, das werden Sie nicht tun. Er ist an mich adressiert, und Sie werden ihn noch früh genug sehen.« Er presste ihn an seine Brust, stand auf und wich vor Lawson und Rennie zurück.

»Okay, okay«, lenkte Lawson ein. »Regen Sie sich nicht auf, Sir. Setzen Sie sich doch neben Ihre Frau.«

Zu seiner eigenen Überraschung tat Grant, was Lawson vorgeschlagen hatte, und sank neben Mary auf die Treppe. Er starrte den Umschlag an und wollte plötzlich gar nicht mehr wissen, welche Forderungen an ihn gestellt wurden. Dann legte Mary ihre Hand auf seinen Arm, was sich wie eine unerwartete Energietransfusion anfühlte. Er riss die Lasche auf und zog ein dickes Papierbündel heraus. Als er es auseinanderfaltete, sah er, dass es diesmal zwei Poster mit dem Puppenspieler waren. Bevor er die Worte lesen konnte, die auf der ausgesparten freien Fläche unten standen, sah er das Polaroidfoto. Er wollte es zudecken, aber Mary war schneller, streckte die Hand herüber und nahm es.

Diesmal war Cats Mund nicht zugeklebt. Ihr Gesichtsausdruck war wütend und trotzig. Sie war mit Paketband an einen Stuhl gefesselt, die Wand hinter ihr war leer und weiß. Im Vordergrund des Bildes hielt eine behandschuhte Hand die *Sunday Mail* vom Vortag.

»Wo ist Adam?«, fragte Mary.

»Wir müssen annehmen, dass er da ist. Es ist ein bisschen schwierig, ein Baby posieren zu lassen«, beschwichtigte sie Lawson.

»Aber wir haben keinen Beweis. Er könnte tot sein.« Mary schlug die Hand vor den Mund, als wollte sie die verräterischen Worte wieder zurückstopfen.

»Red keinen Unsinn.« Grant schlang den Arm um sie und legte eine unaufrichtige Wärme in seine Stimme. »Du weißt doch, wie Catriona ist. Niemals würde sie so stillhalten, wenn man Adam etwas angetan hätte. Sie würde schreien wie eine Furie und sich auf den Boden werfen, statt lammfromm und ruhig dazusitzen.« Er drückte ihre Schulter. »Es wird alles gut, Mary.«

Lawson wartete einen Augenblick und sagte dann: »Können wir uns mal die Nachricht ansehen?«

Grants Lider zitterten, und er nickte. Er breitete das Poster auf seinen Knien aus und las, was mit dem gleichen dicken Filzstift wie auf dem vorherigen geschrieben stand:

Wir wollen eine Million. Zweihunderttausend Pfund in gebrauchten Scheinen, nicht durchnumerierte Zwanzig-Pfund-Noten in einer Tasche. Den Rest in ungeschliffenen Diamanten. Die Übergabe ist am Mittwochabend. Wenn Sie das Lösegeld bringen, werden Sie eine Geisel zurückbekommen. Sie können wählen, wen.

»Mein Gott«, entfuhr es Grant. Er gab das Poster an Lawson weiter, der schon seine Handschuhe angezogen hatte. Auch die zweite Zeichnung brachte nichts Erfreulicheres.

Wenn wir die Diamanten überprüft haben und wissen, dass das Geld in Ordnung ist, werden wir die andere Geisel freigeben. Denken Sie daran: keine Polizei. Versuchen Sie nicht, uns reinzulegen. Wir kennen uns aus und schrecken nicht davor zurück, für die Sache Blut zu vergießen.

Anarchistischer Kampfbund Schottlands.

»Was haben Sie unternommen, um diese Leute ausfindig zu machen?«, wollte Grant wissen. »Wie weit sind Sie noch davon entfernt, meine Tochter und ihren Sohn zu finden?«

Lawson hielt eine Hand hoch, während er das zweite Poster studierte. Er gab es an Rennie weiter und sagte: »Wir tun alles, was wir können. Wir haben mit der Sondereinheit Special Branch gesprochen und mit dem MI5, aber beide haben keine Kenntnis von einer Gruppe von Aktivisten, die sich Anarchistischer Kampfbund Schottlands nennt. Es ist uns gelungen, Samstagnacht einen Spezialisten für Fingerabdrücke und einen für Beweismaterial in Catrionas Haus einzuschleusen. Bis jetzt haben sie noch keine direkten Hinweise geliefert, aber wir arbeiten daran. Einen Kollegen haben wir als Kunden auftreten lassen, der herumfragte, ob jemand wüsste, wann Catrionas Studio offen sein würde. Wir haben herausgefunden, dass sie auf jeden Fall am Mittwoch gearbeitet hat, aber niemand kann bestätigen, sie danach gesehen zu haben. Wir haben keine Berichte über irgendetwas Ungewöhnliches in der Gegend. Keine verdächtigen Fahrzeuge oder merkwürdiges Benehmen. Wir ...«

»Was Sie meinen, ist, dass Sie nichts gefunden haben und nichts wissen«, unterbrach ihn Grant brutal.

Lawson zuckte nicht einmal. »Das ist bei Entführungsfällen häufig so. Es gibt wenige Anhaltspunkte, außer bei einer Verschleppung in aller Öffentlichkeit. Und wenn ein kleines Kind mitbetroffen ist, ist es sehr leicht, den Erwachsenen unter Kontrolle zu halten, so dass es nicht einmal zu der Art von Auseinandersetzung kommt, die forensische Beweise hinterlässt. Im Allgemeinen ist die Übergabe der Zeitpunkt, an dem wir wirklich Fortschritte machen können.«

»Aber dann können Sie doch gar nichts machen. Können Sie nicht lesen, Mann? Sie werden eine Geisel behalten, bis sie sicher sind, dass wir nicht versucht haben, sie zu überlisten«, sagte Grant.

»Brodie, sie werden beide bei der Übergabe sein«, warf Mary ein. »Sieh mal, hier steht, wir können eine Geisel wählen.«

Grant schnaubte. »Und welche werden wir aussuchen? Es ist doch verdammt klar, dass wir Adam nehmen würden. Den Verletzlichsten. Der nicht auf sich aufpassen kann. Niemand, der halbwegs bei Verstand ist, würde ein sechsmonatiges Kleinkind einem Haufen anarchistischer Terroristen überlassen, wenn er die Wahl hätte. Sie werden Adam bringen und Catriona dort zurücklassen, wo immer sie sie festhalten. Das würde ich an ihrer Stelle tun.« Er sah zur Bestätigung zu Lawson hin.

Der Polizist vermied es, ihm in die Augen zu blicken. »Das ist sicher eine Möglichkeit«, räumte er ein. »Aber was immer sie machen, wir haben Handlungsfreiräume. Wir können versuchen, ihnen zu folgen. Wir können einen Peilsender in der Tasche verstecken und auch einen zwischen den Diamanten.«

»Und wenn das nicht funktioniert? Was hält sie davon ab, noch einmal zu kommen und mehr zu verlangen?«, wollte Grant wissen.

»Nichts. Es ist durchaus möglich, dass sie ein zweites Mal Lösegeld verlangen.« Lawson war offensichtlich sehr unbehaglich zumute.

»Dann werden wir bezahlen«, entschied Mary ruhig. »Ich will meine Tochter und meinen Enkel sicher wiederhaben. Brodie und ich werden alles tun, was nötig ist, um das zu erreichen. Nicht wahr, Brodie?«

Grant fühlte sich in die Enge getrieben. Er wusste, was die Antwort sein müsste, aber es überraschte ihn, dass er unschlüssig war. Er räusperte sich. »Natürlich werden wir das tun, Mary.« Diesmal blickte ihm Lawson scharf in die Augen, und Grant begriff, dass er vielleicht etwas zu viel preisgegeben hatte. Er musste den Polizisten daran erinnern, dass auch für ihn etwas auf dem Spiel stand. »Und Mr. Lawson wird das auch tun, Mary. Das verspreche ich dir.« Lawson faltete die Poster zusammen und schob sie wieder in den Umschlag. »Wir engagieren uns alle hundert Prozent, um Catriona und Adam sicher zurückzubekommen«, versicherte er. »Und der erste Punkt auf der Liste ist, dass Sie mit Ihrer Bank sprechen müssen.«

»Mit meiner Bank? Sie meinen, wir geben ihnen echtes Geld?« Grant fand es unglaublich. Hätte er jemals über so etwas nachgedacht, dann hätte er angenommen, dass die Polizei einen Vorrat von gekennzeichnetem Falschgeld für solche Fälle bereithielt.

»Es wäre an diesem Punkt sehr gefährlich, irgendetwas anderes zu tun«, warnte Lawson. Er starrte auf den Teppich, ein Abbild der Verlegenheit. »Ich nehme an, dass Sie das Geld haben?«

Samstag, 30. Juni 2007,
Newton of Wemyss

Frecher Kerl, tat so, als sei es ihm peinlich, zu fragen, aber ich sah doch, dass es ihm in Wirklichkeit Spaß machte, mich in Verlegenheit zu bringen«, schnaubte Grant und gab Gas, als sie Coaltown of Wemyss hinter sich gelassen hatten. »Verstehen Sie mich nicht falsch. Lawson hat während der ganzen Ermittlung nie einen Fehler gemacht. Ich habe keinen Grund, anzunehmen, dass er nicht vollkommen engagiert war und versucht hat, die Dreckskerle zu fassen, die Catriona und Adam entführt hatten. Aber ich merkte, dass er es zugleich auch insgeheim genoss, zu sehen, wie ich mein Fett abbekam.«

»Warum war das so, was meinen Sie?«

Grant fuhr langsamer, als sich in der hohen Mauer, an der sie entlangfuhren, eine Lücke auftat. »Neid, ganz einfach. Egal wie man es nennen mag, Klassenkampf, Machogehabe, Empfindlichkeit. Es läuft alles aufs Gleiche hinaus. Es gibt eine Menge Leute da draußen, die mir übelnehmen, dass ich habe, was ich habe.« Er bog von der Straße ab in eine große Haltebucht. Die Mauer lief auf beiden Seiten nach innen und ließ in der Mitte Platz für ein hohes Doppeltor aus einem dicken, schwarzgestrichenen Gitter, das so gebaut war, dass es einem mittelalterlichen Fallgitter ähnelte. Auf einer Seite fügte sich die Vorderfront eines zweistöckigen Hauses in die Mauer ein. Es war aus den gleichen roten Sandsteinblöcken gebaut wie die Mauer selbst. Gardinen verdeckten die Fenster, und keine davon wurde beim Motorengeräusch des Landrovers beiseitegeschoben. »Und diese gleichen Leute ärgerten sich auch über Catriona. Es ist ironisch, nicht wahr? Die Leute nahmen an, dass Catriona aufgrund meines Einflusses einen so guten Start im Beruf hatte. Es war ihnen nicht klar, dass sie eher trotz meines Widerstands erfolgreich war.«

Er stellte den Motor ab, stieg aus und schlug die Tür hinter sich zu. Bel folgte ihm, fasziniert von den Einblicken, die er ihr gewährte, den unfreiwilligen genauso wie den absichtlichen. »Und Sie? Ist der Neid auf Sie letztlich auch eine Ironie?«

Grant drehte sich auf dem Absatz um und sah sie finster an. »Ich dachte, Sie hätten recherchiert?«

»Das habe ich. Ich weiß, dass Sie aus einer kleinen Bergbausiedlung in Kelty stammen. Dass Sie Ihr Unternehmen aus dem Nichts aufgebaut haben. Aber hier und da finden sich in den Zeitungsausschnitten klare Hinweise, dass Ihre Heirat Ihrem kometenhaften Aufstieg nicht unbedingt geschadet hat.« Bel wusste, dass sie mit dem Feuer spielte, aber wenn sie etwas aus dieser einzigartigen Nähe zu ihm machen und zu etwas ausbauen wollte, das ihre Karriere beeinflusste, musste sie unter die Oberfläche vordringen zu den Dingen, die niemand anders je vermutet und schon gar nicht ergründet hatte.

Grants schwere Augenbrauen zogen sich für einen Moment zusammen, und sein finsterer Blick ließ sie fürchten, der vernichtende Sturm seines Zorns würde sie überrollen. Aber dann änderte sich etwas an seinem Gesichtsausdruck. Sie sah, dass es ihm Mühe machte, aber er schaffte ein kurzes Lächeln und zuckte mit den Schultern. »Ja, Marys Vater hatte Macht und Einfluss in Bereichen, die für den Aufbau meines Geschäfts sehr wichtig waren.« Er breitete die Arme mit einer Geste aus, die hilflos wirkte. »Und ja, dass ich sie heiratete, hat mir in beruflicher Hinsicht nur Gutes gebracht. Aber es ist doch so, Bel: Meine Mary war klug genug, zu wissen, dass sie unglücklich sein würde, wenn sie einen Mann heiratete, der sie nicht liebte. Und deshalb wählte sie mich.« Sein Lächeln verschwand langsam. »Ich hatte in der Sache keine Wahl. Und ich hatte auch keine Wahl, als sie sich entschloss, mich zu verlassen.« Schnell wandte er sich ab und schritt auf das schwere Tor zu.

Freitag, 23. Januar 1987,
Eilean Dearg

Sie verbrachten dieser Tage so wenig Zeit miteinander. Der Gedanke hatte Grant die ganze Woche bei jedem Essen geplagt, das er auf Rotheswell eingenommen hatte. Frühstück ohne sie. Lunch ohne sie. Abendessen ohne sie. Gäste waren da gewesen, Geschäftsfreunde, Politiker und natürlich Susan. Aber Mary war nicht dabei gewesen. Die Zeit ohne sie hatte diese Woche eine kritische Dimension erreicht. Er konnte mit dieser Distanz zwischen ihnen nicht weitermachen. Er brauchte sie jetzt so sehr wie eh und je. Nichts machte Cats Tod leichter, aber Mary machte ihn erträglich. Und jetzt ihre Abwesenheit, ausgerechnet heute, das war nicht auszuhalten.

Sie war am Montag weggefahren und hatte gesagt, sie müsse allein sein.

Auf der Insel würde sie den Frieden finden, den sie suchte. Dort war kein Personal. Man brauchte nur zwanzig Minuten, um die Insel einmal ganz zu umrunden, aber zwei Meilen draußen im Meer fühlte es sich an, als sei man weit von allem und allen entfernt. Grant war genauso gern dort, um nachzudenken wie zum Angeln. Mary ließ ihm das Vergnügen und stieß nur gelegentlich dazu. Er konnte sich nicht erinnern, dass sie jemals allein dorthin gegangen war. Aber sie hatte hartnäckig darauf bestanden.

Natürlich gab es kein Telefon. Sie hatte ein Autotelefon, aber der Wagen würde auf dem Hotelparkplatz auf der Insel Mull eine halbe Meile vom Landungssteg entfernt stehen. Und außerdem hätte man in der Wildnis der Hebriden mit einem Autotelefon kein Signal empfangen können. Seit ihrem Abschied am Montag hatte er ihre Stimme nicht mehr gehört.

Und jetzt hatte er genug von der Stille. Zwei Jahre auf den Tag, dass seine Tochter gestorben und sein Enkel verschwunden war, da wollte Grant mit seinem Schmerz nicht allein sein. Er versuchte wegen der Dinge, die schiefgelaufen waren, nicht zu streng mit sich zu sein, aber das Schuldbewusstsein hatte seinem Herzen trotzdem Narben beigebracht. Manchmal fragte er sich, ob auch Mary ihm die Schuld gab und sich deshalb so oft fernhielt. Er hatte versucht, ihr zu sagen, dass nur die Leute, die Catriona entführten, die Verantwortung für ihren Tod tragen sollten. Aber er konnte kaum sich selbst überzeugen, geschweige denn sie.

Nach einem zeitigen Frühstück und einem Anruf im Hotel, man möge dafür sorgen, dass jemand da war, der ihn zu seiner Insel bringen konnte, hatte er sich aufgemacht. Zweimal hatte er anhalten müssen, als der Kummer, der ihm in der Kehle saß, ihn zu überwältigen drohte. Er war angekommen, als noch ein schwacher Streifen Tageslicht am Himmel hing, aber bis er das Wasser überquert hatte, war die Dämmerung hereingebrochen. Der Pfad zur Hütte war jedoch breit und gut gepflegt, so dass er nicht befürchtete, vom Weg abzukommen.

Als Grant sich näherte, war er überrascht, keine Lichter zu sehen. Wenn Mary an ihren Patchworkdecken arbeitete, benutzte sie eine Batterie von Lampen, die eine Theaterbeleuchtung in den Schatten gestellt hätte. Vielleicht nähte sie nicht. Vielleicht saß sie im Wintergarten im hinteren Teil des Häuschens und beobachtete das letzte Tageslicht am westlichen Himmel. Grant beschleunigte seine Schritte und wollte sich nicht eingestehen, dass die Angst ihre scharfen Krallen in seine Brust schlug.

Die Tür war nicht abgeschlossen und flog auf gutgeölten Scharnieren lautlos auf. Er schaltete das Licht an, und in der Diele war nun alles deutlich erkennbar. »Mary«, rief er. »Ich bin's.« Die tote Luft schien seine Worte zu verschlucken und zu verhindern, dass sie weiter vordrangen.

Grant ging durch die Diele, warf im Gehen die Türen auf und rief den Namen seiner Frau, während sich seine Kopfhaut in einer Panik anspannte, die ihm Tränen in die Augen trieb. Wo zum Teufel war sie nur? Sie konnte doch nicht draußen sein. So spät noch. Und bei der Kälte.

Er fand sie im Wintergarten. Aber sie schaute sich nicht den Sonnenuntergang an. Mary Grant würde nie wieder den Sonnenuntergang betrachten. Ein paar herumliegende Tabletten und eine leere Wodkaflasche verrieten das Geheimnis ihres Schweigens. Ihre Haut war schon kalt.

Samstag, 30. Juni 2007,
Newton of Wemyss

Bel holte Grant bei den schweren Balken der Pforte ein. Aus der Nähe sah sie, dass in eines der Tore, das groß genug für einen Lieferwagen oder einen großen Pkw war, eine kleinere Tür eingelassen war. Auf der anderen Seite war ein zerfurchter Weg, der tief in den dichten Wald führte.

»Sie hatte einen Brief hinterlassen«, sagte er. »Ich weiß ihn immer noch auswendig. ›Es tut mir so leid, Brodie. Ich kann nicht mehr weiter. Du hast Besseres verdient, und mir wird es nie wieder bessergehen. Ich kann es nicht ertragen, dich in deinem Schmerz zu sehen, und ich kann auch meinen eigenen Schmerz nicht aushalten. Bitte, versuche wieder zu lieben. Ich bete, dass du es kannst.‹« Sein Gesicht verzog sich zu einem bitteren Lächeln. »Judith und Alec. Das heißt, ich tue, was sie mir aufgetragen hat. Haben Sie schon einmal vom Iditarod-Rennen gehört?«

Von dem plötzlichen Themenwechsel überrascht, konnte Bel nur stottern: »Ja. In Alaska. Hundeschlitten.«

»Eine der größten Gefahren, der man dabei begegnen kann, nennt sich Trommeleis. Es passiert Folgendes: Das Wasser unter dem Eis zieht sich zurück und hinterlässt nur eine dünne Haut über einer Luftblase. Von oben sieht es genauso aus wie der Rest des Eisfeldes. Aber wenn man die Stelle belastet, bricht man ein und kommt nicht mehr heraus, weil an den Seiten pures Eis ist. So fühlt es sich manchmal an, dass ich Catriona und Adam verloren habe. Ich weiß nicht, wann der Boden unter meinen Füßen mich nicht mehr tragen wird.« Er räusperte sich und wies auf eine kleine, aus Holz erbaute Scheune, die hinter dem Rand der

Baumgruppe hervorsah. »Das war Catrionas Studio und Ausstellungsraum. Damals war es in besserem Zustand. Wenn das Geschäft geöffnet war, stellte sie zwei Reklametafeln an die Straße. Sie ließ das innere Tor offen, so dass die Leute kommen und gehen konnten, aber es war nicht breit genug für Autos. Zum Parken war ja hier draußen genug Platz.« Er deutete auf die große Fläche, wo er den Landrover abgestellt hatte. Das Gespräch über seine erste Frau war offenbar abgeschlossen. Aber er hatte Bel mit dem Bild vom Trommeleis ein tolles Geschenk gemacht. Sie wusste, dass sie daraus etwas Eindrucksvolles erschaffen konnte.

Sie sah sich gründlich am Standort um. »Aber theoretisch hätte der Entführer das Tor weit genug öffnen können, damit er durchfahren konnte? Dann wäre er von der Straße aus nahezu unsichtbar gewesen.«

»Das dachte die Polizei anfangs auch, aber die einzigen Radspuren, die sie fanden, waren die von Catrionas eigenem Wagen. Die Entführer müssen hier draußen geparkt haben, wo der Untergrund fest ist. Jeder, der vorbeifuhr, hätte sie sehen können. Sie gingen ein verdammt großes Risiko ein.«

Bel zuckte mit den Schultern. »Ja und nein. Wenn sie tatsächlich Adam in ihrer Gewalt hatten, dann hätte Cat getan, was man von ihr verlangte.«

Grant nickte. »Selbst eine so sture Person wie meine Tochter hätte zuerst an ihren Sohn gedacht. Daran habe ich keinen Zweifel.« Er wandte sich ab. »Ich mache mir immer noch Vorwürfe.«

Das schien ihr eine extreme Reaktion zu sein, selbst für einen Kontrollfreak. »Wie meinen Sie das?«, fragte Bel.

»Ich habe mich zu sehr auf die Polizei verlassen. Ich hätte mehr Verantwortung dafür übernehmen sollen, wie die Dinge sich entwickelten. Ich hab's nicht genug versucht.«

Mittwoch, 23. Januar 1985,
Rotheswell Castle

Wir wissen schon, was wir tun«, versicherte Lawson. Er klang immer genervter, was Grant nicht gerade mit Vertrauen erfüllte. »Wir können dies heute Nacht zu Ende bringen.«

»Sie sollten das Gelände hier überwachen lassen«, drängte Grant. »Die könnten jetzt schon vor Ort sein.«

»Ich glaube, sie wissen ungefähr, wann die Post bei Ihnen abgegeben wurde«, entgegnete Lawson. »Wenn sie einen Vorsprung vor uns haben wollten, hätten sie sich schon verschanzt, bevor wir die Nachricht mit den Einzelheiten bekamen. Es macht also eigentlich keinen Unterschied.«

Grant starrte auf das Polaroidfoto von diesem Morgen hinunter. Diesmal lag Cat auf der Seite auf einem Bett, und Adam saß mit großen Augen an sie gelehnt. Wieder lieferte die *Daily Record* den Beweis, dass sie lebten. Zumindest, dass sie am gestrigen Tag noch am Leben waren. »Warum dort?«, fragte er. »Es ist eine so sonderbare Stelle. Man kann sich ja von dort nicht schnell absetzen.«

»Vielleicht haben sie die Stelle gerade deshalb ausgewählt. Wenn die Kidnapper nicht schnell wegkönnen, können Sie das auch nicht. Sie werden ja immer noch eine Geisel haben, die sie als Druckmittel einsetzen können, damit Sie sich fernhalten, bis sie ihr Fahrzeug erreicht haben«, sagte Lawson. Er breitete die detaillierte Landkarte aus, die Rennie gebracht hatte. Der Ort der Übergabe war mit einem roten Kreis gekennzeichnet. »Der Lady's Rock. Er ist auf halbem Weg zwischen der alten Zeche in East Wemyss und dem östlichen Rand von West Wemyss. Die nächsten

Punkte, die sie anfahren können, sind hier, wo der Wald anfängt …« Lawson tippte auf die Karte. »Oder hier. Der Parkplatz bei West Wemyss. Wenn ich sie wäre, würde ich nicht West Wemyss wählen. Es ist weiter von der Hauptverkehrsstraße entfernt. Von dort dauert es ein paar entscheidende Minuten länger, das Straßennetz zu erreichen.«

»Aber man hat mehr Möglichkeiten, wenn man dort ist«, hob Grant hervor. »Richtung Dysart oder Boreland, Richtung Coaltown oder die Check Bar Road runter zum Standing Stone, und dann mehr oder weniger überallhin.«

»Wir haben für alle Möglichkeiten vorgesorgt«, erklärte Lawson.

»Sie dürfen kein Risiko eingehen«, verlangte Grant. »Sie werden das Lösegeld haben. Sie könnten Cat opfern, damit ihre Flucht gelingt.«

»Wie meinen Sie das?«

»Wenn ich ein Geiselnehmer wäre, der das Lösegeld hat, und ich würde merken, dass Ihre Männer hinter mir her sind, würde ich meine Geisel aus dem Wagen werfen«, erwiderte Grant, wobei er viel gelassener klang, als ihm zumute war. »Und Sie würden natürlich ihretwegen anhalten, wie jeder zivilisierte Mensch das täte. Die Kidnapper wissen das. Sie können es sich leisten, darauf zu setzen.«

»Wir werden vorsichtig sein«, versprach Lawson.

Grant warf frustriert die Hände in die Luft. »Das ist auch nicht die richtige Antwort. Sie können in einer solchen Situation nicht die Sicherheit an die erste Stelle setzen. Sie müssen bereit sein, kalkulierte Risiken einzugehen. Sie müssen sich nach dem Moment richten. Sie dürfen nicht unbeweglich sein. Sie müssen flexibel bleiben. Ich bin nicht nach ganz oben gekommen, weil ich Risiken vermieden habe.«

Lawson warf ihm einen wohlüberlegten Blick zu. »Und wenn ich ein Risiko eingehe, das ich für notwendig halte, und es geht nach hinten los? Werden Sie derjenige sein, der am lautesten schreit, damit mein Kopf rollt?«

Grant schloss einen Moment die Augen. »Natürlich werde ich das«, antwortete er. »Also, ich habe zwei Leben und eine Million Pfund auf diese Karte gesetzt. Sie müssen mich überzeugen, dass Sie Ihre Sache gut machen. Können wir das noch mal durchgehen?«

Samstag, 30. Juni 2007,
Newton of Wemyss

Ich wusste, dass ich sie im Stich gelassen hatte. Zu dem Zeitpunkt wusste ich es schon.« Grant stieß einen tiefen Seufzer aus. »Trotzdem glaubte ich, dass sich jemand melden würde, auch wenn alles schiefginge. Dass irgendjemand etwas gesehen haben musste.«

»Aber das geschah nicht.« Eine Klarstellung ohne Umschweife.

»Nein, es geschah nicht.« Er drehte sich um und schaute Bel an. Sein Gesichtsausdruck spiegelte seine Verwirrung. »Niemand hat sich gemeldet. Weder wegen der Entführung selbst noch wegen des Verstecks, wo sie festgehalten worden war. Niemand gab der Polizei eine einzige glaubwürdige Augenzeugenaussage. Es gab natürlich die üblichen Spinner. Und Leute, die anriefen und es gut meinten. Aber nachdem man alle überprüft hatte, wurde jeder einzelne Hinweis verworfen.«

»Das scheint merkwürdig«, sagte Bel. »Gewöhnlich gibt es irgendetwas. Selbst wenn es nur ein Streit unter Kriminellen ist.«

»Das meine ich auch. Die Polizei schien es allerdings nicht eigenartig zu finden. Aber ich habe mich immer gefragt, wie sie es geschafft haben, ohne dass ein einziger Zeuge irgendeine Einzelheit bemerkte.«

Bel sah nachdenklich drein. »Vielleicht gab es unter den Kriminellen keinen Streit, weil sie keine Kriminellen waren.«

»Was meinen Sie damit?«

»Ich bin nicht sicher«, antwortete sie langsam.

Grant sah frustriert aus. »Das ist das Problem mit diesem Fall.« Er fing an, auf den Landrover zuzugehen. »Niemand war sich je in Bezug auf irgendetwas sicher. Das Einzige, was feststeht, ist, dass meine Tochter tot ist.«

Sonntag, 1. Juli 2007,
East Wemyss

Karen hatte nie eine besonders hohe Meinung von Studenten gehabt. Das war einer der Gründe, weshalb sie sich entschlossen hatte, direkt nach der Schule der Polizei beizutreten, obwohl ihre Lehrer sie von einem Studium zu überzeugen versuchten. Sie sah keinen Sinn darin, vier Jahre lang Schulden anzuhäufen, wenn sie gutes Geld verdienen und eine richtige Arbeit verrichten konnte. Und nichts, was sie vom Leben ihrer früheren Schulkameraden mitbekam, hatte ihr das Gefühl gegeben, einen Fehler gemacht zu haben.

Aber River Wildes Truppe zwang sie zuzugeben, dass vielleicht doch nicht alle Studenten verbummelte Drückeberger waren. Sie waren kurz vor elf angekommen, luden ihre Sachen aus und hatten bis um zwölf ihre Abdeckplanen ausgebreitet und Scheinwerfer aufgestellt. Und sie hatten es organisiert, dass jemand Pizza besorgte, hatten ihr Essen hinuntergeschlungen und mit der schweren Aufgabe begonnen, die sie zügig und zugleich vorsichtig angehen mussten: die Tonnen von Felsbrocken und Geröll ohne Geräte wegzuschaffen. Als sie erst einmal die rhythmische Arbeit mit Pickeln, Kellen, Sieben und Pinseln aufgenommen hatten, ließ River sie machen und gesellte sich zu Karen, die an dem Tisch des Vereins zur Erhaltung der Höhlen saß und sich ziemlich überflüssig vorkam.

»Sehr eindrucksvoll«, meinte Karen.

»Sie kommen nicht viel raus«, entgegnete River. »Also, jedenfalls nicht im professionellen Sinn. Sie können es kaum erwarten.«

»Wie lange, meinst du, wird es dauern, so viel von dem Gestein wegzuräumen, dass der Gang nicht mehr blockiert ist?«

River zuckte mit den Achseln. »Es kommt darauf an, wie weit der Gang verschüttet ist. Es ist unmöglich, das zu erraten. Einer meiner Doktoranden hat seinen ersten Abschluss in Geologie und sagt, wenn Sandstein sich zu bewegen beginnt, sei er notorisch unvorhersehbar. Wenn wir von oben her einiges weggeräumt haben, können wir einen kleinen Bohrer mit einer Sonde reinschicken. Damit können wir eine ungefähre Vorstellung gewinnen, wie weit es hineinreicht. Wenn wir auf Luft stoßen, können wir eine Glasfaserkamera reinschieben. Dann werden wir sehr viel deutlicher sehen, womit wir es zu tun haben.«

»Ich bin wirklich sehr dankbar dafür«, beteuerte Karen. »Denn ich bin hier auf etwas unsicherem Gebiet.«

»Das dachte ich mir. Willst du es mir erklären? Oder ist es besser, wenn ich nichts weiß?«

Karen grinste. »Du hast das für mich organisiert. Da ist es besser, du weißt, worauf du dich einlässt.« Sie fasste für River die wichtigsten Punkte ihrer Ermittlungen zusammen und wurde ausführlicher, wenn River sie um Einzelheiten bat. »Was meinst du?«, schloss sie. »Glaubst du, ich werde es hinbekommen?«

River deutete mit einer Handbewegung an, es könne so oder so ausgehen. »Wie schlau ist dein Chef?«, wollte sie wissen.

»Er ist eine Pappnase«, erwiderte Karen. »Hat den Durchblick, den man mit 'nem Brett vor dem Kopf gewinnen kann.«

»In diesem Fall könntest du Glück haben.«

Bevor Karen antworten konnte, trat eine vertraute Gestalt

aus dem Dunkel des Höhleneingangs. »Na, Mädels, da fehlt doch noch eine von den drei Hexen?«, grüßte Phil, trat ins Licht und zog sich einen Stuhl heran.
»Von was redest du denn da?«, fragte Karen.
»Hubble bubble, toil and trouble«, erwiderte er. »Eine Täuschung des Lichts. Entschuldigung, Chefin.« Er streckte die Hand aus. »Sie müssen Dr. Wilde sein. Ich muss gestehen, ich dachte, Karen wäre eine Einzelerscheinung, aber offenbar habe ich mich getäuscht.«
»Er meint das im netten Sinn«, erklärte Karen und rollte mit den Augen. »Phil, du wirst lernen müssen, mit fremden Frauen freundlich umzugehen. Besonders mit solchen, die siebzehn verschiedene, nicht nachweisbare Arten kennen, dich umzubringen.«
»Moment«, warf River ein, anscheinend beleidigt. »Ich kenne viel mehr als siebzehn Methoden.«
Das Eis war gebrochen, und Phil ließ River erläutern, was ihr Team zu erreichen hoffte. Er hörte aufmerksam zu, und als sie fertig war, sah er zu den Studenten hinüber. Sie hatten in der oberen Ecke, wo die heruntergebrochenen Felsbrocken bis an die Decke reichten, schon eine sichtbare Delle ausgehoben. »Nichts für ungut«, sagte er. »Aber ich hoffe, dass sich das alles als Zeitverschwendung herausstellen wird.«
»Du hoffst also immer noch, dass Mick Prentice lebendig und wohlauf ist und in Polen Löcher gräbt, wie Iain Maclean meinte?«, erkundigte sich Karen, wobei ihr mitleidiger Tonfall ziemlich vernichtend klang.
»Mir wäre das lieber, als wenn er unter diesen Steinen gefunden würde.«
»Und mir wäre es lieber, wenn ich gestern Abend die richtigen Totozahlen gehabt hätte«, entgegnete Karen.

»Ein bisschen Optimismus ist ja ganz gut«, meinte River versöhnlich. Sie stand auf. »Ich sollte wohl als gutes Beispiel vorangehen. Ich ruf dich an, wenn wir auf irgendetwas stoßen.«

Es war nicht schwierig, in Jenny Prentice' Reihenhaussiedlung zwei Parkplätze zu finden.

Phil folgte Karen den Weg entlang und murmelte halblaut, dass die Makrone ausrasten würde, wenn er von Rivers großer Ausgrabung erfuhr.

»Alles unter Kontrolle«, wiegelte Karen ab. »Mach dir keine Sorgen.«

Die Tür ging plötzlich auf, und Jenny Prentice starrte sie an.

»Guten Tag, Mrs. Prentice. Wir möchten uns gern kurz mit Ihnen unterhalten.« Stahlharter Blick und genauso die Stimme.

»Tja, aber ich will nicht mit Ihnen reden. Es passt jetzt nicht.«

»Uns aber schon«, entgegnete Phil. »Wollen Sie sich hier unterhalten, wo die Nachbarn mithören können? Wir könnten reinkommen, wenn Ihnen das lieber wäre?«

Eine andere Gestalt erschien hinter Jenny. Karen konnte nicht anders: Sie freute sich, als sie Misha Gibson erkannte.

»Wer ist es, Mum?«, wollte sie wissen und war dann schon im Bilde. »Inspector Pirie, haben Sie Neuigkeiten?« Die Hoffnung, die in ihren Augen aufleuchtete, fühlte sich wie ein Vorwurf an.

»Nichts Konkretes«, gab Karen zu. »Aber Sie hatten recht. Ihr Dad ist nicht mit den Streikbrechern nach Nottingham gegangen. Was immer mit ihm passiert ist, das war es jedenfalls nicht.«

»Wenn Sie also nicht mit Neuigkeiten gekommen sind, warum sind Sie dann hier?«

»Wir haben eine oder zwei Fragen, die wir Ihrer Mutter stellen müssen«, erklärte Phil.

»Nichts, das nicht bis morgen warten kann«, beharrte Jenny und verschränkte die Arme vor der Brust.

»Trotzdem gibt es keinen Grund, es nicht heute zu erledigen«, sagte Karen lächelnd zu Misha.

»Ich sehe meine Tochter nicht so oft«, wandte Jenny ein. »Ich will nicht die wenige Zeit, die wir haben, verschwenden, um mit Ihnen zu reden.«

»Es wird nicht lange dauern«, versprach Karen. »Und es betrifft Misha auch.«

»Komm, Mum. Sie sind den ganzen Weg hier rausgefahren, wir können sie zumindest hereinbitten«, meinte Misha und dirigierte ihre Mutter von ihrem Standort auf der Schwelle weg. Der Blick, den Jenny den Ermittlern zuwarf, hätte schwächere Seelen erstarren lassen, aber sie trat zurück, wandte sich von ihnen ab und ging wieder in das Wohnzimmer, wo sie beim letzten Mal mit ihr gesprochen hatten.

Karen lehnte den Tee ab, den Misha anbot, und ließ Mutter und Tochter kaum Zeit, sich hinzusetzen, bevor sie direkt zur Sache kam. »Bei unserem letzten Gespräch haben Sie Tom Campbell gar nicht erwähnt.«

»Warum hätte ich ihn erwähnen sollen?« Jenny konnte nicht verhindern, dass sie feindselig klang.

»Weil er an dem Tag hier war, an dem Ihr Mann verschwand. Und auch nicht zum ersten Mal.«

»Warum hätte er nicht hier sein sollen? Er war ein Freund der Familie und sehr großzügig zu uns während des Streiks.« Jennys Mund schnappte zu wie eine Mausefalle.

»Was wollen Sie damit andeuten, Inspector?« Misha klang ehrlich verwundert.
»Ich will gar nichts andeuten. Ich frage Jenny nur, warum sie nicht erwähnt hat, dass Campbell an jenem Tag hergekommen war.«
»Weil es nichts zu sagen hatte«, erklärte Jenny.
»Wie lange nach Micks Verschwinden war es, als Sie und Tom eine Beziehung eingingen?« Die Frage hing im Raum neben den Staubpartikeln, die die Luft bevölkerten.
»Sie haben eine sehr schmutzige Phantasie«, versetzte Jenny.
Karen zuckte mit den Schultern. »Es ist aktenkundig, dass er hier einzog. Dass Sie als Familie zusammenlebten. Dass er in seinem Testament alles Misha hinterließ. Ich frage nur, wie viel Zeit verging zwischen Micks Verschwinden und Toms Einzug.«
Jenny warf ihrer Tochter einen kurzen Blick zu, aus dem sich nichts entnehmen ließ. »Tom war ein guter Mann. Sie haben kein Recht, hierherzukommen mit Ihren Andeutungen und Verleumdungen. Der Mann war frisch verwitwet. Seine Frau war meine beste Freundin gewesen. Er brauchte Freunde um sich. Und er war Steiger, so dass die meisten Männer nichts von ihm wissen wollten.«
»Ich bestreite all das nicht«, sagte Karen. »Ich versuche nur, die Fakten abzuklären. Es hilft mir nicht bei der Suche nach Mick, wenn Sie mir nicht die ganze Geschichte erzählen. Also – wie lange dauerte es, bis Tom und Sie von Freundschaft zu Beziehung wechselten?«
Misha stieß einen ungeduldigen Laut aus. »Sag ihr doch, was sie wissen will, Mum. Sie wird es sonst nur von jemand anderem hören. Es ist besser, wenn es von dir kommt als von den Waschweibern des Orts.«

Jenny starrte auf ihre Füße und musterte eingehend ihre abgenutzten Hausschuhe, die an den Zehen fast durchgestoßen waren, als wäre die Antwort dort zu lesen und sie hätte nur die falsche Brille auf. »Wir waren beide einsam und beide verlassen worden, so kam es uns vor. Und er war gut zu uns, sehr gut.« Eine lange Pause trat ein, dann streckte Misha die Hand aus und legte sie auf die geballte Faust ihrer Mutter. »Ich nahm ihn genau sechs Wochen nach dem Tag, an dem Mick uns verließ, ins Bett. Wir hätten gehungert, wenn Tom nicht gewesen wäre. Wir suchten beide Trost.«

»Daran ist nichts Schlimmes.« Die sanften Worte kamen überraschenderweise von Phil. »Wir sind nicht hier, um Urteile zu fällen.«

Jenny nickte ganz schwach. »Er zog im Mai bei uns ein.«

»Und er war ein sehr guter Stiefvater«, ergänzte Misha. »Er hätte seine Sache nicht besser machen können, wenn er mein wirklicher Vater gewesen wäre. Ich hatte Tom sehr lieb.«

»Wir hatten ihn beide gern«, sagte Jenny. Karen konnte nicht umhin, zu denken, dass sie genauso sehr versuchte, sich selbst zu überzeugen, wie die anderen. Sie erinnerte sich an Mrs. McGillivrays Behauptung, dass Jenny Prentice' Herz immer nur Mick gehört hätte.

»Haben Sie sich jemals gefragt, ob Tom etwas damit zu tun hatte, dass Mick wegging?«

Jenny warf den Kopf in den Nacken und funkelte Karen an. »Was zum Teufel soll das heißen? Meinen Sie, dass Tom Mick etwas angetan hat? Sie meinen, dass er Mick beseitigte?«

»Sagen Sie mir's. Hat er das?« Karen war in gleichem Maße unerbittlich wie Jenny aufgebracht.

»Da sind Sie auf dem Holzweg«, widersprach Misha mit lauter und trotziger Stimme. »Tom hätte keiner Fliege etwas getan.«
»Ich habe nichts davon gesagt, dass Campbell Mick Schaden zugefügt haben könnte. Aber ich finde es äußerst interessant, dass Sie beide sehr schnell vermuteten, dass ich das meinte«, bemerkte Karen. Jenny sah verwirrt aus, Misha wütend. »Ich habe mich gefragt, ob Mick klar war, dass es eine Verbindung zwischen Ihnen und Tom gab. Nach dem, was ich höre, war er ein stolzer Mann. Vielleicht hat er beschlossen, dass es das Beste für alle wäre, wenn er das Feld räumte für einen Mann, den Sie zu bevorzugen schienen.«
»Sie reden den reinsten Blödsinn« zischte Jenny. »Es lief damals nichts zwischen mir und Tom.«
»Nein? Na ja, vielleicht meinte Tom, dass etwas laufen würde, wenn er Mick entfernen konnte. Er hatte genug Geld. Vielleicht hat er Mick bestochen.« Es war eine empörende Unterstellung, das wusste sie. Aber Empörung brachte oft interessante Resultate.
Jenny zog ihre Hand unter Mishas zurück und rutschte von ihrer Tochter weg. »Das ist deine Schuld«, schrie sie ihre Tochter an. »Ich muss mir das nicht anhören. In meinem eigenen Haus wagt sie es, den Mann zu verleumden, der dir alles gegeben hat. Was hast du uns da eingebrockt, Michelle? Was hast du getan?« Tränen rannen ihr über die Wangen, und sie holte aus und schlug Misha heftig ins Gesicht.
Karen sprang sofort auf und eilte hin. Aber nicht schnell genug. Jenny hatte den Raum verlassen, bevor irgendjemand sie aufhalten konnte. Fassungslos presste Misha eine Hand an ihre rote Wange. »Lassen Sie sie«, rief sie. »Sie

haben genug Schaden angerichtet für einen Tag.« Sie schnaufte und fasste sich dann wieder. »Ich glaube, Sie sollten gehen«, erklärte sie.

»Tut mir leid, dass die Dinge außer Kontrolle geraten sind«, entschuldigte sich Karen. »Aber das ist das Problem, wenn man die Büchse erst mal geöffnet hat. Man weiß nie, was herauskommen wird.«

Montag, 2. Juli 2007, Glenrothes

ACC Simon Lees starrte das Blatt Papier an, das Karen Pirie ihm vorgelegt hatte. Schon dreimal hatte er es gelesen und verstand immer noch nicht. Er wusste, dass er es sich erklären lassen musste und irgendwie dabei den Kürzeren ziehen würde. Er fand es so unfair. So früh am Montagmorgen war der heilige Friede seines Büros schon gestört. »Mir ist nicht recht klar, warum wir diese …«, er sah wieder auf das Blatt hinunter und versuchte, den Verdacht loszuwerden, dass Pirie sich einen perversen Scherz leistete, »… Dr. River Wilde dafür bezahlen, dass sie eine Studentengruppe bei einer ›forensischen Ausgrabung‹ in einer Höhle in East Wemyss anleitet.«

»Weil es uns ungefähr ein Zehntel dessen kosten wird, was der forensische wissenschaftliche Dienst uns berechnen würde. Und ich weiß, dass Sie es gern sehen, wenn wir viel für unser Geld bekommen«, erwiderte Karen.

Sie wusste ganz genau, dass er das nicht gemeint hatte, dachte Lees. »Ich spreche nicht von den Auswirkungen aufs Budget«, entgegnete er verdrossen. »Ich versuche nur zu verstehen, was dieser …«, er hob frustriert die Hände in die Luft, »dieser ganze Zirkus überhaupt soll.«

»Ich dachte, ich sollte bei meinen Ermittlungen zur Entführung von Catriona Maclennan Grant alle Hebel in Bewegung setzen«, antwortete Karen freundlich.

Machte sie sich über ihn lustig? Oder verstand sie wirklich nicht, was sie gerade gesagt hatte? »So wörtlich habe ich das nicht gemeint, Inspector. Was zum Teufel soll das bringen?« Er hielt ihr das Anforderungsformblatt entgegen.

»Im Lauf meiner Befragungen habe ich erfahren, dass es in einer der Höhlen von Wemyss im Januar 1985 einen etwas ungewöhnlichen Einsturz der Decke gab. Ich sage ungewöhnlich, weil sich der Boden seit der Schließung der Zeche Michael 1967 gesetzt hatte und es keine anderen großen Einbrüche mehr gab.« Karen genoss die Verblüffung auf Lees' Gesicht. »Als ich mir die Sache genauer betrachtete, fand ich heraus, dass der Einbruch am Donnerstag, den 24. Januar, entdeckt wurde.«

»Und?« Lees schien nicht zu verstehen.

»Das war einen Tag, nachdem Catriona ermordet worden war, Sir.«

»Das weiß ich, Inspector. Ich kenne den Fall. Aber mir ist immer noch nicht klar, was der Einbruch einer Decke in einer unbekannten Höhle mit irgendetwas zu tun haben soll.« Er machte sich an dem Rahmen der Fotografie auf seinem Schreibtisch zu schaffen.

»Na ja, Sir, es ist doch so.« Karen lehnte sich in ihrem Stuhl zurück. »Bei den Einheimischen sind die Höhlen ja nicht gerade unbekannt. Jeder kennt sie. Die meisten Leute haben in ihrer Kindheit dort mindestens einmal gespielt. Nun, eines der Dinge, die wir damals nie herausgefunden haben, war, wo Catriona und Adam festgehalten wurden. Wir hatten keine Berichte von Augenzeugen, die sie mit einem bestimmten Ort in Verbindung gebracht hätten. Und ich habe nachgedacht. Zu dieser Jahreszeit sind die Höhlen ziemlich verlassen. Es ist zu kalt, als dass Kinder draußen spielen könnten, und das Tageslicht ist nie hell genug, dass zufällig Vorbeikommende versucht wären, mehr als ein paar Meter in die Höhlen einzudringen.«

Lees ließ sich gegen seinen eigenen Willen von ihrer Schilderung beeindrucken. Sie berichtete nicht wie seine anderen Mitarbeiter. Meistens brachte sie ihn damit auf die Palme, aber manchmal, so wie heute, konnte er ihrem Erzählstil nicht widerstehen. »Sie sagen also, die Höhlen hätten als potenzielles Versteck für die Geiselnehmer dienen können? Klingt das nicht 'n bisschen nach Enid Blyton?«, entgegnete er und versuchte, sich damit wieder Geltung zu verschaffen.

»Sehr beliebt, Enid Blyton, Sir. Vielleicht könnte man sie sogar inspirierend nennen. Jedenfalls, vor der betreffenden Höhle, Thane's Cave, ist jetzt ein Geländer mit einem Tor, um die Leute fernzuhalten. Aber damals versperrte nur ein Zaun den Zugang. Er war nicht als richtiges Hindernis gedacht. Der Höhlenverein nutzte Thane's Cave als eine Art Clubhaus. Und das ist tatsächlich noch immer so. Die Absperrung war nur da, um gelegentlich vorbeikommende Neugierige abzuhalten. Es wäre also nicht schwierig gewesen, sich Zutritt zu verschaffen.«

»Aber sie hätten wie in einer Mausefalle festgesessen, wenn sie entdeckt worden wären«, widersprach Lees.

»Also, das ist es ja. Wir sind uns da nicht ganz sicher. Es hat immer das Gerücht gegeben, dass es einen Durchgang vom Macduff Castle hinunter zur Höhle gäbe.«

»Ach, um Himmels willen, Inspector. Haben Sie Drogen genommen? Das ist ja völliger Irrsinn.«

»Mit Respekt, Sir. Es ergibt in gewisser Hinsicht einen Sinn. Wir wissen, dass die Entführer in einem Boot vom Tatort verschwanden. Polizisten bezeugten damals, es hätte wie ein kleines Boot mit Außenbordmotor geklungen. Aber bis sie den Hubschrauber gestartet und den Scheinwerfer für die Suche bereithatten, war im Umkreis von Lady's Rock nichts mehr von einem kleinen Boot zu sehen. Und in der Nacht damals war Hochwasser. Was wäre, wenn sie schnell zwei Meilen die Küste entlanggefahren wären und das Boot in der Höhle versteckt hätten? Ein Schlauchboot hätten sie ohne Probleme reinbringen können. Sie lassen es dort mit dem ganzen Rest ihres provisorischen Lagers liegen, gehen raus und sorgen dafür, dass die Decke hinter ihnen einstürzt.«

Lees schüttelte den Kopf. »Es klingt wie eine Mischung aus *Dangerous Book for Boys* und *Stirb langsam*. Was vermuten Sie, wie sind sie denn vorgegangen ...«, er hielt inne und malte mit zwei Fingern Gänsefüßchen in die Luft, was übrigens seine Frau aus irgendeinem Grund so sehr irritierte, dass sie immer ganz eingeschnappt reagierte »... als sie ›die Decke hinter sich einstürzen‹ ließen?«

Karen lächelte für seinen Geschmack viel zu heiter. »Ich habe keine Ahnung, Sir. Dr. Wildes Team wird es uns hoffentlich bald sagen können. Ich bin ziemlich sicher, dass wir hinter dem Einsturz etwas finden werden, das all diese Ausgaben rechtfertigen wird.«

Lees stützte seinen Kopf in beide Hände. »Ich glaube, Sie haben den Verstand verloren, Inspector.«

»Macht nichts« meinte sie und stand auf. »Es geht ja um den Fall Brodie Grant. Sie können praktisch ausgeben, was Sie wollen, Sir. Das ist mal eine Gelegenheit, bei der niemand das Budget in Frage stellen wird.«

Lees spürte das Blut in seinen Ohren hämmern. »Wollen Sie mich verarschen?«

Sofort bereute er es, dass er ausfallend geworden war, nicht zuletzt weil sie aussah, als finde sie, das sei auf jeden Fall eine Verbesserung. »Nein, Sir«, antwortete Karen nüchtern. »Ich nehme diesen Fall sehr ernst.«

»Sie haben eine merkwürdige Art, das zu zeigen.« Lees schlug mit den Handflächen auf den Schreibtisch. »Ich will hier richtige Polizeiarbeit sehen, keinen Ausflug zur Insel Kirrin. Es ist an der Zeit, dass Sie sich mit der Vergangenheit befassen. Es ist Zeit, mit Lawson zu sprechen.« Das würde ihr zeigen, wer hier der Chef war.

Aber irgendwie hatte sie auch diese kleine Bombe schon entschärft. »Ich bin froh, dass Sie dieser Meinung sind, Sir. Ich habe nämlich schon einen Termin vereinbart«, sie sah auf ihre Uhr, »der in drei Stunden ist. Wenn Sie nichts dagegen haben, bin ich schon unterwegs nach Blue Toon mit dem Bleifuß auf dem Gaspedal.«

»Wie bitte?« Warum konnten diese Leute aus Fife kein normales Englisch sprechen?

Karen seufzte. »Ich muss nach Peterhead fahren.« Sie ging auf die Tür zu. »Ich vergesse immer wieder, dass Sie ja nicht von hier sind.« Sie warf einen kurzen Blick über die Schulter zurück. »Sie verstehen uns nicht so recht, Sir, nicht wahr?«

Aber bevor er antworten konnte, war sie weg und hatte die Tür weit offen gelassen. Wie ein Scheunentor hinter der Kuh, dachte er mit Bitterkeit, stand auf und schlug sie zu. Was hatte er verbrochen, um diese schreckliche Frau zu verdienen? Und wie zum Henker würde er den Fall Brodie Grant mit Glanz und Gloria abschließen, wenn er gezwungen war, sich auf die detektivischen Fähigkeiten einer Frau zu verlassen, die es für interessant hielt, eine Scheißhöhle aufzugraben?

Campora, Toskana

Mit einem Gefühl der Erleichterung bog Bel Richmond von der SS2 ab, der heimtückischen Schnellstraße, die sich zwischen Florenz und Siena durch die Toskana schlängelte. Wie gewöhnlich hatten die italienischen Autofahrer ihr einen gehörigen Schrecken eingejagt, wenn sie zu schnell und zu nah an ihr vorbeischossen, so dass sich in den scharfen Kurven, die die schmalen Fahrbahnen noch enger erscheinen ließen, die Außenspiegel fast berührten. Die Tatsache, dass sie einen Leihwagen fuhr, machte die unangenehme Situation nur noch schlimmer. Bel hielt sich für eine ziemlich gute Fahrerin, aber in Italien lagen ihre Nerven unweigerlich blank.

Und dank ihres neuesten Auftrags fühlte sie sich sowieso schon ausreichend genervt.

Am Sonntagabend hatte sie in ihrem Zimmer gegessen – ihre eigene Entscheidung. Denn sie war eingeladen gewesen, mit den Grants im Esszimmer zu speisen, hatte aber Zeitdruck wegen ihrer Arbeit vorgeschützt. In Wirklichkeit gab es einen banaleren Grund, aber weil er so egoistisch war, konnte sie ihn nicht zugeben. Tatsächlich sehnte sich Bel danach, allein zu sein. Sie wollte am Fenster die roten Marlboros rauchen, die sie vor einigen Monaten nach Viviannes ewigen Ermahnungen angeblich aufgegeben hatte. Sie wollte sich irgendeinen Schrott in der Glotze anschauen und mit einer ihrer Freundinnen telefonieren, deren Getratsche ihr so guttat. Am liebsten wäre sie weggelaufen, nach Haus, um mit Harry auf der Playstation irgendein Ballerspiel zu spielen. Es war immer das Gleiche, wenn sie mit den Objekten ihres journalistischen Interesses auf engem

Raum zusammenlebte. Sie konnte nur ein bestimmtes Maß an Nähe ertragen.
Aber ihr Spaß am Alleinsein hielt nicht lange an. Sie hatte gerade angefangen, sich die erste Folge einer neuen amerikanischen Krimiserie anzusehen, als es klopfte. Bel drehte die Lautstärke herunter, stellte ihr Glas Wein ab und stand von der Couch auf. Sie machte die Tür auf und sah Susan Charleson mit einem dünnen Plastikordner in der Hand vor sich. »Es tut mir leid, wenn ich störe«, sagte sie. »Aber ich fürchte, dies hier ist ziemlich dringend.«
Bel verbarg die üble Laune, die in ihr aufstieg, trat zurück und forderte sie mit einer Handbewegung auf, einzutreten. »Kommen Sie rein«, seufzte sie.
»Darf ich?« Susan wies auf die Couch.
»Machen Sie es sich bequem.« Bel setzte sich ans andere Ende des Sofas und ließ so viel Platz wie möglich zwischen ihnen. Sie hatte keine Zuneigung zu Susan Charleson gefasst. Hinter der kühlen Effizienz war nichts, an dem sie sich festhalten konnte, keine schwesterliche Warmherzigkeit, auf der man eine verschwörerische Freundschaft hätte aufbauen können. »Wie kann ich Ihnen helfen?«
Susan legte den Kopf schräg und setzte ein kurzes ironisches Lächeln auf. »Sie haben ja bestimmt bemerkt, dass Sir Broderick zu schnellen Entscheidungen neigt und erwartet, dass alle anderen sie umsetzen.«
»So kann man es auch sagen«, meinte Bel. *Gewöhnt, seinen Kopf durchzusetzen,* wäre vielleicht eine bessere Definition. »Was hat er also beschlossen, was braucht er von mir?«
»Sie reagieren ja auch ganz schön schnell«, stellte Susan fest. »Wahrscheinlich mag er Sie deshalb.« Sie warf Bel einen wohlüberlegten Blick zu. »Er mag nicht viele Leute.

Wenn er jedoch jemanden schätzt, dann belohnt er uns sehr großzügig.«

Schmeichelei und Bestechung, die krummen Zwillinge. Dem Himmel sei Dank, dass sie in ihrer Karriere einen Punkt erreicht hatte, wo sie über die Runden kam, ohne deren vergiftete Geschenke annehmen zu müssen. »Ich befasse mich mit den Dingen, weil sie mich interessieren. Wenn sie mich langweilen, arbeite ich nicht gut, und dann ist es eigentlich sinnlos.«

»Na schön. Er möchte, dass Sie nach Italien fahren.«

Was immer sie erwartet hatte, das jedenfalls nicht. »Warum?«

»Weil er meint, dass die italienische Polizei sich nicht allzu viel von diesem Fall verspricht, und deshalb werden sie nicht sehr hart daran arbeiten. Wenn DI Pirie dorthin fährt oder einen von ihrem Team schickt, wird sie durch die Sprachbarriere und dadurch behindert sein, dass sie dort fremd ist. Er meint, Sie könnten es besser machen, weil Sie Italienisch sprechen. Dazu kommt die Tatsache, dass Sie gerade von dort zurückkommen und vermutlich in letzter Zeit mit den Einheimischen Kontakt hatten. Natürlich nicht mit der Polizei. Aber mit den Leuten, die tatsächlich etwas darüber wissen könnten, was sich in dieser verfallenen Villa abgespielt hat.« Susan lächelte sie an. »Sie bekommen auf jeden Fall eine Reise in die Toskana spendiert, hin und zurück, alle Kosten inklusive.«

Das musste Bel sich nicht lange überlegen. Dies war wahrscheinlich ihre einzige Chance, mit einem Vorsprung vor der Polizei an neue Informationen zu kommen. »Woher wissen Sie, dass ich Italienisch spreche?«, versuchte sie die Entscheidung etwas zu verzögern, da sie nicht wollte, dass es so aussah, als sei sie allzu leicht zu überreden.

Ein kühles Lächeln. »Nicht nur Journalisten wissen, wie man recherchiert.«

Das hast du dir selbst zuzuschreiben. »Wann soll ich starten?«

Susan reichte ihr die Mappe. »Morgen früh um sechs gibt es einen Flug nach Pisa. Er ist für Sie gebucht, und am Flughafen ist ein Mietwagen für Sie bestellt. Ich habe keine Unterkunft reservieren lassen; ich dachte, das würden Sie vielleicht lieber selbst organisieren. Die Kosten werden Ihnen natürlich erstattet.«

Bel war bestürzt. »Sechs Uhr morgens?«

»Es ist der einzige direkte Flug. Ich habe alles organisiert. Sie werden zum Flughafen gefahren. Es dauert um die Zeit morgens nur vierzig Minuten …«

»Ja, gut«, unterbrach Bel sie ungeduldig. »Sie waren wohl zuversichtlich, dass ich zustimmen würde.«

Susan legte die Mappe auf die Couch zwischen sich und Bel und stand auf. »Es war eine ziemlich sichere Sache.«

Jetzt war sie also hier und holperte auf einer Landstraße im Val d'Elsa an den Sonnenblumenfeldern vorbei, die gerade in voller herrlicher Blüte standen, und heiße Erregung pulsierte in ihrer Kehle. Sie wusste nicht, ob Brodie Grants Name ihr in Italien genauso leicht Türen öffnen würde wie in Schottland. Aber sie hatte den leisen Verdacht, dass er genau wusste, wie man die tiefverwurzelte Korruption, die hier allem zugrunde lag, zu Manipulationen nutzen konnte. Es gab heutzutage nichts in Italien, das sich nicht auf irgendeine Art »geschäftlich« regeln ließ.

Außer Freundschaft, natürlich. Und dank der Freundschaft hatte sie zumindest ein Dach über dem Kopf. Die Villa kam natürlich nicht in Frage. Nicht wegen der Kosten, sie war ziemlich sicher, die hätte Brodie Grant springen lassen, aber weil es Hochsaison in der Toskana war. Doch sie hatte Glück gehabt. Grazia und Maurizio hatten eine ihrer alten Scheunen in Ferienwohnungen umgewandelt, und die kleinste, ein Einzimmerappartement mit einer winzigen Terrasse, war gerade frei geworden. Als sie vom Flughafen aus anrief, wollte Grazia sie ihr gratis anbieten. Bel brauchte zehn Minuten, bis sie erklärt hatte, dass jemand ihre Kosten übernehme und Grazia ruhig den Preis so weit erhöhen konnte, wie sie wollte.

Bel bog von der Straße auf einen schmaleren, zerfurchten Feldweg ab, der sich durch einen Eichen- und Kastanienwald hinaufwand. Nach ungefähr einer Meile kam sie auf ein kleines Hochplateau mit einem Olivenhain und einem Maisfeld. Am Ende stand eine eng zusammengekauerte Häusergruppe hinter einem selbstgemalten Schild, auf dem *Boscolata* stand.

Bel nahm die scharfen Kurven, die sie durch die Bäume hindurch wieder zurückführten. Als sie die zweite Biegung hinter sich hatte, fuhr sie langsamer und spähte durch das Unterholz zu dem halbverfallenen Haus hinüber, wo alles begonnen hatte. Es war nichts zu sehen, was gezeigt hätte, dass es dort irgendetwas von Interesse gab, außer einem Stück rot-weißem Absperrband, das nachlässig vor das Tor gebunden war. So viel zu den Ermittlungen der italienischen Polizei.

Nach weiteren fünf Minuten schwieriger Fahrt hielt Bel auf Grazias Hof an. Ein brauner Hund mit hängenden Ohren und einer rosa Nase tanzte am Ende seiner Kette und bellte so draufgängerisch, wie das nur ein Hund tut, der weiß, niemand wird so nah herankommen, dass er zubeißen muss. Bevor Bel die Tür öffnen konnte, erschien Grazia schon auf den Stufen, die von der Loggia herunterführten, und wischte sich die Hände an der Schürze ab. Ihr Gesicht bekam von dem breiten Lächeln viele Falten.

Die ausführliche Begrüßung und Bels Einzug in die schön ausgestattete Wohnung dauerten eine halbe Stunde. Dies hatte den Vorteil, dass es Bel half, sich wieder in den Rhythmus der Sprache zu finden. Dann setzten sich die beiden Frauen mit einer Tasse Kaffee in Grazias dämmerige Küche, deren dicke Steinwände wie schon seit Hunderten von Jahren die Sommerhitze abhielten.

»Und jetzt müssen Sie mir verraten, warum Sie so bald schon wieder zurück sind«, bat Grazia. »Sie sagten, es hätte etwas mit Arbeit zu tun?«

»Sozusagen«, antwortete Bel und musste sich anstrengen, ihr Italienisch wieder parat zu haben. »Sagen Sie mal, haben Sie bemerkt, dass sich in letzter Zeit bei dem alten Haus unten etwas getan hat?«

Grazia warf ihr einen misstrauischen Blick zu. »Wieso wissen Sie das? Die Carabinieri waren am Freitag dort. Sie haben sich umgesehen und gingen dann weg, um mit den Leuten in Boscolata zu sprechen. Aber was hat das mit Ihnen zu tun?«

»Als wir hier im Urlaub waren, habe ich mir die alte Villa angeschaut. Ich fand dort etwas, das mit einem ungelösten Verbrechen in England zu tun hat. Ein Fall, der zwanzig Jahre zurückliegt.«

»Was für ein Verbrechen?« Grazia sah ängstlich aus. Ihre Hände mit den geschwollenen Gelenken fuhren unruhig auf dem Tisch hin und her.

»Eine Frau und ihr kleiner Sohn wurden entführt. Aber bei der Übergabe des Lösegeldes ging etwas schief. Die Frau kam um, und man fand nie heraus, was mit dem Kind geschehen ist.« Bel breitete die Hände aus und zuckte mit den

Schultern. Irgendwie kamen solche Gesten bei ihr einfach viel spontaner, wenn sie Italienisch sprach.

»Und Sie haben hier etwas gefunden, das damit in Verbindung steht?«

»Ja. Die Entführer nannten sich Anarchisten und übermittelten ihre Forderungen in Form eines Posters. Unten in der Villa fand ich genau so ein Poster.«

Grazia schüttelte erstaunt den Kopf. »Die Welt wird immer kleiner. Wann sind Sie denn zu den Carabinieri gegangen?«

»Ich bin überhaupt nicht hingegangen, weil ich dachte, sie würden mir nicht glauben. Oder wenn, dann würden sie sich nicht für etwas interessieren, das vor über zwanzig Jahren in Großbritannien passiert ist. Ich wartete, bis ich zu Hause war, dann ging ich zum Vater der Frau. Er ist ein sehr reicher, mächtiger Mann. So einer, der Dinge in Bewegung setzt.«

Grazia stieß ein leises grimmiges Lachen aus. »So einen würde man auch brauchen, um die Carabinieri dazu zu bringen, dass sie ihren Hintern bewegen und den ganzen Weg von Siena herkommen. Das erklärt, warum sie so dringend wissen wollten, wer in der Villa gelebt hat.«

»Ja. Ich fand, es sah aus, als hätten Hausbesetzer dort gewohnt.«

Grazia nickte. »Das Haus gehörte Paolo Totti. Er ist gestorben, vielleicht vor einem Dutzend Jahren. Ein einfältiger Mann, sehr eitel. Er hatte all sein Geld für ein großes Haus ausgegeben, um alle damit zu beeindrucken, aber er hatte nicht mehr genug übrig, um sich so um das Haus zu kümmern, wie es nötig gewesen wäre. Und dann starb er, ohne ein Testament zu hinterlassen. Seine Familie ist seit damals wegen der Villa zerstritten. Der Prozess wird weiter durch die Gerichte geschleppt, und jedes Jahr verfällt das Anwesen ein bisschen mehr. Niemand von der Familie tut irgendetwas, um es zu erhalten, denn er könnte ja am Ende vielleicht gar nichts bekommen. Seit Jahren schon kommen sie nicht mehr her. Und so ziehen manchmal irgendwelche Leute für eine Weile dort ein, bleiben den Sommer über und gehen dann wieder. Die letzte Gruppe, die ist länger geblieben.« Grazia trank ihren Kaffee aus und stand auf. »Ich kenne nur den Klatsch, aber wir werden nach Boscolata hinuntergehen und mit meinen Freunden dort sprechen. Sie können Ihnen viel mehr sagen als diese rechthaberischen Carabinieri.«

Peterhead, Schottland

Karen musterte James Lawson genau, während er näher kam. Seine stramme Haltung mit erhobenem Kopf und geradem Rücken hatte er abgelegt. Seine Schultern waren herabgesunken, die Schritte kurz und angespannt. Drei Jahre Gefängnis hatten ihn stark altern lassen. Er ließ sich ihr gegenüber an der anderen Seite des Tisches mit einigem Getue und Herumgerutsche nieder, bis er endlich saß. Ein bescheidener Versuch, einen Teil des Gesprächs unter Kontrolle zu bekommen, dachte sie.

Dann sah er auf. Er hatte immer noch den matten, harten Blick des Polizisten, seine Augen glühten, sein Gesicht war wie aus Stein.

»Karen«, sagte er und begrüßte sie mit einem kurzen Nicken. Seine blassen, bläulichen Lippen pressten sich zu einer festen Linie zusammen.

Sie sah keinen Sinn darin, Small Talk zu machen. Es ließ sich kaum etwas sagen, was nicht direkt zu gegenseitigen Beschuldigungen und Bitterkeit geführt hätte. »Ich brauche Ihre Hilfe«, erklärte sie.

Lawsons Mund entspannte sich und verzog sich zu einem höhnischen Lächeln. »Für wen halten Sie sich? Clarice Starling? Sie müssen ein paar Pfund abnehmen, bevor Sie es mit Jodie Foster aufnehmen könnten.«

Karen rief sich ins Gedächtnis zurück, dass Lawson die gleichen Kurse über Verhörtechniken besucht hatte wie sie. Er wusste, wie man die Schwächen seines Gegenübers ausfindig machte. Aber andererseits kannte sie sich damit auch aus. »Für Hannibal Lecter würde es sich vielleicht lohnen, eine Diät zu machen«, entgegnete sie. »Aber nicht für einen

Bullen, der sich blamiert und seine letzte Forelle aus Loch Leven gezogen hat.«

Lawson hob die Augenbrauen. »Hat man Sie in einen Klugscheißerkurs geschickt, bevor Sie die Prüfung als Inspector abgelegt haben? Wenn Sie mir Honig ums Maul schmieren wollen, gehen Sie die Sache nicht richtig an.«

Karen schüttelte resigniert den Kopf. »Ich habe weder die Zeit noch die Energie für so etwas. Ich bin nicht hier, um Ihrem Ego zu schmeicheln. Wir wissen beide, wie die Dinge laufen. Wenn Sie mir helfen, wird Ihr Leben in den vier Wänden hier für eine Weile etwas weniger schrecklich. Wenn Sie einfach weggehen, wer weiß, welche beschissene kleine Fiesheit dann Ihr Leben noch ein bisschen elender macht? Es ist Ihre Entscheidung, Jimmy.«

»Für Sie bin ich Mr. Lawson.«

Sie schüttelte den Kopf. »Das würde mehr Respekt voraussetzen, als Sie verdienen. Das wissen Sie doch.« Nachdem sie jetzt ihre Meinung gesagt hatte, würde sie ihn überhaupt nicht mehr anreden. Sie hörte, wie schwer er durch die Nase schnaufte, bei jedem Ausatmen ein schwaches Pfeifen.

»Sie meinen, Sie könnten mein Leben noch elender machen?« Er starrte sie an. »Sie haben keine verdammte Ahnung. Ich sitze in Einzelhaft, weil ich Expolizist bin. Sie sind der erste Mensch, der mich dieses Jahr besucht hat. Ich bin zu alt und zu hässlich, als dass sich irgendjemand sonst für mich interessieren könnte. Ich rauche nicht und brauche keine weiteren Telefonkarten.« Er stieß ein kurzes schwaches Lachen aus, wie ein Schnauben, bei dem der Schleim in seiner Kehle gurgelte. »Wie viel schlimmer, meinen Sie, können Sie es machen?«

Sie erwiderte ungerührt seinen starren Blick. Sie wusste, was er getan hatte, und in ihrem Herzen war kein Platz für

Mitleid oder Mitgefühl mit ihm. Es war ihr egal, wenn sie in sein Essen spuckten. Oder Schlimmeres. Er hatte sie und alle anderen, die mit ihm zusammengearbeitet hatten, verraten. Die meisten Polizisten, die Karen kannte, übten ihren Beruf aus anständigen Motiven aus. Sie brachten Opfer für ihre Arbeit, es war ihnen wichtig, dass sie richtig gemacht wurde. Als sie entdeckten, dass ein Mann, dessen Befehle sie ohne Zögern befolgt hatten, ein dreifacher Mörder war, hatte das die Moral der Kripo zerstört. Die Brüche waren immer noch nicht ganz verheilt. Manche Leute machten Karen immer noch Vorwürfe und argumentierten, es wäre besser gewesen, schlafende Hunde nicht zu wecken. Sie wusste nicht, wie sie es anstellten, nachts ruhig schlafen zu können.

»Man hat mir erzählt, dass Sie oft die Bücherei nutzen«, sagte sie. Seine Augen zuckten. Sie wusste, dass sie ihn damit gepackt hatte. »Es ist wichtig, im Kopf aktiv zu bleiben, oder? Sonst dreht man wirklich völlig durch. Ich habe gehört, dass man in der Bücherei heutzutage Bücher und Musik auf einen kleinen MP3-Player herunterladen und sich das anhören kann, wann immer man Lust dazu hat.«

Er sah weg, faltete die Hände und löste die Finger wieder. »Arbeiten Sie immer noch an ungelösten Fällen?« Das Zugeständnis, das er mit diesen Worten machte, schien ihm Energie zu rauben, die er nur schwer erübrigen konnte.

»Es ist jetzt meine Abteilung. Robin Maclennan ist in den Ruhestand getreten.« Karen sprach mit neutraler Stimme, und ihr Gesicht war ungerührt.

Lawson sah über ihre Schulter auf die kahle Wand hinter ihr. »Ich war ein guter Polizist. Ich habe nicht viel ungetane Arbeit für euch Aasgeier übriggelassen«, stellte er klar.

Karen warf ihm einen bemessenen Blick zu. Er hatte drei

Menschen umgebracht, hatte versucht, einem labilen Mann zwei Morde in die Schuhe zu schieben, und hielt sich immer noch für einen guten Polizisten. Wie Kriminelle sich selbst zu täuschen vermochten, erstaunte sie immer wieder. Sie fragte sich, wie er, ohne eine Miene zu verziehen, dasitzen konnte, nachdem er das Gesetz gebrochen, Lügen fabriziert und Leben ausgelöscht hatte. »Sie haben viele Fälle gelöst«, war noch das Beste, was sie herauszubringen imstande war. »Aber ich habe etwas, das nach neuen Beweisen in einem noch nicht abgeschlossenen Fall aussieht.«

Lawsons Gesichtsausdruck veränderte sich nicht, aber als er sich leicht auf seinem Stuhl bewegte, spürte sie, dass sich sein Interesse regte. »Catriona Maclennan Grant«, sagte er und erlaubte sich ein selbstzufriedenes Grinsen. »Da Sie selbst kommen, muss es schon Mord sein. Und das ist der einzige ungelöste Mordfall, bei dem ich die Leitung hatte.«

»An Ihrem Geschick für Schlussfolgerungen ist nichts auszusetzen«, bemerkte Karen.

»Und? Haben Sie endlich etwas, mit dem Sie dem Dreckskerl nach all der Zeit das Genick brechen können?«

»Welchem Dreckskerl?«

»Dem Exfreund natürlich …« Lawsons graue Haut legte sich in Falten, als er sein Gedächtnis nach Einzelheiten durchforschte. »Fergus Sinclair. Wildhüter. Sie hatte ihn weggeschickt, wollte ihn nicht Vater ihres Kindes sein lassen.«

»Sie meinen, Fergus Sinclair hat sie und das Baby entführt? Warum hätte er das tun sollen?«

»Um sein Kind und genug Geld an sich zu bringen, damit die beiden auf großem Fuß leben konnten«, antwortete Lawson, als erkläre er einem kleinen Kind etwas, das offensichtlich war. »Dann hat er sie bei der Übergabe umgebracht, damit sie ihn nicht verpfeifen konnte. Wir wussten alle, dass er es getan hatte, nur konnten wir es nicht beweisen.«

Karen beugte sich vor. »Darüber steht nichts in der Akte«, sagte sie.

»Natürlich nicht.« Lawson stieß einen spöttischen Laut aus. »Mein Gott, Karen, meinen Sie, wir waren damals blöd?«

»Sie mussten zwar 1985 nicht alles für die Verteidigung offenlegen«, betonte sie. »Aber es gab keinen operativen Grund, wieso Sie nicht dem, der nach Ihnen kommen würde, einen kleinen Hinweis geben konnten.«

»Trotzdem brachten wir nichts zu Papier, was wir nicht mit klaren Beweisen untermauern konnten.«

»Na gut. Aber in der Akte weist nichts darauf hin, dass Sie ihn sich auch nur angesehen haben. Keine Notizen zu einem Gespräch oder Abschriften eines Verhörs, keine Aussagen. Er wird nur in einer Befragung von Lady Grant erwähnt, die äußerte, sie glaube, dass Sinclair der Vater von Catrionas Sohn sei, ihre Tochter habe sich aber immer geweigert, dies zu bestätigen.«

Lawson wandte den Blick ab. »Brodie Maclennan Grant ist ein mächtiger Mann. Darin stimmten wir alle überein, bis hinauf zur Ebene des Polizeipräsidenten. Nichts sollte in der Akte erscheinen, das wir nicht zu einhundert Prozent beweisen konnten.« Er räusperte sich. »Obwohl wir alle dachten, dass Sinclair offensichtlich der Hauptverdächtige war, wollten wir nicht sein Todesurteil unterschreiben.«

Karens Mund ging auf und schloss sich wieder. Ihre Augen weiteten sich. »Sie meinten, Brodie Grant hätte Sinclair umbringen lassen?«

»Sie haben seinen Schmerz nicht gesehen, nachdem Cat gestorben war. Ich hätte es ihm zugetraut.« Sein Mund schnappte zu, und er starrte sie trotzig an.

Karen hatte Brodie Grant für einen harten, getriebenen Mann gehalten. Aber es war ihr nie in den Sinn gekommen, ihn als potenziellen Auftraggeber für einen Mord zu betrachten. »Da hatten Sie unrecht«, stellte sie fest. »Sinclair war immer in Sicherheit. Grant meint, er hätte nicht das Zeug dazu gehabt.«

Lawson schnaubte. »Das mag er jetzt sagen. Aber damals spürte man den Hass gegen diesen Jungen, der von ihm ausging.«

»Und Sie haben sich Sinclair genau angesehen?«

Lawson nickte. »Er erschien uns vielversprechend. Hatte kein Alibi. Arbeitete im Ausland. Österreich war es, glaube ich. Gutsverwaltung, das ist sein Fach.« Er runzelte wieder die Stirn und kratzte sich an seinem sauber rasierten Kinn. Zuerst sprach er langsam, aber als die Erinnerung konkreter wurde, immer schneller. »Wir schickten ein Team runter, das mit ihm reden sollte. Sie fanden nichts, das ihn entlastete. Er war in der fraglichen Zeit nicht bei der Arbeit, sondern im Urlaub – in den Wochen der Entführung, der Lösegeldforderungen, Übergabe und Flucht. Und der Typ, den wir an der Kunsthochschule befragten, meinte, das Poster sei im Stil des deutschen Expressionismus, was irgendwie zu seinem Wohnort passte.«

Er zuckte mit den Schultern. »Aber Sinclair sagte aus, er sei im Skiurlaub gewesen und von einem Urlaubsort zum nächsten gefahren. Um zu sparen, hätte er in seinem Landrover übernachtet. Er hatte bar bezahlte Skiliftkarten für alle relevanten Tage. Wir konnten nicht beweisen, dass er nicht an den angegebenen Orten gewesen war. Und vor allem konnten wir nicht beweisen, dass er sich da aufgehalten hatte, wo wir ihn vermutet hatten. Das war unser einziger wirklicher Anhaltspunkt, aber er brachte uns nicht weiter.«

Montag, 21. Januar 1985,
Kirkcaldy

Lawson blätterte den Ordner noch einmal durch, als könne er vielleicht doch etwas finden, das er beim vorherigen Durchgehen übersehen hatte. Die Akte war leider noch ziemlich dünn. Ohne den Kopf zu heben, rief er durch das Büro DC Pete Rennie zu: »Ist noch nichts von der Spurensicherung gekommen?«

»Ich habe gerade mit ihnen gesprochen. Sie arbeiten, so schnell sie können, aber sie sind nicht optimistisch. Sie meinten, es scheint, als hätten sie es mit richtig schlauen Leuten zu tun, die keine Spuren hinterlassen.«

Rennie klang entschuldigend und zugleich ängstlich, als fürchte er, dass dies irgendwie seine Schuld sei.

»Unbrauchbare Wichser«, murmelte Lawson. Nach dem anfänglichen Aufflammen der Erregung im Anschluss an die zweite Forderung der Entführer war dies ein Tag wachsender Frustration gewesen.

Er hatte Grant zur Bank begleiten müssen, wo sie eine schwierige Besprechung mit einem leitenden Angestellten hatten, der sich aufs hohe Ross gesetzt und verkündet hatte, die Bank hätte eine Vorschrift, nicht mit Geiselnehmern zusammenzuarbeiten. Und das, bevor die beiden auch nur ein Wort über Grants Anliegen anbringen konnten. Schließlich hatten sie mit dem Bankdirektor sprechen müssen, um voranzukommen.

Dann war Grant mit ihm in einen eleganten Herrenclub in Edinburgh gegangen, wo er sich mit einem großen Whisky hinsetzen musste, obwohl er einwandte, dass er im Dienst sei. Als der Kellner ihm seinen Drink brachte, ignorierte er ihn und wartete darauf, dass Grant mitteilte, was er im Sinn hatte. Dies war eine Ermittlung, bei der Lawson offensichtlich nicht so tun sollte, als hätte er das Sagen.

»Ich habe eine Versicherung gegen Entführung, wissen Sie«, hatte Grant ohne weitere Vorrede gesagt.

Lawson wollte fragen, wie das funktioniere, aber zugleich den Anschein vermeiden, er sei ein Provinzler und naiver Dummkopf. »Haben Sie mit ihnen gesprochen?«

»Bis jetzt noch nicht.« Grant schwenkte den Malt-Whisky in seinem Kristallglas herum. Der schwere Geruch nach Phenolsäure stieg Lawson in die Nase und ließ ihm leicht übel werden.

»Darf ich fragen, warum nicht?«

Grant nahm eine Zigarre heraus und begann mit dem kniffeligen Prozess des Abschneidens und Anzündens. »Sie wissen ja, wie es ist. Sie werden mit einer ganzen Truppe anrücken wollen. Der Preis dafür, dass sie das Lösegeld zahlen, wird sein, dass sie die ganze Veranstaltung leiten.«

»Ist das ein Problem?« Lawson fühlte sich etwas überfordert. Er nahm einen Schluck Whisky und hätte ihn fast ausgespuckt. Er schmeckte nach den Hustentropfen, auf die seine Großmutter immer geschworen hatte. Er schien nicht der gleichen Sorte anzugehören wie das Glas Famous Grouse, das er an seinem eigenen Kamin zu genießen pflegte.

»Ich sorge mich, dass es außer Kontrolle geraten wird. Sie haben zwei Geiseln. Wenn sie auch nur den geringsten Hauch einer Ahnung hätten, dass wir sie hereinlegen wollen, wer weiß, wozu sie fähig sind?« Er zündete die Zigarre an, kniff die Augen zusammen und sah Lawson durch den Rauch an. »Ich muss wissen, ob Sie zuversichtlich sind, dass Sie die Sache erfolgreich durchziehen können. Soll ich ein Risiko eingehen und Außenstehende involvieren? Oder können Sie mir meine Tochter und meinen Enkel zurückholen?«

Lawson schmeckte das süße, aufdringliche Aroma in seiner Kehle. »Ich glaube, ich kann es«, antwortete er, fragte sich aber, ob seine eigene Karriere bald das gleiche Schicksal erleiden werde wie die Zigarre.

Dabei hatten sie es bewenden lassen. Und jetzt saß er immer noch an seinem Schreibtisch, während der Abend unaufhaltsam in die Nacht überging. Nichts geschah, außer dass seine Worte ihm immer törichter vorkamen. Er starrte Rennie an. »Haben Sie es schon geschafft, Fergus Sinclair zu finden?«

Rennie zog die Schultern hoch und bewegte sich nervös auf seinem Stuhl. »Ja und nein«, erwiderte er. »Ich habe herausgefunden, wo er arbeitet, und habe mit seinem Chef gesprochen. Aber er ist nicht da. Sinclair, meine ich. Er ist im Urlaub. Skifahren anscheinend. Und niemand weiß genau, wo.«

»Skifahren?«

»Er ist im Landrover mit seiner Skiausrüstung weggefahren«, erklärte Rennie gereizt, als hätte er persönlich Sinclairs Sachen gepackt.

»Er könnte also überall sein?«

»Vermutlich, ja.«

»Einschließlich hier? In Fife?«

»Es gibt keine Hinweise darauf.« Rennies Mund schien seitwärts zu verrutschen, als hätte sein Kiefer gerade gemerkt, dass er sich auf dünnem Eis bewegte.

»Haben Sie die Fluggesellschaften überprüft? Flughäfen? Kanalhäfen? Haben Sie sie angewiesen, ihre Passagierlisten durchzugehen?«

Rennie sah zur Seite. »Ich werde mich gleich darum kümmern.«

Lawson fasste sich mit Daumen und Zeigefinger an den Nasenrücken. »Und rufen Sie die Passbehörde an. Ich will wissen, ob Fergus Sinclair jemals einen Pass für seinen Sohn beantragt hat.«

Montag, 2. Juli 2007,
Peterhead

»Ich war immer überzeugt, dass Sinclair irgendwie etwas damit zu tun hatte. Nicht viele Leute kannten Catrionas Gewohnheiten so gut, dass sie die Entführung hätten durchführen können«, sagte Lawson und klang jetzt leicht defensiv.

Karen war verwirrt. »Aber was war mit dem Baby? Wenn er all das getan hätte, um seinen Sohn in seine Gewalt zu bekommen, wo ist dann Adam jetzt?«

Lawson zuckte mit den Achseln. »Das ist die Millionen-Dollar-Frage, oder? Vielleicht hat Adam die Schießerei nicht überlebt. Vielleicht hatte Sinclair irgendeine Frau organisiert, die sich für ihn um das Kind kümmern sollte. Ich an Ihrer Stelle würde mir mal sein jetziges Leben anschauen. Mal nachschauen, ob es da einen Jungen im richtigen Alter gibt.« Er lehnte sich zurück und faltete die Hände im Schoß. »Sie haben also nichts Weiterführendes gefunden? Es ist nur ein zielloses Herumschnüffeln?«

Sie nahm das aufgerollte Poster, das sie gegen den Stuhl gelehnt hatte, zog das Gummiband ab und breitete es vor Lawson aus. Er streckte die Hand danach aus, hielt dann aber inne und sah sie fragend an. »Nur zu«, meinte sie. »Es ist eine Kopie.«

Lawson glättete das Papier vorsichtig. Er studierte die kräftigen schwarzweißen Figuren, fuhr mit einem Finger über den Puppenspieler und seine Marionetten, das Skelett, den Tod und die Ziege. »Das ist das Poster, mit dem die Entführer mit Brodie Maclennan Grant kommunizierten.« Er zeigte auf die leere Fläche unten. »Dort, wo man die

Angaben zur Aufführung aufkleben würde, da schrieben sie die Botschaften hin.« Er sah sie resigniert an. »Aber das wissen Sie ja schon alles. Wo kommt das her?«

»Es ist in einer verlassenen Villa in der Toskana aufgetaucht. Das Haus verfällt langsam, steht schon seit Jahren leer. Nach dem, was die Nachbarn sagen, haben sich dort hin und wieder Hausbesetzer eingenistet. Die letzte Gruppe ist ohne Vorwarnung über Nacht verschwunden, ohne sich irgendwie zu verabschieden. Sie haben viele Gegenstände dagelassen. Darunter ein halbes Dutzend dieser Poster.«

Lawson schüttelte den Kopf. »Das hat nicht viel zu bedeuten. Bei uns sind im Lauf der Jahre ein paar solcher Zeichnungen aufgetaucht. Weil Sinclair es so hingetrickst hat, dass es aussah, als hätte eine anarchistische Gruppe es auf Brodie Maclennan Grant abgesehen, warben hier und da irgendwelche Kerle mit dem Poster für eine direkte Aktion, ein Festival oder was auch immer. Wir haben sie jedes Mal überprüft, und es gab keine Verbindung zu dem, was mit Catriona geschehen ist.« Mit einer Hand winkte er geringschätzig ab.

Karen lächelte. »Meinen Sie, das wüsste ich nicht? Zumindest das hat es schon in die Akten geschafft. Aber dies hier ist etwas anderes. Keine der früheren Kopien war exakt. Es gab Unterschiede in den Einzelheiten, so wie es sein würde, wenn man das Poster anhand von alten Zeitungsausschnitten kopiert hätte. Aber das hier ist anders. Es stimmt genau überein. Die Forensik sagt, es ist identisch und mit der gleichen Schablone gemacht.«

Lawsons Augen begannen zu leuchten, der Funke seines Interesses war plötzlich sichtbar. »Sie wollen mich wohl veräppeln?«

»Dort hatten sie die ganze Woche Zeit, sich zu entscheiden,

und verkündeten, es bestehe kein Zweifel. Aber warum hätte man den Rahmen jahrelang aufbewahren sollen? Es ist das eine Beweisstück, das die Geiselnehmer mit dem Verbrechen verbindet.«

Lawson grinste. »Vielleicht haben sie nicht den Rahmen behalten, sondern nur die Poster aufgehoben.«

Karen schüttelte den Kopf. »Nach dem, was der Dokumentenspezialist sagt, war es nicht so. Weder das Papier noch die Tinte gab es schon im Jahr 1985. Dies hier wurde in jüngerer Zeit mit dem Originalrahmen hergestellt.«

»Das leuchtet mir nicht ein.«

»Wie so viele andere Dinge an diesem Fall«, murmelte Karen. Ohne es zu merken, war sie in die frühere Beziehung zu dem Mann geschlüpft, der ihr gegenübersaß. Sie war wieder die junge Beamtin, die ihn dazu anstachelte, in den Bruchstücken, die sie ihm zu Füßen legte, einen Sinn zu erkennen.

Lawson reagierte unbewusst darauf und entspannte sich zum ersten Mal während des Gesprächs. »Welche anderen Dinge?«, wollte er wissen. »Als wir erst einmal auf Sinclair gekommen waren, passte ja alles zusammen.«

»Ich verstehe nicht. Warum sollte Fergus Sinclair Cat bei der Übergabe umbringen?«

»Weil sie ihn identifizieren konnte.«

Der ungeduldige Ton seiner Stimme ärgerte Karen und erinnerte sie an ihre gegenwärtigen Rollen. »Das ist mir klar. Aber warum sie zu dem Zeitpunkt umbringen? Warum nicht vorher? Dass sie bei der Übergabe am Leben war, damit schuf er eine wirklich komplizierte Situation. Er musste Cat und das Baby unter Kontrolle halten, das Lösegeld an sich bringen, dann Cat erschießen und in der danach entstandenen Verwirrung mit dem Baby fliehen. Er konnte nicht einmal sicher sein, dass er sie getötet hatte. Vor allem nicht in der Dunkelheit, während alle umherliefen. Es hätte ihm das Leben viel einfacher gemacht, wenn er sie vor der Übergabe des Lösegeldes getötet hätte. Warum hat er sie nicht früher umgebracht?«

»Um zu beweisen, dass das Opfer lebte«, antwortete Lawson mit der Zufriedenheit eines Mannes, der mit einem Ass auftrumpft. »Brodie forderte einen Beweis, dass sie lebte, bevor er handeln würde.«

»Nein, das überzeugt nicht«, widersprach Karen. »Der Kidnapper hatte ja noch das Kind. Er hätte Adam als Lebensnachweis nehmen können. Sie wollen doch nicht behaupten, dass Brodie Grant sich geweigert hätte, Lösegeld zu zahlen, wenn er nicht den Beweis gehabt hätte, dass auch Cat lebte.«

»Nein ... Er hätte gezahlt, ob Cat nun lebte oder tot war.« Lawson runzelte die Stirn. »So habe ich das noch nicht gesehen. Sie haben recht. Es ergibt keinen Sinn.«

»Natürlich, wenn es nicht Sinclair gewesen wäre, hätte sie vielleicht nicht sterben müssen.« Karens Blick wurde versonnen, als sie die Idee prüfte. »Es hätte ein Fremder sein können. Sie hätte ihn vielleicht nicht identifizieren können. Vielleicht war es ein Unfall?«

Lawson neigte den Kopf zur Seite und sah sie forschend an. Karen hatte das Gefühl, dass ihre Eignung für die Aufgabe beurteilt wurde. Er trommelte kurz mit den Fingern auf den Rand des angeschlagenen Tisches. »Sinclair hätte der Entführer sein können, Karen, aber nicht unbedingt der Mörder. Denn, sehen Sie, es gibt noch etwas, was nicht im Bericht steht.«

Mittwoch, 23. Januar 1985,
Newton of Wemyss

Die Anspannung war entsetzlich. Die Masse des Lady's Rock schien ein Stück aus dem Sternenhimmel herauszubeißen und blockierte die Sicht auf die Küste. Die Kälte nagte an Lawsons Nase und Ohren und drang durch die schmale Lücke zwischen den Lederhandschuhen und den Bündchen seines Pullovers. In der Luft lag der beißende Geruch von Kohlenrauch und Salz. Vom nahen Meer drang in der windstillen Nacht nur ein schwaches Grollen und Flüstern herüber. Der zunehmende Mond spendete gerade genug Licht, dass er in ein paar Metern Entfernung die gespannten Züge von Brodie Maclennan Grant unmittelbar neben den Bäumen, die Lawson selbst Deckung boten, erkennen konnte. In der einen Hand hielt er die Tasche mit dem Geld, den Diamanten und den Peilsendern, die andere umklammerte fest den Ellbogen seiner Frau. Lawson stellte sich den Schmerz vor, der von diesem Zangengriff ausging, und war froh, dass er nicht derjenige war, dem er zuteilwurde. Mary Maclennan Grants Gesicht war im Schatten, ihr Kopf gesenkt. Lawson vermutete, dass sie in ihrem Pelzmantel zitterte, allerdings nicht wegen der Kälte.

Was er nicht sehen konnte, war das halbe Dutzend Männer, das er unter den Bäumen verteilt hatte.

Das war auch besser so. Wenn er sie nicht sehen konnte, ging es den Entführern genauso. Er hatte sie sorgfältig ausgewählt und nur die genommen, die er für intelligent und tapfer hielt, zwei Eigenschaften, die seltener zusammen auftraten, als er zuzugeben bereit war. Zwei von ihnen hatten an einem Spezialtraining für Schusswaffen teilgenommen, einer hatte eine Pistole, der andere oben auf dem Lady's Rock ein Sturmgewehr inklusive Nachtsichtgerät. Sie hatten Befehl, nicht zu schießen außer auf direkte Anweisung. Lawson hoffte sehr, dass er mit ihrer Einbeziehung etwas überreagiert hatte und ihr tatsächlicher Einsatz nicht nötig sein würde.

Es war ihm gelungen, einige andere Schutzpolizisten von ihren Routinepflichten als Bewacher der Zechen und Kraftwerke abzuziehen. Ihre Kameraden hatten sich über ihre Abstellung geärgert, vor allem, weil Lawson ihnen den Grund für ihre vorübergehende Abordnung unter sein Kommando nicht erklären konnte. Diese zusätzlichen Männer standen am Waldrand an den Punkten im Unterholz, die dem Treffpunkt am nächsten waren und an denen man Fahrzeuge parken konnte. Sie sollten gemeinsam die Flucht verhindern, falls Lawson und seinem unmittelbaren Team die Festnahme bei der Übergabe misslang.

Denn das war durchaus möglich. Es war eine alptraumhafte Situation. Er hatte Grant gedrängt, er solle diesen Plan ablehnen und auf einem anderen Übergabeort bestehen. Jede andere Variante war besser als ein verdammter Strand mitten in der Nacht. Aber die Worte hätte er sich sparen können. Grant betrachtete Lawson und seine Männer nur als eine Art private Sicherheitstruppe. Er tat, als erwiese er ihnen mit der Aufforderung, gegen den Willen des Entführers vor Ort zu sein, einen großen Gefallen. Trotz der Dinge, die er über das Team der Versicherung gegen Entführungen gesagt hatte, schien er nicht zu verstehen, was alles schiefgehen konnte. Es war wirklich nicht auszudenken.

Lawson erhaschte einen Blick auf das beleuchtete Zifferblatt seiner Uhr. Noch drei Minuten. Es war so still, dass er erwartet hätte, den Motor eines Wagens aus der Ferne zu hören. Aber im Freien war die Akustik immer unberechenbar. Als er bei seinen vorbereitenden Erkundungen den Pfad abgegangen war, hatte er bemerkt, dass der hoch aufragende massige Lady's Rock als Schalldämpfer wirkte und die Geräusche vom Meer so wirksam wie ein Ohrenschutz abhielt. Nur der liebe Gott wusste, wie der Wald das Geräusch eines nahenden Fahrzeugs verfälschen würde.

Dann kam ohne Vorwarnung vom Felsen her ein helles weißes Licht, das ihn blendete. Lawson konnte nur einen Lichtkreis ausmachen, der seinen Blick hypnotisch in Bann schlug. Ohne einen bewussten Gedanken zu fassen, trat er zurück unter die Bäume, da er fürchtete, keine Deckung mehr zu haben.

»Mein Gott«, schrie Brodie Grant, ließ seine Frau los und trat zwei Schritte vor.

»Bleiben Sie, wo Sie sind«, rief eine geisterhafte Stimme jenseits des Lichts. Lawson versuchte, den Akzent zuzuordnen, aber es war nichts Charakteristisches daran, außer dass er schottisch klang.

Lawson konnte Grants Profil erkennen, das weiße Licht ließ seine Haut farblos und blass erscheinen. Seine Lippen waren zurückgezogen, als fletschte er die Zähne. In Lawsons Magen rumorte es. Wie zum Teufel hatten die Entführer es geschafft, zu dieser Stelle an der Flanke des Felsens zu kommen, ohne dass sie sie gesehen hatten? Das Mondlicht war doch so hell und der Weg in beiden Richtungen beschienen gewesen. Er hatte ein Fahrzeug erwartet. Schließlich hatten sie zwei Geiseln bei sich. Sie konnten mit ihnen doch wohl kaum eine Meile am Strand entlang von West Wemyss oder East Wemyss hermarschiert sein. Die steile Klippe hinter ihm schloss Newton of Wemyss aus.

Der Entführer rief wieder. »Okay, dann los. Genau wie wir

gesagt haben. Mrs. Grant, Sie gehen mit dem Geld auf uns zu.«

»Nicht ohne ein Lebenszeichen«, brüllte Grant.

Die Worte waren kaum ausgesprochen, als eine Gestalt vor das Licht hinaustaumelte, eine steife Marionette, die Lawson an die Poster der Geiselnehmer mit den Forderungen erinnerte. Als sich seine Augen an die Lichtverhältnisse gewöhnt hatten, sah er, dass es Cat war. »Ich bin's, Daddy«, rief sie mit heiserer Stimme. »Mummy, bring mir das Geld.«

»Was ist mit Adam?«, wollte Grant wissen und fasste seine Frau an der Schulter, als sie die Tasche nehmen wollte. Mary wäre fast gestolpert und gefallen, aber ihr Mann beachtete sie gar nicht. »Wo ist mein Enkel, ihr Scheißkerle?«

»Es geht ihm gut. Sobald sie das Geld und die Diamanten haben, übergeben sie ihn«, rief Cat, und ihrer Stimme war die Verzweiflung anzumerken. »Bitte, Mummy, bring das Geld, wie es ausgemacht ist.«

»Verdammt«, fluchte Grant. Er streckte seiner Frau die Tasche hin. »Geh, tu, was sie sagt.«

Die Sache war außer Kontrolle, Lawson wusste es. Zum Teufel mit der Funkstille, die er angeordnet hatte. Er nahm sein Funkgerät und sprach, so laut er es wagen konnte. »Tango eins und Tango zwei. Hier spricht Tango Lima. Schickt die Männer zur Küstenseite von Lady's Rock. Sofort. Nicht antworten. Nur losschicken. Unverzüglich.«

Während er sprach, sah er Mary unsicher und mit hochgezogenen Schultern auf ihre Tochter zugehen. Er schätzte, dass etwa dreißig Meter Abstand sie voneinander trennten. Es schien ihm, dass Mary schneller vorankam als ihre Tochter. Als sie schon nahe genug waren, dass sie sich berühren konnten, sah er Cat die Hand nach der Tasche ausstrecken.

Zu seiner Überraschung war dies der Moment, in dem Mary die Konditionierung ihrer über dreißigjährigen Ehe mit Brodie abwarf. Statt zu tun, was ihr zuerst durch die Geiselnehmer und dann von ihrem Mann aufgetragen worden war, hielt Mary die Tasche fest, während Cat versuchte, sie ihr zu entreißen. Er hörte, wie verzweifelt Cat war, als sie rief: »Um Gottes willen, Mutter, gib mir das Ding. Du weißt nicht, mit wem du es hier zu tun hast.«

»Gib ihr die verdammte Tasche, Mary«, brüllte Grant. Lawson hörte den Mann keuchen.

Dann erklang wieder die Stimme des Geiselnehmers. »Übergeben Sie die Tasche, Mrs. Grant. Oder Sie werden Adam nicht wiedersehen.«

Lawson bemerkte den Schrecken auf Cats Gesicht, als sie hilflos über ihre Schulter und ins Licht sah. »Nein, warte«, rief sie. »Es wird alles gut.« Sie schien die Tasche ihrer Mutter zu entwinden und einen Schritt nach hinten zu tun.

Plötzlich sprang Grant ein halbes Dutzend Schritte vor, und seine Hand verschwand in seinem Mantel. »Verflucht«, entfuhr es ihm. Dann wurde seine Stimme lauter. »Ich will meinen Enkel, und zwar sofort.« Er zog die Hand heraus, und der stumpfe Glanz einer automatischen Pistole leuchtete im Licht auf. »Keine Bewegung. Ich habe eine Waffe und keine Angst, sie zu benutzen. Bringt jetzt Adam raus.«

Später fragte sich Lawson, wie Brodie Maclennan Grant so viele schlechte Klischees in sich vereinen konnte. Aber in dem Moment damals spürte er nur die Katastrophe nahen, und die Zeit schien sich zu verlangsamen. Als der Geschäftsmann die Arme hob, mit beiden Händen die Waffe hielt und zielte, begann Lawson auf Grant zuzulaufen. Aber bevor Lawson einen zweiten Schritt machen konnte, war das

Licht weg, und die plötzliche Dunkelheit machte ihn blind und hilflos. Er sah den Blitz aus einer Gewehrmündung neben sich, hörte einen Schuss, roch Kordit. Dann eine zweite Szene, die genauso ablief, aber diesmal weiter weg. Er stolperte über einen heruntergefallenen Ast und schlug der Länge nach hin. Er hörte einen Schrei, ein weinendes Kind. Eine hohe Stimme, die mehrmals »Scheiße« wiederholte. Dann wurde ihm klar, dass es seine eigene war.

Ein dritter Schuss erklang, diesmal aus dem Wald. Lawson versuchte aufzustehen, aber ein brennendes Stechen zog sich von seinem Knöchel herauf. Er rollte sich auf die Seite und suchte nach Taschenlampe und Funkgerät. »Nicht schießen«, rief er ins Funkgerät. »Nicht schießen, das ist ein Befehl.« Während er sprach, sah er die Lichtkegel von Taschenlampen hin und her fahren und seine Männer am Fuß des Felsens aufkreuzen.

»Sie haben ein Boot, verdammte Scheiße«, hörte er jemanden rufen. Dann ein Rumpeln, lauter als das Geräusch der Wellen, als der Motor ansprang. Lawson schloss einen Moment lang die Augen. Was für ein Fiasko. Er hätte noch intensiver versuchen sollen, Grant dazu zu bringen, dass er diesen von Anfang an zum Scheitern verurteilten Plan ablehnte. Er fragte sich, was sie in ihre Gewalt gebracht hatten. Das Kind, auf jeden Fall. Das Geld, wahrscheinlich. Die Tochter, vielleicht.

Aber in Bezug auf Catriona Maclennan Grant irrte er sich. Er irrte sich auf entsetzliche, grausame Weise.

Montag, 2. Juli 2007,
Peterhead

Brodie Maclennan Grant hatte eine Schusswaffe?« Karens Stimme war so hoch, dass sie fast quiekte. »Er hat einen Schuss abgegeben? Und Sie haben es nicht im Bericht erwähnt?«

»Ich hatte keine Wahl. Und damals hielten wir es für eine gute Idee«, rechtfertigte sich Lawson mit dem zynischen Unterton eines Mannes, der seine Vorgesetzten zitiert.

»Eine gute Idee? Cat Grant ist in jener Nacht gestorben. In welchem Sinn war das eine gute Idee?« Karen konnte nicht glauben, was sie da hörte. Der Gedanke eines derart anmaßenden Verhaltens war ihr vollkommen fremd.

Lawson seufzte. »Die Welt hat sich verändert, Karen. Wir hatten damals keinen Beauftragten für Beschwerden über die Polizei. Wir hatten nicht die Art von eingehender Überprüfung, mit der Sie heutzutage leben.«

»Offensichtlich«, sagte sie trocken und erinnerte sich daran, warum er dort gelandet war, wo er war. »Aber trotzdem. Sie haben es geschafft, zu verheimlichen, dass mitten in einer Polizeiaktion eine Zivilperson einen Schuss abgab? Für Geld ist alles zu haben, das stimmt also doch.«

Lawson schüttelte ungeduldig den Kopf. »Es war nicht nur das Geld, das seine Wirkung tat, Karen. Der Polizeipräsident dachte auch an die PR. Grants einziges Kind war tot, sein Enkel verschwunden. In der Öffentlichkeit galt er als Opfer. Hätten wir ihn wegen Verstoßes gegen das Waffengesetz belangt, hätte es ausgesehen, als wollten wir uns rächen: Wir können die wirklichen Schufte nicht fassen, also werden wir dich stattdessen festnehmen. Etwa so. Man kam überein, dass niemandem gedient sei, wenn bekannt wurde, dass Grant bewaffnet gewesen war.«

»Ist es möglich, dass Cat durch Grants Schuss umkam?«, fragte Karen, die Unterarme auf dem Tisch und den Kopf vorgestreckt wie ein Rugby-Stürmer.

Lawson rutschte auf seinem Stuhl hin und her und verlagerte das Gewicht auf eine Seite. »Sie wurde in den Rücken geschossen. Rechnen Sie es sich selbst aus.«

Karen lehnte sich zurück; sie mochte die Antwort nicht, die sich ergab, wusste aber, dass von dem Mann ihr gegenüber nichts Besseres kommen würde. »Ihr wart ja eine regelrechte Bande von Cowboys seinerzeit, was?« Aber in ihrem Tonfall schwang keine Bewunderung mit.

»Wir haben die Sache unter Dach und Fach gebracht«, entgegnete Lawson. »Die Öffentlichkeit bekam, was sie haben wollte.«

»Die Öffentlichkeit wusste nicht mal die Hälfte.« Sie seufzte. »Wir haben also drei Schüsse, nicht die zwei, die im Bericht erwähnt werden?«

Er nickte. »Allzu viel Unterschied macht es nicht.« Er rutschte wieder zur Seite und drehte sich leicht der Tür zu.

»Gibt es noch etwas, über das ich Bescheid wissen sollte und das nicht in die Akte aufgenommen wurde?«, erkundigte sich Karen und nahm damit ihre Rolle als Gesprächsleiterin wieder auf.

Lawson neigte den Kopf nach hinten und hob den Blick zur Ecke, wo sich Wände und Decke trafen. Er stieß geräuschvoll die Luft aus und schob die Lippen vor. »Ich glaube, das war's«, sagte er endlich und zwang sich, ihrem müden Blick standzuhalten. »Wir meinten damals, es sei Fergus Sinclair gewesen. Und seitdem ist nichts geschehen, das meine Meinung geändert hätte.«

Die Wärme der toskanischen Sonne löste die Verspannungen in Bels Schultern. Sie saß im Schatten eines Kastanienbaums, der hinter der Häusergruppe am Ende von Boscolata versteckt stand. Wenn sie den Hals reckte, konnte sie eine Ecke des mit Terrakotta-Ziegeln gedeckten Daches von Paolo Tottis verfallener Villa sehen. Was sie aber unmittelbar vor sich hatte, war attraktiver. Auf einem niedrigen Tisch standen vor ihr ein Krug mit Rotwein, eine Flasche Wasser und eine Schale Feigen. Um den Tisch herum saßen ihre wichtigsten Informationsquellen. Giulia, eine junge Frau mit einer wilden Mähne schwarzer Haare und einer Haut, die von den zornigen roten Narben alter Akne gezeichnet war. Sie stellte in einem umgebauten Schweinestall handbemaltes Spielzeug für den Touristenmarkt her. Daneben Renata, eine blonde Holländerin mit einer Gesichtshaut so gelb wie Gouda. Sie arbeitete Teilzeit in der Restaurierungsabteilung der Pinacoteca Nazionale im nahen Siena. Laut Grazia, die am Baumstamm lehnte und einen Sack Erbsen schälte, hatten die Carabinieri schon mit beiden Frauen gesprochen.

Zunächst musste das übliche Schwätzchen gehalten werden, und Bel hielt sich zurück, während sie plauderten. Schließlich brachte Grazia sie auf ein anderes Thema. »Bel interessiert sich auch dafür, was in der Villa Totti los war«, sagte sie.

Renata nickte bedeutungsschwer. »Ich habe immer schon gedacht, dass jemand kommen und danach fragen würde«, bemerkte sie in perfekt artikuliertem Italienisch, das wie eine Computerstimme klang.

»Warum?«, fragte Bel.
»Sie sind so plötzlich abgefahren. Einen Tag waren sie noch da und am nächsten einfach verschwunden«, erkläre Renata.
»Sie sind abgehauen, ohne ein Wort zu sagen«, meinte Giulia schlechtgelaunt. »Ich konnte es kaum fassen. Dieter war angeblich mein Freund, aber er hat sich nicht einmal verabschiedet. Ich habe entdeckt, dass sie weg waren. An dem Morgen ging ich rüber, um mit Dieter Kaffee zu trinken, wie immer, wenn sie nicht wegen einer Aufführung schon früh losmussten. Und alles war leer und verlassen. Als hätten sie alles, was ihnen unterkam, einfach in die Autos geworfen und wären losgefahren. Ich habe von dem Dreckskerl Dieter seitdem nichts mehr gehört.«
»Wann war das?«, erkundigte sich Bel.
»Ende April. Wir hatten Pläne für den Maifeiertag, aber das wurde alles nichts.« Giulia war offensichtlich immer noch stinksauer.
»Wie viele Personen waren dort?«, wollte Bel wissen. Gemeinsam zählten Giulia und Renata sie an den Fingern auf. Dieter, Maria, Rado, Sylvia, Matthias, Peter, Luka, Ursula und Max. Eine schillernde Mischung aus allen Gegenden Europas. Ein bunter Haufen, der auf den ersten Blick nichts mit Cat Grant zu tun zu haben schien. »Was haben sie dort gemacht?«, fragte sie.
Renata lächelte. »Ich nehme an, man würde sagen, sie haben sich den Wohnraum ausgeliehen. Sie sind letztes Frühjahr in zwei schäbigen alten Kleinbussen und einem protzigen Wohnmobil angekommen und einfach eingezogen. Sie waren sehr freundlich, sehr gesellig.« Sie zuckte mit den Schultern. »Wir sind hier in Boscolata alle ein bisschen alternativ. Der Ort war verfallen, bis ein paar von uns in den

siebziger Jahren illegal einzogen. Nach und nach kauften wir die Häuser und haben sie so wieder hergerichtet, wie Sie sie jetzt sehen. Wir waren also ziemlich verständnisvoll gegenüber unseren neuen Nachbarn.«

»Sie wurden unsere Freunde«, erzählte Giulia. »Die Carabinieri sind bescheuert, so zu tun, als wären sie Kriminelle oder so etwas Ähnliches.«

»Sie sind also einfach so aufgetaucht? Woher wussten sie von dem Haus?«

»Rado hatte vor zwei Jahren unten im Tal einen Job in der Zementfabrik. Er erzählte mir, dass er manchmal im Wald spazieren gegangen sei und dabei auf die Villa gestoßen war. Als sie also dann eine Unterkunft brauchten, die von den wichtigen Städten in diesem Teil der Toskana aus erreichbar war, erinnerte er sich an das Haus, und sie kamen und blieben hier«, berichtete Giulia.

»Was genau haben sie denn gemacht?«, hakte Bel nach, die eine unmittelbar mit ihren Nachforschungen zusammenhängende Verbindung zur Vergangenheit suchte.

Renata sagte: »Sie hatten ein Puppentheater.« Sie schien überrascht, dass Bel das nicht wusste. »Marionetten. Straßentheater. Während der Touristensaison hatten sie feste Standplätze. In Florenz, Siena, Volterra, San Gimignano, Greve, Certaldo Alto. Sie gingen auch zu Festen. Jedes Städtchen in der Toskana hat ein Fest für irgendetwas – Steinpilze, antike Schneidemaschinen für Salami, altmodische Traktoren. Also spielte BurEst überall, wo sich ein Publikum fand.«

»BurEst? Wie schreibt man das?«, wollte Bel wissen.

Renata erklärte: »Es ist die Abkürzung für Burattinaio Estemporaneo. Sie improvisierten viel.«

»Das Poster von der Villa, das schwarzweiße Bild von einem

Puppenspieler mit ziemlich merkwürdigen Marionetten, haben sie das als Werbung genutzt?«, fragte Bel.

Renata schüttelte den Kopf. »Nur für besondere Aufführungen. Ich habe nur einmal gesehen, dass sie es verwendeten, als sie eine Vorführung in Colle Val d'Elsa zu Allerseelen hatten. Meistens nahmen sie eines mit leuchtenden Farben, so in der Art der Commedia dell'Arte. Eine moderne Variante der traditionellen Puppenspielbilder. Es spiegelte ihr Spiel besser wider als das schwarzweiße Poster.«

»Waren sie erfolgreich?«, erkundigte sich Bel.

»Ich glaube, sie kamen gut klar«, antwortete Giulia. »Den Sommer, bevor sie hierherkamen, waren sie in Südfrankreich gewesen. Dieter sagte, in Italien könne man besser arbeiten. Er meinte, die Touristen seien offener, und die Einheimischen tolerierten sie eher. Sie verdienten nicht wahnsinnig viel, aber es war in Ordnung. Sie hatten immer genug zu essen, jede Menge Wein auf dem Tisch und luden alle ein.«

»Da hat sie recht«, pflichtete Renata bei. »Sie waren keine Schnorrer. Wenn sie zu Hause bei einem aßen, dann war man das nächste Mal bei ihnen eingeladen.« Ein Mundwinkel zog sich nach unten. »Das ist in diesen Kreisen nicht so häufig, wie man denken würde. Es wird viel über Teilen und Gemeinschaft geredet, aber meistens sind die Typen noch egoistischer als die Leute, die sie verachten.«

»Außer Ursula und Matthias«, wandte Giulia ein. »Sie blieben mehr für sich und waren nicht so gesellig wie die anderen.«

Renata lachte. »Das kommt daher, dass Matthias meinte, er hätte das Sagen.« Sie goss allen Wein nach und fuhr fort: »Matthias hatte die Gruppe gegründet, und er wollte, dass alle ihn behandelten, als sei er der Zirkusdirektor. Und Ursula, seine Frau, sie hat sich in die ganze Sache eingekauft. Matthias behielt offensichtlich auch den Löwenanteil der Einkünfte für sich. Sie hatten den besten Wagen, ihre Kleider waren immer im teuren Hippiestil. Ich glaube, es war teilweise ein Generationsproblem. Matthias muss über fünfzig gewesen sein, aber die meisten anderen waren viel jünger. In den Zwanzigern, Anfang dreißig höchstens.«

All das war faszinierend, aber Bel bemühte sich herauszufinden, was das Bindeglied zu Cat Grants Tod und dem Verschwinden ihres Sohnes sein könnte. Dieser Matthias klang als Einziger alt genug, dass er eine Verbindung zu den lange zurückliegenden Ereignissen haben konnte. »Hat er einen Sohn, dieser Matthias?«, fragte sie.

Die beiden Frauen sahen sich ratlos an. »Er hatte kein Kind bei sich«, antwortete Renata. »Und ich habe ihn nie von einem Sohn reden hören.«

Giulia nahm eine Feige und biss hinein, das lila Fruchtfleisch platzte auf, und Samen rannen an ihren Fingern hinab. »Er hatte einen Freund, der manchmal zu Besuch kam. Ein Brite. Der hatte einen Sohn.«

Wie alle guten Reporter hatte Bel einen undefinierbaren Instinkt dafür, wo sich eine Story aufspüren ließ. Und dieser Instinkt sagte ihr, sie war gerade auf eine Goldader gestoßen. »Wie alt war der Sohn?«

Giulia leckte sich die Finger ab, während sie nachdachte. »Zwanzig? Vielleicht ein bisschen älter, aber nicht viel.«

In Bels Kopf drängten sich Dutzende von Fragen, aber es war ihr klar, dass sie nicht herausplatzen und sie mit einem Wortschwall überfahren sollte. Langsam nahm sie einen Schluck Wein und fragte: »Woran erinnern Sie sich sonst noch im Zusammenhang mit ihm?«

Giulia zuckte mit den Achseln. »Ich habe ihn zweimal gesehen, aber nur einmal wirklich getroffen. Sein Name war Gabriel. Er sprach perfekt Italienisch. Er sagte, er sei in Italien aufgewachsen und könne sich nicht erinnern, je in England gelebt zu haben. Er studierte, aber ich weiß nicht, wo oder welches Fach.« Sie machte ein Gesicht, als wolle sie sich entschuldigen. »Tut mir leid, ich hatte kein großes Interesse an ihm.«

Na gut, etwas Bestimmtes war das nicht. Aber es schien ihr eine Möglichkeit zu bieten. »Wie sah er aus?«

Giulia war unsicherer. »Ich weiß nicht, wie ich ihn beschreiben soll. Groß, hellbraunes Haar. Recht nett aussehend.« Sie verzog das Gesicht. »Ich bin nicht gut in solchen Dingen. Was ist denn überhaupt so interessant an ihm?«

Renata rettete Bel davor, dies beantworten zu müssen. »War er bei der Silvesterparty?«, wollte sie wissen.

Giulias Gesicht erhellte sich. »Ja. Er war mit seinem Vater dort.«

»Er ist also vielleicht auf einem Foto«, überlegte Renata. Sie wandte sich an Bel. »Ich hatte meine Kamera dabei. An dem Abend habe ich Dutzende von Fotos gemacht. Ich kann meinen Laptop holen.« Sie sprang auf und ging zu ihrem Haus zurück.

»Und Gabriels Vater?«, erkundigte sich Bel. »Sie sagten, er war Brite?«

»Stimmt.«

»Wie kam es, dass er Matthias kannte? War der auch Brite?«

Giulia schien das zu bezweifeln. »Ich dachte, er wäre Deutscher. Er und Ursula haben sich vor Jahren in Deutschland kennengelernt. Aber er sprach genauso Italienisch wie sein Freund. Sie klangen ganz ähnlich. Vielleicht war er also auch Brite. Ich weiß es nicht.«

»Wie hieß Gabriels Vater?«
Giulia seufzte. »Ich kann Ihnen nicht viel helfen. Seinen Namen weiß ich nicht mehr. Tut mir leid. Er war einfach irgendein Typ im Alter meines Vaters, wissen Sie? Ich war mit Dieter zusammen und hatte kein Interesse an irgendeinem Kerl in den Fünfzigern.«
Bel verbarg ihre Enttäuschung. »Wissen Sie, was er von Beruf ist? Gabriels Vater, meine ich.«
Giulia strahlte, sie war erfreut, dass sie wenigstens auf irgendetwas eine Antwort wusste. »Er ist Maler. Er malt Landschaften für die Touristen und verkauft an zwei Galerien, eine in San Gimignano und eine in Siena. Er ging auch zu solchen Festen, bei denen BurEst spielte, und bot dort seine Arbeiten an.«
»Hat er so Matthias kennengelernt?«, fragte Bel und versuchte, nicht enttäuscht zu sein, dass Gabriels geheimnisvoller Vater nicht der Gutsverwalter Fergus Sinclair war. Aber schließlich würde ein Maler genau zu Cats Ausbildung und Neigungen passen. Vielleicht war Adams Vater jemand, den sie aus ihrer Studentenzeit kannte. Oder jemand, den sie in einer Galerie oder bei einer Ausstellung in Schottland getroffen hatte. Sie würde später Zeit haben, diesen Möglichkeiten auf den Grund zu gehen. Jetzt musste sie erst einmal Giulia aufmerksam zuhören.
»Ich glaube nicht. Ich glaube, sie kannten sich von früher her.«
Während sie noch sprach, kam Renata mit ihrem Laptop zurück. »Redest du von Matthias und Gabriels Vater? Es ist komisch. Es kam mir nicht so vor, als ob sie sich sehr mochten. Ich weiß nicht, warum ich das meine, aber es ist so. Es war mehr … kennen Sie das, wenn man den Kontakt zu jemandem hält, weil er der Einzige und Letzte ist, der die

gleiche Vergangenheit hat? Man mag die Person vielleicht gar nicht so sehr, aber sie verbindet einen mit etwas, das wichtig war. Manchmal ist es die Familie, manchmal eine bestimmte Zeit im Leben, in der bedeutsame Dinge geschehen waren. Und man will sich diese Verbindung erhalten. So kam es mir vor, wenn ich sie zusammen sah.« Beim Sprechen flogen ihre Finger über die Tastatur und riefen eine Liste von Bildern auf. Sie rückte den Laptop so zurecht, dass Giulia und Bel den Bildschirm sehen konnten, dann stellte sie sich hinter sie und beugte sich vor, damit sie die Fotos nacheinander anklicken konnte.

Es sah aus wie die meisten Partys, bei denen Bel je gewesen war. Leute saßen an Tischen und tranken. Einige zogen Grimassen vor der Kamera. Man tanzte. Die Leute bekamen zunehmend gerötete Gesichter, und ihr Blick trübte sich und wurde verschwommener, je später es wurde. Die beiden Frauen aus Boscolata kicherten und stießen Ausrufe aus, aber sie fanden weder Gabriel noch seinen Vater auf den Fotos.

Bel hatte schon fast die Hoffnung aufgegeben, als Giulia plötzlich mit einem Ausruf auf den Bildschirm deutete. »Da. Das in der Ecke ist Gabriel.«

Es war keine sehr deutliche Aufnahme, aber Bel glaubte nicht, dass sie es sich einbildete. Es lagen fünfzig Jahre zwischen ihnen, aber es war nicht schwer, die Ähnlichkeit zwischen diesem Jungen und Brodie Grant zu erkennen. Cats Züge waren eine Übertragung des auffälligen Aussehens ihres Vaters ins Weibliche gewesen. So unwahrscheinlich es schien, eine Kopie des Originals sah ihr von einer Silvesterparty in einem besetzten Haus in Italien entgegen. Die gleichen tiefliegenden Augen, die Papageiennase, das kräftige Kinn und der charakteristische dichte Haarschopf, nur blond statt silbergrau. Sie suchte in ihrer Handtasche und zog einen USB-Stick heraus.

»Darf ich mir das kopieren?«, fragte sie.

Renata hielt inne und sah nachdenklich aus. »Sie haben Giulias Frage nicht beantwortet, warum Sie so interessiert sind an diesem Jungen. Vielleicht sollten Sie es uns jetzt sagen.«

East Wemyss, Fife

River zog ihre Arbeitshandschuhe aus, reckte den Rücken und unterdrückte ein Ächzen. Bei der gemeinsamen Arbeit mit den Studenten durfte sie sich keine Schwäche anmerken lassen. Zugegebenermaßen waren sie ein Dutzend oder noch mehr Jahre jünger als sie, aber River war entschlossen, zu zeigen, dass sie mindestens genauso fit war. Die Studenten mochten sich also nach dem Schleppen von Felsbrocken und Schutt über Schmerzen in Armen und Rücken beklagen, aber sie musste ihren Auftritt als Superwoman durchhalten. Zwar hatte sie den Verdacht, dass die einzige Person, der sie das vorgaukeln konnte, sie selbst war, aber das machte nichts. Die Täuschung musste aufrechterhalten werden, weil sie sich selbst so sehen wollte.

Sie ging durch die Höhle zu drei Studenten, die den bei der Beseitigung der Felsbrocken anfallenden Schutt durchsiebten. Bis jetzt war nichts von archäologischem oder forensischem Interesse zutage gekommen, aber ihre Begeisterung schien unverändert stark. River erinnerte sich an ihre eigenen ersten Erkundungen. Schon allein die Beschäftigung mit einem wirklichen Fall war so aufregend gewesen, dass sie die Eintönigkeit einer langweiligen, anscheinend sinnlosen Aufgabe wettmachte. Sie sah ihre eigenen Reaktionen in diesen Studenten gespiegelt und war glücklich darüber, mitverantwortlich für das Engagement dieser nächsten Generation forensischer Ermittler zu sein, wenn sie mit ihrer Arbeit für die Toten eintraten.

»Etwas gefunden?«, fragte sie, als sie aus dem Schatten in die Helligkeit trat, die die zusammengekauerte Gruppe beschien.

Sie schüttelten die Köpfe und murmelten verneinende Antworten. Einer der Archäologie-Doktoranden sah auf. »Wenn die Arbeiter mit dem Wegräumen der Felsbrocken fertig sind, wird es interessant werden.«

River grinste. »Lassen Sie bloß meine Anthropologen nicht hören, dass Sie sie Arbeiter nennen.« Sie sah sich liebevoll nach ihnen um. »Wenn wir Glück haben, werden sie den größten Teil der Felsmassen bis heute Nachmittag aus dem Weg geräumt haben.« Sie waren alle überrascht gewesen, dass der Felseinbruch nur ein paar Meter tief war. Nach Rivers Erfahrung reichten Höhleneinbrüche meistens weit nach hinten. Eine Bruchlinie musste eine beträchtliche Stärke haben, bevor die kritische Masse erreicht war und eine vorher stabile Decke herunterkrachte. Wenn sie also einbrach, nahm sie viel Felsenmaterial mit. Aber hier verhielt es sich anders. Und das machte es wirklich sehr interessant.

Die oberen zwei bis zweieinhalb Meter hatten sie schon so weit abgetragen, wie sich die Steinmassen nach hinten erstreckten. Als River unterwegs gewesen war, um für alle Pasteten und belegte Brote zum Mittag zu holen, waren zwei der Unerschrockensten hinaufgeklettert. Sie hatten nach hinten gespäht und berichtet, es sehe aus, als sei der Gang hinter dem Einsturz außer einigen von dem großen Haufen heruntergerollten Brocken frei.

River ging hinaus, um zwei Anrufe zu erledigen, und genoss als Bonus die salzige Luft. Sie hatte das Gespräch mit der Sekretärin ihrer Abteilung gerade abgeschlossen, als einer der Studenten aus dem schmalen Eingang herausgestürzt kam.

»Frau Dr. Wilde«, schrie er. »Sie müssen kommen und sich das ansehen.«

Campora, Toskana

Bel hatte ihre Geschichte mit Blick auf die intensivste emotionale Reaktion angelegt. Nach Renatas und Giulias fassungslosem Schweigen zu urteilen, hatte sie ihr Ziel erreicht.

»Das ist so traurig. Ich wäre niedergeschmettert, wenn das in meiner Familie passiert wäre«, sagte Giulia endlich und betrachtete die Geschichte wie eine Frau, die mit Seifenopern und Regenbogenpresse aufgewachsen ist. »Der arme kleine Junge.«

Renata war objektiver. »Und Sie meinen, dass Gabriel dieser Junge sein könnte?«

Bel zuckte mit den Achseln. »Ich habe keine Ahnung. Aber das Poster ist der erste klare Hinweis, den es seit mehr als zwanzig Jahren gegeben hat. Und Gabriel sieht dem Großvater des verschwundenen Jungen unglaublich ähnlich. Vielleicht ist es nur Wunschdenken, aber ich frage mich, ob wir da auf etwas gestoßen sind.«

Renata nickte. »Deshalb müssen wir helfen, so gut wir können.«

»Ich rede nicht noch einmal mit den Carabinieri«, stellte Giulia klar. »Die Schweine.«

»He«, beklagte sich Grazia und unterbrach ihre Erbsenschälerei. »Beleidige mir nicht die Schweine. Unsere Schweine sind wunderbare Wesen. Intelligent. Nützlich. Nicht wie die Carabinieri.«

Renata hielt die Hand hoch. »Geben Sie mir den USB-Stick. Es ist sinnlos, mit den Carabinieri zu sprechen, weil sie sich nichts aus diesem Fall machen. Nicht so, wie Sie sich dafür interessieren. Nicht so wie die Familie. Deshalb sollten wir alles Ihnen überlassen.« Fachmännisch kopierte sie das Bild auf Bels USB-Stick. »Jetzt müssen wir nachsehen, ob noch mehr Fotos von Gabriel und seinem Vater da sind.«

Am Ende der Suche hatten sie drei Bilder, auf denen Gabriel zu sehen war, aber keines war deutlicher als das erste. Renata hatte auch zwei Bilder seines Vaters gefunden, eines im Profil und eines, auf dem die Hälfte seines Gesichts durch den Kopf einer anderen Person verdeckt war. »Meinen Sie, dass noch jemand Fotos von dem Abend hat?«, fragte Bel.

Beide Frauen schienen skeptisch. »Ich erinnere mich nicht, dass noch jemand Bilder gemacht hat«, sagte Renata. »Aber mit Handys, wer weiß? Ich frag mal rum.«

»Danke. Und es wäre gut, wenn Sie sich erkundigen könnten, ob noch jemand anders Gabriel oder seinen Vater kannte.« Bel nahm den kostbaren USB-Stick an sich. So bald wie möglich würde sie die Bilder einem Kollegen schicken, einem Spezialisten für die Bearbeitung unscharfer Fotos, auf denen Reiche und Schöne skandalöse Dinge mit unpassenden Leuten taten.

»Ich habe eine bessere Idee«, meinte Grazia. »Ich könnte doch heute Abend ein Schwein schlachten lassen, wir braten es am Spieß, und Sie können alle treffen. Nach einem schönen Stück Fleisch und ein paar Gläsern Wein werden sie bereit sein, Ihnen alles zu sagen, was sie über diesen Gabriel und seinen Vater wissen.«

Renata grinste und hob ihr Glas. »Darauf stoße ich an. Aber ich warne dich, Grazia, dein Schwein könnte umsonst gebraten werden. Ich glaube, der Typ war nicht sehr gesellig. Ich kann mich nicht erinnern, dass er bei der Party sehr aus sich herausgegangen wäre.«

Grazia sammelte ihre Erbsenschalen ein und stopfte sie in

eine Plastiktüte. »Macht nichts. Es ist ein guter Vorwand, um mit meinen Nachbarn Spaß zu haben. Bel, bleiben Sie inzwischen hier unten, oder wollen Sie mit hochfahren?«
Jetzt, da Bel die Aussicht hatte, mit der ganzen Gemeinde tratschen zu können, ließ das Gefühl der Dringlichkeit nach. »Ich fahre mit zurück und sehe euch Mädels dann später«, sagte sie und trank ihren Wein aus.
»Wollen Sie nichts über das Blut wissen?«, fragte Giulia.
Bel war gerade dabei, aufzustehen, und fiel fast vornüber.
»Das Blut auf dem Boden, meinen Sie?«
»Ach, Sie wissen es schon.« Giulia klang enttäuscht.
»Ich weiß, dass ein Blutfleck auf dem Küchenboden ist«, sagte Bel. »Aber das ist alles, was ich weiß.«
»Wir sind hingegangen und haben mal nachgeschaut, nachdem die Carabinieri am Freitag weg waren«, erzählte Giulia. »Und der Blutfleck war anders als damals, als ich ihn zuerst gesehen habe. Am Tag nachdem sie weggegangen sind.«
»Wie anders?«
»Jetzt ist er ganz braun und rostfarben und in den Stein gesickert. Aber damals war er noch rot und glänzend, als wäre er frisch.«
»Und Sie haben nicht die Polizei angerufen?« Bel versuchte nicht zu zeigen, dass sie ihr nicht glaubte.
»Wir hatten das nicht zu entscheiden«, erwiderte Renata. »Wenn die BurEst-Leute gedacht hätten, es sei etwas für die Polizei, hätten sie sie doch gerufen.« Sie zuckte mit den Schultern. »Ich weiß, es kommt Ihnen komisch vor, und wenn es in Holland passiert wäre, hätte ich bestimmt etwas getan. Aber hier ist alles anders. Niemand, der links steht, traut ihnen. Sie haben ja gesehen, wie die italienische Polizei bei dem G-8-Gipfel in Genua reagiert hat und wie die

Demonstranten behandelt wurden. Giulia fragte einige von uns, ob sie die Polizei rufen solle, und wir waren alle der Meinung, das würde den Bullen doch nur einen Vorwand liefern, den Puppenspielern die Schuld zu geben, egal, was passiert war.«

»Sie haben es also einfach ausgeblendet?«

Renata zuckte mit den Schultern. »Es war ja in der Küche. Wer kann sagen, ob es nicht vielleicht Tierblut war? Es ging uns nichts an.«

Kirkcaldy

Karen fuhr langsam die Straße entlang und studierte die Hausnummern. Dies war das erste Mal, dass sie Phil Parhatka in seiner neuen Wohnung mitten in Kirkcaldy besuchte. Er war drei Monate zuvor umgezogen, hatte immer wieder eine Einweihungsparty versprochen, aber bis jetzt war nichts daraus geworden. Vor langer Zeit hatte Karen einmal davon geträumt, dass sie eines Tages zusammen ein Haus kaufen könnten. Aber sie war darüber weggekommen. Ein Typ wie Phil würde sich nie zu einem plumpen kleinen Ding wie ihr hingezogen fühlen, besonders seit sie nach ihrer letzten Beförderung seine Vorgesetzte war. Manche Männer mochten vielleicht den Gedanken, mit der Chefin zu schlafen. Aber Karen wusste instinktiv, dass sie in Phils Träumen keine Rolle spielte. So hatte sie der Erhaltung ihrer Freundschaft und engen Arbeitsbeziehung den Vorzug gegeben vor dem, was sie als jugendliches romantisches Sehnen einstufte. Aber wenn sie sich schon damit zufriedengeben musste, eine karrieregeile allein lebende Frau zu sein, dann konnte sie zumindest dafür sorgen, dass die Karriere so zufriedenstellend wie möglich war.

Ein Teil des Rezepts für berufliche Zufriedenheit war es, jemanden zu haben, mit dem man Ideen besprechen und durchspielen konnte. Kein einziger Kriminalist war so schlau, dass er eine komplexe Ermittlung vollständig erfassen konnte. Jeder brauchte einen Gesprächspartner, der die Dinge anders sah und aufgeweckt genug war, seine eigene Sicht zur Sprache zu bringen. Bei ungelösten Fällen, bei denen dem leitenden Ermittler nur ein oder zwei Helfer zur Verfügung standen, statt dass er ein beträchtliches Team anführte, war dies besonders wichtig. Und diese Fußsoldaten hatten gewöhnlich nicht genug Erfahrung, um einen so brauchbaren Beitrag leisten zu können, wie sie es sich wünschte. Phil, so fand Karen, vereinte alle wichtigen Eigenschaften in sich. Und wenn man danach ging, wie oft er seine eigenen Fälle mit ihr besprach, beruhte diese Einschätzung auf Gegenseitigkeit.

Gewöhnlich setzten sie sich in ihrem Büro oder in einer ruhigen Ecke einer Kneipe auf halbem Weg zwischen ihrem Haus und seinem zusammen. Aber als sie ihn auf dem Rückweg von Peterhead anrief, hatte er schon zwei Gläser Wein getrunken. »Ich bin wahrscheinlich noch unter der Promillegrenze, aber gerade so«, hatte er gesagt. »Willst du hierherkommen, zu mir nach Haus? Du kannst mir helfen, meine Vorhänge fürs Wohnzimmer auszuwählen.«

Karen sah das Haus, das sie suchte, und parkte auf der anderen Straßenseite gegenüber von Phils Einfahrt. Sie blieb einen Moment lang still sitzen, denn sie hatte die Angewohnheit aller Polizisten, ihre Umgebung genau zu mustern, bevor sie sich entschied, auszusteigen. Es war eine stille, bescheidene Straße mit soliden, kompakten, aus Stein gebauten Doppelhäusern, die anscheinend noch so intakt waren wie zu ihrer Bauzeit am Ende des neunzehnten Jahrhunderts. Kieseinfahrten und ordentliche Blumenbeete. In den oberen Stockwerken, wo die Kinder schliefen, waren die schweren gefütterten Vorhänge zugezogen, um sie vom aufdringlichen Tageslicht abzuschirmen. Sie wusste noch, wie schwer es ihr als Kind gefallen war, an hellen Sommerabenden Schlaf zu finden. Denn ihre Vorhänge waren dünn, und in ihrer Straße hallten Musik und Gespräche vom Pub an der Ecke wider. Nicht wie hier. Man konnte kaum glauben, dass die Stadtmitte zu Fuß nur fünf Minuten weg war. Die Gegend kam einem wie die weitentfernte Vorstadt vor.

Vom Geräusch ihres Wagens aufmerksam geworden, öffnete Phil die Haustür, bevor Karen ausgestiegen war. Seine Gestalt hob sich gegen das Licht hinter ihm ab, was ihn größer erscheinen ließ. Seine Haltung sah lässig und zugleich bedrohlich aus wie bei einem Rauswerfer. Er hatte einen Arm erhoben und lehnte damit am Türrahmen, ein Bein überkreuzte am Fußgelenk das andere, der Kopf war zur Seite geneigt. Aber es war nichts Einschüchterndes in seinem Gesichtsausdruck. Seine runden dunklen Augen glänzten im Licht, und beim Lächeln legten sich die Wangen in Fältchen. »Komm rein«, begrüßte er sie, trat zurück und ließ sie vorbei.

Sie betrat den perfekten Nachbau einer viktorianisch gefliesten Diele, Quadrate aus Terrakotta, unterbrochen von weißen, blauen und dunkelroten Rauten. »Sehr schön«, befand sie und bemerkte die Wandpaneele mit der Stiltapete.

»Die Freundin meines Bruders ist Kunsthistorikerin, Schwerpunkt Architektur. Sie hat sich hier ausgetobt. Bis sie damit fertig ist, wird es aussehen wie beim Denkmalschutz«, nörgelte er gutmütig. »Bieg am Ende des Flurs rechts ab.«

Karen brach in Gelächter aus, als sie den Raum betrat. »Herrgott noch mal, Phil«, kicherte sie. »Hier sieht's ja aus wie in der Bibliothek mit dem Heizungsrohr von Colonel Mustard aus *Alle Mörder sind schon da*. Du solltest einen Hausrock tragen, kein Fußballtrikot von Kirkcaldy.«

Er zuckte kleinlaut mit den Schultern. »Du musst auch das Lustige daran sehen. Ich als Polizist – mit dem perfekten Leiche-in-der-Bibliothek-Szenario im eigenen Haus.« Er deutete auf die dunklen Holzregale, den Schreibtisch mit

Lederauflage und die Clubsessel, die zu beiden Seiten des aufwendigen Kamins standen. Der Raum war offensichtlich sowieso nicht besonders groß, aber mit dieser Ausstattung wirkte er definitiv vollgestopft. »Sie sagte, diese Einrichtung sei das, was der Hausherr damals gehabt hätte.«

»In einem Haus dieses Formats?«, spöttelte Karen. »Ich glaube, sie ist größenwahnsinnig. Und ich kann auch kaum glauben, dass er sich für den Teppich im Schottenkaro entschieden hätte.«

Seine Ohren röteten sich, so verlegen war er. »Anscheinend ist das postmoderne Ironie.« Er hob skeptisch die Augenbrauen. »Aber es ist nicht ganz so, wie es auf den ersten Blick scheint«, sagte er und wurde munterer, als er sich an einem der Bücher zu schaffen machte. Ein Teil der Regalwand öffnete sich, und ein Flachbildfernseher kam zum Vorschein.

»Gott sei Dank«, seufzte Karen. »Ich hab mich schon gewundert. Kein bisschen wie deine alte Wohnung, oder?«

»Ich glaube, ich bin über das Alter und den Lebensstil eines Halbstarken hinaus«, antwortete Phil.

»Zeit, sich häuslich einzurichten?«

Er zuckte mit den Schultern, vermied aber, ihr in die Augen zu sehen. »Vielleicht.« Er zeigte auf einen Stuhl und ließ sich auf dem nieder, der gegenüberstand. »Wie war's mit Lawson?«

»Ein anderer Mensch. Und nicht im positiven Sinn. Ich habe auf dem Rückweg darüber nachgedacht. Er war immer ein harter Kerl gewesen. Allerdings glaubte ich, seine Motive seien in Ordnung, bis zu dem Zeitpunkt, als wir herausfanden, was er wirklich trieb, weißt du? Aber die Sachen, die er mir heute erzählt hat … ich weiß nicht. Es kam mir fast vor, als hätte er die Gelegenheit genutzt, sich zu rächen.«

»Was meinst du damit? Was hat er dir gesagt?«

Karen hielt eine Hand hoch. »Dazu komme ich gleich. Ich will nur erst etwas Dampf ablassen. Ich hatte das Gefühl, dass er das, was er sagte, aus Bosheit äußerte. Weil er wusste, dass es den Ruf der Polizei schädigen würde, nicht weil er uns helfen will herauszufinden, was mit Cat und Adam Grant passiert ist.«

Während sie sprach, griff Phil nach seiner Packung Zigarillos und zündete sich einen an. In letzter Zeit rauchte er kaum noch, wenn sie dabei war, dachte sie. Es gab so wenig Orte, wo es erlaubt war. Das vertraute, bittersüße Aroma stieg Karen in die Nase und war merkwürdig tröstlich nach dem Tag, den sie hinter sich hatte. »Ist es wichtig, was seine Motive sind?«, fragte er. »Solange das stimmt, was er uns sagt?«

»Vielleicht nicht. Und er hatte uns tatsächlich etwas sehr Interessantes zu sagen. Etwas, das ein ganz neues Licht auf die Nacht wirft, in der Cat Grant starb. Anscheinend waren damals nicht nur die Polizisten und die Kidnapper bewaffnet. Unsere Säule der Gesellschaft, Sir Broderick Maclennan Grant, hatte eine Schusswaffe. Und er setzte sie ein.«

Phil fiel die Kinnlade herunter, und Rauch trat aus seinem Mund aus. »Grant hatte eine Knarre? Das ist wohl 'n Witz. Wie kommt es, dass wir erst jetzt davon hören?«

»Lawson sagt, dass von ganz oben angeordnet wurde, es geheim zu halten. Grant war ein Opfer, es wäre nichts gewonnen gewesen, wenn man ihn belangt hätte. Schlechte PR, all so was. Aber ich glaube, diese Entscheidung hat bewirkt, dass die Sache dann total anders weiterging.« Karen zog einen Aktenordner aus ihrer Tasche, nahm eine Zeichnung des Tatorts vom damaligen kriminaltechnischen

Team heraus und breitete sie auf dem Tisch zwischen ihnen aus. Sie zeigte, wo alle Beteiligten gestanden hatten. »Ist das klar?«, fragte sie.

Phil nickte.

»Was ist also passiert?«, ermunterte Karen ihren Kollegen.

»Das Licht ging aus, unser Mann schoss daneben, dann kam noch ein Schuss aus der Richtung hinter Cat. Der Schuss, der sie tötete.«

Karen schüttelte den Kopf. »Nach dem, was Lawson sagt, war es nicht so. Er berichtet jetzt, dass es zwischen Cat und ihrer Mutter eine Rangelei um die Tasche mit dem Geld gab. Cat gelang es, die Tasche an sich zu bringen, und sie begann, sich umzudrehen. Dann zog Grant seine Waffe und verlangte, Adam zu sehen. Das Licht ging aus, und Grant schoss. Es kam ein zweiter Schuss von einem Standort jenseits von Cat. Dann schoss PC Armstrong daneben.«

Phil runzelte die Stirn und verdaute erst einmal, was sie gesagt hatte. »Okay«, meinte er langsam. »Ich verstehe nicht ganz, wie das die Sache ändern würde.«

»Die Kugel, die Cat tötete, traf sie in den Rücken, trat durch die Brust wieder aus und landete im Sand. Sie fanden die Kugel aber nie. Die Wunde passte nicht zu Armstrongs Pistole, und da Grants Waffe nie erwähnt wurde, gab es nur eine mögliche Erklärung für die Öffentlichkeit. Dass die Entführer Cat umbrachten. Dadurch wurde die Sache zu einer Mörderjagd.«

»O Mist«, stöhnte Phil. »Und natürlich schließt das jede Möglichkeit aus, Adam zurückzubekommen. Die Kerle wissen, jetzt da Cat tot ist, droht ihnen zweifellos lebenslänglich. Sie haben eine Tasche voll Geld und das Kind und werden sich auf keinen Fall auf eine zweite Konfrontation mit Grant einlassen. Sie werden einfach in die Nacht hinaus verschwinden. Und Adam ist von nun an nur noch eine Belastung. Lebendig oder tot ist er wertlos für sie.«

»Genau. Und wir wissen beide, welche Seite der Waage sich nach unten neigt. Aber da ist noch etwas. Das Argument war immer, dass die Art der Wunde und die Tatsache, dass Cat in den Rücken geschossen wurde, unvermeidlich auf die Entführer hinweisen. Aber laut Lawson hätte Grants Waffe ihr die tödliche Verwundung beibringen können. Er sagt, Cat drehte sich gerade zu den Kidnappern um, als das Licht ausging.« Sie sah Phil betrübt an. »Aller Wahrscheinlichkeit nach hat Grant seine eigene Tochter erschossen.«

»Und die Vertuschungsaktion hat ihn seinen Enkel gekostet.« Phil nahm einen langen Zug von seinem Zigarillo. »Wirst du mit Brodie Grant darüber sprechen?«

Karen seufzte. »Ich glaube, ich kann es nicht vermeiden.«

»Vielleicht solltest du es der Makrone überlassen?«

Karen lachte, sie war geradezu entzückt. »Was für ein Spaß das wäre! Aber wir wissen doch beide, dass er sich von einem Hochhaus stürzen würde, um dieser Tretmine auszuweichen. Nein, ich muss Grant selbst damit konfrontieren. Ich bin nur nicht sicher, wie ich es am besten angehen soll. Vielleicht werde ich warten, bis ich weiß, was die Italiener für mich herausgefunden haben. Mal sehen, ob etwas dabei ist, was die bittere Pille versüßt.« Bevor Phil antworten konnte, klingelte Karens Handy. »Blödes Ding«, murmelte sie, während sie es hervorsuchte. Dann las sie die Anzeige und lächelte. »Hallo, River«, meldete sie sich. »Wie geht's?«

»Prima.« Rivers Stimme krachte und knackte an ihrem Ohr. »Hör mal, ich glaube, du solltest hier runterkommen.«

»Was? Habt ihr etwas gefunden?«

»Es ist so eine miese Verbindung, Karen. Es wäre besser, du kommst einfach direkt her.«
»Okay. Zwanzig Minuten.« Sie legte auf. »Sieh zu, dass du in die Puschen kommst, Sherlock. Scheiß auf Brodie Grant. Die gute Dr. Wilde hat was für uns.«

Bel musste zugeben, dass Grazia wirklich wusste, wie man eine perfekte Atmosphäre schuf, um Leute zum Reden zu bringen. Als die Sonne langsam hinter den fernen Hügeln versank und die Lichter der mittelalterlichen Bergstädtchen auf den dunklen Hängen wie eine Handvoll Glitzerstaub glänzten, taten sich die Einwohner von Boscolata an saftigem Spanferkel gütlich mit Bergen von knusprig gerösteten, nach Knoblauch und Rosmarin duftenden Kartoffeln und Schüsseln voller Tomatensalat mit Basilikum und Estragon. Boscolata steuerte Krüge mit hausgemachten Weinen bei, und Maurizio hatte zu dem Schmaus einige Flaschen seines selbstgemachten *Vin santo* gespendet.

Da die Leute wussten, dass diese unerwartete Feier zu Ehren Bels veranstaltet wurde, waren sie ihr wohlgesonnen. Sie ging hin und her und plauderte mit ihnen über alles Mögliche. Aber die Unterhaltung kehrte immer wieder zu den Puppenspielern zurück, die Paolo Tottis Villa besetzt hatten.

Nach und nach konnte sie gedanklich ein Dossier über die Menschen zusammenstellen, die dort gelebt hatten. Rado und Sylvia, ein Kosovo-Serbe und eine Slowenin, die Talent für das Anfertigen von Puppen hatten. Matthias, der die Gruppe ins Leben gerufen hatte und jetzt die Bühnenbilder entwarf und baute. Seine Frau Ursula war verantwortlich für den Spielplan und sorgte für das Organisatorische. Maria und Peter aus Österreich, die wichtigsten Marionettenspieler, und ihre dreijährige Tochter, die sie großziehen wollten, ohne sie dem öffentlichen Schulsystem anzuvertrauen. Dieter, ein Schweizer, der sich um die Beleuchtung und den Ton kümmerte. Luka und Max, die Marionettenspieler der zweiten Reihe, die die Poster aufhängten, den größten Teil der Drecksarbeit erledigten und selbst eine eigene Show präsentieren durften, wenn eine Sondervorstellung sich mit einer der Vorführungen an den festen Standplätzen überschnitt.

Und dann waren da noch die Besucher und Freunde, von denen es anscheinend jede Menge gegeben hatte. Gabriel und sein Vater waren nicht besonders aus dem Rahmen gefallen, abgesehen von der Tatsache, dass der Vater offenbar ein Vertrauter von Matthias und kein Freund des Hauses war. Er hielt sich immer abseits und war höflich, aber nie wirklich offen. Die Meinungen über seinen Namen gingen auseinander. Einer meinte, er sei David gewesen, ein anderer dachte Daniel, ein Dritter Darren.

Im Lauf des Abends begann Bel, sich zu fragen, ob an ihrer spontanen Reaktion auf das Foto, das Renata ihr gezeigt hatte, etwas dran war. Alles andere schien so dürftig. Dann, als sie sich gerade ein Glas *Vin santo* und eine Handvoll *Cantuccini* nahm, kam ein Jugendlicher auf sie zu.

»Sie sind doch die, die über BurEst Bescheid wissen wollte, stimmt's?«, murmelte er.

»Stimmt.«

»Und den Jungen, Gabe?«

»Was weißt du?«, fragte Bel und trat näher an ihn heran, um ihm das Gefühl zu geben, sie und er seien eine verschworene Gemeinschaft.

»Er war dort an dem Abend, als sie abgehauen sind.«

»Gabriel, meinst du?«

»Ja. Ich habe vorher nichts davon gesagt, weil ich da in der Schule sein sollte, war ich aber nicht, verstehen Sie?«

Bel tätschelte ihm den Arm. »Glaub mir, das sagst du der

Richtigen. Ich hatte auch meine Probleme mit der Schule. Es gibt viel interessantere Dinge, die man machen kann.«

»Ja. Also, jedenfalls, als ich in Siena war, sah ich Matthias, der mit Gabe vom Bahnhof kam. Matthias war ein paar Tage weg gewesen. Ich hatte nichts Besseres zu tun, da bin ich ihnen gefolgt. Sie gingen durch die Stadt zum Parkplatz an der Porta Romana und kamen in Matthias' Lieferwagen herausgefahren.«

»Haben sie miteinander geredet? Sah es aus, als würden sie sich gut verstehen?«

»Sie kamen mir ziemlich deprimiert vor, hielten die Köpfe gesenkt und sagten kaum etwas. Nicht unbedingt feindselig. Nur, als wären sie beide über etwas verärgert.«

»Hast du sie noch einmal gesehen? Hier in der Gegend?«

Der Junge zuckte plötzlich leicht mit der Schulter. »Ich bin ihnen nicht mehr begegnet. Aber als ich zurückkam, war Matthias' Wagen da. Die anderen waren alle nach Grosseto, um eine Sondervorstellung zu geben. Das sind gut zwei Stunden Fahrt, sie waren also schon weg, als ich zurückkam. Ich habe einfach angenommen, dass Matthias und Gabe im Haus waren.« Er grinste frech. »Was auch immer sie da getrieben haben.«

Nach dem Blut auf dem Boden zu urteilen, dachte Bel, war es nichts so Vergnügliches wie das, was sich der phantasielose junge Mann vorstellte. Bedeutender war die Frage, wessen Blut es war. Waren die BurEst-Leute geflohen, weil sie bei ihrer Rückkehr ihren Anführer tot in seinem Blut liegend vorfanden? Oder waren sie weggelaufen, weil ihr Anführer Gabriels Blut an den Händen hatte? »Danke«, sagte sie, wandte sich ab und füllte ihr Glas wieder auf, das nebenbei wie von selbst leer geworden war. Sie entfernte sich schlendernd von der plaudernden Menge und ging am

Rand des Weinbergs entlang. Ihr junger Informant hatte ihr einigen Stoff zum Nachdenken gegeben. Matthias war ein paar Tage weg gewesen. Er kam mit Gabriel zurück. Die beiden waren allein in der Villa. Im Lauf des Vormittags war die ganze Truppe eiligst verschwunden, wobei sie einen großen Blutfleck auf dem Boden und die gleichen Poster zurückließen, die früher vom Anarchistischen Kampfbund Schottlands benutzt worden waren.

Man brauchte kein großer Detektiv zu sein, um zu kapieren, dass etwas ganz schrecklich schiefgegangen war. Aber wer war betroffen? Und, vielleicht noch wichtiger, warum?

Sommer in Schottland, dachte Karen mit Bitterkeit, als sie den Weg zu Thane's Cave hinunterkletterte. Um neun war es noch hell, und ein feiner Nieselregen durchnässte ihre Kleider, während sie von Stechmücken attackiert wurde, als gäbe es kein Morgen. Sie sah sie als Wolke um Phils Kopf herumschwirren, als sie ihm zum Strand hinunterfolgte. Sie war sicher, dass diese Plage heutzutage schlimmer war als in ihrer Kindheit. Verflixter Klimawandel. Die kleinen Biester wurden immer boshafter und das Wetter immer schlechter.

Als der Pfad ebener wurde, sahen sie zwei von Rivers Studenten zusammengekauert unter einer Klippe hocken und sich eine heimliche Zigarettenpause genehmigen. Wenn sie sich in den Gegenwind stellen würde, könnte der Rauch vielleicht die Mücken um sie herum vertreiben. Hinter ihnen ging River auf und ab, das Handy am Ohr, den Kopf gesenkt und das lange dunkle Haar zu einem Pferdeschwanz zusammengebunden, der aus ihrer Baseballkappe herausbaumelte. Mehr als der Regen ließ Karen das Schimmern von Rivers weißem Overall frösteln. Die Anthropologin drehte sich um, sah sie und beendete schleunigst ihr Gespräch. »Ich habe Ewan nur gesagt, er soll mich besser erst in ein paar Tagen zurückerwarten«, sagte sie betrübt.

»Was hast du gefunden?«, wollte Karen wissen, die es so eilig hatte, etwas zu erfahren, dass sie jede Höflichkeit vergaß.

»Kommt rein, und ich zeige es euch.«

Sie folgten ihr in die Höhle, wo die Arbeitslampen ein abstraktes Muster aus Dunkelheit und Licht schufen, an das man sich erst einen Moment lang gewöhnen musste. Die Studenten, die die Felsbrocken weggeräumt hatten, machten Pause, saßen herum, aßen Sandwichs und tranken Erfrischungsgetränke aus Dosen. Karen und Phil zogen ihre Blicke wie Magneten an, sie ließen die Polizisten nicht mehr aus den Augen.

River ging voran zu der Stelle, wo der Einsturz den Tunnel blockiert hatte. Fast alle größeren Brocken und kleinen Steine waren beiseitegeschafft und eine schmale Öffnung freigelegt worden. Sie fuhr mit einer starken Taschenlampe über das restliche Geröll und zeigte, dass der Einbruch nur etwa einen Meter zwanzig tief war. »Wir waren überrascht, als wir herausfanden, wie geringfügig diese Verschüttung ist. Wir hätten erwartet, dass sie zehn Meter oder mehr nach hinten hineinreichen würde. Das machte mich gleich von Anfang an misstrauisch.«

»Wie meinen Sie das?«, fragte Phil.

»Ich bin keine Geologin. Aber soweit ich von meinen Kollegen aus der Geowissenschaft weiß, muss sich ein enormer Druck aufgebaut haben, bis ein natürlicher Einbruch erfolgt. Als man in der Gegend hier unter Tage Kohle abbaute, kam viel Spannung in den Felsen darüber zustande, deshalb hatte man große Spaltenbildungen und Einbrüche. Diese Größenordnung von geologischem Druck verursacht Deckeneinbrüche in alten Höhlen wie der hier. Diese Höhlen existieren seit achttausend Jahren und stürzen nicht einfach ohne Grund ein. Aber wenn sie einbrechen, dann ist es, wie wenn man den Schlussstein aus einer Brücke herauszieht. Dann gibt es einen großen Einsturz.« Während sie sprach, ließ River den Strahl der Taschenlampe weiter kreisen und zeigte, dass die Decke zu beiden Seiten des Einsturzes erstaunlich gut erhalten war. »Andererseits würde eine kleine Menge Sprengstoff einen kontrollierten Einsturz verursachen, der nur einen relativ kleinen Bereich betrifft, vorausgesetzt man kennt sich aus.« Sie sah Karen an und hob die Augenbrauen. »So etwas wird in Minen oft durchgeführt.«

»Du willst damit sagen, dass der Einsturz absichtlich herbeigeführt wurde?«, wollte Karen wissen.

»Für ein klares Ja oder Nein würde man einen Fachmann brauchen. Aber aufgrund der geringen Kenntnisse, die ich habe, würde ich sagen, es sieht so aus.« Sie drehte sich um und richtete die Taschenlampe auf einen Teil der Höhlenwand, der ungefähr anderthalb Meter über dem Boden lag. Im roten Sandstein war ein annähernd konisches Loch, an dem schwarze Streifen zu sehen waren. »Das scheint mir wie ein Sprengloch auszusehen«, erklärte River.

»Mist«, fluchte Karen, »was jetzt?«

»Na ja, als ich das sah, dachte ich, wir würden nach der Räumung des Pfads sehr vorsichtig sein müssen. Also hab ich meinen Overall angezogen und bin selbst reingegangen. Es ist ein Durchgang von vielleicht drei Metern Länge, dann erweitert er sich zu einer ziemlich großen Kammer. Vielleicht fünf auf vier Meter.« River seufzte. »Das alles freizuräumen wird die Hölle.«

»Und es gibt einen Grund, das zu tun?«, fragte Phil.

»O ja, es gibt einen Grund.« Sie richtete den Schein der Taschenlampe auf den Boden zu ihren Füßen. »Sie können sehen, dass der Boden nur aus fester Erde besteht. Gleich links nach dem Eingang in die Kammer ist eine lockere Stelle. Der Boden war festgetreten, aber ich bemerkte, dass er dort anders aussah als der Rest. Ich stellte Lampen und eine Kamera auf und fing an, die Stelle aufzugraben.« Rivers Stimme war inzwischen kühl und distanziert. »Ich musste nicht lange suchen. In ungefähr fünfzehn Zentimeter Tiefe fand ich einen Schädel. Ich habe ihn noch nicht entfernt, denn ich wollte, dass Sie ihn am Fundort sehen, bevor wir sonst irgendetwas tun.« Sie winkte ihnen, sich von dem Einsturz zu entfernen. »Sie werden Schutzanzüge brauchen«, sagte sie und wandte sich an die Studenten. »Jackie, könnten Sie Anzüge und Überschuhe für DI Pirie und DS Parhatka herüberbringen?«

Während sie sich anzogen, rekapitulierte River die Möglichkeiten. Es lief darauf hinaus, entweder die Studenten unter Rivers strenger Aufsicht weiterarbeiten zu lassen oder das Spurensicherungsteam der Kripo zu rufen. »Das hast du zu entscheiden«, meinte River. »Ich würde dazu nur sagen, dass wir fürs Budget die günstigere Lösung sind, zweitens haben wir auch Spezialisten, die erst kürzlich ausgebildet wurden. Ich weiß nicht, wie dein archäologischer und anthropologischer Kenntnisstand ist, aber ich könnte wetten, dass eine kleine Polizei wie die von Fife kein Team von Spitzenkräften zur Verfügung hat.«

Karen warf ihr einen ihrer vernichtenden Blicke zu, bei denen ihre Mitarbeiter winzig klein mit Hut wurden. »Seit ich dabei bin, haben wir noch nie einen solchen Fall gehabt. Wenn sich etwas Außergewöhnliches ergibt, ziehen wir immer Experten von außerhalb hinzu. Das Wichtigste ist, sicherzustellen, dass die Beweise vor Gericht standhalten. Ich weiß, dass du eine qualifizierte Expertin und glaubhafte Zeugin bist, aber deine Studenten sind das nicht. Ich werde die Sache mit der Makrone besprechen müssen, aber ich glaube, wir sollten mit deiner Mannschaft weitermachen. Allerdings müssen jederzeit zwei Videokameras laufen, und du musst dabei sein, wann immer sie bei der Arbeit sind.« Sie knöpfte ihren Anzug zu und war froh, dass Jackie ihr einen gegeben hatte, der groß genug war, ihren üppigen Formen Platz zu bieten. Die Kollegen von der Spurensicherung waren nicht immer so rücksichtsvoll. Karen fand, sie legten es oft geradezu darauf an, dass sie sich bei der Arbeit unbehaglich fühlte, die sie als ihren eigenen Zuständigkeitsbereich betrachteten. »Also, schaun wir mal«, sagte sie.

River gab jedem von ihnen eine Taschenlampe. »Ich habe noch keinen Pfad angelegt«, warnte sie und setzte eine Stirnlampe auf. »Bleibt einfach so weit links wie möglich.«

Sie folgten ihrem in der Dunkelheit auf und nieder schwankenden Lichtstrahl. Karen warf einen letzten Blick über die Schulter zurück, aber es war schwierig, außer Phils Umrissen etwas zu erkennen. Die Beschaffenheit der Luft veränderte sich, an die Stelle der Salzluft trat ein schwacher Modergeruch, der sich mit dem sauren Gestank von altem Vogelkot vermischte. Ein mattes Leuchten vor ihnen kam vom Strahler der noch laufenden Videokamera.

Wo die Wände zurücktraten und sich zu einer Kammer weiteten, blieb River stehen. Ihre Taschenlampe erhellte zusammen mit dem Kameralicht die Umgebung stärker, und eine kleine Fläche wurde sichtbar, wo das Erdreich weggekratzt und eine flache Vertiefung ausgegraben war. Auf der rotbraunen Erde glänzten stumpf, aber unverkennbar die Umrisse eines menschlichen Schädels.

»Du hattest recht«, stellte Phil leise fest.

»Du hast keine Ahnung, wie beschissen ich das finde«, erwiderte Karen niedergeschlagen und versuchte gleichzeitig, alle Einzelheiten zu erfassen. Sie wandte sich ab, um ihre Gedanken zu ordnen. »Armer Kerl, wer immer du bist.«

Dienstag, 3. Juli 2007,
Glenrothes

Karen fuhr auf ihren Parkplatz beim Präsidium und stellte den Motor ab. Sie saß einen ziemlich langen Moment da und sah zu, wie der Regen sich wieder auf ihrer Windschutzscheibe ausbreitete. Dies würde nicht der einfachste Morgen ihrer Karriere werden. Sie hatte eine Leiche gefunden, aber genau genommen die falsche. Sie musste die Makrone daran hindern, über das Ziel hinauszuschießen, weil er vorschnell annehmen würde, dies sei einer von Catriona Maclennan Grants Entführern. Und um das zu erreichen, würde sie zugeben müssen, dass sie an etwas gearbeitet hatte, von dem er nichts wusste. Phil hatte recht gehabt. Sie hätte ihrem Wunsch, praktische Polizeiarbeit zu machen, nicht nachgeben sollen. Es war ein schwacher Trost, dass sie im Fall Mick Prentice mehr herausgefunden hatte als das, was die Uniformierten geschafft hätten. Sie würde schon zufrieden sein, wenn sie aus der Sache ohne offiziellen Verweis herauskam.

Seufzend nahm sie ihre Akten und eilte durch den strömenden Regen. Mit gesenktem Kopf stieß sie die Tür auf und ging direkt auf die Aufzüge zu. Aber Dave Cruickshanks Stimme ließ sie innehalten.

»DI Pirie«, rief er. »Da ist eine Frau, die mit Ihnen sprechen möchte.«

Karen drehte sich um, und Jenny Prentice erhob sich zögernd von einem Stuhl im Empfangsbereich. Sie hatte sich offensichtlich Mühe gegeben. Ihr graues Haar war ordentlich geflochten, und sie trug augenscheinlich ihre besten Sachen. Der dunkelrote Wollmantel wäre normalerweise für Juli völlig ungeeignet, aber dieses Jahr nicht. »Mrs. Prentice«, begrüßte Karen sie und hoffte, man würde ihr nicht ansehen, dass die Zuversicht sie verließ.

»Ich muss mit Ihnen sprechen«, erklärte Jenny. »Es wird nicht lange dauern«, fügte sie hinzu, als sie sah, dass Karen auf die Wanduhr schaute.

»Gut. Ich habe nämlich nicht viel Zeit«, sagte Karen. Neben der Eingangshalle lag ein kleines Vernehmungsbüro, in das sie Jenny Prentice führte. Auf einem Stuhl in der Ecke legte sie ihre Aktenordner ab und setzte sich Jenny gegenüber an einen kleinen Tisch. Sie war nicht in der Stimmung, Süßholz zu raspeln. »Ich nehme an, Sie sind gekommen, um die Frage zu beantworten, die ich Ihnen gestern gestellt habe?«

»Nein«, entgegnete Jenny so störrisch, wie Karen selbst sein konnte. »Ich bin gekommen, um Ihnen zu sagen, dass Sie die ganze Aktion abblasen sollen.«

»Was abblasen?«

»Die sogenannte Vermisstensuche wegen Mick.« Sie sah Karen trotzig an. »Er wird nicht vermisst. Ich weiß, wo er ist.«

Das war das Allerletzte, was Karen zu hören erwartet hatte. »Was soll das heißen, Sie wissen, wo er ist?«

Jenny zuckte mit den Schultern. »Ich weiß nicht, wie ich es sonst ausdrücken soll. Seit Jahren weiß ich, wo er ist. Und dass er nichts mehr mit uns zu tun haben will.«

»Aber warum haben Sie es dann geheim gehalten? Warum erfahre ich erst jetzt davon? Verstehen Sie nicht, was es bedeutet, die Arbeitszeit der Polizei zu vergeuden?« Karen war sich bewusst, dass sie fast schrie, aber es war ihr egal.

»Ich wollte nicht, dass Misha sich aufregt. Wie würden Sie sich fühlen, wenn Ihnen jemand erzählte, Ihr Vater wollte nichts mit Ihnen zu tun haben? Das sollte ihr erspart bleiben.«

Karen starrte sie verunsichert an. Jennys Stimme und Ausdruck waren überzeugend. Aber Karen konnte es sich nicht leisten, ihr einfach unbesehen zu glauben. »Und Luke? Sie wollen doch sicher alles tun, um ihn zu retten? Hat Misha nicht das Recht, um seine Hilfe zu bitten?«

Jenny sah sie verächtlich an. »Meinen Sie, ich habe ihn nicht schon gefragt? Angefleht habe ich ihn. Ich habe ihm Fotos vom kleinen Luke geschickt, damit er es sich noch mal überlegt. Aber er sagte einfach, der Junge hätte nichts mit ihm zu tun.« Sie sah weg. »Ich glaube, er hat jetzt eine neue Familie. Wir sind ihm nicht wichtig. Männer scheinen so etwas besser zu können als Frauen.«

»Ich werde mit ihm reden müssen«, bemerkte Karen.

Jenny schüttelte den Kopf. »Auf keinen Fall.«

»Hören Sie, Mrs. Prentice.« Karen wurde immer gereizter. »Ein Mann ist als vermisst gemeldet worden. Sie behaupten, er ist nicht verschollen, aber ich habe nur Ihre Aussage. Ich brauche eine Bestätigung für das, was Sie sagen. Sonst würde ich meine Arbeit nicht richtig erledigen.«

»Und was passiert dann?« Jenny packte den Rand des Tisches. »Was antworten Sie, wenn Misha Sie fragt, wie die Ermittlung läuft? Lügen Sie sie an? Gehört das zu Ihrer Arbeit? Lügen Sie sie an und hoffen, dass sie später nie die Wahrheit von einem anderen Polizisten erfährt? Oder sagen Sie ihr die Wahrheit und lassen Mick ihr noch einmal das Herz brechen?«

»Es ist nicht meine Aufgabe, diese Entscheidungen zu fällen. Ich muss die Wahrheit herausfinden, was danach kommt, liegt nicht mehr in meiner Macht. Sie müssen mir sagen, wo Mick ist, Mrs. Prentice.« Karen wusste, dass es schwer war, ihr zu widerstehen, wenn sie die ganze Kraft ihrer Persönlichkeit einsetzte. Aber diese trotzige kleine Frau wusste sich zu behaupten.

»Ich sage Ihnen nur, dass Sie Ihre Zeit verschwenden, wenn Sie eine Person suchen, die nicht vermisst wird. Stecken Sie es auf, Inspector. Lassen Sie es einfach sein.«

Etwas an Jenny Prentice' Worten klang unglaubwürdig. Karen war sich nicht sicher, was es war, aber bis sie das festmachen konnte, würde sie keinen Zentimeter nachgeben. Sie stand auf und nahm demonstrativ ihre Akten auf. »Ich glaube Ihnen nicht. Und Sie kommen sowieso zu spät, Jenny«, erklärte sie und wandte sich ihr wieder zu. »Wir haben eine Leiche gefunden.«

Sie hatte darüber gelesen, wie plötzlich alle Farbe aus dem Gesicht eines Menschen weichen kann, hatte es aber nie zuvor gesehen. »Das kann nicht stimmen«, flüsterte Jenny.

»Doch, es stimmt, Jenny. Und die Stelle, an der wir sie dank Ihrer Angaben gefunden haben, ist ein Ort, an dem sich Mick oft aufhielt.« Karen öffnete die Tür. »Wir sprechen uns noch.«

Sie wartete ungeduldig, bis Jenny sich gefasst hatte und auf die Tür zuwankte, eine Frau, die durch ihre Worte niedergeschmettert war. Ausnahmsweise hatte Karen wenig Mitgefühl. Was immer Jenny Prentice' Motive für diesen kleinen Auftritt sein mochten, Karen wusste jetzt jedenfalls sicher, dass es nur ein Auftritt gewesen war. Jenny hatte genau wie Karen selbst nicht die geringste Ahnung, wo Mick Prentice war.

Jetzt musste sie nur noch herausfinden, warum es Jenny so wichtig war, dass die Polizei die Suche einstellte. Eine weitere Begegnung und ein weiteres Rätsel. Sie schienen dieser Tage immer Hand in Hand zu gehen. Es gab Wochen, da konnte man nicht mal für Geld eine klare Antwort bekommen.

»Aber das ist ja eine phantastische Neuigkeit, Inspector.« Karen Piries Berichte lösten bei Simon Lees nicht oft Zufriedenheit aus, geschweige denn Begeisterung. Aber er konnte die Tatsache nicht verbergen, dass er über das, was sie ihm heute gesagt hatte, doppelt erfreut war. Sie hatten nicht nur eine Leiche gefunden, die einen seit über zwanzig Jahren ruhenden Fall voranbringen würde, sondern sie hatten dabei auch noch Geld gespart.

Dann kam ihm ein schrecklicher Gedanke. »Ist es das Skelett eines Erwachsenen?«, fragte er, und ein schlimmes Vorgefühl schnürte ihm die Brust ein.

»Ja, Sir.«

Warum sah sie nur so unglücklich aus? Sie hatte aufgrund einer vagen Vorahnung gehandelt, und es war gut ausgegangen. An ihrer Stelle würde er sich riesig freuen. Na ja, er tat es sogar. Dies war im Grunde genommen seine Untersuchung, und die Ergebnisse würden ihm genauso Ansehen bringen wie seinen Mitarbeitern. Dieses eine Mal hatte sie ihm etwas Freudiges statt eines Desasters berichtet. »Gut gemacht«, lobte er munter und schob seinen Stuhl zurück. »Ich glaube, wir sollten gleich nach Rotheswell fahren und Sir Broderick die gute Nachricht überbringen.« Auf ihrem Puddinggesicht zeichnete sich eine ganze Reihe verschiedener Ausdrücke ab, und am Ende zeigte sich etwas, das sehr nach Bestürzung aussah. »Was ist los? Sie haben es ihm doch nicht schon gesagt?«

»Nein, noch nicht«, antwortete sie langsam »Und zwar weil ich nicht wirklich überzeugt bin, dass dies etwas mit Adam Grants Verschwinden zu tun hat.«

Er verstand die Worte, aber sie ergaben keinen Sinn. Sie hatte diese ganze Operation auf der Voraussetzung aufgebaut, dass der Einsturz der Höhle kurz nach der Katastrophe der misslungenen Lösegeldübergabe entdeckt worden war. Sie hatte angedeutet, dass einer der Entführer unter dem Geröll liegen könnte. Andernfalls hätte er seine Einwilligung nicht gegeben. Aber jetzt schien sie anzudeuten, dass diese Leiche nichts mit dem Fall zu tun hatte, in dem sie ermitteln sollte. Es war so verwirrend wie bei *Alice hinter den Spiegeln.* »Ich verstehe nicht«, beklagte er sich in leidendem Ton. »Sie sagten doch, ein Boot hätte beteiligt sein können. Deuteten an, es könnte eine Leiche geben. Und Sie finden eine Leiche. Aber statt sich zu freuen, dass Sie recht haben, erzählen Sie mir, es sei die falsche Leiche.«

»Ich hätte es nicht besser ausdrücken können«, erklärte sie und wagte ein Lächeln.

»Aber warum?« Er bemerkte, dass er fast heulte, und räusperte sich geräuschvoll. »Warum?«, wiederholte er eine Oktave tiefer.

Sie rutschte auf ihrem Stuhl herum und schlug die Beine übereinander. »Es ist etwas schwer zu erklären.«

»Das interessiert mich nicht. Fangen Sie irgendwo an. Am besten am Anfang.« Lees konnte nicht aufhören, die Hände zu Fäusten zu ballen und sie wieder zu lösen. Er wünschte, er hätte noch den Stressball, den ihm seine Kinder einmal zu Weihnachten geschenkt hatten, den Stressball, den er in den Müll geworfen hatte, weil er so etwas doch nicht brauchte, schließlich hatte er alles gut unter Kontrolle.

»Wir bekamen neulich einen sehr ungewöhnlichen Fall herein«, begann sie. Sie klang zögernd, so hatte er sie noch nie erlebt. Wenn die Sache ihn nicht so wütend machen würde, könnte er die Situation fast genießen. »Ein Mann wurde von seiner Tochter als vermisst gemeldet.«

»Das ist wohl kaum ungewöhnlich«, schnauzte er.

»Insofern schon, als er im Jahr 1984 verschwand, auf der Höhe des Bergarbeiterstreiks«, schoss Karen sofort zurück, und das Zögern war vorbei. »Ich habe mir den Fall kurz angesehen und entdeckt, dass es zwei Leute gab, die einen guten Grund hatten, diesen Mann zu beseitigen. Beide arbeiteten in der Bergbauindustrie. Beide kannten sich mit dem Sprengen von Felsen aus. Es wäre für beide nicht allzu schwer gewesen, sich Sprengstoff zu verschaffen. Und ich habe Ihnen ja schon zu erklären versucht, Sir, dass alle hier die Höhlen kennen.« Sie hielt einen Moment inne und starrte ihn mit einem Blick an, der schon fast aufmüpfig wirkte. »Ich wusste, dass Sie niemals Ihre Zustimmung geben würden, wegen eines vermissten streikenden Bergarbeiters die Felsmassen zu beseitigen.«

»Sie haben also gelogen?«, brüllte Lees. Er würde sich diese ungenierte Aufsässigkeit nicht länger gefallen lassen.

»Nein, ich habe nicht gelogen«, entgegnete sie ruhig. »Ich war nur ein bisschen kreativ bei der Wahrheitsbeschreibung. Der Höhleneinsturz wurde wirklich entdeckt, nachdem Catriona Maclennan Grant starb. Und der Hubschrauber konnte das Boot nicht finden, in dem die Kidnapper flüchteten. Was ich Ihnen vorschlug, war eine vernünftige Theorie. Aber wenn man alles in allem die Wahrscheinlichkeit bedenkt, sage ich, es ist vermutlich eher die Leiche von Mick Prentice als die eines unbekannten Entführers.«

Lees spürte, wie ihm das Blut zu Kopfe stieg. »Unglaublich.«

»Sir, Sie müssen aber doch zugeben, dass wir ein Ergebnis haben. Und es ist ja nicht so, als hätten wir dieses Geld für nichts ausgegeben. Gut, vielleicht ergeben sich daraus mehr Fragen als Antworten. Allerdings haben wir zumindest eine Leiche vorzuweisen. Und wissen Sie, Sir, wir reden ja immer davon, dass es unsere Aufgabe sei, für die Toten einzutreten und Gerechtigkeit für Menschen einzufordern, die das selbst nicht können. Wenn Sie es so betrachten, ist dies eine Gelegenheit, zu helfen.«

Lees spürte, wie in seinem Kopf etwas ausrastete. »Eine Gelegenheit? Auf welchem Planeten leben Sie denn? Es ist ein verdammter Alptraum. Sie sollen alle Mittel darauf konzentrieren, herauszufinden, wer Catriona Grant umgebracht hat und was mit ihrem Sohn geschehen ist, nicht in einem Vermisstenfall von 1984 herumwursteln. Was soll ich Sir Broderick sagen? ›Wir werden uns um Ihre Familie kümmern, wenn Inspector Pirie in der rechten Stimmung dafür ist.‹ Sie glauben wohl, Sie können einfach machen, was Sie wollen«, rief er wütend. »Sie gehen mit der Dampfwalze über die Vorschriften weg. Sie folgen Ihren Ahnungen, als beruhten sie auf mehr als der Intuition einer Frau. Sie … Sie …«

»Vorsicht, Sir. Sie nähern sich hier sexistischen Äußerungen«, warnte Karen freundlich mit großen Augen, aus denen geheuchelte Unschuld sprach. »Auch Männer haben Intuition. Nur nennen sie sie Logik. Sehen Sie doch das Gute an der Situation. Wenn es Mick Prentice ist, haben wir schon jede Menge Informationen über die Ereignisse zu der Zeit seines Verschwindens beisammen. Wir haben einen Vorsprung bei den Ermittlungen zu diesem Mord. Und es ist ja nicht so, als ließen wir den Fall Grant links liegen. Ich arbeite sehr eng mit der italienischen Polizei zusammen, aber diese Dinge brauchen ihre Zeit. Wenn ich nach Italien fahren würde, könnte das die Sache natürlich beschleunigen …?«

»Sie fahren nirgendwohin. Wenn das alles vorbei ist, werden Sie vielleicht nicht einmal mehr ...« Das Klingeln des Telefons übertönte das Ende seiner Drohung. Er nahm ab. »Ich dachte, ich hätte gesagt, keine Störung, Emma? ... Ja, ich weiß, wer Dr. Wilde ist ...« Er seufzte unwirsch. »Gut. Schicken Sie sie rein.« Er legte vorsichtig auf und sah Karen an. »Wir werden noch über die Sache sprechen. Aber Dr. Wilde ist hier. Lassen Sie uns sehen, was sie zu sagen hat.«

Die Frau, die hereinkam, war ganz anders, als er erwartet hatte. Zunächst einmal sah sie wie eine Jugendliche aus, die noch einen Wachstumsschub vor sich hatte. Kaum größer als einen Meter fünfzig und so schlank wie ein Windhund. Das dunkle Haar war aus dem Gesicht zurückgebunden, das von großen grauen Augen und einem breiten Mund beherrscht wurde, was diese Ähnlichkeit noch unterstrich. Sie trug Arbeitsstiefel, Jeans und unter einer abgenutzten Wachsjacke ein an manchen Stellen sehr verblasstes, schon fast weißes Jeanshemd. Lees hatte noch nie jemanden gesehen, der weniger einer Akademikerin glich. Sie hielt ihm ihre schmale Hand hin und sagte: »Sie müssen Simon Lees sein. Es ist mir ein Vergnügen, Sie kennenzulernen.«

Er sah auf ihre Hand hinunter und stellte sich vor, wo sie überall schon gewesen war und welche Dinge sie berührt hatte. Aber er bemühte sich, nicht zurückzuschaudern, umfasste kurz ihre kühlen Finger und wies auf den zweiten Besucherstuhl. »Danke für Ihre Hilfe«, sagte er und versuchte, den Ärger über Karen für jetzt beiseitezuschieben.

»Gern geschehen«, erwiderte River und klang, als meine sie es ernst. »Es ist eine wunderbare Gelegenheit für mich, mit meinen Studenten an einem wirklichen Fall zu arbeiten. Sie sammeln viel Erfahrung im Labor, aber das kann man nicht mit der wirklichen Arbeit vergleichen. Und sie haben ihre Sache sehr gut gemacht.«

»So scheint es. Nun, ich nehme an, Sie sind gekommen, weil Sie etwas zu berichten haben?« Er wusste, dass er so steif klang wie eine ihrer Leichen, aber nur so konnte er sich unter Kontrolle halten. River tauschte einen kurzen unergründlichen Blick mit Karen, und er spürte, dass seine Wut wieder hochkochte. »Oder brauchen Sie Zugriff auf weitere technische Hilfsmittel? Ist es das?«

»Nein. Wir haben, was wir brauchen. Ich wollte nur DI Pirie auf den neuesten Stand bringen, und als DS Parhatka mir sagte, sie sei in einer Besprechung mit Ihnen, dachte ich, ich könnte Sie bei der Gelegenheit kennenlernen. Ich hoffe, ich störe nicht?« River beugte sich vor und schenkte ihm ein Lächeln, das ihn an Julia Roberts erinnerte. Es war schwer, angesichts eines solchen Lächelns am Ärger festzuhalten.

»Überhaupt nicht«, versicherte er sofort ruhiger. »Es ist immer gut, ein Gesicht mit dem Namen verbinden zu können.«

»Selbst wenn es so ein dummer Name ist«, sagte River kläglich. »Geht auf meine Hippie-Eltern zurück, bevor Sie fragen. Also, Sie werden wissen wollen, was ich bislang herausgefunden habe.« Sie holte ihren Organizer hervor und drückte zwei Tasten. »Wir haben bis spät in die Nacht gearbeitet, um das Skelett freizulegen und es aus dem flachen Grab zu heben.« Sie wandte sich an Karen. »Ich habe Phil eine Kopie der Videoaufzeichnung gegeben.« Jetzt kehrte sie zu ihrem Organizer zurück.»Heute früh habe ich eine vorläufige Untersuchung durchgeführt und kann Ihnen einige Informationen geben. Unser Skelett ist von einem Mann. Er ist älter als zwanzig und jünger als vierzig Jahre.

Einiges Haar ist erhalten, aber es ist schwer zu sagen, welche Farbe es ursprünglich hatte, weil es Farbkörper aus der Erde aufgenommen hat. Er hatte einige Zahnbehandlungen, und sobald Sie die Möglichkeiten eingrenzen, können wir das weiterverfolgen. Und wir werden eine DNA-Probe nehmen können.«
»Wann wurde er vergraben?«, fragte Lees.
River zuckte mit den Achseln. »Es gibt umfassendere, teure und zeitaufwendige Tests, die wir durchführen können. Aber im Moment ist es schwer, Genaueres darüber zu sagen, wie lange er in der Erde gelegen hat. Mit hoher Wahrscheinlichkeit kann ich jedoch sagen, dass er 1984 zumindest eine Zeitlang noch lebte.«
»Das ist ja bemerkenswert«, rief Lees aus. »Ihr Forensiker bringt mich zum Staunen.«
Karen warf ihm einen kühlen Blick zu. »Münzen in seinen Taschen, oder?«, wandte sie sich an River.
»Also, eigentlich waren keine richtigen Taschen mehr da«, antwortete River. »Er trug Baumwolle und Wolle, die zum größten Teil verrottet sind. Die Münzen lagen im Beckengürtel.« Sie lächelte Lees wieder zu. »Sorry, keine Wissenschaft diesmal. Nur Beobachtung.«
Lees räusperte sich und kam sich dämlich vor. »Können Sie uns zu diesem Zeitpunkt noch irgendetwas sagen?«
»O ja«, sagte River. »Er ist auf jeden Fall keines natürlichen Todes gestorben.«

Während sie zum dritten Mal den Parkplatz abfuhr, um eine schwer zu ergatternde Lücke zu finden, kehrte Bel in Gedanken zu dem San Gimignano ihrer Erinnerung zurück, bevor es den Titel UNESCO-Welterbe bekam. Keine Frage, dass es die Einstufung verdient hatte. Im Mittelalter hatten die Bewohner aus dem weichen grauen Kalkstein ein verschachteltes Straßenlabyrinth um eine Piazza gebaut, in deren Mitte der alte Brunnen stand. Als die Stadt drohte, sich über die dicken Stadtmauern hinaus auszudehnen, hatten sie einfach beschlossen, in die Höhe zu bauen statt in die Breite. Dutzende von Türmen überragten die Silhouette der Stadt und gaben ihr von der Ebene darunter gesehen ein gezacktes Aussehen, als fehle hier und da ein Zahn. Auf jeden Fall einzigartig. Auf jeden Fall Welterbe. Und auf jeden Fall durch diesen Status ruiniert.

Bel hatte die eindrucksvolle toskanische Hügelstadt zum ersten Mal in den frühen achtziger Jahren besucht, als man auf den Straßen noch fast keine Touristen sah. Es gab damals noch richtige Läden, Bäcker, Gemüsehändler, Metzger, Flickschuster. Läden, in denen man Waschpulver oder Unterhosen oder einen Kamm kaufen konnte. Die Einheimischen tranken ihren Kaffee tatsächlich in den Bars und Cafés. Jetzt war die Stadt verändert. Die einzige Möglichkeit, normale Lebensmittel und Kleider zu kaufen, war der Markt am Donnerstag. Davon abgesehen war alles auf die Touristen ausgerichtet. Weinhandlungen boten überteuerten Vernaccia und Chianti an, den die Einheimischen nicht trinken würden, wenn man sie dafür bezahlte. Geschäfte mit Lederwaren verkauften alle dieselben industriell gefertigten Handtaschen und Geldbeutel. Souvenirläden und Eisdielen. Und natürlich Kunstgalerien für die, die mehr Geld als Verstand hatten. Bel hoffte, dass es die Einheimischen waren, die daran verdienten, weil sie auch diejenigen waren, die den höchsten Preis dafür zahlten.

Wenigstens würden so früh am Tag die Straßen nicht allzu voll sein, da sie einen Vorsprung vor den Touristenbussen hatte.

Bel zwängte sich schließlich in eine Parklücke und ging auf das große Steintor zu, das den höheren Eingang zur Stadt bewachte. Nach kaum dreißig Metern stieß sie schon auf die erste Galerie. Der Besitzer zog gerade die Rollläden hoch, als sie sich näherte. Bel betrachtete ihn. Wahrscheinlich ihr Alter, glatte Haut und dunkle Haare, Brille mit modischem Gestell, hinter dem seine Augen zu klein aussahen, ein bisschen zu füllig für die engen Jeans und das Ralph-Lauren-Hemd. An seine Eitelkeit zu appellieren wäre wahrscheinlich der beste Ansatz.

Sie wartete geduldig und folgte ihm dann nach drinnen. Die Wände waren bedeckt mit Drucken und Aquarellen toskanischer Klischees: Zypressen, Sonnenblumen, Bauernhäuser, Mohn. Alle waren gut gemalt und hübsch, aber es war nicht eines dabei, das sie sich an die Wand gehängt hätte. Serienmäßige Fertigung von Gemälden für die Kunden aus den Touristenbussen, die dann den nächsten Ort auf ihrer Liste abhakten. Mein Gott, sie wurde ja ein ganz schöner Snob auf ihre alten Tage.

Der Ladeninhaber setzte sich hinter einem Schreibtisch mit Lederauflage zurecht, der offenbar antik wirken sollte. Wahrscheinlich so alt wie sein Auto, dachte Bel. Sie trat näher, setzte ihr harmlosestes Lächeln auf und flötete: »Guten Morgen. Was für eine wunderschöne Auswahl von

Bildern. Jeder würde sich glücklich schätzen, sie an der Wand hängen zu haben.«

»Wir sind stolz auf die Qualität unserer Kunstwerke«, erwiderte er ohne einen Anflug von Ironie.

»Erstaunlich. Die Landschaften wirken richtig lebendig. Könnten Sie mir vielleicht helfen?«

Er musterte sie von oben bis unten. Sie sah ihm an, dass er alles abschätzte – von ihrem Sommerkleid von Harvey Nichols bis zu ihrer Strohtasche, die sie an einem Marktstand gekauft hatte –, bevor er entschied, wie viel Energie er in sein eigenes Lächeln stecken sollte. Was er sah, gefiel ihm offenbar, denn er ließ sie in den Genuss seiner kosmetisch perfektionierten Zahnreihen kommen. »Es wird mir ein Vergnügen sein«, erklärte er. »Was suchen Sie?« Er stand auf und zog sein Hemd zurecht, damit es seine überzähligen Pfunde verbarg.

Bedauerndes Lächeln. »Eigentlich suche ich kein Bild, sondern einen Maler«, gestand sie. »Ich bin Journalistin.« Bel nahm ihre Geschäftskarte aus der Tasche ihres Kleides, reichte sie ihm und ignorierte den kühlen Blick, der an die Stelle der Herzlichkeit getreten war. »Ich suche einen britischen Landschaftsmaler, der hier unten lebt und in den letzten zwanzig Jahren damit seinen Unterhalt verdient. Die Schwierigkeit ist, dass ich seinen Namen nicht kenne. Er fängt mit D an – David, Darren, Daniel. So etwas. Er hat einen Sohn Anfang zwanzig, Gabriel.« Sie hatte Ausdrucke von Renatas Fotos gemacht und nahm sie aus ihrer Tasche. »Das hier ist der Sohn, und das ist der Maler, den ich aufspüren will. Mein Redakteur meint, wir könnten ein Feature über ihn bringen.« Sie zuckte mit den Achseln. »Ich weiß nicht. Ich muss mit ihm reden und herausfinden, was Sache ist.«

Er betrachtete kurz das Foto. »Ich kenne ihn nicht«, sagte er. »Meine Künstler sind alle aus Italien. Sind Sie sicher, dass er professionell arbeitet? Es gibt viele Amateure, die ihre Sachen irgendwo auf dem Gehweg verkaufen. Darunter sind viele Ausländer.«

»Nein, er ist schon professioneller Maler. Er lässt sich hier und in Siena vertreten.« Sie breitete die Hände aus und wies auf die Bilder an den Wänden. »Aber offenbar ist er nicht gut genug für Sie.« Sie nahm die Fotos wieder an sich. »Danke, dass Sie sich Zeit genommen haben.« Er hatte sich bereits abgewandt und kehrte zu seinem bequemen, von seelenlosen Bildern umgebenen Sessel zurück. Kein Verkauf, keine Unterhaltung.

Es gab jede Menge Galerien, das wusste sie. Noch zwei, dann würde sie sich einen Kaffee und eine Zigarette gönnen. Weitere drei, danach ein Eis. Kleine Belohnungen, die ihr halfen, die Arbeit hinter sich zu bringen.

Sie schaffte es nicht bis zum Eis. Bei der fünften Galerie, in der sie anfragte, stieß sie auf Gold. Es war ein heller, luftiger Raum, in dem die Bilder und Skulpturen genug Platz hatten, um zur Geltung zu kommen. Bel genoss es tatsächlich, durch die ganze Ausstellung zum Tisch am hinteren Ende zu gehen. Hier saß eine Frau mittleren Alters hinter einem modernen, praktischen Schreibtisch, auf dem sich Broschüren und Kataloge türmten. Sie trug leicht zerknittertes Leinen, der allgemein beliebte Stil beim eher legeren Typ Frau mittleren Alters in Italien. Sie sah von ihrem Computer auf und warf Bel einen vagen, etwas gequälten Blick zu. »Kann ich Ihnen helfen?«, erkundigte sie sich so schnell, dass es wie ein einziger Ausdruck klang.

Bel sagte ihr Sprüchlein auf. Nach ein paar Sätzen schlug die Frau die Hand vor den Mund, und ihre Augen weiteten sich vor Schreck. »Oh, mein Gott«, rief sie. »Daniel. Sie meinen Daniel?«

Bel zog die Ausdrucke heraus und zeigte sie der Frau. Sie sah aus, als werde sie gleich in Tränen ausbrechen. »Das ist Daniel«, wiederholte sie. Sie streckte die Hand aus und berührte Gabriels Kopf mit den Fingerspitzen. »Und Gabe. Der arme, liebe Gabe.«

»Ich verstehe nicht«, gestand Bel. »Gibt es ein Problem?«

Die Frau bebte und atmete tief ein. »Daniel ist tot«, erklärte sie. Sie breitete die Hände aus, eine Geste des Kummers. »Er ist im April gestorben.«

Jetzt war Bel an der Reihe, schockiert zu sein. »Was ist geschehen?«

Die Frau lehnte sich auf ihrem Stuhl zurück und fuhr sich durch ihr lockiges schwarzes Haar. »Schilddrüsenkrebs. Kurz vor Weihnachten bekam er die Diagnose. Es war schrecklich.« Tränen glitzerten in ihren Augen. »So etwas hätte ihm nicht geschehen sollen. Er war ... er war so ein guter Mann. Sehr sanft, sehr zurückhaltend. Und er liebte seinen Sohn so sehr. Gabes Mutter starb bei seiner Geburt. Daniel hat ihn allein aufgezogen und seine Sache sehr gut gemacht.«

»Das tut mir sehr leid«, sagte Bel. Zumindest war das Blut auf dem Boden der Villa Totti nicht das von Daniel. »Ich hatte keine Ahnung, hatte nur von diesem phantastischen britischen Künstler gehört, der seit Jahren hier lebt. Ich wollte ein Feature über ihn schreiben.«

»Kennen Sie seine Arbeiten?« Die Frau stand auf und winkte Bel, sie solle ihr folgen. Sie gingen in einen kleinen Raum am Ende der Galerie. An der Wand hing eine Serie von Triptychen, abstrakte Landschafts- und Meeresdarstellungen. »Er malte auch Aquarelle«, erzählte die Frau. »Die

Aquarelle waren gegenständlicher. Er konnte sie besser verkaufen. Aber die hier, daran hing sein Herz.«
»Sie sind großartig«, staunte Bel, und das war ihre ehrliche Meinung.
Sie wünschte wirklich, sie hätte den Mann kennenlernen können, der die Welt so gesehen hatte.
»Ja. Das stimmt. Ich finde es so schade, dass es keine weiteren geben wird.« Die Galeristin streckte die Hand aus und strich mit den Fingerspitzen leicht über die strukturierte Acrylfarbe. »Er fehlt mir. Er war ein Freund, nicht nur ein Künstler, den wir vertraten.«
»Ob Sie mich wohl mit seinem Sohn in Kontakt bringen könnten?«, bat Bel, die den Grund ihres Hierseins nicht aus den Augen verloren hatte. »Vielleicht könnte ich das Feature doch noch schreiben. Als eine Art Würdigung.«
Die Frau verzog kurz die Lippen zu einem traurigen Lächeln. »Solange Daniel lebte, hat er öffentliche Aufmerksamkeit immer gemieden. Er hatte kein Interesse an Persönlichkeitskult und wollte seine Bilder für sich sprechen lassen. Aber jetzt ... es wäre gut, zu sehen, dass sein Werk geschätzt wird. Gabe würde das vielleicht gefallen.« Sie nickte langsam.
»Können Sie mir seine Telefonnummer geben? Oder die Adresse?«, fragte Bel.
Die Frau sah leicht schockiert aus. »O nein, das kann ich nicht tun. Daniel hat immer auf Diskretion bestanden. Bitte, geben Sie mir Ihre Karte, dann werde ich Kontakt mit Gabe aufnehmen und ihn fragen, ob er mit Ihnen über seinen Vater reden möchte.«
»Er ist also noch in der Gegend?«
»Wo sonst sollte er sein? Die Toskana ist die einzige Heimat, die er je hatte. All seine Freunde sind hier. Wir wech-

seln uns ab, damit er jede Woche zumindest ein gutes Essen bekommt.«

Als sie zum Schreibtisch zurückgingen, fiel Bel ein, dass sie Daniels Familiennamen noch nicht kannte. »Haben Sie eine Broschüre oder einen Katalog mit seinen Arbeiten?«, fragte sie.

Die Frau nickte. »Ich drucke ihn aus.«

Zehn Minuten später war Bel wieder auf der Straße draußen. Endlich hatte sie etwas Konkretes, an das sie sich halten konnte. Die Jagd hatte begonnen.

Die weißgetünchten Häuschen an der Hauptstraße waren in tadellosem Zustand, die Veranden mit rustikalen Baumstämmen abgestützt. Man hatte sie schon immer sorgfältig in Ordnung gehalten, denn diese Straße war das, was die Leute wahrnahmen, wenn sie durchs Dorf fuhren. Heutzutage sahen die kleinen Nebenstraßen genauso schmuck aus. Karen wusste allerdings, dass dies nicht immer so gewesen war. Die armseligen Hütten in der Plantation Row waren ein bekanntes Elendsviertel gewesen, von ihrem Grundbesitzer vernachlässigt, weil es sich nicht lohnte, sich um etwas zu kümmern, was die feine Gesellschaft nie zu Gesicht bekam. Aber auf der Schwelle dieses bestimmten Häuschens vermutete Karen, dass Effie Reekie, wäre sie in einem elenden Loch gelandet, selbst das in ein kleines Paradies verwandelt hätte. Die Haustür sah aus, als wäre sie gerade an diesem Morgen abgewischt worden, in den Blumenkästen am Fenster war keine einzige vertrocknete Blüte, und die Gardinen hingen in perfekten Falten. Sie fragte sich, ob Effie und ihre Mutter möglicherweise Zwillinge waren, die man bei der Geburt getrennt hatte.

»Klopfst du jetzt an – oder was?«, wollte Phil wissen.

»Entschuldigung, ich hatte kurz ein Déjà-vu-Erlebnis oder so was.« Karen drückte auf den Klingelknopf und bekam sofort ein schlechtes Gewissen, darauf einen Fingerabdruck zu hinterlassen.

Die Tür ging fast augenblicklich auf. Das Gefühl, sich in einer Zeitschleife zu befinden, hielt an. Karen hatte seit dem Tod ihrer Großmutter keine Frau mit einem Kopftuch gesehen, das wie ein Turban um das Haar gewunden war. Mit ihrer Kittelschürze und den hochgekrempelten Ärmeln glich Effie Reekie einer Rentnerinnenversion von Rosie the Riveter, die im Amerika des Zweiten Weltkriegs als Symbol für die in den Fabriken arbeitenden Frauen galt. Sie musterte Karen von oben bis unten, als wolle sie einschätzen, ob sie reinlich genug war, über die Schwelle zu treten. »Ja?«, fragte sie. Es klang nicht gerade einladend.

»Wir müssen mit Ihnen sprechen«, erklärte Karen behutsam, denn sie spürte, wie verletzlich die alte Frau war und wie verzweifelt sie das zu verbergen versuchte.

»Nein, das geht nicht«, widersprach Effie.

Phil trat vor. »Mrs. Reekie«, schmeichelte er, »selbst wenn Sie uns nichts zu sagen haben, wäre ich Ihr Freund fürs Leben, wenn Sie uns vielleicht eine Tasse Tee machen könnten. Meine Kehle ist so trocken wie die Sahara.«

Sie zögerte und sah mit ängstlichem Blick vom einen zum anderen. Ihr Gesicht verzog sich bei dem Widerstreit von Gastfreundschaft und Hilflosigkeit. »Dann kommen Sie rein«, gab sie schließlich nach. »Aber ich habe Ihnen nichts zu sagen.«

Die Küche war makellos sauber. River hätte auf dem Tisch eine Autopsie durchführen können, ohne eine Verunreinigung befürchten zu müssen. Karen war erfreut zu sehen, dass sie richtig geraten hatte. Genau wie ihre Mutter verstand Effie Reekie jede zur Verfügung stehende Oberfläche als Platz für Zierat und Nippes. Karen sah darin eine verantwortungslose Verschwendung der Ressourcen des Planeten. Sie wollte gar nicht daran denken, wie viel Schrott sie von Schulausflügen mit nach Hause gebracht hatte. »Sie haben eine wunderschöne Wohnung«, sagte sie.

»Ich habe mich immer angestrengt, dass es gut aussieht«, entgegnete Effie, während sie sich am Wasserkocher zu schaffen machte. »Ben habe ich nie erlaubt, im Haus zu rauchen. Das war mein Mann, Ben. Er ist jetzt schon fünf Jahre tot, aber er war jemand in der Gegend hier. Alle kannten Ben Reekie. Die Scherereien auf den Straßen würde es jetzt nicht geben, wenn mein Ben noch lebte. Auf keinen Fall. Das gäbe es nicht.«

»Über Ben müssen wir mit Ihnen reden, Mrs. Reekie«, erklärte Karen.

Sie drehte sich wie ein Kaninchen vor hellen Scheinwerfern mit aufgerissenen Augen um. »Es gibt nichts zu reden. Er ist seit fünf Jahren tot. Es war Krebs. Lungenkrebs. Jahrelang geraucht. Jahrelang zu Ausschusssitzungen gegangen, alle haben geraucht wie die Schlote.«

»Er war Sekretär des Regionalbüros, oder?«, fragte Phil. Er studierte eine Reihe verzierter Teller an der Wand. Sie stellten verschiedene Meilensteine in der Gewerkschaftsgeschichte dar. »Ein wichtiger Job, besonders während des Streiks.«

»Er liebte die Arbeiter«, bestätigte Effie leidenschaftlich. »Für seine Männer hätte er alles getan. Es brach ihm das Herz, zu sehen, wie dieses Miststück Thatcher sie in die Knie gezwungen hat. Und Scargill.« Sie brachte in klappernden Tassen ihren Tee zum Tisch. »Ich hatte nie was übrig für König Arthur. Ins Tal des Todes, da hat er sie hingeführt. Es wäre anders gewesen, wenn Mick McGahey den Laden geschmissen hätte. Eine ganz andere Geschichte wär es gewesen. Er empfand Respekt für die Leute. Wie mein Ben. Er respektierte seine Männer.« Sie warf Karen einen fast schon verzweifelten Blick zu.

»Das verstehe ich, Mrs. Reekie. Aber es ist Zeit, mit den Missverständnissen aufzuräumen.« Karen wusste, dass sie ein Risiko einging. Mick Prentice hätte sich täuschen können. Ben Reekie hatte vielleicht seine Taten für sich behalten. Und Effie Reekie war vielleicht entschlossen, nicht darüber nachzudenken, wie ihr Mann das Vertrauen der Männer verletzt hatte, die er zu lieben vorgab.

Effies ganzer Körper schien sich zu verkrampfen. »Ich weiß nicht, wovon Sie reden.« Die schrille abschlägige Antwort machte die beabsichtigte Täuschung offensichtlich.

»Ich glaube doch, Effie«, entgegnete Phil, der sich zu den beiden Frauen am Tisch setzte. »Ich glaube, dass es schon lange an Ihnen nagt.«

Effie schlug die Hände vors Gesicht. »Gehen Sie«, flehte sie, und ihre Worte klangen gedämpft. Sie zitterte jetzt wie ein frisch geschorenes Schaf.

Karen seufzte. »Es war bestimmt nicht leicht für Sie. Zu sehen, wie schwer es alle hatten, während es Ihnen gutging.«

Effie wurde ganz still und nahm die Hände vom Gesicht. »Was reden Sie da?«, fragte sie. »Sie denken doch wohl nicht, dass er es für sich behalten hat?« Die Beleidigung hatte ihr Kraft gegeben. Entweder das, oder sie war dadurch leichtsinnig geworden.

Mist, Mist, Mist. Karen wurde klar, dass sie die Situation völlig falsch eingeschätzt hatte. Aber wenn ihr das passiert war, hatte das auch anderen passieren können. Zum Beispiel Mick Prentice. Mick Prentice, dessen bester Freund, ein Gewerkschaftsfunktionär, sich vielleicht sogar mitschuldig gemacht hatte bei dem, was Ben Reekie tat. Ihre Gedanken jagten einander, aber sie zwang sich, zu dem Gespräch zurückzukehren.

»Natürlich denken wir das nicht«, beteuerte Phil »Karen meinte nur die Tatsache, dass Ihnen noch ein Lohn ausgezahlt wurde.«

Effie sah die beiden unsicher an. »Er hat es erst getan, als sie anfingen, die Gewerkschaftsgelder zu beschlagnahmen«, erklärte sie. Die Worte kamen heraus, als sei es eine Erleichterung, sie loszulassen. »Er sagte, was für einen Sinn hätte es, Geld ans Regionalbüro abzugeben, wenn sie es doch nur an die Zentrale weiterschicken mussten. Er war der Überzeugung, Geld, das hier in der Gegend gesammelt wurde, sollte den Bergarbeitern bei uns zugutekommen und nicht auf Nimmerwiedersehen im Nirgendwo verschwinden.« Sie brachte ein klägliches Lächeln zustande. »Das hat er immer gesagt. ›... nicht auf Nimmerwiedersehen im Nirgendwo verschwinden.‹ Er hat nur hier und da etwas genommen, nicht so viel, dass die da oben es hätten merken können. Und beim Verteilen war er sehr vorsichtig. Er ließ Andy Kerr die Bittbriefe an die Wohlfahrt durchgehen und gab es an diejenigen weiter, die es am dringendsten brauchten.«

»Hat jemand etwas gemerkt?«, fragte Phil. »Hat ihn jemand dabei erwischt?«

»Was glauben Sie denn? Sie hätten ihn sofort aufgehängt und nachher Fragen gestellt. Die Gewerkschaft war unantastbar. Er wäre nie heil davongekommen, wenn irgendjemand auch nur einen Verdacht geschöpft hätte.«

»Aber Andy wusste es.« Karen war noch nicht bereit, aufzugeben.

»Nein, nein, er wusste nichts davon. Ben hat nie gesagt, dass er ihnen Geld gab. Er hat Andy nur aufgetragen, die Briefe zu sortieren, angeblich für die Nothilfe vom Regionalbüro. Nur gab es eben zu der Zeit keine Hilfe mehr vom Regionalbüro, weil alle Mittel an die Landeszentrale gingen.« Effie rieb ihre Hände aneinander, als täten sie weh. »Er wusste, dass er niemandem trauen konnte. Verstehen

Sie, selbst wenn sie geglaubt hätten, dass er es für die Männer und ihre Familien tat, hätten sie es trotzdem als Verrat angesehen. Die Gewerkschaft sollte für alle an absolut erster Stelle stehen, besonders für die Funktionäre. Was er tat, wäre unverzeihlich gewesen. Und das wusste er.«

Bel fand endlich eine Bar, die nicht voller Touristen war. Sie lag versteckt in einer kleinen Nebenstraße, und die einzigen Gäste waren ein halbes Dutzend alter Männer, die Karten spielten und dunkelroten Wein aus kleinen Gläsern tranken. Sie bestellte einen Espresso und ein Wasser und setzte sich neben die offene Hintertür, die auf einen winzigen gepflasterten Hof hinausging.

Ein paar Minuten lang schaute sie sich den Katalog an, den sie in der Galerie mitgenommen hatte. Daniel Porteous war ein Künstler gewesen, mit dessen Bildern sie gut hätte leben können. Aber wer zum Teufel war er gewesen? Wie war sein Werdegang? Und hatten sich seine und Cats Wege wirklich gekreuzt, oder war Bel dabei, zu voreilig an die Sache heranzugehen? Nur weil Daniel Porteous Maler war und eine vage Verbindung zu dem Ort hatte, an dem die Poster gefunden worden waren, hieß das nicht, dass er etwas mit der Entführung zu tun hatte. Vielleicht hatte sie den falschen Mann vor sich. Vielleicht war das Bindeglied Matthias, der Mann, der die Marionetten und die Bühnenbilder entwarf. Der Mann, der entweder Mörder oder Opfer sein konnte.

Während sie noch die Abbildungen von Porteous' Arbeiten betrachtete, rief sie ihren Praktikanten Jonathan auf dem Handy an.

»Ich hab versucht, dich gestern Abend zu erreichen«, berichtete er. »Aber dein Handy war abgeschaltet. Da habe ich die Eisprinzessin in Rotheswell angerufen, und sie sagte, du seist nicht zu sprechen.«

Bel lachte. »Sie macht sich wirklich gern wichtig, nicht

wahr? Tut mir leid, dass ich dich verpasst habe. Ich war auf einer Party.«

»Auf einer Party? Ich dachte, du solltest Nancy Drew spielen?«

Einerseits dachte sie, Jonathans frecher, flirtender Ton sei etwas unangebracht. Aber sie fand es amüsant, wie absurd es klang, und so ließ sie ihn machen. »Das ist auch so. Die Party war in Italien.«

»In *Italien*? Du bist in *Italien*?«

Bel brachte Jonathan schnell auf den aktuellen Stand. »Jetzt hast du also die Innenansicht«, beendete sie ihren Bericht.

»Wow«, staunte Jonathan. »Wer hätte gedacht, dass das so aufregend wird? Keiner meiner Kumpel hat so ein Praktikum. Es ist wie Woodward und Bernstein auf der heißen Spur von Watergate.«

»So ist es überhaupt nicht«, widersprach Bel.

»Doch, natürlich. Du hast mir doch gesagt, auf dem Boden in der Villa sei Blut gewesen. Wegen Haushaltsunfällen oder Selbstmord ergreifen die Leute im Allgemeinen nicht die Flucht, man kann daraus also schon schließen, dass jemand ermordet wurde. Und das in einer Situation, die mit dem Mord und der Entführung vor zweiundzwanzig Jahren zu tun hat. Bel, es gibt da irgendwo mindestens eine sehr unangenehme Person, und du bist ihr eindeutig auf der Spur.«

»Im Moment, Jonathan, bin ich einem jungen Mann auf der Spur, der gerade seinen Vater verloren hat. Ziemlich unheimlich?«, meinte Bel leichthin.

Jonathan wurde plötzlich ernst und sagte: »Bel, sie sind nicht alle so charmant und harmlos wie ich. Wir können brutal sein. Du hast doch genug Artikel über Vergewaltigungen und Morde geschrieben, um dir darüber keine Illusionen zu machen. Hör auf, mich wie ein Kind zu behandeln. Es ist kein Spiel. Versprich mir, dass du es ernst nehmen wirst.«

Bel seufzte. »Wenn ich auf etwas stoße, das ernst aussieht, werde ich es ernst nehmen, Jonathan. Ich verspreche es dir. Aber inzwischen musst du etwas für mich tun.«

»Natürlich, was immer du brauchst. Ich nehme an, es setzt keine Reise in die Toskana voraus?«

»Es setzt einen Besuch des Nationalarchivs in Islington voraus, damit du alles, was dir möglich ist, über einen Mann namens Daniel Porteous herausfindest. Er dürfte Ende vierzig, Anfang fünfzig gewesen sein und starb im April in Italien, aber ich weiß nicht genau, wo. Und außerdem steht auf italienischen Sterbeurkunden fast nichts drauf. Ich suche also seine Geburtsurkunde, vielleicht eine Heiratsurkunde. Kannst du das für mich tun?«

»Bin schon dabei. Ich werde mich melden, sobald ich etwas habe. Danke, Bel. Es ist toll, mit etwas so Prickelndem zu tun zu haben.«

»Danke«, sagte Bel in die Stille hinein, trank ihren Espresso und dachte nach. Sie war nicht überzeugt, dass die Galeristin ihr in Bezug auf Gabriel Porteous viel weiterhelfen konnte. Also würde sie selbst nachforschen müssen. Die Unterlagen würden in der Provinzhauptstadt Siena sein. Aber es war sinnlos, jetzt dorthin aufzubrechen. Bis sie dort ankäme, wären alle schon nach Haus gegangen. Arbeiten am Nachmittag und die italienische Bürokratie, das passte einfach nicht zusammen.

Es half nichts. Sie würde nach Campora zurückkehren und an Grazias Pool liegen müssen. Vielleicht konnte sie Vivianne anrufen, um herauszubekommen, wie es eigentlich ihrer Familie ging. Das Leben war manchmal wirklich nicht leicht.

Edinburgh

Karen stellte den Autositz von kerzengerade etwas nach hinten und setzte sich für die Fahrt nach Edinburgh zurecht. »Ich kann dir sagen«, meinte sie, »in meinem Kopf schwirrt es nur so von diesem Fall. Jedes Mal, wenn ich denke, ich werde jetzt daraus schlau, bringt mich wieder etwas ins Stolpern.«

»Welchen Fall meinst du jetzt? Den, dem du nach Meinung der Makrone Priorität einräumst, oder den, an dem du tatsächlich arbeitest?«, wollte Phil wissen und bog in die kleine Straße ein, die sie zu einem ländlichen Tearoom an der Autobahn bringen würde. Ein Vorteil der Beschäftigung mit ungelösten Fällen war, dass man es gewöhnlich schaffte, regelmäßig zu essen. Man stand nicht unter dem Zeitdruck einer drohenden weiteren Straftat. Diese Arbeitsweise passte ihnen beiden sehr.

»Ich kann im Fall Cat Grant erst etwas unternehmen, wenn ich einen vollständigen Bericht von der italienischen Polizei habe. Und sie arbeiten nicht gerade blitzschnell. Nein, ich meine Mick Prentice. Zuerst vermuten alle, er sei nach Nottingham gegangen. Aber jetzt sieht es so aus, als hätte er Wemyss nie lebend verlassen. Er ist nicht mit den Streikbrechern gegangen, auch wenn einer von ihnen Verwirrung stiftete, indem er Geld an Jenny schickte. Aber eins haben wir immerhin von den Streikbrechern erfahren: Mick war gut zwölf Stunden nach dem Zeitpunkt, von dem Jenny behauptet, da sei er weggegangen, am Leben und wohlauf und in Newton unterwegs.«

»Was seltsam ist«, warf Phil ein. »Wenn er vorhatte, sie zu verlassen, würde man doch denken, er wäre schon längst fort gewesen. Außer vielleicht, um ihr eine Lektion zu erteilen. Vielleicht war er stundenlang weggeblieben, weil er sie ärgern wollte. Oder es ist auf dem Rückweg nach Haus etwas passiert, das ihn aufhielt.«

»Es klingt auf jeden Fall, als hätte ihn irgendetwas dazu gebracht, sich völlig anders zu verhalten als sonst. Die Streikbrecher, die sich wegstehlen wollten, erwarteten, dass ihm die Nerven durchgehen würden. Als sie ihn sahen, befürchteten sie eine Strafpredigt oder eine Schlägerei. Aber er bestürmte sie nur mit Bitten und sah aus, als werde er in Tränen ausbrechen.«

»Vielleicht hat er herausgefunden, dass sich etwas zwischen Jenny und Tom Campbell tat«, schlug Phil vor. »Das hätte sein Selbstbewusstsein zunichtegemacht.«

»Vielleicht.« Aber sie klang nicht überzeugt. »Wenn du recht hast, dann wäre er aufgewühlt gewesen. Er hätte nicht nach Haus gehen wollen. Vielleicht hat er also bei seinem Kumpel Andy in dem Häuschen im Wald übernachtet.«

»Wenn ja, warum hat ihn nach dieser Nacht niemand mehr gesehen? Du weißt ja, wie es früher hier zuging. Wenn die Leute sich trennten, verließen sie nicht das Dorf, sondern zogen drei Häuser weiter ein.«

Karen seufzte. »Na schön. Aber er hätte trotzdem zu Andy gehen können, und die Situation entwickelte sich dann irgendwie anders. Wir wissen, dass Andy wegen Depressionen krankgeschrieben war. Und von seiner Schwester wissen wir, dass er gern in den Highlands wandern ging. Was wäre, wenn Mick beschloss, mit ihm zu gehen? Und was, wenn die beiden einen Unfall hatten und ihre Leichen in einem Felsspalt liegen? Du weißt ja, wie es da oben ist. Wanderer verschwinden und werden nie gefunden. Und das sind nur die, von denen wir erfahren.«

»Es ist durchaus möglich.« Phil setzte den Blinker und fuhr auf den Parkplatz. »Aber wenn das passiert ist, wessen Leiche lag dann in der Höhle? Ich glaube, es ist viel einfacher, als du vermutest, Karen.«

Sie betraten schweigend das Café und bestellten ohne einen Blick auf die Speisekarte Steak-Pie, Erbsen und neue Kartoffeln, dann fragte Karen: »Wie einfacher?«

»Ich glaube, du hast recht, er ist zu Andy gegangen. Ich weiß nicht, ob er vorhatte, endgültig wegzugehen, oder ob er nur etwas Abstand von Jenny gewinnen wollte. Aber ich glaube, dass Andy ihm von Ben Reekie erzählt hat. Und ich vermute, dass es zu irgendeiner Auseinandersetzung kam. Ich weiß nicht, ob Andy wegen Mick ausrastete, oder ob Ben vorbeikam und dann alles eskalierte. Aber ich glaube, Mick ist an jenem Abend in der Hütte umgekommen.«

»Was? Und sie haben ihn in die Höhle gebracht, um ihn loszuwerden? Das kommt mir ein bisschen kompliziert vor. Warum haben sie ihn nicht einfach im Wald vergraben?«

»Andy war vom Land. Er wusste, dass eine Leiche, die man in einem flachen Grab im Wald verscharrt, nicht ungestört liegenbleiben würde. Ihn in die Höhle zu bringen und dann einen Einsturz auszulösen, das bot ein viel sichereres Versteck. Und es war dort viel abgeschiedener, als wenn sie mitten im Wald von Wemyss ein Grab ausgehoben hätten. Denk dran, wie es damals war. In jedem Fleckchen Wald gab es Wilderer, die versuchten, einen Hasen oder ein Reh zu erwischen, damit etwas auf den Tisch kam.«

»Das ist ein Argument.« Karen lächelte der Kellnerin zu, die ihnen Kaffee brachte. Nachdem sie einen Löffel Zucker dazugegeben hatte, rührte sie langsam um. »Was ist also mit Andy passiert? Meinst du, er ist weggegangen und hat sich umgebracht?«

»Wahrscheinlich. Nach dem, was du mir erzählt hast, klingt es, als sei er ein sensibler Mensch gewesen.«

Sie musste zugeben, dass das einleuchtete. Phils größerer Abstand zu dem Fall ließ ihn die Dinge klarer sehen. Obwohl sie selbst genug Verstand hatte, wusste sie, wann es besser war, sich zurückzunehmen und jemand anderen die Fakten betrachten zu lassen. »Wenn du recht hast, werden wir vermutlich nie erfahren, wie es ausging. Und ob sich etwas zwischen Andy und Mick abspielte, oder ob auch Ben Reekie dabei war.«

Phil lächelte und schüttelte den Kopf. »Das ist eine Theorie, die wir nicht mit Effie Reekie besprechen können. Es sei denn, wir wollen, dass es noch eine Leiche gibt.«

»Sie würde auf der Stelle einen Herzschlag bekommen«, überlegte auch Karen.

Er lachte leise. »Natürlich könnte die ganze Suche sinnlos sein, wenn Jenny die Wahrheit gesagt hat, als sie dich bat, die Sache aufzugeben.«

Karen schnaubte. »Das ist eine Sackgasse, diese Richtung. Ich schätze, sie versucht, den ganzen Ärger einfach abzustellen. Sie will, dass wir sie in Ruhe lassen, damit sie zu ihrem Leben als Märtyrerin zurückkehren kann.«

Phil sah überrascht aus. »Du meinst, ihr ist ihre Ruhe wichtiger als das Leben ihres Enkels?«

»Nein. Sie ist unheimlich ichbezogen, aber ich glaube, so sieht sie es nicht. Ich meine, tief im Inneren glaubt sie, einen Teil der Verantwortung für Micks Verschwinden zu tragen. Und das heißt, sie muss einen Teil der Schuld dafür übernehmen, dass er weg ist und kein Spender für Luke sein kann. Sie versucht also, die Schuld abzuwälzen, indem sie uns davon abhält, weiter nach ihm zu suchen, damit sie wieder wie zuvor den Kopf in den Sand stecken kann.«

Phil kratzte sich am Kinn. »Die Leute sind so verkorkst«, seufzte er.
»Wohl wahr. Aber dieser Ausflug wird uns zumindest Antworten bringen.«
»Vielleicht, aber man kommt doch ins Grübeln«, meinte Phil.
»Grübeln – worüber genau?«
Er zog ein Gesicht. »Wir fahren den weiten Weg nach Edinburgh, um River eine DNA-Probe zu bringen, die sie mit der Leiche vergleichen kann. Aber was, wenn Misha nicht Micks Kind ist? Was, wenn sie von Tom Campbell ist?«
Karen sah ihn bewundernd an. »Du kommst wirklich auf üble Gedanken, Phil. Ich glaube, du täuschst dich, aber es ist trotzdem eine tolle Idee.«
»Würdest du wetten, dass die DNA zeigt, dass es Mick Prentice ist?«
Sie lehnten sich beide zurück, damit die Bedienung die vollen Teller vor ihnen abstellen konnte. Der Duft war verführerisch, Karen hätte am liebsten den Teller hochgehoben und ihn eingesogen. Aber vorher musste sie Phil antworten.
»Nein«, erwiderte sie. »Und nicht, weil ich denke, Misha sei Tom Campbells Kind. Es gibt andere Möglichkeiten. River sagt, der Hinterkopf ist eingeschlagen, Phil. Wenn Andy Kerr Mick Prentice getötet hat, dann geschah es in der Hitze des Gefechts. Er hätte sich niemals von hinten an ihn herangeschlichen und ihm den Schädel zertrümmert. Deine Theorie ist sehr schön, aber ich bin nicht überzeugt.« Sie lächelte. »Aber andererseits liebst du mich ja deswegen.«
Er warf ihr einen eigenartigen Blick zu. »Du steckst immer voller Überraschungen.«
Karen schluckte einen göttlichen Bissen Fleisch mit Teig hinunter. »Ich will Antworten, Phil. Richtige Antworten,

nicht nur die beknackten Gedanken, die wir beide uns zusammenträumen, weil sie zu dem passen, was wir schon wissen. Ich will die Wahrheit.«

Phil schob den Kopf zurück und betrachtete sie. »Eigentlich«, sagte er, »ist *das* der Grund, weshalb ich Sie liebe, Ma'am.«

Eine Stunde später standen sie vor der Tür des Mietshauses in Marchmont, wo Misha Gibson wohnte. Karen dachte noch darüber nach, ob in Phils Worten mehr mitgeklungen hatte als ein neckender Unterton.

Lange war sie der Meinung gewesen, alles sei zwischen ihnen möglich. Aber vielleicht hatte sie sich getäuscht. Sie würde ihn jedenfalls ganz sicher nicht fragen, was er gemeint hatte. Sie drückte noch einmal auf den Klingelknopf, aber niemand antwortete.

Da fragte eine Stimme hinter ihnen: »Suchen Sie Misha?«

»Genau«, antwortete Phil.

Ein älterer Mann trat heran und zwang Karen, sich von der Tür zu entfernen, wenn sie nicht angerempelt werden wollte. »Zu dieser Tageszeit werden Sie sie nicht hier finden. Sie ist in der Klinik bei dem Jungen.« Er sah sie mit einem durchdringenden Blick an. »Ich lasse Sie nicht rein und gebe auch meinen Code nicht ein, solange Sie dastehen und zusehen.«

Karen lachte. »Sehr löblich, Sir. Aber wir sind von der Polizei, selbst wenn es wie ein Klischee klingen sollte.«

»Das ist heutzutage keine Garantie für Ehrlichkeit«, entgegnete der alte Mann.

Bestürzt trat Karen zurück. Wo kam man da hin, wenn die Leute meinten, die Polizei würde bei ihnen einbrechen? Oder Schlimmeres? Sie wollte gerade widersprechen, als

Phil ihr seine Hand auf den Arm legte. »Lass, bringt nichts«, beschwichtigte er leise. »Wir haben ja, was wir brauchen.«

»Ich kann dir sagen«, schimpfte Karen, als sie außer Hörweite waren. »Sie sitzen da und sehen sich die amerikanischen Krimiserien an, in denen jeder zweite Cop nicht sauber ist, und dann denken sie, wir sind auch so. Es macht mich wütend.«

»Stark, wenn das die Frau sagt, die den Assistant Chief Constable hinter Gitter gebracht hat. Es ist eben nicht nur bei den Amerikanern so«, sagte Phil. »Es gibt überall Leute, die die anderen verarschen. Da holen sich Drehbuchautoren ihre Ideen.«

»Ach, ich weiß. Aber ich finde es einfach beleidigend. In all den Jahren, die ich im Dienst bin, war Lawson der einzige faule Apfel, auf den ich gestoßen bin. Aber mehr brauchen die Leute nicht, um allen Respekt zu verlieren.«

»Du weißt ja, was man sagt: Vertrauen ist wie die Jungfräulichkeit. Man kann beide nur einmal verlieren. Also, bist du bereit für ›guter Bulle, böser Bulle‹?« Sie warteten auf dem Gehweg auf eine Lücke im Verkehrsfluss und gingen dann den Hügel hinunter auf die Klinik zu.

»Ich bin dabei«, sagte Karen.

Überall waren kranke Kinder, es war unmöglich, ihnen aus dem Weg zu gehen, und der Anblick brannte sich ins Gedächtnis ein. Einer der wenigen Vorteile der Kinderlosigkeit, dachte Karen. Man brauchte nicht ohnmächtig zuzusehen, wie das Kind litt.

Die Tür zu Lukes Zimmer stand offen, und Karen konnte nicht umhin, Mutter und Sohn ein paar Augenblicke zu beobachten. Luke sah sehr klein aus, sein Gesicht war blass und verkniffen, hatte aber noch die Anmut eines kleinen

Kindes. Misha saß auf dem Bett neben ihm und las ihm aus einem *Käpt'n-Superslip*-Buch vor. Sie sprach die Personen mit verschiedenen Stimmen und machte die Geschichte lebendig für ihren Jungen, der laut über die schlechten Wortspiele und die blöde Handlung lachte.

Schließlich räusperte sich Karen und trat ein. »Hi, Misha.« Sie lächelte dem Jungen zu. »Du musst Luke sein. Mein Name ist Karen. Ich muss kurz mit deiner Mama sprechen. Geht das in Ordnung?«

Luke nickte. »Klar. Mum, kann ich die *Dr.-Who*-DVD gucken, wenn du weggehst?«

»Ich bin gleich wieder da«, versprach Misha und rutschte vom Bett. »Aber, ja, du kannst die DVD laufen lassen.« Sie holte einen DVD-Player, den sie für ihn anschloss.

Karen wartete geduldig und ging dann mit ihr auf den Korridor, wo Phil wartete. »Wir müssen mit Ihnen reden«, erklärte Karen.

»Gut«, meinte Misha. »Am Flur dort vorn ist ein Raum für Eltern.« Sie ging los, ohne eine Reaktion abzuwarten, und sie folgten ihr in ein kleines, farbenfroh gestaltetes Zimmer mit einem Kaffeeautomaten und drei durchgesessenen Sofas. »Hierhin können wir uns flüchten, wenn es zu viel wird.« Sie zeigte auf die Couchen. »Es ist erstaunlich, wo überall man ein Nickerchen machen kann, nachdem man zwölf Stunden bei einem kranken Kind am Bett gesessen hat.«

»Es tut uns leid, zu stören …«

»Sie stören nicht«, unterbrach Misha. »Es ist gut, dass Sie Luke kennengelernt haben. Er ist doch ein Schatz, nicht? Jetzt können Sie bestimmt verstehen, warum ich die Sache weiterverfolgen will, obwohl meine Mutter es nicht mag, dass Sie in der Vergangenheit herumstochern. Ich habe ihr gesagt, dass das am Sonntag nicht in Ordnung war, wie sie sich benommen hat. Sie müssen diese Fragen stellen, wenn Sie meinen Vater finden wollen.«

Karen war genauso erstaunt wie Phil, der ihr einen kurzen überraschten Blick zuwarf. »Wussten Sie, dass Ihre Mutter heute Morgen bei mir war?«, erkundigte sie sich.

Misha runzelte die Stirn. »Ich hatte keine Ahnung. Hat sie Ihnen erzählt, was Sie wissen wollten?«

»Sie wollte, dass wir die Suche nach Ihrem Vater aufgeben. Sie sagte, sie denke nicht, dass er vermisst sei. Dass er Sie beide absichtlich verlassen habe und nicht zurückkommen wollte.«

»Das ergibt keinen Sinn«, erwiderte Misha. »Obwohl er uns verlassen hat, würde er sich doch nicht von seinem eigenen Enkel abwenden, wenn der Hilfe braucht. Ich habe immer nur gehört, dass mein Dad ein guter Kerl war.«

»Sie sagte, sie versuche, Sie zu schützen«, berichtete Karen. »Sie hätte Angst, dass er Sie ein zweites Mal ablehnen würde, sollten wir ihn tatsächlich finden.«

»Entweder das, oder sie weiß mehr über das Verschwinden Ihres Vaters, als sie zugibt«, warf Phil grimmig ein. »Was Sie wahrscheinlich nicht wissen, ist, dass wir eine Leiche gefunden haben.«

Bel saß auf ihrer winzigen Terrasse und erfreute sich daran, wie das Licht am Himmel und auf den Hügeln die Farbskala durchlief, während die Sonne langsam und herrlich unterging. Sie aß etwas von dem übriggebliebenen kalten Schweinebraten und den Kartoffeln, die Grazia für sie in ihren Kühlschrank gestellt hatte, und überlegte, was sie als Nächstes unternehmen sollte. Der Auseinandersetzung mit der italienischen Bürokratie sah sie nicht mit Vergnügen entgegen, aber wenn sie Gabriel Porteous finden wollte, führte kein Weg an ihr vorbei. Sie zog Renatas Ausdrucke wieder heraus und fragte sich, ob sie sich die Ähnlichkeit etwa nur einbildete.

Aber wieder fiel sie ihr deutlich auf. Die tiefliegenden Augen, die gekrümmte Schnabelnase, der breite Mund. All dies glich Brodie Grants charakteristischen Zügen. Der Mund war anders, das stimmte. Die Lippen waren voller, schöner geformt. Auf jeden Fall forderten sie mehr zum Küssen heraus, dachte Bel, und tadelte sich sofort wegen dieses Gedankens. Auch das Haar hatte eine andere Farbe. Brodie Grant und auch seine Tochter hatten dunkles, fast schwarzes Haar. Aber der Schopf dieses Jungen war viel heller, selbst wenn man die italienische Sonne mit ihrer bleichenden Wirkung berücksichtigte. Auch war sein Gesicht breiter. Es gab Unterschiede. Man würde Gabriel Porteous nicht mit dem jungen Brodie Grant verwechseln, nicht nach den Fotos zu urteilen, die Bel auf Rotheswell gesehen hatte. Aber man hätte sie für Brüder halten können.

Ihre Gedanken wurden vom Klingeln des Telefons unterbrochen. Mit einem Seufzer nahm sie ab. Es war dumm, dass die Anruferkennung im Ausland nicht immer funktionierte. Man wusste nie, wer am anderen Ende war und ob es sich um eine Person handelte, mit der man lieber nicht sprechen wollte. Und alle Anrufe auf die Voicemail weitergehen zu lassen, damit man sie sortieren konnte, wurde bald entsetzlich teuer. Außerdem war sie teilweise für ihren Neffen verantwortlich, und das hieß, dass sie Anrufe mit unterdrückter Nummer nicht einfach pauschal ignorieren konnte.

»Hallo?«, meldete sie sich vorsichtig.

»Bel? Hier ist Susan Charleson. Passt es im Moment?«

»Ja, kein Problem.«

»Ich habe Ihre E-Mail bekommen. Sir Broderick bat mich, Ihnen zu sagen, dass er über Ihre Fortschritte bis jetzt sehr erfreut ist. Er wollte wissen, ob Sie irgendetwas brauchen, ob wir hier etwas für Sie tun können. Wir können Nachforschungen nach Urkunden anstellen lassen, solche Dinge zum Beispiel.«

Bel verkniff sich ein beschämtes Lachen. In ihrem ganzen Berufsleben hatte sie die Kleinarbeit selbst erledigt oder andere überredet, sie für sie zu machen. Bei diesem Auftrag für Brodie Grant hatte sie nicht einmal daran gedacht, dass sie alle langweiligen Aufgaben auf andere abladen könnte.

»Ich habe alles im Griff«, antwortete sie. »Mit einer Sache könnten Sie mir allerdings helfen, nämlich bei den privaten Dingen. Ich denke, in Catrionas Leben muss irgendwann entweder Daniel Porteous oder dieser Matthias aufgetaucht sein, der Deutscher oder vielleicht Brite ist. Eventuell könnte er sogar Schwede sein, da Catriona ja dort studiert hat. Ich muss herausfinden, wann und wo sich das zugetragen hat. Ich weiß nicht, hat sie vielleicht Tagebücher oder ein Adressbuch geführt? Und wenn ich zurückkomme, wäre es wirklich gut, wenn ich ihre Freundinnen ausfindig machen könnte. Frauen, denen sie sich anvertraut hat.«

Susan Charleson stieß ein wohlerzogenes kurzes Lachen aus. »Da werden Sie enttäuscht werden. Sie mögen denken, dass ihr Vater sich nicht in die Karten schauen lässt, aber er ist im Vergleich zu Catriona ein wahrer Exhibitionist der Seele. Sie war die ultimative Einzelgängerin. Ihre Mutter war eigentlich ihre beste Freundin. Sie waren sich sehr nah. Der einzige Mensch, der außer Mary wirklich Cats Gedanken kannte, war Fergus.« Sie ließ den Namen zwischen ihnen stehen.

»Ich nehme an, Sie wissen nicht, wo ich Fergus finden kann?«

»Sie könnten mit seinem Vater sprechen, wenn Sie zurückkommen. Er besucht oft um diese Jahreszeit seine Familie«, erklärte Susan. »Willie hält es nicht für nötig, dies Sir Broderick mitzuteilen. Aber ich weiß darüber Bescheid.«

»Danke.«

»Und ich werde zusehen, was ich wegen Tage- und Adressbüchern tun kann. Aber freuen Sie sich nicht zu früh. Das Problem mit Künstlern ist, dass sie ihre Arbeiten für sich sprechen lassen. Wann kommen Sie zurück?«

»Ich weiß nicht genau. Es hängt davon ab, wie ich morgen vorankomme. Ich werde es Sie wissen lassen.«

Es gab nichts mehr zu sagen, keine Nettigkeiten. Bel konnte sich nicht erinnern, wann es ihr zum letzten Mal so vollkommen misslungen war, mit einer Frau Kontakt aufzunehmen. Sie hatte sich in ihrem ganzen Erwachsenenleben die Fähigkeit angeeignet, Leuten so sympathisch zu sein, dass sie ihr Dinge anvertrauten, die sie eigentlich niemandem erzählen wollten. Aber bei Susan Charleson hatte sie versagt. Dieser Job, der zu Anfang kaum mehr als eine ge-

ringe Chance war, einen als öffentlichkeitsscheu bekannten Mann zum Reden zu bringen, hatte ihr auf ganz unerwartete Weise zu Selbsterkenntnis verholfen.
Was kam wohl als Nächstes, fragte sie sich und nahm einen großen Schluck Wein. Was war das Nächste?

Mittwoch, 4. Juli 2007,
East Wemyss

Irgendeine amerikanische Sängerin schmetterte einen forschen Alternative-Country-Song über den Unabhängigkeitstag. Nur ging es nicht um Stars and Stripes, sondern um prügelnde Ehemänner und wie man mit ihnen umspringen sollte. Als Polizistin konnte Karen das nicht gutheißen. Aber als Frau musste sie zugeben, dass die Lösung des Problems in dem Song eine gewisse Anziehungskraft besaß. Wenn Phil da gewesen wäre, hätte sie mit ihm um ein Pfund gegen eine goldene Uhr gewettet, dass der Mann, den sie gleich treffen würde, sich in seinem Autoradio nicht »Independence Day« anhörte.

Sie fuhr langsam die schmale Straße hinauf, die dorthin führte, wo einst das Zechenhaus und die Büros der Zeche Michael gewesen waren. Jetzt war da, wo die Kantine und die Lohnbüros gestanden hatten, nichts mehr außer einer zerfurchten Fläche auf hartem Boden. Alles andere war landschaftlich gestaltet und umgewandelt. Ohne den rostroten Mast des Fördergerüsts war es schwer, sich zu orientieren. Aber am anderen Ende der Asphaltfläche stand ein einzelnes Auto dem Meer zugewandt. Ihr Gesprächspartner.

Der Wagen, neben dem sie anhielt, war ein älterer, spiegelblank polierter Rover. Die Unmenge toter Insekten auf ihrem Nummernschild machte sie ein bisschen verlegen. Die Tür des Rovers öffnete sich im gleichen Augenblick wie ihre, und beide Fahrer stiegen zugleich aus wie in einer choreographierten Filmszene. Karen ging zur Motorhaube ihres Wagens und wartete, bis er auf sie zukam.

Er war kleiner, als sie erwartet hatte, und musste sich gestreckt haben, damit er die für Polizisten vorgeschriebenen einen Meter zweiundsiebzig erreichte. Vielleicht hatte sein Haar den Ausschlag gegeben. Es war jetzt stahlgrau, aber die Schmalzlocke hätte sogar Elvis neidisch gemacht. Als Brian Beveridge noch im Dienst war, hatte er den Rock-'n'-Roller-Entenschwanz und die Koteletten nicht tragen können, aber den Ruhestand hatte er für seine Haartracht wirklich genutzt.

Wie Elvis hatte er seit den Tagen, in denen er auf den Straßen der Wemyss-Dörfer herumstolzierte, beträchtlich zugelegt. Die Knopflöcher seines weißen Hemds spannten über einem beachtlichen Bauch, aber seine Beine waren unverhältnismäßig dünn und seine Füße überraschend zierlich. Sein Gesicht hatte die gerötete Farbe und Fleischigkeit eines Mannes, der auf eine Herz-Kreislauf-Katastrophe zusteuert. Wenn er lächelte, wurden seine Wangen zu festen roten Bällchen, als hätte sie jemand mit Watte ausgestopft. »DI Pirie?«, fragte er aufgeräumt.

»Karen«, sagte sie. »Und Sie müssen Brian sein? Danke, dass Sie herausgekommen sind, um mich zu treffen.« Es war, als drücke man dem Teigmännchen von Pillsbury die Hand, ganz weich hüllte sie einen warm ein.

»Es ist besser, als im Garten zu werkeln«, erwiderte er, und sein breiter Dialekt aus Fife klang äußerst ausgeprägt. »Ich helfe immer gern. Dreißig Jahre war ich in den Dörfern auf Streife, und wenn ich ehrlich bin, fehlt mir dieses Gefühl, jeden Gehweg und jedes Haus zu kennen. Damals konnte man noch als Streifenpolizist Karriere machen. Es gab keinen Druck, sich um Beförderungen oder den Aufstieg zur Kripo zu bemühen.« Er rollte mit den Augen. »Da lege ich schon wieder los. Ich habe meiner Frau versprochen, nicht meinen Auftritt als Dixon of Dock Green abzuziehen, aber ich kann's einfach nicht lassen.«

Karen lachte. Sie mochte diesen vergnügten kleinen Mann jetzt schon, obwohl ihr klar war, dass es etwas anderes gewesen wäre, damals mit ihm zusammenzuarbeiten. »Ich wette, dass Sie sich an den Fall Catriona Maclennan Grant erinnern«, sagte sie.

Er nickte, wurde aber plötzlich ernst. »Den werde ich nie vergessen. Ich war an dem Abend dort, das wissen Sie natürlich, deshalb bin ich ja hier. Aber ich träume immer noch davon, manchmal. Von den Schüssen, dem Korditgeruch in der Seeluft, dem Rufen und Schreien. So viele Jahre danach, und was haben wir erreicht? Lady Grant liegt in ihrem Grab neben ihrer Tochter. Jimmy Lawson sitzt den Rest seines Lebens im Gefängnis. Und Brodie Grant ist der Herr des verdammten Universums. Neue Frau, neuer Erbe. Komisch, wie die Dinge sich manchmal entwickeln, was?«

»Man weiß eben nie«, meinte Karen, der es recht war, sich für jetzt einfach den Klischees anzuschließen. »Können Sie mir von den Ereignissen berichten, während wir zum Lady's Rock runtergehen?«

Zuerst kamen sie an einer Häuserzeile vorbei, die der in Jenny Prentice' Straße in Newton of Wemyss ähnelte, aber jetzt, da es ihre Existenzgrundlage nicht mehr gab, allein und verlassen zurückgeblieben war. Bald erreichten sie den Wald, und der Weg begann anzusteigen, auf der einen Seite verlief eine hüfthohe Steinmauer, und auf der anderen stand dichtes Unterholz. In der Ferne sah sie das Meer glänzen. Als sie auf Strandhöhe hinunterstiegen, schien endlich einmal die Sonne. »Wir hatten hier oben und bei West Wemyss jeweils eine Gruppe Männer stehen«, erzählte Beveridge. »Damals konnte man wegen der Abraumhalde nicht an der

Küste entlang in Richtung East Wemyss gehen. Aber als der Küstenweg angelegt wurde, bekamen sie Geld von der EU und transportierten per Lkw den ganzen Abraum vom Uferland weg. Wenn man es jetzt sieht, ahnt man nichts davon.«

Er hatte recht. Als sie auf Uferhöhe kamen, konnte Karen direkt an East Wemyss vorbei bis Buckhaven mit seinem hohen Vorgebirge sehen. Diese Aussicht hätte es 1985 überhaupt nicht gegeben. Sie wandte sich West Wemyss zu und war überrascht, dass sie den Lady's Rock von da, wo sie standen, gar nicht erblicken konnte.

Karen folgte Beveridge auf dem Weg und versuchte sich vorzustellen, wie es an jenem Abend gewesen sein musste. In der Akte stand, dass der Mond zunehmend war. Sie sah die silberne Sichel am Himmel und die stecknadelkopfgroßen Sterne in der eiskalten Nacht vor sich. Der Große Wagen wie ein großer Stieltopf. Gürtel und Dolch des Orion und all die anderen Sternbilder, deren Namen sie nicht kannte. Die Polizisten hielten sich im Wald versteckt und atmeten mit offenen Mündern, damit ihr Atem abkühlte und nicht in sichtbaren Wölkchen austrat. Sie betrachtete die hohen Platanen und fragte sich, wie viel kleiner sie damals gewesen waren. Stricke hingen von den dicken Ästen, an denen manchmal wohl Kinder schaukelten, genau so, wie sie es in ihrer Kindheit getan hatten. Karen erschienen sie in ihrem Zustand angeregter Phantasie wie Galgenstricke, die reglos in der milden Morgenluft auf Verurteilte warteten. Sie fröstelte leicht und beeilte sich, Beveridge einzuholen.

Er zeigte zu den hohen Klippen hinauf, wo die Baumkronen endeten. »Da oben, das ist Newton. Sie können sehen, wie steil die Klippen sind. Niemand konnte von dort heruntersteigen, ohne dass wir es merkten. Die Einsatzleiter nahmen an, die Kidnapper müssten so oder so diesen Weg entlanggehen, also wiesen sie die meisten Männer an, sich hier zwischen den Bäumen aufzustellen.« Er wandte sich um und zeigte auf etwas, das wie ein riesiger Felsbrocken am Weg aussah. »Und einer war mit einem Gewehr da oben auf dem Lady's Rock.« Er lachte verächtlich. »Aber er schaute in die falsche Richtung.«

»Er ist viel kleiner, als ich ihn aus meiner Kindheit in Erinnerung habe.« Als Karen den Felsen jetzt anschaute, fand sie es schwer, zu glauben, dass jemand sich die Mühe gemacht hatte, einem so unbedeutenden Brocken Sandstein einen Namen zu geben. Die Seite unmittelbar am Weg war eine gerade aufsteigende, etwa dreizehn Meter hohe Klippe mit vielen Löchern und schmalen Spalten. Ein Paradies für kleine Jungen. Auf der anderen Seite fiel er in einem Winkel von fünfundvierzig Grad ab und war mit dicken Grasbüscheln und kleinen Sträuchern bewachsen. Aber in ihrer Vorstellung hatte er viel weiter in die Höhe geragt.

»Es liegt nicht nur an Ihrer Erinnerung, die Sie täuscht. Ich weiß, jetzt macht er nicht besonders viel her, aber vor zwanzig Jahren lag die Küste ein ganzes Stück tiefer, und der Felsen war viel höher. Kommen Sie, ich zeige Ihnen, was ich meine.«

Beveridge führte sie an der Seite von Lady's Rock nach unten. Der Pfad bestand praktisch nur aus Gras, das vom Begehen zur Seite gedrückt war, ganz anders als der ordentliche Wanderweg der EU. Sie gingen ein Dutzend Schritte an dem Felsen vorbei auf eine Fläche aus grobem Beton, die wie eine schmale Straße aussah. Ein paar Meter weiter war ein rostiger Metallring in den Beton eingelassen. Karen runzelte die Stirn und versuchte zu verstehen, wozu das

Ding gut sein sollte. Sie ließ den Blick die Straße entlangschweifen, die nach einer Biegung schließlich zum Meer hin verlief. »Ich versteh das nicht«, meinte sie.

»Hier war eine Landestelle«, erklärte Beveridge. »Das ist ein Anlegering. Vor zwanzig Jahren konnte man hier noch mit einem Boot von einer ganz anständigen Größe anlegen. Die Küste lag zwischen zwei und vier Meter tiefer als heute, je nachdem, wo man steht. So haben sie es geschafft.«

»Mein Gott«, entfuhr es Karen. Sie ließ das alles auf sich wirken – das Meer, den Felsen, die Anlegestelle, das Waldstück hinter ihnen. »Wir hätten sie aber doch bestimmt kommen hören, oder?«

Beveridge lächelte ihr zu, wie ein Lehrer seiner Lieblingsschülerin. »Das würde man denken, nicht wahr? Aber wenn man ein kleines offenes Boot nimmt, könnte man mit der ansteigenden Flut heranrudern. Hätte man einen guten Bootsmann, dann würde man nichts hören. Außerdem wirkt der Felsen selbst als Schalldämpfer, wenn man oben auf dem Weg ist. Man kann das Meer selbst kaum hören. Als sie dann auf der Flucht waren, konnten sie natürlich Vollgas geben. Sie hätten schon in Dysart oder Buckhaven sein können, bevor wir hier den Hubschrauber gestartet hatten.«

Karen studierte noch einmal die räumlichen Verhältnisse. »Schwer zu glauben, dass niemand ans Meer dachte.«

»Doch, es wurde daran gedacht«, erwiderte Beveridge abrupt.

»Sie meinen, Sie dachten daran?«

»Ich und mein Sergeant.« Er wandte sich ab und starrte aufs Meer hinaus.

»Warum hat niemand auf Sie gehört?«

Er zuckte mit den Schultern. »Sie hörten uns an, das muss

ich zugeben. Wir hatten eine Besprechung mit DI Lawson und Brodie Grant. Die beiden glaubten einfach nicht, dass es möglich wäre. Ein großes Boot wäre zu auffällig, zu leicht zu entdecken und einzuholen. Ein kleines wäre unmöglich, weil man eine erwachsene Geisel in einem offenen Boot nicht bändigen könnte. Sie sagten, die Kidnapper hätten vorausschauende Planung und Intelligenz bewiesen und würden bestimmt keine solch unüberlegten Risiken eingehen.« Er wandte sich ihr wieder zu und seufzte. »Vielleicht hätten wir nicht lockerlassen sollen. Dann wäre die Sache vielleicht anders ausgegangen.«

»Vielleicht«, sagte Karen nachdenklich. Bis jetzt hatten alle die missglückte Lösegeldübergabe aus der Perspektive der Polizei und Brodie Grants betrachtet. Aber es gab einen anderen Blickwinkel, der Beachtung verdiente. »Sie hatten aber schon in gewisser Weise recht, oder? Wie schafften sie es in einem kleinen Boot? Sie haben eine erwachsene Geisel. Sie haben ein entführtes Kleinkind. Sie müssen sich um das Boot kümmern und die Geiseln unter Kontrolle halten, und in einem Boot, das so klein war, dass es beim Näherkommen nicht entdeckt würde, können nicht viele Menschen gewesen sein. Ich hätte diese Operation nicht gern geleitet.«

»Ich auch nicht«, pflichtete Beveridge bei. »Es wäre schwer genug, diese Fracht ans Land zu bekommen, wenn alle zusammenhielten, gar nicht zu reden davon, wenn sie uneins wären.«

»Es sei denn, sie waren schon eine ganze Weile vor der tatsächlichen Übergabe vor Ort. Es wurde ja schon um vier dunkel, und die Landestelle selbst hätte ein kleines Boot aus den meisten Blickrichtungen verdeckt …« Sie überlegte. »Wann habt ihr euch aufgestellt?«

»Wir sollten die ganze Gegend ab zwei Uhr überwachen. Die zusätzlichen Teams waren um sechs an Ort und Stelle.«

»Theoretisch hätten sie sich also nach Einbruch der Dunkelheit und bevor Ihre Jungs am Standort waren anschleichen können«, sagte sie nachdenklich.

»Möglich«, meinte Beveridge, klang allerdings nicht überzeugt. »Aber wie konnten sie sicher sein, dass wir die Landestelle nicht observierten? Und wie konnten sie sich darauf verlassen, dass ein sechs Monate altes Kind in der eisigen Kälte vier oder fünf Stunden lang still sein würde?«

Karen ging ein Stück auf die alte Anlegestelle hinaus und staunte über die Veränderung der Küste. Je mehr sie über die konkreten Einzelheiten des Falls herausfand, desto weniger verstand sie ihn. Sie hielt sich nicht für dumm. Aber sie konnte die Dinge einfach nicht zusammenführen. Nachdem Cat und Adam entführt worden waren, hatte kein einziger Zeuge sie gesehen, dessen Aussage bestätigt werden konnte. Niemand hatte mitbekommen, dass ihr Haus beobachtet worden war, oder hatte die Entführung selbst gesehen. Niemand hatte sie an der Stelle ankommen sehen, wo die Übergabe des Lösegeldes vonstattengehen sollte. Niemand hatte sie fliehen sehen. Hätte man nicht Cat Grants Leiche gehabt, hätte sie fast glauben können, es sei überhaupt niemals passiert.

Aber es war geschehen.

Brodie Grant reichte seiner Frau Bels Bericht und machte sich an der Espressomaschine in seinem Büro zu schaffen. »Sie leistet überraschend gute Arbeit«, lobte er. »Ich war nicht sicher, ob Susans Arrangement funktionieren würde, aber es scheint sich auszuzahlen. Ich dachte eigentlich, dass wir einen Privatdetektiv beschäftigen sollten, aber die Journalistin scheint es genauso gut zu machen.«

»Es steht für sie mehr auf dem Spiel als für einen Detektiv, Brodie. Ich glaube, sie ist fast so verzweifelt auf ein Ergebnis aus wie wir«, erwiderte Susan Charleson, nahm sich ein Glas Wasser und setzte sich auf die Fensterbank. »Ich vermute, dass sie aufgrund ihres exklusiven Kontakts zu Ihnen glaubt, dass es ein Bestseller werden kann.«

»Wenn sie uns nach all dieser Zeit hilft, es aufzuklären, hat sie ihn verdient«, befand Judith. »Du hast recht, es ist ein eindrucksvoller Start. Was meint DI Pirie dazu?«

Grant und Susan tauschten einen kurzen Blick des Einverständnisses. »Wir haben es ihr noch nicht mitgeteilt«, antwortete Grant.

»Aber warum denn nicht? Ich kann mir vorstellen, dass sie es nützlich finden würde.« Judith sah erstaunt vom einen zum anderen.

»Ich glaube, wir werden es fürs Erste einfach für uns behalten«, sagte Grant und betätigte den Knopf, damit das heiße Wasser durch den Kaffee gedrückt und ein so perfekter Espresso zubereitet wurde wie von einem italienischen Barista. »Beim letzten Mal habe ich keine guten Erfahrungen mit der Polizei gemacht. Sie haben die Sache versaut, und meine Tochter war am Ende tot. Diesmal würde ich ihnen lieber so wenig wie möglich überlassen.«

»Aber es ist doch Sache der Polizei«, widersprach Judith. »Du hast sie gerufen. Du kannst sie jetzt nicht einfach ignorieren.«

»Das kann ich nicht?« Er hob den Kopf. »Wenn ich sie letztes Mal ignoriert und die Dinge auf meine Weise geregelt hätte, wäre Cat vielleicht noch am Leben. Und es wäre Adam …« Er unterbrach sich abrupt, denn ihm wurde klar, dass nichts, was er sagte, ihn aus dem Loch herausholen konnte, das er sich gerade selbst gegraben hatte.

»Eben«, versetzte Judith mit einer Stimme so scharf wie ein Rasiermesser. Sie warf die Papiere auf seinen Schreibtisch und verließ den Raum.

Grant zog ein Gesicht. »Trommeleis«, seufzte er, als sich die Tür hinter seiner Frau schloss. »Das hab ich nicht besonders gut gemacht. Knifflige Sache, der Umgang mit Worten.«

»Sie wird darüber wegkommen«, erwiderte Susan ungerührt. »Ich bin der gleichen Meinung. Wir sollten dies erst mal für uns behalten. Die Polizei ist bekannt dafür, dass man dort Informationen nicht unter Verschluss halten kann.«

»Das ist es nicht, was mich stört. Ich mache mir Sorgen, dass sie es wieder verkorksen. Dies könnte unsere letzte Chance sein, herauszufinden, was mit meiner Tochter und meinem Enkel passiert ist, und ich will kein Risiko eingehen, dass etwas schiefgeht. Es ist zu wichtig. Ich hätte letztes Mal schon mehr Kontrolle ausüben sollen. Den Fehler mache ich nicht noch einmal.«

»Wenn Bel Richmond einen ernstzunehmenden Verdächtigen gefunden hat, werden wir es der Polizei letzten Endes sagen müssen«, betonte Susan.

Grant hob die Augenbrauen. »Nicht unbedingt. Wenn er tot ist, nicht.«

»Sie werden aber den Fall aufklären wollen.«

»Das ist nicht mein Problem. Wer immer meine Familie zerstört hat, verdient den Tod. Dadurch, dass die Polizei sich damit befasst, wird das nicht erreicht. Wenn er schon tot ist, schön und gut. Wenn nicht, na ja, darum werden wir uns kümmern, wenn es so weit ist.«

Nach drei Jahrzehnten der Arbeit für Brodie Grant gab es wenig, was Susan Charleson schockieren konnte. Aber diesmal spürte sie, wie sie trotz all ihrer unerschütterlichen Sicherheit ein Zittern überlief. »Das habe ich nicht gehört«, sagte sie.

»Das ist wahrscheinlich eine gute Idee«, meinte er und trank seinen Espresso aus. »Eine sehr gute Idee.«

Phil telefonierte gerade, als Karen das Büro betrat. Den Hörer zwischen Schulter und Hals geklemmt, kritzelte er etwas in sein Notizbuch. »Und Sie sind sicher?«, hörte sie ihn fragen, während sie ihre Tasche auf den Schreibtisch warf und auf den Kühlschrank zuging. Als sie mit einer Cola light zurückkehrte, saß er da und starrte verdrießlich auf seine Notizen. »Das war Dr. Wilde«, berichtete er. »Sie hat jemanden unter der Hand eine schnelle DNA-Analyse machen lassen. Es gibt keine Verbindung zwischen Misha Gibson und der Leiche in der Höhle.«

»Mist«, fluchte Karen. »Das heißt also, die Leiche ist nicht Mick Prentice.«

»Oder Mick Prentice war nicht Mishas Vater.«

Karen lehnte sich auf ihrem Stuhl zurück. »Es ist keine schlechte Idee, aber, wenn ich ehrlich bin, glaube ich nicht wirklich, dass Jenny Prentice fremdgegangen ist, als Mick noch da war. Wir hätten inzwischen davon gehört. Ein Ort wie Newton, das ist doch eine Klatschfabrik. Es gibt immer jemanden, der bereit ist, über seinen Nachbarn herzuziehen. Ich halte es für wahrscheinlicher, dass es nicht Micks Leiche ist.«

»Außerdem hast du gesagt, die Nachbarin hätte hartnäckig behauptet, dass Jenny ihn liebte und Tom Campbell ein armer Tropf war und erst an zweiter Stelle kam.«

»Wenn wir also recht haben damit, dass er Mishas Vater ist, vielleicht war dann Mick derjenige, der die Leiche dort abgelegt hat. Er kannte die Höhlen und hätte sich wahrscheinlich Sprengstoff verschaffen können. Wir müssen herausfinden, ob er Erfahrung mit dem Sprengen hatte.

Eine Leiche in Thane's Cave begraben zu haben wäre ein ziemlich guter Grund gewesen, zu verschwinden. Und wir wissen, dass noch jemand zur gleichen Zeit auf die Vermisstenliste gesetzt wurde …« Karen nahm ihr Notizbuch und blätterte zurück, bis sie gefunden hatte, was sie suchte. Sie schaute auf ihre Uhr. »Meinst du, es ist zu spät, jemanden um halb zwölf anzurufen?«

Phil war verwirrt. »Wie zu spät? Es ist ja noch nicht mal Mittag.«

»Ich meine nachts. In Neuseeland.« Sie nahm das Telefon und tippte Angie Mackenzies Nummer ein. »Allerdings geht es jetzt um eine Ermittlung in einem Mordfall. Und das ist immer wichtiger als Schönheitsschlaf.«

Eine brummige Männerstimme fragte: »Wer ist da?«

»Entschuldigung, dass ich störe, hier ist die Polizei von Fife. Ich müsste kurz mit Angie sprechen«, meldete sich Karen und versuchte liebenswürdig zu klingen.

»Um Himmels willen! Wissen Sie, wie spät es ist?«

»Ja, es tut mir leid. Aber ich muss sie sprechen.«

»Warten Sie, ich hole sie.« Er ging weg, und sie hörte ihn den Namen seiner Frau rufen.

Eine ganze Minute verging, dann war Angie am Apparat. »Ich war in der Dusche«, erklärte sie. »Ist dort DI Pirie?«

»Ja, stimmt.« Karen senkte etwas die Stimme. »Es tut mir sehr leid, Sie zu stören, aber ich wollte Sie wissen lassen, dass wir hinter einem Einsturz in einer der Höhlen von Wemyss menschliche Überreste gefunden haben.«

»Und Sie meinen, es könnte Andy sein?«

»Es ist möglich. Von den Zeitverhältnissen her könnte es passen.«

»Aber was hätte er in den Höhlen gemacht? Er war doch so gern draußen im Freien. Einer der Gründe, warum er das

Leben als Gewerkschaftsfunktionär vorzog, war, dass er nie wieder unter Tage gehen musste.«

»Wir wissen noch nicht, ob es Ihr Bruder ist«, sagte Karen. »Das sind Fragen, die wir später beantworten, Angie. Wir müssen die Überreste erst identifizieren. Wissen Sie zufällig, wer der Zahnarzt Ihres Bruders war?«

»Wie ist er gestorben?«

»Wir sind noch nicht sicher«, wich Karen aus. »Sie werden ja verstehen, es ist lange her und sozusagen eine forensische Herausforderung. Ich werde Sie natürlich auf dem Laufenden halten. Aber inzwischen müssen wir es als ungeklärten Todesfall behandeln. Also, Andys Zahnarzt?«

»Er ging zu Dr. Torrance in Buckhaven. Aber der starb zwei Jahre, bevor ich Schottland verließ. Ich weiß nicht, ob dort überhaupt noch eine Praxis ist.« Sie klang etwas panisch. Der Schock fängt an zu wirken, dachte Karen.

»Machen Sie sich keine Sorgen, wir kümmern uns darum«, versicherte sie.

»DNA«, platzte Angie heraus. »Können Sie DNA nehmen von ... dem, was Sie gefunden haben?«

»Ja, das geht. Können Sie bei der Polizei eine Probe von Ihnen nehmen lassen?«

»Das ist nicht nötig. Bevor ich nach Neuseeland ging, habe ich mit meinem Rechtsanwalt vereinbart, dass er eine beglaubigte Kopie meiner DNA-Analyse aufbewahrt.« Ihre Stimme klang etwas brüchig. »Ich dachte, er sei in den Bergen abgestürzt oder vielleicht mit Steinen in den Taschen in einen See hinausgegangen. Ich wollte nicht, dass er irgendwo liegen würde, ohne dass jemand nach seiner Leiche fragt. Mein Anwalt hat Anweisung, der Polizei meine DNA-Analyse zur Verfügung zu stellen, wenn eine unidentifizierte Leiche im richtigen Alter gefunden wird.« Karen hörte ein Schluchzen vom anderen Ende der Welt. »Ich hoffte immer noch ...«

»Es tut mir leid«, versicherte Karen. »Ich werde mich mit Ihrem Anwalt in Verbindung setzen.«

»Alexander Gibb«, sagte Angie. »In Kirkcaldy. Tut mir leid, ich muss jetzt auflegen.« Die Verbindung brach plötzlich ab.

»Also doch nicht zu spät«, stellte Phil fest.

Karen seufzte und schüttelte den Kopf. »Kommt darauf an, was du mit ›zu spät‹ meinst.«

Hoxton, London

Jonathan rief per Kurzwahl Bel übers Handy an. Als sie antwortete, sprach er schnell. »Ich kann nicht lange reden. Habe einen Termin bei meinem Tutor. Ich muss dir ein paar Sachen per E-Mail schicken, in einer Stunde oder so werde ich dazu kommen. Aber hier erst mal die sensationelle Nachricht: Daniel Porteous ist tot.«

»Das weiß ich«, antwortete Bel ungeduldig.

»Was du nicht weißt, ist, dass er 1959 starb, im Alter von vier Jahren.«

»O Scheiße«, entfuhr es Bel.

»Besser hätte ich es selbst nicht ausdrücken können. Aber jetzt kommt der Knaller. Im November 1984 hat Daniel Porteous die Geburt seines Sohnes eintragen lassen.«

Bel fühlte sich benommen, sie merkte, dass sie die Luft anhielt, und atmete mit einem Seufzer aus. »Ausgeschlossen.«

»Verlass dich drauf, so ist es. Unser Daniel Porteous hat es irgendwie geschafft, fünfundzwanzig Jahre nach seinem Tod einen Sohn zu zeugen.«

»Verrückt. Und wer war die Mutter?«

Jonathan lachte leise vor sich hin. »Es wird noch besser, fürchte ich. Ich buchstabiere dir ihren Namen: F-R-E-D-A C-A-L-L-O-W steht auf der Geburtsurkunde. Sag es mal laut, Bel.«

»Freda Callow. Klingt wie ›Frida Kahlo‹. Der unverschämte Kerl.«

»Er hat Humor, unser Daniel Porteous.«

Karen fand River in der Universität, wo sie in einem kleinen Zimmer mit Regalen voller Plastikboxen mit winzigen Knochen an ihrem Laptop saß. »Was, um Himmels willen, ist das hier?«, fragte Karen und setzte sich auf den einzigen freien Stuhl.

»Der Professor hier ist der führende Experte für Knochen von Babys und Kleinkindern. Hast du schon mal den Schädel eines Fötus gesehen?«

Karen schüttelte den Kopf. »Und ich will auch keinen sehen, vielen Dank.«

River grinste. »Okay. Ich werde dich nicht dazu zwingen. Sagen wir einfach, wenn du so etwas mal gesehen hast, dann verstehst du, wo ET hergekommen ist. Also, ich vermute, es handelt sich nicht um einen privaten Freundschaftsbesuch?«

Karen schnaubte. »Oh, bestimmt. Das Anatomieinstitut der Uni Dundee ist mein bevorzugtes Ziel, wenn ich einen wirklich schönen Ausflug machen will. Nein, River. Es ist kein privater Besuch. Ich bin hier, weil ich einen lückenlosen Herkunftsnachweis zu einem Beweisstück für unsere Ermittlung wegen eines Tötungsdelikts brauche.« Sie legte ein Blatt Papier auf den Schreibtisch. Angela Kerrs Anwalt hatte schnell reagiert. »Das ist die DNA von Andy Kerrs Schwester Angie. Ich bitte dich offiziell, dass du sie mit der der menschlichen Überreste vergleichst, die in der als Thane's Cave bekannten Örtlichkeit zwischen East Wemyss und Buckhaven entdeckt wurden. Sobald ich wieder an meinem Schreibtisch bin, bekommst du es schriftlich.«

River betrachtete das Blatt neugierig. »Schnelle Arbeit, Karen. Wo kommt das her?«, erkundigte sie sich.

»Angie Mackenzie ist eine Frau mit Weitblick«, antwortete Karen. »Sie hat es bei ihrem Anwalt hinterlegt. Nur für den Fall, dass jemals eine Leiche auftauchen sollte.« Während sie sprach, tippte River schon etwas in ihren Laptop ein.

»Ich werde einen ausführlichen Bericht schreiben«, sagte sie langsam, abgelenkt von dem, was sie sich anschaute. »Und ich werde das einscannen müssen, um sicherzugehen ... Aber auf den ersten Blick kann ich dir inoffiziell schon mal sagen, dass diese beiden Menschen nah verwandt sind.« Sie sah auf. »Du hast deine rätselhafte Leiche identifiziert, wie es scheint.«

Bel fragte sich, wie man als Enthüllungsjournalist in Italien klarkam. Sie hatte die britische Bürokratie für anstrengend und lästig gehalten. Aber im Vergleich zum italienischen Papierkrieg hatte man freien Zugang zu allen Bereichen. Zuerst hatte es ein Hin und Her zwischen verschiedenen Büros gegeben. Dann die Ausflucht, Formulare seien auszufüllen. Dann leere Blicke und Nichtbeachtung durch Beamte, die sich offensichtlich dadurch gestört fühlten, dass ihre Muße unterbrochen und von ihnen verlangt wurde, ihre Arbeit zu tun. Es war ein Wunder, dass es in diesem Land jemals irgendjemandem gelang, etwas herauszufinden.

Gegen Ende des Vormittags befürchtete sie schon, die Zeit werde ihr davonlaufen, bevor sie erfahren konnte, was sie wissen musste. Dann, nur Minuten, bevor das Standesamt zur Mittagspause schloss, rief eine gelangweilt aussehende Wasserstoffblondine ihren Namen. Bel eilte zum Schalter und war ziemlich sicher, dass man sie auf den nächsten Tag vertrösten würde. Aber im Austausch für ein Bündel unquittierter Euros wurden ihr zwei Blätter ausgehändigt, die aussahen, als seien sie auf einem Kopierer mit arg spärlichem Toner gemacht. Das eine war überschrieben mit *Certificato di Morte,* das andere mit *Certificato di Residenza.* So hatte sie letztendlich mehr bekommen als das, womit sie gerechnet hatte.

Auf dem Totenschein von Daniel Simeon Porteous stand nur, dass er am 7. April 2007 im Alter von zweiundfünfzig Jahren in der Poliklinik Le Scotte in Siena verstorben war. Seine Eltern hießen Nigel und Rosemary Porteous. Und das

war's. Keine Todesursache, keine Adresse. Völlig nutzlos, dachte Bel bitter.
Sie überlegte, ob sie zum Krankenhaus gehen sollte, um zu sehen, ob sie dort etwas herausfinden konnte, verwarf die Idee aber sofort. Die Mauern der Bürokratie zu durchbrechen würde unmöglich sein für jemanden, der das System nicht kannte. Und die Aussichten, einen Menschen zu finden, der sich bestechen ließ und sich nach mehreren Monaten noch an Daniel Porteous erinnerte, waren gering. Außerdem überstieg das Ganze wahrscheinlich ihre sprachlichen Fähigkeiten.
Mit einem Seufzer wandte sie sich dem anderen Blatt zu. Es schien eine kurze Liste von Adressen und Daten zu sein. Sie brauchte nicht lange, um herauszufinden, dass es eine Aufstellung von Daniels Wohnorten war, seit er 1986 in die Comune di Siena gekommen war. Und dass die letzte Adresse diejenige war, wo er zuletzt gewohnt hatte. Noch überraschender war, dass sie auch gleich wusste, wo es war. Costalpino war das letzte Dorf, durch das sie auf ihrem Weg nach Campora gekommen war. Die Landstraße schlängelte sich in einer Kurvenserie zur Hauptstraße hinunter und dann zwischen Häusern und hier und da einem Laden oder einem Café durch den Ort.
Trotz der stickigen Mittagshitze rannte Bel fast zum Auto zurück. Sie keuchte vor Dankbarkeit, als sich die Klimaanlage anschaltete, und verschwendete keine Zeit, sondern fuhr sofort vom Parkplatz weg auf die Straße Richtung Costalpino. Der Mann hinter dem Tresen des ersten Cafés, an dem sie vorbeikam, gab ihr eine ausgezeichnete Wegbeschreibung, und schon fünfzehn Minuten, nachdem sie Siena verlassen hatte, parkte sie ein Stück von dem Haus entfernt, in dem sie hoffentlich Gabriel Porteous vorfand.

Es war eine angenehme Straße, breiter als die meisten in diesem Teil der Toskana. Hohe Bäume spendeten Schatten für die schmalen Gehsteige, und hüfthohe Mauern mit Eisengittern trennten die kleinen, aber gepflegten Häuser voneinander. Bel spürte, wie die Erregung in ihrer Brust pulsierte. Wenn ihre Vermutungen zutrafen, stände sie gleich dem verlorenen Sohn von Catriona Maclennan Grant gegenüber. Die Polizei hatte zweimal versagt, aber Bel Richmond würde ihnen allen gleich zeigen, wie man so etwas machte.

Sie war so zuversichtlich, dass sie dem Schild vor der gelbverputzten Villa keinen Glauben schenken mochte. Sie überprüfte noch einmal die Hausnummer, um sicherzugehen, dass sie vor dem richtigen Haus stand, aber sie hatte sich nicht getäuscht. Die dunkelgrünen Läden waren jedoch fest zugezogen. Die Pflanzen in den großen Terrakotta-Töpfen an der Einfahrt sahen welk und staubig aus. Zwischen dem Kies kamen hier und da Grashalme durch, und Reklamesendungen ragten aus dem Briefkasten. Alles bestätigte das *Vendesi*-Schild mit dem Namen und der Nummer eines Immobilienmaklers im benachbarten Sovicille. Wo immer Gabriel Porteous sein mochte, so wie es aussah, war er jedenfalls nicht hier.

Es war ein Rückschlag, aber nicht das Ende der Welt. Auf dem Weg zu den Artikeln, die ihren Ruf, das Versprochene immer zu erreichen, begründet hatten, hatten größere Hindernisse gelegen. Sie musste nur einen Aktionsplan erarbeiten und durchführen. Und wenn sie tatsächlich auf Hindernisse stieß, die sie selbst nicht überwinden konnte, dann durfte sie sich auf Brodie Grants hilfreiche Mittel verlassen. Ein tröstliches Gefühl war das nicht gerade, aber besser als nichts.

Bevor sie nach Sovicille aufbrach, beschloss sie, bei den Nachbarn nachzufragen. Es wäre nicht das erste Mal, dass jemand, der wusste, dass er gesucht wurde, sich große Mühe damit gab, sein Zuhause so aussehen zu lassen, als sei es unbewohnt. Bel hatte auf der Loggia eines Hauses schräg gegenüber bereits einen Mann bemerkt. Die Art und Weise, wie er sie beobachtete, als sie die Straße entlangkam und das Schild las, war ihr unbefangen vorgekommen. Es war Zeit, die Wahrheit ein wenig auszubauen.

Sie überquerte die Straße und grüßte ihn mit einem Winken. »Hallo«, grüßte sie.

Der Mann, dessen Alter irgendwo zwischen Mitte fünfzig und Mitte siebzig hätte liegen können, begutachtete sie mit einem Blick, der sie wünschen ließ, sie möge ein weites T-Shirt tragen statt des engen Tops mit Spaghettiträgern, das sie am Morgen ausgewählt hatte. Sie liebte Italien, aber, o Gott, sie hasste die Art, wie so viele Männer die Frauen musterten, als seien sie Frischfleisch. Der hier sah nicht einmal gut aus. Ein Auge war größer als das andere, seine Nase glich einer verunglückten Rübe, und aus seinem Unterhemd quollen Haare hervor. Er warf ihr ein schiefes Lächeln zu, glättete eine Augenbraue mit dem kleinen Finger und erwiderte ihr »Hallo«, wobei er es schaffte, das Wort mit Zweideutigkeit zu befrachten.

»Ich suche Gabriel«, erklärte sie und zeigte über die Schulter zum Haus zurück. »Gabriel Porteous. Ich bin eine Freundin der Familie aus England. Seit Daniels Tod habe ich Gabriel noch nicht gesehen, und dies ist die einzige Adresse, die ich habe. Aber das Haus steht zum Verkauf, und es sieht nicht so aus, als würde Gabe noch da wohnen.«

Der Mann steckte die Hände in die Taschen und zuckte mit den Schultern. »Gabriel wohnt schon länger als ein Jahr nicht mehr hier. Er soll irgendwo studieren, aber ich weiß nicht, wo. Kurz bevor sein Vater starb, kam er zurück, aber ich habe ihn seit zwei Monaten nicht mehr gesehen.« Sein Lächeln war wieder da und noch etwas breiter als zuvor. »Wollen Sie mir Ihre Nummer geben? Ich könnte Sie anrufen, wenn er auftaucht.«

Bel lächelte. »Das ist sehr nett, aber ich bin nur ein paar Tage hier. Sie sagten, Gabe würde ›irgendwo studieren‹.« Sie warf ihm einen verstehenden Blick zu. »Sie meinen wohl, er spielt wieder sein altes Spielchen?«

Das wirkte. »Daniel, der hat hart gearbeitet. Er lungerte nicht herum. Aber Gabe? Der gammelt vor sich hin, hängt mit seinen Freunden ab. Ich hab ihn noch nie mit einem Buch in der Hand gesehen. Was für ein Studieren soll das sein? Wenn es ihm ernst gewesen wäre, hätte er sich an der Uni in Siena eingeschrieben, damit er zu Haus wohnen und nur an sein Studium denken kann. Aber nein, er zieht los, irgendwohin, wo er sich vergnügen kann.« Er schnalzte verächtlich mit der Zunge. »Daniel war schon wochenlang krank, bevor Gabe auftauchte.«

»Vielleicht hat Daniel ihm nicht erzählt, dass er krank war. Er war schon immer sehr verschlossen«, erfand Bel einfach frei und spontan.

»Ein guter Sohn wäre so regelmäßig zu Besuch gekommen, dass er es gewusst hätte«, beharrte der Mann dickköpfig.

»Und Sie haben keine Ahnung, wo er studiert?«

Der Mann schüttelte den Kopf. »Nein. Ich habe ihn einmal im Zug gesehen, als ich aus Florenz zurückkam. Also irgendwo oben im Norden. Florenz, Bologna, Padua, Perugia. Könnte überall sein.«

»Na ja. Ich werde es eben beim Makler probieren müssen. Ich hätte ihn wirklich gern gesehen. Es tut mir leid, dass ich nicht beim Begräbnis sein konnte. Waren viele von den alten Freunden hier?«

Er schien überrascht. »Es war eine Beerdigung im kleinsten Kreis. Niemand von uns Nachbarn wusste etwas davon, bis sie schon vorbei war. Danach habe ich mit Gabe gesprochen. Ich wollte ihm mein Beileid aussprechen, wissen Sie? Er sagte, sein Vater hätte es so gewollt. Aber jetzt reden Sie, als hätte man etwas versäumt.« Er nahm ein Päckchen Zigaretten heraus und zündete sich eine an. »Man kann Kindern nicht trauen, dass sie einem die Wahrheit sagen.«

Es gab eigentlich keinen Grund, das Misstrauen eines Menschen, den sie nie wiedersehen würde, zu zerstreuen, aber sie hatte sich immer daran gehalten, um nicht aus der Übung zu kommen. »Ich habe eigentlich mehr eine Art Treffen von Daniels alten Freunden gemeint. Nicht direkt die Beerdigung.«

Er nickte. »Das Künstlerpack. Er hat sie von den anderen Freunden im Dorf ferngehalten. Ich hab mal zwei von ihnen kennengelernt. Sie sind in der Villa aufgetaucht, als ein paar von uns zum Kartenspielen dort waren. Ein anderer Engländer und eine Frau aus Deutschland.« Er hustete und spuckte über das Steingeländer aus. »Ich hab nichts übrig für die Deutschen. Aber der Engländer da. Man hätte denken können, er wäre Deutscher, so wie der sich benommen hat.«

»Matthias?«, riet Bel.

»Ja, der war's. Eingebildet. Hat Daniel behandelt, als wäre er Dreck. Als wäre er derjenige mit dem Köpfchen und dem Talent. Und es amüsierte ihn sehr, Daniel beim Kartenspielen mit den Einheimischen vorzufinden. Das Komische war, dass Daniel ihm das durchgehen ließ. Wir sind nicht lang geblieben, haben nur das Spiel zu Ende gespielt und sind dann gegangen. Wenn das die Herren Künstler und Intellektuellen sind, dann können Sie die von mir aus behalten.«

»Ich selbst habe Matthias auch nie so recht gemocht«, behauptete Bel. »Na ja, jedenfalls vielen Dank für Ihre Hilfe. Ich fahre nach Sovicille rüber und seh mal zu, ob mir der Makler helfen kann, den Kontakt mit Gabe herzustellen.«

Es war erstaunlich, wie selbst die belangloseste Begegnung zum Wissen beitragen konnte, dachte Bel, als sie wieder losfuhr. Jetzt hatte sie eine zweite Quelle, die glaubte, dass Matthias trotz seines teutonischen Namen und der deutschen Partnerin Engländer war. Ein Brite, der nicht zu seinen Wurzeln stand, der künstlerische Neigungen, eine Verbindung zu den Lösegeldforderungen und eine Freundschaft mit dem Mann hatte, dessen Sohn Cat Grant und ihrem Vater unglaublich ähnlich sah. Das alles fing an, in ihrem Kopf auf spannende Weise Form anzunehmen.

Zwei junge Männer, aufstrebende Künstler, die Cat Grant kannten, weil sie in den gleichen Kreisen verkehrte. Außerdem wussten sie vom Reichtum ihres Vaters. Sie hecken einen Plan aus, wie sie ihre Schäfchen ins Trockene bringen könnten. Sie entführen Cat und ihr Kind, geben es als eine politische Tat aus. Ziehen mit dem Lösegeld los und werden nie wieder für andere als sich selbst malen müssen. Wenn man es so schnell heruntersagt, klingt es nach einer tollen Idee. Nur geht alles schrecklich schief, und Cat kommt um. Sie haben das Kind und das Lösegeld, aber jetzt sind sie im Visier einer Ermittlung in einem Mordfall.

Profi-Verbrecher würden wissen, was zu tun ist, und wären kaltblütig genug, es auszuführen. Aber diese Typen sind nette, zivilisierte Burschen, die meinten, sie erlaubten sich etwas nur geringfügig Ernsteres als einen Streich an der Kunsthochschule. Sie haben ein Boot, also fahren sie einfach weiter über die Nordsee zum Festland. Daniel landet in Italien, Matthias in Deutschland. Und irgendwann später beschließen sie, das Kind nicht zu töten oder zu verlassen. Aus welchem Grund auch immer behalten sie es. Daniel zieht es als seinen Sohn auf. Mit dem Lösegeld als bequemem Polster lässt er sich mit dem Jungen nieder und richtet sich ein, wird jedoch dann ironischerweise ein recht erfolgreicher Künstler. Aber er kann von seinem Erfolg nicht durch Interviews und persönlichkeitsbezogenes Marketing profitieren, weil er weiß, dass er ein Krimineller auf der Flucht ist. Und er weiß, dass sein Sohn nicht Gabriel Porteous ist. Er ist Adam Maclennan Grant, ein junger Mann, der mit unverkennbaren Gesichtszügen gestraft ist.

Zweifellos ein ansprechendes Szenario. Es ließ Fragen offen, das stimmte. Wie kamen sie an das Lösegeld, wo sie doch in der Dunkelheit herumstolperten und versuchten, die tote Frau zu finden, die die Tasche trug? Wie konnten sie die Peilsender überlisten, die die Polizisten zwischen dem Lösegeld versteckt hatten? Wie schafften sie es, im Boot zu fliehen, ohne vom Hubschrauber aus entdeckt zu werden? Wie konnten zwei Kunststudenten sich damals Zugriff auf ein Gewehr verschaffen? Alles gute Fragen, aber sie war sicher, dass sie irgendwie mit ihnen fertig werden würde. Sie musste es schaffen. Diese Geschichte war zu gut, um sie sich wegen ein paar schwierigen Details durch die Lappen gehen zu lassen.

Sie hatte von Anfang an geahnt, dass sie einer guten Sache auf der Spur war mit ihrem exklusiven Draht zu Brodie Grant, aber das hier war unendlich viel besser, als sie gehofft hatte. Mit einer solchen Story würde sie sich einen

Namen machen. Sie würde sie bekannt machen als eine der wenigen Journalistinnen, deren Namen als einziger für eine Story stand. Stanley für die Entdeckung von Dr. Livingstone. Woodward und Bernstein für Watergate. Max Hastings für die Befreiung von Port Stanley. Jetzt würde man Annabel Richmond und das Aufspüren von Adam Maclennan Grant hinzufügen können.

In der Geschichte gab es zu diesem Zeitpunkt noch jede Menge Lücken, aber die konnten später ausgefüllt werden. Bel musste zunächst diesen jungen Mann ausfindig machen, der unter dem Namen Gabriel Porteous bekannt war. Mit oder ohne seine Mitwirkung würde sie eine DNA-Probe von ihm nehmen, damit Brodie Grant feststellen konnte, ob dies wirklich sein verlorener Enkel war. Und dann war ihr Ruhm gesichert. Features in Zeitungen, ein Buch, vielleicht sogar ein Film. Es war einfach wunderbar.

Das Büro des Immobilienmaklers war versteckt in einer Seitenstraße nicht weit von der Via Nuova. Im Fenster lagen viele DIN-A4-Blätter mit Fotos und ein paar Angaben zu jedem Anwesen. Die Porteous-Villa war darunter, aber Räume und Einrichtung wurden ohne weiteren Kommentar aufgelistet. Bel stieß die Tür auf und stand in einem kleinen grauen Büro. Graue Aktenschränke, grauer Teppich, helle Wände, graue Schreibtische. Die einzige anwesende Person, eine Frau in den Dreißigern, war dagegen ein Paradiesvogel. Ihre rote Bluse und die Türkiskette leuchteten farbenfroh und zogen den Blick auf ihre dunkle Mähne und ihr perfekt geschminktes Gesicht. Sie machte jedenfalls das Beste aus dem, was sie hatte, dachte Bel, während sie Nettigkeiten austauschten.

»Ich komme leider nicht als Käuferin von Immobilien in Frage«, erklärte Bel mit einer bedauernden Geste. »Ich versuche, den Besitzer eines Hauses in Costalpino, das Sie zum Verkauf anbieten, zu kontaktieren. Ich bin eine alte Freundin von Gabriel Porteous' Vater, Daniel. Leider war ich in Australien, als Daniel starb. Jetzt halte ich mich wieder eine Weile in Italien auf und wollte Gabriel besuchen, um ihm mein Beileid auszusprechen. Ist es möglich, dass Sie mich mit ihm in Verbindung setzen?«

Die Frau rollte mit den Augen. »Es tut mir wirklich leid. Aber das kann ich nicht.«

Bel griff nach ihrer Börse. »Ich könnte Ihnen Ihre Zeit vergüten«, bot sie an, indem sie sich der traditionellen Floskel für Schmiergeld bediente.

»Nein, nein, das ist es nicht«, wehrte die Frau ab, nicht im Mindesten beleidigt. »Wenn ich sage, ich kann nicht, dann meine ich das genau so. Nicht dass ich es nicht tun würde. Ich kann nicht.« Sie klang genervt. »Es ist sehr ungewöhnlich. Ich habe weder eine Post- noch eine E-Mail-Adresse von Signor Porteous. Nicht einmal eine Handynummer. Ich habe versucht, ihm zu erklären, dass das sehr ungewöhnlich ist, und er sagte, das sei er schließlich auch. Er erklärte, jetzt, da sein Vater tot sei, wolle er reisen und dabei nicht an seine Vergangenheit gebunden sein.« Sie setzte ein ironisches Lächeln auf. »Junge Männer finden so was ja sehr romantisch.«

»Und wir anderen finden es unmöglich egoistisch«, ergänzte Bel. »Gabriel hatte immer schon seinen eigenen Kopf. Aber wie sollen Sie denn das Haus verkaufen, wenn Sie keinen Kontakt mit ihm aufnehmen können? Wie kann er einem Verkauf zustimmen?«

Die Frau breitete die Hände aus. »Er ruft uns jeden Montag an. Ich habe ihn gefragt: ›Was, wenn jemand an einem Dienstagvormittag mit einem Angebot kommt?‹ Er antwortete: ›Früher mussten die Leute auf Briefe warten, die hin und her geschickt wurden. Es wird sie nicht umbringen, bis zum nächsten Montag zu warten, wenn sie es mit dem Kauf wirklich ernst meinen.‹«

»Und sind viele Angebote hereingekommen?«

Die Frau sah verdrießlich drein. »Nicht bei dem Preis. Ich glaube, er muss mindestens fünftausend runtergehen, bis jemand es sich ernsthaft überlegt. Aber wir werden sehen. Es ist ein schönes Haus, es sollte einen Käufer finden. Er hat es auch ausgeräumt, und die Zimmer sehen dadurch viel größer aus.«

Da Bels nächster Punkt auf ihrer To-do-Liste lautete, sich dort einmal umzuschauen, um zu sehen, ob es irgendwelche Hinweise auf Gabriels Aufenthaltsort gab, war diese letzte Mitteilung eine Enttäuschung. Also nahm sie eine Karte aus ihrem Organizer. Eine von denen, die ihren Namen, Handynummer und E-Mail-Adresse trugen. »Macht nichts«, meinte sie. »Könnten Sie ihn, wenn er am Montag anruft, vielleicht bitten, sich mit mir in Verbindung zu setzen? Ich kannte seinen Vater praktisch seit zwanzig Jahren. Ich würde ihn nur mal gerne treffen.« Sie reichte ihr die Karte.

Feuerrote Fingernägel nahmen sie ihr aus der Hand. »Natürlich, ich werde es ihm ausrichten. Und wenn Sie irgendwann mal in der Gegend hier etwas suchen …?« Sie wies auf die Vielfalt der Häuser im Fenster. »Wir haben eine große Auswahl. Ich sage immer, wir sind auf der nicht so schicken Seite der Autostrada, da kosten die Immobilien weniger, aber sie sind genauso schön.«

Bel ging zu ihrem Wagen zurück und wusste, sie konnte hier nichts mehr erreichen. Fünf Tage, bis Gabriel Porteous ihre Nachricht bekommen würde, und wer weiß, ob er sich dann meldete? Wenn nicht, wäre es eine Sache für einen italienischen Privatdetektiv, ihn aufzuspüren, jemand, der sich auskannte und wusste, wem man die braunen Umschläge mit Bargeld in die Hand drücken musste. Es wäre immer noch ihre Story, aber jemand anders konnte die Routinearbeit erledigen. Inzwischen musste sie nach Rotheswell, um zu sehen, ob sie einen Termin für eine Unterhaltung mit Fergus Sinclair vereinbaren konnte.

Es war an der Zeit, die Mittel zu nutzen, die Brodie Grant ihr zur Verfügung gestellt hatte. Sie wählte Susan Charlesons Nummer. »Hallo, Susan«, sagte sie. »Ich brauche so bald wie möglich einen Flug zurück nach Großbritannien.«

Das Nervige an ungelösten Fällen war, dass man sich den Kopf an so vielen Wänden einrennen konnte, dachte Karen. Wenn es nichts gab, was man als Nächstes tun konnte. Keinen eindeutigen Zeugen, den man vernehmen konnte. Keine Proben, die für die Gerichtsmedizin zu beschaffen waren, was einem nun gerade recht gewesen wäre. In solchen Zeiten war sie auf Gedeih und Verderb ihrem Köpfchen ausgeliefert und drehte am Zauberwürfel ihres Wissens in der Hoffnung, dass ein neues Muster entstehen würde.

Sie hatte mit allen gesprochen, die ihr wahrscheinlich einen Hinweis darauf geben konnten, was mit Mick Prentice geschehen war. In einer Hinsicht hätte sich das bei der Untersuchung von Andy Kerrs Tod zu ihrem Vorteil auswirken müssen, denn sie hatte mit den Befragten im Rahmen einer Vermisstenanzeige gesprochen. Die Leute halfen der Polizei im Allgemeinen bei der Suche nach Verschollenen gern und waren ziemlich offen, es sei denn, jemand hatte etwas zu verbergen. Wenn es um Mord ging, waren sie zurückhaltender. Und ihre Angaben waren wegen Einschränkungen und Ängsten weniger ergiebig. Theoretisch wusste sie, dass sie noch einmal mit den Zeugen sprechen und neue Aussagen aufnehmen sollte. Aussagen, die ihr helfen würden, weitere Zeugen zu finden, die sich an das erinnerten, was Andy Kerr vor seinem Tod gesagt und getan hatte. Aber erfahrungsgemäß war dies jetzt, da ein ungeklärter Todesfall auf der Tagesordnung stand, Zeitverschwendung. Trotzdem hatte sie den Minzdrops und einen neuen cleveren Durchläufer auf eine neue Runde von Befragungen geschickt. Vielleicht hatten sie Glück und stießen auf etwas, das sie selbst übersehen hatte. Man konnte ja immerhin hoffen.

Sie wandte sich Cat Grants Akte zu. Auch damit konnte sie nicht weitermachen. Bis sie einen anständigen Bericht von der italienischen Polizei hatte, sah sie kaum einen Ansatzpunkt für Fortschritte. Allerdings hatte sich tatsächlich ein glücklicher Zufall ergeben. Sie hatte mit Fergus Sinclairs Eltern Kontakt aufgenommen, weil sie herauszufinden hoffte, wo ihr Sohn arbeitete, damit sie mit ihm einen Termin für eine Befragung vereinbaren konnte. Zu ihrer Überraschung hatte Willie Sinclair ihr gesagt, sein Sohn werde mit Frau und Kindern am gleichen Abend noch zu ihrem jährlichen Urlaub in Schottland eintreffen. Morgen früh würde sie Gelegenheit haben, mit Fergus Sinclair zu sprechen. Es klang, als sei er als einziger Mensch noch übrig, der vielleicht bereit wäre, Cat Grants Persönlichkeit zu entschlüsseln. Ihre Mutter war tot, ihr Vater lehnte es ab, und die Akten enthielten keine Hinweise auf enge Freundschaften.

Karen fragte sich, ob der Mangel an Freundschaften von Cat so gewollt war oder ob er mit ihrer Persönlichkeit zusammenhing. Sie kannte Menschen, die sich so für ihre Arbeit engagierten, dass sie einen Mangel an engen Beziehungen kaum wahrnahmen. Sie kannte auch andere, die es verzweifelt nach Nähe verlangte, deren einziges Talent aber darin bestand, Menschen zu vergraulen. Sie selbst war dankbar für das, was sie hatte: Freunde, deren Unterstützung und Humor einen wichtigen Platz in ihrer Tagesplanung einnahmen. Wenn ihrem Leben auch eine dominierende Beziehung im Mittelpunkt fehlte, so fühlte es sich doch verlässlich und angenehm an.

Wie hatte sich Cat Grants Leben angefühlt? Karen hatte Frauen gesehen, die sich für ihre Kinder verzehrten. Wenn sie ihre Blicke abgöttischer Liebe sah, war ihr nicht recht wohl dabei. Kinder waren menschlich, keine Götter, die man anbeten sollte. War Cats Kind der Mittelpunkt ihrer Welt gewesen? Hatte Adam ihr ganzes Herz besessen? Es sah von außen so aus. Alle nahmen an, dass Fergus der Vater des Kindes war, aber selbst wenn er das nicht war, schien eins klar: Adams Vater war aus dessen Leben verbannt worden. Es hatte den Anschein, dass seine Mutter ihn ganz für sich allein haben wollte.

Oder vielleicht doch nicht. Karen überlegte, ob sie durch das falsche Ende des Fernrohrs blickte. Was, wenn es nicht Cat gewesen wäre, die Adams Vater verstoßen hatte? Was, wenn er seine eigenen Gründe gehabt hätte, eine Rolle im Leben seines Sohnes abzulehnen? Vielleicht hatte er nicht die Verantwortung übernehmen wollen. Vielleicht hatte er andere Verpflichtungen, eine andere Familie, deren Ansprüche ihm durch die Aussicht auf ein weiteres Kind klar wurden. Vielleicht war er nur kurz hier gewesen und schon weg, bevor sie wusste, dass sie schwanger war. Es ließ sich nicht leugnen, dass es andere Möglichkeiten gab, die man bedenken sollte.

Karen seufzte. Sie würde mehr wissen, nachdem sie mit Fergus gesprochen hatte. Wenn sie Glück hatte, würde er ihr helfen, einige ihrer eher unwahrscheinlichen Ideen auszuschließen. »Ungelöste Fälle«, seufzte sie laut. Sie brachen einem das Herz. Wie Liebhaber lockten sie einen mit Versprechungen, diesmal würde es anders sein. Es fing immer neu und aufregend an, man versuchte, die kleinen Unstimmigkeiten zu ignorieren, denn man war sicher, sie würden verschwinden, wenn man erst einen besseren Durchblick hatte. Dann ging es plötzlich nicht mehr weiter. Wie Räder, die auf einem Kiesweg durchdrehten. Und bevor man sich's versah, war es vorbei. Zurück zum Nullpunkt.

Sie sah zu Phil hinüber, der mit Hilfe von Datenbanken versuchte, einen Zeugen in einem anderen Fall aufzuspüren. Wahrscheinlich war es ganz gut, dass sich zwischen ihnen nie etwas entwickelt hatte. Es war besser, ihn als Freund zu haben, als sich schließlich mit Bitterkeit und Frustration des Abstands zwischen ihnen bewusst zu werden.

Und dann klingelte das Telefon. »CCRT, DI Pirie am Apparat«, meldete sie sich und strengte sich an, nicht so angeödet zu klingen, wie sie tatsächlich war.

»Hier ist Capitano di Stefano von den Carabinieri in Siena«, sagte eine Stimme mit ausgeprägtem Akzent. »Sind Sie die Beamtin, mit der ich über die Villa Totti bei Boscolata gesprochen habe?«

»Richtig.« Karen saß jetzt kerzengerade und nahm Stift und Papier zur Hand. Sie erinnerte sich vom letzten Gespräch her an di Stefanos Stil. Was Wortschatz und Grammatik anging, war sein Englisch überraschend gut, aber sein Akzent war grässlich. Sein Englisch klang wie ein Opernlibretto, merkwürdige Stellen waren betont, und die Aussprache grenzte ans Groteske. Aber all das spielte keine Rolle. Nur der Inhalt war wichtig, und Karen war bereit, sich wirklich anzustrengen, um genau herauszubekommen, was nun Sache war. »Danke für den Anruf.«

»Es ist mir ein Vergnügen«, versicherte er, und jeder Vokal war deutlich ausgeprägt. »Also. Wir haben die Villa besucht und mit den Nachbarn gesprochen.«

Wer hätte geahnt, dass man aus »Nachbarn« vier Silben herauskriegen konnte? »Danke. Was haben Sie gefunden?«

»Wir haben noch mehr Drucke des Posters gefunden, das Sie uns gemailt haben. Außerdem haben wir den Rahmen gefunden, mit dem es gedruckt wurde. Jetzt untersuchen wir die Fingerabdrücke auf dem Rahmen und an anderen Stellen in der Villa. Viele Leute sind da gewesen, verstehen Sie, und es gibt überall eine Menge Spuren. Sobald wir die Abdrücke und das andere Material untersucht haben, werden wir Ihnen unsere Ergebnisse und auch die Kopien von den Abdrücken und den DNA-Sequenzen schicken. Es tut mir leid, aber dieser Aspekt hat für uns keine Priorität, verstehen Sie?«

»Natürlich, ich verstehe. Wäre es möglich, uns Proben zu schicken, damit wir unsere eigenen Tests machen können? Nur wegen der Dringlichkeit, aus keinem anderen Grund.«

Wie zum Beispiel, dass alle in meiner Abteilung euch für unfähig halten.

»*Sì.* Das haben wir schon getan. Ich habe Ihnen Proben von dem Blutfleck auf dem Boden und anderen Blutflecken in der Küche und der Wohnfläche geschickt. Außerdem weiteres Beweismaterial, von dem wir viele Proben haben. Ich hoffe, dass es morgen bei Ihnen ankommt.«

»Was hatten die Nachbarn zu sagen?«

Di Stefano seufzte. »Ich glaube, Sie würden diese Leute Linke nennen. Sie mögen die Carabinieri nicht. Sie gehören zu den Menschen, die wegen des G-8-Gipfels nach Genua fahren, und sie stehen eher auf der Seite der Leute, die illegal in der Villa Totti wohnen. Meine Männer haben deshalb nicht viel herausbekommen. Wir wissen nur, dass die Leute, die hier wohnten, eine Wandergruppe mit einem Marionettentheater waren, das BurEst hieß. Wir haben Fotos von einer Regionalzeitung, mein Kollege schickt sie Ihnen per E-Mail. Wir kennen einige Namen, aber es sind

Leute, die sehr leicht abtauchen können. Sie leben in der Welt der Schattenwirtschaft und zahlen keine Steuern. Manche von ihnen sind wahrscheinlich illegal hier.«

Karen sah ihn vor sich, wie er frustriert die Hände ausbreitete und mit den Schultern zuckte. »Ich verstehe durchaus, wie schwierig es ist. Könnten Sie mir eine Liste der Namen senden, die Sie haben?«

»Ich kann sie Ihnen gleich sagen. Wir haben nur die Vornamen dieser Leute. Bis jetzt keine Familiennamen. Dieter, Luka, Maria, Max, Peter, Rado, Sylvia, Matthias, Ursula. Matthias hatte die Leitung. Ich schicke Ihnen diese Liste. Bei manchen von ihnen glauben wir, die Staatsangehörigkeit zu kennen, aber ich fürchte, es sind hauptsächlich Vermutungen.«

»Sind Briten darunter?«

»Es sieht nicht so aus, obwohl einer der Nachbarn wegen seines Akzents glaubt, Matthias könnte Engländer sein.«

»Es ist kein besonders englischer Name.«

»Vielleicht war das nicht immer sein Name«, hob di Stefano hervor. »Die andere Sache mit solchen Leuten ist nämlich, dass sie immer versuchen, sich neu zu erfinden. Neuer Name, neue Vergangenheit. Also, es tut mir leid. Es scheint hier nicht sehr viel für Sie herausgekommen zu sein.«

»Ich danke Ihnen für das, was Sie tun konnten. Ich weiß, es ist schwierig, den Einsatz von Arbeitskräften für so etwas zu rechtfertigen.«

»Inspector, mir scheint, dass in dieser Villa ein Mord geschehen ist. Wir betrachten es als Ermittlung zu einem mutmaßlichen Mordfall. Wir versuchen, Ihnen im weiteren Verlauf zu helfen, aber wir sind mehr an dem interessiert, was, wie wir glauben, vor drei Monaten hier passiert ist, als an dem, was vor zweiundzwanzig Jahren in Ihrem Land geschehen ist. Wir suchen diese Leute mit Nachdruck. Morgen werden wir die Spürhunde und das Bodenradargerät einsetzen, um zu sehen, ob wir ein Grab finden können. Es wird schwierig sein, weil das Haus von Wald umgeben ist. Aber wir müssen es versuchen. Sie sehen also, Personal ist hier nicht das Problem.«

»Natürlich. Ich wollte nicht andeuten, dass Sie die Sache nicht ernst nehmen. Ich weiß, wie es ist, glauben Sie mir.«

»Wir haben noch etwas herausgefunden. Ich weiß nicht, ob Ihnen das wichtig erscheint, aber eine englische Journalistin war hier und hat Fragen gestellt.«

Karen war zunächst ratlos. Es war doch nichts an die Medien herausgegeben worden. Was hatte da eine Reporterin an ihrem Fall herumzuschnüffeln? Dann dämmerte es ihr plötzlich. »Bel Richmond«, sagte sie.

»Annabel«, korrigierte di Stefano. »Sie wohnte auf einem Bauernhof oben auf dem Hügel. Heute Nachmittag ist sie abgefahren. Sie kehrt heute Abend nach England zurück. Die Nachbarn sagten, sie hätte alles über die BurEst-Leute wissen wollen. Ein Junge erzählte einem meiner Männer, dass sie auch an zwei von Matthias' Freunden interessiert gewesen sei. Einem englischen Maler und seinem Sohn. Aber ich habe keine Namen, keine Fotos, nichts. Vielleicht könnten Sie mit ihr sprechen? Vielleicht denken die Nachbarn in Boscolata, es ist besser, mit einer Journalistin zu sprechen als mit einem Polizisten, was meinen Sie?«

»Es ist tragisch, aber ich fürchte, Sie haben recht«, konstatierte Karen bitter. Sie tauschten noch ein Paar Höflichkeiten aus, leere Versprechungen, einen Besuch abzustatten, dann war der Anruf beendet. Karen zerknüllte ein Stück Papier und bewarf Phil damit. »Kannst du das glauben?«

»Was?« Er sah auf und stutzte. »Was glauben?«

»Die verflixte Bel Richmond«, murrte sie. »Für wen hält sie sich eigentlich? Brodie Grants private Polizeitruppe?«

»Was hat sie getan?« Er reckte die Arme hoch über den Kopf, stöhnte und dehnte das Rückgrat.

»Sie ist mal schnell in Italien gewesen.« Karen gab dem Papierkorb einen Tritt. »Verdammtes freches Miststück. Geht da runter und quatscht mit den Nachbarn. Diese Nachbarn, die der Polizei kaum etwas sagen, weil sie ein Haufen unverbesserlicher Linker sind. Herrgott noch mal.«

»Warte mal«, beschwichtigte Phil »Sollten wir uns nicht darüber freuen? Ich meine, wir haben jemanden, der die Hintergrundinformationen sammelt, selbst wenn es nicht unsere italienischen Kollegen sind.«

»Kannst du hier rüberkommen und mir in meinem E-Mail-Ordner die Nachricht von Bel Richmond zeigen, die uns mitteilt, was sie in der Scheiß-Toskana aufgespürt hat? Kannst du kurz meinen Eingangskorb durchgehen und mir das Fax zeigen, das sie geschickt hat mit all den Informationen von da unten? Oder vielleicht klappt der Zugriff auf meine Voicemail nicht mehr? Phil, sie könnte alles Mögliche herausgefunden haben. Aber uns wird sie es nicht sagen.«

Vom Flughafen Edinburgh nach Rotheswell Castle

Bel sah das leere Gepäckkarussell durchlaufen, aber die Erschöpfung machte sie unfähig, einen klaren Gedanken zu fassen. Eine Fahrt zum Flughafen von Florenz, der unbegreiflicherweise irgendwo in einem Vorort versteckt lag, ein trister Flug via Charles de Gaulle, einem Flughafen, der bestimmt von einem neuzeitlichen Marquis de Sade entworfen worden war, und immer noch viele Meilen, bevor sie schlafen konnte. Und dann nicht einmal in ihrem eigenen Bett. Endlich erschienen Koffer und Taschen. Es war wohl von schlimmer Vorbedeutung, dass ihrer nicht bei der ersten Runde dabei war. Sie setzte schon zu einem Wutanfall am Schalter des Bodenpersonals an, als ihr Koffer endlich durchrutschte, einer der Verschlüsse hing lose herunter. Sie wusste im Grunde, dass Susan Charleson nichts mit ihrem Verdruss zu tun hatte, aber es war schön, jemanden zu haben, dem man auf irrationale Weise die Schuld aufhalsen konnte. Hoffentlich hatte sie wenigstens jemanden geschickt, um sie abzuholen.

Ihr Gemüt hätte sich eigentlich aufheitern müssen, als sie in die Ankunftshalle hinauskam und sah, dass wirklich ein Chauffeur auf sie wartete. Aber die Tatsache, dass es Brodie Grant persönlich war, verstärkte nur noch ihre Mattigkeit. Sie sehnte sich danach, sich zusammenzukauern und zu schlafen oder es sich gemütlich zu machen und etwas zu trinken. Sie wollte nicht während der nächsten vierzig Minuten vernommen werden. Er bezahlte sie ja nicht einmal, wenn sie es genau bedachte. Er kam nur für ihre Spesen auf und öffnete ihr Türen. Was eigentlich kein schlechter Deal war. Aber ihrer Meinung nach berechtigte ihn das nicht, rund um die Uhr ihre Dienste in Anspruch zu nehmen. *Als würdest du dich trauen, ihm das zu sagen.*

Grant begrüßte sie mit einem Nicken, und sie stritten sich kurz, wer den Koffer tragen sollte, dann gab Bel einfach klein bei. Als sie durch das Terminal eilten, wurde sich Bel der Blicke bewusst, die ihnen folgten. Brodie Grant wurde offenkundig in der Öffentlichkeit erkannt. Nicht viele Geschäftsleute hatten das erreicht. Richard Branson, Alan Sugar. Aber sie waren bekannte Gesichter aus dem Fernsehen, wo sie aus Gründen zu sehen waren, die nichts mit Geschäften zu tun hatten. Sie glaubte nicht, dass man Grant in London bemerken würde, aber hier in Schottland kannten die Leute sein Gesicht trotz seiner Medienscheu. Charisma oder nur ein großer Fisch in einem kleinen Teich? Bel wollte lieber keine Mutmaßungen anstellen.

Es waren nicht nur die Leute, an denen sie vorbeikamen. Draußen vor dem Terminal, wo Schilder und Lautsprecheransagen das Parken strikt untersagten, stand ein bewaffneter Polizist neben Grants Landrover. Er war nicht da, um Grant zu warnen oder ihm ein Knöllchen zu verpassen, sondern um sicherzustellen, dass niemand den Defender beschädigte. Wie ein Patriarch nickte Grant ihm zu, lud das Gepäck ein und winkte dann freundlich, als sie abfuhren.

»Ich bin beeindruckt«, sagte Bel. »Ich dachte, nur die Royals würden so behandelt.«

Sein Gesicht zuckte, als sei er nicht sicher, ob sie es als kritische Anmerkung gemeint hatte. »In meinem Land haben wir Respekt vor dem Erfolg.«

»Was? Dreihundert Jahre Unterdrückung durch die Engländer haben Ihnen das nicht ausgetrieben?«

Grant richtete sich abrupt auf, dann wurde ihm klar, dass

sie ihn neckte. Zu ihrer Erleichterung lachte er. »Nein. Ihr seid viel mehr darauf aus, den Erfolg herabzusetzen, als wir. Aber ich glaube, Sie mögen den Erfolg auch, Annabel. Sind Sie nicht deshalb hier und arbeiten mit mir zusammen, statt irgendeine schreckliche Geschichte von Vergewaltigung und Mädchenhandel in London aufzudecken?«

»Teilweise. Aber auch weil es mich interessiert, was wirklich passiert ist.« Sobald die Worte ausgesprochen waren, hätte sie sich ohrfeigen können, dass sie ihm das perfekte Stichwort geliefert hatte.

»Und was haben Sie in der Toskana herausgefunden?«

Während sie auf leeren Straßen durch die Dunkelheit rasten, erzählte sie ihm, was sie entdeckt hatte und vermutete. »Ich bin zurückgekommen, weil ich nicht die Mittel habe, Gabriel Porteous aufzuspüren«, schloss sie. »DI Pirie könnte vielleicht die italienischen Polizisten aktivieren ...«

»Wir werden mit DI Pirie nicht darüber sprechen«, erklärte Grant bestimmt. »Wir heuern einen Privatdetektiv an. Er kann uns die Informationen kaufen, die wir brauchen.«

»Sie werden der Polizei nicht sagen, was ich herausgefunden habe? Sie werden die Ergebnisse nicht mit ihnen teilen? Oder die Fotos?« Sie wusste, dass sie sich von den Eskapaden der Superreichen nicht schockieren lassen sollte, aber über eine so unnachgiebige Reaktion war sie doch bestürzt.

»Die Polizei taugt nichts. Wir können das selbst erledigen. Sollte dieser Junge Adam sein, dann ist es eine Familienangelegenheit. Es ist nicht Aufgabe der Polizei, ihn zu finden.«

»Das verstehe ich nicht«, sagte Bel. »Als wir mit dieser Sache anfingen, sind Sie doch selbst zur Polizei gegangen. Und jetzt wollen Sie sie ausschließen.«

Ein langes Schweigen folgte. Vom Armaturenbrett her wurde sein Profil im Dunkel angestrahlt, die Muskeln am Unterkiefer waren hart und angespannt. Endlich entgegnete er: »Entschuldigung, aber ich glaube, Sie haben das nicht ganz durchdacht, Bel.«

»Was habe ich übersehen?« Sie spürte, wie die alte Angst sie ergriff, die Redakteure immer bei ihr auslösten, wenn sie ihre Artikel hinterfragten.

»Sie sprachen über eine beträchtliche Menge Blut auf dem Küchenboden. Sie meinten, jemand, der so viel Blut verloren hätte, wäre wahrscheinlich tot. Das heißt, dass irgendwo eine Leiche ist, und jetzt, da die Polizei sucht, wird sie sie wahrscheinlich finden. Und wenn sie sie findet, wird sie nach einem Mörder fahnden …«

»Und Gabriel war an dem Abend da, bevor alle verschwanden. Sie meinen, Gabriel wird unter Verdacht geraten«, führte Bel den Gedanken weiter und begriff es plötzlich. »Und wenn er Ihr Enkel ist, möchten Sie, dass er von der Bildfläche verschwindet.«

»Sie kommen der Sache näher, Bel«, sagte er. »Und vor allem will ich nicht, dass die italienische Polizei ihm diese Sache anhängt, weil sie den wirklichen Mörder nicht finden kann. Wenn er nicht da ist, ist die Versuchung weniger groß, besonders weil es andere, attraktivere Verdächtige vor Ort geben wird. Die italienischen Detektive werden nicht nur nach Gabriel Porteous suchen.«

O mein Gott, er wird es jemand anderem anlasten lassen. Nur als Absicherung. Bel wurde übel. »Sie meinen, Sie werden einen Sündenbock suchen?«

Grant warf ihr einen merkwürdigen Blick zu. »Was für eine seltsame Idee. Ich werde nur sicherstellen, dass der italienischen Polizei alle Hilfe zukommt, die sie verdient.« Sein Lächeln war grimmig. »Wir sind jetzt alle Bürger Europas, Bel.«

Donnerstag, 5. Juli 2007,
Kirkcaldy

Karen hatte schon häufiger Befragungen an durchaus seltsamen Orten durchgeführt, aber Ravenscraig Castle war wahrscheinlich unter den Top Fünf. Als sie Fergus Sinclair um ein Treffen gebeten hatte, hatte er diesen Ort vorgeschlagen. »So kann meine Frau mit den Kindern durchs Schloss und zur Küste hinuntergehen«, sagte er. »Wir sind im Sommerurlaub. Ich sehe nicht ein, dass wir im Haus bleiben sollten, nur weil Sie mit mir sprechen möchten.«

»Ein Grund ist das Wetter«, wäre eine gute Antwort gewesen. Karen saß auf den Überresten einer Mauer und hatte wegen der steifen Brise von der See her den Kragen ihres Anoraks hochgestellt, und Phil saß in seine Lederjacke gekauert neben ihr. »Ich hoffe, es wird sich lohnen«, meinte er. »Ich weiß nicht, ob ich mir hier Rheuma oder Hämorrhoiden hole, aber ich weiß, dass es auf gar keinen Fall gesund ist.«

»Er ist wahrscheinlich daran gewöhnt, er arbeitet ja auf einem Jagdgut.« Karen linste zum Himmel hinauf. Die Wolken waren hoch oben und nur dünn, aber sie hätte trotzdem wetten können, dass es bis zum Mittag regnen würde. »War dir bekannt, dass das hier im Mittelalter der Sitz der Familie St. Clair war?«

»Deshalb heißt dieser Teil von Kirkcaldy Sinclairtown, Karen.« Phil rollte mit den Augen. »Meinst du, er versucht uns einzuschüchtern?«

Sie lachte. »Wenn ich Brodie Grant überstanden habe, kann ich es auch mit einem Nachfahren der St. Clairs von Ravenscraig aufnehmen. Denkst du, das ist er?«

Ein großer, langgliedriger Mann kam durch das Pförtnerhaus des Schlosses, gefolgt von einer Frau, die fast so groß war wie er, und zwei kräftigen kleinen Jungen, die beide wie ihre Mutter hellblondes Haar hatten. Die Buben sahen sich um und waren schon weg, rannten und sprangen, kletterten und kundschafteten alles aus. Die Frau streckte dem Mann das Gesicht entgegen, er küsste sie auf die Stirn und klopfte ihr auf den Rücken, während sie sich umdrehte und hinter den Jungen herlief. Er schaute sich um und erblickte die beiden Beamten, hob die Hand zum Gruß und kam mit schnellen langen Schritten auf sie zu.

Während er sich näherte, studierte Karen sein Gesicht, das sie nur auf zweiundzwanzig Jahre alten Fotos gesehen hatte. Er hatte sich gut gehalten, allerdings waren seine Züge wettergegerbt, und das Netz feiner heller Fältchen um seine scharfen blauen Augen bezeugte, wie viel Zeit er in Sonne und Wind verbrachte. Sein Gesicht war schmal, die Wangen etwas eingefallen, die Umrisse der Knochen unter der Haut klar zu erkennen. Sein hellbraunes Haar hing in dünnen Ponyfransen ins Gesicht und gab ihm ein fast mittelalterlich anmutendes Aussehen. Er trug ein weiches kariertes Hemd, das in einer Jägerhose steckte, und leichte Wanderstiefel. Sie stand auf und nickte zum Gruß. »Sie müssen Fergus Sinclair sein«, sagte sie und streckte ihm die Hand entgegen. »Ich bin DI Karen Pirie, und das ist DS Phil Parhatka.«

Er umschloss ihre Hand mit einem so kräftigen Händedruck, dass sie, wie oft bei solchen Gelegenheiten, den Wunsch verspürte, ihrem Gegenüber mit der freien Hand eine runterzuhauen.

»Ich danke Ihnen, dass Sie bereit sind, mich hier zu treffen«, erklärte er. »Ich wollte nicht, dass meine Eltern wieder an die unschöne Vergangenheit erinnert werden.« Sein Akzent aus Fife war fast nicht mehr zu hören. Wenn Karen hätte raten sollen, hätte sie ihn für einen Deutschen gehalten, der außergewöhnlich gut Englisch sprach.

»Kein Problem«, log sie. »Sie wissen, warum wir den Fall wieder aufgerollt haben?«

Er setzte sich auf ein Mauerstück im rechten Winkel zu Karen und Phil. »Mein Vater erzählte, es hätte etwas mit dem Lösegeldposter zu tun. Ist wieder eines aufgetaucht?«

»Richtig. In einer verfallenen Villa in der Toskana.« Karen wartete ab. Er erwiderte nichts.

»Nicht sehr weit von der Gegend, in der Sie wohnen«, schob Phil nach.

Sinclair hob die Augenbrauen. »Wohl kaum vor meiner Haustür.«

»Ungefähr sieben Stunden Fahrt, laut Internet.«

»Wenn Sie das sagen. Ich hätte geschätzt, eher acht oder neun. Aber so oder so bin ich nicht sicher, was Sie damit andeuten wollen.«

»Ich will damit gar nichts andeuten, Sir. Ich möchte nur, dass Sie den Ort im Kontext sehen«, sagte Phil. »Die Leute, die die Villa besetzt hatten, waren eine Gruppe von Puppenspielern. Sie nannten sich BurEst. Die Anführer waren zwei Deutsche, Matthias und Ursula. Haben Sie sie jemals getroffen?«

»Herrgott noch mal«, murrte Sinclair entnervt. »Das ist fast, als fragten Sie einen Schotten, ob er zufällig mal Ihre Tante in London getroffen hat. Ich war, glaube ich, noch nie in einem Puppentheater. Nicht mal mit den Kindern. Und ich kenne niemanden, der Matthias heißt. Die einzige Ursula, die ich kenne, arbeitet in meinem Wohnort auf der Bank, und ich bezweifle sehr, dass sie sich in ihrer Freizeit mit Marionetten beschäftigt.« Er wandte sich an Karen. »Ich dachte, Sie wollten über Cat sprechen.«

»Das wollen wir auch. Es tut mir leid, ich dachte, Sie wollten wissen, warum wir den Fall wieder aufrollen«, erwiderte sie ernst und schlüpfte mit Leichtigkeit in die Rolle des »guten Bullen«. »Ich nehme an, Sie haben das jetzt alles hinter sich gelassen. Jetzt da Sie eine Frau und Kinder haben.«

Er ließ die Hände zwischen seine Knie fallen und schlang die Finger ineinander. »Ich werde es nie ganz hinter mir lassen. Ich habe sie immer noch geliebt, als sie starb. Obwohl sie mich fortgejagt hatte, verging kein Tag, an dem ich nicht an sie gedacht hätte. Ich habe so viele Briefe geschrieben. Keinen davon abgeschickt.« Er schloss die Augen. »Aber selbst wenn ich Cat vergessen könnte, wird mir das mit Adam nie gelingen.« Er blinzelte heftig und sah Karen in die Augen. »Er ist mein Sohn. Cat hat ihn von mir ferngehalten, als er ein Säugling war, aber die Kidnapper haben ihn mir zweiundzwanzig und ein halbes Jahr vorenthalten.«

»Sie glauben, dass er noch lebt?«, fragte Karen behutsam.

»Ich weiß, dass er wahrscheinlich schon wenige Stunden nach seiner Mutter tot war. Aber ich bin Vater. Ich kann nicht anders als hoffen, dass er irgendwo auf der Welt herumläuft. Und dass er ein gutes Leben hat. So denke ich gern an ihn.«

»Sie waren immer sicher, dass er Ihr Sohn war«, sagte Karen. »Obwohl Cat Sie nicht als Vater anerkennen wollte, haben Sie nie gezweifelt.«

Er presste die Hände aneinander. »Warum sollte ich Zweifel haben? Hören Sie, ich weiß, dass meine Beziehung zu Cat schon auf dem absteigenden Ast war, als sie schwanger wurde. Wir hatten uns ein halbes Dutzend Mal getrennt und wieder versöhnt. Wir trafen uns nur noch selten. Aber fast genau neun Monate, bevor Adam zur Welt kam, verbrachten wir eine Nacht miteinander. Als wir unsere … Schwierigkeiten hatten, fragte ich sie, ob es einen anderen Mann gäbe, aber sie schwor, dass da niemand wäre. Und weiß Gott, sie hatte keinen Grund, zu lügen. Sie wäre wahrscheinlich sogar besser dran gewesen, wenn sie behauptet hätte, sie sei mit einem anderen zusammen. Ich hätte dann akzeptieren müssen, dass es aus war. Es gab also keinen anderen, der in Frage kam.« Er löste die Hände voneinander und spreizte die Finger. »Er hatte sogar die gleiche Haarfarbe wie ich. Ich wusste, dass er von mir war, als ich ihn das erste Mal erblickte.«

»Sie müssen verletzt gewesen sein, als Cat sich weigerte, zuzugeben, dass Adam Ihr Sohn war«, vermutete Karen.

»Ich war wütend«, bestätigte er. »Ich wollte vor Gericht gehen, alle Tests machen lassen.«

»Und warum haben Sie's nicht getan?«

Sinclair starrte zu Boden. »Meine Mutter hat es mir ausgeredet. Brodie Grant hasste den Gedanken, dass ich und Cat zusammen waren. Wenn man bedenkt, dass er aus extrem armen Verhältnissen in Kelty kam, hatte er schon sehr herablassende Vorstellungen davon, wer sich als Partner für seine Tochter eignete. Der Sohn eines Wildhüters sicherlich nicht. Er tanzte praktisch vor Freude, als wir uns trennten.« Er seufzte. »Meine Mum sagte, wenn ich wegen Adam gegen Cat vorginge, würde Grant seine Wut an ihr und meinem Vater auslassen. Sie wohnen in einem Häuschen, das zum Schloss gehört. Grant hat meinem Vater einmal versprochen, dass sie dort bleiben könnten, solange sie leben. Sie haben ihr ganzes Leben für einen geringen Lohn gearbeitet und haben keine andere Altersvorsorge. So hab ich um ihretwillen die bittere Pille geschluckt und bin weit weg gegangen, wo ich Cat oder ihren Vater nicht jeden Tag sehen musste.«

»Ich weiß, dass Ihnen damals diese Frage gestellt wurde, aber haben Sie je darüber nachgedacht, sich an den Leuten zu rächen, die Ihr Leben zerstört haben?«, fragte ihn Karen.

Sinclairs Gesicht verzog sich, als täte ihm etwas weh. »Wenn ich irgendeine Ahnung gehabt hätte, wie ich mich rächen könnte, dann hätte ich es getan. Aber ich hatte keinen Schimmer und auch keine Mittel. Ich war fünfundzwanzig Jahre alt und arbeitete als Jagdhüter auf einem Gut in Österreich. Ich hatte lange Arbeitszeiten und verbrachte meine Freizeit damit, die Sprache zu lernen und zu saufen. Ich versuchte zu vergessen, was ich zurückgelassen hatte. Glauben Sie mir, Inspector, der Gedanke, Cat und Adam zu entführen, kam mir nie in den Sinn. Ich bin einfach nicht so ein Mensch. Wäre Ihnen so etwas eingefallen?«

Karen zuckte mit den Schultern. »Ich weiß nicht. Gott sei Dank war ich nie in einer solchen Lage. Ich weiß aber, dass ich mich hätte rächen wollen, hätte man mich wie Sie behandelt.«

Mit einem Nicken in ihre Richtung gab Sinclair ihr recht. »Ich weiß nur eins. Meine Mutter hat immer gesagt, gut zu leben ist die beste Rache. Und das habe ich versucht, zu tun. Ich habe Glück, dass ich eine Arbeit habe, die ich liebe, und das zudem in einem schönen Teil der Welt. Ich kann jagen, angeln, klettern und Ski fahren. Ich führe eine gute Ehe und habe zwei gescheite, gesunde Jungen. Ich beneide niemanden, am allerwenigsten Brodie Grant. Der Mann hat mir alles genommen, was mir wichtig war. Er und seine Tochter haben mir weh getan. Da beißt die Maus keinen

Faden ab. Aber ich habe mein Leben neu aufgebaut, und es ist ein gutes Leben. Ich habe eine Vergangenheit, die Narben hinterlassen hat. Aber diese drei ...«, er wies auf die Stelle, wo seine Frau und seine Söhne einen grasbewachsenen Hang hinaufkletterten, »die drei entschädigen mich für verdammt vieles.«

Es war eine hübsche Rede, aber sie hatte Karen nicht restlos überzeugt. »Ich glaube, ich würde es ihm an Ihrer Stelle mehr verübeln.«

»Dann ist es ja gut, dass Sie nicht an meiner Stelle sind. Groll ist ein ungesundes Gefühl, Inspector. Es frisst an einem wie ein Krebsgeschwür.« Er sah ihr direkt in die Augen. »Es gibt Leute, die glauben, dass es einen direkten Zusammenhang zwischen beidem gibt. Ich will nicht an Krebs sterben.«

»Meine Kollegen haben Sie vernommen, nachdem Cat gestorben war. Ich nehme an, Sie erinnern sich daran recht gut?«

Sein Gesicht zuckte, und plötzlich sah Karen einen Schimmer des Feuers, das Fergus Sinclair so gut unter Kontrolle gehalten hatte. »Nach dem Tod der Frau, die man liebt, als Verdächtiger behandelt zu werden? Das vergisst man nicht so leicht«, antwortete er, und seine Stimme war angespannt vor unterdrücktem Zorn.

»Wenn man jemanden fragt, ob er ein Alibi hat, heißt das nicht unbedingt, dass man ihn als Verdächtigen behandelt«, erklärte Phil. Sie merkte, dass er Sinclair nicht mochte, und hoffte, dies werde das Gespräch nicht zum Entgleisen bringen. »Wir müssen Personen durch unsere Befragungen ausschließen, damit wir keine Zeit mit Nachforschungen über Unschuldige verschwenden. Manchmal ist ein Alibi die schnellste Möglichkeit, jemanden auszusondern.«

»Vielleicht«, entgegnete Sinclair, und streckte trotzig das Kinn vor. »Mir schien es damals nicht so. Es kam mir eher so vor, als vollbrachten Ihre Leute verdammt große Anstrengungen, um zu beweisen, dass ich nicht an dem Ort gewesen war, den ich angegeben hatte.«

Es war Zeit, die Gemüter zu beruhigen, dachte Karen. »Gibt es irgendetwas, das Ihnen seit damals eingefallen ist, was uns helfen könnte?«

Er schüttelte den Kopf. »Was könnte ich Hilfreiches wissen? Ich hatte nie auch nur entfernt Interesse an Politik und schon gar nicht an anarchistischen Splittergruppen. Die Leute, mit denen ich verkehre, wollen keine Revolution.« Er setzte kurz ein selbstgefälliges Lächeln auf. »Außer vielleicht, wenn es eine Revolution des Skidesigns wäre.«

»Ehrlich gesagt, glauben wir nicht, dass es eine anarchistische Gruppe war«, sagte Karen. »Wir haben ziemlich gute Erkenntnisse über die Art von Leuten, die an direkte Aktionen zur Durchsetzung ihrer politischen Ziele glauben. Und vom Anarchistischen Kampfbund Schottlands hat man weder zuvor noch danach jemals gehört.«

»Na ja, sie wollten ja wohl danach nicht die Aufmerksamkeit auf sich ziehen, oder? Nicht wenn sie eine Anklage wegen Mordes und Entführung riskierten.«

»Unter dem Namen nicht, nein. Aber sie haben eine Million Pfund in Bargeld und Diamanten eingesackt. Das wären in heutiger Währung über drei Millionen. Wären sie engagierte politisch Interessierte gewesen, dann würde man erwarten, dass Teile des Geldes in den Kassen radikaler Gruppen mit ähnlichen Zielen aufgetaucht wären. Meine Vorgänger in diesem Fall baten den MI5 um einen Bericht über ihre Erkenntnisse. In den fünf Jahren nach Cats Ermordung ist nichts dergleichen geschehen. Keine der extremistischen

Gruppen hatte plötzlich Geld. Deshalb glauben wir nicht, dass die Kidnapper wirklich eine Gruppe politischer Aktivisten waren. Wir meinen, es ging um Näherliegendes.«
Sinclairs Gesichtsausdruck sagte alles. »Und deshalb bin ich hier.« Er konnte den höhnischen Ausdruck auf seinen Zügen nicht unterdrücken.
»Nicht aus dem Grund, den Sie meinen«, widersprach Karen. »Sie sind nicht hier, weil ich Sie in Verdacht habe.« Sie hielt die Hände hoch, um zu unterstreichen, dass sie es ehrlich meinte. »Wir konnten Sie nie mit einem Ort in der Nähe der Entführung oder der Geldübergabe in Verbindung bringen. Auf Ihren Bankkonten erschienen nie unerklärliche Summen. Ja, ich weiß, Sie sind bestimmt verärgert, dass wir Ihre Konten überprüft haben. Das sollten Sie nicht sein. Nicht wenn es Ihnen wirklich um Cat oder Adam geht. Sie sollten erfreut sein, dass wir in all den Jahren unsere Arbeit getan haben, so gut wir konnten. Und dass Sie dadurch weitgehend vom Verdacht befreit sind.«
»Trotz der Verleumdungen, die Brodie Grant über mich zu verbreiten versuchte?«
Karen schüttelte den Kopf. »In dieser Hinsicht wären Sie angenehm überrascht. Aber jedenfalls, die Sache ist folgende: Sie sind hier, weil Sie die einzige Person sind, die Cat wirklich kannte. Sie war ihrem Vater zu ähnlich. Ich habe den Verdacht, die beiden wären schließlich gute Freunde geworden, befanden sich aber noch in der Kampfphase. Ihre Mutter ist tot. Cat scheint keine engen Freundschaften mit Frauen gehabt zu haben. Da bleiben nur Sie als der einzige Zugang zu Cats Leben übrig. Und ich glaube, dass dort das Geheimnis ihres Todes liegt.« Sie fixierte Sinclair mit einem sehr direkten Blick. »Was wollen Sie nun machen, Fergus? Werden Sie mir helfen?«

Sonntag, 14. August 1983,
Newton of Wemyss

Catriona Maclennan Grant drehte sich auf den Zehenspitzen im Kreis und streckte die Arme aus. »Meins, alles meins«, rief sie und ahmte den Tonfall der bösen Hexe nach. Plötzlich blieb sie stehen, und der Schwindel ließ sie leicht taumeln. »Was meinst du, Fergus? Ist es nicht perfekt?«

Fergus Sinclair musterte den schäbigen Raum. Das Pförtnerhaus des Wemyss Estate war nicht zu vergleichen mit dem einfachen, aber makellosen Häuschen, in dem er aufgewachsen war. Rotheswell Castle war es noch unähnlicher. Und es war nicht einmal so attraktiv wie die Studentenbuden, in denen er gewohnt hatte. Da es zwei Jahre lang leergestanden hatte, war nichts mehr von den Vorbewohnern zu spüren. Aber trotzdem fand er es schwierig, sich dafür zu begeistern. Er hatte sich die Einrichtung ihres gemeinsamen Heims anders vorgestellt. »Es wird schon in Ordnung sein, wenn wir mit dem Pinsel drübergegangen sind«, sagte er.

»Natürlich«, freute sich Cat. »Ich will es einfach halten. In hellen Farben, aber einfach. Hier drin Aprikose, glaube ich.« Sie ging auf die Tür zu. »Zitrone für den Flur, die Treppe und den Treppenabsatz. Sonnengelb in der Küche. Das Zimmer unten werde ich als Büro nutzen, also etwas Neutrales.« Sie rannte die Treppe hoch, beugte sich über das Geländer und lächelte zu ihm hinunter. »Blau für mein Schlafzimmer. Ein schönes Schwedischblau.«

Sinclair lachte über ihre Begeisterung. »Habe ich nichts zu sagen?«

Cats Lächeln verschwand. »Warum solltest du etwas zu sagen haben, Fergus? Es ist nicht deine Wohnung.«
Die Worte trafen ihn wie ein Schlag ins Gesicht. »Was willst du damit andeuten? Ich dachte, wir würden hier zusammenleben?«
Cat ließ sich auf die oberste Stufe fallen und saß da, die Knie eng zusammengepresst, die Arme um den Oberkörper geschlungen. »Wieso hast du das gedacht? Ich habe doch nie etwas davon gesagt.«
Der Boden unter seinen Füßen schien zu wanken. Sinclair hielt sich an der Treppenspindel fest. »Davon haben wir doch immer gesprochen. Dass wir unsere Ausbildung beenden und dann zusammenziehen würden. Ich würde als Wildhüter arbeiten und du deine Glassachen machen. Das haben wir so geplant, Cat.« Er starrte zu ihr hoch, wollte sie zwingen zuzugeben, dass er recht hatte.
Und das tat sie auch, aber nicht so, dass er sich besser fühlte. »Fergus, wir waren damals noch fast Kinder. Es ist, wie wenn man klein ist und der große Cousin erklärt, er werde einen heiraten, wenn man älter ist. Man meint es ernst, wenn man es sagt, aber dann wächst man aus dem Versprechen heraus.«
»Nein«, widersprach er und fing an, die Treppe hinaufzugehen. »Nein, wir waren keine Kinder mehr. Wir wussten, was wir sagten. Ich liebe dich noch genauso wie eh und je. Jedes Versprechen, das ich dir je gegeben habe – ich will sie alle halten.« Er setzte sich neben sie, zwang sie, ganz an die Wand heranzurücken, und legte ihr den Arm um die Schultern. Aber sie hielt ihre Arme weiter um ihren Körper geschlungen.
»Fergus, ich will allein leben«, erklärte Cat und starrte hinunter, wo er einen Moment zuvor noch gestanden hatte, als

spräche sie direkt zu ihm dort unten. »Dies ist das erste Mal, dass ich meinen eigenen Arbeitsbereich und meinen eigenen Wohnraum habe. Mein Kopf platzt vor Ideen für die Arbeiten, die ich machen will. Und wie ich leben will.«

»Ich werde mich nicht in deine Ideen einmischen«, beharrte Sinclair. »Du kannst alles genau so haben, wie du willst.«

»Aber du wirst *hier* sein, Fergus. Wenn ich abends zu Bett gehe, wenn ich morgens aufwache. Ich werde an Dinge denken müssen, wie zum Beispiel was und wann wir essen werden.«

»Ich werde kochen«, versprach er. Er konnte sich selbst versorgen, würde es so schwer sein, sie beide zu verköstigen? »Wir können alles nach deinen Bedingungen einrichten.«

»Ich werde doch noch an die Essenszeiten denken müssen und dass Dinge zu festen Zeiten zu machen sind, nicht wann es sich natürlich oder richtig für meinen kreativen Rhythmus anfühlt. Ich werde an deine Wäsche denken müssen, wann du das Bad für dich brauchst, was du im Fernsehen sehen wirst.« Cat wiegte sich jetzt hin und her, die tiefe Angst, die sie immer zu verbergen bemüht war, kam an die Oberfläche. »Ich will mich nicht um all das kümmern müssen.«

»Aber Cat ...«

»Ich bin Künstlerin, Fergus. Ich sage nicht, dass das ein wertvoller Zustand ist, der mich über alle anderen erhebt. Ich meine damit nur, dass ich irgendwie verkorkst bin. Ich habe kein Talent, für längere Zeit mit Leuten zusammen zu sein.«

»Wir scheinen doch ganz gut miteinander auszukommen.« Er hörte den flehentlichen Ton seiner Stimme und schämte sich dessen nicht. Denn sie war es wert, dass er sich um ihretwillen demütigte.

»Aber wir verbringen eigentlich nicht viel Zeit zusammen, Fergus. Sieh mal die letzten paar Jahre an. Ich war in Schweden, du in London. Wir haben gelegentlich ein Wochenende miteinander verlebt, aber meistens haben wir uns auf Rotheswell gesehen. Wir waren kaum mehr als ein paar Nächte zusammen. Und das ist mir gerade recht.«

»Aber mir nicht«, widersprach er barsch. »Ich will immer bei dir sein. Wie gesagt, wir können es nach deinen Bedingungen einrichten.«

Sie schlüpfte unter seinem Arm hindurch, setzte sich zwei Stufen weiter nach unten und drehte sich um, so dass sie ihn direkt ansehen konnte. »Verstehst du nicht, wie beängstigend das für mich ist? Schon wenn ich dich das sagen höre, bekomme ich Platzangst. Du sprichst davon, es nach meinen Bedingungen zu machen, aber meine Bedingungen lassen es nicht zu, dass jemand unter demselben Dach wie ich lebt. Fergus, du bedeutest mir so viel. Es gibt niemanden, der mir das gleiche Gefühl gibt wie du. Bitte, bitte, verdirb das nicht, indem du mich bedrängst oder mich durch Schuldgefühle dazu treibst, etwas zu tun, an das auch nur zu denken mir unerträglich ist.«

Sein Gesicht fühlte sich starr an, als stünde er auf dem Falkland Hill in einem Sturm, der die Haut fest gegen die Knochen drückte und ihm die Tränen in die Augen trieb. »Das tun Menschen eben, die sich lieben«, beharrte er.

Jetzt streckte sie die Hand aus und legte sie ihm aufs Knie. »Es ist ein bestimmtes Beziehungsmodell«, sagte sie. »Das am weitesten verbreitete. Aber zum Teil sind die Gründe dafür ökonomisch, Fergus. Die Leute leben zusammen, weil es billiger ist, als zwei Haushalte zu haben. Das heißt nicht, dass es für alle so am besten ist. Viele Menschen haben Beziehungen, die nicht zu diesem Muster passen. Und diese anderen Varianten funktionieren genauso gut. Du meinst, weil ich nicht mit dir zusammenwohnen will, liebe ich dich nicht. Aber Fergus, es ist gerade andersherum. Mit dir zusammenzuleben, würde unsere Beziehung kaputtmachen. Ich würde verrückt werden. Ich würde dich umbringen wollen. Gerade weil ich dich liebe, will ich nicht mit dir leben.«

Er stieß ihre Hand weg und stand auf. »Du hast zu viel Zeit in Schweden verbracht«, rief er und spürte, wie sich seine Kehle zuschnürte. »Hör dich doch mal selbst an. Beziehungsmodelle. Zum Muster passen. So ist Liebe nicht. Liebe ist … Liebe ist … Cat, wo findet Zuneigung und Güte und Einander-Helfen in deiner Welt einen Platz?«

Sie stand auf und lehnte sich an die Wand. »Dort, wo sie immer schon waren. Fergus, wir sind immer gut zueinander gewesen. Wir haben uns immer umeinander gekümmert. Warum müssen wir die Art unserer Beziehung ändern? Warum sollten wir all die wunderbaren Dinge ändern, die zwischen uns so gut laufen? Sogar Sex. Jeder weiß doch, dass Sex nicht mehr so aufregend ist, wenn man erst mal zusammenlebt. Nach zwei, drei Jahren schläft man kaum noch miteinander. Aber sieh uns mal an.« Sie stieß sich von der Wand ab und stieg eine Stufe höher, so dass sie mit ihm auf einer Ebene war. »Wir nehmen einander nicht als selbstverständlich hin. Deshalb knistert es noch, wenn wir uns sehen.« Sie trat vor, legte eine Hand flach auf seine Brust und umschloss mit der anderen seine Hoden. Er spürte, wie das Blut unwillkürlich hinunterschoss und ihn hart werden ließ. »Komm, Fergus, schlaf mit mir«, flüsterte sie. »Hier. Jetzt.«

Und sie bekam ihren Willen. Wie immer.

Donnerstag, 5. Juli 2007

Genau wie ihr Vater hatte sie das Talent, immer ihren Kopf durchzusetzen. Sie war raffinierter als er, aber das Endresultat war das gleiche«, schloss Sinclair.

Zum ersten Mal, seit die Makrone ihr diesen Fall übertragen hatte, fand Karen, dass sie ein Gefühl dafür bekommen hatte, wer Catriona Maclennan Grant gewesen war. Eine Frau, die ihren eigenen Kopf hatte. Eine Künstlerin mit Vorstellungen, die sie entschlossen in die Realität umsetzte. Eine Einzelgängerin, die nur Freude an Gesellschaft hatte, wenn sie in der Stimmung dafür war. Eine Geliebte, die erst als Mutter zu akzeptieren lernte, dass sie gebunden war. Eine schwierige Frau, aber auch eine tapfere, vermutete Karen. »Können Sie sich jemanden vorstellen, dessen Leben sich mit ihrem gekreuzt hatte und der sie vielleicht hätte bestrafen wollen?«, fragte sie.

»Sie bestrafen wofür?«

»Wofür auch immer. Ihr Talent. Ihre privilegierte Stellung. Ihren Vater.«

Er dachte darüber nach. »Es ist schwer, es sich vorzustellen. Und außerdem war sie ja gerade vier Jahre in Schweden gewesen. Sie nannte sich nur Cat Grant. Ich glaube, dort drüben hatte niemand die geringste Ahnung, wer Brodie Maclennan Grant ist.« Er streckte die Beine aus und legte sie an den Fußgelenken übereinander. »Während ihrer ersten zwei Jahre in Schweden hat sie hier drüben Sommerkurse belegt. Sie hat sich mit ein paar der Leute zusammengetan, die sie aus der Zeit am College of Art in Edinburgh kannte.«

Karen setzte sich gerade auf. »Ich wusste nicht, dass sie am

Edinburgh College of Art war«, sagte sie. »In der Akte stand nichts darüber. Es wird nur erwähnt, dass sie in Schweden studierte.«
Sinclair nickte. »Strenggenommen stimmt das. Aber statt die letzte Klasse an ihrer noblen Privatschule in Edinburgh zu besuchen, nahm sie an einem Grundstudium am College of Art teil. Es landete wahrscheinlich nicht in der Akte, weil ihr Alter nichts davon wusste. Er wollte auf keinen Fall, dass sie Künstlerin wurde. Deshalb war es ein großes Geheimnis zwischen Cat und ihrer Mutter. Sie fuhr jeden Morgen mit dem Zug hin und kam mehr oder weniger zur gewohnten Zeit nach Haus. Aber statt in die Schule zu gehen, war sie am College. Sie wussten das wirklich nicht?«
»Wir wussten es wirklich nicht.« Karen sah Phil an. »Wir werden uns die Leute anschauen müssen, die mit ihr studiert haben.«
»Die gute Nachricht ist, dass es nicht viele waren«, erzählte Sinclair. »Nur zehn oder ein Dutzend. Sie kannte natürlich auch andere Studenten, aber mit denen von ihrem Kurs hatte sie am meisten zu tun.«
»Können Sie sich erinnern, wer ihre Freunde waren?«
Sinclair nickte. »Es waren fünf. Sie schwärmten für die gleichen Bands und die gleichen Maler. Sie redeten immer über den Modernismus und sein Vermächtnis.« Er verdrehte die Augen. »Ich fühlte mich oft wie ein totaler Banause aus der Provinz.«
»Können Sie mir Namen nennen? Und weitere Angaben?« Phil machte wieder Druck. Er nahm sein Notizbuch und schlug es auf.
»Da gab es ein Mädchen aus Montrose: Diana Macrae. Eine aus Peebles … wie hieß die noch mal? Irgendwas Italienisches … Demelza Gardner.«

»Demelza ist nicht Italienisch, es ist ein Name aus Cornwall«, korrigierte Phil. Karen sah ihn streng an, damit er sich zurückhielt.
»Was auch immer. Für mich klang es italienisch«, entgegnete Sinclair. »Da waren auch zwei Jungs. Ein Typ aus Crieff oder so einem blöden Ort in Perthshire: Toby Inglis. Und schließlich Jack Docherty, ein versiffter Prolet aus Glasgow. Die anderen waren alles nette Kinder aus der Mittelklasse, und Jack gab den Affen für sie, was ihm aber nichts auszumachen schien. Er gehörte zu den Menschen, denen es egal ist, auf welche Weise sie Aufmerksamkeit bekommen, solange sie überhaupt beachtet werden.«
»Hat sie mit einem von ihnen den Kontakt gehalten, als sie nach Schweden ging?«
Als seine Jungs über den Rasen auf Sinclair zugerannt kamen, stand er auf und ignorierte Karen. Sie stürzten sich mit aufgeregtem Geplapper auf ihn, das Karen Deutsch zu sein schien. Sinclair fing sie auf, und sie klammerten sich wie Schimpansenbabys an ihn, während er mühsam ein paar Schritte machte. Dann setzte er sie ab und sagte etwas zu ihnen, zerzauste ihnen die Haare und schickte sie los zu ihrer Mutter, die bei den Stufen zur Küste verschwunden war. »Entschuldigung«, bat er, als er zurückkam und sich wieder setzte. »Sie vergewissern sich immer gern, dass man sich darüber im Klaren ist, was man verpasst. Um Ihre Frage zu beantworten, ich weiß es wirklich nicht. Ich erinnere mich undeutlich daran, dass Cat den einen oder anderen ein paarmal erwähnte, aber ich habe nicht besonders darauf geachtet. Ich konnte nichts mit ihnen anfangen. Nachdem Cat das College verlassen hatte, habe ich sie nie wieder getroffen.« Er fuhr sich mit der Hand über das Kinn. »Im Nachhinein glaube ich, dass Cat und ich immer weniger

gemeinsam hatten, je älter wir wurden. Wenn sie weitergelebt hätte, wären wir nie wieder zusammengekommen.«

»Sie hätten vielleicht durch Adam Berührungspunkte entdeckt«, meinte Karen schließlich.

»Ich würde es mir gern so vorstellen.« Er schaute sehnsüchtig zu dem Tor, durch das seine Jungen verschwunden waren. »Gibt es sonst noch etwas? Ich würde ganz gern zu meinem jetzigen Leben zurückkehren.«

»Glauben Sie, dass es jemanden von der Kunsthochschule gab, der ihr gegenüber vielleicht feindlich gesinnt war?«, wollte Karen wissen.

Sinclair schüttelte den Kopf. »Sie hat nie etwas gesagt, das mich das hätte annehmen lassen«, antwortete er. »Sie war eine starke Persönlichkeit, aber ein Mensch, den nicht zu mögen einem schwerfiel. Ich erinnere mich nicht daran, dass sie jemals erzählte, jemand hätte ihr Schwierigkeiten gemacht.« Er stand wieder auf und strich über seine Hose. »Eigentlich kann ich mir nicht vorstellen, dass irgendjemand, der sie kannte, glauben konnte, ihre Entführung würde gelingen. Dafür war sie viel zu geschickt darin, ihren Kopf durchzusetzen.«

Der Minzdrops attackierte die Tastatur mit den Zeigefingern. Er verstand nicht, warum dieses rasend schnelle Gehudel »Blindschreiben« genannt wurde. Man konnte schließlich besser schreiben, wenn man hinsah. Außerdem wusste er auch nicht, warum seine Chefin ihm immer diese Computerrecherchen aufhalste, es sei denn aus purem Sadismus. Alle meinten, junge Typen wie er seien vollkommen vertraut mit Computern, aber für ihn war es, als sei er im Ausland und wüsste nicht einmal das Wort für Bier.

Es wäre ihm viel lieber gewesen, sie hätte ihn mit Parhatka zur Kunsthochschule geschickt, um mit richtigen Menschen zu reden und Jahrbücher und altmodische Archive auf Papier zu durchstöbern. So etwas konnte er besser. Und außerdem hatte DS Parhatka gut lachen. Da es doch keineswegs lustig war, die Foren und Mitgliederlisten von www.bestdaysofourlives.com nach den Namen auf dem schmuddeligen Zettel zu durchsuchen, den die Chefin im Vorbeigehen auf seinen Schreibtisch hatte flattern lassen.

Diese Arbeit war genau das, weshalb er gerade nicht zur Polizei gegangen war. Wo blieb die Action? Wo waren die dramatischen Autojagden und die Verhaftungen? Statt Spannung hatte er die Chefin und Parhatka bekommen, die sich wie ein altes Comedy-Duo gaben, wie French & Saunders. Oder war das Flanders & Swann gewesen? Er konnte es sich nie merken.

Er hatte nicht einmal jemanden unter Druck setzen müssen, um vollen Zugriff auf die Website zu bekommen. Die Frau, mit der er gesprochen hatte, war sehr bemüht, ihm behilflich zu sein. »Wir haben die Polizei schon öfter unterstützt, wir tun immer gern, was wir können«, legte sie los, sobald er die Anfrage vorgebracht hatte. Wer immer zuvor mit ihr zu tun gehabt hatte, hatte bei ihr offensichtlich ängstliche Bereitwilligkeit ausgelöst. Das mochte er, wenn er über so eine Quelle verfügte.

Er überprüfte noch einmal die Namen auf der Liste. Diana Macrae. Demelza Gardner. Toby Inglis. Jack Docherty. 1977/78 war der Zeitraum, den er suchte. Nach ein paar falschen Mausklicks hatte er es endlich zur Mitgliederliste geschafft. Allerdings war nur einer der Namen dabei. Diana Macrae hieß inzwischen Diana Waddell, aber es war nicht schwer, dahinterzukommen. Er klickte Dianas Profil an.

Nach dem Grundstudium am College of Art schloss ich an der Glasgow School of Art mit dem Spezialgebiet Bildhauerei ab. Nach dem Examen begann ich, im Bereich Kunsttherapie mit psychisch Kranken zu arbeiten. Ich lernte Desmond kennen, während wir beide in Dundee arbeiteten. Wir heirateten 1990 und haben zwei Kinder. Wir wohnen in Glenisla, das wir alle sehr lieben. Ich habe wieder begonnen, Holz zu gestalten, und habe einen Vertrag mit einem Gartencenter hier und auch mit einer Galerie in Dundee.

Eine Galerie in Dundee, dachte der Minzdrops höhnisch. Kunst? In Dundee? Ungefähr so wahrscheinlich wie Frieden im Nahen Osten. Er überflog weiteres Geschwätz über ihren Mann und die Kinder und klickte sich dann zu ihren Nachrichten und E-Mails von ehemaligen Kommilitonen durch. Warum machten diese Leute sich so viel Mühe? Alle hatten ein so langweiliges Leben wie ein Heimspiel in East Fife. Nachdem er zwei Dutzend harmlose Mails durchgele-

sen hatte, fand er eine Nachricht von jemandem namens Shannon. *Hörst du manchmal von Jack Docherty?*, fragte sie.
Der liebe Jack! Wir schreiben uns zu Weihnachten Karten. Ihre Selbstgefälligkeit war selbst in einer E-Mail ohne irgendwelche Zwischentöne zu spüren. *Er lebt jetzt in Westaustralien und hat eine Galerie in Perth. Er macht viel mit einheimischen Künstlern zusammen. Wir haben ein paar Arbeiten von ihm hier, sie sind bemerkenswert. Er ist sehr glücklich und lebt mit seinem Freund zusammen, einem Ureinwohner. Er ist deutlich jünger als Jack und sieht sehr gut aus, aber es hört sich an, als sei er ein netter Kerl. Sobald unsere beiden an der Uni sind, wollen wir hinfahren und ihn besuchen.*
Zwei Fliegen mit einer Klappe, dachte der Minzdrops und machte sich Notizen. Er las Dianas Geschwafel zu Ende und fand dann, dass er eine Pause brauchte, während der er sein weiteres Vorgehen plante.
Eine Tasse Kaffee später kehrte er zu seiner Suche zurück. Weder Toby Inglis noch Demelza Gardner waren irgendwo in dem Bereich zu finden, der die Kunsthochschule betraf. Aber da sein Gespräch mit der Kontaktperson so gut gelaufen war, durfte er die ganze Plattform durchsuchen. Er gab den Namen der Frau ein, und zu seinem großen Erstaunen ergab das einen Treffer. Er klickte ihn an und entdeckte, dass Gardner als *meine absolute Lieblingslehrerin* beschrieben wurde. Die Nachricht stand auf der Seite einer Highschool in Norwich.
Wenigstens war er schlau genug, die Schule zu googeln. Und da war Demelza Gardner! Fachbereichsleiterin für Kunstunterricht. Mein Gott, dieses Computerzeug war ja kinderleicht, wenn man es erst mal kapiert hatte. Er gab

Toby Inglis' Namen in die Suchmaschine ein, und wieder gab es einen Treffer. Der Minzdrops folgte dem Link zu einem Forum, wo ehemalige Schüler einer Privatschule in Crieff sich nach Herzenslust über ihr Scheiß-Glamourleben auslassen konnten. Er brauchte eine Weile, um die Fäden der ausgetauschten Nachrichten zu entwirren, aber schließlich fand er, was er suchte.
Der Minzdrops war sehr zufrieden mit sich, riss das oberste Blatt seines Notizblocks ab und machte sich auf die Suche nach DI Pirie.

Karen vermutete, dass es ungefähr so gelaufen sein musste: Sie hatte Bel Richmond angerufen und sie gebeten, so bald wie möglich zu einer Befragung in die Abteilung für ungelöste Fälle zu kommen. Am besten innerhalb einer Stunde. Bel hatte das abgelehnt. Karen hatte nebenbei Behinderung der Polizeiarbeit erwähnt.
Dann war Bel zu Brodie Grant gegangen und hatte sich beschwert, sie wolle nicht auf Karen Piries Kommando in Glenrothes antanzen. Daraufhin hatte Grant die Makrone angerufen und erklärt, dass Bel sich nicht von Karen Pirie befragen lassen wolle, und DI Pirie solle gefälligst aufhören, ihr zu drohen. Dann hatte die Makrone sie rufen lassen und ihr die Hölle heißgemacht, weil sie Brodie Grant aufgebracht hätte, und ihr gesagt, sie solle Bel Richmond in Ruhe lassen.
Danach hatte Karen noch einmal Bel Richmond angerufen. Im liebenswürdigsten Tonfall hatte sie Bel erklärt, sie solle sich um zwei Uhr im Präsidium einfinden. »Wenn Sie nicht hier sind«, flötete sie, »wird zehn Minuten später ein Streifenwagen in Rotheswell halten und Sie wegen Behinderung der Polizeiarbeit verhaften.« Dann hatte sie aufgelegt.

Jetzt war es eine Minute vor zwei, und Dave Cruickshank hatte gerade angerufen, um ihr mitzuteilen, dass Bel Richmond im Gebäude sei. »Schicken Sie sie mit einem uniformierten Kollegen in den Verhörraum eins. Er soll dort mit ihr warten, bis ich komme.« Karen holte sich eine Cola light aus dem Kühlschrank und setzte sich für fünf Minuten an ihren Schreibtisch, nahm noch einen letzten Schluck aus der Dose und machte sich dann auf den Weg.

Bel saß in dem grauen fensterlosen Raum am Tisch und sah wütend aus. Eine Schachtel rote Marlboros lag vor ihr, eine einzelne Zigarette daneben. Offenbar war ihr entfallen, dass die Schotten das Rauchen früher als die Engländer verboten hatten, und der Beamte hatte sie daran erinnert.

Karen zog einen Stuhl hervor und ließ sich darauf fallen. Das Schaumgummipolster war von anderen Hintern in Form gebracht worden, und sie rutschte ein wenig hin und her, bis sie bequem saß. Die Ellbogen auf dem Tisch, beugte sie sich vor. »Versuchen Sie nicht noch einmal, mir blöd zu kommen«, sagte sie im Plauderton, aber ihre Augen glitzerten wie Granit.

»Ach bitte«, entgegnete Bel. »Veranstalten wir doch jetzt keinen Wettbewerb, wer sich mehr geärgert hat. Ich bin ja hier, lassen Sie uns also anfangen.«

Karen sah Bel unbeirrt an. »Wir müssen über Italien reden.«

»Warum nicht? Schönes Land. Fabelhaftes Essen, der Wein wird immer besser. Und dann die Kunst …«

»Hören Sie auf. Mir ist es ernst. Sonst werde ich Sie wegen Behinderung der Polizei festnehmen und in eine Zelle sperren lassen, bis ich Sie vor einen Amtsrichter bringen kann. Ich werde mich nicht von Sir Broderick Maclennan Grant oder seinen Lakaien verarschen lassen.«

»Ich bin kein Lakai von Brodie Grant«, versetzte Bel. »Ich bin eine unabhängige Enthüllungsjournalistin.«

»Unabhängig? Sie leben unter seinem Dach. Sie essen dort, trinken seinen Wein. Der übrigens kein italienischer Wein ist, könnte ich wetten. Und wer hat Ihre kleine Spritztour nach Italien bezahlt? Sie sind nicht unabhängig, Sie sind gekauft und werden dafür bezahlt.«

»Sie irren sich.«

»Nein, das tu ich nicht. Ich habe im Moment mehr Handlungsfreiheit als Sie, Bel. Ich kann meinem Chef sagen, er soll mir den Buckel runterrutschen. Wenn ich mir's recht überlege, hab ich das gerade getan. Können Sie das auch von sich behaupten? Wäre die italienische Polizei nicht, wüsste ich nicht einmal, dass Sie mit den Leuten in der Toskana über die Villa Totti gesprochen haben. Schon allein die Tatsache, dass Sie Grant davon berichtet haben, uns aber nicht, beweist mir, dass er über Sie bestimmt.«

»Das ist Quatsch. Reporter reden erst über ihre Nachforschungen mit der Polizei, wenn sie mit der Arbeit fertig sind. Darum geht es hier.«

Karen schüttelte langsam den Kopf. »Das glaube ich nicht. Und ehrlich gesagt, bin ich überrascht; ich hätte Sie anders eingeschätzt.«

»Sie wissen nichts über mich, Inspector.« Bel setzte sich behaglich auf dem Stuhl zurecht, als bereite sie sich auf etwas Vergnügliches vor.

»Ich weiß, Sie haben sich Ihren Ruf nicht mit dem Breittreten von solchen Klischees erworben.« Karen zog ihren Stuhl näher an den Tisch heran und verringerte die Entfernung zwischen ihnen auf weniger als sechzig Zentimeter. »Und ich weiß, dass Sie während Ihrer ganzen Karriere eine Journalistin waren, die sich für bestimmte Dinge einsetzte.

Wissen Sie, was die Leute über Sie sagen, Bel? Sie sagen, dass Sie eine Kämpferin sind. Sie sagen, dass Sie jemand sind, der das Richtige tut, selbst wenn es nicht gerade leicht ist. So wie Sie Ihre Schwester und ihren Jungen in Ihrem Haus aufgenommen haben, als sich jemand um sie kümmern musste. Sie sagen, dass Ihnen nichts daran liegt, wie bekannt Sie sind, und dass Sie die Wahrheit mit allen Mitteln herauskitzeln und die Leute zwingen, sich ihr zu stellen. Sie sagen, Sie seien eine Querdenkerin. Jemand, der sich an seinen eigenen Regeln orientiert. Jemand, der sich keine Befehle von den Autoritäten geben lässt.« Sie wartete und sah Bel fest in die Augen. Die Journalistin blinzelte zum ersten Mal, sah aber nicht weg. »Meinen Sie, die würden Sie jetzt wiedererkennen? Jetzt, da Sie einem Mann wie Sir Broderick Maclennan Grant gehorchen? Einem Mann, der den Inbegriff des kapitalistischen Systems darstellt? Einem Mann, der jeden Versuch seiner Tochter, ihr Recht auf Selbstbestimmung durchzusetzen, so sehr unterdrückte, dass sie sich schließlich selbst gefährdete? Ist es so weit mit Ihnen gekommen?«
Bel nahm ihre Zigarette und tippte abwechselnd mit dem einen und dann dem anderen Ende auf den Tisch. »Manchmal muss man einen Platz im Zelt des Feindes einnehmen, um herauszufinden, wie er tatsächlich ist. Gerade Sie sollten dafür Verständnis haben. Polizisten setzen doch oft verdeckte Ermittler ein, wenn es keine andere Möglichkeit gibt, an etwas heranzukommen. Haben Sie eine Ahnung, wie viele Interviews Brodie Grant der Presse in den letzten zwanzig Jahren gegeben hat?«
»Ins Blaue hinein geraten, würde ich sagen … gar keins?«
»Richtig. Als ich ein Beweisstück fand, mit dem vielleicht Licht in diesen ungelösten Fall gebracht werden kann, ver-

mutete ich, dass es viel Interesse an Grant geben würde. Verlagsinteresse. Aber nur wenn jemand persönlich mit Grant Zeit verbringen und sehen könnte, wie er tatsächlich tickt.« Sie zog einen Mundwinkel zu einem leicht zynischen Lächeln hoch. »Und ich dachte, das könnte doch durchaus ich sein.«

»Na schön. Ich werde nicht hier sitzen und Ihre Rechtfertigung zerpflücken. Aber wieso berechtigt Sie Ihr Bestreben, der Welt das ultimative Buch über diese unglückliche Familie zu präsentieren, sich über das Gesetz zu stellen?«

»So sehe ich das nicht.«

»Natürlich sehen Sie es nicht so. Sie wollen sich als die Person sehen, die im Namen von Cat Grant handelt. Die Person, die ihren Sohn nach Haus zurückbringen wird, tot oder lebendig. Die Heldin. Sie können es sich nicht leisten, sich im Licht der Wirklichkeit zu sehen. Denn dieses Licht stellt Sie bloß als die Person, die all diesen Dingen im Weg steht. Begreifen Sie doch, Bel, Sie haben nicht die Mittel, um dies zu Ende zu bringen. Ich weiß nicht, was Brodie Grant Ihnen versprochen hat, aber es wird kaum etwas Unverfängliches sein. Auf keinen Fall.« Karen spürte, wie ihr Zorn wuchs und dass sie bald explodieren würde. Sie schob ihren Stuhl zurück, um etwas mehr Entfernung zwischen sie zu bringen.

»Die italienische Polizei kümmert es nicht, was mit Cat Grant geschah«, entgegnete Bel.

»Sie haben recht. Und warum sollte es auch?« Karen spürte, wie sie errötete. »Aber die Person, deren Blut auf den Küchenboden der Villa Totti geflossen ist, ist ihnen nicht gleichgültig. Es ist so viel Blut, dass diese Person mit ziemlicher Sicherheit tot ist. Das ist ihnen wichtig, und sie tun alles, was sie können, um herauszufinden, was dort geschehen ist. Und dabei werden Informationen anfallen, die uns helfen können. So gehen wir vor. Wir beschäftigen keine Privatdetektive, die ihre Berichte darauf zuschneiden, was der Kunde hören will. Wir konstruieren uns kein eigenes Rechtssystem, das unseren Interessen dient. Lassen Sie mich eine Frage stellen, Bel. Nur unter uns.« Karen wandte sich an den uniformierten Constable, der immer noch an der Tür stand. »Könnten Sie uns einen Moment allein lassen?«

Sie wartete, bis er die Tür hinter sich geschlossen hatte. »Nach schottischem Recht darf ich das nicht verwenden, was Sie mir jetzt sagen. Ich habe keine Bestätigung durch eine zweite Person, verstehen Sie. Hier ist also meine Frage. Und ich möchte, dass Sie sehr sorgfältig darüber nachdenken. Sie brauchen mir keine Antwort zu geben. Ich möchte nur sicher sein, dass Sie sich ehrlich und aufrichtig Gedanken darüber machen: Wenn Sie die Entführer finden würden, was, glauben Sie, würde Brodie Grant mit dieser Information anfangen?«

Die Muskeln um Bels Mund spannten sich an. »Ich finde, das ist eine niederträchtige Unterstellung.«

»Ich unterstelle nichts. Sie selbst haben diese Schlussfolgerung gezogen.« Karen stand auf. »Ich bin kein dummes Huhn, Bel. Behandeln Sie mich nicht, als wär ich eins.« Sie öffnete die Tür. »Sie können jetzt wieder hereinkommen.«

Der Constable nahm wieder seinen Platz an der Tür ein, und Karen kehrte zu ihrem Stuhl zurück. »Sie sollten sich schämen«, schalt sie. »Für wen haltet ihr Leute euch eigentlich mit eurem privaten Recht? Haben Sie sich mit Ihrer Arbeit dafür eingesetzt? Ein Gesetz für die Reichen und Mächtigen, die uns allen eine lange Nase drehen können?«

Das hat gesessen. Wurde auch Zeit, verdammt noch mal.

Bel schüttelte den Kopf. »Sie schätzen mich falsch ein.«

»Beweisen Sie es. Sagen Sie mir, was Sie in der Toskana herausgefunden haben.«

»Warum sollte ich? Wenn die Polizei ihre Arbeit richtig machen würde, hätten Sie es selbst herausgefunden.«

»Sie meinen, ich muss meine Leistungsfähigkeit unter Beweis stellen? Das Einzige, was ich rechtfertigen muss, ist, dass wir uns bei unseren Ermittlungen unter der Bürde von Vorschriften und beschränkten Mitteln abmühen müssen. Das heißt, dass meine Kollegen und ich manchmal eine Weile brauchen, um alle Informationen zu sammeln. Aber Sie können sicher sein, dass kein einziger Grashalm der Überprüfung entgeht, wenn wir es tun. Wenn Sie sich etwas aus Gerechtigkeit machen, sollten Sie es mich wissen lassen.« Sie warf Bel ein kaltes Lächeln zu. »Andernfalls werden Sie vielleicht plötzlich selbst eine Schlagzeile abgeben.«

»Ist das eine Drohung?«

Karen schien dies wie künstliche Wut zu klingen. Bel war nahe daran, alles zu erzählen, sie spürte es. »Ich brauche nicht zu drohen«, gab sie zurück. »Selbst Brodie Grant weiß, was für ein undichtes Sieb die Polizei ist. Die Dinge scheinen einfach irgendwie in die Öffentlichkeit hinauszusickern. Und Sie wissen ja, wie die Presse es liebt, wenn jemand, dessen Moral die ganze Zeit unanfechtbar war, von einer Schlammlawine erfasst wird.« O ja, sie hatte recht. Bel wurde es eindeutig ungemütlich.

»Schauen Sie, Karen – ich darf Sie doch Karen nennen?« Bels Stimme wurde tief und warm wie heiße Schokolade.

»Nennen Sie mich, wie Sie möchten, das ist mir gleich. Aber ich bin nicht Ihr Kumpel, Bel. Mir stehen sechs Stunden zur Verfügung, um Sie ohne den Beistand eines Anwalts zu befragen, und ich habe vor, diese Zeit möglichst gut zu nutzen. Sagen Sie mir, was Sie in Italien herausgefunden haben.«

»Ich sage Ihnen gar nichts«, antwortete Bel. »Ich möchte rausgehen und eine rauchen. Meine Tasche lasse ich hier auf dem Tisch. Seien Sie vorsichtig, dass Sie sie nicht umstoßen, sonst würde alles herausfallen.« Sie stand auf. »Geht das in Ordnung, Inspector?«

Karen musste sich anstrengen, nicht zu lächeln. »Der Constable wird Sie begleiten müssen. Aber lassen Sie sich Zeit. Es können auch zwei Zigaretten sein. Ich habe genug zu tun.« Als sie Bel den Raum verlassen sah, konnte sie ein kurzes Gefühl der Bewunderung über den vollendeten Stil der Frau nicht unterdrücken. Entgegenkommen, ohne nachzugeben. *Nicht schlecht, Bel.*

Ihr Arm streifte die Strohtasche, die umkippte, und ein Stoß Papiere glitt auf den Tisch. Ohne etwas zu lesen, nahm Karen alles an sich und eilte den Flur entlang zu ihrem Büro. Sie legte den Stoß in den Fotokopierer, das ganze Bündel war in zehn Minuten kopiert, ein Exemplar in ihrer Schublade eingeschlossen, die Originale hielt sie in der Hand. Und zurück ins Verhörzimmer, wo sie sich ans Lesen machte.

Während sie Bels Bericht für Brodie Grant verdaute, war ihr Kopf schon dabei, die wichtigsten Stichpunkte herauszufiltern. Buntgemischte Truppe von Puppenspielern besetzt die Villa Totti. Daniel Porteous, ein britischer Maler, ist weniger ein Freund des Hauses als vielmehr mit Matthias, dem Chef, und seiner Freundin bekannt. Matthias sorgt für die Bühnenbilder und entwirft die Poster. Gabriel Porteous ist der Sohn von Daniel. Er wurde, einen Tag bevor BurEst sich in alle vier Winde zerstreute, mit Matthias gesehen. Blut auf dem Küchenboden, das an jenem Morgen damals frisch war. Daniel Porteous hat einen falschen Namen. Hatte schon im November 1984 eine gefälschte Identität, als er die Geburt seines Sohnes unter einem gefälschten Namen eintragen ließ.

Sie zögerte einen Moment beim Namen der Mutter, denn sie wusste, sie kannte ihn, konnte sich aber nicht an den Zusammenhang erinnern. Dann sagte sie ihn laut vor sich hin, und der Groschen fiel. Frida Kahlo. Die mexikanische Malerin, über die Michael Marra einen Song geschrieben hatte. »Frida Kahlo's Visit to the Taybridge Bar«. Sie hatte es schwer gehabt mit ihrem Mann. Was ja öfter vorkommen soll. Aber jemand hatte gegenüber dem Standesbeamten den Klugscheißer gegeben und sich ins Fäustchen gelacht über einen kleinen Beamten, der den Unterschied zwischen Frida Kahlo und Michelangelo nicht kannte. Ein Angeber, der sich für schlau hielt, sich aber nicht im Klaren war, dass er dabei etwas über sich selbst aussagte. Er musste jedoch ein geschickter Fälscher gewesen sein, dieser Daniel Porteous, dass er alle erforderlichen Dokumente beibringen konnte, um den Standesbeamten zu überzeugen. Und er war auch dreist genug, es durchzuziehen.

Das war alles sehr interessant, aber was hatte Bel überzeugt, dass Gabriel Porteous Adam Maclennan Grant war? Und als logische Folgerung, dass Daniel Porteous sein leiblicher Vater war? Und wenn man diesen Weg weiterverfolgte, dass Daniel Porteous und Matthias die Kidnapper waren? Nach so vielen Jahren standen sie noch in Verbindung und hatten noch die Originalvorlage für den Siebdruck. Vom Poster ausgehend, konnte man die Verbindung herstellen, aber sie beruhte nur auf Indizien.

Da Karen wusste, dass Bel jeden Moment zurück sein würde,

blätterte sie die Seiten hastig durch, überflog den Text nur, um irgendeinen Sinnzusammenhang zu entdecken, war aber auf etwas aus, das die Hypothese durch konkrete Fakten stützen konnte. Auf den letzten Seiten waren Fotos, die bei der Party aufgenommen worden waren, und auch vergrößerte Ausschnitte mit Bildunterschriften.

Ihr Magen überschlug sich fast, und ihr Verstand wollte das, was sie sah, zuerst nicht akzeptieren. Ja, es stimmte, dass Gabriel, der Junge, eine auffallende Ähnlichkeit sowohl mit Brodie als auch Cat Grant hatte. Aber das war es nicht, was Karen in Aufregung versetzte. Sie starrte das Bild von Daniel Porteous an, und ihr wurde fast übel. Guter Gott, wie war das zu verstehen? Und dann ging ihr plötzlich ein Licht auf, und es wurde ihr klar, dass diese Erkenntnis alles auf den Kopf stellte.

Daniel Porteous hatte die Geburt seines Sohnes drei Monate vor der Entführung beurkunden lassen. Er hatte eine falsche Identität mindestens drei Monate vor der Zeit angenommen, als er sie für seine Flucht nutzen wollte. Na gut. Es zeigte, dass er vorausdachte. Aber er hatte auch das Recht erworben, seinen Sohn mitzunehmen. »Das tut man nicht, wenn man plant, Lösegeld zu verlangen«, flüsterte sie.

Karen steckte Bels Papiere in die Strohtasche zurück und ging auf die Tür zu. Das war verrückt. Sie musste mit jemandem sprechen, der ihr helfen konnte, daraus schlau zu werden. Wo zum Teufel war Phil, wenn sie ihn brauchte?

Als sie aus dem Verhörbüro hinausstürzte, stieß sie fast mit dem Minzdrops zusammen. Erschrocken wich er ihr aus. »Ich habe Sie gesucht«, stammelte er.

Das beruht jedenfalls nicht auf Gegenseitigkeit. »Ich kann jetzt nicht«, entgegnete sie und stürmte an ihm vorbei.

»Ich habe hier etwas für Sie«, rief er betrübt.

Karen wirbelte herum, schnappte sich das Blatt Papier und fing an zu laufen. Sie hatte ein Gefühl, als flitzte eine ganze Armee von Boten in ihrem Kopf umher, jeder mit einem Puzzlestück in Händen. Im Moment passte noch keines der Teile zu einem anderen. Aber sie hatte den cleveren Verdacht, dass alle in dem Moment aus den Latschen kippen würden, wenn alles tatsächlich zusammenpasste.

Nachdem Bel zu ihrer Befragung durch Karen Pirie weggefahren war, hatte die Schicht gewechselt, und der Wachmann am Tor musste für ihre Rückkehr im Taxi die Genehmigung vom Schloss einholen. Das machte jede Hoffnung zunichte, sich heimlich hineinzuschleichen. Als sie den Taxifahrer bezahlte, öffnete sich die Eingangstür, und Grant erschien mit grimmiger Miene. Bel tat, als sei sie ganz vergnügt, und ging auf ihn zu.

Keine Nettigkeiten heute. »Was haben Sie ihr erzählt?«, fragte er.

»Nichts«, antwortete Bel. »Eine gute Journalistin schützt ihre Quellen und das, was sie erfahren hat. Ich habe ihr nichts gesagt.« Im wörtlichen Sinn stimmte das. Sie hatte Karen Pirie nichts mitgeteilt. Sie hatte ihr nichts mitzuteilen brauchen. Die Beamtin war aus dem Gebäude geflitzt und hatte nur innegehalten, um Bel zu sagen, sie könne jetzt gehen.

»In einem anderen Fall, an dem ich arbeite, ist gerade etwas geschehen, ich muss nach Edinburgh fahren. Ich melde mich. Sie können nach Rotheswell zurück, sobald Sie möchten«, hatte Karen erklärt. Dann zwinkerte sie Bel zu. »Und Sie können Brodie schwören, dass Sie nichts verraten haben.«

Bel fühlte sich sicher in dem Wissen, dass sie nicht wirklich log. Also betrat sie das Haus und ließ ihm keine andere Wahl, als sie aufzuhalten oder ihr zu folgen.

»Sie behaupten also, dass Sie ihr nichts gesagt haben, und sie hat Sie einfach gehen lassen?« Er musste größere Schritte machen, um mit ihr mithalten zu können, als sie den Flur entlang zur Treppe eilte.

»Ich habe DI Pirie klargemacht, dass ich nichts erzählen würde. Sie begriff, dass es keinen Sinn hatte, die Pattsituation noch weiter zu verlängern.« Bel warf einen Blick über ihre Schulter. »Das ist nicht das erste Mal während meiner Karriere, dass ich Informationen vor der Polizei zurückhalten musste. Ich habe Ihnen ja gesagt, es war nicht nötig, ihr Angst einzujagen.«

Grant räumte das mit einem Nicken ein. »Es tut mir leid, dass ich Sie nicht beim Wort genommen habe.«

»Es sollte Ihnen auch leidtun«, bekräftigte Bel. »Ich ...« Sie unterbrach sich, um ihr klingelndes Handy herauszuholen. »Bel Richmond«, meldete sie sich und hielt einen Finger hoch, um Grant zu bedeuten, er möge still sein.

Ein Schwall italienischer Worte drang an ihr Ohr. Sie verstand »Boscolata« und erkannte dann die Stimme des Jungen, der Gabriel mit Matthias an dem Abend gesehen hatte, bevor BurEst sich abgesetzt hatte. »Langsam, nimm dir Zeit«, beschwichtigte sie ihn sanft und wechselte in seine Sprache über.

»Ich habe ihn gesehen«, berichtete der Junge. »Gestern. Ich habe Gabe wieder in Siena gesehen. Und ich wusste, dass Sie ihn suchen, also bin ich ihm gefolgt.«

»Du bist ihm gefolgt?«

»Ja, wie im Kino. Er ist in einen Bus eingestiegen, und ich hab's geschafft, mich auch reinzuschmuggeln, ohne dass er mich bemerkt hat. Wir sind schließlich in Greve gelandet. Kennen Sie Greve in Chianti?«

Sie kannte Greve. Ein schönes kleines Marktstädtchen voller schicker Läden für die reichen Engländer, nur gerettet durch ein paar Cafés und Restaurants, die die Einheimischen noch besuchten. Freitags und samstags ein Treffpunkt für junge Leute. »Ich kenne Greve«, sagte sie.

»Wir landen also schließlich auf der großen Piazza, und er geht in eine Bar, setzt sich zu einer Gruppe von Jungs ungefähr in seinem Alter. Ich blieb draußen, aber ich konnte ihn durchs Fenster sehen. Er trank zwei Gläser Bier und aß einen Teller Pasta, dann kam er heraus.«

»Hast du ihm folgen können?«

»Nicht ganz. Ich dachte, ich könnte ihm hinterhergehen, aber er hatte zwei Straßen weiter eine Vespa stehen. Er ist die Straße langgefahren, die nach Osten aus der Stadt hinausführt.«

Nah dran, aber nicht nah genug. »Das hast du gut gemacht«, lobte sie.

»Ich hab's noch besser gemacht. Ich hab zwanzig Minuten gewartet, dann bin ich in die Bar gegangen, in der er gewesen war. Ich sagte, ich suchte Gabe, ich hätte ihn dort treffen sollen. Seine Kumpel antworteten, ich hätte ihn gerade verpasst. Also hab ich mich ganz unschuldig gegeben und gefragt, ob sie mir den Weg zu seinem Haus beschreiben könnten, ich wüsste nicht, wie man da hinkommt.«

»Ist ja toll«, begeisterte sich Bel, denn sein Unternehmungsgeist verblüffte sie wirklich.

Grant wollte weggehen, aber sie winkte ihm, er solle bleiben.

»Da haben sie es mir aufgezeichnet«, fuhr er fort. »Ist doch cool, oder? Es scheint gerade 'n bisschen mehr als 'ne Schäferhütte zu sein.«

»Was hast du gemacht?«

»Ich bin mit dem letzten Bus nach Haus gefahren«, erklärte er, als liege es doch auf der Hand. Und das tat es ja auch, dachte sie, wenn man ein Teenager war.

»Und du hast diese Zeichnung noch?«

»Ich hab sie mitgenommen«, bestätigte er. »Ich hab mir

gedacht, sie wäre Ihnen vielleicht etwas wert. Vielleicht hundert Euro, dachte ich?«

»Darüber reden wir noch. Hör zu. Ich werde wiederkommen, sobald ich kann. Rede mit niemandem darüber außer mit Grazia, okay?«

»Okay.«

Bel legte auf, sah Grant an und hielt triumphierend den ausgestreckten Daumen hoch. »Geschafft«, jubelte sie. »Vergessen Sie die Privatdetektive. Mein Kontaktmann hat entdeckt, wo Gabriel wohnt. Und jetzt muss ich nach Italien zurück, um mit ihm zu sprechen.«

Grant strahlte. »Das ist ja eine fabelhafte Neuigkeit. Ich komme mit. Wenn dieser Junge mein Enkel ist, will ich ihn persönlich sehen. Je eher, desto besser.«

»Ich glaube, das wäre nicht gut. Wir müssen es behutsam angehen«, bremste ihn Bel.

Hinter ihr meldete sich eine Stimme. »Sie hat recht, Brodie. Wir müssen viel mehr über diesen Jungen wissen, bevor du dich so weit aus dem Fenster lehnen kannst.« Judith trat näher und legte ihrem Mann eine Hand auf den Arm. »Das könnte doch alles ein raffiniertes abgekartetes Spiel sein. Wenn dies die Leute sind, die vor zweiundzwanzig Jahren Adam entführt und dich bestohlen haben, wissen wir, dass sie zur größten Grausamkeit fähig sind. Sonst können wir nichts mit Sicherheit sagen. Lass Bel das machen.« Grant wollte widersprechen, aber sie brachte ihn zum Schweigen. »Bel, glauben Sie, Sie könnten eine DNA-Probe von diesem jungen Mann bekommen, ohne dass er es merkt?«

»Es ist nicht so schwer«, meinte Bel. »Irgendwie werde ich es schon hinbekommen.«

»Ich denke trotzdem, dass ich mitkommen sollte«, beharrte Grant.

»Natürlich denkst du das, Liebling. Aber diesmal haben die Frauen recht. Und du wirst deinem Gemüt einfach Geduld verordnen müssen. Also, wo steht unser Flugzeug?«

Grant seufzte. »In Edinburgh.«

»Perfekt. Bis Bel ihre Sachen gepackt hat, wird Susan alles arrangiert haben.« Sie sah auf ihre Uhr. »Du hast ja versprochen, du würdest mit Alec nach der Schule angeln gehen, da kann doch ich Bel hinfahren.« Sie warf Bel ein Lächeln zu. »Sie sollten loslegen. Ich sehe Sie in fünfzehn Minuten unten, einverstanden?«

Bel nickte, sie war zu baff, um sich zu streiten. Wenn sie je hätte wissen wollen, wie Judith Grant sich in ihrer Ehe behauptete, dann hatte sie gerade eine spektakuläre Demonstration gesehen. Grant war vollkommen ausgeschaltet worden, und es gab keinen Weg zurück für ihn, es sei denn durch einen Wutanfall. Sie drehte sich um und stürmte die Treppe hinauf. *Du kannst noch eine Null an die Honorarsumme anhängen.* Die Angelegenheit wurde langsam zur Story ihrer Karriere. Jeder, der sie jemals herabgesetzt hatte, würde alles zurücknehmen müssen. Es würde herrlich sein. Klar, es stand noch einiges an nervtötender Kleinarbeit bevor, aber das gehörte immer dazu. Nur stand am Ende nicht immer der Ruhm.

Karen ging im Wohnzimmer auf und ab, immer beharrlich zehn Schritte, dann eine Wende und zehn Schritte zurück. Bewegung half ihr gewöhnlich, ihre Gedanken zu ordnen. Aber an diesem Abend funktionierte es nicht. Das Durcheinander in ihrem Kopf war nicht zu bewältigen, es war wie Flöhe hüten oder gegen Wasser ankämpfen. Es lag daran, dass sie tief im Inneren die unausweichliche Schlussfolgerung ablehnte, vermutete sie. Sie brauchte Phil, der ihr Beistand leistete, während sie sich an das Undenkbare herantastete.

Wo war er nur, zum Teufel? Sie hatte vor fast zwei Stunden eine Nachricht auf seiner Voicemail hinterlassen, aber er hatte sich nicht gemeldet. Es war nicht seine Angewohnheit, einfach unerreichbar zu sein. Als dieser Gedanke ihr zum hundertsten Mal durch den Kopf ging, klingelte es.

Noch nie war sie so schnell an ihrer Tür gewesen. Phil stand auf der Schwelle und sah etwas betreten drein. »Es tut mir leid«, entschuldigte er sich. »Ich war in der Nationalbibliothek in Edinburgh und musste mein Handy abschalten. Dann hab ich vergessen, dass es aus war, und hab's erst vor ein paar Minuten wieder angeschaltet. Ich dachte, es wäre schneller, einfach direkt hier vorbeizukommen.«

Karen führte ihn ins Wohnzimmer, während er sprach. Er sah sich neugierig um. »Es ist schön hier«, sagte er.

»Nein, ist es nicht. Es ist nur eine Wohnmaschine«, entgegnete sie.

»Aber eine gute. Es ist entspannend. Alle Farben passen zusammen. Du hast ein Auge für so was.«

Sie brachte es nicht übers Herz, ihm zu sagen, dass es das

Auge von jemand anderem gewesen war. »Ich habe dich nicht gebeten, vorbeizukommen, damit du die Wohnung bewunderst«, erklärte sie. »Willst du ein Bier? Oder ein Glas Wein?«

»Ich bin mit dem Auto da«, wehrte er ab.

»Ist doch egal. Du kannst ja ein Taxi nehmen. Glaub mir, du wirst einen Drink brauchen.« Sie hielt ihm Bels fotokopierte Notizen hin. »Bier oder Wein?«

»Hast du Rotwein?«

»Lies das mal. Ich bin gleich zurück.« Karen ging in die Küche, nahm den besten Rotwein von dem halben Dutzend, das sie im Weinregal hatte, zog den Korken heraus und füllte zwei große Gläser. Das süße, würzige Aroma des australischen Shiraz stieg ihr in die Nase, als sie die Gläser hineintrug. Seit sie das Büro verlassen hatte, war dies ihre erste bewusste Wahrnehmung.

Phil war zur Essecke gegangen und saß, auf den Bericht konzentriert, am Tisch. Sie stellte das Glas neben seiner Hand ab. Geistesabwesend nahm er einen Schluck. Karen hatte keine Ruhe. Sie setzte sich, dann stand sie wieder auf, ging in die Küche und kam mit einem Teller Cracker wieder. Dann erinnerte sie sich an das Blatt, das der Minzdrops ihr gegeben hatte. Sie hatte es in die Tasche gesteckt, ohne einen Blick darauf zu werfen.

Sie fand ihre Tasche in der Küche. Die Notizen, die der Minzdrops gemacht hatte, waren nicht gerade die klarsten oder prägnantesten, die sie jemals gelesen hatte, aber sie verstand, worum es ging und was er herausgefunden hatte. Drei von Cats Freunden waren offensichtlich uninteressant. Aber der Beitrag aus dem Forum über Toby Inglis, den er kopiert hatte, sprang ihr entgegen wie ein Schachtelmännchen.

... genau wie im Buch von Kate Mosse. Aber du wirst nie raten, wen ich in einem Bistro in Perpignan getroffen habe. Stell dir vor – Toby Inglis. Du erinnerst dich doch bestimmt noch, welche Großtaten er vollbringen und dass er der nächste Laurence Olivier werden wollte? Na ja, offenbar hat es nicht so ganz hingehauen, wie er sich das gedacht hatte. Er wurde ziemlich ausweichend, als es um Details ging, aber er erzählte, er sei Leiter eines Theaters und Bühnenbildner. Meiner bescheidenen Meinung nach war er ein bisschen sparsam mit der Wahrheit. Brian meinte, er sähe mehr wie ein pensionierter Hippie aus. Und auf jeden Fall roch er auch wie einer, Patschuli und Cannabis. Wir fragten, wo wir eines seiner Stücke sehen könnten, aber er sagte, er sei gerade im Sommerurlaub. Ich wollte unbedingt noch weiterbohren, aber dann kam so eine Deutsche. Ich glaube, sie waren dort zum Essen verabredet, aber er drängte sie so schnell aus der Tür, wie er konnte. Ich glaube, er wollte nicht, dass wir mit ihr sprachen und die Wahrheit herausfanden. Worin immer sie bestehen mag. Dann nach Perpignan ...

Karen las das Gekritzel noch einmal durch. Konnte das Matthias sein? Es klang jedenfalls wie dieser mysteriöse Matthias, der verschwunden war, seit er in Siena mit Gabriel Porteous gesehen worden war. Noch ein Puzzlestück, das dazuzugehören, aber nicht zu passen schien.

Karen zwang sich, tief zu atmen, und setzte sich dann zu Phil an den Esstisch. Er hatte die Bilder vor sich ausgebreitet. Mit einem Finger schob er eines zurecht, damit es in einer Reihe mit den anderen lag. »Das ist er doch, oder?«, fragte er.

»Adam?«

Er winkte ungeduldig ab. »Ja, natürlich ist es Adam. Es muss Adam sein. Nicht nur weil er wie seine Mutter und sein Großvater aussieht. Sondern weil der Mann, der ihn großgezogen hat, Mick Prentice ist.«

Karen fühlte sich einen Moment schwerelos. Aber die Aufregung legte sich, und sie konnte wieder klar denken. Sie war weder dabei, verrückt zu werden, noch ging ihre Phantasie mit ihr durch. »Bist du sicher?«

»Eigentlich hat er sich nicht so sehr verändert«, überlegte Phil. »Und schau mal, da ist die Narbe …« Er fuhr sie mit der Fingerspitze nach. »Die Narbe, die durch seine rechte Augenbraue verläuft. Die dünne blaue Linie. Es ist Mick Prentice. Ich würde Geld darauf wetten.«

»Mick Prentice war einer der Entführer?« Karen fand sogar selbst, dass sie etwas hysterisch klang.

»Ich denke, wir wissen beide, dass er mehr als das war«, erwiderte Phil.

»Die Geburtsurkunde«, sagte Karen.

»Genau. All dies war geplant, bevor Mick Jenny verließ. Er hatte eine falsche Identität angenommen, damit er ein neues Leben anfangen konnte. Aber es kann nur einen Grund geben, warum er Adam eine falsche Identität geben musste.«

»Er plante keineswegs, ihn als Geisel für Lösegeld zu missbrauchen«, führte Karen den Gedanken weiter. »Weil er Adams Vater war. Nicht Fergus Sinclair. Sondern Mick Prentice.« Sie nahm einen großen Schluck Rotwein. »Es war alles vorher arrangiert, oder? Sie waren gar keine Anarchisten, stimmt's?«

»Nein.« Phil seufzte. »Es sieht aus, als hätte es zwei Bergleute gegeben, Mick und seinen Kumpel Andy.«

»Du meinst, Andy war Teil des Plans?«

»Es scheint so. Wie erklärst du dir sonst, dass er genau zur richtigen Zeit in der Höhle begraben wurde?«

»Aber warum? Warum hätte er ihn töten sollen? Er war doch Micks bester Freund«, widersprach Karen. »Wenn er jemandem vertrauen konnte, dann Andy. So, wie das bei euch Männern läuft, hätte er wahrscheinlich Andy eher vertrauen können als Cat.«

»Vielleicht war es ein Unfall. Vielleicht hat er sich auch den Kopf angeschlagen, als er ins Boot ein- oder wieder ausstieg.«

»River sagte, sein Hinterkopf sei eingeschlagen. Das klingt nicht nach einem Unfall beim Einsteigen in ein Boot.«

Phil hob resignierend die Hände, eine Geste, die »wie auch immer« bedeuten sollte. »Er hätte stolpern und sich den Kopf auf dem Landesteg anhauen können. Es ging chaotisch zu in der Nacht damals. Alles Mögliche hätte passieren können. Ich würde wetten, dass Andy bei der Verschwörung mit von der Partie war.«

»Und Cat? Gehörte auch sie zum Plan, oder war sie das Opfer? Waren sie und Mick noch ein Paar, oder wollte er sein Kind und genug von Brodie Grants Geld, damit die beiden sich niederlassen und einrichten konnten?«

Phil kratzte sich am Kopf. »Ich glaube, sie war daran beteiligt«, antwortete er. »Wenn sie sich getrennt hätten und er hätte sie beide entführt, hätte sie Adam niemals hergegeben. Sie hätte zu große Angst gehabt, dass er ihr das Kind wegnehmen würde.«

»Ich kann's nicht fassen, dass sie damit durchgekommen sind«, wunderte sie sich.

Phil sammelte die Bilder zusammen und legte sie ordentlich aufeinander. »Lawson suchte in der falschen Richtung, und mit gutem Grund.«

»Nein, nein. Ich meine nicht die Entführung. Ich meine das Verhältnis. In einem Ort wie Newton weiß jeder alles über jeden anderen. Ich würde sagen, es ist leichter, einen Mord zu begehen, ohne dass einer etwas mitbekommt, als eine Affäre zu haben.«

»Scheint, als hätten wir geschafft, was Lawson nicht gelungen ist. Wir haben den Entführungsfall gelöst und Adam Maclennan Grant gefunden.«

»Nicht ganz«, schränkte Karen ein. »Wir wissen nicht wirklich, wo er ist. Und dann ist da das kleine Problem, dass in der Toskana eine Menge Blut geflossen ist. Es könnte sein Blut sein.«

»Oder er hätte derjenige sein können, der es vergoss. In dem Fall wird er nicht sehr erpicht sein, aufgespürt zu werden.«

»Eine Sache haben wir noch nicht einkalkuliert«, sagte Karen und reichte Phil das Ergebnis der Suche, die der Minzdrops durchgeführt hatte. »Es sieht aus, als sei Matthias, der Puppenspieler, tatsächlich ein Freund Cats von der Kunsthochschule her. Die Beschreibung von Toby Inglis passt mit etwas Phantasie auf Matthias, den Anführer der bunten Truppe. Wie fügt sich der ins Bild?«

Phil betrachtete das Blatt. »Interessant. Wenn er an der Entführung beteiligt war, hätte er neben seiner wenig glanzvollen Karriere noch einen Grund gehabt, verlegen zu sein. Vielleicht ist er deshalb untergetaucht.«

Er trank sein Glas aus und hielt es Karen hin. »Gibt's noch mehr davon?«

Sie holte die Flasche und goss ihm nach. »Hast du irgendwelche schlauen Ideen?«

Phil nahm gedankenverloren einen Schluck. »Na ja, wenn dieser Toby Matthias ist, dann war er ein alter Freund von Cat. Es könnte sein, dass er auf diese Weise Mick kennengelernt hat. Es musste nicht geplant sein, er hätte einfach so auftauchen können, als Mick dort war. Du weißt ja, wie Künstler sind.«

»Eigentlich nicht. Ich glaube, ich habe niemals jemanden von der Kunsthochschule gekannt.«

»Die Freundin meines Bruders studiert dort. Die, die meine Wohnung neu gestaltet.«

»Und neigt sie zur Unzuverlässigkeit?«, wollte Karen wissen.

»Nein«, gab Phil zu. »Aber sie ist unberechenbar. Ich weiß nie, was sie mir als Nächstes aufdrängen wird. Vielleicht hätte ich lieber dich das machen lassen sollen. Deine Wohnung hier ist auf jeden Fall ein viel angenehmerer Anblick.«

»Genau das ist es, wofür ich lebe«, meinte Karen. »Ein angenehmer Anblick.« Es herrschte eine kurze, bedeutungsschwere Stille zwischen ihnen, dann räusperte sie sich schnell und sagte: »Aber es ist doch so, Phil. Wenn sie sich kennenlernten, als Mick mit Cat zusammen war, und dann in Italien wieder zufällig aufeinandertrafen, wie zum Teufel hat Mick dann erklären können, was mit Cat passiert und wie er zu dem Kind gekommen ist?«

»Du willst damit also sagen, dass er auch an der Entführung beteiligt war?«

Sie zuckte mit den Schultern. »Keine Ahnung. Ich weiß es wirklich nicht. Was ich aber weiß, ist, dass wir die italienische Polizei dazu bringen müssen, den zu finden, dessen Blut nicht auf dem Boden der Villa vergossen wurde, damit wir ihm einige entsprechende Fragen stellen können.«

»Eine weitere Herausforderung für die Frau, die Jimmy Lawson hinter Gitter brachte.« Er hob sein Glas und trank ihr zu.

»Das werde ich wohl nie wieder los, was?«

»Warum willst du es denn loswerden?«
Karen wandte den Blick ab. »Manchmal fühlt es sich an wie ein Mühlstein, der mir am Hals hängt. Wie der Mann, der Liberty Valance erschoss.«
»Es ist aber anders«, widersprach Phil. »Du hast Lawson anständig und ehrlich überführt.«
»Nachdem jemand anders die ganze Arbeit erledigt hatte. Genau wie dieses Mal, wo Bel die Kleinarbeit geleistet hat.«
»Du hast beide Male die Arbeit gemacht, die entscheidend war. Wir wären immer noch am Nullpunkt, hättest du nicht die Höhle ausgraben lassen und die Typen aus Nottingham gründlich befragt. Wenn du Filme schon zitieren willst, dann denk dran, dass es heißt: ›Wenn die Legende zur Wahrheit wird, druck die Legende.‹ Du bist eine Legende, Karen. Und das hast du auch verdient.«
»Sei still, du bringst mich in Verlegenheit.«
Phil lehnte sich auf seinem Stuhl zurück und grinste sie an. »Kann man hierher 'ne Pizza liefern lassen?«
»Warum? Lädst du mich ein?«
»Ich lade dich ein. Wir dürfen jetzt wirklich ein bisschen feiern, meinst du nicht? Wir sind weit gekommen mit der Aufklärung von zwei ungelösten Fällen. Selbst wenn wir Andy Kerrs Ermordung als eine Art Negativbonus dazubekommen haben. Bestell du die Pizza, ich seh mal deine DVDs durch.«
»Ich sollte mit den Italienern reden«, überlegte Karen halbherzig.
»Wenn du die Zeitdifferenz einrechnest, ist es dort fast acht. Meinst du wirklich, da ist noch jemand in einer höheren Stellung da? Da kannst du geradeso gut bis morgen warten und mit dem Typ sprechen, mit dem du schon zu

tun hattest. Entspann dich doch mal. Schalt ab. Wir trinken den Wein aus, ziehen uns die Pizza rein und sehen uns einen Film an. Was meinst du?«

Ja, ja, ja! »Klingt nach einem guten Plan. Ich hol die Bestellliste.«

Celadoria bei Greve im Chianti-Gebiet

Als Bel in östlicher Richtung aus Greve hinausfuhr, sank im Rückspiegel die Sonne als roter Ball hinter die Hügel hinab. Grazia hatte sie in einem Café an der großen Piazza getroffen und ihr den Zettel mit der Wegbeschreibung zu der einfachen Hütte gegeben, in der Gabriel Porteous wohnte. Nur etwas mehr als drei Kilometer außerhalb der Stadt fand sie die richtige Abzweigung, die auf die Karte gekritzelt war. Sie fuhr langsam und hielt Ausschau nach zwei steinernen Torpfosten auf der linken Seite. Gleich danach sollte links ein Feldweg abgehen.

Und da war er. Ein schmaler Pfad zog sich zwischen Rebenzeilen hin, die der Form des Hügels folgten. Wenn man nicht danach suchte, würde man ohne einen zweiten Blick daran vorbeifahren.

Bel war jedoch auf der Suche und zögerte nicht. Auf der Karte war links vom Weg ein Kreuz eingezeichnet, aber sie war offensichtlich nicht im richtigen Maßstab. Als die Entfernung von der Straße wuchs, überkam sie die Angst. Dann erschien plötzlich ein von der untergehenden Sonne rotgefärbtes niedriges Steinhaus im Blickfeld. Es war schon fast zerfallen. Das war allerdings nichts Ungewöhnliches, nicht einmal in einem so angesagten Teil der Toskana wie dem Chianti-Gebiet.

Bel hielt an, stieg aus und streckte sich, nachdem sie stundenlang gesessen hatte. Bevor sie auch nur zwei Schritte gemacht hatte, ging knarrend die Tür auf, und der junge Mann von den Fotos erschien in der Tür. Er trug abgeschnittene Jeans und ein schwarzes Muskelshirt, das die gleichmäßig gebräunte Haut betonte. Seine Haltung war lässig; eine Hand lag auf der Tür, die andere am Türpfosten, und sein Gesichtsausdruck war höflich fragend. Wenn man ihn leibhaftig sah, war die Ähnlichkeit mit Brodie Grant so offenkundig, dass es einem unheimlich vorkam. Nur die Farben waren andere. Während das Haar des jungen Brodie so schwarz gewesen war wie das von Cat, war Gabriels hellbraun mit helleren, goldenen, von der Sonne gebleichten Strähnen. Davon abgesehen hätten sie Brüder sein können.

»Sie müssen Gabriel sein«, begrüßte ihn Bel auf Englisch.

Er neigte den Kopf zur Seite, und seine Augenbrauen zogen sich zusammen, so dass die tiefliegenden Augen noch dunkler überschattet waren. »Ich glaube nicht, dass wir uns kennen«, sagte er. Er sprach ein Englisch, in dem die Satzmelodie des Italienischen durchklang.

Sie trat näher und streckte die Hand aus. »Ich bin Bel Richmond. Hat Andrea von der Galerie in San Gimignano nicht erwähnt, dass ich vorbeikommen würde?«

»Nein«, entgegnete er und verschränkte die Arme vor der Brust. »Ich habe keine Arbeiten meines Vaters zum Verkaufen da. Hier herauszukommen war Zeitverschwendung.«

Bel lachte. Es war ein leichtes, nettes Lachen, an dem sie jahrelang gearbeitet hatte, damit sie es in solchen Momenten wie jetzt über die Schwelle schaffte. »Sie haben mich falsch verstanden. Ich versuche nicht, Sie oder Andrea übers Ohr zu hauen. Ich bin Journalistin, hatte von den Arbeiten Ihres Vaters gehört und wollte ein Feature über ihn schreiben. Und dann entdeckte ich, dass ich zu spät kam.« Ihr Gesichtsausdruck wurde weicher, und sie warf ihm ein kurzes mitfühlendes Lächeln zu. »Es tut mir so leid. Um all diese Bilder gemalt zu haben, muss er ein bemerkenswerter Mann gewesen sein.«

»Das war er«, bestätigte Gabriel. Es klang, als gönne er ihr nicht einmal diese drei Silben. Sein Gesicht blieb undurchdringlich.

»Ich dachte, es wäre vielleicht doch noch möglich, etwas zu schreiben?«

»Es hat doch keinen Sinn, oder? Er ist nicht mehr da.«

Bel sah ihn prüfend an. Ansehen oder Geld, das war jetzt die Frage. Sie kannte den Jungen nicht gut genug, um zu wissen, was ihr den Zutritt ermöglichen würde. Und sie wollte es ins Haus schaffen, bevor sie damit herausrückte, was sie wirklich über ihn und seinen Vater wusste. »Es würde sein Ansehen heben«, versuchte sie es. »Würde sicherstellen, dass sein Name bekannter wird. Und das würde bestimmt auch den Wert seines Werks erhöhen.«

»Ich habe kein Interesse an Publicity.« Er zog sich zurück, und die Tür begann sich langsam zu schließen.

Zeit, es zu wagen. »Ich verstehe die Gründe dafür, Adam.« Nach dem Schock zu urteilen, der schnell über sein Gesicht zuckte und wieder verschwand, hatte sie ins Schwarze getroffen. »Verstehen Sie, ich weiß viel mehr, als ich Andrea gesagt habe. Genug, um einen Artikel zu schreiben, das steht fest. Möchten Sie darüber reden, oder soll ich einfach gehen und das veröffentlichen, was ich weiß, ohne dass Sie Einfluss darauf haben, wie die Welt Sie und Ihren Vater sieht?«

»Ich weiß nicht, wovon Sie reden«, erwiderte er.

Bel hatte schon so oft miterlebt, dass Menschen sich verstellten, dass sie es leicht durchschauen konnte. »Ach, bitte«, meinte sie. »Verschwenden Sie doch nicht meine Zeit.« Sie wandte sich ab und begann, zum Wagen zu gehen.

»Warten Sie«, rief er hinter ihr her. »Hören Sie, ich glaube Sie haben da etwas missverstanden. Aber kommen Sie doch trotzdem rein und trinken Sie ein Glas Wein.« Bel drehte sich ohne zu zögern um und ging auf ihn zu. Er zuckte mit den Achseln und grinste sie naiv wie ein kleiner Welpe an. »Das ist das Mindeste, was ich tun kann, wenn Sie schon den ganzen Weg hier rausgekommen sind.«

Sie folgte ihm in den dunklen, klassisch toskanischen Raum, der als Wohnzimmer, Esszimmer und Küche diente. Auf der anderen Seite des Kamins war sogar eine Nische für ein Bett, aber statt einer schmalen Matratze bot sie einem Flachbildfernseher und einer Stereoanlage Platz, die Bel selbst gern in ihrer Wohnung gehabt hätte.

Ein ramponierter, aber sauber geschrubbter Tisch aus Pinienholz stand neben dem Herd. Ein Päckchen Marlboro Lights und ein Einwegfeuerzeug lagen neben einem überquellenden Aschenbecher. Gabriel zog an der anderen Seite einen Stuhl für Bel hervor und brachte dann zwei Gläser mit einer Flasche Rotwein ohne Etikett herüber. Als er ihr den Rücken zuwandte, nahm sie eine Zigarettenkippe aus dem Aschenbecher und steckte sie in ihre Tasche. Jetzt konnte sie jederzeit gehen, denn sie hatte, was sie brauchte, um zu beweisen, dass dieser junge Mann wirklich Adam Maclennan Grant war. Gabriel setzte sich ans Tischende, goss den Wein ein und hob sein Glas. »Zum Wohl.«

Bel stieß mit ihm an. »Es ist schön, Sie endlich kennenzulernen, Adam«, sagte sie.

»Warum nennen Sie mich dauernd Adam?«, fragte er, anscheinend verwirrt. Er war gut, das musste sie zugeben. Ein besserer Heuchler als Harry, der immer rot wurde, wenn er log. »Ich heiße Gabriel.« Er nahm eine Zigarette aus der Schachtel und zündete sie an.

»Jetzt schon«, räumte Bel ein. »Aber das ist nicht Ihr wirklicher Name, genauso wie Daniel Porteous nicht der wirkliche Name Ihres Vaters war.«

Er lachte leise und machte eine Handbewegung, die Unverständnis bedeuten sollte. »Das ist doch alles absurd. Sie kommen hierher in mein Haus, ich habe Sie noch nie gesehen, und Sie erzählen all diesen ... ich will nicht unhöflich klingen, aber es gibt wirklich kein anderes Wort dafür als Schwachsinn. Als wüsste ich meinen eigenen Namen nicht.«

»Ich glaube, Sie kennen durchaus Ihren eigenen Namen. Ich denke, Sie wissen genau, wovon ich spreche. Wer immer Ihr Vater war, Daniel Porteous hieß er nicht. Und Sie sind nicht Gabriel Porteous. Sie sind Adam Maclennan Grant.« Bel griff nach ihrer Tasche und zog einen Hefter heraus. »Das ist Ihre Mutter.« Sie wählte ein Foto von Cat Grant auf der Yacht ihres Vaters aus, auf dem sie lachend den Kopf nach hinten warf. »Und das ist Ihr Großvater.« Sie zeigte ein Pressefoto mit dem Kopf von Brodie Grant im Alter von vierzig Jahren. Sie blickte auf und sah, dass Gabriels Brust sich im Rhythmus seines schnellen, flachen Atems hob und senkte. »Die Ähnlichkeit ist frappierend, finden Sie nicht?«

»Sie haben also zwei Leute gefunden, die mir ein bisschen ähneln. Was beweist das?« Er nahm einen tiefen Zug von seiner Zigarette und kniff gegen den Rauch die Augen zusammen.

»Für sich allein genommen – nichts. Aber Sie sind mit einem Mann nach Italien gekommen, der den Namen eines Jahre zuvor verstorbenen Jungen angenommen hat. Sie beide tauchten nicht lange, nachdem Adam Maclennan Grant und seine Mutter entführt worden waren, hier auf. Adams

Mutter starb, als die Lösegeldübergabe missglückte, aber Adam verschwand ohne eine Spur.«

»Das ist ziemlich dürftig«, bemerkte Gabriel. Er sah ihr jetzt nicht mehr in die Augen, trank sein Glas aus und goss sich nach. »Ich sehe keine wirkliche Verbindung zu mir und meinem Vater.«

»Die Lösegeldforderung wurde in einer sehr spezifischen Form vorgebracht. Ein Poster mit einem Puppenspieler. Das gleiche Poster tauchte in einer Villa in der Nähe von Siena auf, die zuvor von einer Puppenspielertruppe besetzt worden war. Der Anführer der Truppe war ein Typ namens Matthias.«

»Ich kann Ihnen nicht folgen.« Er blickte zwar über ihre Schulter hinweg, aber sein Lächeln war äußerst charmant. Genau wie das seines Großvaters.

Bel legte ein Foto von Gabriel bei der Party in Boscolata auf den Tisch. »Falsche Antwort, Adam. Das sind Sie mit Ihrem Vater als Gast von Matthias bei einer Party. Das bringt Sie in Zusammenhang mit einer Lösegeldforderung, die vor zweiundzwanzig Jahren für Sie und Ihre Mutter gestellt wurde. Und das ist mehr als nur eine Andeutung, finden Sie nicht?«

»Ich weiß nicht, wovon Sie sprechen«, entgegnete er. Aufgrund der Treffen mit Brodie Grant erkannte sie den trotzig angespannten Unterkiefer. Jetzt könnte sie wirklich gehen und sich auf den DNA-Test verlassen, der den Rest erledigen würde. Aber sie konnte sich nicht zurückhalten. Der Instinkt der Journalistin, das Spiel weiterzutreiben und sich den Knüller zu sichern, war zu stark.

»Natürlich wissen Sie das. Es ist eine tolle Geschichte, Adam. Und ich werde sie mit oder ohne Ihre Hilfe schreiben. Aber das ist noch nicht alles, oder?«

Der Blick, den Gabriel ihr zuwarf, war nicht freundlich. »Das ist Unsinn. Sie haben zwei zufällige Übereinstimmungen genommen und diese phantastische Geschichte daraus konstruiert. Was erhoffen Sie sich davon? Geld von diesem Grant? Eine beschissene Illustriertengeschichte? Wenn Sie überhaupt irgendeinen Ruf haben, werden Sie ihn durch diese Sache ruinieren.«

Bel lächelte. Seine schwachen Drohungen bewiesen ihr, dass sie ihn aufgeschreckt hatte. Es war an der Zeit, ihn vollends fertigzumachen. »Wie gesagt, das ist noch nicht alles. Sie mögen denken, dass Sie sicher sind, Adam, aber das stimmt nicht. Es gibt einen Zeugen, wissen Sie …« Sie ließ den angefangenen Satz unvollendet im Raum stehen.

Er drückte seine Zigarette aus und holte eine weitere heraus. »Ein Zeuge wovon?« Seine Stimme klang so gereizt, dass Bel sofort das Gefühl hatte, auf der richtigen Spur zu sein.

»Sie und Matthias wurden, einen Tag bevor die BurEst-Gruppe aus der Villa Totti verschwand, zusammen gesehen. Sie waren an dem bewussten Abend mit ihm zusammen in der Villa. Und am nächsten Tag waren alle weg. Sie auch.«

»Na und?« Er klang jetzt zornig. »Selbst wenn das stimmte, was wäre dabei? Ich treffe mich mit einem Freund meines Vaters. Meines Vaters, der vor kurzem gestorben ist. Am nächsten Tag verlässt er mit seiner Gruppe den Ort. Was ist dabei, verdammt noch mal?«

Bel ließ seine Worte wirken und sagte nichts. Sie nahm seine Zigaretten und bediente sich. »Auf dem Küchenboden ist ein Blutfleck, so groß, dass es zwei Liter Blut gewesen sein müssen. Okay, den Teil kennen Sie ja schon.« Sie entzündete das Feuerzeug, und die helle Flamme zeigte, wie viel dunkler es in der kurzen Zeit seit ihrer Ankunft schon geworden war. Als die Zigarette glimmte, zog sie den Rauch in den Mund und ließ ihn am Mundwinkel wieder austreten. »Was Sie wahrscheinlich nicht wissen, ist, dass die italienische Polizei eine Fahndung nach dem Mörder in die Wege geleitet hat.« Sie tippte mit der Zigarette müßig gegen den Rand des Aschenbechers. »Ich glaube, es ist an der Zeit, auszupacken, was im April passiert ist.«

Donnerstag, 26. April 2007,
Villa Totti, Toskana

Bis zu den letzten Tagen im Leben seines Vaters hatte Gabriel Porteous nicht verstanden, wie nah er dem Mann stand, der ihn allein aufgezogen hatte.

Über die Bindung zwischen Vater und Sohn hatte er nie viel nachgedacht. Hätte man ihn gefragt, dann hätte er ihre Beziehung wohl eher höflich genannt als leidenschaftlich, besonders wenn er sie mit dem dynamischen Verhältnis verglich, das die meisten seiner Kameraden zu ihren Vätern hatten. Er schrieb es der Tatsache zu, dass Daniel Brite war. Briten waren ja angeblich verklemmt und zurückhaltend, oder? Außerdem kamen alle seine Freunde aus Großfamilien, die vertikal und horizontal durch Raum und Zeit reichten. In einem solchen Umfeld musste man seine Ansprüche anmelden, oder man ging spurlos unter. Aber Gabriel und Daniel hatten nur einander. Sie mussten nicht um Aufmerksamkeit buhlen. Es war also in Ordnung, zurückhaltend zu sein. Jedenfalls sagte er sich das. Es brachte nichts, seine Sehnsucht nach der Art von Familie einzugestehen, die er nie würde haben können. Die Großeltern waren tot, und als einziges Kind von Einzelkindern würde er nie wie seine Kameraden zu einem Clan gehören. Er würde stoisch sein wie sein Vater und akzeptieren, was man sowieso nicht ändern konnte. Im Lauf der Jahre hatte er seinen Wunsch nach anderen Verhältnissen verdrängt, gelernt, sich dem Unabänderlichen zu beugen und sich vor Augen zu halten, dass er für die Vorteile seines Status als Einzelkind ohne Familie dankbar sein sollte.

Als Daniel ihn über seine Krebserkrankung informierte,

blockte Gabriel ab. Er konnte den Gedanken, ohne Daniel zu leben, einfach nicht fassen. Die schreckliche Neuigkeit ergab aus seiner Sicht der Welt keinen Sinn, und er führte deshalb sein Leben einfach so weiter, als hätte er sie nie erfahren. Es war nicht nötig, häufiger als sonst nach Haus zu kommen oder jede Gelegenheit zu ergreifen, um Zeit mit Daniel zu verbringen. Er sah keine Notwendigkeit, über eine Zukunft zu sprechen, in der es seinen Vater nicht mehr geben würde. Denn es würde nichts geschehen. Gabriel würde nicht von dem einzigen Familienmitglied verlassen werden, das er hatte.

Aber schließlich war es unmöglich gewesen, eine Realität zu ignorieren, die stärker war als seine Neigung zum Trotz. Als Daniel ihn aus der Poliklinik Le Scotte anrief und mit schwacher, nur noch flüsternder Stimme sagte, er brauche Gabriel, traf ihn die Wahrheit mit der Wucht eines Zentnergewichts. Jene letzten Tage am Bett seines Vaters waren für Gabriel entsetzlich, nicht zuletzt, weil er sich nicht die Zeit genommen hatte, sich darauf vorzubereiten.

Es war zu spät für das Gespräch, das Gabriel sich eigentlich wünschte, aber in einem seiner klaren Momente hatte Daniel ihm gesagt, Matthias hätte einen Brief für ihn. Er konnte nicht andeuten, was der Brief enthielt, nur dass er wichtig sei. Es war typisch für seinen Vater, den Künstler, sich auf Papier mitzuteilen, statt mit ihm direkt zu sprechen, dachte Gabriel. Sein Vater hatte ihm zuvor per E-Mail Anweisungen für sein Begräbnis gegeben. Eine zuvor geplante und schon bezahlte private Trauerfeier in einer kleinen, aber sehr schönen Renaissancekirche in Florenz; nur Gabriel sollte ihm das Geleit zu seinem Grab auf einem gewöhnlichen Friedhof am westlichen Stadtrand geben. Daniel hatte eine MP3-Datei von Gesualdos *Tenebrae-Re-*

sponsorien angehängt, damit sein Sohn sie am Tag seines Begräbnisses auf seinem iPod hören konnte. Gabriel verstand nicht, warum er diese Musik ausgewählt hatte; sein Vater hatte immer Musik gehört, wenn er malte, aber niemals so etwas. Es gab keine Erklärung dafür, warum er dieses Stück ausgesucht hatte. Ein weiteres Rätsel, genau wie der Brief, der bei Matthias hinterlegt war.

Gabriel hatte Matthias nach dem ersten Verebben seines bitteren Schmerzes in der verfallenen Villa bei Siena besuchen wollen. Aber als er vom Friedhof kam, erwartete ihn der Puppenspieler schon. Matthias und seine Partnerin Ursula waren dem, was Onkel und Tante ihm hätten sein können, am nächsten gekommen. Sie waren immer ein Teil seines Lebens gewesen, obwohl sie nie lange genug an einem Ort gewohnt hatten, dass er mit ihm vertraut hätte werden können. Sie waren auch nicht gerade sehr zugänglich für Emotionen. Matthias war zu sehr mit sich selbst und Ursula zu sehr mit Matthias beschäftigt. Aber als Kind hatte er die Ferien mit ihnen verbracht, während sein Vater ein paar Wochen allein verreiste. Gabriel war am Ende der Ferien braun gebrannt, hatte wirre, lange Haare und aufgeschürfte Knie. Daniel kam mit einer Mappe voll neuer Arbeiten von weither: aus Griechenland, Jugoslawien, Spanien, Nordafrika. Gabriel war immer froh, seinen Vater zu sehen, aber seine Freude wurde dadurch getrübt, dass er von Ursulas und Matthias' Erziehung der leichten Hand Abschied nehmen musste.

Jetzt fielen sich die beiden Männer am Friedhofstor wortlos in die Arme und klammerten sich aneinander wie Schiffbrüchige an Treibholz, egal wie wenig Halt es bot. Schließlich lösten sie sich voneinander, und Matthias klopfte ihm sanft auf die Schulter. »Komm doch mit«, bat er.

»Du hast einen Brief für mich«, sagte Gabriel und ging neben ihm her.

»Er ist in der Villa.«

Ein Bus zum Bahnhof, ein Zug nach Siena, dann in Matthias' Van zurück zur Villa Totti, und dabei sprachen sie kaum ein Wort. Der Kummer umhüllte sie, ließ sie die Köpfe neigen und die Schultern senken. Als sie die Villa erreichten, war Alkohol die einzige Lösung, die für beide erträglich war. Gott sei Dank war der Rest der BurEst-Gruppe schon früher zu einer Vorstellung nach Grosseto aufgebrochen, so dass Gabriel und Matthias ihren Toten allein betrauern konnten.

Matthias goss den Wein ein und legte einen dicken Umschlag vor Gabriel hin. »Das ist der Brief«, erklärte er, setzte sich und rollte einen Joint.

Gabriel nahm ihn und legte ihn wieder ab. Er trank sein Glas Wein fast aus und fuhr mit dem Finger am Rand des Umschlags entlang. Dann trank er noch mehr, nahm einen Zug von dem Joint und trank weiter. Er konnte sich nicht vorstellen, was Daniel ihm auf so viel Papier zu sagen haben könnte. Es schien auf ein Geständnis hinzudeuten, und Gabriel war nicht sicher, dass er im Moment ein Geständnis wollte. Es war schmerzhaft genug, die Erinnerung an das festzuhalten, was er verloren hatte.

Irgendwann stand Matthias auf und legte eine CD in einen tragbaren CD-Player. Gabriel war überrascht, dass es die gleiche Musik war, die er zuvor gehört hatte und deren starke Dissonanzen er wiedererkannte. »Dad hat mir das geschickt«, erzählte er. »Er hat mir gesagt, ich solle das heute spielen.«

Matthias nickte. »Gesualdo. Er hat seine Frau und deren Geliebten umgebracht, weißt du. Manche behaupten, dass er seinen zweiten Sohn getötet hätte, weil er zweifelte, dass er wirklich sein Vater war. Und angeblich auch seinen Schwiegervater, weil der alte Mann auf Rache aus war, aber Gesualdo konnte seinem Vergeltungsschlag zuvorkommen. Dann bereute er es und hat den Rest seines Lebens geistliche Musik geschrieben. Da sieht man es mal wieder. Man kann schreckliche Dinge tun und trotzdem Erlösung finden.«

»Das kapier ich nicht«, gestand Gabriel beunruhigt. »Warum will er, dass ich mir das anhöre?« Sie waren schon bei der zweiten Flasche Wein und dem dritten Joint. Er fühlte sich ein bisschen schwummerig im Kopf, aber nicht besonders schlimm.

»Du solltest wirklich den Brief lesen«, mahnte Matthias.

»Du weißt, was drinsteht«, bemerkte Gabriel.

»So ungefähr.« Matthias stand auf und ging auf die Tür zu. »Ich geh auf die Loggia Luft schnappen. Lies den Brief, Gabe.«

Es war schwierig, nicht das Gefühl zu haben, dass in dem Brief, der unter solchen Umständen übergeben worden war, etwas Unheilvolles wartete. Und es war schwer, die Angst zu unterdrücken, dass die Welt für immer verändert sein würde. Gabriel wünschte, er könnte einfach passen, den Brief ungeöffnet lassen und sein Leben unverändert weiterführen. Aber die letzte Botschaft seines Vaters konnte er nicht missachten. Hastig nahm er den Brief und riss ihn auf. Seine Augen wurden feucht, als er die vertraute Schrift sah. Aber er zwang sich zu lesen.

Lieber Gabriel,
ich wollte dir schon immer die Wahrheit über dich selbst sagen, aber es hat sich nie eine passende Gelegenheit ergeben. Jetzt liege ich im Sterben, und du verdienst es, die Wahrheit

zu erfahren; aber ich habe zu große Angst, es auszusprechen, weil du weglaufen und mich alleinlassen könntest und ich mich dem Ende allein stellen müsste. Deshalb schreibe ich diesen Brief, den du von Matthias bekommen wirst, nachdem ich gestorben bin. Versuch, nicht zu streng mit mir zu sein. Ich habe Dummheiten gemacht, aber nur aus Liebe.

Das Erste, was ich dir sagen möchte, ist, obwohl ich dich oft angelogen habe, ist eine Sache die Wahrheit, die ganze Wahrheit und nichts als die Wahrheit – nämlich, dass ich dein Vater bin und dich mehr liebe als sonst irgendeine Menschenseele. Erinnere dich daran, wenn du dir wünschst, ich wäre noch am Leben, damit du dich an mir rächen kannst.

Es ist schwer, zu entscheiden, wo ich mit dieser Geschichte anfangen soll. Aber es muss sein. Mein Name ist nicht Daniel Porteous, und ich bin nicht aus Glasgow. Mein Vorname ist Michael, aber alle nannten mich Mick. Mick Prentice, der war ich früher. Ich war Bergmann, geboren und aufgewachsen in Newton of Wemyss in Fife. Ich hatte eine Frau und eine Tochter, Misha. Sie war vier, als du zur Welt kamst. Aber ich greife vor, denn ihr habt unterschiedliche Mütter, und das muss ich erklären.

Das Einzige, das ich außer Kohleabbau wirklich konnte, war malen. Im Kunstunterricht in der Schule war ich gut, aber jemand wie ich konnte damit nichts anfangen. Es war klar, dass ich beim Bergbau landen würde, und das war's. Dann gab es beim Wohlfahrtsverband einen Malkurs für Bergleute, und ich bekam die Chance, etwas von einer richtigen Malerin zu lernen. Es zeigte sich, dass ich Geschick fürs Aquarellieren hatte. Den Leuten gefiel das, was ich malte, und ich konnte hin und wieder meine Bilder für zwei Pfund verkaufen. Zumindest vor dem Bergarbeiterstreik von 1984, als die Leute noch Geld für unnötigen Luxus hatten.

Eines Nachmittags im September 1983 kam ich von der Frühschicht, und das Licht war unglaublich, also ging ich mit meinen Malsachen auf die Klippen jenseits des Dorfes. Ich malte eine Ansicht des Meeres durch das Geäst der Bäume. Das Wasser leuchtete so intensiv, ich kann mich noch erinnern, dass es fast zu schön war, um wahr zu sein. Jedenfalls war ich völlig ins Malen vertieft und achtete auf sonst nichts. Plötzlich sagte eine Stimme: »Sie sind wirklich gut.«

Und es gefiel mir gleich, dass sie nicht überrascht klang. Ich war daran gewöhnt, wie erstaunt die Leute waren, dass ein Bergmann eine schöne Landschaft malen konnte. Als wäre ich ein Affe oder so was, der Kunststückchen machte. Aber bei ihr war das nicht so. Bei Catriona. Vom ersten Moment an sprach sie mit mir, als sei ich ihr ebenbürtig. Allerdings machte ich mir fast in die Hose vor Schreck. Ich hatte gedacht, ich sei allein, und plötzlich steht jemand neben mir und spricht mich an. Sie sah, wie durcheinander ich war, und lachte und sagte, es täte ihr leid, dass sie mich gestört hätte. Inzwischen hatte ich bemerkt, dass sie verdammt gut aussah. Ihr Haar war so schwarz wie Rabengefieder, sie hatte vollkommene Gesichtszüge, als seien sie mit einem Meißel herausgearbeitet. Die Augen lagen so tief, dass man ganz nah kommen musste, um die Farbe (indigoblau, übrigens) erkennen zu können. Und ein strahlendes Lächeln, das die Sonne verblassen ließ. Manchmal siehst du ihr dermaßen ähnlich! Das geht mir so zu Herzen, dass ich am liebsten losheulen möchte wie ein Kind.

Da bin ich also im Wald, stehe diesem erstaunlichen Geschöpf gegenüber und bringe kein Wort heraus. Sie streckte die Hand aus und stellte sich vor: »Ich bin Cat Grant.« Ich erstickte fast, als ich mich räusperte, damit ich ihr meinen Namen nennen konnte. Sie sagte, sie sei auch Künstlerin und modelliere Glas. Da war ich noch erstaunter. Die einzige andere Künstlerin, die ich je getroffen hatte, war die Frau, bei der ich den Malunterricht genommen hatte, und sie war nicht gerade umwerfend. Aber ich wusste gleich, dass Catriona dieser Bezeichnung gerecht werden würde. Sie strahlte ein Selbstbewusstsein aus, so etwas hat man nur, wenn man wirklich begabt ist. Aber ich greife schon wieder vor.

Jedenfalls unterhielten wir uns über die Dinge, für die wir uns interessierten und an denen wir gerne arbeiten würden, und verstanden uns auf Anhieb.

Ich war so dankbar, dass ich jemanden hatte, mit dem ich über Kunst sprechen konnte.

Ich hatte nicht so viele Kunstwerke im Original gesehen, nur das, was es in der Kunstgalerie in Kirkcaldy gab. Aber es zeigte sich, dass dort einige ganz gute Sachen ausgestellt waren, was mir in der frühen Zeit damals etwas half.

Catriona erzählte, sie hätte ein Studio und ein Häuschen an der Hauptstraße und ich solle doch einmal vorbeikommen und es mir ansehen. Dann ging sie weiter, und ich hatte das Gefühl, dem Tag sei alles Licht genommen worden.

Ich brauchte zwei Wochen, bis ich es wagte, sie in ihrem Studio zu besuchen. Es war nicht schwer, hinzukommen, nur zwei Meilen durch den Wald, aber ich war nicht sicher, ob sie es wirklich ernst gemeint oder mich nur aus Höflichkeit eingeladen hatte. Das zeigt nur, wie wenig ich sie damals kannte! Catriona sagte nie etwas, das sie nicht ernst meinte. Und ebenso hielt sie nicht damit hinter dem Berg, wenn sie etwas zu sagen hatte.

Eines Tages, als es regnete und ich nicht malen konnte, ging ich also zu ihr. Ihr Häuschen war ein altes Pförtnerhaus des Wemyss Estate. Es war nicht größer als das Haus, in dem ich mit meiner Frau und dem Kind wohnte, aber sie hatte es in lebhaften Farben gestrichen, die die Räume groß und hell aussehen ließen, selbst wenn es draußen trübe und grau war. Das Beste aber waren die Galerie und das Studio davor. Darin stand ein großer Glasbrennofen, es gab viel Platz zum Arbeiten, und am anderen Ende waren Regale zum Ausstellen der Objekte, damit Kunden sich alles ansehen und auch kaufen konnten. Ihre Arbeiten waren sehr schön. Glatte, gerundete Linien. Sehr sinnliche Formen. Und phantastische Farben. Ich hatte noch nie solche Dinge aus Glas gesehen, und selbst hier in Italien wäre es schwierig, solche satten, intensiven Farben zu finden. Es schien, als glühe das Glas in verschiedenen Farbtönen. Man hatte Lust, die Dinge in der Hand zu halten. Ich wünschte, ich hätte ein Stück von ihr, aber ich dachte nie, dass ich etwas von ihr brauchen würde, bis es zu spät war. Vielleicht wirst du eines Tages etwas aufspüren können, das sie gestaltet hat, und dann wirst du die Kraft ihrer Arbeiten verstehen.

Es war ein guter Nachmittag. Sie kochte Kaffee, richtigen Kaffee, wie man in Schottland damals kaum welchen fand. Ich musste extra viel Zucker dazugeben, weil er zuerst so komisch schmeckte. Und wir redeten. Ich konnte es kaum fassen, wie wir uns unterhielten. Über Gott und die Welt, so kam es mir jedenfalls vor. Vom ersten Wort an, das sie im Wald gesagt hatte, war offensichtlich, dass sie einer anderen Klasse angehörte als ich, aber an jenem Nachmittag schien das kaum etwas auszumachen.

Wir beschlossen, uns ein paar Tage später wieder im Studio zu treffen. Ich glaube, wir dachten beide nicht daran, dass wir damit ein Risiko eingingen. Aber wir spielten mit dem Feuer. Wir hatten beide niemanden in unserem Leben, mit dem wir so reden konnten wie miteinander. Wir waren jung – ich war

achtundzwanzig und sie vierundzwanzig, aber damals waren wir noch viel unschuldiger als du und deine Freunde im gleichen Alter heute. Und als wir uns kennenlernten, hatte es vom ersten Moment an zwischen uns gefunkt.
Ich weiß, du willst sicher nichts davon hören, wie verliebt deine Mutter und dein Vater waren, und was da alles dazugehört. Deshalb will ich dich nicht mit Einzelheiten plagen. Ich sage nur, wir wurden bald ein Paar, und ich glaube, es war für uns beide, als kämen wir nach einem Leben unter elektrischer Beleuchtung plötzlich ins helle Sonnenlicht hinaus. Wir waren verrückt nacheinander.
Und es war natürlich eine unmögliche Sache. Ich erfuhr bald genug die Wahrheit über deine Mutter. Sie war nicht einfach ein nettes Mädchen aus der Mittelklasse, sondern sage und schreibe Catriona Grant, die Tochter eines Mannes mit Namen Sir Broderick Maclennan Grant. Jeder in Schottland kennt diesen Namen, wie jeder in Italien Silvio Berlusconi kennt. Grant ist Bauunternehmer. Überall, wo man in Schottland hinkommt, sieht man den Namen seiner Firma an Kränen und Infotafeln auf Baustellen. Außerdem gehören ihm viele andere Sachen wie Radiosender, ein Fußballclub, eine Whiskydestillerie, eine Spedition und eine Kette von Freizeitzentren. Obendrein ist er ein Tyrann und hatte versucht, Catriona daran zu hindern, Künstlerin zu werden. Alles, was sie tat, tat sie im Widerstand gegen ihn. Er hätte niemals eine Beziehung zu einem so gewöhnlichen Mann wie einem Bergarbeiter geduldet. Und schon gar nicht zu einem Bergarbeiter, der mit einer anderen Frau verheiratet war.
Und ja, ich war mit einer anderen Frau verheiratet. Ich versuche nicht, mich herauszureden. Ich wollte kein Schuft sein, der seine Frau betrog, aber Catriona hat mich einfach umgehauen. Ich habe für niemanden davor oder danach

jemals solche Gefühle gehabt. Du hast vielleicht bemerkt, dass ich mich nicht sehr für Beziehungen interessierte. Der Grund ist, dass keine es mit Catriona aufnehmen konnte. Ich glaube, niemand konnte wie sie Gefühle in mir wecken.
Und dann wurde sie schwanger mit dir. Du bist nicht Gabriel Porteous, musst du verstehen, mein Sohn. Du bist eigentlich Adam Maclennan Grant. Oder Adam Prentice, wenn dir das lieber ist.
Als das passierte, hätte ich wegen Catriona meine Frau verlassen, keine Frage. Ich wollte es tun und sagte es ihr. Aber sie hatte noch nicht lange eine Beziehung hinter sich, die, mit Unterbrechungen, Jahre gehalten hatte. Sie war noch nicht bereit, mit mir zu leben, und wollte nicht noch eine weitere Auseinandersetzung mit ihrem Vater.
Ich glaube, niemand hatte auch nur einen Verdacht, dass wir einander kannten. Wir waren vorsichtig. Ich kam und ging immer durch den Wald, und alle wussten, dass ich Maler war, deshalb achtete niemand darauf, wenn ich umherstreifte.
Wir kamen überein, dass wir alles weiterhin so machen wollten wie bisher. An den meisten Tagen sahen wir uns, selbst wenn es nur zwanzig Minuten oder so waren. Und nach deiner Geburt verbrachte ich so viel Zeit mit euch beiden wie irgend möglich. Da war schon der Streik, und die Arbeit hielt mich nicht von euch fern.
Ich werde dich nicht nerven mit der ganzen Geschichte vom einjährigen Streik der Bergarbeiter, der die Gewerkschaft vernichtet und den Geist der Männer gebrochen hat. Es gibt jede Menge Bücher darüber. Lies GB84 von David Peace, wenn du eine Vorstellung davon bekommen willst, wie es war. Oder hol dir die DVD Billy Elliot. Du brauchst nur zu wissen, dass jede Woche, die verging, meine Sehnsucht nach etwas anderem,

nach einem Leben, in dem wir drei zusammen sein könnten, noch steigerte.
Als du ein paar Monate alt warst, hatte auch Catriona sich anders besonnen. Sie wollte, dass wir zusammenlebten, wollte irgendwo, wo niemand uns kannte, einen neuen Anfang machen. Das große Problem war, dass wir kein Geld hatten. Catriona konnte gerade so von ihren Glasarbeiten leben, und ich arbeitete überhaupt nicht wegen des Streiks. Sie konnte sich das Häuschen und das Studio nur leisten, weil ihre Mutter die Miete zahlte. Das war eine Art Druckmittel, damit Catriona in der Nähe blieb. Wir wussten also, ihre Mutter würde uns kein Geld geben, damit wir uns irgendwo anders einrichteten. Und wir konnten auch nicht bleiben. Wenn ich meine Frau und Tochter mitten im Streik verlassen hätte, um mit jemand anderem aus besseren Verhältnissen zusammenzuziehen, wäre das als noch schlimmer angesehen worden als Streikbrechen. Sie hätten uns Backsteine durch die Fenster geworfen. Ohne etwas Geld, mit dem wir einen Anfang machen konnten, waren wir also aufgeschmissen.
Doch Catriona hatte eine Idee. Als sie es zum ersten Mal erwähnte, dachte ich, sie hätte den Verstand verloren.
Aber je häufiger sie davon sprach, desto mehr überzeugte sie mich, dass es funktionieren könnte. Die Idee war, dass wir eine Entführung vortäuschen würden. Ich sollte meine Familie verlassen, um mich bei Catriona zu verstecken und es so aussehen zu lassen, als sei ich als Streikbrecher weggegangen. Ein paar Wochen später würden du und Catriona verschwinden, und ihr Vater bekäme eine Lösegeldforderung. Alle würden glauben, ihr wärt entführt worden. Wir wussten, dass ihr Vater Lösegeld bezahlen würde, wenn nicht für sie, dann für dich. Ich sollte das Geld entgegennehmen, du und Catriona zu ihrer Familie zurückkehren, ein paar Wochen später würde

Catriona dann mit dir wegziehen und sagen, dass sie wegen der Entführung zu beunruhigt sei, um weiter dort leben zu können. Und wir würden uns treffen und unser gemeinsames Leben beginnen.
Es hört sich einfach an, wenn man es so schnell heruntersagt. Aber es wurde kompliziert und misslang. Wie sich zeigte, hätte deine Mutter gar keine schlechtere Idee haben können, selbst wenn sie sich ihr ganzes Leben lang darum bemüht hätte.
Als wir die Einzelheiten zu planen begannen, wurde uns als Erstes klar, dass es mit uns beiden allein nicht machbar war. Wir brauchten noch ein Paar helfende Hände. Kannst du dir vorstellen, wie es war, jemanden zu finden, dem wir genug vertrauten, um ihn an einem solchen Plan zu beteiligen? Ich kannte niemanden, der ausreichend verrückt war, sich mit uns zusammenzutun, aber Catriona schon. Einer ihrer alten Freunde vom College of Art in Edinburgh, ein Typ, der Toby Inglis hieß. Einer dieser spleenigen Kerle aus der besseren Gesellschaft, der für alles zu haben war. Du hast ihn immer als Matthias, den Puppenspieler, gekannt. Der Mann, der dir diesen Brief übergeben haben wird. Und er ist übrigens immer noch ein verrückter Kerl.
Er hatte die clevere Idee, die Geiselnahme als politischen Akt auszugeben. Und er ließ sich diese Poster mit einem unheimlichen Puppenspieler und seinen Marionetten einfallen und nutzte sie, um die Lösegeldforderungen an den Mann zu bringen, als seien sie von einer anarchistischen Gruppe.
Es war eine gute Idee, wäre eine noch bessere gewesen, wenn er die Schablone zerstört hätte, mit der er sie druckte. Aber Toby hielt sich immer für etwas schlauer als alle anderen. So behielt er die Schablone und nutzt das gleiche Poster noch manchmal für Sondervorstellungen. Jedes Mal, wenn ich es

sehe, wird mir schlecht vor Angst. Es hätte nur irgendeiner einmal merken müssen, wo es herkommt, und wir hätten bis zum Hals in Schwierigkeiten gesteckt.
Aber ich greife schon wieder vor. Ich war wirklich nicht sicher, ob ich dir all dies sagen sollte, und Toby dachte, es wäre vielleicht besser, schlafende Hunde nicht zu wecken, besonders da du damit fertig werden musst, dass ich nicht mehr da bin. Aber je mehr ich darüber nachdachte, desto mehr schien es mir, dass du das Recht hast, die ganze Wahrheit zu erfahren, selbst wenn es schwierig ist für dich, s zu bewältigen. Behalte die Jahre im Gedächtnis, die wir zusammen verbracht haben. Erinnere dich an das Gute, es kann all die Fehler ausgleichen, die ich gemacht habe. Zumindest hoffe ich das.
An dem Abend, als ich meine Frau und meine Tochter verließ, geschah etwas sehr Schlimmes. Ich ging am Morgen weg, ohne etwas davon zu sagen, dass ich sie verlassen wollte. Ich hatte gehört, dass eine Gruppe von Streikbrechern nach Nottingham hinunterfahren wollte, und stellte mir vor, dass alle denken würden, ich hätte mich ihnen angeschlossen. Ich ging direkt zu Catriona und verbrachte den Tag damit, mich um dich zu kümmern, während sie arbeitete. Es war ein verdammt kalter Tag, und wir brauchten ziemlich viel Brennholz. Nach Einbruch der Dunkelheit ging ich hinaus, um noch ein paar Scheite Holz zu hacken.
Dies fällt mir jetzt schwer. Ich habe seit zweiundzwanzig Jahren nicht darüber gesprochen, und es geht mir immer noch nah. In meiner Jugend hatte ich zwei gute Freunde. Wie du, Enzo und Sandro. Einer von ihnen, Andy Kerr, war Gewerkschaftsfunktionär geworden. Der Streik nahm ihn sehr mit, und er war wegen Depressionen krankgeschrieben. Er wohnte in einem Häuschen im Wald, ungefähr drei Meilen westlich

von Catrionas Zuhause. Er liebte die Natur und ging oft nachts im Wald spazieren, damit er Dachse, Eulen und andere Tiere beobachten konnte. Er war wie ein Bruder für mich.

Während ich Holz hackte, kam er um die Ecke des Studios herum. Ich weiß nicht, wer von uns beiden den größeren Schreck davontrug. Er fragte mich, was zum Teufel ich da täte, wieso ich Holz für Catriona Maclennan Grant hackte.

Dann verstand er – und rastete aus. Er griff mich wie ein Verrückter an. Ich ließ die Axt fallen, und wir kämpften miteinander wie dumme kleine Jungen.

Der Kampf ist mir nur undeutlich in Erinnerung. Das Nächste, das ich noch weiß, ist, dass Andy plötzlich innehielt. Er brach zusammen und sank mir entgegen, so dass ich die Arme um ihn legen musste, um ihn am Fallen zu hindern. Ich starrte ihn nur an und begriff nichts. Dann sah ich, dass Catriona hinter ihm stand und die Axt hielt. Sie hatte mit dem stumpfen Ende auf ihn eingedroschen, aber sie war stark für eine Frau und hatte so fest zugeschlagen, dass sie ihm den Schädel zertrümmert hatte.

Ich konnte es nicht fassen. Ein paar Stunden zuvor waren wir noch überglücklich. Und jetzt war ich in der Hölle und hielt die Leiche meines besten Freundes in den Armen.

Ich weiß nicht, wie ich die nächsten Stunden überstand. Mein Gehirn schien unabhängig von mir zu arbeiten. Ich wusste, dass ich die Dinge in Ordnung bringen und Catriona schützen musste. Andy hatte ein Motorrad mit einem Beiwagen. Ich ging durch den Wald zu seinem Häuschen und kehrte damit zu Catrionas Wohnung zurück. Wir setzten ihn in den Beiwagen, und ich fuhr zu Thane's Cave bei East Wemyss hinunter. Es gibt dort eine Reihe von Höhlen, die seit fünftausend Jahren von Menschen genutzt werden. Ich hatte

schätzte, vor Mai würde nicht einmal bemerkt werden, dass es weg war. Es klang also nach einer guten Idee.

Jedenfalls, die Nacht der Übergabe kam, und wir machten uns auf. Wir hatten beschlossen, dass Catriona das Geld nehmen sollte, und dann wollten wir dich ihrer Mutter übergeben. Wir würden mit Catriona fliehen. Am nächsten Tag, wenn die Kidnapper sicher sein konnten, dass das Lösegeld echt war, und nachdem sie Catriona angeblich hatten laufenlassen, würde sie auf irgendeiner Straße auftauchen. Inzwischen wollte ich Toby sein Drittel geben, er würde seines Weges ziehen, und ich würde mich aufmachen, um oben in den Highlands einen Ort für uns zu suchen, wo wir wohnen und arbeiten konnten.

Nichts lief so, wie es sollte. Am Ort der Übergabe wimmelte es von bewaffneten Polizisten, allerdings war uns das nicht bewusst. Außerdem erfuhr ich erst, als wir mit dem Boot bei unserem Treffpunkt anlegten, dass Toby eine Pistole dabeihatte. Und auch Grant hatte eine Schusswaffe. Damit war eine Katastrophe vorprogrammiert. Und sie traf ein.

Selbst nach all diesen Jahren schnürt mir der Gedanke daran noch die Kehle zu. Alles lief nach Plan, aber aus irgendeinem Grund machte Catrionas Mutter bei der Übergabe des Lösegelds ein großes Theater. Grant verlor die Nerven und fuchtelte mit seiner Pistole herum. Dann schaltete Toby den Scheinwerfer aus, und das Schießen begann. Catriona geriet ins Kreuzfeuer. Ich trug eine Nachtsichtbrille vom Army-Shop und sah sie ein paar Meter von mir entfernt fallen. Ich rannte hin. Sie starb in meinen Armen. Es war in Sekunden vorbei. Sie hatte die Tasche mit dem Lösegeld fallen lassen, als sie getroffen wurde, und Toby hob sie auf. Ich wusste nicht, was ich tun sollte. Du warst noch im Boot in deiner Tragetasche. Wir hatten geplant, dich an der Anlegestelle zurückzulassen. Aber ich wusste, ich

konnte dich nicht dort lassen, nicht jetzt, da deine Mutter tot war. Ich konnte dich nicht zurücklassen, damit Grant dich nach seinem Vorbild aufziehen würde. So rannten wir zum Boot. Ich packte die Tragetasche, warf sie wieder an Bord, und wir setzten uns ab, so schnell wir konnten.
Das Einzige, was nach Plan lief, waren unsere Vorkehrungen zum Schutz vor Peilsendern. Das Lösegeld war eine Mischung aus Scheinen und ungeschliffenen Diamanten. Wir steckten das Geld in eine andere Tasche, die wir mitgebracht hatten, und warfen die Originaltasche über Bord. Dann ließ ich die Tasche mit den Diamanten ins Meerwasser hängen und sich vollsaugen. Wir dachten, das Wasser würde die Funksender zerstören, die sie vielleicht dazwischen plaziert hatten. Das schien seine Wirkung zu tun, denn niemand verfolgte uns, als wir die Küste entlang nach Dysart rasten, wo Tobys Boot schon seit ein paar Tagen vertäut lag. Es war nur ein paar Meilen, und wir kamen an, bevor der Hubschrauber aufgestiegen war. Wir hörten und sahen ihn vom Boot aus. Nachdem er weg war, brachte Toby das Schlauchboot aus dem Hafen hinaus und versenkte es vor der Küste. Dann verkrochen wir uns bis zum Morgengrauen und brachen mit der morgendlichen Flut auf. Ich war, ehrlich gesagt, in einem Schockzustand. Ein paarmal war ich kurz davor, zur nächsten Polizeidienststelle zu gehen, um mich zu stellen. Aber Toby blieb gefasst und rettete uns alle.
Es dauerte ein paar Wochen, bis wir nach Italien kamen. Wir wuschen das meiste Geld in Kasinos an der französischen Küste. Der Löwenanteil des Lösegelds waren die ungeschliffenen Diamanten, die wir behielten.
Als wir in Italien ankamen, trennten wir uns. Ich verließ Toby und das Boot und mietete für einige Monate ein Haus in den Bergen bei Lucca, bis ich entschieden hätte, wo ich leben

wollte. Ich erinnere mich nicht an vieles aus jener Zeit. Ich war benommen vor Kummer, Schuldgefühlen und dem entsetzlichen Schmerz, Catriona verloren zu haben. Wärst du nicht gewesen, hätte ich es vielleicht nicht überstanden. Ich kann immer noch nicht fassen, wie alles so fehlschlagen konnte.

Ich weiß, dass du wahrscheinlich denkst, ich hätte es ziemlich gut gehabt. Mit dem Lösegeld konnte ich uns das Haus in Costalpino kaufen, und es war noch etwas übrig, das ich anlegte. Die Einkünfte davon sorgten sozusagen für die Marmelade zum Butterbrot, das ich mit dem Malen verdiente. Ich durfte den Rest meines Lebens an einem schönen Ort verbringen, meinen Sohn aufziehen und die Dinge malen, die ich malen wollte, ohne mir jemals allzu große Sorgen wegen Geld machen zu müssen.

Der einzige Grund, weshalb du denkst, dass es mir ziemlich gutging, ist, dass du deine Mutter nie gekannt hast.

Als sie starb, war für mich alles aus. Du bist seit damals das Einzige, was Licht in mein Leben bringt, und du solltest nicht unterschätzen, welche Freude es für mich war, diese Jahre mit dir zu verbringen. Es bricht mir das Herz, dass ich nicht lange genug leben werde, um zu sehen, was du in Zukunft in deinem Leben erreichen wirst. Du bist ein ganz besonderer Mensch, Adam. Ich nenne dich so, weil es der Name ist, den wir gemeinsam für dich gewählt haben.

Ein Letztes wünsche ich mir noch von dir. Ich möchte, dass du mit deinem Großvater Kontakt aufnimmst. Ich habe ihn letzte Woche zum ersten Mal gegoogelt: Sir Broderick Maclennan Grant. Seine Freunde nennen ihn Brodie. Er lebt auf Rotheswell Castle in Fife. Seine erste Frau, deine Großmutter, beging zwei Jahre nach Catrionas Tod Selbstmord. Er hat jetzt eine andere Frau und einen Sohn, der Alec heißt. Du siehst also, du hast eine Familie. Du hast einen Großvater und einen Onkel, der eine Reihe von Jahren jünger ist als du! Nutze dies, so gut du kannst, mein Sohn. Du hast viel Zeit aufzuholen, und du bist jetzt Manns genug, einem Tyrannen wie Brodie Grant die Stirn zu bieten.

Jetzt weißt du alles. Sprich mich schuldig oder vergib mir, es ist deine Entscheidung. Aber zweifle nie daran, dass du in Liebe gezeugt und geboren und jeden einzelnen Tag deines Lebens geliebt wurdest. Pass auf dich auf, Adam.

Mit all meiner Liebe

Dein Vater, Mick der Bergmann

Gabriel ließ das letzte Blatt auf die anderen fallen. Er nahm die erste Seite wieder zur Hand und las alles noch einmal, und dabei wurde ihm bewusst, dass Matthias irgendwann wieder hereingekommen war. Es kam ihm vor, als läse er die Zusammenfassung einer Filmhandlung. Unmöglich, es mit seinem eigenen Leben in Verbindung zu bringen. Zu absurd, um wahr zu sein. Er fühlte sich, als sei seinem Leben das Fundament genommen worden und als hänge er in der Luft wie eine Figur aus einem Cartoon, die vor dem unvermeidlichen schrecklichen Absturz über dem Abgrund schwebte. »Weiß Ursula das alles?«, fragte er und wusste, dass dies keine wichtige Frage war, aber er wollte trotzdem eine Antwort.

»Manches davon«, antwortete Matthias und setzte sich mit einer weiteren Flasche Wein in der Hand schwerfällig Gabriel gegenüber. »Sie weiß nicht, wer deine Mutter war, noch kennt sie Daniels ganze Geschichte. Sie weiß, dass er eine vorgetäuschte Entführung organisiert hat, weil er mit dir und deiner Mutter zusammen sein wollte. Aber sie weiß nichts von der Schießerei am O.K. Corral.«

Die Leichtfertigkeit, mit der Matthias über den Tod seiner Mutter sprach, versetzte Gabriel einen Stich. *Toby hatte eine Pistole dabei.* Er stieß ein halbherzig verächtliches Schnauben aus. »Die ganzen Jahre dachte ich, dass ich mit einem Haufen alter Hippies mit überholten linken Idealen zusammenlebte. Und jetzt zeigt sich, dass ihr eine Bande von Kriminellen auf der Flucht seid, nachdem ihr die schlimmste Sorte von kapitalistischem Verbrechen begangen habt.«

Er wusste, dass es wichtigere Dinge gab, über die man hätte reden sollen, aber er musste sich an sie herantasten, wie ein Hund, dem ein heißes Essen vorgesetzt wird und der zuerst am Rand knabbert, weil er mit mehr nicht zurechtkommt. *Toby hatte eine Pistole dabei.*

»Du siehst das ganz falsch, Gabe, mein Lieber«, widersprach Matthias, der dabei war, einen weiteren Joint zu drehen. »Du solltest uns als moderne Robin Hoods betrachten, die die ganz Reichen berauben und das Geld auf gerechtere Weise verteilen.«

»Du und mein Dad habt wie Gott in Frankreich gelebt und genau das getan, was ihr wolltet – wie treibt denn das den Kampf gegen den internationalen Kapitalismus voran?« Gabriel bemühte sich nicht einmal, den Hohn auf seinem Gesicht und in seiner Stimme zu verbergen. »Wenn mein Großvater die Kunst meiner Mutter unterstützt hätte, wäre all dies nie passiert. Sag bloß nicht, ihr hättet das alles für einen höheren Zweck getan. Ihr habt es gemacht, weil ihr euer eigenes Ding durchziehen wolltet und einen Weg gefunden hattet, jemand anderen dafür zahlen zu lassen.« Er lehnte den Joint mit einer ungeduldigen Handbewegung ab. Denn er wollte nicht die paar Reste an Klarheit verlieren, über die er noch verfügte.

»He, Gabe, fäll nicht so schnell ein Urteil über uns.«
»Warum nicht? Geht es bei Gesualdo nicht darum? Es ist, als wäre das Letzte, was Daniel tat, die Aufforderung an mich, ihn zu verurteilen. Soll ich ihn als einen Mörder sehen oder als einen Mann, der durch seine Bilder erlöst wurde? Oder erlöst dadurch, dass er mich liebte und aufzog, so gut er konnte?« Gabriel suchte in den Blättern des Briefes nach der letzten Seite. »Hier ist es, von ihm selbst geschrieben: ›Sprich mich schuldig oder vergib mir, es ist deine Entscheidung.‹ Er wollte, dass ich mir selbst eine Meinung bilde über das, was ihr getan habt.« Heißer Zorn stieg in ihm auf, breitete sich aus und machte es schwerer, vernünftig zu sein. *Toby hatte eine Pistole dabei.*
»Und du solltest ihm vergeben«, erwiderte Matthias. »Du zweifelst unsere Motive an, aber ich sage dir, er wollte einfach ein Leben mit dir und Cat aufbauen. Die Umstände waren gegen ihn. Wir versuchten nur, das Gleichgewicht wiederherzustellen, das ist alles, Gabe.«
Seine lässige Selbstzufriedenheit provozierte Gabriel. »Und wieso gab euch das das Recht, für mich Entscheidungen zu treffen?«
»Was redest du da?«
»Du und Daniel, ihr habt entschieden, was ich über mich selbst wissen und wann ich es erfahren sollte. Ihr habt mich von meiner Familie ferngehalten. Ihr habt mich angelogen hinsichtlich meiner Herkunft, habt mich glauben gemacht, dass ich nur Daniel, dich und Ursula hätte. Ihr habt mir die Chance genommen, meinen Großvater zu kennen, während ich aufwuchs. Meine Großmutter wäre vielleicht noch am Leben, wenn sie mich bei sich gehabt hätte.«
Matthias atmete den Rauch aus. »Gabe, es gab kein Zurück für uns. Meinst du, wenn du unter Brodie Grants

Fuchtel aufgewachsen wärst, wäre das ein besseres Leben gewesen als das, das du hattest?« Er schnaubte verächtlich. »Das würdest du nicht sagen, wenn du nur einen Schimmer davon hättest, wie schwer er Cat das Leben gemacht hat.« Er stand auf, holte eine Platte Hasch und schnitt mit einem scharfen Messer ein Stück davon ab.

»Aber ich habe keine Ahnung, oder? Weil ich wegen euch beiden und den Entscheidungen, die ihr für mich getroffen habt, nie die Gelegenheit bekam, diese Erfahrung zu machen.« Gabriel schlug mit der flachen Hand auf den Tisch. »Gut, ich werde die verlorene Zeit aufholen. Ich gehe nach Schottland zurück. Ich werde meinen Großvater suchen und ihn selbst kennenlernen. Vielleicht ist er das Ungeheuer, als das ihr ihn darstellt. Oder vielleicht ist er nur jemand, der das Beste für seine Tochter wollte. Und nach dem zu urteilen …«, er schlug mit der Hand auf den Brief, dass die Seiten im matten Licht flatterten, »lag er nicht so sehr falsch. Ich meine, mein Vater war ja nicht gerade ein vorbildlicher Bürger, oder?«

Matthias ließ das Messer fallen und starrte Gabriel an. »Ich glaube, dorthin zurückzugehen ist keine besonders gute Idee.«

»Warum nicht? Es ist Zeit, dass ich meine Familie kennenlerne, meinst du nicht?«

»Darum geht es nicht.«

»Worum denn dann?«

Matthias machte eine hilflose kleine Handbewegung. »Sie werden wissen wollen, wo du die letzten zweiundzwanzig Jahre gewesen bist. Und das ist durchaus ein Problem für mich.«

»Was hat es mit dir zu tun?«

»Denk doch mal nach, Gabe. Mord oder Geiselnahme verjährt nicht. Sie werden mich aufspüren und den Rest meines Lebens einsperren.«

Toby hatte eine Pistole dabei. »Ich werde ihnen nichts verraten, das dich belastet«, sagte Gabriel und verzog verächtlich den Mund. »Du brauchst dich um deine eigene Haut nicht zu sorgen. Darauf werde ich achten.«

Matthias lachte. »Du hast wirklich keine verdammte Ahnung, wer dein Großvater ist. Du meinst, du kannst Brodie Grant einfach etwas abschlagen? Er wird deine ganze Vergangenheit aufdecken, wird alles zurückverfolgen und jede Bewegung aufdecken, die du in all den Jahren gemacht hast. Er wird nicht ruhen, bis er mich gekreuzigt hat. Hier geht es nicht nur um dich.«

»Es ist mein Leben.« Sie schrien sich jetzt beide an, Empörung und Angst schürten die von Drogen und dem übermäßigen Alkoholgenuss genährte Paranoia. »Wenn er mich zurückbekommt, warum zum Teufel sollte sich mein Großvater dann noch für dich interessieren?«

»Weil er den Wunsch, Rache zu nehmen, nie aufgeben wird, damit er nicht die Verantwortung übernehmen muss.«

»Verantwortung? Verantwortung wofür?«

»Dafür, dass er Cat umgebracht hat.« Schon während er es aussprach, verzog sich Matthias' Gesicht vor Entsetzen. Sobald ihm die Worte über die Lippen gekommen waren, wusste er um die Ungeheuerlichkeit dessen, was er gerade gesagt hatte.

Gabriel starrte ihn ungläubig an. »Du bist verrückt. Du behauptest, dass mein Großvater seine eigene Tochter erschossen hat?«

»Genau das sage ich. Ich glaube nicht, dass er vorhatte …«

Gabriel sprang auf, und sein Stuhl fiel krachend zu Boden. »Ich kann's nicht fassen … du verlogenes Stück … du

würdest alles Mögliche sagen, um dich aus der Verantwortung zu stehlen«, rief er unzusammenhängend. »Du hattest eine Pistole dabei. Du bist derjenige, der sie erschossen hat, oder? Das ist in Wirklichkeit passiert. Nicht mein Großvater. Du. Deshalb willst du nicht, dass ich dorthin zurückgehe, weil du dich nicht deinen eigenen Taten stellen willst.«
Matthias stand auf und ging mit ausgestreckten Händen um den Tisch herum auf Gabriel zu. »Du verstehst das alles dermaßen falsch«, beteuerte er. »Bitte, Gabe.«
Gabriels Gesicht war zu einer Maske der Wut und des Schocks erstarrt. Er nahm das Messer vom Tisch und stürzte sich auf Matthias. Er raste vor Zorn und Schmerz, und obwohl er keine eindeutige Absicht hatte, nahm alles seinen Lauf wie nach einem minutiösen Plan. Matthias brach zusammen und fiel dann nach hinten, ein dunkelroter kleiner Punkt wurde schnell zu einem Fleck auf seinem T-Shirt. Gabriel stand keuchend über ihm, schluchzte und unternahm keine Anstrengung, das Blut zu stillen. *Toby hatte eine Pistole dabei.*
Matthias griff sich an sein versagendes Herz, dem langsam das Blut ausging, das es durch den Körper pumpen sollte. Seine Brust hob und senkte sich und wurde langsam ruhiger, bis sie sich nicht mehr bewegte. Gabriel hatte keine Ahnung, wie lange Matthias zum Sterben brauchte, er bemerkte nur, dass seine Beine am Ende so müde waren, dass sie ihn kaum noch aufrecht halten konnten. Er fiel zu Boden, wo er stand, am Rand der langsam gerinnenden Blutlache, die sich um Matthias' Leiche ausgebreitet hatte.
Die Zeit verrann. Schließlich waren es Schritte und eine lebhafte Unterhaltung auf der Loggia, die ihn aufweckten. Max und Luka kamen hereingeschlendert, vom Erfolg der Aufführung an diesem Abend beschwingt. Als sie die bluti-

ge Szene vor sich sahen, blieben sie unvermittelt stehen. Max stieß einen Fluch aus, Luka bekreuzigte sich. Dann kam Rado mit Ursula herein. Sie erblickte Matthias, öffnete den Mund zu einem lautlosen Schrei, fiel auf die Knie und kroch auf ihn zu.

»Er hat meine Mutter umgebracht«, sagte Gabriel mit matter, kalter Stimme.

Ursula drehte ihm den Kopf zu, und ihre Lippen entblößten die Zähne zu einem wütenden Fauchen. »Du hast ihn getötet?«

»Es tut mir leid«, flüsterte er. »Er hat meine Mutter umgebracht.

Ursula wimmerte: »Nein. Nein, es ist nicht wahr. Er hätte keiner Fliege was zuleide getan.« Sie berührte vorsichtig mit den Fingerspitzen Matthias' tote Hand.

»Er hatte eine Pistole. Das steht im Brief. Daniel hat mir einen Brief hinterlassen.«

»Was machen wir jetzt, verdammt noch mal?«, schrie Max und unterbrach damit die makaber-vertrauliche Unterhaltung. »Wir können doch nicht die Bullen rufen.«

»Er hat recht«, pflichtete Rado bei. »Sie werden es einem von uns in die Schuhe schieben. Einem der Illegalen, nicht dem Sohn des Malers.«

Ursula presste die Hände mit gespreizten Fingern an die Wangen, als wolle sie sich das Gesicht zerkratzen. Ihr ganzer Körper hob und senkte sich wie in einem Anfall von Würgereiz. Dann gelang es ihr schließlich irgendwie, ihre Kräfte zu sammeln. Ihr Gesicht war mit Matthias' Blut beschmiert wie eine schreckliche Parodie auf Tarnbemalung, und sie stürzte sich mit einem grauenvollen Schrei auf Gabriel.

Max und Luka warfen sich spontan zwischen sie und Gabriel, zogen sie zurück und verhinderten, dass sie ihm die

Augen auskratzte. Keuchend spuckte sie auf den Boden. »Wir haben dich wie einen Sohn geliebt«, schrie sie. Dann zischte sie etwas auf Deutsch, das wie ein Fluch klang.

»Er hat meine Mutter umgebracht«, beharrte Gabriel. »Wusstest du das?«

»Ich wünschte, er hätte dich getötet«, rief sie.

»Bringt sie raus«, brüllte Rado.

Max und Luka zogen sie hoch und trugen sie halb zur Tür.

»Bete, dass ich dich nie wieder sehe«, schrie Ursula, während sie hinausgebracht wurde.

Rado kauerte neben Gabriel. »Was ist passiert, Mann?«

»Mein Vater hat mir einen Brief hinterlassen.« Er schüttelte den Kopf, vom Schock und vom Alkohol benommen. »Jetzt ist alles aus, oder? Er hat meine Mutter umgebracht, aber ich werde ins Gefängnis kommen.«

»Scheiße, nein, Mann«, widersprach Rado. »Ursula geht auf keinen Fall zu den Bullen. Es würde gegen alles verstoßen, an das sie glaubt.« Er legte den Arm um Gabriel. »Außerdem können wir nicht zulassen, dass sie uns in den Mist mit reinzieht. Nie im Leben geh ich dahin zurück, wo ich hergekommen bin. Matthias ist tot, wir können nichts mehr tun, um ihm zu helfen. Aber wir brauchen nicht alles noch schlimmer zu machen.«

»Sie wird mich nicht ungestraft davonkommen lassen«, sagte Gabriel und beugte sich zu Rado vor. »Du hast sie doch gehört. Sie wird mir etwas antun wollen.«

»Wir werden ihr helfen«, versprach Rado. »Wir haben dich gern, Mann. Und sie wird sich irgendwann daran erinnern, dass sie das auch tut.«

Gabriel legte das Gesicht in die hohlen Hände und ließ den Tränen freien Lauf. »Was soll ich nur tun?«, klagte er.

Als sein Schluchzen nachgelassen hatte, zog ihn Rado auf

die Beine hoch. »Ich will nicht wie ein kaltherziger Dreckskerl klingen, aber das Erste, was du machen musst, ist, mir helfen, Matthias' Leiche loszuwerden.«

»Was?«

Rado breitete die Hände aus. »Keine Leiche, kein Mord. Selbst wenn wir Ursula nicht von den Bullen fernhalten können, werden sie sich nicht darum kümmern, wenn keine Leiche da ist.«

»Du willst, dass ich dir helfe, ihn zu begraben?« Gabriel klang matt, als sei dieser Schritt zu viel und er könne ihn nicht bewältigen.

»Ihn begraben? Nein. Begrabene Leichen tauchen meistens wieder auf. Wir werden ihn zum Feld runtertragen. Maurizios Schweine fressen alles, was man ihnen gibt.«

Am Morgen wusste Gabriel, dass Rado recht gehabt hatte.

Donnerstag, 5. Juli 2007,
Celadoria bei Greve im Chianti-Gebiet

Während Gabriel sich jetzt an diese Nacht erinnerte, hatte er das Gefühl, dass Bel Richmond seinen Magen mit einem Löffel auskratzte. Seinen Vater zu verlieren war schlimm genug gewesen. Aber Daniels Brief und das, wozu er geführt hatte, war verheerend. Es war, als sei sein Leben wie ein Stück Stoff von oben bis unten zerrissen und als Lumpen auf den Boden geworfen worden. Hatte ihn der Brief schon ins Chaos gestürzt, dann wurde alles dadurch noch unendlich viel schlimmer, dass er Matthias getötet hatte. Sein Vater war nicht der Mann gewesen, für den er ihn gehalten hatte. Seine Lügen hatten so vieles vergiftet. Aber Gabriel selbst war schlimmer als ein Lügner. Er war ein Mörder. Er hatte eine Tat begangen, deren er sich selbst nie für fähig gehalten hätte. Wenn Grundelemente seines Lebens sich als unwirkliche Einbildung entpuppten, wie konnte er da überhaupt noch mit Vertrauen an etwas festhalten?

Er war mit dem Gedanken aufgewachsen, seine Mutter sei Kunsterzieherin gewesen, habe Catherine geheißen und sei bei seiner Geburt gestorben. Solange Gabriel denken konnte, hatte er gegen dieses Schuldgefühl angekämpft. Er hatte die Einsamkeit und Traurigkeit seines Vaters gesehen und auch die Verantwortung dafür auf sich genommen. Er hatte sein ganzes Leben eine Bürde getragen, die erstunken und erlogen war.

Er wusste nicht mehr, wer er war. Seine Herkunft war eine Geschichte, die erfunden worden war, um Daniel und Matthias vor den Folgen der schrecklichen Sache zu schützen, die sie angezettelt hatten. Ihnen zuliebe wurde er aus dem Land verschleppt, in das er gehörte, und war auf fremdem Boden aufgezogen worden. Wer weiß, wie sein Leben verlaufen wäre, wenn er in Schottland statt in Italien aufgewachsen wäre? Er fühlte sich ausgesetzt, entwurzelt und vorsätzlich um sein Geburtsrecht betrogen.

Seine Qualen wurden noch verstärkt durch die ständige Angst, die hinter ihm zu schwanken schien wie die Kulisse einer Puppenspielerbude. Jedes Mal, wenn er ein Auto hörte, sprang er auf und drückte sich an die Wand, denn er war überzeugt, dass diesmal die Carabinieri kamen, um ihn abzuholen, weil Ursula darauf bestanden hatte. Er hatte versucht, seine Spuren zu verwischen, es fehlte ihm jedoch die Erfahrung seines Vaters, und er fürchtete, dass es ihm nicht gelungen war.

Aber die Zeit verstrich, und nach ein paar Wochen, in denen er wie ein krankes Tier eingesperrt lebte, hatte er begonnen, sich wieder zu fangen. Nach und nach fand er eine Möglichkeit, sich von der Schuld zu distanzieren, indem er sich sagte, dass Matthias über zwanzig Jahre frei und unbeschwert gelebt und nie einen Penny der Schuld abgetragen hatte, die durch Catrionas Tod entstanden war. Gabriel hatte ihn nur gezwungen, für das Leben zu büßen, das er ihnen allen – Catriona, Daniel und Gabriel selbst – gestohlen hatte. In moralischer Hinsicht und so, wie Daniel ihn erzogen hatte, war das nicht wirklich zufriedenstellend. Aber indem Gabriel an dieser Überzeugung festhielt, konnte er zumindest versuchen, weiterzukommen, mit seinen Gewissensbissen fertig zu werden und seinen Schmerz anzunehmen.

Vor allem eine Notwendigkeit trieb ihn an. Er wollte die Familie finden, die ihm rechtmäßig zustand, die Sippe, nach der er sich immer gesehnt hatte, den Stamm, zu dem er gehörte. Er wollte das Zuhause haben, das ihm vorenthalten worden war, und in einem Land sein, wo die Leute aussahen wie er und nicht wie Figuren, die aus mittelalterlichen Gemälden entsprungen waren. Aber er hatte gewusst, dass er noch nicht so weit war. Er musste Ordnung in seinen Kopf bringen, bevor er versuchen konnte, es mit Sir Broderick Maclennan Grant aufzunehmen. Das wenige, was er aus dem Brief seines Vaters, durch Matthias und durch das Internet hatte herausfinden können, hatte ihn überzeugt, dass Grant es einem Bittsteller nicht leichtmachen würde. Gabriel wusste, dass er imstande sein musste, sich zu behaupten und seine Geschichte klar zu schildern, falls jene schreckliche Nacht im April ihn jemals verfolgen sollte.

Und jetzt sah es so aus, als sei dies eingetreten. Die verflixte Bel Richmond mit ihrem Nachbohren und ihrer Zielstrebigkeit würde die einzige Hoffnung zerstören, an die er sich während der letzten Wochen geklammert hatte. Sie wusste, dass sie einer Sache auf der Spur war. Gabriel hatte bislang nicht viel mit den Medien zu tun gehabt. Aber er wusste genug, um sich darüber im Klaren zu sein, dass sie jetzt, da sie die Fäden ihrer Geschichte beisammenhatte, nicht aufgeben würde, bis sie ihn eingesponnen hatte. Und wenn sie ihren Knüller veröffentlichte, würde jegliche Hoffnung auf ein neues Leben mit der Familie seiner Mutter dahin sein. Brodie Grant würde sich gewiss nicht freuen, einen Mörder in die Arme zu schließen. Aber Gabriel würde das nicht geschehen lassen. Er konnte nicht zum zweiten Mal alles verlieren. Es war ungerecht. Es war so ungerecht.

Irgendwie blieb er gefasst und hielt ihrem ausdauernden Blick stand. Er musste herausfinden, was genau sie wusste. »Was glauben Sie denn, was geschah?«, fragte er mit einem

Hohnlächeln auf dem Gesicht. »Oder sollte ich sagen, was wollen Sie behaupten und der Welt mitteilen, dass geschah?«

»Ich glaube, Sie haben Matthias umgebracht. Ich weiß nicht, ob Sie es planten oder ob es spontan war. Aber, wie ich schon sagte, es gibt einen Zeugen, der Sie beide an jenem Tag zusammen gesehen hat. Der einzige Grund, weshalb er es nicht der Polizei erzählt hat, ist, dass er nicht begreift, wie bedeutend das ist, was er mitbekommen hat. Wenn ich es ihm erklären würde, dann natürlich ... na ja, es ist ja nicht gerade höhere Mathematik, oder, Adam? Ich habe drei Tage gebraucht, um Sie zu finden. Ich weiß, dass die Carabinieri den Ruf genießen, eine etwas lange Leitung zu haben, sie brauchen also vielleicht ein bisschen länger. Zeit genug, sich unter die schützenden Fittiche Ihres Großvaters zu begeben, würde ich meinen. Oh, aber er ist ja nicht Ihr Großvater, oder? Das ist ja nur mein Hirngespinst.«

»Sie können nichts von alldem beweisen«, entgegnete er, goss den letzten Wein in ihr Glas und ging dann zum Weinregal, um noch eine Flasche zu holen. Er fühlte sich in die Enge getrieben, hatte eine schreckliche Zeit hinter sich. Und jetzt würde diese verdammte Frau ihm die einzige Hoffnung stehlen, die ihn aufrecht hielt. Mit dieser Herausforderung gab er ihr die Chance, zu verhindern, dass er tun musste, was immer nötig war, um sie aufzuhalten.

Er sah über seine Schulter. Bel achtete im Moment nicht auf ihn. Sie war vertieft in ihre Jagd und konzentrierte sich darauf, wie sie das Gespräch in die Richtung lenken konnte, die sie anstrebte. Zerstreut antwortete sie: »Es gibt Möglichkeiten. Und ich kenne sie alle.«

Er hatte ihr die Chance gegeben, und sie hatte sie ausgeschlagen. Seine Vergangenheit war unrettbar beschädigt. Er hatte nur die Zukunft und konnte nicht zulassen, dass sie ihm die nahm. »Das glaube ich nicht«, entgegnete er und schritt von hinten auf sie zu.

Im letzten Moment drang ein intuitives Warnsignal zu ihrem Gehirn vor, und sie fuhr gerade noch schnell genug herum, dass sie das Aufblitzen eines Messers wahrnahm, das unerbittlich auf sie niederstieß.

Nach Phils erster Annäherung wurde das Tempo rasant. Die Kleider abgeworfen. Haut auf fiebernder Haut. Einmal er obenauf, dann wieder sie. Dann ins Schlafzimmer. Das Gesicht unten, legte er die Hände um ihre Brüste, ihre Hände klammerten sich an den Rahmen des Bettendes. Als sie endlich eine Pause vor einer zweiten Runde brauchten, lagen sie nebeneinander und lächelten sich dümmlich an.

»Wo ist denn das Vorspiel abgeblieben?«, sagte Karen kichernd.

»Das ist es doch, was unsere Zusammenarbeit während der letzten Jahre war«, antwortete Phil. »Das Vorspiel. Du hast mich die ganze Zeit total heiß gemacht. Dein Verstand ist so sexy wie dein Körper, weißt du das?«

Sie schob eine Hand vor und strich über die weiche Haut unter seinem Nabel. »Ich wollte das schon so lange machen.«

»Ich auch. Aber ich wollte wirklich nicht unsere berufliche Zusammenarbeit verderben. Wir sind ein gutes Team. Ich wollte es nicht riskieren, das kaputtzumachen. Wir lieben beide unsere Arbeit zu sehr, um das aufs Spiel zu setzen. Und außerdem ist es gegen die Vorschriften.«

»Was hat sich also geändert?«, wollte Karen mit einem unguten Gefühl im Magen wissen.

»In Dunfermline wird die Stelle eines Inspectors frei, und man hat mir inoffiziell mitgeteilt, dass ich sie haben kann, wenn ich sie will.«

Karen wich etwas zurück und stützte sich auf einen Ellbogen.

»Du gehst weg aus der Abteilung für ungelöste Fälle?«

Er seufzte. »Das werde ich müssen. Ich will doch auch mal

befördert werden, und hier ist kein Platz für noch einen Inspector. Außerdem bekomme ich auf die Art dich noch dazu.« Sein Gesicht wurde angespannt und besorgt. »Wenn du das willst, natürlich nur.«

Sie wusste, wie gern er an ungelösten Fällen arbeitete. Aber ihr war auch klar, dass er ehrgeizig war. Nachdem durch ihre Beförderung seine Karrierechancen blockiert waren, hatte sie erwartet, dass er früher oder später gehen würde. Aber sie hatte nicht damit gerechnet, dass sie in seinen Überlegungen eine Rolle spielte. »Es ist die richtige Entscheidung für dich«, meinte sie. »Es ist besser, sich schnell abzusetzen, bevor die Makrone merkt, dass er dich genauso sehr hassen sollte wie mich. Aber es wird mir fehlen, mit dir zusammenzuarbeiten.«

Er rutschte näher an sie ran und rieb die Handflächen sanft gegen ihre Brustwarzen. »Dafür werde ich dich entschädigen.«

Sie ließ ihre Hand nach unten gleiten. »Sieht so aus«, erwiderte sie. »Aber es wird eine Menge mehr nötig sein, um mich zu entschädigen.«

Boscolata, Toskana

Carabiniere Nico Gallo zertrat die Zigarette unter dem Absatz seines glänzend polierten Stiefels und stieß sich von dem Olivenbaum ab, an den er sich gelehnt hatte. Er wischte die Rückseite seines Hemds und seiner enganliegenden Hose ab und ging den Weg hinunter, der am Olivenhain von Boscolata entlanglief.

Er hatte es satt. Hunderte von Meilen entfernt von seinem Zuhause in Kalabrien in einer Kaserne zu wohnen, die kaum besser war als eine Fischerhütte, und trotzdem bei jedem Arbeitseinsatz den beschissensten Teil zugeteilt zu bekommen. Er konnte kaum einen Tag hinter sich bringen, ohne zu bedauern, dass er sich für eine Karriere bei den Carabinieri entschieden hatte. Sein Großvater, der ihn zu seiner Wahl ermutigt hatte, hatte ihm erzählt, dass Frauen auf Männer in Uniform stehen. Das mag vielleicht zu den Zeiten des alten Mannes der Fall gewesen sein, aber heutzutage war es genau umgekehrt. Alle Frauen seines Alters, die er kennenlernte, schienen Feministinnen, Umweltschützerinnen oder Anarchistinnen zu sein. Für sie war seine Uniform eine Provokation ganz anderer Art.

Und für ihn war Boscolata nur eine weitere Hippiekommune, wo Leute ohne Respekt für die Gesellschaft wohnten. Er hätte wetten können, dass sie keine Steuern zahlten. Und er hätte wetten können, dass der Mörder, der das unbekannte Opfer in der Villa Totti auf dem Gewissen hatte, nicht weit weg war. Es war Zeitverschwendung, hier draußen in der Nacht auf Patrouille zu gehen. Wenn der Mörder seine Spur hatte verwischen wollen, hatte er Monate dafür Zeit gehabt. Und selbst jetzt, vermutete Nico, wussten alle in Boscolata, wie man in die alte Villa hineinschlüpfte, ohne dass er etwas davon mitbekam. Genau so wäre es jedenfalls, wenn dies ein Dorf im Süden unten wäre.

Noch eine Runde um den Olivenhain, dann würde er zum Auto zurückgehen und eine Tasse Espresso aus der Thermosflasche trinken, die er in weiser Voraussicht mitgebracht hatte. Dies waren die Marksteine, die es möglich machten, wach und aufmerksam zu bleiben: Kaffee, Zigaretten und Kaugummi. Wenn er an die Ecke kam, die der Villa Totti am nächsten lag, konnte er sich eine weitere Zigarette anzünden.

Als das Zischen seines Streichholzes verklang, merkte Gallo, dass noch ein anderes Geräusch in der Nachtluft lag. So weit oben auf dem Hügel war es still in der Dunkelheit, außer den Grillen, hier und da einem Nachtvogel und manchmal einem Hundebellen war nichts zu hören. Aber jetzt war die Stille von dem angestrengten Brummen eines Autos unterbrochen, das den steilen Weg heraufkam, der nach Boscolata und auf der anderen Seite weiterführte. Aber merkwürdigerweise war kein Abblendlicht zu sehen. Er konnte nur einen schwachen Lichtschimmer durch die Bäume und Hecken hindurch erkennen, als fahre das Fahrzeug mit Standlicht. Dafür konnte es seiner Meinung nach nur einen Grund geben. Der Fahrer hatte etwas vor, bei dem er unbeobachtet bleiben wollte.

Gallo warf einen bedauernden Blick auf seine Zigarette. Er hatte genug für die Nachtschicht mitgenommen, aber das hieß nicht, dass er eine verschwenden wollte. So legte er schützend die Hand darum und ging näher an das Haus heran, um jedem den Weg abzuschneiden, der versuchen wollte, den Tatort zu betreten.

Bald wurde ihm klar, dass er die falsche Entscheidung getroffen hatte. Statt auf Boscolata und die Villa zuzufahren, schwenkten die Lichter am Ende der Olivenbäume nach rechts ab. Fluchend nahm Gallo einen letzten Zug von seiner Zigarette und begann dann, so schnell und so leise wie möglich an der Seite des Feldes hinunterzulaufen.

Er konnte schemenhaft die Umrisse eines Kleinwagens ausmachen und blieb am Rand der Bäume stehen, wo das Eigentum der Totti an die beträchtlichen Flächen grenzte, die von dem Kerl mit den Schweinen bewirtschaftet wurden. Maurizio, hieß er nicht so, der alte Mann? Irgend so was. Gallo war noch etwa zwanzig Meter entfernt und versuchte, sich geräuschlos näher heranzuschleichen.

Die Innenbeleuchtung ging an, als die Fahrertür sich öffnete. Gallo sah einen recht großen Typen in dunkler Trainingshose und mit einer Baseballmütze aussteigen und die Heckklappe öffnen. Er schien einen aufgerollten Teppich oder so etwas Ähnliches herauszuzerren und bückte sich, um sich das Bündel auf die Schultern zu hieven. Als er sich aufrichtete und auf den robusten Drahtzaun zuging, hinter dem die Schweine eingesperrt waren, schwankte er leicht unter dem Gewicht seiner Last. Gallo wurde es plötzlich entsetzlich flau im Magen, als er begriff, dass es hier nicht um einen Fall von illegaler Müllentsorgung ging, sondern um etwas viel Schwerwiegenderes. Der boshafte Kerl wollte eine Leiche an die Schweine verfüttern. Jedermann wusste, dass Schweine absolut alles fressen. Und dies war unbestreitbar ein menschlicher Körper.

Er packte seine Taschenlampe und schaltete sie an. »Polizei! Stehenbleiben!«, rief er im bedrohlichsten Tonfall, den er hinbekam. Der Mann stockte, stolperte und fiel vornüber, wobei seine Last auf dem Zaun landete und nun quer darüberhing. Er kam wieder auf die Beine, rannte zum

Wagen zurück und erreichte ihn Sekunden vor Gallo. Er sprang hinein, ließ den Motor an und rammte, gerade als Gallo sich auf die Motorhaube warf, den Rückwärtsgang rein. Der Carabiniere versuchte sich festzuhalten, aber der Wagen raste rüttelnd und schwankend rückwärts auf den Weg zu. Schließlich rutschte er als schmähliches Häufchen herunter, und der Wagen verschwand in die Nacht hinaus.

»O Gott«, stöhnte er und rollte herum, damit er sein Funkgerät erreichen konnte. »Zentrale? Hier Gallo, halte Wache bei der Villa Totti.«

»Verstanden, Gallo. Was ist Ihr Zehner-Code?«

»Zentrale, ich kenne für das hier nicht den Code. Ein Typ wollte gerade eine Leiche in einen Schweinepferch werfen.«

Freitag, 6. Juli 2007,
Kirkcaldy

Schon das erste Klingeln des Telefons weckte Karen aus ihrem leichten Schlaf. Benommen und orientierungslos tastete sie nach dem Hörer, und die freudige Erregung bei dem Murmeln »Telefon« an ihrem Ohr machte sie hellwach. Er war noch da. Er hatte sich nicht davongestohlen. Er war noch da. Sie nahm den Hörer und zwang sich, die widerstrebenden Augenlider zu öffnen. Der Wecker zeigte 05:47 Uhr an. Sie bearbeitete doch alte Fälle. Sie wurde zu dieser Zeit morgens nicht angerufen. »DI Pirie«, brummte sie.

»Morgen, DI Pirie«, begrüßte sie eine abstoßend muntere Stimme. »Hier ist Linda von der Polizeizentrale. Ich hatte gerade einen Capitano di Stefano von den Carabinieri in Siena am Apparat. Ich hätte Sie normalerweise nicht aufgeweckt, aber er meinte, es sei dringend.«

»Ist schon in Ordnung, Linda«, seufzte Karen, rollte von Phil weg und versuchte, ihren Kopf auf Arbeitsmodus zu schalten. Was könnte denn um Viertel vor sechs morgens bei einem eventuellen, vor drei Monaten begangenen Mord bloß so dringend sein? »Schießen Sie los.«

»Es gibt nicht viel loszuschießen, Inspector. Er sagte nur, ich solle Ihnen ausrichten, er hätte Ihnen eine E-Mail mit einem Foto geschickt, um zu fragen, ob Sie die Person identifizieren können. Und es ist dringend. Er sagte es dreimal, ich glaube, er hat es ernst gemeint.«

»Ich kümmere mich gleich darum. Danke, Linda.« Sie legte auf, und Phil zog sie sofort wegen einer anderen dringenden Angelegenheit an sich.

Sie drehte und wand sich und versuchte sich freizumachen.
»Ich hab was zu tun«, wehrte sie ab.
»Ich auch.« Er drückte seine Lippen auf ihren Mund und küsste sie.
Karen wich keuchend zurück. »Kannst du 'n Quickie hinlegen?«
Er lachte. »Ich dachte, ihr Frauen mögt keine Quickies.«
»Besser du gewöhnst dich schon mal jetzt daran, bevor die Noteinsätze losgehen«, entgegnete sie und zog ihn fest an sich.

Karen fühlte sich nur ein wenig schuldig, als sie endlich ihr E-Mail-Postfach öffnete. Die angekündigte Nachricht von di Stefano war die neueste in ihrem Posteingang. Sie öffnete sie mit einem Klick und lud den Anhang herunter, während sie den kurzen Text las. *Jemand hat versucht, den Cinta-di-Siena-Schweinen von Maurizio Rossi eine Leiche zu verfüttern. Vielleicht ist da auch das andere Opfer gelandet. Hier ist ein Bild von ihrem Gesicht. Vielleicht wissen Sie, wer es ist?* O Gott, was für ein scheußlicher Gedanke. Sie hatte gehört, Schweine seien dafür bekannt, dass sie alles fressen außer der Gürtelschnalle, wenn Bauern das Pech hatten, in ihren Trog zu fallen. Aber sie wäre nie darauf gekommen, das als eine Möglichkeit zur Beseitigung einer Leiche zu betrachten.
Und dann kam ihr ein noch widerwärtigerer Gedanke. *Schwein frisst Opfer. Schwein verarbeitet Menschen zu seinem eigenen Fleisch. Schwein wird zu Salami verarbeitet. Und Menschen essen schließlich Menschen.* Sie glaubte nicht, dass Maurizio Rossi noch viel verkaufen würde, wenn dies erst mal bekannt geworden war.
Karen zögerte und fragte sich, wieso di Stefano vermutete,

dass sie das Opfer erkennen würde. Könnte es Adam Maclennan Grant sein, dem seine Zukunft mit seinem Großvater im letzten Moment vereitelt wurde? Oder der auf geheimnisvolle Weise verschwundene Matthias alias Toby Inglis? Ihr Mund wurde ganz trocken vor Beklemmung, aber sie klickte auf den Anhang.

Das Gesicht, das auf dem Bildschirm erschien, war eindeutig das einer Leiche. Der Funke, der selbst noch Komapatienten belebt, war komplett verschwunden. Aber es war trotzdem auf schockierende Weise unverkennbar. Einen Tag zuvor hatte Karen Bel Richmond noch befragt. Und jetzt war sie tot.

A1, Firenze–Milano

Es gab keinen Grund, Bels Mietwagen verschwinden zu lassen, fand Gabriel. Zu diesem Zeitpunkt jedenfalls nicht. Der verrückte Dreckskerl von einem Polizisten hatte ihn zu Tode erschreckt, aber er konnte die Autonummer nicht gesehen haben. Niemand würde einen Wagen, der von einer englischen Journalistin gemietet worden war, mit dem in Verbindung bringen, was auf dem Hügel von Boscolata geschehen war. Das Wichtigste war jetzt, sich weit von der Toskana zu entfernen. Die Vergangenheit und ihre entsetzlichen Konsequenzen hinter sich zu lassen. Einen Schlussstrich zu ziehen und direkt in die Zukunft zu fahren.

Es war schrecklich gewesen, aber er hatte die Leiche entkleidet, teilweise, um den Schweinen ihre schmutzige Arbeit zu erleichtern, und teilweise, um die Identifizierung zu erschweren für den unwahrscheinlichen Fall, dass sie so früh gefunden wurde, dass eine Identifizierung möglich war. Das hatte sich als eine sehr gute Entscheidung erwiesen. Schlimm genug, dass der verrückte Cop aus dem Nichts aufgetaucht war. Es wäre tausendmal schlimmer gewesen, wenn er der Leiche etwas von ihren Kleidern gelassen hätte, dadurch wäre es sehr viel leichter gewesen, ihre Identität festzustellen.

Und deshalb würde der Mietwagen vorerst sicher sein. Er würde ihn im Parkhaus am Züricher Flughafen abstellen und von dort einen Flug nehmen. Weil Daniel immer beharrlich betont hatte, dass es auf der Britischen Insel für ihn außer schmerzlichen Gefühlen und Gespenstern nichts gebe, war er nie dort gewesen und hatte keine Ahnung, wie streng die Kontrollen bei der Einreise sein würden. Aber es gab keinen Grund, anzunehmen, dass man ihn oder seinen britischen Pass besonders gründlich mustern sollte.

Er wünschte, er hätte Bel nicht töten müssen. Schließlich war er keine eiskalte Tötungsmaschine. Aber er hatte schon einmal alles verloren. Er wusste, wie das war, und er konnte den Gedanken nicht ertragen, das noch einmal durchstehen zu müssen. Selbst Mäuse wehren sich, wenn sie in die Enge getrieben werden, und er hatte auf jeden Fall mehr Selbstvertrauen als eine Maus. Sie hatte ihm keine Wahl gelassen. Wie Matthias hatte sie ihn zu sehr bedrängt. Na gut, bei Matthias war es anders gewesen. Da hatte er die Kontrolle verloren. Als ihm klar wurde, dass jemand, den er seit seiner Kindheit geliebt hatte, der Mörder seiner Mutter war, hatte das in seinem Kopf den Schmerz aufbrechen lassen, und er hatte zugestochen, bevor er überhaupt wusste, dass er ein Messer in der Hand hatte.

Bei Bel war ihm bewusst gewesen, was er tat. Aber er hatte aus Selbstschutz gehandelt. Er war kurz davor gewesen, mit seinem Großvater Kontakt aufzunehmen, als Bel in sein Leben einbrach und alles zu zerstören drohte. Das Letzte, was er brauchen konnte, war, dass sie alles verriet und ihn mit Matthias' Ermordung in Verbindung brachte. Er wollte im Haus seines Großvaters als unbeschriebenes Blatt ankommen und weigerte sich, sein Leben, das ihm vorenthalten worden war, jetzt von einer Sensationsjournalistin zerstören zu lassen.

Er sagte sich immer wieder, dass er getan hatte, was er tun musste. Und dass es gut war, dass er deswegen ein schlechtes Gewissen hatte. Das bewies, dass er im Grunde ein anständiger Mensch war. Er war von den Ereignissen überwältigt worden. Er war kein schlechter Mensch. An dieser

Überzeugung musste er verzweifelt festhalten. Er war dabei, ein neues Leben zu beginnen. Innerhalb von Tagen würde Gabriel Porteous tot und Adam Maclennan Grant unter den Fittichen seines reichen und mächtigen Großvaters in Sicherheit sein.

Für Reue wäre später noch Zeit.

Susan Charleson mochte es offensichtlich nicht, wenn die Polizei ohne vorherige Aufforderung auftauchte. Die wenigen Minuten Vorwarnung zwischen Karens Ankunft am Tor und ihrem Erscheinen an der Eingangstür waren für Grants rechte Hand nicht lang genug, um ihre Brüskierung zu verbergen. »Wir haben Sie nicht erwartet«, sagte sie statt eines höflichen Willkommensgrußes.

»Wo ist er?« Karen fegte herein und zwang Susan, schnell zwei Schritte zur Seite zu treten.

»Wenn Sie Sir Broderick meinen, er ist noch nicht zu sprechen.«

Karen sah demonstrativ auf ihre Uhr. »Siebenundzwanzig Minuten nach sieben. Ich wette, er sitzt noch beim Frühstück. Werden Sie mich zu ihm führen, oder muss ich ihn selbst aufspüren?«

»Das ist ja unerhört«, beschwerte sich Susan. »Weiß Assistant Chief Constable Lees, dass Sie hier sind und sich so selbstherrlich aufführen?«

»Ich bin sicher, dass er es bald wissen wird«, entgegnete Karen über die Schulter, als sie durch den Flur losmarschierte. Sie riss die erste Tür auf, an der sie vorbeikam. Eine Garderobe. Die nächste Tür war ein Büro.

»Lassen Sie das«, sagte Susan scharf. »Sie überschreiten Ihre Kompetenzen, Inspector.« Die nächste Tür war ein kleiner Empfangsraum. Karen hörte Susan hinter sich herlaufen. »Na gut«, meinte sie schnippisch, während sie Karen überholte. Sie blieb vor Karen stehen und streckte ihr abwehrend die Arme entgegen, offenbar glaubte sie, das würde Karen aufhalten. »Ich werde Sie zu ihm führen.«

Karen folgte ihr in den hinteren Teil des Gebäudes. Susan öffnete die Tür zu einem hellen Frühstücksraum, der auf den See und den Wald am anderen Ufer hinausging. Aber Karen hatte keine Augen für die Aussicht oder das Buffet, das auf der langen Anrichte aufgebaut war. Sie hatte nur Interesse an dem Paar, das am Tisch saß, zwischen ihnen ihr Sohn. Grant stand sofort auf und blickte sie finster an. »Was ist los?«, fragte er.

»Es ist Zeit für Lady Grant, Alec für die Schule fertigzumachen«, erklärte Karen, wobei sie selbst bemerkte, dass das wie aus einem schlechten Theaterstück klang; aber es war ihr egal, für die Umgehung von Peinlichkeiten blieb keine Zeit.

»Wie können Sie es wagen, in mein Haus einzudringen und hier herumzuschreien.« Er hatte als Erster die Stimme erhoben, aber das schien er nicht zu bemerken.

»Ich schreie nicht, Sir. Was ich Ihnen mitzuteilen habe, ist nicht dazu geeignet, es vor einem Kind auszusprechen.« Karen heftete den Blick auf seine Augen und ließ sich nicht einschüchtern. Aus irgendeinem Grund konnte sie an diesem Morgen die geringe Angst vor den Folgen vollständig ablegen.

Grant warf einen schnellen, verlegenen Blick auf seinen Sohn und seine Frau. »Dann gehen wir woandershin, Inspector.« Er ging zur Tür voraus. »Susan, Kaffee. In mein Büro.«

Karen musste sich anstrengen, mit seinen langen Schritten mitzuhalten, und hatte kaum zu ihm aufgeschlossen, als er in einen spartanisch eingerichteten Raum stürmte, wo auf einem Glasschreibtisch ein großes Notizbuch mit Spiralbindung lag und ein ultraflacher Laptop stand. Hinter dem Schreibtisch befand sich ein funktionaler, ergonomisch geformter Bürostuhl. An einer Wand stand ein Schubladen-

schrank, an der anderen zwei Stühle, die Karen von einer Reise nach Barcelona kannte, als sie bei der Stadtrundfahrt aus Versehen beim Mies-van-der-Rohe-Pavillon aus dem Bus ausgestiegen war und sich von dessen Ruhe und Schlichtheit überraschen und faszinieren ließ. Die Stühle hier zu sehen gab ihr festen Boden unter den Füßen. Sie konnte sich gegen jeden Bonzen behaupten, sagte sie sich.
Grant warf sich auf seinen Stuhl wie ein bockiges Kind. »Was zum Teufel soll das alles?«
Karen stellte ihren schweren Rucksack auf den Boden und lehnte sich mit verschränkten Armen gegen einen Aktenschrank. Sie trug ihr schickstes Kostüm; das hatte sie bei Hobbs in Edinburgh als Sonderangebot erstanden, in ihm konnte sie Eindruck machen. Sie hatte das Gefühl, die Situation absolut unter Kontrolle zu haben. Zum Teufel mit Brodie Grant.
»Sie ist tot«, erwiderte sie kurz und bündig.
Grant nahm mit einem Ruck den Kopf zurück. »Wer ist tot?« Er klang empört.
»Bel Richmond. Werden Sie mir endlich sagen, hinter was sie her war?«
Er versuchte ein lässiges Achselzucken. »Ich habe keine Ahnung. Sie war freie Journalistin, keine Angestellte von mir.«
»Sie arbeitete für Sie.«
Er winkte ab, wies alles von sich. »Ich habe sie als Kontaktperson für die Presse beschäftigt, für den Fall, dass sich bei den Ermittlungen zu diesem alten Fall etwas ergeben sollte.« Er verzog tatsächlich geringschätzig den Mund. »Was zu diesem Zeitpunkt nicht sehr wahrscheinlich zu sein scheint.«
»Sie arbeitete für Sie«, wiederholte Karen. »Sie hat viel

mehr getan, als den Kontakt zur Presse vorzubereiten. Sie war keine PR-Managerin. Sie war eine investigative Journalistin, und sie hat für Sie ermittelt.«

»Ich weiß nicht, woher Sie Ihre Ideen nehmen, aber ich kann Ihnen versichern, Sie werden sich zu diesem Fall nicht mehr den Kopf zu zerbrechen brauchen, nachdem ich mit Simon Lees gesprochen habe.«

»Nur zu. Ich werde ihm gern erzählen, dass Bel Richmond gestern in Ihrem Privatjet nach Italien geflogen ist. Dass sie am Flughafen von Florenz auf Kosten Ihrer Firma einen Mietwagen genommen hat. Und dass der Mann, der sie ermordet hat, von der Polizei ertappt wurde, als er ihre nackte Leiche an Schweine verfüttern wollte. Das war etwa zweihundert Meter von dem Haus entfernt, wo Bel selbst das Poster gefunden hat, das diese ganze Ermittlung ins Rollen brachte.« Karen richtete sich auf, ging zum Schreibtisch hinüber und stützte sich mit den Fäusten auf. »Ich bin nicht die blöde Pappnase, für die Sie mich halten.« Sie starrte ihn wütend an.

Bevor er sich entschließen konnte, was er ihr entgegnen sollte, kam eine junge Frau im schwarzen Kleid mit Kaffee auf einem Tablett herein. Sie sah sich unsicher um. »Auf den Schreibtisch, Mädchen«, ordnete Grant an.

Karen vermutete, dass er ihr wohl keine Tasse Kaffee anbieten würde.

Sie wartete, bis sie hörte, dass die Tür hinter ihr geschlossen wurde, dann sagte sie: »Ich glaube, Sie sollten mir erzählen, warum Bel nach Italien flog. Es war wahrscheinlich der Grund dafür, dass sie umkam.«

Grant neigte den Kopf nach hinten und schob ihr sein kräftiges Kinn entgegen. »Soweit ich weiß, Inspector, erstreckt sich die Zuständigkeit der Polizei von Fife nicht auf Italien.

Diese Sache hat nichts mit Ihnen zu tun. Sie sollten also verschwinden.«

Karen lachte laut auf. »Mir haben schon bessere Männer als Sie gesagt, ich solle verschwinden, Brodie«, erwiderte sie. »Aber Sie sollten wissen, dass ich auf Anfrage der italienischen Polizei hier bin.«

»Wenn die italienische Polizei mit mir reden will, kann sie herkommen und das tun. Reden wir doch gleich mit dem Chef. So mache ich es immer. Außerdem, wenn dieses Gespräch offiziell wäre, dann hätten Sie doch Ihren Helfer dabei, der die Notizen macht. Ich kenne unsere schottischen Gesetze, Inspector. Und jetzt, wie ich schon sagte, verschwinden Sie!«

»Keine Sorge, ich gehe. Aber damit das klar ist, für die italienische Polizei brauche ich keine Bestätigung für eine Zeugenaussage. Und noch etwas kann ich Ihnen gratis mitgeben: Wenn ich Ihre Frau wäre, würde es mir wirklich zu denken geben, wie viele Frauenleichen es in Ihrem Windschatten gibt. Ihre Tochter. Ihre Frau. Und jetzt Ihre Sklavin.«

Seine Lippen zogen sich zu einem animalischen Zähnefletschen zurück. »Wie können Sie es wagen?«

Obwohl sie sich vorgenommen hatte, unter jeder Bedingung kontrolliert zu bleiben, hatte Grant es geschafft, sie zu provozieren. Karen nahm ihre Tasche und zog eine maßstabgetreue Zeichnung vom Ort der Lösegeldübergabe heraus. »Deshalb kann ich es wagen«, sagte sie und breitete den Plan auf Grants Schreibtisch aus. »Sie denken, Ihr Geld und Ihr Einfluss können alles kaufen. Sie denken, Sie können die Wahrheit begraben, wie Sie Ihre Frau und Ihre Tochter begraben haben. Aber ich bin hier, Sir, um zu beweisen, dass Sie sich täuschen.«

»Ich weiß nicht, wovon Sie reden.« Grant konnte seine Worte nur zwischen den angespannten Lippen hervorpressen.

»Die offizielle Version«, erklärte sie und stieß den Finger auf die Karte. »Cat nimmt die Tasche von Ihrer Frau, die Kidnapper geben einen Schuss ab, der sie in den Rücken trifft und tötet. Die Polizei gibt einen Schuss ab, der weit danebengeht.« Sie sah zu ihm auf. Sein Gesicht war eine reglose, starre Maske der Wut. Sie hoffte, dass ihr Gesichtsausdruck dem seinen ebenbürtig war. »Und dann wäre da die Wahrheit: Cat nimmt die Tasche von Ihrer Frau, sie dreht sich um, um sie den Kidnappern zu übergeben. Sie fuchteln mit Ihrer Pistole herum, die Kidnapper verdunkeln den ganzen Strand, Sie feuern.« Sie sah ihm direkt in die Augen. »Und Sie töten Ihre eigene Tochter.«

»Das ist ein krankes Hirngespinst«, zischte Grant.

»Ich weiß, dass Sie während der ganzen Jahre die Tatsachen nicht anerkennen wollten, aber das ist die Wahrheit. Und Jimmy Lawson ist bereit, es zu bezeugen.«

Grant schlug mit der Hand auf den Schreibtisch. »Ein verurteilter Mörder? Wer wird ihm glauben?« Seine Oberlippe zitterte, während er höhnisch lächelte.

»Es gibt noch jemanden, der weiß, dass Sie in jener Nacht eine Schusswaffe dabeihatten. Dieser Zeuge ist jetzt im Ruhestand, und Sie haben keine Möglichkeit mehr, ihn zu bedrohen. Vielleicht können Sie Simon Lees dazu bringen, mir den Mund zu verbieten, aber der Geist ist jetzt aus der Flasche. Es würde nicht schaden, wenn Sie bei der Aufklärung von Bel Richmonds Ermordung mit mir zusammenarbeiteten.«

»Verlassen Sie mein Haus«, rief Grant. »Wenn Sie nächstes Mal kommen, sollten Sie einen Haftbefehl dabeihaben.«

Karen warf ihm ein schmales Lächeln zu. »Worauf Sie sich verlassen können.« Sie hatte immer noch jede Menge Munition, aber dies war nicht der rechte Zeitpunkt, sie zu verpulvern. Mick Prentice und Gabriel Porteous konnten noch einen Tag warten. »Es ist noch nicht vorbei, Brodie. Es ist nicht vorbei, bis ich sage, dass es vorbei ist.«

Der zukünftige Ex-Gabriel-Porteous hatte keinerlei Probleme beim Einreisen ins Vereinigte Königreich. Der Beamte der Einwanderungsbehörde zog seinen Pass durch, verglich sein Gesicht mit dem Foto und nickte ihm zu, er könne durchgehen. Auch für den Mietwagen brauchte er seinen alten Ausweis. Bei diesem Zusammenprall von Vergangenheit und Zukunft war es schwierig, im Gleichgewicht zu bleiben. Er wollte Gabriel und alles, was er getan hatte, hinter sich lassen, wollte sein neues Leben sauber und unbelastet beginnen. Emotional, psychisch und auch praktisch wollte er keine Verbindung mehr zu seinem alten Leben halten, um den italienischen Behörden keine Gelegenheit zu fatalen Fragen zu bieten. Er betete zu Gott, dass sein Großvater die klare Trennung von seiner Vergangenheit akzeptieren möge. Eines war sicher, er würde den Schock und den Schmerz, den der Brief seines Vaters ihm verursacht hatte, nicht zu übertreiben brauchen.

Er musste an einer Tankstelle anhalten und nach dem Weg zu Rotheswell Castle fragen, aber es war noch Vormittag, als er auf das eindrucksvolle Tor zufuhr. Er hielt an, stieg aus und grinste in die Überwachungskamera. Als er durch die Sprechanlage gefragt wurde, wer er sei und in welcher Angelegenheit er komme, antwortete er: »Ich bin Adam Maclennan Grant. Deshalb bin ich hier.«

Man ließ ihn fast fünf Minuten warten, bevor das äußere

Tor geöffnet wurde. Zuerst ärgerte es ihn. Seine Nervosität hatte ein unerträgliches Maß erreicht. Dann ging ihm auf, dass man nur solche Vorsichtsmaßnahmen ergriff, wenn es etwas Wichtiges zu schützen gab. Also wartete er und fuhr dann in den Pferch zwischen den beiden Toren hinein. Er ließ sich das Abklopfen durch den Wachmann gefallen. Als sein Fahrzeug durchsucht und er gebeten wurde, seine Reisetasche und seinen Rucksack zu öffnen, damit sie darin herumwühlen konnten, beklagte er sich nicht. Als man ihn endlich durch das innere Tor einließ und er den ersten Blick auf das erhaschte, was er verpasst hatte, blieb ihm fast die Luft weg.

Er fuhr langsam und bemühte sich, seine Gefühle unter Kontrolle zu halten. Er wünschte sich diesen neuen Anfang so sehr. Keine weiteren Schnitzer. Auf dem Kies nahe der Eingangstür parkte er, stieg aus dem Wagen und streckte sich genüsslich. Zu lang hatte er verkrampft auf dem Sitz gesessen. Jetzt straffte er die Schultern, richtete sich auf und ging auf die Tür zu. Während er näher kam, wurde sie geöffnet. Eine Frau in einem Tweedrock und einem Wollpullover stand auf der Schwelle. Ihre Hand flog unwillkürlich zum Mund, und sie stieß hervor: »Oh, mein Gott.«

Er lächelte sie mit seinem schönsten Lächeln an. »Hallo. Ich bin Adam.« Er streckte ihr die Hand hin. Ein Blick auf diese Frau, und er wusste, welche steifen Manieren in diesem Haus erwartet wurden.

»Ja«, stammelte die Frau. Die Höflichkeit gewann die Oberhand über ihre Gefühle, und sie nahm seine Hand, hielt sie fest und drückte sie. »Ich bin Susan Charleson, die persönliche Assistentin Ihres Groß… ich meine, von Sir Broderick. Was für ein außergewöhnlicher Schock. Eine Überraschung. Ein Blitz aus heiterem Himmel.« Sie brach in Lachen aus. »Hören Sie sich das an. Normalerweise bin ich nicht so. Es ist nur ... nun, ich konnte mir nie vorstellen, dass ich diesen Tag je erleben würde.«

»Das kann ich verstehen. Es ist auch für mich ein Schock gewesen.« Er befreite behutsam seine Hand. »Ist mein Großvater zu Hause?«

»Kommen Sie mit.« Sie schloss die Tür und führte ihn einen Flur entlang.

Aufgrund des Berufs seines Vaters war er in Italien in vielen schönen Häusern gewesen, aber dieses war ihm äußerst fremd. Mit den Steinwänden und der sparsamen Einrichtung kam ihm alles kalt und nackt vor. Aber es schadete nicht, höflich zu sein. »Ein wunderschönes Anwesen«, erklärte er bewundernd. »So etwas habe ich noch nie gesehen.«

»Wo wohnen Sie?«, fragte Susan, als sie in einen langen Korridor einbogen.

»Ich bin in Italien aufgewachsen. Aber ich habe vor, zu meinen Wurzeln zurückzukehren.«

Susan blieb vor einer schweren, beschlagenen Eichentür stehen. Sie klopfte, trat ein und bedeutete Adam, ihr zu folgen. Er sah den Raum nur undeutlich, ein Zufluchtsort, dessen Wände mit Büchern bedeckt waren. Seine ganze Konzentration war auf den weißhaarigen Mann gerichtet, der am Fenster stand. Seine tiefliegenden Augen waren undurchdringlich und sein Gesicht reglos.

»Guten Tag, Sir«, sagte Adam. Zu seiner Überraschung fiel ihm das Sprechen schwer. Gefühle, die er nicht erwartet hatte, kamen in ihm hoch, und er musste kräftig schlucken, um die Tränen zurückzuhalten.

Das Gesicht des alten Mannes verschwamm vor seinen Augen. Ein halb bekümmertes Lächeln umfing ihn. Er machte einen Schritt auf Adam zu und blieb dann stehen. »Hallo.«

Auch seine Stimme klang erstickt. Er schaute an Adam vorbei und winkte Susan, sie solle den Raum verlassen.

Die beiden Männer starrten einander erwartungsvoll an. Adam gelang es, die Fassung wiederzugewinnen, und er räusperte sich. »Sir, ich bin sicher, dass schon andere Leute zu Ihnen gekommen sind und behauptet haben, Catrionas Sohn zu sein. Ich wollte nur sagen, dass ich nichts von Ihnen haben will und bereit bin, mich jedem Test zu stellen, den Sie möchten – DNA, was auch immer. Bis mein Vater vor drei Monaten starb, hatte ich keine Ahnung, wer ich wirklich bin. Ich habe mich in diesen drei Monaten immer wieder gefragt, ob ich mit Ihnen Kontakt aufnehmen sollte oder nicht … Nun, und hier bin ich.« Er nahm Daniels Brief aus der Innentasche seines einzigen guten Anzugs. »Das ist der Brief, den er mir hinterlassen hat.« Er streckte Grant die zerknitterten Seiten entgegen, der sie nahm. »Ich werde gerne draußen warten, während Sie ihn lesen.«

»Das ist nicht nötig«, erwiderte Grant schroff. »Setzen Sie sich dorthin, wo ich Sie sehen kann.« Er nahm einen Stuhl, der dem, auf den er gezeigt hatte, gegenüberstand, und begann zu lesen. Mehrmals hielt er inne und musterte Adam genau, der sich zwang, ruhig und gelassen zu bleiben. Einmal schlug Grant die Hand vor den Mund, und seine Finger zitterten deutlich. Er kam zum Ende und starrte Adam durchdringend an. »Wenn Sie eine Fälschung sind, dann ist es eine verdammt gute.«

»Da ist auch noch das hier …« Adam nahm ein Foto aus seiner Tasche.

Catriona saß auf einem Küchenstuhl, die Hände über dem gewölbten, hochschwangeren Bauch gefaltet. Von hinten beugte sich Mick über ihre Schulter und hatte eine Hand auf die Wölbung gelegt. Sie lächelten beide. Die Szene sah

etwas gestellt aus wie für den Selbstauslöser. »Meine Mutter und mein Vater.«
Diesmal konnte Grant die Tränen nicht zurückhalten. Wortlos streckte er seinem Enkel die Arme entgegen. Adam stand mit feuchten Augen auf und ließ sich umfassen.
Es kam ihm vor, als nehme die Umarmung kein Ende, dabei dauerte sie gar nicht lange. Endlich lösten sie sich voneinander und wischten sich die Augen.
»Du siehst so aus wie ich vor fünfzig Jahren«, stellte Grant wehmütig fest.
»Trotzdem solltest du den DNA-Test machen lassen«, erklärte Adam. »Es gibt schlechte Menschen da draußen.«
Grant warf ihm einen langen, bedächtigen Blick zu. »Ich glaube, sie sind nicht nur da draußen«, erwiderte er mit melancholischem Tonfall. »Bel Richmond hat für mich gearbeitet.«
Adam gab sich Mühe, nicht zu zeigen, dass er den Namen kannte, aber er sah dem Gesicht seines Großvaters an, dass es ihm nicht gelungen war. »Sie hat mich besucht«, gab er zu. »Aber sie hat nie erwähnt, dass du ihr Chef bist.«
Grant lächelte dünn. »Ich würde nicht sagen, dass ich ihr Chef war. Aber ich habe ihr einen Auftrag gegeben, den sie für mich erledigen sollte. Das hat sie so gut gemacht, dass sie dabei umkam.«
Adam schüttelte den Kopf. »Das kann nicht stimmen. Es war doch erst gestern Abend, als ich mit ihr sprach.«
»Doch, es stimmt schon. Die Polizei war bereits hier. Anscheinend hat ihr Mörder versucht, sie an Schweine zu verfüttern, gleich neben der Villa, wo dein Freund Matthias bis ungefähr zu der Zeit wohnte, als dein Vater starb«, fuhr Grant grimmig fort. »Und die Polizei untersucht auch dort einen mutmaßlichen Mord. Der geschah zu der Zeit, als

Matthias und seine kleine Truppe von Puppenspielern verschwand.«

Adam hob die Augenbrauen. »Das ist bizarr«, meinte er. »Wer sonst soll noch tot sein?«

»Sie sind nicht sicher. Die Puppenspieler sind in alle Winde verstreut. Als Nächstes plante Bel, sie aufzuspüren. Aber dazu hatte sie keine Gelegenheit mehr. Sie war eine gute Journalistin. Gut darin, so lange herumzuschnüffeln, bis sie den Dingen auf die Spur kam.«

»So hört es sich an.«

»Wo ist also Matthias?«, fragte Grant.

»Ich weiß es nicht. Das letzte Mal habe ich ihn am Tag der Beerdigung meines Vaters gesehen. Ich ging mit in die Villa, damit er mir den Brief geben konnte. Ich ärgerte mich, als mir klar wurde, dass er schon immer gewusst hatte, wer ich in Wirklichkeit war. Ich war wütend und enttäuscht, dass er und mein Dad sich verschworen hatten, mich die ganzen Jahre von dir fernzuhalten. Als ich wegging, sagte ich, dass ich nie wieder von ihm hören wolle. Ich wusste nicht einmal, dass er Boscolata verlassen hat.« Er zuckte leicht mit einer Schulter. »Sie müssen sich zerstritten haben. Ich weiß, dass die anderen manchmal aufmüpfig wurden, weil Matthias den größeren Anteil der Einnahmen behielt. Es muss eskaliert sein. Und jemand kam um.« Er schüttelte den Kopf. »Das ist brutal.«

»Und Bel? Was ist da deine Theorie?«

Adam hatte während einer Nachtfahrt und eines Flugs Zeit gehabt, sich eine durchdachte Antwort darauf zurechtzulegen. Er zögerte einen Moment, als grüble er über die Möglichkeiten nach. »Wenn Bel in Boscolata herumgefragt hat, hätte der Mörder davon hören können. Ich weiß, dass zumindest einer von der Gruppe mit einer Frau aus dem Ort etwas hatte. Vielleicht hat ihm seine Freundin von Bel erzählt, und sie haben sie beobachtet. Wenn sie herausfanden, dass sie mich besuchen wollte, dachten sie vielleicht, dass sie zu gründlich recherchiert hätte und man sie loswerden musste. Ich weiß es nicht. Ich habe keine Ahnung, wie solche Leute denken.«

Grants Gesichtsausdruck war so undurchdringlich wie in dem Moment, als Adam ihn zuerst erblickt hatte. »Du klingst sehr überzeugend«, stellte er fest. »Manche würden vielleicht sagen, der Apfel fällt nicht weit vom Stamm.« Er verzog für einen Augenblick das Gesicht vor Schmerz. »Du hast recht mit dem DNA-Test. Wir sollten das so bald wie möglich machen lassen. In der Zwischenzeit, finde ich, du solltest bei uns bleiben. Lass uns anfangen, einander kennenzulernen.« Sein Lächeln war auf beunruhigende Weise ambivalent. »Die Welt wird sich sehr für dich interessieren, Adam. Darauf müssen wir uns einrichten. Wir brauchen nicht unbedingt ganz offen zu sein. Ich fand es schon immer wichtig, die Privatsphäre zu schützen.«

Es war ein heikler Moment gewesen, als der alte Mann zugegeben hatte, dass er Bel engagiert hatte. Seine Fragen waren hartnäckiger gewesen, als Adam erwartet hatte. Aber jetzt begriff er, dass eine Entscheidung gefallen war, eine Entscheidung für die Komplizenschaft. Zum ersten Mal, seit Bel zu ihm gekommen war, begann die unerträgliche Spannung sich zu lösen.

Freitag, 13. Juli 2007, Glenrothes

Die neueste Vorladung ins Büro der Makrone kam nicht ganz unerwartet. Karen hatte sich geweigert, sein Nein als Antwort zu akzeptieren, seit sie eine knappe E-Mail von Susan Charleson über die Rückkehr des verlorenen Enkels bekommen hatte. Sie wollte unbedingt mit Brodie Grant und seinem mörderischen Enkel sprechen, aber natürlich wurde es ihr untersagt, bevor sie Lees auch nur ihre Sicht der Dinge schildern konnte. Sie hatte gewusst, es würde Konsequenzen nach sich ziehen, dass sie Grant mit seinen Handlungen am Strand damals konfrontiert hatte. Und es war nicht überraschend, dass Grant seinen ersten Gegenschlag führte, indem er ihr vorwarf, sie suche verzweifelt nach jemandem, dem sie den Fall anhängen konnte, nachdem alle Kriminellen bereits tot waren. Karen hatte sich von der Makrone einen Vortrag über die Wichtigkeit guter Beziehungen zur Öffentlichkeit anhören müssen. Er erinnerte sie, dass sie drei ungelöste Fälle aufgeklärt hätte, ohne dass man jemanden vor Gericht stellen müsse. Sie hatte für die Abteilung für ungelöste Fälle Anerkennung errungen, und es wäre äußerst ungünstig, wenn sie Sir Broderick Maclennan Grant so bedrängte, dass er die Abteilung nun diskreditieren würde.

Als sie das Thema von Adam Maclennan Grants möglicher Verwicklung in zwei Morde in Italien anschnitt, war die Makrone grün im Gesicht angelaufen und hatte sie angewiesen, die Finger von einem Fall zu lassen, der sie nichts anginge.

Di Stefano war über Telefon und E-Mail während der vergangenen Woche in Kontakt mit Karen geblieben. Er berichtete, es sei ausreichend DNA an Bels Leiche gefunden worden. Einer der Teenager aus Boscolata hätte Gabriel alias Adam als den Mann identifiziert, den er mit Matthias am mutmaßlichen Tag des vermuteten Mordes in der Villa Totti gesehen hatte. Sie hätten das Haus in der Nähe von Greve gefunden, wo ein Mann gewohnt hatte, der der Beschreibung Adams entsprach. Sie hätten dort DNA aufgespürt, die mit den Rückständen an Bels Leiche übereinstimmte. Sie brauchten nur eine DNA-Probe von dem ehemaligen Gabriel Porteous, um den Fall vor einen Untersuchungsrichter zu bringen. Könnte Karen ihnen wohl den Gefallen tun?

Höchstens am Sankt-Nimmerleins-Tag.

Jetzt hatte die Makrone sie endlich zu sich gerufen. Ihre Gedanken ordnend, betrat sie ohne anzuklopfen sein Büro. Diesmal war sie diejenige, die einen Schock erlitt. Neben dem Schreibtisch, seitlich von der Makrone, aber dem Besucherstuhl zugewandt, saß Brodie Grant. Er lächelte über ihr Unbehagen. Freitag, der dreizehnte, natürlich.

Ohne auf eine Aufforderung zu warten, setzte sich Karen. »Sie wollten mich sprechen, Sir«, sagte sie und ignorierte Grant.

»Karen, Sir Broderick war so nett, uns die notariell beglaubigte Erklärung seines Enkels zu den Ereignissen in Italien zu bringen. Er dachte, und ich stimme ihm zu, dass dies die beste Vorgehensweise wäre.« Er wedelte mit zwei Blättern Papier vor ihr herum.

Karen starrte ihn ungläubig an. »Sir, ein einfacher DNA-Test ist die Art und Weise, wie wir vorgehen sollten.«

Grant beugte sich vor. »Ich glaube, nach dem Lesen der Erklärung werden Sie feststellen, dass ein DNA-Test eine eindeutige Verschwendung von Zeit und Mitteln wäre. Es hat keinen Sinn, jemanden zu testen, der offenkundig ein Zeuge ist, kein Verdächtiger. Nach wem auch immer die italienische Polizei suchen mag, es ist nicht mein Enkel.«

»Aber …«

»Und noch etwas, Inspector. Mein Enkel und ich werden nicht mit den Medien darüber sprechen, wo er die letzten zweiundzwanzig Jahre gewesen ist. Natürlich werden wir die Tatsache bekanntgeben, dass wir nach so langer Zeit diese außergewöhnliche Zusammenkunft erlebt haben. Aber keine Einzelheiten. Ich erwarte, dass Sie und Ihr Team das respektieren. Wenn Informationen an die Öffentlichkeit dringen, können Sie sicher sein, dass ich die verantwortliche Person verfolgen und dafür sorgen werde, dass sie haftbar gemacht wird.«

»Es wird aus diesem Büro nichts nach außen dringen, das kann ich Ihnen zusichern«, beteuerte die Makrone. »Nicht wahr, Karen?«

»Nichts, Sir«, räumte sie ein. Alles dicht. Nichts, was Phils unmittelbar bevorstehender Beförderung oder ihrem eigenen Team schaden könnte.

Lees wedelte mit den Papieren und reichte sie Karen. »Hier, Inspector. Schicken Sie dies an Ihren Kollegen in Italien, und dann können wir einen Schlussstrich unter unsere gelösten Fälle ziehen.« Er lächelte Grant entgegenkommend an. »Ich bin froh, dass wir dies so zufriedenstellend klären konnten.«

»Ich meinerseits auch«, pflichtete Grant bei. »Es ist schade, dass wir uns nicht mehr sehen werden, Inspector.«

»Ja, wirklich. Passen Sie auf sich auf, Sir«, sagte sie und stand auf. »Sie sollten vorsichtig sein. Und Ihr Sohn auch. Es wäre tragisch, wenn Adam noch weitere Verluste erleiden müsste.« Kochend vor Wut, verließ Karen den Raum. Sie stürmte in ihr Büro zurück, bereit, loszuschimpfen. Aber Phil war nicht an seinem Platz, und niemand anderes war als Zuhörer geeignet. »Scheiße, Scheiße, Scheiße«, murmelte sie und schlug gerade die Tür zu, als das Telefon zu läuten begann. Ausnahmsweise ignorierte sie es. Aber der Minzdrops steckte den Kopf durch die Tür. »Es ist eine Frau Gibson, sie will mit Ihnen sprechen.«

»Stellen Sie sie durch«, seufzte sie. »Hallo, Misha. Was kann ich für Sie tun?«

»Ich wollte nur wissen, ob es etwas Neues gibt. Als Ihr Sergeant vor zwei Wochen vorbeikam, um mir zu sagen, Sie seien ziemlich sicher, dass mein Vater in diesem Jahr starb, sagte er, es könnte eine Möglichkeit geben, dass er Kinder hatte, die wir auf Übereinstimmung testen könnten. Aber dann habe ich nichts mehr von Ihnen gehört ...«

Scheiße, Scheiße, Scheiße und noch mal Scheiße. »Es sieht nicht besonders hoffnungsvoll aus«, gestand Karen. »Die betreffende Person weigert sich, Proben für DNA-Tests abzugeben.«

»Wie meinen Sie das, weigert sich? Versteht er nicht, dass hier das Leben eines Kindes auf dem Spiel steht?«

Karen spürte Mishas heftige Gefühle sogar am Telefon. »Ich glaube, er ist eher darauf aus, sich da rauszuhalten.«

»Sie meinen, es ist ein Krimineller? Das macht mir nichts aus. Begreift er denn nicht? Ich werde seine DNA-Ergebnisse niemand anderem geben. Wir können es vertraulich regeln.«

»Ich werde Ihre Bitte weiterleiten«, versprach Karen müde.

»Können Sie mir helfen, direkt mit ihm Kontakt aufzunehmen? Ich flehe Sie an. Das Leben meines kleinen Jungen steht doch auf dem Spiel. Mit jeder Woche, die vergeht, wird seine Chance geringer.«

»Ich weiß. Ich verstehe das. Aber mir sind die Hände gebunden. Es tut mir leid. Ich werde die Bitte weitergeben, ganz bestimmt.«

Als spüre sie Karens Frustration, änderte Misha ihre Haltung und wurde entgegenkommender. »Es tut mir leid. Ich bin Ihnen dankbar, wie sehr Sie zu helfen versucht haben. Ich bin einfach verzweifelt.«

Nach dem Anruf saß Karen da und starrte ins Leere. Sie konnte den Gedanken nicht ertragen, dass Grant aus egoistischen Gründen einen Mörder schützte. Betrachtete man allerdings die Art und Weise, wie er seine eigene strafbare Handlung beim Tod seiner Tochter vertuscht hatte, war es nicht wirklich überraschend. Aber es musste doch einen Weg an diesem Hindernis vorbei geben. Sie und Phil waren in den letzten Wochen die Möglichkeiten schon so oft durchgegangen, dass es ihnen vorkam, als hätte das schon Spuren in ihrem Gehirn hinterlassen. Sie hatten darüber gesprochen, Adam zu überwachen, sich einer in der Öffentlichkeit weggeworfenen Coladose oder Wasserflasche zu bemächtigen. Sie hatten diskutiert, wie sie den Müll von Rotheswell stehlen und River so lange suchen lassen könnten, bis sie eine Entsprechung zu der italienischen DNA gefunden hatte. Aber sie hatten zugeben müssen, dass sie sich nicht einmal an Strohhalme, sondern höchstens an Schatten klammerten.

Karen lehnte sich auf ihrem Stuhl zurück und dachte daran, wie alles begonnen hatte. Misha Gibson, die sich verzweifelt an die letzte Hoffnung klammerte und bereit war, alles für ihr Kind zu tun. Genau wie Brodie Grant für seinen Enkel. Die Bande zwischen Eltern und Kindern … Und da

hatte sie es plötzlich. Großartig, schlau und wundervoll ironisch.
Karen schoss so schnell vom Stuhl hoch, dass er fast umfiel, und packte den Telefonhörer. Sie tippte River Wildes Nummer ein und trommelte mit den Fingern auf den Schreibtisch. Als River abnahm, konnte sie kaum in klaren Sätzen sprechen. »Hör zu, mir ist gerade eine Idee gekommen. Wenn man Halbgeschwister hat, da könnte man doch die Verwandtschaft über die DNA feststellen, oder?«
»Ja. Sie wäre nicht so deutlich wie bei Vollgeschwistern, aber man würde eine Entsprechung feststellen.«
»Wenn du DNA hättest und du bekämst eine Probe, die diesen Grad der Entsprechung zeigt, und du wüsstest, dass die Person einen Halbbruder oder eine Halbschwester hat, meinst du, das wäre genug, um eine richterliche Anordnung zu bekommen, damit Proben von dem Halbbruder genommen werden können?«
River zögerte einen Moment. »Ich könnte Argumente liefern«, sagte sie. »Ich glaube, es würde genügen.«
Karen holte tief Luft. »Du weißt ja noch, dass wir Misha Gibsons DNA bekamen, um sie mit dem Skelett in der Höhle zu vergleichen?«
»Ja«, bestätigte River vorsichtig.
»Hast du die noch?«
»Ist dein Fall noch in Bearbeitung?«
»Wenn ich ja sagen würde, was wäre dann deine Antwort?«
»Wenn der Fall noch läuft, bin ich laut Gesetz berechtigt, die DNA-Ergebnisse noch aufzubewahren. Wenn er abgeschlossen ist, sollte die DNA zerstört werden.«
»Er wird noch bearbeitet«, versicherte Karen. Was, ganz genau genommen, ja auch stimmte, da die einzigen Beweise gegen Mick Prentice beim Todesfall von Andy Kerr nur auf

Indizien beruhten. Sicher, das reichte, um die Akte zu schließen. Aber Karen hatte sie noch nicht zur Registratur zurückgeschickt, so war der Fall sozusagen noch nicht abgeschlossen.

»Dann habe ich die DNA noch.«

»Du solltest mir so schnell wie möglich eine Kopie mailen«, bat Karen und boxte vor Freude in die Luft. Sie sprang auf und machte ein paar Tanzschritte durchs Büro.

Fünfzehn Minuten später schickte sie eine Kopie von Misha Gibsons DNA mit einem Begleitschreiben per E-Mail an di Stefano in Siena. *Bitte lassen Sie Ihren DNA-Experten einen Vergleich machen. Ich glaube, dass dies eine Halbschwester des Mannes ist, der als Gabriel Porteous bekannt ist. Lassen Sie mich das Ergebnis wissen.*

Die nächsten Stunden waren die reinste Folter. Am Feierabend war immer noch keine Nachricht aus Italien da. Als Karen nach Haus kam, konnte sie nicht vom Computer wegbleiben. Alle zehn Minuten sprang sie auf und checkte ihre E-Mails.

»Wie schnell die Leidenschaft verfliegt«, neckte Phil sie vom Sofa aus.

»Ja, genau. Wenn ich es nicht täte, würdest du es tun. Du bist genauso scharf darauf, Brodies Enkel zu überführen, wie ich.«

»Du hast mich vollständig durchschaut, Chefin.«

Es war kurz nach neun, als die erwartete Antwort von di Stefano hereinkam. Mit angehaltenem Atem öffnete Karen die Nachricht. Zuerst konnte sie es nicht glauben. »Keine Entsprechung?«, sagte sie. »Keine verdammte Entsprechung? Wie kann das sein? Ich war so sicher …«

Sie warf sich aufs Sofa und ließ Phil sie an sich ziehen. »Ich kann's auch nicht glauben«, meinte er. »Wir waren alle so sicher, dass Adam der Mörder ist.« Er schnipste mit dem Finger dessen heuchlerische Stellungnahme vom Tisch, die Karen nach Haus mitgebracht hatte, um sie ihm zu zeigen. »Vielleicht sagt er die Wahrheit, so absurd es sich anhört.«

»Auf keinen Fall«, widersprach sie. »Mordende Marionettenspieler, die Bel durch Italien verfolgen? Da hab ich schon glaubhaftere Folgen von *Scooby Doo* gesehen.« Untröstlich kauerte sie sich zusammen, den Kopf unter Phils Kinn geschmiegt. Als ihr die neue Idee kam, fuhr ihr Kopf so plötzlich hoch, dass Phil sich fast die Zunge abbiss. Während er noch stöhnte, wiederholte Karen: »Wer kann schon so genau sagen, wer sein Vater ist?«

»Was?«, fragte Phil verblüfft.

»Was, wenn Fergus recht hat?«

»Karen, wovon redest du?«

»Alle dachten, dass Adam Fergus' Kind sei. Auch Fergus meint das. Er hat ungefähr zur fraglichen Zeit mit Cat geschlafen, nur einmal. Vielleicht hatte sie Krach mit Mick. Oder vielleicht war sie wütend, weil es Samstagabend und er bei seiner Frau und seinem Kind war und nicht bei ihr. Es ist eben passiert, aus welchem Grund auch immer.« Karen hüpfte auf den Knien auf dem Sofa herum, die Aufregung machte sie fast wieder zum Kind. »Was, wenn Mick sich all die Jahre getäuscht hätte? Was, wenn Fergus wirklich Adams Vater ist?«

Phil packte sie und gab ihr einen lauten Schmatz auf die Stirn. »Ich hab dir doch von Anfang an gesagt, dass ich deinen Verstand liebe.«

»Nein, du hast gesagt, er sei sexy. Das ist nicht ganz das Gleiche.« Karen schmiegte sich an seine Wange.

»Wie auch immer. Du bist so schlau, dass es mich antörnt.«

»Meinst du, es ist zu spät, ihn anzurufen?«

Phil stöhnte: »Ja, Karen. Wo er wohnt, ist es eine Stunde später. Warte bis morgen früh.«

»Nur wenn du versprichst, dass du mich ablenkst.«

Er drehte sie auf den Rücken. »Ich werde mein Bestes tun, Chefin.«

Mittwoch, 18. Juli 2007

Karen streckte sich in der Badewanne aus und genoss das doppelte Vergnügen von Schaum und Wasser auf ihrer Haut. Phil war beim Kricket, was, wie sie jetzt wusste, ein kurzes Spiel bedeutete, auf das ein langer Bierabend mit seinen Kumpeln folgte. Nachdem er reichlich getankt hatte, würde er, wenn die Kneipe schloss, nach Haus wanken, um heute dort zu übernachten. Es machte ihr nichts aus. Gewöhnlich traf sie sich mit Freundinnen und Kolleginnen zu einem Curry-Gericht und Tratsch. Aber heute Abend wollte sie allein sein. Sie erwartete einen Anruf und wollte ihn nicht in einem vollen Pub oder einem lauten Restaurant entgegennehmen. Sie wollte sicher sein, dass sie alles richtig verstand.

Fergus Sinclair hatte zunächst misstrauisch reagiert, als sie ihn aus heiterem Himmel angerufen und um eine DNA-Probe gebeten hatte. Ihre Argumentation war einfach gewesen: Ein Mann war aufgetaucht, der behauptete, Adam zu sein, und Karen war entschlossen, seine Vertrauenswürdigkeit jeder möglichen Prüfung zu unterziehen. Sinclair schwankte zwischen Zynismus und Begeisterung. In beiden Stimmungen war er überzeugt, dass er persönlich der beste Prüfstein sei, den es gab. »Ich werde es wissen«, beharrte er immer wieder. »Es ist ein Instinkt. Man kennt seine eigenen Kinder.«

Es war nicht der richtige Moment, ihm von Rivers Statistik zu erzählen, dass etwa zwischen zehn und zwanzig Prozent aller Kinder tatsächlich nicht der Nachwuchs der ihnen zugeordneten Väter waren. Und in den meisten dieser Fälle hatten die Väter keine Ahnung, dass sie den Nachwuchs nicht gezeugt hatten. Karen kam immer wieder darauf zurück, dass nur eine DNA-Analyse hieb- und stichfest sei. Endlich erklärte er sich bereit, zur Polizeistation in seiner Nähe zu gehen und eine DNA-Probe abzugeben.

Karen hatte den diensthabenden österreichischen Polizeibeamten überzeugen können, die Probe direkt per Kurier an River zu schicken. Die Makrone würde durchdrehen, wenn er die Rechnung sah, aber inzwischen kümmerte sie das nicht mehr. Um die Dinge zu beschleunigen, hatte sie di Stefano überredet, eine Kopie der DNA des italienischen Mörders an River zu mailen.

Und heute Abend würde sie es erfahren. Wenn aus der DNA hervorging, dass Fergus der Vater des italienischen Mörders war, hätte sie genug beisammen, um eine richterliche Anordnung zu bekommen, eine Probe von Adam zu nehmen. Nach schottischem Recht hätte sie ihn in U-Haft stecken und eine DNA-Probe fordern können, ohne ihn zu verhaften oder ihm etwas zur Last zu legen. Aber sie wusste, ihre Karriere würde vorbei sein, wenn sie versuchte, Adam Maclennan Grant wie jeden anderen Verdächtigen zu behandeln. Ohne eine richterliche Verfügung würde sie nicht in seine Nähe gehen. Aber wenn die DNA erst einmal aktenkundig war, konnte selbst Brodie Grants Macht ihn nicht aus den Klauen des Gesetzes befreien. Er würde für die Leben bezahlen müssen, die er zerstört hatte.

Ihre Gedanken wurden unterbrochen, als das Telefon klingelte. River hatte gesagt, neun Uhr, aber jetzt war es kaum halb acht. Wahrscheinlich ihre Mutter oder eine ihrer Freundinnen, die sie überzeugen wollte, es sich anders zu überlegen und sich ihnen anzuschließen. Mit einem Seufzer streckte sich Karen und nahm den Hörer vom Telefon auf dem Hocker neben der Badewanne.

»Ich habe Fergus Sinclairs DNA-Analyse vor mir«, sagte River. »Und ich habe auch die von Capitano di Stefano.«

»Und?« Karen bekam kaum Luft.

»Eine weitgehende Übereinstimmung. Wahrscheinlich Vater und Sohn.«

Donnerstag, 19. Juli 2007,
Newton of Wemyss

Die Stimme ist so sanft wie das Sonnenlicht, das durchs Fenster fällt. »Sag das noch mal.«

»Die Exfrau von Johns Cousin. Sie ist nach Australien gezogen. In die Nähe von Perth. Ihr zweiter Mann ist Bergbauingenieur oder so etwas.« Die Worte kommen jetzt so schnell, dass sie sich überschlagen, fast nur noch eine einzige stotternde Folge von Lauten.

»Und sie ist wieder hier?«

»Das sag ich dir doch.« Gereizte Worte in genervtem Ton. »Ein Klassentreffen nach fünfundzwanzig Jahren. Ihre Tochter Laurel ist sechzehn und begleitet sie im Urlaub. John hat sie beide vor zwei Wochen bei seiner Mutter getroffen. Er sagte nichts davon, weil er nicht wollte, dass ich mir zu früh Hoffnungen machte.« Ein plötzliches Gelächter. »Und das von dem großen Optimisten.«

»Und passt es? Wird es funktionieren?«

»Sie passen zusammen, Mum. Luke und Laurel. Es ist die bestmögliche Chance.«

Und so endet die Geschichte.

Danksagung

Es fing damit an, dass Kari »Mrs. Shapiro« Furre eine bizarre Entdeckung in der *casa rovina* weiter unten am Hügel machte. Die Familie Giorgi aus der *chiocciola contrada*, der Contrada der Schnecke, bot mir ihre Vermutungen an; die wunderbare Mamma Rosa verköstigte uns wie Könige und lehrte uns wie kleine Kinder; Marino Garaffi zieht immer noch die besten Schweine auf, selbst die, die mal zwischen den Gitterstäben am Tor steckenbleiben. Die Freundschaft, Liebenswürdigkeit und Großzügigkeit der Familie machen meine Sommeraufenthalte heiter und schön.

In Fife schulde ich Dank: meiner Mutter für ihre Erinnerungen; auch vielen Bergleuten und Musikern, deren Lieder und Geschichten sich durch meine Kindheitserinnerungen ziehen. Außerdem dem Fan des Raith Rovers Fußballclubs, der vorschlug, es sei an der Zeit für mich, mal wieder ein Buch zu schreiben, das im Vereinigten Königreich spielt. Und den Gemeinden, in denen ich aufwuchs und die vom Streik von 1984 und der schweren Zeit danach ruiniert wurden.

Professor Sue Black half mir wie immer großzügig mit ihrem Fachwissen und lässt mich nicht vergessen, dass ich Fehler mache.

Manchen Menschen, die dieses Buch ermöglicht haben, kann ich gar nicht genug danken. Mein Vater Jim McDermid, meine Großväter Tom McCall und Donald McDermid, die beide Bergleute waren, und mein »Ehrenonkel« Doddy Arnold – sie alle haben mir Türen zur Welt der Arbeiter geöffnet, eine Welt, deren Belastungen ihr Leben abkürzten.

Und schließlich Anerkennung und Dank an das Team, das mich immer antreibt, das beste Buch zu schreiben, das mir möglich ist – meine Lektorin Julia Wisdom, meine Redakteurin Anne O'Brien und meine Agentin Jane Gregory. Nicht zu vergessen Kelly und Cameron, die eine geradezu erstaunliche Geduld besitzen.